KB273356

나는 논술고수만나 고연전 간다

나는
논술고수만나
고연전간다

초판 1쇄 발행 2012년 7월 28일

지은이 이양호
발행인 홍석근
책임편집 장재석
표지 디자인 김윤희
내지 디자인 이회천

펴낸곳 페스티벌(도서출판 평사리)
신고 제313-2004-172호(2004년 7월 1일)
주소 서울시 마포구 서교동 475-13
전화 02) 706-1970
팩스 02) 706-1971
홈페이지 www.commonlifebooks.com
이메일 commonlife@hanmail.net

ISBN 978-89-92241-38-0 (53800)

- 제시문과 제시문 출처는 연세대와 고려대의 발표자료를 옮겨왔습니다.
- 고려대 2013년, 2012년 수학문제는 서광채 선생님이 풀었습니다.
- 페스티벌은 도서출판 평사리의 청소년 교육 브랜드입니다.
- 값은 책 표지에 있습니다.

2013학년도 인문계 수시 논술 대비

나는 논술고수만나 고연전 간다

이양호 지음

페스티벌

논술은 대학이다

● 대학으로 뻗어있는 큰 길, 논술

논술은 대학이다. 대학으로 뻗어 있는 큰 길이라는 점에서 그렇고, 큰 배움이라는 점에서 그렇다.

연세대는 신입생 모집인원 3374명 중 1140명을, 즉 전체 신입생의 ⅓을 논술로 뽑는다. 그 중 70%는 우선 선발이라 하여 언어·수학·외국어 모두 1등급을 요구하고, 나머지 30%는 일반 선발로 언어·수학·외국어·탐구 중 3개 이상 2등급을 요구한다. 물론 내신 반영률이 높긴 하지만, '실질' 반영률은 높지 않다. 수능 응시자가 70만 명쯤 되므로 그 중 1등급에 해당하는 4%는 2만 8천 명 정도이다. 이들이 모두 연대 우선선발 대상인 것이다.

연세대 입학 정원이 3374명임을 감안하면, 상당히 많은 수임을 알 수 있다. (물론, 세 영역 모두 1등급인 학생은 그보다는 적을 것이다.) 더구나 입학 정원의 10%가 넘는 342명은 수능 2등급(수능 응시자의 11%이므로 7만 7천 명이 이에 해당)만 갖추면 된다.

응시자 중 이렇게 많은 수가 연세대를 겨냥할 수 있다. 모집 인원의 30%는 최소 수능 등급만 갖추면 그 안에서의 점수 차이는 전혀 고려 대상이 아니기 때문에, 논술이 당락을 결정한다. (물론 내신을 반영하지만 실질 반영률이 낮기에 당락의 큰 변수가 되지 못한다.) 상황이 이렇다는 것을 안다면, 논술이 대학교로 가는 큰 길임도 알 것이다.

고려대 또한 연세대와 크게 차이 나지 않는다. 고려대는 모집 인원 4116명 중 1351명을 논술로 뽑는데, 수능 요구조건이 연세대보다 조금 더 부드럽다. 특별전형 810명은 수리영역은 1등급을 받아야 하지만, 언어나 외국어는 둘 중 하나만 1등급을 받으면 된다. 그리고 일반전형인 540명은 수능에서 2개 영역만 2등급 이내를 갖추면 되고, 내신은 '실질'반영률이 낮기에 고려대 역시 논술의 힘은 막강하다.

고려대와 연세대만 논술에 큰 길을 터준 것은 아니다. 서강대·성대·경희대·중앙대·이대·숙대 등이 다 논술에 문을 활짝 열어놓고 있다. 그러면 논술은 대학을 가기 위한 길일 뿐인가?

• 논술인의 모습

　논술은 구체적인 현상 속에서 보편적인 원리를 찾아낸다. 즉 논술은 구체적이면서 보편적인 사람에 이르는 길이다. 논술은 사람들의 말을, 그것도 주장이 다른 여러 사람의 말을 새겨듣는다. 소통과 공감의 모습이다. 또한 그것을 바탕으로 하되, 자신의 사유력을 믿고 그에 따라 세상을 본다. 진정한 주체적 인간이 되어가는 꼴이다. 논술은 문제 상황을 직시하고 새로운 돌파구를 힘 있는 글투로 드러낸다. 자신감 있고 개성 있는 인간이다. 보편적인 인간, 소통하고 공감하는 인간, 주체적인 인간, 개성적인 인간. 이것이 논술인이다. 역시, 논술은 대학 즉 큰 배움이다. 논술이 당장은 대학 입시를 겨냥하지만, 그것은 첫 발자국에 지나지 않는다. 평생에 걸쳐 우리는, 말과 글로 소통하고 공감하고 설득하고 이해한다. 이것이 삶의 길이다.

• 논술을 잘 쓰기 위해 제일 중요한 능력

　어떻게 해야 논술을 잘 할 수 있을까? 창의적인 능력을 키우는 일? 맞는 말이지만 지금은 아니다. 그것은 기본기가 잘 갖추어진 뒤의 일이다. 사실, 진정한 의미의 창의성은 대학 이후의 일이고, 중·고생 때 논술에서 창의성이란 '심층적인 독해'와 '보편적인 원리에 맞는 것을 구체적인 사실에서 찾아내는 것'일 뿐이다.

　이것은, 논술을 실시하는 모든 대학에서 다 인정하고 있는 사실이다. 논술시험에서 합격 판에 서게 될 것인가 불합격 판에 서게 될 것인가는, 제시문에 대한 '독해 능력'과 '조직화'가 그것을 판때리기(결정) 한다. 대학이 논술 문제를 그렇게 내고 있기 때문이다. 작년 고려대와 연세대 논술 문제를 보면 금방 이해가 될 것이다. "제시문 (1)에 근거하여 제시문 (2)와 (3)을 비교·분석하시오." (600±50자, 2012학년도 고려대 인문A) "한 사회에 새로움이 부상하는 과정에서 다수가 수행하는 역할을 중심으로 제시문 (가), (나), (다)의 논지를 비교하시오." (1000자 안팎, 2012학년도 연세대 사회계열) 학생의 창의적 능력보다는 심층적인 독해 능력을 알아보기 의한 논제임이 금방 느껴질 것이다. 이것은 연세대와 고려대의 논제 유형만은 아니다. 대부분의 대학이 이 문제 유형을 바탕으로 한다.

• 묻는 법을 몸에 새기는 길

　이 책이 내세울 것은 둘이다. 하나는 제시문에 대한 '독해 능력'을 키우는 것이고, 다른 하나는 독해를 조직화한 '예시 답안'이다.

　여러분의 독해 능력을 키우기 위해 쓴 방법은, 여러분을 글의 흐름 속으로 데리고 들어온 것이다. 제시문의 필자가 서 있는 자리에 여러분이 섰을 때, 글의 논리적인 흐름을 느낄 수 있기 때문이다. 이것을 위해, 이 책은 다음과 같은 물음을 여러분에게 수도 없이 던진다. 이번 단락에서 다룬 게 무엇 무엇이다. 논리적 흐름을 감안했을 때, 다음 단락에선 '무슨 내용을 다뤄야 독자를 설득할 수 있을까? ' 물음은 그냥 나오는 것이 아니다. 물론 한두 번의 물음이나 체계적이지 않은 물음은 쉽게 나온다. 하지만 한 편의 글을 쓰거나 분석하기 위한 물음은, '보편적인 사유' 의 얼개를 갖추고 있을 때라야 나온다. 사실 여러분이 이 책을 통해 가장 많이 배워야 할 것은, 글을 읽고 '어떻게 물어야 하는가?' 이다. '묻는 법' 을 배우는 과정이, 헤아림 즉 사유의 얼개를 형성하는 길이기 때문이다.

글의 흐름 속에서 여러분에게 자꾸 물은 것은, 여러분을 필자의 자리에 세워 놓는 것으로 끝나지 않는다. 나올 내용을 예상했는데, 그것이 빗나간 경우가 반드시 생긴다. 이 때, 여러분 자신의 한계를 볼 수도 있지만, 글쓴이의 한계를 볼 수도 있다. 이것이 바로 '비판적 독서'다. '비판적 독서'는 결코 글과 글쓴이를 겨냥해서만 하는 게 아니다. 자기 자신도 겨냥해야 한다. 그래야 독서를 통해 성장하고 성숙해질 수 있다.

이 책에 미덕이 있다면, 그것은 '묻는 법을 가르친다' 는 데 있다. 체계적으로 묻는 법이 몸에 새겨져 있으면, 독해는 저절로 된다. 독해란 자기 사유 구조, 즉 헤아림의 얼개를 글쓴이의 그것과 마주쳐보는 것이기 때문이다. 먼저 자신에게 생각의 얼개가 형성되어야 제대로 된 독해를 할 수 있다는 소리다. 그러기 위해선 '묻는 법'을 배워야 한다. 배우는 학생의 몸에 '묻는 법'이 새겨졌을 때, 비로소 '고기 잡는 방법'을 배웠다고 할 수 있을 것이다.

• 예시 답안이 가진 막강한 힘

논술 공부를 하면서 '어떤 예시 답안'을 보았는가? 또 어떤 예시 답안을 몸에 익혔는가? 이 차이에서, 크게는 성패가 갈리고 작게는 삶의 태도가 갈린다. 예시 답안의 힘은 그만큼 막강하다. 사람이 하는 일치고 '모방' 이라는 밑돌이 없는 것은 없다. 논술 또한 마찬가지다. 좋은 예시 답안을 보고 그것을 모방해야 한다. 이것을 빠뜨려서는 안 된다. 모방한다는 것은, 단순히 쓱 한 번 읽어 보는 것을 말하는 것이 아니다. 예시 답안에서 한 편의 완성된 글은 어떠해야 하는가를 느껴야 한다. 그러려면 그 글을 적극적으로 분석하고, 또 베껴 쓰기까지 해야 한다.

판박이가 되지 않을까, 창의성이 죽지 않을까, 걱정될 것이다. 공연한 염려다. 예술인은 개성과 독창성을 생명으로 한다. 빼어난 예술인치고 '반복'과 '모방'의 단계를 건너 뛴 사람은 없다. 시인들은 수 백 편의 시를 외우고, 소설가들은 습작기 때 빼어난 작가의 작품을 공책에 몇 번이고 베낀다. 중견 작가가 된 뒤에도, 글이 잘 안 써질 때 자기가 좋아하는 작품을 다시 꼼꼼하게 읽기도 한다. 이것은 문학인들이 개인적으로 모방하는 것을 든 것이지만, 문학의 모방은 거기서 그치지 않는다. 사회 전체가 '좋은 예시 작품'을 갖기를 바라서, 문학 선집을 내 놓기도 한다. 엔솔로지(anthology)가 그것인데, 그 나라 문학 수준을 가늠할 수 있는 것으로 여겨진다.

독창성과 개성면에서, 논술은 문학보다 몇 수 아래에 있다. 몇 수 위인 문학도, 모방이 독창성과 개성을 만들어주지 못 한다고 생각하지 않는다. 그런데, 논술이 그것을 걱정한다는 게 말이 되는가! 모방한다고 결코 판박이가 되지 않는다. 글은 결국 그 사람 자신의 삶이 응축되어 한 자락을 드러내는 것인데, 한 사람의 삶이 그렇게 단순하지 않기 때문이다. 모방이란, '거인의 어깨에 올라타는 것'이다. 거인의 어깨에 올라타보는 것은 매우 중요하다. 비록 지금은 자신이 거인은 아닐지라도, 거인의 눈으로 본 경험이 있어야 나중에 거인이 될 수 있기 때문이다.

베껴 쓰기가 귀찮을 것이다. 하지만 논술을 빼어나게 쓰기 위해선 그것을 게을리 해선 안 된다. 다만, 베껴 쓸 글은 '빼어난 글'이어야 한다는 것은 잊지 말자. 이 책에서 제시한 예시 답안은 베껴 쓸 가치가 있다고 감히 믿는다. 물론, 비판받을 여지가 전혀 없지는 않을 것이다. 하지만 이른바 문체, 즉 글투까지 감안하고 예시 답안을 만들었다는 것을 밝혀두겠다. 40여 편이나 되니, 적은 수도 아니다.

이 책을 공부하는 방법을 말하겠다. 먼저 논제에 따라, 혼자 힘으로 제시문을 분석하고 또 글을 써야 한다. 그런 다음 책에 나온 풀이를 읽고, 자신이 분석한 것과 비교해 보아라. 혼자서 열심히 제시문을 분석한 학생에겐 비판거리를 포함해서 눈에 띄는 게 많을 것이다. 비교가 끝났으면 예시 답안을 읽고, 그것을 분석하는 과정을 밟아라. 이것을 통해, 표현법과 얼개 짜는 법을 익힐 수 있을 것이다. 마지막으로, 공책을 한 권 마련해서 예시 답안을 베껴 써라. 베껴 쓰기 할 땐 한 달음에 한 편 전부를 하는 게 좋다. 완성된 글에 대한 체험이, 완성된 글을 쓰게 하기 때문이다. 베껴 쓰는 것은 한 번이 아니라 두 번 세 번 하면 더욱 좋다.

끝으로, 논술은 대학을 향한 큰 길이기도 하지만, 보편적이고 개성적인 인간을 향한 길이라는 점도 잊지 말자.

첫째 마당 연세대
YONSEI UNIVERSITY

둘째 마당 **고려대**
KOREA UNIVERSITY

입문 _ 고려대 전형 및 논술 경향

정진 _ 기출문제 해설 및 예시답안

나는
논술고수만나
고연전 간다

논술고수만나
고연전간다

연세대

YONSEI UNIVERSITY

입문 – 연세대 전형 및 논술 경향

- 2013학년도 연세대 논술 전형
- 연세대 논술의 특징
- 연세대 논제유형 분석

2013학년도 연세대 논술 전형

- 2013학년도 신입생 모집인원: 3,374명 (수시 70%+ 정시 30%)
- 2013학년도 수시 일반전형 모집인원: 1,140명 (우선선발 70%+ 일반선발 30%)

- 수시 일반전형 – 인문 · 사회계
  1) 우선선발 (70%)
    - 전형방법: 논술 (70%)+ 교과 (20%)+ 비교과 (10%)
    - 수능 최소 등급 요구: 언어 · 수리 · 외국어 모두 1등급
  2) 일반선발 (30%)
    - 전형방법: 논술 (50%)+ 교과 (40%)+ 비교과 (10%)
    - 수능 최소 등급 요구: 언어 · 수리 · 외국어 · 사회(과학)탐구 중 3개 영역 2등급 이내

- 수시모집 원서 접수: 2012. 9. 6 ~ 9. 8
- 시험날짜: 2012. 10. 6(토) 120분
- 합격자 발표: 2012. 12. 7(금)

연세대 논술의 특징

연세대의 관심은 무엇인가? 연세대가 출제한 논제를 보면 그것을 알 수 있다. "제시문 (가)와 (나)를 '낭비'의 관점에서 비교하고, 두 입장을 모두 활용하여 제시문 (다)에 나타난 정신 활동에 대한 이해 방식을 비판적으로 분석하시오. (1000자 안팎)"

이것은 2012학년도 인문계열 1번 논제다. 논제를 보면, 답안에 들어갈 내용이 제시문에 다 들어 있다는 게 눈에 띈다. 뿐만 아니라 써야 할 답안의 얼개(개요)까지도 거의 알려주고 있다. 게다가 연세대 논술 제시문은 비교적 평이하다. 4개의 제시문이 나오는데 분량도 그리 길지 않고, 내용도 교과를 통해 배웠거나 배웠음직한 것이다. 그런데도 연세대 논술 쓰기가 만만치 않다고 말한다. 연세대 논술은, 수험생의 지식엔 별로 관심이 없기 때문이다. 물론 지식이 전혀 쓸모없다는 게 아니다. 아는 게 많으면 분명히 도움이 된다. 그런데 그 도움은 독해할 때 간접적으로 밀어주는 것이지, 앞에서 끌어주는 도움은 아니다.

비유하면, 연세대 논술은 '요리할 거리(재료)'를 마련해 주고 또 그날의 요리 메뉴까지 써준다. 그리고 수험생에게 말한다. '필요한 것은 다 갖추어 주었으니, 이제 요리 실력을 맘껏 드러내보라!' 요리사가 갖추어야 할 것은 무엇인가? 칼 쓰는 능력, 갖추어진 재료 중에서 그 날 요리에 필요한 재료를 알아내는 능력, 그것들을 적절하게 사용하는 능력, 요리 순서를 아는 능력, 때에 맞춰 요리를 내 놓는 능력을 갖추고 있어야 한다.

그렇다. 학생이 갖춰야 할 것은 재료가 아니라 깜냥, 즉 능력이다. 그러면 연세대가 학생들에게 바라는 깜냥은 무엇인가? 맨 앞에서 예로 든 논제를 다시 봐보자. "제시문 (가)와 (나)를 낭비의 관점에서 비교"하기 위해선, 두 제시문이 서 있는 '낭비'의 관점을 아는 것으로는 충분하지 않다. 그것만으로는 논제에서 요구한 글자 수를 채울 수 없다. 낭비와 관련되어 나와 있기는 하되 명시적으로는 드러나지 않은 항목을 찾아내야 한다. 그것도 두 제시문에 공통적으로 들어있는 것이어야 한다. 이것을 잘 하기 위해선 몇 개의 문장을 한두 낱말로 '추상화'하는 깜냥이 있어야 한다.

또, "두 입장을 모두 활용하여, 제시문 (다)에 나타난 정신 활동에 대한 이해 방식을 비판적으로 분석하라"고 논제에 쓰여 있다. "두 입장을 모두 활용"하기 위해선, 기본적인 독해력을 넘어서 '깊이 있는 독해력'이 필요하다. 그리고 그 입장을 가지고 다른 제시문을 비판하기 위해선 '논증 능력'이 필요하다.

논제 하나만 더 봐보자. "……제시문 (라)의 실험 결과를 해석하고, 이를 바탕으로 제시문 (가)의 주장을 평가하시오." 2012년 사회계열 2번 논제다. 연세대는 제시문 4개 중 반드시 실험 결과나 도표가 들어간 제시문을 하나 집어넣는다. 이런 논제 역시 '재료'는 준다. 그럼, 수험생이 갖추어야 할 것은 무엇인가? 명시적으로 드러나 있지는 않지만 그것에 표현되어 있는 현상을 찾아낼 수 있는 깜냥이 그것이다. 실험 결과나 도표에 버젓이 드러나 있지만, 언어로는 되어 있지 않은 것을 가지고 '언어화'할 수 있는 능력을 요구하고 있는 것이다. 즉 그림의 언어화다.

마지막으로, 위의 모든 것들을 '하나'로 만들어야 한다. 이것을 위해선 '조직화'하는 깜냥이 있어야 한다. 여러 조각을 하나로 조직화했으면, 이제 그것을 한 편의 완성된 글로 나타내야 한다. '표현력'이 있어야 한다.

이제 여러분은 연세대 논술에 입문했다. 정진하는 일만이 그대들 앞에 놓여 있다. 남은 시간 동안 정진하여, 내년 연고전에서 신나게 놀 수 있기를 바란다. 그것을 이루는 데, 이 책이 도약대로써 의미 있는 구실을 하리라 믿는다.

연세대 논제유형 분석

2012학년도 수시 논술(사회계열)

문제 1. 비교·분석형
한 사회에 새로움이 부상하는 과정에서 다수가 수행하는 역할을 중심으로 제시문 (가), (나), (다)의 논지를 비교하시오.

문제 2. 자료해석＋적용＋논평형
개별형 사이트에서 참여자들이 독자적으로 판단해 곡을 다운로드한 횟수가 미공개 신곡들의 질을 반영한다는 가정 아래 제시문 (라)의 실험결과를 해석하고, 이를 바탕으로 제시문 (가)의 주장을 평가하시오.

2012학년도 수시 논술(인문계열)

문제 1. 비교＋적용＋논평형
제시문 (가)와 (나)를 '낭비'의 관점에서 비교하고, 두 입장을 모두 활용하여 제시문 (다)에 나타난 정신 활동에 대한 이해방식을 비판적으로 분석하시오.

문제 2. 이해＋의견 제시형
제시문 (나)의 프랭크 길브레스는 벽돌쌓기에 적용했던 과학적 관리법을 경쟁률이 매우 높은 한 회사의 신입사원 채용과정에도 적용하여 채용담당관들이 업무 수행 능력이 높은 지원자를 판별할 수 있도록 하려고 한다. 길브레스가 과학적 관리법과 제시문 (라)의 실험결과를 결합해서 어떻게 채용과정을 설계해야 할지 의견을 제시하시오. 정해진 원칙은 서류심사와 면접심사를 순차적으로 실시한다는 것뿐이다.

2011학년도 수시 논술(인문계열)

문제 1. 비교·분석형
제시문 (가), (나), (다)에 나타난 죽음에 대한 태도를 비교하시오.
문제 2. 자료 해석+ 의견 제시형
제시문 (가), (다) 각각의 입장에 근거하여 제시문 (라)의 실험 결과를 해석하고, 이에 대한 자신의
견해를 쓰시오.

2011학년도 수시 논술(사회계열)

문제 1. 비교·분석형
제시문 (가), (나), (다)는 과학적 탐구에 대한 여러 관점을 나타낸다. 이 관점들의 공통점과 차이
점을 논하시오.
문제 2. 이해+ 적용+ 평가형
제시문 (라)의 두 주장에 근거하여 [표 1], [표 2]에 나타난 중요한 점들을 기술하고, 제시문 (나),
(다)의 관점 중 하나를 택하여 연구 전체(주장 및 결과)를 평가하시오

2010학년도 수시 논술

문제 1. 비교·분석형
제시문 (가), (나), (다)는 공공성을 실현하는 주체가 누구인지에 대해 서로 다른 해석을 하고 있
다. 그 차이점을 분석하시오.
문제 2. 이해+ 의견 제시형
아래에 소개된 공공성의 속성이 제시문 (가), (나) 각각에 제시된 공공성에서 구체적으로 실현될
수 있는가? 자신의 답변을 제시하고 그 근거를 밝히시오.
문제 3. 이해+ 의견 제시형
제시문 (라)의 마을은 삼림 훼손을 막아 마을 전체의 이익을 높이고자 한다. 이를 위해 가장 적절
한 입장을 제시문 (가), (나), (다) 가운데서 선택하여 그 선택의 근거를 설명하고, 어떤 구체적인
방안들을 도입할 수 있는지를 논의하시오. 그 방안들은 제시문 (라)에 나온 세 가지 규칙에 어긋
나지 않아야 한다.

2010학년도 모의 논술

문제1.
제시문 (가), (나), (다)는 이타적 행위에 대해 서로 다른 해석을 하고 있다. 그 차이점을 비교·분석하시오.

문제2.
경제 위기 상황에서는 기업들의 거액 기부가 증가하지 않는 대신 개인들의 소액 기부는 증가하는 경향이 있다. 예컨대 한국에서 구세군 자선냄비의 모금액이 경제 위기 상황인 2008년에 사상 최대치에 달했다고 한다. 이타적 행위에 관한 제시문 (가), (나), (다)의 해석 가운데 가장 타당하다고 생각하는 것 하나를 선택하여 위의 예시에 나타난 기업과 개인의 기부 행태를 설명하시오.

문제3.
제시문 (라)에서 "다수의 이타적인 쥐로 구성된 집단만이 종족 번성의 가능성이 높다."는 주장을 이끌어 낼 수 있다. 제시문 (가), (나), (다)의 핵심 논점을 활용하여 이러한 주장을 반박하시오.

2009학년도 수시 논술

문제1.
'창조'와 '파괴'의 관점에서 제시문 (가), (나), (다)를 비교하시오.

문제2.
제시문 (가)와 (나) 가운데 역사 해석의 관점으로 더 적절하다고 생각되는 것 하나를 선택하고, 그 입장에서 다른 제시문의 주장을 비판하시오. 구체적인 사례를 들어 논의하시오.

문제3.
제시문 (나)와 (다)의 주장에 근거하여 제시문 (라)의 그림을 해석하시오.

-정현종, 「천둥을 기리는 노래」 중에서

여름날의 저
천지 밑 빠지게 우르릉대는 천둥이 없었다면
어떻게 사람이 그 마음과 몸을
씻었겠느냐,
씻어
참 서늘하게는 씻어
문득 가볍기는 허공과 같고
움직임은 바람과 같아
왼통 새벽빛으로 물들었겠느냐

-정현종, 「천둥을 기리는 노래」 중에서

※ 아래 제시문 (가), (나), (다), (라)를 읽고 문제에 답하시오.

제시문 (가)

새로운 종교를 창설하려는 여러 번의 시도가 실패로 끝난 것은 상당히 이른 시기에도 그리스인들이 높은 수준의 문화를 지니고 있었다는 것을 말해준다. 이것은 또한 그리스에는 이미 일찍부터 신앙과 희망이라는 단 하나의 처방으로 치유될 수 없는 다양한 고통을 지닌 다양한 개인들이 존재했다는 것을 말해준다. 피타고라스, 플라톤, 엠페도클레스 그리고 이들보다 훨씬 이전의 오르페우스교의 열광자들이 새로운 종교를 세우고자 했다. 앞의 두 사람은 진정으로 종교 창시자의 영혼과 재능을 지니고 있어, 이들이 실패했다는 것은 실로 놀라운 일이 아닐 수 없다. 이들은 그저 종파들을 만들어 내는 데 그치고 말았던 것이다. 한 민족 전체의 종교개혁이 실패하고 종파들만이 머리를 들면, 언제나 우리는 그 민족이 이미 자체 내에 다양성을 지니고 있으며 거친 무리 본능이나 윤리적 관습에서 벗어나기 시작한 것이라고 추론해 볼 수 있다. 이러한 의미심장한 동요 상태를 사람들은 흔히 윤리의 타락이나 부패라고 비난하지만, 실제로 이것은 알이 성숙하여 껍질이 깨질 때가 가까워졌다는 것을 알려준다. 루터의 종교개혁이 북유럽에서 성공했다는 것은, 북유럽이 남유럽에 비해 뒤처져 있었으며, 상당 부분 같은 유형과 같은 색깔의 욕구를 지니고 있었다는 것을 보여준다. 한 개인이나 그 개인의 새로운 사상이 보편적이고 절대적으로 작용하면, 이는 그 영향을 받는 대중들이 그만큼 천편일률적이고 저급하다는 것을 의미한다. 반면 그에 대한 반작용은, 만족되고 관철되어야 할 반대의 요구들이 그만큼 많다는 것을 알려준다. 거꾸로 힘과 지배욕이 매우 강한 천성을 지닌 인물이 단지 종파에 국한된 미약한 결과를 낳는 데 그치는 경우, 이로부터 그 문화의 수준이 매우 높다는 것을 추론해낼 수 있다. 이는 예술과 인식의 영역에도 적용될 수 있다.

제시문 (나)

예술에서는 발전 대신에 항상 독창이란 것이 가치 평가의 기준이 되어 있다. 독창이란 것은 자기 완결적인 것을 의미한다. 각개의 예술의 세계는 제각기 독립한 의미와 가치를 가지고서 혼자서 완결되는 세계다. 그러면 고전과 고전과의 사이에 절단을 이어가는 것, 즉 예술의 역사의 비연속의 연속은 무엇일까? 여기에서 우리는 다시 걸작 아닌 것, 즉 범작이나 졸작의 문제로 다시 한 번 돌아갈 필요에 직면한다. 예술사에 있어서 걸작 아닌 것은 예술적인 전승의 수단이 된다. 예술에 있어서 전승은 걸작 아닌 것을 통하여 된다고 말할 수가 있다. 이러한 예를 우리는 아류(亞流)라는 현상에서 들 수 있다. 아류란 걸작의 모방이다. 모방은 흔히 걸작을 모독하고 그것을 개악(改惡)한다. 그러면 아류란 걸작의 파괴지 그 전승이 되느냐고 할지 모르나, 전승이란 이러한 모독을 통하여 행하여지는 것임을 우리는 알아야 한다. 사람은 아류에 전승된 걸작에 대하여 분명히 그 모독을 책(責)한다. 그러나 아류에 대한 이 비난 속에는 걸작에 작(作)한 존경이 숨어있음을 잊어서는 아니 된다. 이상하게도 모독을 통하여 그 것의 존경에 도달하는 것은 종교에서 잘 볼 수 있는 현상이다. 사람은 배신자가 신을 모독했다고 신을 경멸하지는 않는 것을 잘 안다. 모독을 죄악이라고 느끼는 심리 속에는 항상 신에 대한 신성한 숭앙이 들어있는 법이다. 이 숭앙에 의하여 종교에서 사람들이 다시 신에게로 일보 접근하는 것과 같이, 사람 들은 역시 걸작에로 한 걸음 다가서는 것이다. 바꿔 말하면 아류는 사람들로 하여금 걸작에로 인도하 는 것이다. 즉 걸작 아닌 것은 걸작과 걸작과를 매개한 것이다.

제시문 (다)

  사람이 어떤 주제에 관해 명상할 때, 그에게 한 가지 아이디어가 떠오르고 또 다른 아이디어가 떠 오른다. 그렇게 자꾸 아이디어를 내고 그걸 다시 지우고 하는 과정을 되풀이하다가 그는 마침내 문제 의 해결책을 붙잡게 된다. 그리고 이 순간부터 그는 희미한 빛에서 환한 빛으로 나아가게 되는 것이다. 이는 역사에서도 마찬가지가 아닐까? 오래된 호기심이 막연하게 예감하고 있던 어떤 거대한 개념을 한 사회가 정교하게 만들려고 할 때, 무슨 일이 벌어지는가? 과학이 그러한 호기심, 예컨대 세계에 대한 기계론적 설명을 발전시키고 구체화하기 이전에 말이다. 아니면 한 사회가 야심적으로 꿈꿔온 거대한 정복을 구현하려 할 때, 어떤 일이 일어나는가? 사회 내의 인간 활동이 그 야망, 예컨대 증기를 이용한 생산기계, 운송수단, 항해수단을 본격적으로 개발하기 이전에 말이다. 우선 사람들에게 제기된 문제가 온갖 모순적인 창안과 상상을 불러일으킨다. 그것들은 여기저기서 나타났다가 또 금방 사라진다. 그러 다가 어떤 명료한 해석 틀이나 편리한 기계가 등장하기에 이르는 것이다. 이것은 그 이전의 모든 것들 을 잊게 만든다. 이후로는 그것이 고정적인 기반으로 이용되면서 그 위에서 궁극적인 발전과 완성이 이루어진다. 그러므로 진보는 일종의 집단적인 성찰이다. 거기에는 하나의 고유한 뇌가 없다.

  그것은 오히려 창안자들의 무수한 뇌 사이에서 모방 덕분에 생겨나는 연대에 의해 가능해지는 것이 다. 여기서 새로운 발견은 문자로 고정되어 거리나 시간의 간극을 뛰어넘어 전달될 수 있게 된다. 이는 기억의 바탕을 구성하는 이미지들이 개인의 뇌 속에서 고정되는 것과 마찬가지이다. 그리하여 사회적 진보는 개인적 진보와 같이 두 가지 절차, 즉 대체와 축적을 통해 일어난다. 발견이나 창안 가운데 어 떤 것들은 대체 가능하고, 또 어떤 것들은 축적 가능하다. 그로부터 논리적인 투쟁과 논리적인 결합이 생겨난다. 우리는 바로 이러한 원리를 채택하고자 하며, 그것으로 역사의 모든 사건들을 설명하는 데

별 어려움이 없으리라고 본다.

제시문(라)

    대중음악계에 새롭게 떠오르는 장르가 있다. 이 장르의 미공개 신곡(新曲)에 사람들이 어떻게 반응하는지 알아보기 위해 온라인 실험을 마련했다. 일반인 신청자들 가운데 모두 6백 명의 실험 참여자를 선정하였다. 이들은 신곡 10개를 듣고 자신이 선호하는 곡을 3개까지 무료로 다운로드할 수 있는, 6개의 온라인 사이트에 무작위로 1백 명씩 배치되었다. 사이트는 크게 '개별형'과 '집단형'으로 나뉘어 다음과 같이 설계되었다.

사이트 유형	사이트 수	특징
개별형	1개	-무작위로 화면에 배열된 10개 곡을 들은 후 3개까지 다운로드를 할 수 있음 -참여자는 다른 참여자들의 다운로드 횟수를 알 수 없음
집단형	5개	-무작위로 화면에 배열된 10개 곡을 들은 후 3개까지 다운로드 할 수 있음 -화면에 배열된 각 곡의 옆에는 사이트 내 다른 참여자들이 그 시점까지 다운로드한 횟수가 표시됨 -참여자는 자기 사이트 내에서 각 곡에 대해 간단한 평을 달거나 다른 참여자들의 평을 읽을 수 있음

    두 유형의 사이트 모두에서 곡을 들을 시간은 충분히 주어졌으며, 6개 사이트들 간의 의사소통은 차단하였다. 실험결과를 정리해보면 다음의 <그림1>, < 그림2>와 같다. 집단형 사이트가 모두 5개 있으므로, 개별형 사이트에 해당하는 가로축의 한 값에 대해 5개의 집단형 사이트의 값들이 세로축으로 늘어서게 된다.

    <그림1>을 보면, 개별형 사이트에서 다운로드 횟수가 많은 곡일수록 5개 점들 간 간격이 더 벌어지는 것을 알 수 있다. 예를 들어 곡10의 경우, 개별형 사이트에서는 다운로드 횟수가 49회였는데, 집단형5 사이트에서는 99회, 집단형2 사이트에서는 71회 등을 기록했다. 반면 개별형에서 19회를 기록한 곡1의 경우, 집단형 사이트들에서의 다운로드 횟수는 모두 10회 미만이었다. 한편 < 그림2>를 보면, 개별형 사이트에서 다운로드 순위가 중위권일 때보다 최상위와 최하위일 때 5개 점들이 서로 더 겹치는 것을 알 수 있다 . <그림 2>의 곡10이나 곡10의 ■는 5개 점들이 한 곳에 겹쳐있음을 나타낸다.

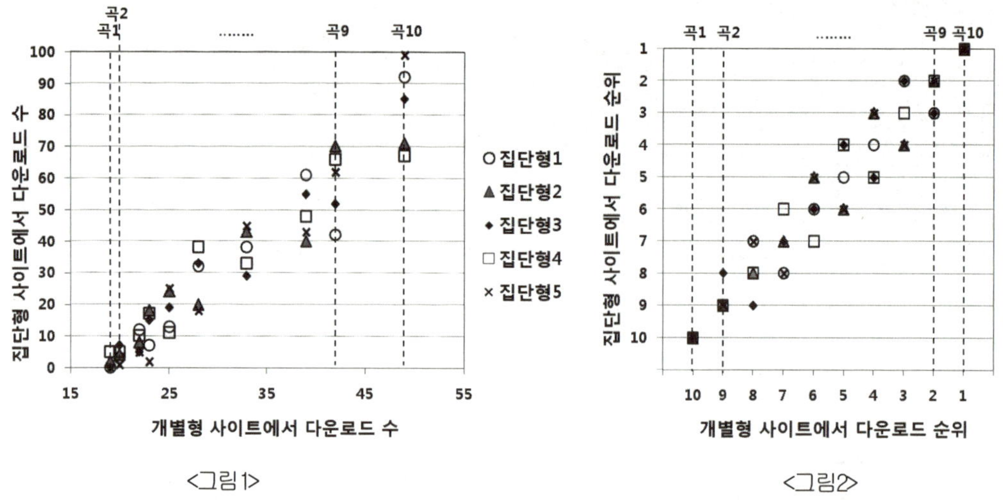

<그림1>

<그림2>

〈문제 1〉 한 사회에 새로움이 부상하는 과정에서 다수가 수행하는 역할을 중심으로 제시

문 (가), (나), (다)의 논지를 비교하시오. (1000자 안팎, 50점)

〈문제 2〉 개별형 사이트에서 참여자들이 독자적으로 판단해 곡을 다운로드한 횟수가 미공

개 신곡들의 질을 반영한다는 가정 아래 제시문 (라)의 실험결과를 해석하고, 이를

바탕으로 제시문 (가)의 주장을 평가하시오. (1000자 안팎, 50점)

논제 1: 한 사회에 새로움이 부상하는 과정에서 다수가 수행하는 역할을 중심으로 제시문 (가), (나), (다)의 논지를 비교하시오. (1000자 안팎)

1. 논제분석

독해의 방향이 확실하게 주어졌죠? 세 부분으로 나누어 볼 수 있겠네요.

- 새로움이 부상하는 과정을 다룬 글이다.
- 다수가 수행하는 역할을 중심으로 살펴라.
- 그것을 가지고 (가), (나), (다)의 논지에 나타난 공통점과 차이점을 파악하라.

2. 제시문 (가), (나), (다) 모두를 읽고 대강의 느낌 갖기.

세 글을 가볍게 읽고 난 뒤 어떤 느낌이 들지요? 역설적이라는 생각이 들지 않으세요. 뛰어난 사람이 실패한 게 그 문화의 위대함 때문이라는 말이나, 아류가 걸작을 전승한다는 말이 흥미를 불러일으키죠? 이제, 제시문 하나하나를 자세히 보도록 하지요.

3. 제시문 분석

1) 제시문 (가)

새로운 종교를 창설하려는 여러 번의 시도가 실패로 끝난 것은 상당히 이른 시기에도 그리스인들이 높은 수준의 문화를 지니고 있었다는 것을 말해준다. 이것은 또한 그리스에는 이미 일찍부터 신앙과 희망이라는 단 하나의 처방으로 치유될 수 없는 다양한 고통을 지닌 다양한 개인들이 존재했다는 것을 말해준다. 피타고라스, 플라톤, 엠페도클레스 그리고 이들보다 훨씬 이전의 오르페우스교의 열광자들이 새로운 종교를 세우고자 했다. 앞의 두 사람은 진정으로 종교 창시자의 영혼과 재능을 지니고 있어, 이들이 실패했다는 것은 실로 놀라운 일이 아닐 수 없다. 이들은 그저 종파들을 만들어 내는 데 그치고 말았던 것이다. 한 민족 전체의 종교개혁이 실패하고 종파들만이 머리를 들면, 언제나 우리는 그 민족이 이미 자체 내에 다양성을 지니고 있으며 거친 무리 본능이나 윤리적 관습에서 벗어나기 시작한 것이라고 추론해 볼 수 있다. 이러한 의미심장한 동요 상태를 사람들은 흔히 윤리의 타락이나 부패라고 비난하지만, 실제로 이것은 알이 성숙하여 껍질이 깨질 때가 가까워졌다는 것을 알려준다. 루터의 종교개혁이 북유럽에서 성공했다는 것은, 북유럽이 남유럽에 비해 뒤처져 있었으며, 상당 부분 같은 유형과 같은 색깔의 욕구를 지니고 있었다는 것을 보여준다. 한 개인이나 그 개인의 새로운 사상이 보편적이고 절대적으로 작용하면, 이는 그 영향을 받는 대중들이 그만큼 천편일률적이고 저급하다는 것을 의미한다. 반면 그에 대한 반작용은, 만족되고 관철되어야 할 반대의 요구들이 그만큼 많다는 것을 알려준다. 거꾸로 힘과 지배욕이 매우 강한 천성을 지닌 인물이 단지 종파에 국한된 미약한 결과를 낳는 데 그치는 경우, 이로부터 그 문화의 수준이 매우 높다는 것을 추론해낼 수 있다. 이는 예술과 인식의 영역에도 적용될 수 있다.

　제시문 (가)에 접근하는 방법은 여럿일 거예요. 하지만 우선 눈에 띄는 것에서부터 나아가는 게 좋겠죠? 그래야 헤아림의 능력이 착실하게 다져질 수 있기 때문이에요. 눈에 띄는 것 중에서도 '대립적인 요소'를 먼저 보는 게 좋아요. 대립은 사태를 분명하게 갈라놓는 구실을 하기 때문이지요. 무슨 대립이 보이죠? 성공과 실패가 보이죠. 앞쪽에 그리스에서 새로운 종교가 탄생하는 데 실패하는 게 나오고, 뒤쪽에 루터의 종교 개혁이 성공한 게 나오네요.

　그런데, 성공과 실패에 대한 글쓴이의 견해가 일반적인 상식과 영 다르죠? 보통은, 성공과 실패는 그것을 주도한 사람의 능력에서 그 원인을 찾는데, 글쓴이는 다른 데서 찾았어요. 무엇에서 그 원인을 찾았나요? '그것을 받아들이는 사람들의 수준'에서 찾았네요. 이것만은 그런대로 받아들일 만한데, 다음 내용은 우리의 귀를 쫑긋 세우게 하는 역설이네요. 그게 뭐죠? 받아들이는 사람들의 수준이 높으면, 새로운 종교의 탄생은 실패하고, 그들의 '수준이 낮으면 성공한다'고 했잖아요. 보통은 거꾸로 생각하는 게 아닌가요?

　그리스 사람과 북유럽 사람의 수준에 대해 글쓴이는 어떻게 평가했죠? 그리스인에 대한 평가를 찾아보죠. 높은 수준의 문화인, 다양한 고통을 지닌 다양한 개인들, 무리 본능과 윤리적 관습에서 벗어나기 시작한 개인들. 그런데 이렇게 수준 높은 문화인이었기에, 피타고라스나 플라톤 같은 빼어난 사람이 내세운 종교가 전면화될 수 없었다고 했죠? 이제, 북유럽인들에 대한 평가를 찾아보세요. 뒤처져 있음, 같은 유형과 같은 생각의 욕구를 지니고 있었음, 천편일률적이고 저급함. 이런 사람들이었기에 루터의 종교 개혁이 성공했고요. 두 민족에 대해 극과 극으로 평가했군요.

　이제, 논제 "새로움이 부상하는 과정에서, 다수가 수행하는 역할"을 중심에 놓고 제시문 (가)를 보지요. 이 제시문에서 다수가 한 역할은 뭐죠? 일면적이 아니네요. 새로움을 사회 전체에 자리 잡게도 하고, 그냥 한 부분으로 그치게도 하지요? 그렇게 차이가 난 까닭은, 다수가 '천편일률적'인가? 아니면 '다양한 개인들'로 이루어졌는가이고요. 역설적이지만 빼어난 종교가 다양한 개인들을 만나면 부분에 그치고, 반면에 '천편일률적인 무리'를 만나면 전체에 자리 잡게 한다는 내용이지요?

2) 제시문 (나)

　예술에서는 발전 대신에 항상 독창이란 것이 가치 평가의 기준이 되어 있다. 독창이란 것은 자기 완결적인 것을 의미한다. 각개의 예술의 세계는 제각기 독립한 의미와 가치를 가지고서 혼자서 완결되는 세계다. 그러면 고전과 고전과의 사이에 절단을 이어가는 것, 즉 예술의 역사의 비연속의 연속은 무엇일까? 여기에서 우리는 다시 걸작 아닌 것, 즉 범작이나 졸작의 문제로 다시 한 번 돌아갈 필요에 직면한다. 예술사에 있어서 걸작 아닌 것은 예술적인 전승의 수단이 된다. 예술에 있어서 전승은 걸작 아닌 것을 통하여 된다고 말할 수가 있다. 이러한 예를 우리는 아류(亞流)라는 현상에서 들 수 있다. 아류란 걸작의 모방이다. 모방은 흔히 걸작을 모독하고 그것을 개악(改惡)한다. 그러면 아류란 걸작의 파괴지 그 전승이 되느냐고 할지 모르나, 전승이란 이러한 모독을 통하여 행하여지는 것임을 우리는 알아야 한다. 사람은 아류에 전승된 걸작에 대하여 분명히 그 모독을 책(責)한다. 그러나 아류에 대한 이 비난 속에는 걸작에 작(作)한 존경이 숨어있음을 잊어서는 아니 된다. 이상하게도 모독을 통하여 그것의 존경에 도달하는 것은 종교에서 잘 볼 수 있는 현상이다. 사람은 배신자가 신을 모독했다고 신을 경멸하지는 않는 것을 잘 안다. 모독을 죄악이라고 느끼는 심리 속에는 항상 신에 대한 신성한 숭앙이 들어있는 법이다. 이 숭앙에 의하여 종교에서 사람들이 다시 신에게로 일보 접근하는 것과 같이, 사람들은 역시 걸작에로 한 걸음 다가서는 것이다. 바꿔 말하면 아류는 사람들로 하여금 걸작에로 인도하는 것이다. 즉 걸작 아닌 것은 걸작과 걸작과를 매개한 것이다.

이 글에도 대비적인 게 나와 있네요. 찾아보세요. '아류'와 '걸작'이 그거예요. 그런데, 걸작의 특성은 뭐죠? 독창적인 것, 즉 자기 완성적인 거지요. 그러면 아류의 특성은 뭐죠? 모방적인 것이에요. 여기까지는 누구나 할 수 있는 소리죠. 이 다음부터 글쓴이의 번뜩이는 헤아림이 나와요. 따라가 보죠.

독창적인 것, 즉 걸작의 문제 상황은 뭔가요? 하나의 걸작은 독창적이어서 다른 독창적인 걸작과 분리되어 있다는 거죠. 그런데 빼어난 작품 사이에는 공유하고 있는 게 있거든요. 이게 어떻게 가능하냐는 거예요. 제시문에선 이것을 "고전과 고전 사이의 절단을 이어가는 것", "비연속의 연속"이라 했네요. 글쓴이는 이게 어떻게 가능하다고 했죠? 아류 작품 때문에 '비연속'에서 끝날 것이 '연속'된다고 했어요. 그렇다면 아류가 걸작과 같은 수준이란 말인가요? 하지만 '아류는 걸작을 모독한다'고 분명히 말했어요. 그렇다면 '걸작을 모독하면서 역설적으로 걸작을 전승한다'는 소린데, 이게 어떻게 가능하죠?

'걸작이 모독당하는 것을 보면서, 오히려 걸작에 대한 존경심이 떠오른다. 그 존경심이 새로운 걸작을 낳고 또 찾게 한다.' '단독적인 것'과 또 다른 '단독적인 것'이 연결되었네요. 참으로 빼어난 사유력이지요? 글쓴이는 여기서 그치지 않았어요.

이런 자신의 생각이 헛소리가 아님을 확고히 하기 위해, 글쓴이는 종교에서도 같은 일이 일어나고 있음을 보였네요. '신이 모독당하는 것을 보면서, 오히려 신에 대한 숭앙심이 일어난다.' 또는 '신이 모독당한다고 느끼는 것 자체가, 신에 대한 숭앙심이 있기 때문이다.' 참으로 놀라운 역설이죠? 결국, 아류는 뜻하지 않게 걸작과 걸작을 이어주는 큰 구실을 하게 되네요.

이제, 논제 '새로움이 부상하는 과정에서, 다수가 하는 역할'을 중심으로 이 글을 보면 어떻게 될까요? 여기서 '다수'는 아무래도 '아류'가 되겠죠? 아류가 새로운 것을 직접 만들어내지는 못하지만, 옛것과 새로운 것을 이어주는 역할은 한다. 이렇게 정리되겠네요.

3) 제시문 (다)

사람이 어떤 주제에 관해 명상할 때, 그에게 한 가지 아이디어가 떠오르고 또 다른 아이디어가 떠오른다. 그렇게 자꾸 아이디어를 내고 그걸 다시 지우고 하는 과정을 되풀이하다가 그는 마침내 문제의 해결책을 붙잡게 된다. 그리고 이 순간부터 그는 희미한 빛에서 환한 빛으로 나아가게 되는 것이다. 이는 역사에서도 마찬가지가 아닐까? 오래된 호기심이 막연하게 예감하고 있던 어떤 거대한 개념을 한 사회가 정교하게 만들려고 할 때, 무슨 일이 벌어지는가? 과학이 그러한 호기심, 예컨대 세계에 대한 기계론적 설명을 발전시키고 구체화하기 이전에 말이다. 아니면 한 사회가 야심적으로 꿈꿔온 거대한 정복을 구현하려 할 때, 어떤 일이 일어나는가? 사회 내의 인간 활동이 그 야망, 예컨대 증기를 이용한 생산기계, 운송수단, 항해수단을 본격적으로 개발하기 이전에 말이다. 우선 사람들에게 제기된 문제가 온갖 모순적인 창안과 상상을 불러일으킨다. 그것들은 여기저기서 나타났다가 또 금방 사라진다. 그러다가 어떤 명료한 해석틀이나 편리한 기계가 등장하기에 이르는 것이다. 이것은 그 이전의 모든 것들을 잊게 만든다. 이후로는 그것이 고정적인 기반으로 이용되면서 그 위에서 궁극적인 발전과 완성이 이루어진다. 그러므로 진보는 일종의 집단적인 성찰이다. 거기에는 하나의 고유한 뇌가 없다.

그것은 오히려 창안자들의 무수한 뇌 사이에서 모방 덕분에 생겨나는 연대에 의해 가능해지는 것이다. 여기서 새로운 발견은 문자로 고정되어 거리나 시간의 간극을 뛰어넘어 전달될 수 있게 된다. 이는 기억의 바탕을 구성하는 이미지들이 개인의 뇌 속에서 고정되는 것과 마찬가지이다. 그리하여 사회적 진보는 개인적 진보와 같이 두 가지 절차, 즉 대체와 축적을 통해 일어난다. 발견이나 창안 가운데 어떤 것들은 대체 가능하고, 또 어떤 것들은 축적 가능하다. 그로부터 논리적인 투쟁과 논리적인 결합이 생겨난다. 우리는 바로 이러한 원리를 채택하고자 하며, 그것으로 역사의 모든 사건들을 설명하는 데 별 어려움이 없으리라고 본다.

이 글에도 대비적인 게 나오네요. 뭔가요? '하나의 고유한 뇌'와 '무수한 뇌'가 대비되어 나왔죠? 이 글에서 다루는 내용은 무엇이죠? '진보'가 어떻게 일어나는가?를 풀고 있네요. 글쓴이가 말한 진보의 과정을 말해 보세요.

어떤 문제가 있다. 이것을 해결하기 위해 별의별 생각이 중구난방으로 떠오른다. 곧 사라진다. 그 중에 명료한 게 잡힌다. 이제 중구난방으로 떠올렸던 것은 다 버리고, 새로 잡힌 명료한 것을 기반으로 삼는다. 새로 발견한 것은 문자로 고정되어 전달된다. 이렇게 발견된 것은 '대체'와 '축적'이라는 두 절차를 통해 사회적 진보를 이룬다.

그런데 지금까지 본 진보의 과정은 '하나의 고유한 뇌'가 하는 건가요, 아니면 '무수한 뇌'가 하는 건가요. 글쓴이는 '무수한 뇌'가 한다고 했네요. "거기 [진보]에는 하나의 고유한 뇌가 없다"고 했잖아요. 이런 방식으로 역사의 모든 사건을 설명할 수 있다고도 했네요. 그러면, '무수한 뇌'와 같은 의미로 사용된 말들을 찾아보세요. '집단적인 성찰', '모방 덕분에 생겨나는 연대'가 그거네요.

이제 논제, '새로움이 부상하는 과정에서, 다수가 하는 역할'을 중심으로 이 글을 살펴보세요. 한 마디로 무수한 뇌, 즉 다수에 의해서 역사는 진보하는 것이지, 뛰어난 개인에 의한 것이 아니라는 소리네요.

4. 제시문 (가), (나), (다)의 공통점 또는 공통 기반과 차이점.

공통점이라면, 논제에서 제시한 '새로움이 부상하는 과정에서, 다수가 하는 역할'에 대해 다룬 것이에요. 그런데, 이것을 그대로 쓰면 안 되니까, 표현을 바꾸어 보세요. '사회 변화와 대중의 관계'라고 하면 되겠죠? 차이점은 분석하면서 다 했으니까 여기서는 그만 하겠어요.

5. 얼개 짜기

① 세 글에 나타난 공통점과 차이점
- 공통적인 문제의식
- 다른 해석

② 제시문 (가)의 대중관
- 다양한 개인의 사회 – 부분적으로만 받아들여짐. 그리스
- 천편일률적인 대중 – 전면적으로 받아들여짐. 북유럽

③ 제시문 (나)의 대중관
- 아류는 걸작을 모독함
- 모독을 통해 걸작에 대한 존경심을 자극
- 이게 바로 걸작과 걸작을 잇는 이음매 구실

④ 제시문 (다)의 대중관
- 제시문 (가), (나)의 대중관과 결정적으로 다른 대중관 – 창조적 대중
- 무수한 뇌와 특출한 개인
- 진보의 과정

6. 예시 답안 (1000자 안팎)

사회 변화에 있어서 대중의 구실은 무엇인가? 제시문에 있는 세 개의 글이 함께 서 있는 출발점이다. 하지만 이들은 서로 다른 길을 가며, 다수의 구실에 대해 저마다 색다른 해석을 내놓는다.

제시문 (가)는 대중을 '수준에 따라' 두 부류로 나눈다. "다양한 고통을 지닌 다양한 개인들"과 "천편일률적이고 저급한 무리"가 그것이다. 앞의 사람들이 많은 사회는, 아무리 빼어난 사람이 새로운 것을 그들 앞에 내어 놓는다 하더라도, 그것들을 전면적으로 받아들이지는 않는다. 피타고라스, 플라톤이 새로운 종교를 선보였지만, 단지 한 종파에 머물고 말았던 고대 그리스 사회가

이것을 여실히 보여준다. 반면에 '천편일률적이고 저급한 무리'가 모인 사회는 욕구와 유형이 같아서, 새로운 것이 나오면 전면화되기 쉽다. 루터의 종교개혁을 사회 구석구석까지 퍼뜨린 북유럽의 모습이 그것이다. 이런 현상은 예술과 인식에서도 볼 수 있다.

대중이 독창적이기는 쉽지 않다. 그래서 독창적인 것을 흉내낸다. 아류는 '독창적인 작품'에 대한 모독이고 개악이다. 그러면 다수는 걸작을 타락시키는 '몹쓸 무리'에 지나지 않는가? 제시문 (나)가 골똘히 되새겨본 대목이다. 아니다. 걸작이 모독당하는 것을 보면서, 걸작에 대한 존경심이 역설적으로 우러난다. 독창성을 가진 작품을 간절히 원하게 되는 것이다. 이렇게, 걸작에서 새로운 걸작이 나오는 데에 대중은 이음매가 된다. 이게 바로 자기 완결적인 작품이 그것 하나로 끝나지 않고, 또 다른 걸작과 이어지는 까닭이다.

(가)와 (나)의 글쓴이는 대중의 창조 능력을 높이 치지 않았다. 거기에는 이음매가 되어주는 대중, 무조건적으로 지도자를 따르는 대중, 지도자의 생각에 무턱대고 휩쓸리지는 않을 정도의 대중이 있을 뿐이다. 이 점에서 제시문 (다)의 글쓴이는 그들과 영 딴판이다. '사회의 진보는 집단적인 성찰 때문이다.' 그의 헤아림이 내는 소리다. 어떤 문제를 놓고, "무수한 뇌"들이 이러저러한 소리를 내고, 사라지고 또 나오고 하다가, 드디어 명료한 해석들이 나오고, 그것을 기반으로 문제를 푼다. 이게 진보의 과정이다. 여기에는 '모방에 의한 연대'만 있을 뿐 특출한 개인은 없다. 이렇게 발견된 것은, 기록을 거쳐 고정화되고, 대체와 축적의 과정을 거쳐 사회 진보를 이끈다.

7. 전략적인 글쓰기.

제시문의 내용을 소개할 때, 보통 '제시문 (가)에 따르면…….'이런 식으로 하죠. 그렇게 해도 문제는 없어요. 그런데 이런 식의 글투가 한 편의 답안에 몇 번 씩 반복될 땐, 읽는 사람을 지루하게 해요. 반복이 리듬감과 운율감을 준다면 모를까, 그렇지 않으면 식상하잖아요. 그래서 저는, 제가 말하고 있는 부분이 어느 제시문에 해당하는지를 밝혀야 할 때마다, 다른 글투를 선보였어요. 제시문 (가), (나), (다)가 나와 있는 각각의 곳을 다시 살펴보세요. 단조로울 수 있는 것을 하나도 단조롭지 않게 변화를 주었죠? 이런 변주가 글 읽는 사람의 마음을 계속 붙들어 둔다는 것은 말 안 해도 되겠죠?

논제2. 개별형 사이트에서 참여자들이 독자적으로 판단해 곡을 다운로드한 횟수가 미공개 신곡들의 질을 반영한다는 가정 아래 제시문 (라)의 실험결과를 해석하고, 이를 바탕으로 제시문 (가)의 주장을 평가하시오. (1000자 안팎, 50점)

1. 논제 분석.

- 개별형 사이트에서 독자적으로 판단해 다운로드한 횟수가, 미공개 신곡들의 질을 반영한다는 가정.
- 제시문 (라)의 실험결과를 해석하라.
- 이를 바탕으로 (가)의 주장을 평가하라.

마음 써야 할 게 셋이네요. 특히 '~라고 가정'한 것은, 실험 결과를 해석하는 데 중요하니까 꼭 기억하고 있어야겠죠?

2. 실험의 목적과 그 방법을 확실하게 알기.

대중음악계에 새롭게 떠오르는 장르가 있다. 이 장르의 미공개 신곡(新曲)에 사람들이 어떻게 반응하는지 알아보기 위해 온라인 실험을 마련했다. 일반인 신청자들 가운데 모두 6백 명의 실험 참여자를 선정하였다. 이들은 신곡 10개를 듣고 자신이 선호하는 곡을 3개까지 무료로 다운로드할 수 있는, 6개의 온라인 사이트에 무작위로 1백 명씩 배치되었다. 사이트는 크게 '개별형'과 '집단형'으로 나뉘어 다음과 같이 설계되었다.

사이트 유형	사이트 수	특징
개별형	1개	-무작위로 화면에 배열된 10개 곡을 들은 후 3개까지 다운로드 할 수 있음 -참여자는 다른 참여자들의 다운로드 횟수를 알 수 없음
집단형	5개	-무작위로 화면에 배열된 10개 곡을 들은 후 3개까지 다운로드 할 수 있음 -화면에 배열된 각 곡의 옆에는 사이트 내 다른 참여자들이 그 시점까지 다운로드한 횟수가 표시됨 -참여자는 자기 사이트 내에서 각 곡에 대해 간단한 평을 달거나 다른 참여자들의 평을 읽을 수 있음

두 유형의 사이트 모두에서 곡을 들을 시간은 충분히 주어졌으며, 6 개 사이트들 간의 의사소통은 차단하였다. 실험결과를 정리해보면 다음의 <그림1>, < 그림2>와 같다. 집단형 사이트가 모두 5개 있으므로, 개별

형 사이트에 해당하는 가로축의 한 값에 대해 5 개의 집단형 사이트의 값들이 세로축으로 늘어서게 된다.

　실험 목적과 방법 중에서 중요한 것은 뭐죠? 실험 목적은 다행히 "미공개 신곡에 사람들이 어떻게 반응하는지 알아보기" 위한 것이라고 나와 있네요. 그림 1,2를 보고, 여기에 해석을 덧붙이면 글쓴이가 주장하려는 것이 무엇인지 나오겠죠?

　실험 방법에서 특징적인 게 무엇일까요? 우선, 개별형과 집단형으로 나눈 게 눈에 띄죠? 이렇게 한 까닭을 추리해야겠네요. 무엇을 위해서 그랬을까요? 먼저 개별형과 집단형을 규정하는 정의가 무엇인지를 똑똑히 알아야겠지요? 다른 참여자들의 다운로드 횟수를 알 수 없는 게 개인형의 특징이네요. 그러니까, 순전히 독자적으로 판단할 수밖에 없게 되어 있는 거죠. 반면에 집단형은 다른 참가자들에 의한 다운로드 횟수를 알 수 있고, 곡에 대한 참가자들의 평을 읽을 수도 있고, 직접 쓸 수도 있다고 되어 있네요. 한 마디로 참가자들이 소통을 통해 영향을 주고받을 수 있는 게 집단형의 특징이지요?

　그런데, <논제2>에 중요한 사실이 있어요. "개별형 사이트의 다운로드 순위가 높을수록 뛰어난 곡이라는 가정이에요. 이것까지 감안해서 정리하면, 개인형과 집단형으로 나눈 것은, 단독으로 있을 때의 행동이, 다른 사람들과 함께 있을 때 어떻게 달라지는가를 알기 위해서였네요.

　또 눈에 띄는 것은, 집단형 사이트가 5개나 된다는 거네요. 이것은 무엇을 겨냥하고 짜진 실험 방법일까요? 집단형 간에 차이가 나는가를 알아보기 위해서겠죠? 조건에 보니까, 모든 사이트 간에는 의사소통이 차단되었다고 한 것으로 보아, 어떤 집단에 속하느냐에 따라 사람들이 다르게 행동하는가를 알아보자는 게 확실하네요.

3. 제시문 (가)의 주장을 염두하고서, 제시문 (라)의 실험 결과를 해석하기.

　논제에선 "제시문 (라)의 실험결과를 해석하고, 이를 바탕으로 제시문 (가)의 주장을 평가하라"고 되어 있는데, 저는 그것을 뒤집었지요. 왜 그랬을까요? 제시문 (가)의 주장을 염두하고 제시문 (라)의 실험결과를 읽어야 해석이 잘 되기 때문이에요. 이번 논제 역시 해석의 방향과 잣대를 알려주고 있는 거라는 것을 명심하세요.

　제시문 (가)의 주장이 뭐였죠. 대중은 두 부류다. 같은 욕구, 같은 유형인 경우와 다양한 개인들이 그것이다. 대중의 부류에 따라 새로운 것이 전면화되기도 하고, 일부분을 차지하는 데 그치기도 한다. 이게 (가)의 주장이었어요.

4. 실험 결과 확인과 해석하기.

　<그림1>을 보면, 개별형 사이트에서 다운로드 횟수가 많은 곡일수록 5개점들 간 간격이 더 벌어지는 것을 알 수 있다. 예를 들어 곡10의 경우, 개별형 사이트에서는 다운로드 횟수가 49회였는데, 집단형5 사이트

에서는 99회, 집단형 2 사이트에서는 71회 등을 기록했다. 반면 개별형에서 19회를 기록한 곡1의 경우, 집단형 사이트들에서의 다운로드 횟수는 모두 10회 미만이었다. 한편 < 그림2>를 보면, 개별형 사이트에서 다운로드 순위가 중위권일 때보다 최상위와 최하위일 때 5개점들이 서로 더 겹치는 것을 알 수 있다 . <그림2>의 곡1이나 곡10의 ■는 5개점들이 한 곳에 겹쳐있음을 나타낸다.

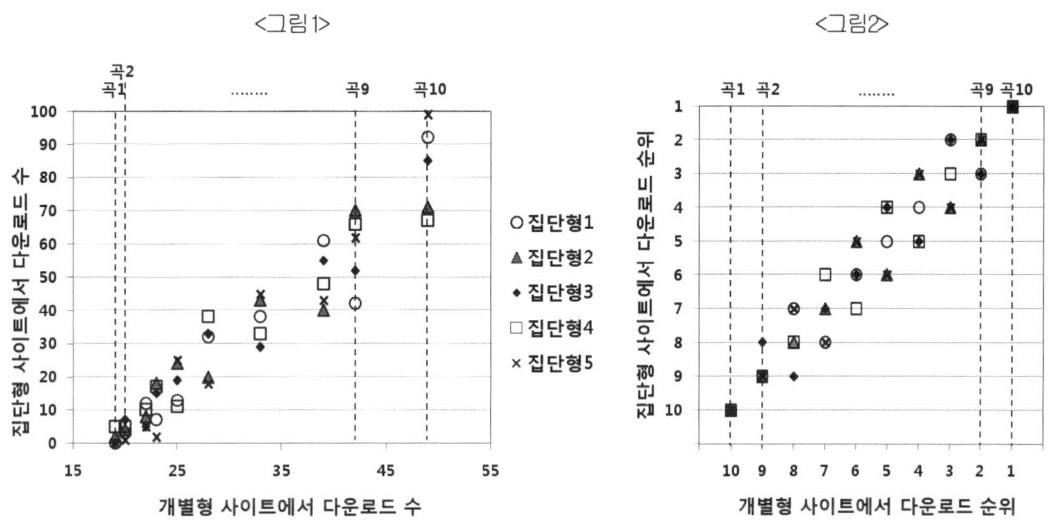

　　<그림1>, <그림2> 에 대해, 필자가 그림에서 읽은 것을 써 놓은 게 보이죠? 이것을 중심으로 그림 1,2를 해석하라는 소리지요. 그렇다고 이것 외에는 <그림1,2>에서 다른 것을 읽을 필요가 없다는 소리는 아니에요.

　　<그림1>을 보지요. "개별형 사이트에서 다운로드 횟수가 많은 곡일수록 5개 점들 간 간격이 더 벌어지는" 실험결과를 해석하면 어떻게 될까요? 이것은, 작품의 질이 높을수록 집단 간에 편차가 더 커진다는 소리니까, '뛰어난 곡일수록 집단 내에서 영향을 많이 받는다'라고 해석할 수 있겠네요.

　　<그림1>에서 또 읽을 수 있는 게 뭘까요? 사실, 그림에서 개별형 사이트인 가로축과 집단형 사이트인 세로축의 눈금 간격이 일치하지 않아요. (그림의 형태는 연세대에서 시험문제로 제시한 그대로임.) 일치했다면, 시각적으로 금방 눈에 띄었을 사실이 있어요. 찾아보세요. 곡10, 그러니까 가장 뛰어난 곡의 다운로드 횟수가 개인형에선 100명 중 49명만 했는데, 집단형에선 많게는 100명 중 99명이, 가장 적게 선택한 집단형도 69명이나 선택했다는 게 확 들어오지요? 이것이 의미하는 것은 무엇일까요? 다른 사람과 같이 있을 때 사람들이 영향을 많이 받고, 심지어는 극심한 쏠림 현상이 발생한다고 해석되지요.

또 읽을 수 있는 게 없을까요? 제시문 (가)의 주장을 평가하려면, 그림에서 반드시 읽어야 할 게 있어요. 그게 뭐죠? 제시문 (가)는 사람들을 '다양한 개인'과 '천편일률적인 사람'들로 나누고, 부류에 따라 새로운 것을 대하는 게 다르다고 했지요? 그러니까 우리가 <그림1>, <그림2>에서 찾아야 할 것은, 실험 참가자들이 어떤 부류의 사람들인가를 반드시 알아야겠네요. <그림1>에서 이것을 알 수 있으니, 꼼꼼히 따져 보세요.

사람들의 수준을 알 수 있는 것은 다른 사람들로부터 영향이 차단된 개별형 사이트에서지요. 다운로드 분포가 몰려 있나요, 아니면 꽤 퍼져 있나요? 최고 다운로드가 49회고 최저 다운로드가 19회이니, 꽤 넓게 퍼져 있지요. 개인형에 속하건 집단형에 속하건 간에 600명 중에서 무작위로 100명씩 뽑아 배치했으니까, 개인형 구성원들의 특징이 집단형에도 그대로 적용된다고 봐야겠지요? 그러므로, 실험 참가자들은 '천편일률적인 사람'이 아니라 '다양한 욕구를 지닌 개인들'임이 밝혀졌네요. 제시문 (가)에 따르면, 이런 사람들은 피타고라스나 플라톤 같이 뛰어난 사람이 새로운 것을 제시해도, 대부분의 사람들이 그쪽으로 쏠리는 현상은 발생하지 않고, 일부의 사람들만 새로운 것으로 기울어진다고 했어요. 그러니 실험 결과에 비춰봤을 때, 제시문 (가)는 틀렸다고 해야겠네요.

이제 <그림2>를 보지요. "개별형 사이트에서 다운로드 순위가 중위권일 때보다 최상위와 최하위일 때 5개 점들이 더 겹치는" 현상을 해석하면 어떻게 될까요? 개별형 순위는 작품의 질을 반영하니까, 최고로 뛰어난 곡과 가장 안 좋은 곡은 어떤 집단이든 일치하지만, 나머지 곡에 대해선 집단들 사이에 의견 일치가 이루어지지 않았다는 것을 뜻하지요. 이것은, 어떤 집단에서 어떤 영향을 받건 간에, 사람들이 가장 빼어난 곡과 가장 떨어진 곡을 분별하고 있다고 해석해도 괜찮겠죠? 즉 참가자들이 수준 있는 개인들임을 드러내는 실험 결과라고 할 수 있겠네요. <그림2>를 좀 더 자세히 보면, 2위와 9위에 대해서도 집단 간에 꽤 일치가 이루어진 것이 보여요. 3위에서 8위 사이만 엎치락뒤치락하는 것으로 보아, 참가자들의 뛰어난 곡에 대한 판별능력이 충분하다고 할 수 있겠네요.

5.얼개 짜기

① 실험 방법과 목적

- 무작위 배치
- 개별형과 집단형 5개
- 규정 사항 – 소통 가능한 형과 불가능한 형

② 실험 결과 및 해석

- 개별형에서 다운로드가 많을수록 집단형 간 격차가 커짐.
- 집단 속에서 영향을 많이 받음 – 1위 곡이 개별형에선 49회인데 집단형에서 최대 99회

를 기록했다. 또 10위 곡이 개별형에선 19회 다운로드, 집단형에선 다섯 집단 모두 10회 미만.
- 개별형을 봤을 때 대중들의 취향이 다양함.
- 피실험자들이 곡의 수준을 상당히 정확하게 알고 있는 수준 높은 사람들 – 개별형이나
  집단형 모두 1위 곡과 꼴찌 곡 일치. 2위 9위 곡은 상당한 정도 일치. 3~8위는 뒤죽박죽.
③ 실험 결과에 따른 (가) 주장 평가.
- (가) 주장 – 수준 높은 다양한 개인들은 한쪽으로 확 쏠리지 않음.
- 실험결과 – 수준 높은 다양한 개인들도 한쪽으로 쏠림 확인.
- (가)의 주장은 틀렸다.

6. 예시 답안 (1000자 안팎)

사람들이 영향을 주고받을 때와 단독자로 있을 때, 사람들의 행동이 각각 어떻게 나타날까? 이 실험이 겨냥하고 있는 푯대다. 600명을 무작위로 100명씩 나눠 개별형과 집단형 5개 사이트에 각각 배치하여, 신곡 10곡 중 3곡을 다운로드하게 한다. 사이트 간에는 소통이 불가능하다. 그리고 개별형은 다른 사람들의 다운로드 기록을 볼 수 없지만 집단형은 같은 집단 내에서는 다운로드 횟수를 볼 수 있고 곡에 대한 평을 읽을 수도 있다.

실험 결과는 첫째, 개별형에서 다운로드 횟수가 많은 곡일수록 집단형 간에 격차가 크게 벌어졌다. 개별형에서의 다운로드 횟수가 곡들의 질을 반영한다고 논제에서 가정했으므로, 이 실험 결과는 뛰어난 곡일수록 사람들이 영향을 많이 받음을 뜻한다. 또, 1위 곡을 개별형에선 100명 중 49명밖에 선택하지 않았는데, 집단형에선 최소 69명 최대 99명이나 선택했다. 아주 심한 쏠림 현상이 발생한 것이다. 사람들 사이에서 영향력이 보편적으로 작용했음을 알 수 있다.

다음은 개별형 사이트에서의 다운로드 수를 봤을 때, 사람들의 취향이 다양함을 알 수 있다. 1위 곡이 49회 다운로드를 기록했고, 꼴찌가 19회를 기록할 정도로 열 곡이 비교적 고르게 다운로드를 유지한 게 그 증거다. 이 사실로 피실험자들은 "천편일률적"이지 않고, "다양한 욕구를 가진 개인들"임이 드러났다. 또한, 이 사람들은 뛰어난 곡과 부족한 곡을 정확하게 고를 정도로 수준 높은 개인들이기도 하다. <그림2>에서 사이트 간에 서로 단절되어 있고, 집단형 내에서는 영향을 주고받음에도, 6사이트 모두 1위와 꼴찌 곡에서 일치하고, 2위와 9위도 상당히 일치한다는 데서 추론할 수 있다. 비록 3위부터 8위까지는 뒤죽박죽이지만, 이것은 중간 정도의 곡들 간에는 질에서 큰 편차가 없어서 그랬을 것이다.

실험 결과를 정리하면, 첫째 피실험자들은 '수준 있고 다양한 개인들'이다. 둘째 가장 빼어난 곡엔 보편적으로 쏠리는 현상이 일어났다. 그런데, 제시문 (가)의 글쓴이는 '수준 있고 다양한 개인들'이 있는 사회엔, 피타고라스나 플라톤 같이 빼어난 사람이 새로운 것을 들고 나와도 일부의 사람들만 그쪽을 향한다고 주장했다. 실험 결과는, 이 주장에 맞장구치지 않는다.

7. 전략적인 글쓰기.

　예시 답안 첫 문장을 눈여겨 봐주세요. 첫 문장은 글 전체의 얼굴이기에, 그것을 쓰기가 무척 힘들어요. 전문적인 글쟁이들조차도 첫 문장 쓰기의 막막함을 토로하곤 하죠. 이렇게 어려운 일이기에, 첫 문장을 말쑥하고 깔끔하게 뽑아놓기만 하면 반쯤 먹고 들어간다고 생각해도 괜찮아요. 그러니 여러분은 예시 답안의 첫 문장은 무조건 곱씹어 보고 눈여겨 봐, 첫 문장 쓰기 방식을 터득하세요. 이번 글에선, 실험이 목표하는 게 뭐라는 것을 의문문 형식으로 드러내어, 글 전체를 꽉 다잡고 시작한 게 느껴지죠?

　또, 그림을 해석함에 있어서도 두 개의 주장을 각각, 두 개씩의 실험 결과를 들어 논거로 삼았어요. 단락도 나눴고요. 글에 균형감이 느껴지지 않으세요? 될 수 있는 대로 글을 균형감 있게 써야 해요. 아름다운 글을 원한다면은요.

[제시문 출처]

　제시문 (가)는 프리드리히 니체(Friedrich Nietzsche)가 쓴 『즐거운 학문(Die fröliche Wissenschaft)』(1882)의 일부를 발췌한 것이다. "종교개혁의 실패"라는 제목이 붙은 이 글에서 니체는 창조적인 개인들에 의해서 창안된 새로운 종교적 이념이 서로 다른 사회에서 어떻게 달리 수용되는지를 기술한다.

　제시문 (나)는 문학평론가 임화의 논문 『고전의 세계-혹은 고전주의적인 심정』(1940)에서 발췌, 재구성한 것이다. 제시문에서 임화는 예술사에서 아류가 지니는 의미에 관해 성찰한다.

　제시문 (다)는 사회학자 가브리엘 타르드(Gabriel Tarde)의 저작인 『모방의 법칙 (Les lois de l'imitation)』(1890) 가운데 한 부분을 발췌, 번역한 것이다. 이 책은 창조, 유행, 진보와 같은 사회 현상들을 탐구하면서 그것을 지배하는 모방의 메커니즘을 밝힌, 사회학과 사회심리학의 고전이다.

　제시문 (라)는 매튜 살가닉(Matthew J. Salganik), 피터 도즈(Peter Sheridan Dodds), 던컨 와츠(Duncan J. Watts)가 『사이언스Science』(2006년 2월 311호, 854-856페이지)에 실은 논문 『Experimental Study of Inequality and Unpredictability in an Artificial Cultural Market』을 문제 의도에 맞게 단순화하여 실험결과를 재구성한 것이다.

※ 아래 제시문 (가), (나), (다), (라)를 읽고 문제에 답하시오.

제시문 (가)

　　사람들에게는 자신의 활력을 임의로 이곳저곳에 소모하려는 정신 경향이 있습니다. 이러한 정신의 발현 방식 역시 세상이 진보하면 할수록 복잡해지는 것이 당연합니다. 그것이 '어떤 방향으로 표출되는가'를 간략히 설명해 본다면, 보통 '도락(道樂)'이라고 하는 자극에 대해 발생하는 것이라고 할 수 있습니다. 도락이라고 하면 누구나 알고 있습니다. 낚시를 한다든가 당구를 친다든가 바둑을 둔다든가 총을 메고 사냥을 간다든가 여러 가지 형태가 있겠습니다. 이것들은 설명할 필요도 없이 스스로 나아가서 어떤 강요 없이 자신의 활력을 소모하고 기뻐하는 쪽입니다. 더 나아가 이러한 정신이 문학도 되고 과학도 되고 또 철학도 되므로, 언뜻 보면 대단히 어려운 문제가 모두 도락의 발현에 불과한 것입니다.

　　전차나 전화 등이 설비되어 있다고 해도 "꼭 오늘은 저쪽까지 걸어서 가고 싶다."는 식의 도락심이 강하게 나타나는 날이 반드시 일 년에 두세 번은 있습니다. 원해서 육체를 사용하고 피로를 청합니다. 우리가 매일 하는 산보라는 사치도 요컨대 이 활력 소모의 부류에 속하는 적극적인 생활을 위한 생명 보존 형태의 일부분입니다.

　　도덕가라면 이 도락 근성의 발전을 괘씸하다 할 것입니다. 그렇지만 그건 도덕상의 일일 뿐 사실상의 문제는 되지 않습니다. 현실의 상황에서 말하자면 우리가 원하는 곳에 활력을 소비하는 이 궁리 정신은 하루 종일 쉬지 않고 활동하며 발전하고 있습니다. 원래 사회가 그렇기 때문에 부득이 의무적 행동을 하는 인간도 내버려두면 자아본위(自我本位)에 입각하는 것은 당연하므로, 자신이 원하는 자극에 정신이나 신체 등을 소비하는 경향은 어쩔 도리가 없는 것입니다.

제시문 (나)

　　프랭크 길브레스는 과학적 관리법에 흥미를 갖고 이를 벽돌쌓기에 적용해보기로 했다. 그는 벽돌공의 동작들에 대해 매우 재미있는 분석과 연구결과를 내놓았고, 벽돌공의 작업 속도와 피로감에 영향을 미치는 요소들은 아무리 사소한 것이라도 모두 실험 대상으로 삼았다.

　　길브레스는 벽, 반죽통, 벽돌더미가 위치한 곳에서 양 발이 각각 디뎌야 할 정확한 위치를 찾아냈고,

벽돌공이 벽돌을 쌓고 벽돌더미 쪽으로 한두 발짝 움직이는 동작을 없애도록 했다. 또 그는 반죽통과 벽돌의 가장 알맞은 높이를 연구한 다음, 비계*를 고안해 그 위에 모든 재료들을 올려놓을 탁자를 둠으로써 벽돌공이 반죽통과 벽돌을 가장 알맞은 위치에 두고 작업을 할 수 있게 했다. 비계는 벽의 높이에 따라 조정할 수 있었는데, 비계를 조정하는 일만 전담하는 노동자를 두었다. 이런 방법을 통해 벽돌공은 반죽을 퍼낼 때마다 벽돌을 들고 몸을 구부렸다 펴는 일을 줄이게 되었다.

그리고 벽돌공에게 벽돌을 전달하기 전에 한 노동자가 화차에서 벽돌을 내린 다음 고운 면이 위로 향하도록 조심스럽게 분류하여 높이 조절이 가능한 비계 위의 반죽통 가까이에 쌓도록 했다. 이로써 벽돌공은 비계 위에 너저분하게 쌓여 있는 벽돌 더미에서 벽돌을 고르는 시간을 절약하게 되었으며, 가장 편한 자세로 가장 빠르게 벽돌을 쥘 수 있게 되었고 벽돌을 뒤집거나 양 끝을 돌리는 동작을 할 필요가 없게 되어 시간의 낭비가 줄었다.

길브레스는 벽돌공들이 반죽 위에 벽돌을 놓고 접합부의 두께를 제대로 맞추기 위해 흙손의 손잡이 끝으로 벽돌을 몇 차례 두드리는 모습을 여러 번 목격했다. 이후 그는 반죽의 농도를 적당하게 조절함으로써 벽돌을 누르는 손의 압력으로 접합부의 적당한 두께를 손쉽게 유지하는 법을 고안했다.

*비계: 건설현장에서 쓰는 가설 발판

제시문 (다)

기억에 망각이 특이하게 혼합되는 것은 우리 정신에 있는 선택 작용의 한 예이다. 선택은 그 위에 정신이란 배를 건조할 뼈대가 된다. 그리고 기억을 위해 선택이 쓸모 있다는 것은 분명하다. 모든 것을 기억한다면 우리는 어떤 것도 기억하지 않는 것과 마찬가지로 살아가기 어려울 것이다. 선택이 없다면, 우리가 과거의 어떤 기간을 회상하려 할 때 그것이 지속된 원래 시간만큼 오랜 시간이 걸릴 것이며 우리는 결코 사고를 앞으로 진전시키지 못할 것이기 때문이다. 따라서 모든 회상된 시간들은 원근 단축이라는 것을 겪게 되는데, 이 원근 단축은 그 시간들을 채웠던 수많은 사실을 생략함으로써 가능해진다.

원근 단축이라는 축약 과정은 이와 같은 결손을 전제로 한다. 먼 옛날의 일을 떠올리기 위해 그 일과 현재의 우리 사이에 놓인 일련의 사건들을 모두 거쳐야 한다면, 그 조작에 오랜 시간이 걸리기 때문에 기억은 불가능할 것이다. 따라서 기억이 이루어지는 조건의 하나가 망각하는 것이라는 역설적 결론에 도달한다. 내가 알고 있는 많은 것들을 완전히 망각하지 않거나 일시적으로 망각하지 않는다면, 우리는 전혀 기억할 수 없을 것이다. 따라서 어떤 경우를 제외하고는 망각은 기억의 질병이 아니라 기억을 건강하게 하고 살아있게 하는 조건이 된다.

하지만 망각 과정에는 아직도 설명되지 않은 변칙적인 것들이 있다. 어느 날 망각되었던 것이 다음 날에는 기억날 수도 있다. 우리가 상기하려고 아주 열심히 노력했지만 무위로 돌아간 것이, 우리가 그 시도를 포기하자마자 마치 언제 그랬냐는 듯 천연스레 정신 속으로 어슬렁어슬렁 걸어 들어올 수도 있다. 과거의 경험들이 여러 해 동안 철저하게 망각된 다음에도, 어떤 대뇌 질환이나 사고를 당한 경우, 잠복된 연상 통로가 개방되어 재생되는 일도 가끔 있다. 마치 사진사의 약물이 콜로디온 필름 속에서 잠자고 있는 그림을 현상해 내듯이 말이다.

제시문 (라)

한 대학의 연구소에서 대학생들을 대상으로 시각적 인지에 관한 실험을 실시했다. 실험진은 피실험자들에게 한 번에 하나씩 총 8장의 컬러 슬라이드 사진을 보여주고 각각이 무엇에 대한 사진인지 식별하도록 했다. 실험진은 각각의 사진을 초점이 희미한 상태에서 스크린을 통해 피실험자들에게 공개했고 연속적으로 점차 선명하게 보이도록 조작했다. 한편 실험진은 사진을 피실험자들에게 최초로 보여줄 때 사진의 희미한 정도와 공개 시간의 길이를 다양하게 설정했다. 최초 공개시 희미한 정도는 상, 중, 하의 3단계로, 공개 시간은 122초, 35초, 13초의 3단계로 구분했다.

이 실험에는 정상적인 (교정)시력을 갖고 있는 총 90명의 대학생들이 피실험자로 참여했다. 이들은 10명씩 9개 집단에 배정되었다. 이들 중 첫 번째 3개 집단은 희미한 정도가 '상'인 상태로 사진을 보기 시작했고, 각각 122초, 35초, 13초 동안 총 8장의 사진을 보았다. 또 다른 3개 집단은 희미한 정도가 '중'인 상태에서 사진을 보기 시작했고, 역시 각각 122초, 35초, 13초 동안 총 8장의 사진을 보았다. 마지막 3개 집단은 희미한 정도가 '하'인 상태에서 사진을 보기 시작했고, 각각 122초, 35초, 13초 동안 총 8장의 사진을 보았다. 그런데 이 실험에서는 최초 공개시 희미한 정도의 차이, 그리고 공개 시간의 차이에 상관없이 미리 정해 놓은 수준까지 선명도가 높아지면 사진이 자동적으로 꺼지도록 프로젝터를 조작했다. 사진이 꺼질 때 각 집단의 피실험자들은 무엇에 대한 사진인지 미리 준비된 별도의 용지에 바로 기록했는데, 그 결과를 정리하면 아래의 표와 같다.

공개 시간(초)	최초 공개시 희미한 정도			평균
	상	중	하	
122	25.3	50.7	72.9	49.6
35	25.2	44.4	63.8	44.5
13	19.4	39.1	42.7	33.7
평균	23.3	44.7	59.8	–

<표> 정확히 인지된 사진의 비율 (단위: %)

〈문제 1〉 제시문 (가)와 (나)를 '낭비'의 관점에서 비교하고, 두 입장을 모두 활용하여 제시문 (다)에 나타난 정신 활동에 대한 이해방식을 비판적으로 분석하시오. (1,000자 안팎, 50점)

〈문제 2〉 제시문 (나)의 프랭크 길브레스는 벽돌쌓기에 적용했던 과학적 관리법을 경쟁률이 매

논제1: 제시문 (가)와 (나)를 '낭비'의 관점에서 비교하고, 두 입장을 모두 활용하여 제시문 (다)에 나타난 정신활동에 대한 이해방식을 비판적으로 분석하시오. (1000자 안팎. 50점)

1. 논제 분석.

크게 보면 세 부분으로 되겠네요.

- 제시문 (가)와 (나)를 낭비의 관점에서 비교하라.
- 제시문 (가)를 활용하여 (다)를 비판적으로 분석하라.
- 제시문 (나)를 활용하여 (다)를 비판적으로 분석하라.

2. 제시문 (가), (나), (다)를 가볍게 읽기.

정신활동의 메커니즘을 다양하게 제시했네요. 제시문을 비교하고 또 비판적으로 분석하는 일이 만만치 않을 듯하죠?

3. 제시문 분석.

1) 제시문 (가)

사람들에게는 자신의 활력을 임의로 이곳저곳에 소모하려는 정신 경향이 있습니다. 이러한 정신의 발현 방식 역시 세상이 진보하면 할수록 복잡해지는 것이 당연합니다. 그것이 '어떤 방향으로 표출되는가'를 간략히 설명해 본다면, 보통 '도락(道樂)'이라고 하는 자극에 대해 발생하는 것이라고 할 수 있습니다. 도락이라고 하면 누구나 알고 있습니다. 낚시를 한다든가 당구를 친다든가 바둑을 둔다든가 총을 메고 사냥을 간다든가 여러 가지 형태가 있겠습니다. 이것들은 설명할 필요도 없이 스스로 나아가서 어떤 강요 없이 자신의 활력을 소모하고 기뻐하는 쪽입니다. 더 나아가 이러한 정신이 문학도 되고 과학도 되고 또 철학도 되므로, 언뜻 보면 대단히 어려운 문제가 모두 도락의 발현에 불과한 것입니다.

전차나 전화 등이 설비되어 있다고 해도 "꼭 오늘은 저쪽까지 걸어서 가고 싶다." 는 식의 도락심이 강하게 나타나는 날이 반드시 일 년에 두세 번은 있습니다. 원해서 육체를 사용하고 피로를 청합니다. 우리가 매일 하는 산보라는 사치도 요컨대 이 활력 소모의 부류에 속하는 적극적인 생활을 위한 생명 보존 형태의 일부분입니다.

도덕가라면 이 도락 근성의 발전을 괘씸하다 할 것입니다. 그렇지만 그건 도덕상의 일일 뿐 사실상의 문제는 되지 않습니다. 현실의 상황에서 말하자면 우리가 원하는 곳에 활력을 소비하는 이 궁리 정신은 하루 종일 쉬지 않고 활동하며 발전하고 있습니다. 원래 사회가 그렇기 때문에 부득이 의무적 행동을 하는 인간도 내버려두면 자아본위(自我本位)에 입각하는 것은 당연하므로, 자신이 원하는 자극에 정신이나 신체 등을 소비하는 경향은 어쩔 도리가 없는 것입니다.

할 수만 있다면 어떤 글이든지 대비 관계 속에서 파악하는 게 좋아요. 다루고 있는 게 또렷해지거든요. 이 글에서도 두 종류의 대비 관계를 볼 수 있네요. 무엇 무엇이죠? '의무적 행동'과 '원하는 것에 활력을 소모하는 것'의 대비가 눈에 띄죠? 그리고 활력을 소모하는 것, 즉 도락(道樂)을 '나쁘게 보는 태도'와 '자아본위에 입각한 것이라 여기는 태도'의 대비가 또 보이네요. 우리가 찾는 '낭비'에 해당하는 것은 (가)에 있나요? '활력을 소모하는 것'이 논제에서 말한 '낭비'에 해당하겠네요. 그러면 (가)는 낭비를 어떻다고 여겼죠? 인간 '본성의 한 부분'으로 파악했다고 할 수 있나요?

그런데, 이른바 도락을 낭비라 여긴 까닭은 뭘까요? 낚시, 당구의 경우에서 추론해 봤을 때 '생산적'인 것을 안 한다는 이유겠죠. 그리고 전차가 있는데도 굳이 걸어가는 것을 낭비로 여기는 것은, 목표를 이루는 방법이 '경제적'이지 못했다고 생각해서였겠죠? 한 마디로, 도락은 생산적이지도 경제적이지도 않은데, 사람은 그런 것에도 자기의 힘을 쏟고 싶어 한다고 말했네요. 그러면서, 문학·과학·철학이 다 '도락의 발현'일 뿐이라고도 했군요.

2) 제시문 (나)

프랭크 길브레스는 과학적 관리법에 흥미를 갖고 이를 벽돌쌓기에 적용해보기로 했다. 그는 벽돌공의 동작들에 대해 매우 재미있는 분석과 연구결과를 내놓았고, 벽돌공의 작업 속도와 피로감에 영향을 미치는 요소들은 아무리 사소한 것이라도 모두 실험 대상으로 삼았다.

길브레스는 벽, 반죽통, 벽돌더미가 위치한 곳에서 양 발이 각각 디뎌야 할 정확한 위치를 찾아냈고, 벽돌공이 벽돌을 쌓고 벽돌더미 쪽으로 한두 발짝 움직이는 동작을 없애도록 했다. 또 그는 반죽통과 벽돌의 가장 알맞은 높이를 연구한 다음, 비계를 고안해 그 위에 모든 재료들을 올려놓을 탁자를 둠으로써 벽돌공이 반죽통과 벽돌을 가장 알맞은 위치에 두고 작업을 할 수 있게 했다. 비계는 벽의 높이에 따라 조정할 수 있었는데, 비계를 조정하는 일만 전담하는 노동자를 두었다. 이런 방법을 통해 벽돌공은 반죽을 퍼낼 때마다 벽돌을 들고 몸을 구부렸다 펴는 일을 줄이게 되었다.

그리고 벽돌공에게 벽돌을 전달하기 전에 한 노동자가 화차에서 벽돌을 내린 다음 고운 면이 위로 향하도록 조심스럽게 분류하여 높이 조절이 가능한 비계 위의 반죽통 가까이에 쌓도록 했다. 이로써 벽돌공은 비계 위에 너저분하게 쌓여 있는 벽돌 더미에서 벽돌을 고르는 시간을 절약하게 되었으며, 가장 편한 자세로 가장 빠르게 벽돌을 쥘 수 있게 되었고 벽돌을 뒤집거나 양 끝을 돌리는 동작을 할 필요가 없게 되어 시간의 낭비가 줄었다.

길브레스는 벽돌공들이 반죽 위에 벽돌을 놓고 접합부의 두께를 제대로 맞추기 위해 흙손의 손잡이 끝으로 벽돌을 몇 차례 두드리는 모습을 여러 번 목격했다. 이후 그는 반죽의 농도를 적당하게 조절함으로써 벽돌을 누르는 손의 압력으로 접합부의 적당한 두께를 손쉽게 유지하는 법을 고안했다.

이 실험은 '과학적 관리법'을 벽돌쌓기에 적용한 것이네요. 새로운 방식의 벽돌쌓기는 또렷하게 나왔는데, '과학적 관리법'은 명시되어 있지 않죠? 그런데 논술에서 중요한 것은 구체적인 것에서, 일반적이고 추상적인 것을 찾아내는 거예요. 새로운 방식의 벽돌쌓기에서 찾을 수 있는 '과학적 관리법'은 무엇인가요?

두 번째 단락에서 일어난 일을 추상적으로 표현하면 뭐죠? '비계'를 고안한 것을 추상적 표현을 써서 말하면, 뭐라고 하면 좋을까요? 벽돌쌓기에 기구를 도입한 것이니까, '기계화'라고 할 수 있겠죠. 또 비계를 조정하는 일만 전담하는 노동자를 둔 것을 추상적으로 표현하면 뭐죠? 노동의 '분업화' 또는 '전문화'라 하면 되겠네요.

세 번째 단락에서 일어난 일을 추상적으로 표현해 보세요. 벽돌을 고르지 않고, 뒤집거나 양 끝을 돌리는 동작을 할 필요가 없게 만든 것을 뭐라 표현하면 좋을까요? '동작의 최소화' 또는 '간소화'라 하면 되겠죠.

마지막 단락의 "반죽의 농도를 적당하게 조절함으로써 벽돌을 누르는 돌의 압력으로 접합부의 적당한 두께를 손쉽게 유지하는 법을 고안한 것"을 추상적인 표현으로 명명해 보세요. '제품의 과학화를 통한 동작의 단순화'라 하면 되겠죠? 논술을 잘 쓰려면, 구체적인 것들을 추상적인 낱말로 표현할 수 있어야 해요. 비단 점수를 잘 받기 위해서만은 아니에요. '헤아림'의 특징 중 하나가 일반성이거든요. 그러니까, 추상화·일반화 작업은 '사유 능력'을 키우는 것이 되는 거예요.

한편, 제시문 (나)가 생각하는 '낭비'에는 어떤 것들이 있나요? 한두 발짝 움직이는 것, 몸을 구부렸다 펴는 동작, 흙손의 손잡이 끝으로 벽돌을 두드리는 행위 등이에요. 글쓴이는 이런 일들에 대해 어떤 태도를 취하죠? 그것을 없애야 한다고 생각하고 있네요. 여기서 필자의 가치관이 나왔군요. 제시문 (가)를 분석하면서 나온 용어를 써서 말한다면, 이 사람은 무엇을 최고의 가치로 여기는 사람이라 할 수 있죠? '경제성'과 '생산성'이 아닌가요?

이때 우리는 눈을 들어 좀 더 넓게 바라볼 필요가 있어요. 상황을 거시적으로 볼 필요가 있다는 소리죠. 그럴 때 '비판적 헤아림'이 생겨나기 때문이에요. 넓게 보니까 뭐가 보이죠? 그 동안 일만 보았지, 일하는 사람은 보지 못한 게 보이지 않으세요? 그러니까, (나)는 어떤 것을 이루어내는 것에만 관심 있지, 그렇게 노동함으로써 노동자가 어떻게 될 것인가에 대해서는 전혀 생각이 없는 거라 할 수 있겠네요.

3) 제시문 (가), (나) 비교하기

두 글의 공통적인 문제의식 또는 공통기반은 뭐죠? 사람들의 행동에 들어있는 비경제적이고 비생산적인 것에 대한 천착이라 할 수 있겠네요. 차이는 어떤 것들일까요? 우선, 비경제적이고 비생산적인 것을 우호적으로 바라보는가와 없애야 할 것들이라 여기는가에서 나뉘죠? 또 사람의 본성에 대해 생각하는 글과 그렇지 않은 글로 나눌 수 있겠네요. 이것과 비슷하지만 표현을 달리해서 말하면, 무엇을 함에 있어서 갖게 될 감정을 고려하느냐 그렇지 않느냐로 나눌 수 있다고 할 수 있겠네요.

4. 제시문 (다)에 나타난 정신활동에 대한 이해방식 분석하기.

이 글의 핵심주장을 찾아보세요. "망각은 기억의 질병이 아니라, 기억을 건강하게 하고 살아있게 하는 조건이다"가 되겠죠? 이번에는 뒷받침하는 논거를 찾아보세요. 우선, 모든 것을 기억하면 회상할 때 진척이 되지 않는다. 그래서 기억은 원근 단축이라는 선택과 축약 과정을 거친다.

그리고 (다)에 있는 또 다른 내용은, "망각 과정에는 아직도 설명되지 않는 변칙적인 것들이 있다"는 거네요.

5. 제시문 (가)의 입장에서, (다)에 나타난 '정신활동에 대한 이해방식'을 비판적으로 분석하기.

제시문 (가)와 (나)는 같은 대상을 다룬 것이 아니에요. 그런데도 둘을 관계지어야 해요. 어떤 방법을 쓰면 될까요? '유추'를 하면 되겠지요? 보통 부정적으로 여겨지는 '활력의 소모'를 (가)는 긍정적으로 봤어요. 이에 해당하는 것이 (다)에 있을까요? '망각'이 그거겠죠. 망각은 보통 안 좋은 것으로 여겨지지만, (다)에서는 그것이 기억을 유의미하게 한다고 되어 있잖아요. 그러면 이 둘은 유의미하다는 점에서 비슷한데, 다른 점은 없나요? 이것을 찾아내는 게 만만치 않을 거예요. 하지만 꼭 스스로 헤아려보세요. 그래야 '생각하는 길'이 여러분에게 생겨요. 적절한 것을 찾아내지 못했다하더라도, 상관없어요. 애써서 찾기만 하면 돼요. 그런 뒤에야, 저의 글을 읽었을 때 비로소 '아! 이렇게 생각을 굴려가는구나' 하며 깨달을 수 있어요. '생각의 길'은, 그것이 의식적이건 무의식적이건 깨달음 속에서만 이루어져요.

제시문 (가)에서 '활력의 소모'를 유의미하게 하는 것은 무엇인가요. 글쓴이는 무엇 때문이라고 하고 있죠? 딱히 나온 게 없죠? 바로 그거에요. 사람이 '활력을 소모하는 것'은 무엇을 위해서가 아니라, 그 자체를 즐기는 것이에요. 이 점에서 (다)의 필자가 가진 '망각'에 대한 의미와 (가)의 의미는 다르다는 것을 알 수 있겠네요. (다)에서 망각은, 망각 그 자체에 의미가 있는 것이 아니라, '기억의 조건'이 됨으로써 의미가 있기 때문이죠.

한편, '활력의 소모'는 순전히 비생산적인 것이 아니에요. 즉 철학·과학·예술이 모두 그것의 발현이라고 했잖아요. 이 점에서 (다)의 망각에 관한 견해를 비판해 보세요. 망각은 기억을 위해서도 필요하지만, '망각 그 자체'로도 의미가 있을 수 있지 않을까요? 망각 그 자체가 삶을 이루는 한 요소라 할 수 있지 않을까요? '잊어버림'이 없다면, 즉 참담했던 일, 고통스럽던 일을 어느 정도 잊어버리지 않고서도 삶이 가능할까요? 심지어는 환희의 순간조차도 어느 정도 잊어버리기 때문에, 또 다른 삶을 살 수 있는 것이지, 그렇지 않다면 환희의 그 순간에서 못 벗어나겠죠? 이런 사람은 '과거를 먹고 사는 사람'이지요. 현재가 없이 영원히 과거에만 사는 삶이 가능할까요? 이런 점에서 망각은 그 자체로 우리 삶의 일부분이라 봐야겠지요.

6. 제시문 (나)의 입장에서, (다)에 나타난 정신활동에 대한 이해방식을
   비판적으로 분석하기.

제시문 (나)와 (다)의 내용을 겹쳐볼 만한 것은 뭘까요? (나)에서 주장하는 '과학적 관리법'은 뭐죠? 일의 과정을 하나하나 쪼개서, 꼭 필요한 동작만 남기고, 그렇지 않은 것은 없애거나, 다른 사람이 맡게 하는 게, '과학적 관리법'이잖아요. 이런 내용과 맞물릴 수 있는 것을 (다)에서 찾아보세요. "그 시간들을 채웠던 수많은 사실을 생략함으로써 가능해지는" 원근 단축은 어떤가요? 둘 다 '생략'을 고갱이로 붙잡고서, 문제를 풀어가고 있잖아요. 이제, (다)의 필자가 파악한 '원근 단축'을 비판적으로 바라본다면, 즉 그 한계를 찾는다면 뭘까요? (나)의 생략은 막연하게 또는 자연적으로 된 게 아니에요. 그것이 벽돌쌓기에 쓸 데 없는 동작임을 자각하여 '의식적'으로 없앤 것이지요. 반면에 (다)는 생략의 근거가 무엇인지를 철저히 캐묻지 못했다는 한계를 지적할 수 있어요. 그래서, 망각 과정이 완전히 이해되지 못했다고 말할 수 있겠네요.

7. 얼개 짜기
   ① (가)와 (나)의 공통적인 문제의식
   • 쓸모없는 짓에 대한 관점
   • 두 관점의 바탕

② (가)와 (나)의 차이점

- 망각에 대한 가치

- 사람의 본성을 고려하는가?

- 과정 자체가 즐거움인가? 목표를 달성하는 게 즐거움인가?

③ (다)의 견해 제시

- 낭비를 안 좋게 여김

- 일을 성취한 목적(경제성 · 생산성 고려)

- 분절화 · 분업화 · 과학화 · 기계화 추구

④ (가)에 의한 (다)의 비판적 분석

- 망각에 가치부여한 점 인정

- 망각 '그 자체'에 가치부여 하지 못한 점 비판

⑤ (나)에 의한 (다)의 비판적 분석

- 과감한 생략에 의미부여한 점 인정

- 생략 과정이 의식화되어 있지 않은 점 비판

8. 예시 답안. (1000자 안팎)

사람들의 행동 메커니즘을 찬찬히 뜯어보면, 거기에는 거의 언제나 '쓸모없는 짓' 즉 낭비가 있다. 이것들을 어떻게 여겨야 할까? 제시문 (가), (나)가 함께 붙들고 있는 물음이다. 하지만, 힘의 소모에 대한 가치 평가에 있어 두 제시문은 전혀 다른 소리를 한다. 그렇게 된 바탕에는, 사람의 본성을 고려하느냐 안 하느냐의 갈림길이 있다.

제시문 (가)는 '활력의 소모'를 긍정적으로 본다. 낚시질, 당구치는 것과 같은 이른바 오락을 즐기는 것을 사람의 본래적인 정신 경향이라 보기 때문이다. 즉 '비생산적'인 것도 마땅히 있어야 할 것으로 여긴다. 뿐만 아니라 목적지까지 가는 버스가 있음에도, 가끔은 걸어서 가고 싶어 하는 마음, 즉 '비경제성' 또한 본성에 뿌리박고 있는 것이다. 이런 정신 경향은 무가치하지 않다. 예술 · 철학 · 과학까지도 이 마음이 발현된 것이다. 이것들은 모두 어떤 것을 '하는 그 자체'를 즐긴다.

이에 반해 제시문 (나)의 정신은, 어떻게 하면 보다 빨리, 보다 적은 비용으로 목적을 이룰 것인가만 고민한다. 이런 정신 성향은, 일의 과정을 낱낱이 쪼개서 일의 성취에 꼭 필요한 부분이 아니면 '힘의 낭비'라 여기고 그것을 없앤다. 또 일의 전체 과정을 부분 부분 잘라내, 각각의 것을 담당하는 사람을 둔다. 분업화한 것이다. 그 외에도 재료의 과학화, 기계화를 추구한다.

제시문 (다)는 "망각은 기억의 질병이 아니라, 기억을 건강하게 하고 살아있게 하는 조건"이라 한다. 비생산적인 것처럼 보이는 '잊음'에 가치를 부여한다는 점에서 그런 생각은 (가)의 필자에게서 지지를 받을 것이다. 하지만 망각의 가치를, 기억을 의미 있게 한다는 데에서만 찾은 것은

‘잊음 그 자체’의 가치에 눈을 뜨지 못한 것이라는 한계를 지적하지 않을 수 없다.

또한 제시문 (다)는, 어떤 것과 관계된 많은 것을 ‘과감히 생략’하고 꼭 필요한 것만 뽑아서 기억하는 것에서 ‘연상’의 의미를 찾는다. 이것은, 목적 달성에 꼭 필요한 것만 놔두고 그렇지 않은 것은 없애버리는 정신활동에 의미를 부여하는 제시문 (나)의 견해를 똑 닮았다. 하지만 (나)필자의 비판을 벗어날 수는 없다. 이 정도 분석으로 만족하는 것은 문제가 있다는 것이다. 생략 즉 ‘망각’의 과정이 ‘의식적’이지 않다고 그는 비판한다.

논제 2.

제시문 (나)의 프랭크 길브레스는 벽돌쌓기에 적용했던 과학적 관리법을 경쟁률이 매우 높은 한 회사의 신입사원 채용과정에도 적용하여 채용담당관들이 업무 수행 능력이 높은 지원자를 판별할 수 있도록 하려고 한다. 길브레스가 과학적 관리법과 제시문 (라)의 실험결과를 결합해서 어떻게 채용과정을 설계해야 할지 의견을 제시하시오. 정해진 원칙은 서류심사와 면접심사를 순차적으로 실시한다는 것뿐이다. (1,000자 안팎, 50점)

1. 논제 분석.

논제가 꽤 길죠. 이럴 땐 요구하는 것을 항목별로 표시하는 게 좋아요. 그래야 꼭 필요한 것을 빠뜨리지 않을 수 있고, 또 개요 작성하는 데도 도움을 받을 수 있어요.

- 제시문 (나)의 과학적 관리법과 제시문 (라)의 실험결과를 결합하라.
- 채용담당관들이 업무 수행 능력이 좋은 지원자를 판별할 수 있도록 하려고 한다.
- 과학적 관리법과 제시문 (라)의 실험결과를 결합해서 채용과정을 설계하라.
- 서류심사와 면접심사를 순차적으로 실시한다.

2. 제시문 (라)의 실험결과 해석하기.

한 대학의 연구소에서 대학생들을 대상으로 시각적 인지에 관한 실험을 실시했다. 실험진은 피실험자들에게 한 번에 하나씩 총 8장의 컬러 슬라이드 사진을 보여주고 각각이 무엇에 대한 사진인지 식별하도록 했다. 실험진은 각각의 사진을 초점이 희미한 상태에서 스크린을 통해 피실험자들에게 공개했고 연속적으로 점차 선명하게 보이도록 조작했다. 한편 실험진은 사진을 피실험자들에게 최초로 보여줄 때 사진의 희미한 정도와 공개 시간의 길이를 다양하게 설정했다. 최초 공개시 희미한 정도는 상, 중, 하의 3단계로, 공개 시간은 122초, 35초, 13초의 3단계로 구분했다.

이 실험에는 정상적인 (교정)시력을 갖고 있는 총 90명의 대학생들이 피실험자로 참여했다. 이들은 10명씩 9개 집단에 배정되었다. 이들 중 첫 번째 3개 집단은 희미한 정도가 '상'인 상태로 사진을 보기 시작했고, 각각 122초, 35초, 13초 동안 총 8장의 사진을 보았다. 또 다른 3개 집단은 희미한 정도가 '중'인 상태에서 사진을 보기 시작했고, 역시 각각 122초, 35초, 13초 동안 총 8장의 사진을 보았다. 마지막 3개 집단은 희미한 정도가 '하'인 상태에서 사진을 보기 시작했고, 각각 122초, 35초, 13초 동안 총 8장의 사진을 보았다. 그런데 이 실험에서는 최초 공개시 희미한 정도의 차이, 그리고 공개 시간의 차이에 상관없이 미리 정해 놓은 수준까지 선명도가 높아지면 사진이 자동적으로 꺼지도록 프로젝터를 조작했다. 사진이 꺼질 때 각 집단의 피실험자들은 무엇에 대한 사진인지 미리 준비된 별도의 용지에 바로 기록했는데, 그 결과를 정리하면 아래의 표와 같다.

<표> 정확히 인지된 사진의 비율 (단위: %)

공개 시간(초)	최초 공개시 희미한 정도			평균
	상	중	하	
122	25.3	50.7	72.9	49.6
35	25.2	44.4	63.8	44.5
13	19.4	39.1	42.7	33.7
평균	23.3	44.7	59.8	－

이 실험을 통해 알고 싶어하는 것은 뭘까요? 그냥 "시각적 인지에 관한 실험"이라고 하면 실험 목적이 분명히 드러나지 않아요. 목적이 뚜렷이 드러나게 문장으로 서술해 보세요. 실험 방법과 그것을 통해 알고 싶어한 것을 문장으로 만들면 돼요. '최초 공개시 희미한 정도의 차이'와 '공개 시간의 차이'에 따라, 대상을 정확하게 알아차리는 비율이 어떻게 달라지는가를 알고 싶어한 것이죠!

이제, 실험 결과를 나타낸 <표>에서 규칙성을 찾아보세요. 그런데 우리가 그냥 넘어가서는 안 되는 실험 조건이 있어요. "최초 공개시 희미한 정도의 차이, 그리고 공개 시간의 차이에 상관없이 미리 정해 놓은 수준까지 선명도가 높아지면 사진이 자동적으로 꺼지도록" 되어 있다는 게 그것인데, 이게 무슨 뜻일까요? 최고의 선명도 상태는, 출발조건과 상관없이, 모두 똑같이 경험하게 되어 있다는 소리죠.

<표>를 보면, "정확히 인지된 사건의 비율"에서 그 차가 꽤 크다는 게 보이죠? 두 가지 조건을 실험했으니까, 각각의 경우 어떤 결과가 나왔나를 봐야겠죠! 공개 시간이 많을수록 인지도가

높고, 또 최초 공개시 희미한 정도가 '하'인 경우, 즉 가장 밝은 상태에서 출발할수록 인지도가 높다는 게 금방 보이네요.

또 어떤 게 보이나요? 이번에는 두 조건 중 어떤 것이 더 결정적인 요소인가를 살펴야겠죠? 공개 시간이 122초나 되지만 최초 공개시 희미한 정도가 '상'인 경우 25.3%의 인지도를 나타냈네요. 반면, 공개시간은 13초밖에 안 되지만 최초 공개시 희미한 정도가 '하'인 경우 인지도가 42.7%를 나타내고 있네요. 공개시간보다는, 최초의 선명도가 훨씬 중요하다는 게 바로 나타나죠? 정리하면, 어떤 대상을 똑같은 선명도로 보았다 할지라도 인식에서 크게 차이가 난다, 여기서 알 수 있는 것은 최초의 선명도가 인식의 정확도를 결정한다는 점이 되겠네요.

3. 제시문 (나)의 과학적 관리법과 제시문 (라)의 실험 결과를 결합하라.

먼저, (나)에 나타난 과학적 관리법의 특징을 나열해보죠. 과정을 쪼개기, 불필요한 동작 없애기, 필요한 동작은 전문화하기, 재료를 가장 적합한 상태로 만들기, 도구를 이용하기. (나)에 이런 특징들이 있었죠? 그럼 (라)의 실험결과는 뭐였죠? 처음 마주쳤을 때 선명하게 봐야 한다. 즉 첫인상이 중요하다고 했어요.

4. 채용 담당자들이 업무 수행 능력이 높은 지원자를 판별할 수 있도록 하려고 한다. 제시문 (나)의 과학적 관리법과 제시문 (라)의 실험 결과를 결합하여 채용 과정을 설계하라. (단, 서류심사와 면접심사를 순차적으로 한다.)

막막하죠? 아마도 많은 분들이 그랬을 텐데, '업무수행 능력이 높은 지원자를 판별할 수 있도록 채용과정을 만들려면 어떤 내용을 담아야지'라고 물으셨기 때문일 거예요. 논제에 맞추어보면, 이 물음은 잘못되었어요. 다시 말해 독해에 실패한 것이에요. 뭐가 문제죠? 제시문 (나)와 (라) 그리고 <논제2>를 다시 한 번 읽어보고 밝혀내세요. 요구하는 게, '내용'이 아니란 게 느껴지셨나요. '내용'이 아니라 '형식'을 요구한 거예요. 그래서 논제에서 "설계하라"고 한 거예요. 논술문을 쓸 때 알아둬야 할 게 있어요. 구체적인 사실이나 예시가 나오면 항시 추상화해서 생각하세요. (나)에 나온 새로운 벽돌쌓기 또한 추상화해야, 과학적 관리법이 나와요. '무슨 무슨 법'은 구체적인 적용이 아니고 추상이잖아요. 추상은 틀, 즉 형식이고요.

그러니까, 논제에서 요구하고 있는 것은 채용과정의 형식을 짜라는 것이지, 거기에 어떤 내용을 담아야 할까를 고민하라는 게 아니지요. 어떤 회사인지도 모르는데 '심사의 내용'을 만들 수 있겠어요. 심사는 채용 담당관이 하는 것이니까, 우리는 채용 담당관이 '가장 편안한 상태'에서 그리고 응시자들을 정확하게 인식할 수 있도록 '여건을 조성'해 주면 되는 것이지요.

'가장 편안한 상태'를 만들 수 있는 방법은 뭘까요? 제시문 (나)에 나와 있어요. 과학적 관리법의 특징을 끌어들이면 되지 않겠어요? 이 점에 대해선 제시문 분석에서 자세하게 했으니까, 여기서는 반복하지 않을게요.

응시자들을 정확하게 인식할 수 있도록 여건을 만들려면 어떻게 해야 할까요? 이것에 대해선 제시문 (라)에 나와 있네요. '첫 대면'에서 인식의 정확도가 결정된다는 실험결과를 채용 과정의 설계도에 집어넣으면 되겠지요. 어떻게 해야 할까요?

서류 심사가 면접 심사보다 먼저 있으니까, 서류를 보자마자 응시자의 특징이 잘 드러나게 설계도를 짜면 되겠지요. 서류가 여러 장이어야 한다면, 가장 중요한 항목을 첫 장, 그 중에서도 눈에 가장 잘 뜨이는 곳에 쓰게끔 '서류 형식'을 만들면 되지 않을까요?

5. 얼개 짜기

① 실험 방법 요약

- 최초로 볼 때, 희미한 정도에 따라 세 단계
- 노출 시간에 따라 세 단계
- 점차 선명해져서 특정한 선명도에 이르면 프로젝터를 끔

② 실험 결과

- 공개시간, 희미한 정도에 따라 크게 차이 남
- 특이한 경우가 나타남
- 노출시간보다 최초 관찰시 선명도가 더 중요

③ 과학적 관리법 소개

- 목적 – 피로를 최소화하고 일의 속도를 높이도록 함
- 방법 – 일의 과정 쪼개기, 불필요한 동작 없애기, 전문화 등

④ 과학적 관리법에 따른 채용 과정 설계

- 서류 챙기는 사람을 따로 둔다.
- 채용담당관의 책상 위에 서류를 놓아둔다.
- 채용담당관이 편안하게 쳐다볼 수 있는 위치에 응시자의 의자를 둔다.
- 응시자를 안내하는 사람도 따로 둔다.

⑤ 실험 결과에 따른 채용과정 설계

- 실험결과 – 맨 처음 만남이 중요
- 가장 중요한 항목을 서류의 첫 장에 쓰게 서류 양식을 짠다.

6. 예시 답안 (1000자 안팎)

실험 방법을 간추리면 다음과 같다. 사진을 처음 비췄을 때의 희미한 정도를 상·중·하 세 단계로 나누고, 그 각각의 경우에 사진 노출 시간을 역시 세 단계로 한다. 그리고 점차 사진을 선명하

게 비추는데 그 선명도가 특정한 지점에 이르면, 어떤 경우라 하더라도 프로젝터를 껐다. 그러고는 사진에서 인지한 것을 바로 쓰게 했다.

실험 결과, 정확한 사진 인지율에서 각각 크게 차이가 났다. 공개 시간이 많을수록, 최초 공개시 희미한 정도가 낮을수록 인지율이 높았다. 그런데 특이한 현상이 하나 발견되었다. 최초 공개시 희미한 정도가 '상'이면서 노출 시간이 122초인 경우 25.3%의 인식률인데 반해, 최초 공개시 희미한 정도가 '하'이면서 공개 시간은 13초밖에 안 되는데도 인식률이 42.7%나 되었다. 이것으로, 노출 시간보다 사진을 처음 봤을 때의 '선명한 정도'가 정확한 사진 인식에 훨씬 중요한 요소임을 알 수 있다.

길브레스의 '과학적 관리법'은 피로를 최소화하고 속도를 높이도록 짜여졌다. 일의 과정을 낱낱이 쪼개기, 쪼갠 뒤 불필요한 동작 없애기, 필요한 동작은 전문화하기, 도구를 사용하기, 재료를 가장 적합한 상태로 만들기가 그 구체적인 내용이다.

회사에서 가장 적합한 사람을 뽑기 위해선, 채용담당관이 우선 피곤하지 않고 편안해야 하며, 또 응시자를 정확하게 파악해야 한다. 과학적 관리법과 (라)의 실험결과를 도입하면, 이것이 가능하다. 응시자의 서류를 챙겨서 채용담당관에게 주는 사람을 따로 둔다. 의자에 앉은 채용담당관이 허리를 굽히지 않고 서류를 집을 수 있도록 담당관 앞에 책상을 놓고 그 위에 서류를 놓아둔다. 서류를 돌리거나 뒤집을 필요가 없이, 잡자마자 읽을 수 있는 상태로 놓아둔다. 면접심사를 하면서도, 채용담당자의 가장 편한 상태를 위해, 담당자로부터 적당히 떨어진 지점에 응시자의 의자를 놓아둔다. 응시자를 안내하는 사람도 따로 둔다.

한편, 실험 결과는 어떤 대상을 판별할 때 '맨 처음 만남'이 중요함을 말하고 있다. 그래서 가장 중요한 항목을 서류의 첫 장, 그것도 눈에 가장 잘 띄는 위치에 쓰도록 서류 양식을 만든다.

[제시문 출처]

제시문 (가)는 나쓰메 소세키(夏目漱石)의 강연록 「현대 일본의 개화」(1911)에서 발췌한 것이다. 이 글은 인간에게는 활력을 절약하기보다 소모하려는 경향이 있다고 주장하며 그것을 '도락(道樂)' 근성으로 설명한다.

제시문 (나)는 프레드릭 테일러(Frederick Taylor)의 『과학적 관리법』(The Principles of Scientific Management, 1911)에서 발췌한 것이다. 벽돌공 개개인의 작업 효과를 최대 수준으로 발휘하도록 만들기 위해 공정을 세부적으로 분석하여, 벽돌 쌓는 동작과 거기에 할애되는 시간의 불필요한 부분을 제거하는 실험을 한 프랭크 길브레스의 사례를 들고 있다.

　제시문 (다)는 윌리엄 제임스(William James)의 『심리학의 원리』(The Principles of Psychology, 1890)에서 발췌한 것이다. 망각이라는 것은 인간 정신의 선택 작용으로, 과거의 모든 것을 기억하지 않고 그중 많은 부분은 망각하고 일부만 선택하여 기억해야만 사고가 진전될 수 있다는 주장을 한다.

　제시문 (라)는 1964년 『Science 144호』(424-425페이지)에 실린 브루너와 포터 (Bruner & Potter)의 「시각적 인지에 관한 실험」을 일부 변형한 것이다. 표에 제시된 실험 결과는 최초 정보의 질이 인식의 정확성에 중요한 영향을 미친다는 점을 시사한다.

※아래 제시문을 읽고 문제에 답하시오.

제시문 <가>

　인간은 생명체로서의 본능이 약화된 존재이므로 동물계에서 우리가 알고 있는 다른 모든 종과 대조해 볼 때 부인할 수 없는 특수성을 갖고 있다. 동물 집단과 그 집단 내 의사소통, 연대성, 공격성에 대해 아무리 연구를 한다고 하더라도 그 특수성이 덜해지는 것은 아니다. 인간의 이러한 특수성이란 이 세상에서 자신의 고유한 삶을 넘어서서 생각하거나 죽음에 대해 생각하는 인간의 타고난 능력이다.

　이런 이유로 인해 죽은 자들을 매장하는 것은 인간됨의 근본 현상이 된다. 매장은 죽은 자를 신속하게 숨기는 것이 아니다. 또 그것은 무겁고 영원한 잠에 빠져 꼼짝하지 못하는 자에게서 받은 충격적인 인상을 재빨리 지우는 것도 아니다. 그 반대로 인간은 상당한 노동과 희생을 감수하고서라도 죽은 자와 함께 머무르고자 하며 죽은 자를 산 자 가운데 꽉 붙잡아 놓고자 한다. 우리는 고대의 무덤들에서 발견되는, 죽음을 애도하는 여러 형태의 유물들을 보면서 그 풍요로움에 놀란다. 이런 유물들은 인간 존재를 영구히 보존하는 방식이다. 그것들은 죽음이 끝이 아님을 보여준다. 우리는 그것의 가장 근원적인 의미를 파악해야 한다. 이는 종교적인 사안도 아니고 종교를 세속적인 관습이나 도덕으로 전이시키는 문제도 아니다. 오히려 그것은 인간됨을 이루는 근본이며 그것에서 인간 실천의 특수한 의미가 파생된다. 우리가 여기서 다루는 것은 자연 질서의 궤도에서 벗어난 생활양식이다. 가령 새들에서 관찰할 수 있는 삶의 본능도 놀랍지만 그 새들이 같은 종에 속하는 새들의 죽음에 대해 기피하거나 완전히 무시하는 그런 행태는 더욱 놀라운 것이다. 이러한 대비는 인간이 생존에 대한 자연적인 삶의 본능을 어떻게 거스르기 시작했는지를 잘 설명해 준다.

제시문 <나>

　1980년 8월 5일 한 학생이 비소케산(Visoke Mt.)의 경사면에서 먹이를 먹고 있는 고릴라들을 보고 있었다. 관찰을 시작한 지 30여 분 후에 30미터 아래의 완만한 지대에서 이카루스가 '후-후-후-' 하는 낮은 음조의 연속음을 내고 가슴을 두드리는 소리가 들렸다. 고릴라들은 소리가 난 곳으로 향했고 그 학생도 고릴라들을 따라갔다. 우두머리인 베토벤의 아들 이카루스가 나무 아래에서 더 이상 움직이지 않는 늙은 암컷 마체사를 발로 차고 주변의 풀을 쳐대고 가슴을 두드리고 있었다. 마체사는 자신에게 무슨 일이 일어나고 있는지를 의식하지 못하는 듯했다. 마체사는 아마 죽었거나 혼수상태였던 것 같다.

　고릴라들은 주위에 몰려들어 이카루스의 행동을 지켜보았다. 에피를 제외한 모든 고릴라들은 마체사의 사체를 잠깐씩 지켜보았다. 두 시간 가까이 과시행동을 하고 난 후에 이카루스는 나무 아래에서 마체사를 끌고 나와 때리기 시작했다. 이 폭행은 세 시간이나 더 지속되었고, 베토벤만이 때때로 찾아와 이카루스가 마체사의 시체를 끌고 가려는 것을 저지했다. 이카루스의 공격은 더욱 격해졌다. 때리는 것으로 모자랐던지 온 힘을 실어 마체사의 사체 위로 뛰어 내렸다.

　다음 날 아침 고릴라들은 여전히 마체사의 사체 주위에 모여 있었다. 이카루스는 밤새 그녀를 몇 미터 떨어진 곳으로 끌고 가 폭행하고 있었던 것으로 드러났다. 그가 잠시 쉴 때만, 불쌍한 미란다는 움직이지 않는 어미의 차가운 팔 아래를 기어 다니거나 젖을 빨려고 했다. 다른 어린 고릴라들은 조심스레 마체사의 입이나 항문을 나뭇가지나 혀로 살펴보았다. 에피의 52개월 된 딸인 파피가 마체사 위로 올라가서 반응이 없는 몸을 밀고 때렸다. 거의 의례적인 반복 공격을 하던 이카루스가 쉴 때마다, 무라하는 할머니 곁에 가서 털을 골라주었다. 고릴라들의 이런 행동은 적어도 이 집단의 경우에는 죽은 고릴라에게서 모종의 반응을 이끌어 내려는 것 같았다.

제시문 <다>

　데모크리토스에 따르면, 사람들이 부패를 피하는 것은 부패하는 것들의 악취와 추악한 모습과 관련이 있다. 왜냐하면 건강과 아름다움을 갖춘 사람들이라도 죽으면 그런 상태로 전락해 버리기 때문이다. …… [중략] …… 밀론처럼 아름다운 모습을 갖고 있었다 해도 죽으면 얼마 안 가서 해골이 되고 결국에는 최초의 자연으로 해체되기 때문에, 사람들은 사체를 묘지로 보내는 것이다. 건강하지 않은 안색이나 아름답지 못한 모습을 가진 사람에 대해서도 이는 마찬가지라는 점을 분명히 알아야 한다. 그러므로 자신이 들어갈 곳이 장차 보는 이들의 감탄을 자아낼 만한 호사스러운 묘가 아니라 간소해서 볼품없는 묘라는 것을 예측하고 비탄에 빠지는 것은 지극히 우매한 일이다. …… [중략] ……

　사람들이 죽음에 대한 생각 자체를 기피하는 것은 삶에 대한 애착 때문이다. 이 애착은 삶의 즐거움이 아니라 죽음에 대한 공포에서 기인하는 것이다. 죽음의 모습이 눈앞에 선명하게 보일 때, 죽음은 사람들에게 느닷없이 다가오는 것이다. 그렇기 때문에 그들은 유언을 써놓는 것조차도 두려워하며 죽음에 사로잡히게 되고, 데모크리토스에 따르면 "곱빼기 식사를 꾸역꾸역 집어넣을 수밖에 없게 된다."

제시문 <라>

　'배설물'과 관련된 말이나 상황이 죽음에 대한 연상과 어떤 관계를 갖는지 알아보기 위해 다음과 같은 두 가지 실험을 했다.

[실험1]

　　50명의 피험자를 무작위로 집단 '갑'과 집단 '을'로 나누었다. '갑'에 배정된 피험자 25명에게는 "'배설물'에 대한 다른 표현이나 동의어, 은어 등을 세 개 쓰시오. 예를 들면 '똥'이라고 쓰시오." 라는 질문지를 주어 배설물에 대해 떠올리도록 유도했다. 반면 '을'에 배정된 25명에게는 "'친구'에 대한 다른 표현이나 동의어, 은어 등을 세 개 쓰시오. 예를 들면 '벗'이라고 쓰시오.'라는 질문지를 주어 배설물이나 죽음과 전혀 상관없는 것을 떠올리도록 했다. 잠시 후 두 집단의 피험자 모두에게 미완성된 12개의 단어를 동일하게 주고 완성하도록 했다. 그 12개에는 죽음과 연관시켜 완성할 수 있는 단어가 6개 포함되어 있었다. 예를 들면 '시_'는 '시체'로, '_례'는 '장례'로 완성할 수 있다. 이러한 12개 중 몇 개가 죽음과 연관된 단어로 완성되었는지를 세었다.

[실험2]

　　한 대학의 기숙사에서 성별과 학년이 동일한 50명의 기숙사생을 상대로 [실험1]처럼 단어를 완성하도록 요청했다. 집단 '갑'은 방금 화장실에서 나온 학생 25명이고, 집단 '을'은 화장실과 멀리 떨어진 복도를 지나가는 학생 25명이다. 두 집단 모두에게 미완성된 5개의 단어를 동일하게 주고 완성하도록 했다. 이 5개 중 2개는 죽음과 연관시켜 완성할 수 있는 단어였다. [실험1]과 마찬가지로, 완성된 단어 중 죽음과 연관된 것의 수를 세었다.

　　아래 표는 각 실험에서 죽음과 연관시켜 완성된 단어 수의 집단별 평균을 정리한 것이다.

구분	실험1		실험2	
집단(피실험자수)	갑 (25명)	을 (25명)	갑 (25명)	을 (25명)
단어 수	0.64개	1.80개	0.21개	0.71개

〈문제 1〉 제시문 〈가〉, 〈나〉, 〈다〉에 나타난 죽음에 대한 태도를 비교하시오. (1,000자 안팎, 50점)

〈문제 2〉 제시문 〈가〉, 〈다〉 각각의 입장에 근거하여 제시문 〈라〉의 실험 결과를 해석하고, 이에 대한 자신의 견해를 쓰시오. (1,000자 안팎, 50점)

1번 논제 제시문 (가), (나), (다)에 나타난 죽음에 대한 태도를 비교하시오. (1000자 안팎)

논제 1. 제시문 〈가〉, 〈나〉, 〈다〉에 나타난 죽음에 대한 태도를 비교하시오. (1,000자 안팎, 50점)

1. 논제 분석

세 글 모두, '죽음에 대한 태도'를 중심에 놓고 다른 내용들을 그와 연관시켜야겠죠? '비교하기' 위해서는 죽음에 대한 태도에서의 차이만이 아니라, 공통 기반, 공통적인 문제의식도 찾아내야 겠고요? 비교란 기본적으로 공통점과 차이점을 다 드러내는 글쓰기이기 때문이에요.

2. 제시문 모두를 가볍게 읽기.

제시문을 모두 읽으라고 한 것은, 제시문 모두에 대해 전체적인 느낌을 갖고서, 각각의 글을 분석해야 글들을 비교하는 데 도움이 되기 때문이에요. 다 읽은 뒤 어떤 생각이 드나요? 각각의 글에 나타난 대강의 뜻은 알겠지요? 그런데, 이것을 가지고 1000자를 써야 하다니, 그것도 자기 생각을 쓸 수 있는 것도 아니고, 까딱하면 한 말을 또 하고 또 하겠구나는 생각이 들지 않으세요?

연세대 문제의 특징이에요. 각 제시문의 꼼꼼한 분석과 제시문 간의 관계를 깊이 있게 파악하지 않으면, 글자 수 채우기도 힘들어요. 글을 분석하는 방법을 배워보지요!

3. 제시문 분석

1) 제시문 (가)

인간은 생명체로서의 본능이 약화된 존재이므로 동물계에서 우리가 알고 있는 다른 모든 종과 대조해 볼 때 부인할 수 없는 특수성을 갖고 있다. 동물 집단과 그 집단 내 의사소통, 연대성, 공격성에 대해 아무리 연구를 한다고 하더라도 그 특수성이 덜해지는 것은 아니다. 인간의 이러한 특수성이란 이 세상에서 자신의 고유한 삶을 넘어서서 생각하거나 죽음에 대해 생각하는 인간의 타고난 능력이다.

이런 이유로 인해 죽은 자들을 매장하는 것은 인간됨의 근본 현상이 된다. 매장은 죽은 자를 신속하게 숨기는 것이 아니다. 또 그것은 무겁고 영원한 잠에 빠져 꼼짝하지 못하는 자에게서 받은 충격적인 인상을 재빨리 지우는 것도 아니다. 그 반대로 인간은 상당한 노동과 희생을 감수하고서라도 죽은 자와 함께 머무르고자 하며 죽은 자를 산 자 가운데 꽉 붙잡아 놓고자 한다. 우리는 고대의 무덤들에서 발견되는, 죽음을 애도하는 여러 형태의 유물들을 보면서 그 풍요로움에 놀란다. 이런 유물들은 인간 존재를 영구히 보존하는 방식이다. 그것들은 죽음이 끝이 아님을 보여준다. 우리는 그것의 가장 근원적인 의미를 파악해야 한다. 이는 종교적인 사안도 아니고 종교를 세속적인 관습이나 도덕으로 전이시키는 문제도 아니다. 오히려 그것은 인간됨을 이루는 근본이며 그것에서 인간 실천의 특수한 의미가 파생된다. 우리가 여기서 다루는 것은 자연 질서의 궤도에서 벗어난 생활양식이다. 가령 새들에서 관찰할 수 있는 삶의 본능도 놀랍지만 그 새들이 같은 종에 속하는 새들의 죽음에 대해 기피하거나 완전히 무시하는 그런 행태는 더욱 놀라운 것이다.

이러한 대비는 인간이 생존에 대한 자연적인 삶의 본능을 어떻게 거스르기 시작했는지를 잘 설명해 준다.

첫 단락의 핵심 주장은 뭐죠? '인간은 특수한 존재'라고 했지요? 그러면 인간이 특수한 까닭이 나왔겠네요. 그게 뭐지요? 자신의 고유한 삶을 넘어서서 생각하는 것, 죽음에 대해 생각하는 것이에요. 글의 논리적 흐름을 봤을 때, 다음 단락에선 무엇을 다뤄야 할까요? 인간의 특수성으로 든 두 가지 것에 대해 자세히 풀어야겠지요?

'매장'이 나왔군요. 이건 "죽음에 대해 생각하는 인간"을 보여주기에 딱 알맞은 소재여서 그랬겠죠! 매장 문화에서 필자가 읽은 것은 무엇인가요? "죽은 자를 산 자 가운데 붙잡아 놓는 것"이다. 또 없나요? "인간 존재를 영구히 보존하는 방식이다"고 했네요. 둘 다 똑같은 소리인가요? 밀도가 다르고, 기준이 다르지요. 앞의 것이 남아 있는 자들을 기준으로 했다면, 뒤의 것은 '죽은 사람 그 자신'이 기준이 된 거예요. 그렇기에 이것은 '죽음의 극복', 즉 제시문에 나온 말로 "죽음이 끝이 아님을 보여 준다"로 넘어갈 수 있지요.

글쓴이는 이제 한 발 더 깊숙이 넣고 말하네요. "그것(매장문화)의 가장 근원적인 의미를 파악해야 한다." 그렇다면, 그것의 근원적인 의미는 뭐지요? "그것은 인간됨을 이루는 근본"이고, "그것에서 인간 실천의 특수한 의미가 파생된다"고 글쓴이는 여기고 있네요. 여기서 또 묻지 않을 수 없지요! 인간이 된다는 것은 뭐고, 인간으로 살아간다는 것은 또 뭔가? 글쓴이는 "자연 질서에서 벗어난 생활양식"이라고 했네요. 사람이 된다는 게, 자연 질서에서 벗어난다는 것인가요? 이렇게 말하고 보니까, 조금 당혹스럽죠?

단어나 구절의 의미는 사전에서가 아니라 문맥 속에서 찾아야 한다는 것 알고 있죠? 이 글의 문맥에 따른다면 "자연 질서"는 무슨 뜻인가요? 이 글에 나와 있는 다른 말로 바꿔보세요. 자연 질서의 궤도에서 벗어나지 못한 존재가 이 글에 나와 있는데 그게 뭐지요? '새'지요? 그러면, '새'가 벗어나지 못한 것은 뭐죠? 그래요. "삶의 본능"이에요. 이것을 맨 마지막 문장에선 "생존에 대한 본능"이라고도 표현했네요. 간추리면, '생존 본능'을 벗어나는 게 인간됨의 근본이고 인간으로 실천하며 사는 거다, 이런 소리네요.

그런데, 생존 본능을 벗어나는 것과 죽음은 어떤 관계에 있다는 거죠? 맨 마지막 문장 "이러한 대비는 인간이 생존에 대한 자연적인 삶의 본능을 어떻게 거스르기 시작했는지를 잘 설명해 준다"를 곱씹어 보세요. '이러한 대비'가 가리키는 것은 뭐죠? 새가, 생존에는 엄청난 본능을 보이면서도 죽음에 대해선 나 몰라라 하는 태도죠. 사람이 새와 다른 점은, 생존 본능에서 벗어났다는 거예요. 이게 어디서 왔을까요? 인간은 새와 달리 '죽음을 숙고'하지요. 간추리면, 생존 본능을 벗어나는 게 인간의 인간됨인데, 인간은 죽음을 숙고함으로써 생존 본능을 벗어날 수 있었다. 이렇게 되겠네요.

자, 분석하고 보니까 쓸거리가 많이 생겼죠? 크게 항목을 잡는다면, 죽음에 대한 '태도'와 그런 태도가 가져올 '결과'가 되겠지요. 사실 글을 분석하지 않더라도, 무엇에 대한 태도에 대해 글을 쓰라고 했다면, 반드시 그런 태도가 일으킬 결과나 영향을 써야 해요. 그래야 매듭지어진 글이라는 느낌이 들잖아요.

2) 제시문 (나)

1980년 8월 5일 한 학생이 비소케산(Visoke Mt.)의 경사면에서 먹이를 먹고 있는 고릴라들을 보고 있었다. 관찰을 시작한 지 30여 분 후에 30미터 아래의 완만한 지대에서 이카루스가 '후-후-후-' 하는 낮은 음조의 연속음을 내고 가슴을 두드리는 소리가 들렸다. 고릴라들은 소리가 난 곳으로 향했고 그 학생도 고릴라들을 따라갔다. 우두머리인 베토벤의 아들 이카루스가 나무 아래에서 더 이상 움직이지 않는 늙은 암컷 마체사를 발로 차고 주변의 풀을 쳐대고 가슴을 두드리고 있었다. 마체사는 자신에게 무슨 일이 일어나고 있는지를 의식하지 못하는 듯했다. 마체사는 아마 죽었거나 혼수상태였던 것 같다.

고릴라들은 주위에 몰려들어 이카루스의 행동을 지켜보았다. 에피를 제외한 모든 고릴라들은 마체사의 사체를 잠깐씩 지켜보았다. 두 시간 가까이 과시행동을 하고 난 후에 이카루스는 나무 아래에서 마체사를 끌고 나와 때리기 시작했다. 이 폭행은 세 시간이나 더 지속되었고, 베토벤만이 때때로 찾아와 이카루스가 마체사의 시체를 끌고 가려는 것을 저지했다. 이카루스의 공격은 더욱 격해졌다. 때리는 것으로 모자랐던지 온 힘을 실어 마체사의 사체 위로 뛰어 내렸다.

다음 날 아침 고릴라들은 여전히 마체사의 사체 주위에 모여 있었다. 이카루스는 밤새 그녀를 몇 미터 떨어진 곳으로 끌고 가 폭행하고 있었던 것으로 드러났다. 그가 잠시 쉴 때만, 불쌍한 미란다는 움직이지 않는 어미의 차가운 팔 아래를 기어 다니거나 젖을 빨려고 했다. 다른 어린 고릴라들은 조심스레 마체사의 입이나 항문을 나뭇가지나 혀로 살펴보았다. 에피의 52개월 된 딸인 파피가 마체사 위로 올라가서 반응이 없는 몸을 밀고 때렸다. 거의 의례적인 반복 공격을 하던 이카루스가 쉴 때마다, 무라하는 할머니 곁에 가서 털을 골라주었다. 고릴라들의 이런 행동은 적어도 이 집단의 경우에는 죽은 고릴라에게서 모종의 반응을 이끌어 내려는 것 같았다.

이 글을 읽고 어떤 느낌이 드세요? 고릴라들의 이런 저런 행동이 있는데, 그것이 의미하는 게 뭔지 아리송하다는 생각이지요? 이런 것에, 의미 부여를 하는 게 '해석'이에요. 물론 이런 행동들에 대한 해석을 할 때, 논제에서 요구한대로 '죽음에 대한 태도'를 중심으로 해야지요. 해석을 하려는데 막막할 땐 그 글에서 열쇠가 될 만한 것을 먼저 찾으세요. 이게 아주 중요해요. 주로 맨 처음이나 맨 마지막에 있다는 것도 알고 있으면 도움이 되겠죠? 그런데, 마지막 문장에 "이 집단의 경우에는 죽은 고릴라에게서 모종의 반응을 이끌어 내려는 것 같았다"가 있네요. 글쓴이가 고릴라들의 행동을 해석해줬군요.

이 해석을 바탕으로, 죽음에 대한 고릴라들의 태도를 풀어나가면 돼요. 죽은 고릴라에게서 뭔가 반응을 이끌어내기 위해 밤새도록 별의별 행동을 다하는 고릴라를 보면서, 고릴라가 죽음을 어떻게 여기고 있다고 생각하세요? 반응을 이끌어내고 싶어한다고 했는데, 어떻게 반응하기를 바랄까요? 죽음에 대한 인식이 부족해서 그럴까요? 아니면, 살아 있을 때처럼 다시 움직이기를 바라서 그러는 걸까요? 다시 말해, 죽음을 인정하고 싶지 않기 때문에 그런 행동을 하는 걸까요?

　사실, 어느 쪽인지 정확히 모르겠네요. 하지만 이 부분에서 우리가 떠올려야 할 게 있어요. 우리가 지금 알고 싶은 것은 '죽음에 대한 고릴라의 태도'라는 거죠. '~에 대한 태도'라는 말 속에는 그것이 무엇인지를 어느 정도 안다는 것을 전제하고 있어요. 그것에 대해 나름대로의 이해를 가지고서, 어떻게 행동하느냐를 묻는 게 '~에 대한 태도'잖아요? 만약 죽음이 무엇인지 전혀 모른다면, 거기엔 '태도'의 문제가 아니라 죽음에 대한 '인식'의 문제라 해야겠지요. 그러니까 죽은 고릴라를 두고서 별의별 행동을 다하는 고릴라들의 태도는, '죽음을 받아들이지 않으려는 것'이라고 보아야 할 것 같아요. 죽음을 전혀 예상할 수 없었던 사람이 갑자기 죽으면, 그것을 지켜본 사람들이 죽음을 받아들일 수 없어서, 주검을 막 흔들잖아요? 고릴라의 행동도 이와 비슷한 게 아닐까요? 다른 길로 더 이상 새지 말고 다시 본래 길로 돌아가죠.

　앞글에선 죽음을 숙고한 결과 '생존 본능'에서 벗어났다고 했는데, 죽음을 받아들이지 않는 태도가 낳은 것은 무엇인가요? 찬찬히 생각해 보세요. 아무 것도 없지 않나요? 그저 죽음을 부인하는 여러 행동들만 있을 뿐, 그것이 남긴 것은 아무 것도 없다고 해야겠네요.

3) 제시문 (다)

　데모크리토스에 따르면, 사람들이 부패를 피하는 것은 부패하는 것들의 악취와 추악한 모습과 관련이 있다. 왜냐하면 건강과 아름다움을 갖춘 사람들이라도 죽으면 그런 상태로 전락해 버리기 때문이다. …… [중략] …… 밀론처럼 아름다운 모습을 갖고 있었다 해도 죽으면 얼마 안 가서 해골이 되고 결국에는 최초의 자연으로 해체되기 때문에, 사람들은 사체를 묘지로 보내는 것이다. 건강하지 않은 안색이나 아름답지 못한 모습을 가진 사람에 대해서도 이는 마찬가지라는 점을 분명히 알아야 한다. 그러므로 자신이 들어갈 곳이 장차 보는 이들의 감탄을 자아낼 만한 호사스러운 묘가 아니라 간소해서 볼품없는 묘라는 것을 예측하고 비탄에 빠지는 것은 지극히 우매한 일이다. …… [중략] ……

　사람들이 죽음에 대한 생각 자체를 기피하는 것은 삶에 대한 애착 때문이다. 이 애착은 삶의 즐거움이 아니라 죽음에 대한 공포에서 기인하는 것이다. 죽음의 모습이 눈앞에 선명하게 보일 때, 죽음은 사람들에게 느닷없이 다가오는 것이다. 그렇기 때문에 그들은 유언을 써놓는 것조차도 두려워하며 죽음에 사로잡히게 되고, 데모크리토스에 따르면 "곱빼기 식사를 꾸역꾸역 집어넣을 수밖에 없게 된다."

　이 글엔 죽음에 대한 태도가 또렷하게 나와 있죠? "사람들이 죽음에 대한 생각 자체를 기피한다"고 말했네요. 왜 기피하는가요? 삶에 대한 애착 때문인데, 삶이 즐거워서가 아니라 죽음이 너무 공포스럽기에, 죽음을 외면하고 그냥 살아 있으려고 한다네요. 그러면 죽음이 왜 그렇게 공포스러운가요? 그리고 어느 정도 공포스러운가요?

죽음에 대해 생각 자체를 못 하는 거지요. 그래서 유언조차 쓸 수 없고요. 이런 공포스런 상태를 필자는 뭐라고 했지요? '죽음에 사로잡혀 있다'고 그러네요. 사람이 죽음에 사로잡히고서 할 수 있는 게 뭘까요? 필자는 뭐라고 했죠? 데모크리스토스의 말 "곱빼기 식사를 꾸역꾸역 집어넣을 수밖에 없게 된다"를 따왔네요. 이 말이 뜻하는 건 무엇인가요? 사람을 밥통이라고 본 거지요. '죽지 않기 위해, 욕심 사납게 밥을 처 먹는 인간'이란 소리잖아요. 인간의 비참한 꼬락서니네요.

인간을 이렇게 비참하게 만든 것은 죽음에 대한 공포 때문이라는데, 도대체 왜 그렇게 사람은 죽음을 두려워하게 되었나요? 죽음에서 아무런 의미도 읽지 못하고, 단지 악취만 맡고 추악한 모습만 보았기 때문이에요. 죽음을 똑바로 쳐다보지 않아, 거기에서 정신적인 의미를 발견하지 못하고, 단지 물리적인 현상만 느낀 게 죽음에 사로잡힌 까닭이지요. 그래서 결국 밥통, 밥벌레가 되었다고 하네요.

4) 세 글 비교하기.

써야 할 글자 수가 1000자 안팎이니까, 서두 즉 이끄는 글을 쓰는 게 좋아요. 서두가 있는 글을 읽을 때, 아무래도 완성된 글이라는 느낌이 들기 때문이에요. 이끄는 글은, 문제가 되고 있는 것을 모두 한 자리로 불러 모을 수 있는 것을 쓰면 돼요. 여기서는 죽음에 대한 세 태도를 모두 포괄하는 것을 찾아 써야겠네요. 죽음을 일반적이고 추상적인 관점에서 바라보면 되죠. 다시 말해 세 글의 공통분모, 즉 공통 기반을 드러내라는 거지요.

본론에선 세 주장 간의 차이를 부각시켜야 하는데, 쟁점으로 나눠서 할 수 있어요. 그리고 먼저 두 개의 글과 한 개의 글로 분류한 뒤, 한 군데로 모았던 두 개의 글을, 다시 나누는 방식도 있어요. 뿐만 아니라, 제시문을 하나하나씩 병렬해도 돼요. 다만 긴밀하게 결합해 있기만 하면, 흠 없는 비교라 할 수 있지요. 어느 것을 고르건 간에 관점을 또렷이 밝혀야 한다는 것은 아무리 강조해도 지나치지 않겠죠?

4. 얼개 짜기

① 공통점과 차이점 제시
- 죽음의 일반성과 그 무게
- 죽음에 대한 세 태도
- 삶을 바라보는 세 태도

② 제시문 (나)의 죽음에 대한 태도
- 주검을 대하는 고릴라들의 태도

- 죽음을 받아들이지 못함
- 죽음을 통해 얻는 게 아무 것도 없음
③ 제시문 (다)의 죽음에 대한 태도
- 죽음을 외면하고 기피하는 모습
- 죽음의 공포
- 생존에의 집착과 밥통
④ 제시문 (가)의 죽음에 대한 태도
- 죽음을 똑바로 쳐다보고 의미부여를 함
- 죽음은 인간됨의 본질
- 생존의 본능을 뛰어넘음

5. 예시 답안

생명이 있는 것은 다 죽는다. 죽을 존재인 이상 죽음을 없앨 수는 없고 그것에 대한 태도만 허락된다. 생사(生死)라는 말에서 보듯, 태어남과 함께 짝을 이룰 만큼 죽음은 크나큰 사건이다. 그래서, 그것을 어떻게 대하느냐에 따라 삶에 대한 태도도 영 달라진다. 세 제시문은 각각, 죽음에 대한 생각 자체를 기피하거나, 죽음의 현상을 받아들이지 못하거나, 죽음을 응시하여 그것을 삶의 또 다른 형태로 파악하는 태도를 보여준다. 죽음을 바라보는 태도가 이렇게 다르기에, 그들의 삶 또한 영판 다르다.

제시문 (나)에는 죽음의 현상을 받아들이지 않으려는 태도가 나와 있다. 죽은 고릴라를 두고, 두들겨 패고 던지고 빨고 냄새 맡고 핥고 별의별 행동을 다한다. 죽은 자에게서 뭔가 반응이 일어나기를 기대하고 있는 것이다. 죽음이라는 게, 삶과는 분명 다른 것임에도, 그 차이를 받아들이지 못하는 데서 나온 행동임에 틀림없다. 이런 태도가 낳은 건 무엇인가? 아무 것도 없다. 그저, 하루가 다 가고 다음 날이 되어도 때려보고 던져보고 빨아볼 뿐이다.

죽음을 죽음으로 받아들이기는 하되, 그것에 대한 생각 자체를 외면하고 기피하는 모습이 있다. 제시문 (다)가 말하는 현상이다. 죽음이 공포스럽기 때문이다. 이 공포가 생존에의 집착을 낳았다. 그러니, '삶은 죽지 않기 위해 발버둥치는 것'에 지나지 않게 된다. 필자는 데모크리토스의 말을 빌려 "곱빼기 식사를 꾸역꾸역 집어넣을 수밖에 없게 된다"고 적나라하게 표현한다. 죽음의 공포에 사로잡히면, 사람은 밥통에 지나지 않는다는 소리다. 왜 이렇게 되었는가? 죽음에서 어떤 정신적인 의미도 읽지 못하고, 단지 악취와 부패만을 보았기 때문이다.

제시문 (가)는 죽음을 기피하지도, 죽음의 현상이 일으킨 변화를 부인하지도 않는다. 오히려 그것을 똑바로 쳐다보고 그것에 의미를 부여한다. 죽음은 끝이 아니라 인간됨의 본질이라고 여긴다. 뿐만 아니라, 매장 문화에선 "인간 존재를 영구히 보존하는 방식"을 본다. 이런 의미화를 통해 인간은 죽음의 공포를 극복하고, '생존의 본능을 뛰어 넘을 수 있는 근거'를 마련한다. 이제, 삶은 더 이상 '밥을 꾸역꾸역 집어넣는 것'이 아니게 된다.

6. 전략적인 글쓰기

예시 답안을 만들면서 저는 제시문 〈가〉를 맨 뒤에 놓았는데 왜 그랬다고 생각하세요? 분석해서 비교하는 글이기에 맺음말을 쓰기가 힘들어요. 그런데 이끄는 말로 시작해서 끝맺는 말로 끝나야 한 편의 글이 완성되었다는 느낌이 들거든요. 그래서 맺음말로 갈음할 수 있는 제시문을 맨 뒤에 쓴 거예요. 마지막 단락의 첫 문장이 두 번째 단락 처음에 온다고 생각해 보세요. 이끄는 말에서 했던 소리를 또 한다는 생각이 들지 않겠어요? 하지만, 이 문장을 맨 마지막 단락에 놓으니까 앞의 내용을 종합 정리한다는 생각이 들지요? 글쓰기의 전략을 하나 알려줬으니 요긴하게 잘 써먹으세요.

논제 2

제시문 〈가〉, 〈다〉 각각의 입장에 근거하여 제시문 〈라〉의 실험 결과를 해석하고, 이에 대한 자신의 견해를 쓰시오. (1,000자 안팎. 50점)

1. 논제 분석

논점이 크게 보면 둘이고 작게 보면 셋으로 되어 있네요. (가)의 입장에 서서 (라)의 실험 결과를 해석하라는 것. (나)의 입장에 서서 (라)의 실험 결과를 해석하라는 것. 그리고 (가), (나)가 해석한 것에 대해 자신의 견해를 밝히라고 요구하네요.

2. 제시문 (라)와 표를 가볍게 읽기.

먼저 두 실험 그리고 실험 결과에 따른 표를 가볍게 읽으면서 핵심단어가 뭔지 살피세요. 배설물, 친구, 화장실, 화장실과 멀리 떨어진 복도가 나왔네요.

3. 제시문과 표 분석

제시문 <라>

'배설물'과 관련된 말이나 상황이 죽음에 대한 연상과 어떤 관계를 갖는지 알아보기 위해 다음과 같은 두 가지 실험을 했다.

[실험1]

50명의 피험자를 무작위로 집단 '갑'과 집단 '을'로 나누었다. '갑'에 배정된 피험자 25명에게는 "'배설물'에 대한 다른 표현이나 동의어, 은어 등을 세 개 쓰시오. 예를 들면 '똥'이라고 쓰시오."라는 질문지를 주어 배설물에 대해 떠올리도록 유도했다. 반면 '을'에 배정된 25명에게는 "'친구'에 대한 다른 표현이나 동의어, 은어 등을 세 개 쓰시오. 예를 들면 '벗'이라고 쓰시오."라는 질문지를 주어 배설물이나 죽음과 전혀 상관없는 것을 떠올리도록 했다. 잠시 후 두 집단의 피험자 모두에게 미완성된 12개의 단어를 동일하게 주고 완성하도록 했다. 그 12개에는 죽음과 연관시켜 완성할 수 있는 단어가 6개 포함되어 있었다. 예를 들면 '시_'는 '시체'로, '_례'는 '장례'로 완성할 수 있다. 이러한 12개 중 몇 개가 죽음과 연관된 단어로 완성되었는지를 세었다.

[실험2]

한 대학의 기숙사에서 성별과 학년이 동일한 50명의 기숙사생을 상대로 [실험1]처럼 단어를 완성하도록 요청했다. 집단 '갑'은 방금 화장실에서 나온 학생 25명이고, 집단 '을'은 화장실과 멀리 떨어진 복도를 지나가는 학생 25명이다. 두 집단 모두에게 미완성된 5개의 단어를 동일하게 주고 완성하도록 했다. 이 5개 중 2개는 죽음과 연관시켜 완성할 수 있는 단어였다. [실험1]과 마찬가지로, 완성된 단어 중 죽음과 연관된 것의 수를 세었다.

아래 표는 각 실험에서 죽음과 연관시켜 완성된 단어 수의 집단별 평균을 정리한 것이다.

구분	실험1		실험2	
집단(피실험자수)	갑 (25명)	을 (25명)	갑 (25명)	을 (25명)
단어 수	0.64개	1.80개	0.21개	0.71개

1) 실험 1

500명을 무작위로 250명씩 두 집단으로 나누어, 한 집단 (갑)에겐 배설물의 동의어나 은어를, 다른 집단 (을)에겐 친구의 동의어나 은어를 쓰게 하여, 배설물이나 죽음과 관계없는 것을 떠올리게 했다. 그런 다음, 단어 완성하기 문제를 주었다. 그 결과는, 죽음과 관련해서 완성한 단어 수의 평균이 (갑)집단은 0.64개, (을)집단은 1.80개였다.

이게 실험 1의 대강이에요. 여기서 주목해야 할 게 뭘까요? 우선, 결과에서 3배나 차이가 난다는 것이네요. 또 뭐가 있나요? 실험자가 알고 싶어하는 게 무엇일까요? 배설물과 죽음의 관계, 친구와 죽음의 관계를 알고 싶어하는 것 같네요. 그런데 (을)집단에겐 '배설물이나 죽음'과 관련된 것을 전혀 떠오르지 않게 했다고 말했어요. 이것은 실험의 목적이 배설물과 죽음의 관련성이 아닐까 하는 생각이 들게 하지요?

2) 실험 2

'화장실'에서 방금 나온 집단 (갑)과 화장실과 멀리 떨어진 복도를 지나가는 집단 (을)에게, 미완성 단어 5문제를 주었다. 그 중 2개가 '죽음'과 연관해서 완성할 수 있는 거였는데, (갑)집단은 0.21개, (을)집단은 0.71개를 죽음과 관련시켜 완성했다.

우선, 여기서도 실험 결과 두 집단 간 차이가 3배 이상 난다는 게 인상적이네요. 다음은 1번 실험에서 우리가 가졌던 생각, 즉 이 실험의 목적이 배설물과 죽음의 관련성이 아닐까 하는 게 확실하다는 것이 여기서 밝혀졌군요. 이 실험에선 화장실과 죽음이 실험 속으로 들어왔을 뿐, 친구와 관련된 것은 전혀 없잖아요. 결국, 실험자는 배설물과 죽음의 관계를 알고 싶은 거지, 친구와 죽음의 관계를 알고 싶은 게 아니네요.

다음에 우리가 따져봐야 할 게 뭔가요? 두 실험 결과의 퍼센트를 비교해야지요. 방금 배설물을 떠올렸거나 실제로 그것을 본 경우, 죽음과 연관 있는 낱말 6개 중 0.64개, 2개 중 0.21개를 완성해, 10% 정도의 완성률을 드러냈네요.

한편, 실험 직전 친구를 떠올리게 하여 실험 순간 배설물을 전혀 떠올리지 않게 한 경우, 화장실과 멀리 떨어져 있어서 배설물을 본 지 오래 되었다고 여겨지는 집단의 경우는 죽음과 연관 있는 낱말 6문제 중 1.8개, 2문제 중 0.71개를 완성시켜 30% 이상의 완성률을 드러냈네요.

두 실험을 종합하면, 배설물을 보거나 방금 본 경우는, 평상시의 경우보다 죽음을 ⅓이나 덜 떠올린다는 게 되네요.

4. 제시문 (가),(다)의 입장

이 논제는 두 제시문을 비교하는 게 아니고, 각각의 제시문이 밝히고 있는 입장에 서서 제시문 (나)를 해석해야 하므로, 제시문 (가),(다)의 입장을 명확하고 간략하게 파악해야겠네요.

우선, (다)는 쉽지요? '사람은, 죽음에서 악취를 맡고 추악한 모습을 보기에 죽음을 회피하려 한다'는 게 (다)의 핵심 주장이에요. 이 주장과 실험 결과가 딱 들어맞는다는 생각이 들지요?

(가)가 문제인데요. (가)는 매장 문화에서, 죽음을 숨기거나 지우려는 것이 아니라, 인간 존재를 영원히 보존하는 방식을 보잖아요? 따라서 죽음에서 배설물이나 혐오감을 느끼지 않죠. 그런데 실험 결과는 배설물과 죽음 사이에 관계가 있는 것으로 나오기 때문이에요.

이것을 돌파하는 길은 뭘까요? 실험 결과는 '해석에 따라' 다른 결론에 이를 수 있다는 것을 떠올리세요. 그리고 핵심 단어 사이에 관련성을 찾아보세요. 죽음과 배설물이 어떻게 연관될 수 있을까요? (다)는 어떻게 연관시켰죠? <죽음-시체-부패-혐오 및 악취-배설물> 이렇게 연결했어요. 이것은 물리적인 사실이에요. 이 계열을 제시문 (가)는 몰랐을까요? 몰랐기에 죽음에서 다른 계열 즉 <죽음-시체- 매장 및 보존-산 자와 함께함>을 본 걸까요? 당연히 죽음에 따른 물리적인 변화를 알겠지요. 하지만 죽음을 물리적인 것과 연관시키지 않고 죽음에 비물질적인 의미 부여를 한 것이지요.

배설물에서 죽음의 단어를 애써 '몰아내려는 태도'를 실험 결과에서 확인할 수 있어요. 이런 태도를 어떻게 해석해야, 죽음은 혐오스러운 것이기에 사람들이 그것을 피하듯 죽음도 피하려 한다는 말을 뒤집을 수 있을까요? 이 말을 그대로 뒤집어 보세요. 죽음은 혐오스러운 것이 아니라고 사람들은 믿는다. 그래서 혐오스러운 것을 보면 '오히려' 죽음에 대한 상념을 멀리하려 한다. 실험 결과는, 사람들이 죽음을 물리적 부패와 연관시키지 않으려는 '거부의 마음'을 알려준다. 이렇게 해석할 수 있어요! 해석이란 게 참 맹랑하지요? 그러니 우리는 어떤 대가의 해석에도 주눅들 까닭이 없어요. 그것은 그것대로 놔두고, 스스로 어떤 현상을 해석해 보세요. 맹랑하되, 터무니없지는 않은 해석. 이걸 해보면 재미가 쏠쏠하다는 것을 알 수 있을 거예요. 이 재미는 자유로운 영혼만이 누릴 수 있어요.

5. 자기 견해 제시하기.

죽음을 생각조차 하지 않으려는 것은, 시체가 풍기는 악취와 혐오 때문이다. 그래서 배설물에서 악취를 맡은 지금 죽음을 평상시보다 더 떠올리지 않는다. 이런 생각은 제시문 (다)의 입장에 따른 실험 결과의 해석이에요.

하지만 똑같은 실험 결과를 두고서, 제시문 (가)의 입장에 따라 해석하면 전혀 다른 결론을 내릴 수 있다. 그러므로 이 실험은 배설물에서 죽음을 떠올리는 것은 맞기는 하지만, 그것이 죽음을 혐오해서 그런지, 아니면 죽음의 의미를 물리적인 데서 찾지 않으려는 마음에서 생기는 것인지는 이 실험이 알려주지 않는다. 이렇게 자기 견해를 정리하면 되겠네요.

6. 얼개 짜기
　①　실험 소개
　　　• 실험의 목적
　　　• 실험 방법과 결과
　②　제시문 (다)의 주장에 따른 실험결과 해석
　　　• (다)의 주장
　　　• 실험 결과 해석
　③　제시문 (가)의 주장에 따른 실험결과 해석
　　　• (가)의 주장 – 매장문화

　　• 이 가설과 실험결과가 어긋나는 듯함

　　• 죽음에 비물질적인 의미부여

　　• 악취를 맡으면 죽음의 상념을 지우려 무의식적으로 노력

④ 나의 견해

　　• 실험의 성과 지적 – 배설물과 죽음의 상념이 관계 있음

　　• 실험의 한계 지적 – 배설물을 경험했을 때, 왜 죽음을 지우려 하는지는 밝혀지지 않음

7. 예시 답안 (1000자 안팎)

　두 실험 모두, 사람이 배설물을 연상하거나 경험하는 것이 죽음과 어떤 관계가 있는가를 알아보기 위한 것이다. 실험 직전에 배설물을 연상하거나 경험한 사람이 죽음과 연관된 단어를 떠올린 게, 그렇지 않은 사람이 죽음을 떠올린 것의 ⅓에 지나지 않았다. 이 비율은 두 실험 모두에서 비슷하게 나타났다. 이 결과는 배설물과 죽음이 어떤 식으로든 관련이 있음을 또렷이 하고 있다.

　제시문 (다)의 주장에 따르면, 사람은 죽음을 생각조차 안하려 하는데, 그것은 죽음이 가져오는 시신에서의 악취와 추악함 때문이라고 한다. 그래서 재빨리 주검을 매장한다. 이 가설을 따르면, 실험 결과가 정확히 설명된다. 배설물의 냄새와 혐오스러움을 느낀 사람이, 무의식적으로 부패한 시체를 떠올리고, 즉시 죽음을 생각에서 추방하려 했기 때문에 그런 결과가 나온 것이다.

　하지만 제시문 (가)의 주장은 다르다. 그래서 실험 결과에 대한 해석은 전혀 다를 수 있다. 제시문 (가)는 매장 문화에서 주검을 빨리 숨기려 하거나 치우려 하는 것을 보는 것이 아니라, "인간 존재를 영원히 보존하는 방식"을 본다. 따라서 죽음을 악취와 연결시키지 않는다. 이 가설과 실험 결과는 얼핏 보면 어긋나 보인다. 물론 주검은 부패하면 악취를 풍긴다. 그렇다고 해서 죽음을 악취와 연결시킬 필연적 이유는 없다. 사람은 정신적 동물이기에, 죽음에 비물질적인 의미 부여를 한다. 그렇다 하더라도, 죽음에서 악취를 연상하지 않기는 쉽지 않다. 이런 이율배반을 극복하기 위해, 사람은 악취를 맡으면, 오히려 죽음의 상념을 지우려 무의식적으로 애쓴다. 그래서 평상시보다, 배설물을 경험했을 때 죽음을 오히려 덜 떠올린 것이다.

　두 실험은 성과와 한계를 동시에 가진다. 실험 결과에 따르면, 배설물과 죽음에 대한 상념이 관계가 있다. 하지만 두 제시문의 상이한 가설에 따라 실험 결과를 해석했을 때, 나름대로 두 가설 모두 근거를 갖는다. 배설물의 경험이 죽음에 관한 낱말을 떠오르지 못하게 방해하는 것은 맞다. 이것은 실험의 성과다. 하지만 이게 배설물과 죽음이 직접적으로 연관되기 때문에 그런지, 아니면 그 연관은 물리적인 것에 불과하기에 그 연관을 부정하는 마음 때문에 그런지는 이 실험 만으로는 알 수 없다. 두 실험의 한계다.

(가)에 따른 주장과 (다)에 따른 주장의 순서를 바꾸어서 기술했는데, 왜 그랬다고 생각하세요? 실험 결과를 보면, 그것이 (다)의 가설을 곧바로 지지하는 듯하죠? 그래서 실험 결과를 서술한 뒤에 막바로 배치했어요. (가)의 가설에 따라 실험 결과를 해석하는 것은, 아무래도 역설과 반전의 느낌을 갖기에 뒤에 배치하는 게 글의 흐름상 더 어울리기 때문이에요. 반전이 앞에 나오면 뭔가 이상하잖아요!

[제시문 출처]

제시문 〈가〉는 가다머(Hans-Georg Gadamer)의 『과학시대의 이성』(Vernunft im Zeitalter der Wissenschaft, 1976)의 일부를 발췌, 편집한 것이다. 여기서 인간이 죽음에 대해 지니는 태도가 동물과 다르다는 점을 부각시키는 가다머는 죽음에 대해 사유할 수 있는 능력이 인간의 특수성이라고 주장한다.

제시문 〈나〉는 영장류학자인 다이앤 포시(Dian Fossey)가 아프리카 르완다의 산악고릴라에 대한 관찰 결과를 보고한 『안개 속의 고릴라』(Gorillas in the Mist , 1983)의 일부이다. 이 글에서는 죽은 동료 고릴라에 대한 다른 고릴라들의 다양한 행동이 묘사되고 있는데, 특히 죽은 고릴라에게 반복적으로 거친 폭력을 가하는 행태가 자세히 묘사되고 있다.

제시문 〈다〉는 그리스 철학자 필로데모스가 『죽음에 관하여』 에 기록한 데모크리토스의 말을 읽기 쉽게 편집한 것이다. 건강 상태나 미추(美醜)의 여부를 막론하고 모든 사람은 죽는다는 대전제 하에서 사람들이 죽음을 직면하지 않고 무덤에 집착하거나 다른 방식으로 죽음을 기피한다는 것이다.

제시문 〈라〉는 둥켈(Curtis S. Dunkel)의 『The Association between Thoughts of Defecation and Thoughts of Death』(Death Studies Vol. 33 (2009): pp. 356-371)이 실행한 배설물과 죽음에 대한 개념의 심리적 연관성을 실험한 연구결과의 일부를 발췌·수정한 것이다.

2011학년도 연세대 수시 기출문제 (사회계열)

※아래 제시문을 읽고 문제에 답하시오.

제시문 <가>

　최고의 탁월한 이성과 반성 능력을 지니고 있는 사람이 어느 날 갑자기 이 세상에 던져졌다고 상상해 보자. 그는 어떤 일들이 연달아 발생하는 것을 직접 관찰하게 된다. 그렇지만 그 이상의 어떤 것도 발견해낼 수 없을 것이다. 그는 이성적으로 추론해서 원인과 결과의 관념에 도달할 수는 없을 것이다. 왜냐하면 모든 자연의 작용을 이끌어가는 특별한 힘은 감각에 의해서는 결코 포착되지 않기 때문이다. 또한 한 사건이 다른 사건에 앞서서 일어났다고 해서 앞의 사건이 원인이고 뒤의 사건은 결과라고 결론짓는 것도 합당하지 않다. 그 두 사건의 결합은 임의적이고 우연적일 수 있다. 뒤의 사건이 일어나는 것을 보고 앞의 사건이 실제로 일어났다고 추론할 만한 근거가 없을 수도 있다. 요컨대 앞에 예로 든 그 사람이 계속 경험을 쌓아나가지 않는다면, 그는 어떠한 사태에 관해 추측할 수도 추론할 수도 없을 것이며, 그의 기억이나 감각에 직접 주어진 것을 넘어선 그 어떤 것에 대해서도 결코 확신할 수 없을 것이다.

　이제 앞에서 말한 그 사람이 이 세상에서 좀 더 경험을 쌓고 오래 살아서 유사한 대상들 혹은 사건들이 연달아 일어나고 있음을 관찰했다고 상상해 보자. 이 경험으로부터 그가 얻게 되는 바는 무엇인가? 그는 한 대상이 드러나는 것을 보고 그것의 원인이 되는 다른 대상의 존재를 즉각 추리한다. 그러나 그가 경험을 총동원한다고 해도 그는 한 대상이 다른 대상을 산출하는 비밀스러운 힘에 대한 관념이나 지식은 전혀 가질 수 없다. 또한 어떠한 논리적 과정을 통해서도 원인이 되는 대상을 추리해내지 못할 것이다. 그럼에도 그는 고집스럽게 두 대상이 원인과 결과의 관계로 결합되어 있는 것처럼 생각한다. 그리고 비록 자신의 이해력이 이렇게 추리하는 데 아무런 역할을 하지 않는다는 것을 누군가 그에게 확신시켜주더라도, 그는 동일한 사고 과정을 계속해나갈 것이다. 그에게는 이런 결론을 내리게 하는 어떤 다른 원리가 있다.

제시문 <나>

　페타바이트* 시대에는 정보가 단순히 3, 4차원의 분류 체계를 넘어서서 차원이 무의미해지는 통계의 영역에 들어선다. 과거에는 데이터의 총체를 가시화할 수 있다는 통념에 사로잡혀 있었다면, 이제는 그러한 통념의 속박에서 벗어나는 완전히 다른 접근방식이 가능해졌다. 구글(Google)의 창업 이념은 "이 웹 페이지가 다른 웹 페이지보다 왜 더 좋은지 모른다."는 것이다. 통계 수치가 그렇다고 한다면 그것으로 충분하며, 의미론적이거나 인과론적인 분석은 필요 없다. 그렇기 때문에 광고나 웹 페이지의 내용에 대한 아무런 사전지식이나 가정을 하지 않고도 광고와 웹 페이지의 내용을 짝지어 줄 수 있다. 구글의 연구개발 책임자는 "모든 모델은 틀렸다. 그리고 점점 그것 없이도 성공할 수 있게 된다."고 말했다.

이와 같은 사고가 광고계에 끼치는 영향도 크지만, 정말로 큰 변화는 과학계에서 일어나고 있다. 과학적인 방법이라는 것은 실험 가능한 가설의 토대 위에 세워진다. 이런 모델은 대체적으로 과학자 자신의 상상 속에서 가시화된 체계이다. 그리고 과학자는 실험을 통해서 이런 이론적인 모델들을 확인하거나 부정한다. 이것이 바로 과학이 수백 년 동안 수행되어 온 방식이다.

과학자들은 상관관계를 인과관계와 동일시하지 않도록 훈련받는다. 단순히 X와 Y의 상관관계만을 토대로 그 어떠한 결론도 내려서는 안 된다고 생각한다. 대신 둘 사이를 연결시키는 근본적인 원리를 이해하려고 한다. 그리고 일단 모델이 형성되면 조금 더 확신을 갖고 데이터 군(群)들을 연결시킬 수 있게 된다. 그들에게 모델 없는 데이터는 무의미한 잡음일 뿐이다.

그러나 페타바이트 시대에 엄청난 데이터 앞에서는 '가설→모델→실험'과 같은 과학적인 접근은 구시대의 것이 된다. 페타바이트는 우리로 하여금 상관관계로도 충분하다고 말할 수 있게 해주며 우리는 더 이상 모델을 찾지 않아도 된다. 어떤 결과가 나올 것인가에 대한 가설 없이도 데이터 분석이 가능하다. 시시각각으로 빨라지고 커지고 있는 컴퓨터 클러스터 (cluster)에 데이터를 입력시키면 과학이 지금까지 발견하지 못한 패턴을 통계 알고리듬(algorithm)이 발견해낸다.

* 1 Petabyte = 1,000,000,000 Megabyte

제시문 <다>

우리가 원인이라고 부르는 것은 어떤 과정 속에서 재단 가능한 원인들 가운데 하나에 불과하다. 또한 재단 가능한 원인들의 수는 무한하며, 재단은 담론의 수준에서만 가치를 지닌다. "기차가 만원이어서 쟈크는 기차를 탈 수 없었다."는 문장 안에서 우리는 원인과 조건을 어떻게 분해할 수 있을 것인가? 그것은 이 작은 사건을 이야기할 수 있는 수많은 방식을 늘어놓는 일이 될 것이다. 그런데 기차를 타지 못하게 한 조건들을 어떻게 모두 열거할 수 있겠는가? 루이 14세는 세금 때문에 인기가 떨어졌다. 하지만 당시 프랑스가 침략 당했더라면, 농민층이 더 애국적이었더라면, 혹은 루이 14세의 덩치가 더 크고 위풍당당했더라면, 그의 인기는 떨어지지 않았을는지도 모른다. 마찬가지로 우리는 모든 왕들이 루이 14세의 경우와 같은 단순한 이유로 인기가 떨어질 것이라는 단언을 경계한다.

역사가는 어떤 왕이 세금 때문에 인기가 떨어질 것이라고 확실하게 예측할 수는 없다. 반면 거기에 관해 생트집을 잡아 사실들이 존재하지 않는 척할 필요도 없다. 과거에 대한 우리의 지식에는 언제나 공백이 있기에, 역사가는 종종 아주 다른 문제에 직면하기도 한다. 그는 왕이 인기가 없었다는 사실만을 확인할 뿐 어떠한 자료를 통해서도 그 이유를 알 수가 없다. 만일 그가 그 원인이 세금 탓이었다고 결론을 내린다면, 그는 가설적 원인으로 거슬러 올라가고 있는 셈이다. 그런데 그는 과연 좋은 설명에로 거슬러 올라간 것일까? 세금이 원인이었을까, 아니면 왕의 패전이라든지 역사가가 상상 못하는 제3의 원인이 있었을까? 세금은 불만의 그럴듯한 원인이기는 하지만, 다른 것들이라고 그만하지 않을 것인가? 농민들의 영혼 속에서 애국심의 힘은 어떠했던가? 패전 역시 세금 못지않게 왕의 인기 하락에 영향을 미치지 않았을까?

제시문 <라>

　교육 수준이 높을수록 건강 상태가 더 좋다는 주장이 있다. 그런데 교육 수준과 건강 상태 사이의 이러한 관계가 소득 수준에 따라 다를 수 있다는 보완적 주장이 제기되었다. 이러한 두 주장을 검증하기 위해 조사를 수행하여 다음과 같은 결과를 얻었다.

[표 1] 교육 수준에 따른 건강 상태 분포(%) (소수점 둘째 자리에서 반올림했음.)

건강 상태	교육수준			전체
	고졸 미만	고졸	대학 이상	
상	10.2	15.8	27.0	17.4
중	48.1	65.8	50.4	59.4
하	41.7	18.4	22.7	23.2
총계	187명	691명	256명	1134명

[표 2] 소득 수준별 교육 수준에 따른 건강 상태 분포(%) (소수점 둘째 자리에서 반올림했음.)

소득 수준	건강 상태	교육 수준		
		고졸 미만	고졸	대학 이상
상	상	12.0	16.6	27.2
	중	42.7	66.8	47.2
	하	45.3	16.6	25.6
	소계	117명	428명	195명
중	상	8.0	17.4	27.3
	중	69.2	62.1	59.1
	하	23.1	20.5	13.6
	소계	13명	132명	44명
하	상	7.0	11.5	23.5
	중	54.4	66.4	64.7
	하	38.6	22.1	11.8
	소계	57명	131명	17명
총계		187명	691명	256명

<문제 1> 제시문 <가>, <나>, <다>는 과학적 탐구에 대한 여러 관점을 나타낸다. 이 관점들의 공통점과 차이점을 논하시오. (1,000자 안팎, 50점)

<문제 2> 제시문 <라>의 두 주장에 근거하여 [표 1], [표 2]에 나타난 중요한 점들을 기술하고, 제시문 <나>, <다>의 관점 중 하나를 택하여 연구 전체(주장 및 결과)를 평가하시오. (1,000자 안팎, 50점)

논제 1.

제시문 <가>, <나>, <다>는 과학적 탐구에 대한 여러 관점을 나타낸다. 이 관점들의 공통점과 차이점을 논하시오. (1,000자 안팎, 50점)

1. 논제 분석

연세대의 전형적인 문제죠. 친절하게도 논제에서 독해의 방향을 알려줬네요. 세 글 모두 '과학적 탐구에 대한 관점이 무엇인가'를 중심으로 읽으라는 거군요. 그런 다음 세 글 사이의 차이점과 공통점을 논술하라는 거네요.

2. 제시문 모두를 가볍게 읽기.

그리 어려운 글은 아니죠? (가)가 약간 어려울 수도 있지만, 논술 준비하면서 대충 들었던 소리지요? 어떤 단어가 주로 나오나요? 원인과 결과, 경험, 추론, 상관관계, 인과관계, 패턴, 원인들 가운데 하나.

이 정도면, 과학적 탐구가 무엇을 의미하는지 대충 느낌이 들지요? 쉽다고 분석을 대충하면 글 쓸 때, 쓸 말이 없어 중언부언 하는 수가 있으니까 철저하게 파고들어야 해요.

3. 제시문 분석

 1) 제시문 (가)

　최고의 탁월한 이성과 반성 능력을 지니고 있는 사람이 어느 날 갑자기 이 세상에 던져졌다고 상상해 보자. 그는 어떤 일들이 연달아 발생하는 것을 직접 관찰하게 된다. 그렇지만 그 이상의 어떤 것도 발견해낼 수 없을 것이다. 그는 이성적으로 추론해서 원인과 결과의 관념에 도달할 수는 없을 것이다. 왜냐하면 모든 자연의 작용을 이끌어가는 특별한 힘은 감각에 의해서는 결코 포착되지 않기 때문이다. 또한 한 사건이 다른 사건에 앞서서 일어났다고 해서 앞의 사건이 원인이고 뒤의 사건은 결과라고 결론짓는 것도 합당하지 않다. 그 두 사건의 결합은 임의적이고 우연적일 수 있다. 뒤의 사건이 일어나는 것을 보고 앞의 사건이 실제로 일어났다고 추론할 만한 근거가 없을 수도 있다. 요컨대 앞에 예로 든 그 사람이 계속 경험을 쌓아나가지 않는다면, 그는 어떠한 사태에 관해 추측할 수도 추론할 수도 없을 것이며, 그의 기억이나 감각에 직접 주어진 것을 넘어선 그 어떤 것에 대해서도 결코 확신할 수 없을 것이다.

　이제 앞에서 말한 그 사람이 이 세상에서 좀 더 경험을 쌓고 오래 살아서 유사한 대상들 혹은 사건들이 연달아 일어나고 있음을 관찰했다고 상상해 보자. 이 경험으로부터 그가 얻게 되는 바는 무엇인가? 그는 한 대상이 드러나는 것을 보고 그것의 원인이 되는 다른 대상의 존재를 즉각 추리한다. 그러나 그가 경험을 총동원한다고 해도 그는 한 대상이 다른 대상을 산출하는 비밀스러운 힘에 대한 관념이나 지식은 전혀 가질 수 없다. 또한 어떠한 논리적 과정을 통해서도 원인이 되는 대상을 추리해내지 못할 것이다. 그럼에도 그는 고집스럽게 두 대상이 원인과 결과의 관계로 결합되어 있는 것처럼 생각한다. 그리고 비록 자신의 이해력이 이렇게 추리하는 데 아무런 역할을 하지 않는다는 것을 누군가 그에게 확신시켜주더라도, 그는 동일한 사고 과정을 계속해나갈 것이다. 그에게는 이런 결론을 내리게 하는 어떤 다른 원리가 있다.

　첫 문장이 상상한 것은 뭔가요? 인간에게 조금도 알려지지 않았을 뿐 아니라, 이 세상과는 조금도 닮지 않은 별에, 최고의 이성을 가진 사람이 갑자기 가게 된다면, 어떤 일이 발생할까를 상상했네요. 이러저러한 일들이 그 앞에서 일어나겠죠? 이때, 그 사람 자신의 이성을 써서 '지금 일어난 이 일은 무엇무엇 때문이다'고 할 수 있을까요? 할 수 없겠지요. 글쓴이는 왜 추론할 수 없다고 말하고 있죠? '자연을 굴러가게 하는 힘은 감각에 의해서는 잡히지 않기 때문'이라 했네요. 이렇게 하지 말고, 다른 식으로 이 지문을 분석해 보죠.

　이 글에 가장 많이 나온 말은 무엇인가요? '~은 할 수 없다.' 온통 할 수 없는 것이네요. 하지만, 할 수 있는 것도 나와 있어요. 그게 뭐죠? 관찰할 수 있고 경험할 수 있어요. 그리고 또 있어요. 찾아보세요. 매우 중요하니까 꼭 찾아보세요. 관찰과 경험을 통해서 할 수 있는 게 있어요. 추론이나 추측을 할 수 있다고 했죠?

　그런데, 아무리 경험을 많이 해도, 할 수 없는 게 있다네요. 그게 뭐라고 했죠? "한 대상이 다른 대상을 산출하는 비밀스러운 힘에 대한 관념이나 지식"이라고 했네요. 그러면, "한 대상이 다른 대상을 산출하는 힘”은 뭔가요? 이것과 동의어를 찾아보세요. 바로 다음 문장에 있네요. ‘원인이 되는 대상’, 그런데 이것은 경험으로도 안 되고, 어떤 논리로도 추론해낼 수 없다고 했네요.

한마디로, 원인이 무엇인지 알아낼 수 있는 방법은 없다는 거네요. 그런데, 무엇에 대한 원인을 알 수 없다는 거죠? 특정한 것에 대한 것이 아니라 ‘일반적’으로 원인을 알 수 없다네요. 곤혹스럽지요? 어떤 특정한 것의 원인을 알 수 없다면야, 그렇겠거니 하겠지만, 세상에 있는 것 그것이 무엇이 되었건 간에 그것의 원인을 알 수 없다니, 원 참 막막하네요.

원인을 알 수 없으니, 결과는 헛말에 지나지 않게 되어, 인과론이란 말 자체가 헛소리가 되어버렸네요. 우리가 알고 있는 과학적 지식이란 죄다 인과론으로 되어 있으니, 그게 다 쓰레기통 속으로 들어갈 처지가 되었네요.

글의 끝부분에선, 우리를 고집불통으로 만들었네요. 인과를 어떤 방식으로도 알 수 없다고 필자가 가르쳐줬는데도, 사람들은 그에 따르지 않고 ‘인과관계가 있는 것처럼 고집을 부린다’고 했잖아요. 간추리면, 두 대상 사이의 인과관계는 추론되지도 경험되지도 않는다. 우리가 할 수 있는 것은 경험을 통해서 추론할 뿐이다가 되겠네요.

한편, 맨 마지막 문장 “그에게는 이런 결론을 내리게 하는 어떤 다른 원리가 있다”는 문장은 제시문의 맥락에서 봤을 때 의미 없다고 해야겠네요. 만약 이것이 의미가 있으려면, ‘다른 원리’에 대한 설명이 있어야 해요. 하지만 지금 이 제시문이 아닌, 다른 맥락에서도 이것이 중요하지 않다는 소리는 아니에요. 여기서 말한 ‘다른 원리’는 철학에서 매우 중요해요. 사실 이 글의 필자가 데이비드 흄인데, 흄은 여기에 나온 ‘다른 원리’를 정치하게 규명하는 데 성공하지 못해요. 우리가 잘 아는 칸트가 그것을 해결했다는 귀띔만 하고 넘어갈게요.

2) 제시문 (나)

페타바이트* 시대에는 정보가 단순히 3, 4차원의 분류 체계를 넘어서서 차원이 무의미해지는 통계의 영역에 들어선다. 과거에는 데이터의 총체를 가시화할 수 있다는 통념에 사로잡혀 있었다면, 이제는 그러한 통념의 속박에서 벗어나는 완전히 다른 접근방식이 가능해졌다. 구글(Google)의 창업 이념은 “이 웹 페이지가 다른 웹 페이지보다 왜 더 좋은지 모른다.”는 것이다. 통계 수치가 그렇다고 한다면 그것으로 충분하며, 의미론적이거나 인과론적인 분석은 필요 없다. 그렇기 때문에 광고나 웹 페이지의 내용에 대한 아무런 사전지식이나 가정을 하지 않고도 광고와 웹 페이지의 내용을 짝지어 줄 수 있다. 구글의 연구개발 책임자는 “모든 모델은 틀렸다. 그리고 점점 그것 없이도 성공할 수 있게 된다.”고 말했다.

이와 같은 사고가 광고계에 끼치는 영향도 크지만, 정말로 큰 변화는 과학계에서 일어나고 있다. 과학적인 방법이라는 것은 실험 가능한 가설의 토대 위에 세워진다. 이런 모델은 대체적으로 과학자 자신의 상상 속에서 가시화된 체계이다. 그리고 과학자는 실험을 통해서 이런 이론적인 모델들을 확인하거나 부정한다. 이것이 바로 과학이 수백 년 동안 수행되어 온 방식이다.

　과학자들은 상관관계를 인과관계와 동일시하지 않도록 훈련받는다. 단순히 X와 Y의 상관관계만을 토대로 그 어떠한 결론도 내려서는 안 된다고 생각한다. 대신 둘 사이를 연결시키는 근본적인 원리를 이해하려고 한다. 그리고 일단 모델이 형성되면 조금 더 확신을 갖고 데이터 군(群)들을 연결시킬 수 있게 된다. 그들에게 모델 없는 데이터는 무의미한 잡음일 뿐이다.

　그러나 페타바이트 시대에 엄청난 데이터 앞에서는 '가설→모델→실험'과 같은 과학적인 접근은 구시대의 것이 된다. 페타바이트는 우리로 하여금 상관관계로도 충분하다고 말할 수 있게 해주며 우리는 더 이상 모델을 찾지 않아도 된다. 어떤 결과가 나올 것인가에 대한 가설 없이도 데이터 분석이 가능하다. 시시각각으로 빨라지고 커지고 있는 컴퓨터 클러스터 (cluster)에 데이터를 입력시키면 과학이 지금까지 발견하지 못한 패턴을 통계 알고리듬(algorithm)이 발견해낸다.

* 1 Petabyte = 1,000,000,000 Megabyte

　이 글을 보면 기존의 과학 탐구 방식과 페타바이트 시대의 과학 탐구 방식은 다르다고 나와 있으니까, 그 둘이 어떻게 다른가를 또렷하게 알면 되겠네요. 먼저 기존의 방식을 한마디로 하면 어떻게 되죠? '가설→모델→실험→모델 확인 또는 부정'의 단계를 밟는 거지요. 이것을 풀어서 말해볼까요? 가설을 세우기 전에 배워야 할 게 뭐죠? '상관관계'를 '인과관계'로 혼동하지 않는 거예요. 왜 그렇죠? 가설은 원리를 바탕으로 세워지기 때문이지요. 이렇게 세워진 가설을 가지고 모델을 상상적으로 만들어요. 그런 다음 실험을 하고 데이터를 연결시키지요. 이런 과학 방식에서 데이터의 의미는 뭔가요? 가설과 모델이 데이터에 의미를 부여하는 거지요. 그래서, 모델이 없으면 데이터는 잡동사니에 지나지 않게 돼요.

　그런데 페타바이트 시대에, 결정적으로 달라지는 게 뭐죠? 데이터가 의미를 갖기 위해선, 컴퓨터의 도움만 있으면 된다는 거예요. 그러니까, 페타바이트 시대에는 뭐가 필요 없다는 것인가요? 가설과 모델이 필요 없어요. 데이터가 컴퓨터를 만나면 도대체 무슨 일이 발생하기에, 가설과 모델을 쓸모 없는 것으로 만들죠? 그래요. 패턴이에요. 왜 패턴이 필요할까요? 패턴이란 모양이잖아요. 일종의 모델인 것이지요. 기존 과학 방법에선 모델이 데이터에 의미를 부여했는데, 새 시대에는 거꾸로 데이터가 모델을 만들어내게 된 거라고 봐야죠. 모델을 만들 필요가 없다면 뭐가 필요 없나요? 가설을 세울 필요가 없지요. 가설을 세울 필요가 없으면 또 뭐가 필요 없죠? 인과관계로 가설을 세우니까, 인과관계가 쓸모없어진 거지요.

　결국 페타바이트 컴퓨터 시대엔 뭐만 필요하다는 건가요? 데이터만 있으면 되는 것이지요. 그런데, 가설이 인과관계에 따라 만들어졌다면, 데이터는 무엇에 따라 만들어졌죠? 그래요, '상관관계'에 따라 만들어졌어요. 이제, 인과관계는 무의미하게 된 것이지요. 힘들게, 굳이 찾을 필요가 없게 된 거예요.

3) 제시문 (다)

우리가 원인이라고 부르는 것은 어떤 과정 속에서 재단 가능한 원인들 가운데 하나에 불과하다. 또한 재단 가능한 원인들의 수는 무한하며, 재단은 담론의 수준에서만 가치를 지닌다. "기차가 만원이어서 쟈크는 기차를 탈 수 없었다."는 문장 안에서 우리는 원인과 조건을 어떻게 분해할 수 있을 것인가? 그것은 이 작은 사건을 이야기할 수 있는 수많은 방식을 늘어놓는 일이 될 것이다. 그런데 기차를 타지 못하게 한 조건들을 어떻게 모두 열거할 수 있겠는가? 루이 14세는 세금 때문에 인기가 떨어졌다. 하지만 당시 프랑스가 침략 당했더라면, 농민층이 더 애국적이었더라면, 혹은 루이 14세의 덩치가 더 크고 위풍당당했더라면, 그의 인기는 떨어지지 않았을는지도 모른다. 마찬가지로 우리는 모든 왕들이 루이 14세의 경우와 같은 단순한 이유로 인기가 떨어질 것이라는 단언을 경계한다.

역사가는 어떤 왕이 세금 때문에 인기가 떨어질 것이라고 확실하게 예측할 수는 없다. 반면 거기에 관해 생트집을 잡아 사실들이 존재하지 않는 척할 필요도 없다. 과거에 대한 우리의 지식에는 언제나 공백이 있기에, 역사가는 종종 아주 다른 문제에 직면하기도 한다. 그는 왕이 인기가 없었다는 사실만을 확인할 뿐 어떠한 자료를 통해서도 그 이유를 알 수가 없다. 만일 그가 그 원인이 세금 탓이었다고 결론을 내린다면, 그는 가설적 원인으로 거슬러 올라가고 있는 셈이다. 그런데 그는 과연 좋은 설명에로 거슬러 올라간 것일까? 세금이 원인이었을까, 아니면 왕의 패전이라든지 역사가가 상상 못하는 제 3의 원인이 있었을까? 세금은 불만의 그럴듯한 원인이기는 하지만, 다른 것들이라고 그만하지 않을 것인가? 농민들의 영혼 속에서 애국심의 힘은 어떠했던가? 패전 역시 세금 못지않게 왕의 인기 하락에 영향을 미치지 않았을까?

이 글에서 다루고 있는 게 뭐죠? 원인이지요. 앞의 두 글도 모두 원인 즉 인과론을 다루었는데, 이 글까지 인과문제를 다루었으니, 논제에서 말한 과학적 탐구에 관한 관점이란, '인과론에 대한 견해'를 묻는 것이라는 것을 알 수 있네요. (가)글에선 원인은 추론되지도 경험되지도 않는다고 했고, (나)글에선 페타바이트 시대엔 군이 인과관계를 찾으려 애쓸 필요가 없다고 했죠? 그러면, 이 글에서는 인과관계에 대해 뭐라고 했나요?

(가)글처럼 원인을 알 수 없다고 했나요? (나)처럼 인과관계를 찾는 게 무의미하다고 했나요? 그것도 저것도 아닌가요? 글쓴이의 인과관을 단적으로 나타낸 문장이 둘 있네요. 찾아보세요. 맨 첫줄 "우리가 원인이라고 부르는 것은 어떤 과정 속에서 재단 가능한 원인들 가운데 하나다." 그리고 두 번째 단락 중간쯤에 "왕이 인기가 없었다는 사실만을 확인할 뿐 어떠한 자료를 통해서도 그 이유를 알 수 없다"가 그것이네요. 두 문장을 줄이면, '원인은 하나가 아니고 여럿이다.' '원인은 알 수 없다'는 게 되네요.

한편, 첫 번째 문장 바로 뒤에 "재단 가능한 원인들의 수는 무한하며, 재단은 담론 수준에서만 가치를 지닌다"는 글도 보이네요. 이것에 따르면, 즉 원인이 무한하다면 그런 원인은 무의미한 것이 아닌가하는 생각도 드네요.

이럴 때, 우리는 어떻게 해야 할까요? 표면적으로 드러난 주장이 아닌, 감추어져 있는 주장, 즉 글쓴이가 정말로 하고자 하는 소리를 찾아야 해요. 그런 소리를 찾으려면 어떻게 해야 할까요? 뉘앙스 즉 그 글이 풍기는 분위기와 글투를 느껴보세요. 이건 느낌의 문제예요. 하지만, 근거가 있어야 해요. 자, 글쓴이가 정말 하고 싶은 소리를 느끼게 해주는 낱말이나 구절들을 찾아보세요! 이걸 잘하면 비판적 사유가 훌쩍 크니까, 꼭 제시문 (다)로 돌아가 찾아보세요.

찾았나요? "우리가 원인이라고 부르는 것은……에 불과하다"는 문장에선 어떤 느낌이 들죠? 일반적인 의미에서 말하는 원인에 대해 필자는 동의할 수 없다는 소리 같죠? 그리고 첫 단락 마지막 문장 "단언을 경계한다." 두 번째 단락 첫 문장 "역사가는……확실하게 예측할 수는 없다." 다음 줄에 "과거에 대한 우리의 지식에는 언제나 공백이 있기에~", 몇 줄 더 내려가서 "~ 탓이었다고 결론을 내린다면." 이런 글귀들을 보면, 필자는 역사적 사실에 대한 원인 규명이 어떻다고 생각하고 있지요?

원인이 하도 많아서 쓸 데 없는 짓이라고 생각하나요? 원인 같은 것은 없다고 생각하나요? 아니면, 여러 원인이 있으니, 한 원인을 들어 단언하지 말라는 것인가요? 글쓴이는 맨 마지막 것을 말하고 싶어한다는 느낌이 들지 않으세요? 그렇게 여겨지지 않으면, 다시 위로 올라가서 방금 제가 인용한 글귀들을 다시 한 번 맛보세요. 어때요. 그렇게 느껴지지요?

사실, 역사학에 있어서 어떤 사실에 대한 원인은 독립적으로 존재하지 않아요. 여러 조건과 원인들이 얽히고 설켜 있다고 밖에 말할 수 없지요. 물론 더 중요하고 덜 중요한 원인으로 나눠볼 수는 있겠지요. 곁가지는 그만 타고 다시 본래의 줄기로 넘어가죠. 한 마디만 덧붙이면, 이 제시문을 역사학에 국한시켜서 논제를 푸는 것은 별로 바람직하지 않아요. 논제에서 요구하는 것은 학문 일반에 대한 과학적, 즉 인과적 태도를 문제 삼고 있기 때문이에요.

그냥 쓱 읽을 때는 별로 어렵지 않은 글 같았는데, 막상 논제와 관련해서 독해를 해보니 만만치 않죠? 쉬운 듯하지만, 그 속에 까탈스러운 것이 들어있는 게 연대 논술 제시문 특징이니까, 이런 걸 처리하는 방법을 하나하나 배워두세요.

논지가 이렇게 명시적으로 드러나 있지 않을 뿐더러, 이것인가 저것인가 헷갈리게 쓰인 글을, 대학은 왜 제시문으로 골랐을까요? 대학에서 여러분이 맞닥뜨려야 하는 글은, 명시적인 글만이 아니거든요. 함축적인 글, 주장이 숨겨져 있는 글 등 엄청 다양한 글투와 만나야 하거든요. 대학에서의 수학 능력 평가를 위해선 당연히, 이런 글투에 대한 이해력을 측정할 필요가 있겠죠?

4. 얼개 짜기

① 과학적 탐구에 있어서 인과론

- 알고 싶어하는 인간
- 인과적 사유체계

- 세 글의 공통된 문제의식과 그 차이
② 제시문 (가)의 인과론에 대한 견해
- 인과론은 일고의 가치도 없다.
- 우리가 인과론적으로 생각하는 까닭
- 인과관계와 믿음
③ 제시문 (나)의 인과론에 대한 견해
- 이제 인과론은 관심의 대상이 아니다.
- 데이터에 의한 상관관계면 충분하다.
- 가설이 필요 없는 세상
④ 제시문 (다)의 인과론에 대한 견해
- 제시문 (다)는 제시문 (가), (나)와도 다른 견해를 가졌다.
- 하나의 원인이 아니라, 무수히 많은 원인
- 사실에 대한 원인을 확정해선 안 된다.

5. 예시 답안 (1000자 안팎)

사람은 알고 싶어한다. 이것은 실용적인 목적을 겨냥하기도 하고, 순수한 학문적 관심 그 자체이기도 하다. 앎을 확정하는 가장 확실한 방법 중의 하나가 인과론이다. 하지만, 진리라고 알려져 있는 것이 일반적으로 그렇듯이 인과론 또한 한계를 지닌다. 제시문의 세 글 모두 이 점을 놓치지 않는다. 그렇긴 하지만, 그것의 한계를 지적하고 비판하는 강도에 있어선 꽤 큰 차이를 드러낸다.

제시문 (가)는 인과론에 대해 가장 통렬하게 찌른다. 인과론은 아예 일고의 가치도 없는 허상에 지나지 않는다고 한다. 경험을 쌓으면, 한 대상이 나타나는 것을 보고 그것의 원인이 되는 것을 추론할 수는 있다. 하지만, 이 세상의 경험을 모두 모은다 해도, "한 대상이 다른 대상을 산출하는 …… 힘에 대한 관념이나 지식은 전혀 가질 수 없다." 예리한 비수 앞에 인과론은 속절없이 무너진다. 그런데도 우리는 인과론적으로 생각한다. 그것은 인과 관계가 추론되어서도 아니고, 경험되어서도 아니다. 단지 결합되어 있는 것으로 믿을 뿐이다. 결국 인과관계는 믿음의 영역에서만 가능한 것이다.

이와는 달리, 인과관계가 허구인가 아닌가를 묻지 않는 상황이 가능하다. 페타바이트의 시대에는 인과론이 아닌, 상관관계를 알려 주는 데이터만으로도 충분하기 때문이다. 제시문 (나)가 주목한 상황이다. 고전과학 방법론에선, 가설과 모델이 있어야 데이터가 분석될 수 있었다. 하지만 페타바이트 컴퓨터 시대에는 데이터만으로도, 일종의 모델인 패턴을 알아낼 수 있다. 가설이 없더라도 지금껏 과학이 발견하지 못한 것을 찾아낼 수 있는 것이다. 그러므로 더 이상 인과관계는 중요하지 않다.

제시문 (다)는 인과관계의 또 다른 면을 본다. 그것이 더 이상 중요한 사유체계가 아니라는 것도, 그 사유체계를 부정하지도 않는다. 하나의 사태를 가져온 원인은 무수히 많다는 것을 본다. 또렷하게 지목될 수 있는 것은 사실뿐이다. 그 사실을 있게 한 것은 그물망처럼 이리저리 얽혀 있다. 그러므로 한 사실에 대한 원인을 확정한다거나 단언해서는 안 된다. 거기에는, 메우지 못할 빈틈이 언제나 있기 때문이다.

6. 전략적 글쓰기

글을 쓰다보면, 이끄는 글을 쓰는 게 참 어렵구나 하는 생각이 들지요? 예시 답안의 시작 부분을 보세요. 다루고 있는 대상을 사람의 문제로 가져와 이끄는 글을 썼지요? 거의 모든 문제가 사람의 문제이고, 거기서 문제의식이 생겼기 때문이에요. 제시문에서 다루고 있는 것 밑에, 거의 항상 문제의식이 깔려 있어요. 그것을 드러내주면 이끄는 글로써 훌륭하니까, 그 훈련을 많이 하세요. 포괄적인 사유 능력이 쑥쑥 커가는 것을 느낄 수 있을 거예요!

논제 2.

제시문 〈라〉의 두 주장에 근거하여 [표 1], [표 2]에 나타난 중요한 점들을 기술하고, 제시문 〈나〉, 〈다〉의 관점 중 하나를 택하여 연구 전체(주장 및 결과)를 평가하시오. (1,000자 안팎, 50점)

1. 논제 분석

이번 논제는 꽤 복잡하죠? 답안에서 다뤄야 할 것을 항목으로 써 볼게요.

- (라)의 두 주장이 무엇인가?
- 두 주장에 근거했을 때, 표1. 표2에 나타난 중요한 점은 무엇인가?
- 제시문 (나), (다) 중에서 [표 1], [표 2]를 더 잘 해석할 수 있다고 생각되는 것을 선택하라.
- 그렇게 선택한 것을 가지고, 연구 전체(주장 및 결과)를 평가하라.

2. 제시문 (라) 분석하기.

교육 수준이 높을수록 건강 상태가 더 좋다는 주장이 있다. 그런데 교육 수준과 건강 상태 사이의 이러한 관계가 소득 수준에 따라 다를 수 있다는 보완적 주장이 제기되었다. 이러한 두 주장을 검증하기 위해 조사를 수행하여 다음과 같은 결과를 얻었다.

[표 1] 교육 수준에 따른 건강 상태 분포(%) ★ (소수점 둘째 자리에서 반올림했음.)

건강 상태	교육수준			전체
	고졸 미만	고졸	대학 이상	
상	10.2	15.8	27.0	17.4
중	48.1	65.8	50.4	59.4
하	41.7	18.4	22.7	23.2
총계	187명	691명	256명	1134명

[표 2] 소득 수준별 교육 수준에 따른 건강 상태 분포(%) (소수점 둘째 자리에서 반올림했음.)

소득 수준	건강 상태	교육 수준		
		고졸 미만	고졸	대학 이상
상	상	12.0	16.6	27.2
	중	42.7	66.8	47.2
	하	45.3	16.6	25.6
	소계	117명	428명	195명
중	상	8.0	17.4	27.3
	중	69.2	62.1	59.1
	하	23.1	20.5	13.6
	소계	13명	132명	44명
하	상	7.0	11.5	23.5
	중	54.4	66.4	64.7
	하	38.6	22.1	11.8
	소계	57명	131명	17명
총계		187명	691명	256명

교육 수준이 높을수록 건강하다는 주장1에, 주장2가 그것만으로는 부족하니, 거기에 소득수준 항목을 덧붙여서 조사해야 한다고 했군요.

우선 두 주장을 표에서 읽어낼 수 있는가를 따져 봐야겠죠? 그러면서 그 주장을 벗어나는 게 표에 있는가를 세심하게 찾아내면 되겠네요. 두 주장과 표가 문제로 주어진 이상, 두 주장이 포괄하지 못한 게 틀림없이 있을 거예요.

먼저 표1을 보세요. 주장1을 표에 대입했을 때, 설명이 잘 안 되는 부분을 찾아보세요. 건강상태 '상'을 보니까, 교육 수준이 높을수록 비율이 높네요. 주장1에 들어맞지요. 이제 '중'을 보세요. 고졸이 대졸보다 비율이 높네요. 이것을 뭐라 해석해야죠? 두 가능성이 있는 것 같네요. 건강 상태 '상'에서 대학 이상의 비율이 고졸보다 훨씬 높아서 그런 현상이 생기는 경우, 주장1이 잘못 해석했을 경우, 둘 중 하나겠죠? 건강상태 '하'를 보면, 어느 경우인지 드러나지 않을까요? 건강상태 '하' 역시 대학 이상이 고졸보다 비율이 높네요. 이 현상이 알리는 것은 뭐죠?

　표1을 주장1로 해석하면 대체적으로 맞아 떨어지지만, 건강 상태 '하' 부분에선, 심하지는 않아도 꽤 틈이 보인다고 해야겠지요? 이 틈을 메우려면 어떻게 해야 할까요? 교육 수준과 건강 상태를 1 : 1로 대응시킬 것이 아니라, 또 다른 항목을 추가해서 해야겠다는 말이 나오겠죠? 그게 바로 주장2지요.

　표2에서 우선적으로 봐야 할 게 뭘까요? 당연히 건강상태 '하'인 고졸과 대학 이상을 눈여겨봐야겠지요. 소득 수준을 집어넣으니까, 표1에서 보였던 틈이 메워지나요? 어디가 문제였죠? 소득 수준이 '상'이면서 대학 이상인 사람이 건강이 안 좋은 게 25.6%나 되는데, 소득 수준 '상'이면서 고졸인 사람은, 건강이 안 좋은 경우가 16.6%에 지나지 않네요. 여기서 대학 이상이 고졸보다 건강이 안 좋은 경우가 거의 두 배나 되는 항목이 밝혀졌네요. 이것 때문에 주장1에 틈이 벌어졌군요. 그러면 소득 수준 '중'과 '하'는 어떤가요? 주장1의 해석이 그대로 적용되었나요? 이 영역에선 교육 수준이 높을수록 건강하니까, 그대로 들어맞네요.

　특이한 점이 또 없을까요? 소득 수준 '중'인 경우, 고졸과 고졸 미만의 건강 상태 '상'은 8% 대 17.4%로 확실히 차이가 나네요. 그런데 건강 상태 '중'에선 69.2% 대 62.1%, '하'에선 23.1% 대 20.5%로 별로 차이가 안 나네요. 그러면 고졸미만과 고졸의 소득 수준 '상'과 '하'는 건강상태의 차이가 어떤가요? 확 나지요? 그러므로, 소득 수준 '중'의 고졸과 고졸 미만은 건강 상태에서, 소득 수준 '상', '하'의 경우와 다른 양상이라 해야겠네요. 또 다른 보완책을 고민해야겠죠?

　주장2가 주장1을 보완했음이 표2에서 밝혀졌지요? 표1, 표2에서 나타난 중요한 점을 정리하면 다음처럼 되겠네요.

　<표1>　• 교육 수준이 높을수록 대체로 건강 상태가 좋다.
　　　　　• 하지만 대학 이상 교육을 받은 사람이, 고졸보다 건강 상태가 더 나쁜 경우가, 확률적으로 의미 있는 수치로 표에 나타난다.
　　　　　• 교육 수준이 높을수록 건강 상태가 좋다는 주장을 보완할 항목이 필요하다.
　<표2>　• 소득 수준이 '상'인 경우에서는 대학 이상이 고졸보다 건강이 나쁜 경우가 25.6% 대 16.6%로 확연히 차이난다.
　　　　　• 이 점에서 표1을 보완하였다.
　　　　　• 소득 수준 '중', '하'에선 교육 수준이 높을수록 건강하기는 하다. 하지만 소득 수준 '중' 의 양상은 소득 수준 '상', '하'의 양상과 다르다.

- 그러므로 교육 수준과 건강의 상관관계만으로는 부족하고, 소득 수준을 가지고 보완해야 한다는 주장은 타당하다. 하지만, 이것으로 충분히 해명된 것은 아니고 또 다른 보완책이 필요하다는 게, 소득수준 '중'의 양상에서 드러난다.

4. 제시문 (나), (다) 중 하나를 택하여, 이 연구 전체를 평가하기.

선택하기 전에 표1, 표2를 어떻게 해석할 것인가! 그리고 이 연구를 어떻게 평가할 것인가!를 먼저 결정하세요. 선택하기 어려우면, 제시문 (나)와 (다)를 가지고 쓸 수 있는 논거가 각각 무엇인지 써 보세요. 그래서 좀 더 그럴듯한 논거가 있는 쪽을 고르세요.

답지를 쓸 땐, 고른 제시문 중에서 표1, 표2 해석에 필요한 부분만 간략히 서술해야겠지요.

5. 얼개 짜기

① 두 주장 소개
- 주장1의 내용 – 교육 수준과 건강의 관계
- 주장2의 내용 – 소득 수준을 덧붙여 파악해야 함
- 새로운 항목이 추가되어야 할 이유

② 표2에 따른 주장2 검증
- 소득 수준 '상'이 주장1에서 벗어남
- 새로운 사실이 드러남

③ 제시문 (다)에 의한 실험 평가
- 제시문 (다)의 견해
- 두 항목에서 그친 것의 한계 지적

④ 표2에 나타난 또 다른 항목의 필요성
- 소득 상태 '중'이 소득 상태 '상', '하'와 양상이 다름
- 건강 상태 결정에 소득 수준 외에 또 다른 요인이 있음을 암시

6. 예시 답안 (1000자 안팎)

교육 수준이 높을수록 건강하다는 주장1이 있다. 그것을 인정하지만, 소득 수준에 의해 그 관계가 보완될 필요가 있다는 주장2가 있다. [표1]을 보면, 대체적으로 주장1과 맞아 떨어진다. 하지만 건강 상태 '하'에선 고졸이 18.4% 대 대학 이상 27.7%로, 교육 수준이 높은 쪽이 오히려 건강이 나쁜 것으로 나타났다. 이 차이는 무시할 수 있는 게 아니므로, 다른 항목에 의해 보완될 필요가 있다. 이 점에서 주장2는 그럴듯하다.

이제, 소득 수준의 항목이 더 첨가된 표2를 보자. 소득 수준 '중'과 '하'는 교육 수준과 건강이 함

께 간다는 것을 알 수 있다. 하지만, 소득 수준 '상'에선, 고졸은 건강 상태가 '하'인 경우가 16.6%인데 반해, 대학 이상은 같은 경우가 25.6%이다. 주장1과 다르게 나왔던 표1을 해명하기 위해선, 소득 수준을 고려해야 한다는 것을 이 부분에서 알 수 있다. 즉 소득 수준이 높은 경우, 교육 수준이 높은 사람의 건강은 양극화한다. 표2에서 새로운 사실을 찾아내, 표1의 미흡한 점을 해명할 수 있었으므로, 주장2는 타당하다.

제시문 (다)는 원인이 하나가 아니고 여럿이라고 말한다. 그러므로, 하나의 사태를 한 원인에서 찾으려는 것을 크게 경계한다. 연구자들이 건강 상태의 원인을 교육 수준에서만 찾지 않고, 소득 수준까지 감안하여 규명한 것은 고무적이다. 그렇지만, 그 원인을 두 항목에서 그쳐버린 것은, 어떤 사태의 원인은 매우 복합적이라는 것을 잘 이해하지 못한 증거다. 표2를 눈여겨봤더라면, 건강 상태를 규명하기 위해선 '또 다른 항목'이 필요함을 알았을 것이다.

고졸과 고졸 미만이 소득 수준 '중'인 경우, 건강 상태 '중'에선 69.2% 대 62.1%, '하'에선 23.1% 대 20.5%로 별로 차이가 안 난다. 하지만 고졸 미만과 고졸이 소득 수준 '상'과 '하'인 경우, 건강 상태에서 차이가 많이 난다. 그러므로, 소득 수준 '중'의 고졸과 고졸 미만은 건강 상태에서, 소득 수준 '상', '하'의 경우와 다른 양상임을 알 수 있다. 이것은, 건강 상태를 결정하는 데에 소득 수준 외에 또 다른 원인이 있음을 뜻한다.

[제시문 출처]

제시문 〈가〉는 흄(David Hume)의 『인간의 이해력에 관한 탐구』(An Enquiry concerning Human Understanding, 1777)의 일부를 발췌·편집한 것이다. 여기서 흄은 '동일한 원인에서 같은 결과가 생기게 되며 그런 원인과 결과의 관계가 필연적 연관성을 갖는다'고 보는 전통적인 인과론을 비판한다.

제시문 〈나〉는 크리스 앤더슨(Chris Anderson)의 『이론의 종말』("The End of Theory: The Data Deluge Makes the Scientific Method Obsolete," Wired Magazine, 2008)에서 일부를 발췌·편집한 것 이다. 앤더슨은 구글 시대의 엄청난 데이터를 처리하는 데 있어서, 가설을 세우고 연구 모델을 구축하여 실험하는 과학적 방식은 구시대의 것이라고 말한다.

제시문 〈다〉는 벤느(Paul Veyne)의 『역사를 어떻게 쓰는가』(Comment on ecrit l'histoire, 1971) 에서 발췌, 편집한 것이다. 이 글에는 어떤 현상이나 사건을 단일한 원인에 환원시켜 설명하려는 방식에 대한 회의가 담겨 있다.

제시문 〈라〉는 잭슨(James Jackson)과 윌리엄스(David Williams)가 수행한 『Detroit Area Study: Social Influence on Health, Stress, Racism, and Health Protective Resources』(2004)의 결

과 중 일부를 문제 의도에 맞게 재구성한 것이다. 이 제시문의 표들은 교육 수준과 건강 간의 관계를 좀 더 잘 이해하기 위해 제3의 변인인 소득 수준을 고려할 것을 주장하고 경험적으로 검증하고 있다.

※ 아래 제시문 (가), (나), (다), (라)를 읽고 문제에 답하시오.

제시문 (가)

하늘에서 타고난 재주와 기력은 사람의 지혜로 어찌할 수 없으므로 타고난 인품을 통일할 방법은 없지만, 모든 사람의 사람된 도리와 권리를 하나로 통일시키기 위해서 국가의 대업과 정부의 법도가 세워졌다. 의롭지 못한 무리들은 과격한 기질로 그러한 질서를 파괴하고 자기들의 사사로운 욕심을 채우는 일이 적지 않았다. 그러나 이성으로 힘을 제어하여 일정한 제도를 시행하게 되었으니, 이것이 정부가 만들어진 근본 뜻이다.

정부의 직분은 나라의 정치를 안정되고도 온전히 하여 국민으로 하여금 태평스러운 즐거움을 누리게 하는 것, 법치를 확립하여 국민으로 하여금 원통하거나 억울한 일이 없도록 하는 것, 외국과의 교제를 신의 있게 하여 나라가 분란의 우려에서 벗어나게 하는 것이다.

군대 양성과 도로 건설, 학교 설립과 같은 공공사업을 시행하지 않으면 한 나라의 안녕과 문명을 바랄 수 없을 것이다. 한 나라가 개화되었는지 미개한지의 구별은 정부가 공공사업을 시행하는지 아닌지에 달려있다. 군대가 없으면 외국의 침략이나 국내의 반란이 있을 때 무슨 방법으로 방어하며 진압하겠는가. 도로를 건설하지 않으면 국민들이 어찌 편리하게 이동하겠으며, 학교를 설립하지 않는다면 국민들이 어찌 윤리와 기강에 밝고 기술에도 정통하여 풍속이 문란해지거나 가난한 지경에 이르지 않기를 기약하겠는가. 이 밖에도 여러 가지 면에서 정부의 역할은 중요하다.

사람들이 어떠한 생업에 종사하든지 자신들의 생애를 편안히 하여, 집안에서는 부모를 봉양하고 형제 처자와 즐거움을 누리며, 집 밖에 나가서는 친구들을 따라다니며 재미있게 놀더라도, 도둑을 맞을 우려와 재앙을 만날 공포가 없는 것이 모두 정부의 덕택이다. 만약 사람들이 함께 사는 사회에 정부가 설립되지 않았다면 약한 자가 억울한 일을 당했을 때 어디에 호소하며, 강폭한 자가 무도한 행위를 저지른들 누가 막아주겠는가.

제시문 (나)

좁은 의미에서 '공적'(公的)이라는 말은 '국가적'이라는 말과 동의어다. 이런 속성은 사법권의 규제와 정당한 강제력을 독점적으로 행사하는 국가기구의 기능과 연관된다. 국가기구의 권력에 맞서 생겨난 것이 시민사회다. 한나 아렌트(Hannah Arendt)에 따르면, 공적 영역과 사적 영역의 근대적 관계는 '사회적인 것'의 등장으로 특징지을 수 있다. 이 때 그녀가 의미했던 것은 바로 사적 영역이 공적인 것과 연관성을 가진 그러한 사회의 영역이다. 즉, "단지 살기 위해서 상호 의존한다는 사실이 공적인 의미를 획득하고, 단순한 생존에 관련된 활동이 공적으로 등장하는 곳이 사회다."

시민사회의 사적 영역에 관한 공중(公衆)의 관심사가 더 이상 공권력에 의해 만들어지거나 제한되지 않고, 공중이 그 관심사를 자신의 문제로 여기면서 시민사회의 공적 영역은 더욱 발전했다. 한편으로 이제 국가에 맞서게 된 사회는 사적인 부문을 공권력에서 분명히 분리시켰고, 또 다른 한편으로 경제적 재생산의 문제를 사적인 가정의 범위를 넘어 공중의 이해관계와 직결된 문제로 끌어올렸다. 이에 따라 국가와 시민사회가 행정절차를 통해 지속적으로 접촉하는 지점에서 공중은 자신들의 이성을 사용하여 비판적 판단력을 키웠다.

시민사회의 공론장(公論場)은 개인들이 결집한 공중의 영역으로 파악될 수 있다. 공권력 그 자체에 대항하여 시민사회는 이제 국가에 의해 규제되어 온 공적인 영역을 차지하고자 했다. 그 결과 시민사회는, 기본적으로 사적 영역에 속하지만 공적으로 연관되어 있는 상품교환과 사회적 노동에 관한 관계들을 규제하는 일반적인 규칙을 놓고서 공권력과 논쟁을 벌였다. 정치적 대결의 매개가 시민들이 공적인 용도로 사용한 이성이었다는 점은 매우 특수하고 역사상 유례가 없는 것이었다.

정치적으로 기능하는 공론장은 18세기로 넘어가는 문턱의 영국에서 처음으로 발생했다. 잡지와 신문은 정치적인 문제를 논의하는 공중의 비판적 기구로 가장 먼저 자리 잡게 되었다. 이 시기에 『타임즈』(The Times)와 같은 새로운 거대 일간지와 더불어 정치적인 문제를 논의하는 공중의 다른 제도들도 출현했다. 공적 집회도 그 규모와 횟수가 증가했고 정치적 연합체 역시 많이 생겼다.

제시문 (다)

공리(utility)의 원리는 이해관계가 걸려있는 당사자의 행복을 증가시키거나 감소시키는 (또는 촉진시키거나 억누르는) 경향에 따라 모든 행위를 승인하거나 부인하는 원리를 의미한다. 또한 여기서 말하는 모든 행위란 개인의 사적인 모든 행위뿐 아니라 정부의 모든 정책까지도 포함하는 것이다.

공리는 어떤 것이든 이해관계가 걸린 당사자에게 혜택, 이점, 쾌락, 선, 행복(이 경우에 이 모든 어휘는 동일한 의미를 갖고, 그것은 고통의 경우도 마찬가지다)을 가져다주거나 불운, 고통, 악, 불행이 일어나는 것을 막아주는 그러한 속성을 의미한다. 여기서 당사자가 공동체 전체일 경우 행복은 공동체의 행복을 뜻하며 당사자가 특정 개인인 경우는 그 개인의 행복을 가리킨다.

공동체는 구성원으로 여겨지는 개인들로 이루어진 허구체다. 그렇다면 공동체의 이익이란 무엇인가? 그 이익이란 공동체를 구성하는 여러 개인들이 얻는 이익의 총합이다.

개인의 이익이 무엇인지를 염두에 두지 않고 공동체의 이익에 대해 말하는 것은 무의미하다. 어떤 일이 개인의 이익을 증진시키거나 그것을 위한 일이라고 하는 것은 그것이 그 개인의 쾌락의 합계를 증가시키거나 고통의 합계를 감소시킨다는 것을 의미한다. 마찬가지로 어떤 일이 공동체의 이익을 증진시킨다는 것은 그것이 구성원들의 쾌락의 합계를 증가시키는 것을 의미한다. 그러므로 어떤 행위가 공동체의 행복을 증가시키는 경향이 그것을 감소시키는 경향보다도 큰 경우, 이는 공리의 원리에 상응한다고 할 수 있다.

어떤 행위에 대한 개인의 승인이나 부인이 공동체의 행복을 증가시키거나 감소시키는 경향에 따라 결정되는 경우, 다시 말해 공리의 법칙에 상응하는지 상응하지 않는지에 따라 결정되는 경우, 그 개인은 공리의 원리를 따른다고 할 수 있다.

제시문 (라)

다음과 같은 작은 마을이 있다고 상상해 보자. 마을 주민들은 삼림을 공유하며 거기서 나무를 베어 땔감으로 쓴다. 주민 개개인이 벨 수 있는 나무의 양은 제한되어 있지 않으나 전체 나무의 양은 제한되어 있다. 삼림 훼손에 의한 비용은 마을 주민 모두가 치러야 하기 때문에, 나무를 많이 베어 개인의 이익을 추구하는 주민들의 수가 늘어날수록 결국 개인의 이익에 해가 될 수도 있다. 예를 들어, 주민 대다수가 나무를 적게 베는 데 반해 일부 개인들이 나무를 많이 베면 그 개인들은 큰 이익을 얻을 것이다. 하지만 그런 개인들이 너무 많아져 삼림 훼손에 의한 집단적 비용이 지나치게 증가하게 되면, 결국 나무를 많이 벤 개인들의 이득은 마을 주민 모두와 협력해서 나무를 적게 벨 때보다 더 낮아지게 된다.

이런 상황에서, 마을의 주민들은 다음과 같은 세 가지 규칙에 따라 나무를 얼마나 벨지를 선택한다.

규칙 1: 주민들은 각자 나무를 얼마나 벨지를 동시에 선택한다.

규칙 2: 주민들은 각자가 선택한 후 마을 전체의 벌목량을 알 수 있다.

규칙 3: 주민들은 이러한 선택을 일주일 간격으로 반복한다.

이 마을에는 오랫동안 운영되어 온 마을 자치회가 있는데, 주민들은 회의를 통해 마을 전체의 벌목량을 확인한다. 정부도 삼림 자원의 중요성을 인식하고 있으며, 필요한 경우 행정적 조치를 취할 수 있다.

〈문제 1〉 제시문 (가), (나), (다)는 공공성을 실현하는 주체가 누구인지에 대해 서로 다른 해석을 하고 있다. 그 차이점을 분석하시오. (800자 내외로 쓰시오. 30점)

〈문제 2〉 아래에 소개된 공공성의 속성이 제시문 (가), (나) 각각에 제시된 공공성에서 구체적으로 실현될 수 있는가? 자신의 답변을 제시하고 그 근거를 밝히시오. (800자 내외로 쓰시오. 30점)

> 공공성이란 공중에 관련된 모든 것을 누구나 보고 들을 수 있으며 누구에게나 공개해야 함을 의미한다.

〈문제 3〉 제시문 (라)의 마을은 삼림 훼손을 막아 마을 전체의 이익을 높이고자 한다. 이를 위해 가장 적절한 입장을 제시문 (가), (나), (다) 가운데서 선택하여 그 선택의 근거를 설명하고, 어떤 구체적인 방안들을 도입할 수 있는지를 논의하시오. 그 방안들은 제시문 (라)에 나온 세 가지 규칙에 어긋나지 않아야 한다. (1,000자 내외로 쓰시오. 40점)

논제 1.

제시문 (가), (나), (다)는 공공성을 실현하는 주체가 누구인지에 대해 서로 다른 해석을 하고 있다. 그 차이점을 분석하시오. (800자 내외로 쓰시오. 30점)

1. 논제 분석

출제자가 친절하기도 하지요? 제시문을 독해할 방향을 알려줬으니까요. 하지만, 정밀하게 읽어야 해요. 세 제시문 각각에서 '공공성을 실현하는 주체가 누구인가?'를 묻고 있지만, 단답형이 아닌 이상 '공공성의 의미'와 '주체와 관련된 것'도 나타내야 해요, 또 그것들이 세 글에서 어떻게 다른가도 밝혀야 하기 때문이에요.

2. 제시문 모두를 가볍게 읽기

공공성을 실현하는 주체가 누구인가?를 밝히는 것은 그리 어렵지 않지요? 각각의 제시문에서 자주 나오는 낱말이 뭔가요?

3. 제시문 분석

1) 제시문 (가)

하늘에서 타고난 재주와 기력은 사람의 지혜로 어찌할 수 없으므로 타고난 인품을 통일할 방법은 없지만, 모든 사람의 사람된 도리와 권리를 하나로 통일시키기 위해서 국가의 대업과 정부의 법도가 세워졌다. 의롭지 못한 무리들은 과격한 기질로 그러한 질서를 파괴하고 자기들의 사사로운 욕심을 채우는 일이 적지 않았다. 그러나 이성으로 힘을 제어하여 일정한 제도를 시행하게 되었으니, 이것이 정부가 만들어진 근본 뜻이다.

정부의 직분은 나라의 정치를 안정되고도 온전히 하여 국민으로 하여금 태평스러운 즐거움을 누리게 하는 것, 법치를 확립하여 국민으로 하여금 원통하거나 억울한 일이 없도록 하는 것, 외국과의 교제를 신의 있게 하여 나라가 분란의 우려에서 벗어나게 하는 것이다.

군대 양성과 도로 건설, 학교 설립과 같은 공공사업을 시행하지 않으면 한 나라의 안녕과 문명을 바랄 수 없을 것이다. 한 나라가 개화되었는지 미개한지의 구별은 정부가 공공사업을 시행하는지 아닌지에 달려 있다. 군대가 없으면 외국의 침략이나 국내의 반란이 있을 때 무슨 방법으로 방어하며 진압하겠는가. 도로를 건설하지 않으면 국민들이 어찌 편리하게 이동하겠으며, 학교를 설립하지 않는다면 국민들이 어찌 윤리와 기강에 밝고 기술에도 정통하여 풍속이 문란해지거나 가난한 지경에 이르지 않기를 기약하겠는가. 이 밖에도 여러 가지 면에서 정부의 역할은 중요하다.

사람들이 어떠한 생업에 종사하든지 자신들의 생애를 편안히 하여, 집안에서는 부모를 봉양하고 형제 처자와 즐거움을 누리며, 집 밖에 나가서는 친구들을 따라다니며 재미있게 놀더라도, 도둑을 맞을 우려와 재앙을 만날 공포가 없는 것이 모두 정부의 덕택이다. 만약 사람들이 함께 사는 사회에 정부가 설립되지 않았다면 약한 자가 억울한 일을 당했을 때 어디에 호소하며, 강폭한 자가 무도한 행위를 저지른들 누가 막아주겠는가.

이 글의 필자가, 공공성을 실현하는 주체는 정부라고 생각한다는 건 금방 알 수 있네요. 이 글에서, 정부와 관련된 또는 정부의 하위 항목은 무엇이죠? 세 가지가 보이네요.

첫째, 정부가 세워진 근본 뜻을 한 항목으로 잡았네요. 사람된 권리와 도리를 하나로 통일시키기 위해서라고 했군요. 다음은, 정부의 역할에 대해 낱낱이 기술했네요. 정치 안정, 법치 확립, 외교, 공공사업, 국민이 편히 일상을 살 수 있게 하는 것 등이 나열되었군요. 마지막으로 정부가 세워진 뜻과 그 역할을 할 수 있는 힘은 어디에 있는가가 나왔네요. 무엇이라고 했죠? 이성, 제도, 군사력으로 드러나는 물리력을 들었군요.

정부의 역할로 여러 가지가 말해지지만, 중점적인 것은 무엇이라고 했나요? 국민들의 권리를 하나로 통일시키는 것과 질서 확립, 그리고 공공사업이네요. 한 마디로 '보호'라는 성격이지요. 이게 제시문 (가)가 생각하는 공공성이에요. 그러면, 제시문 (나), (다)의 공공성은 어떤 성격을 띠고 있나 살펴봐야겠죠. '비교할 거리'는 이런 식으로 찾는다는 것 알아두세요! 제시문 (나)의 앞 부분을 다시 읽어 보죠.

2) 제시문 (나)

좁은 의미에서 '공적'(公的)이라는 말은 '국가적'이라는 말과 동의어다. 이런 속성은 사법권의 규제와 정당한 강제력을 독점적으로 행사하는 국가기구의 기능과 연관된다. 국가기구의 권력에 맞서 생겨난 것이 시민사회다. 한나 아렌트(Hannah Arendt)에 따르면, 공적 영역과 사적 영역의 근대적 관계는 '사회적인 것'의 등장으로 특징지을 수 있다. 이 때 그녀가 의미했던 것은 바로 사적 영역이 공적인 것과 연관성을 가진 그러한 사회의 영역이다. 즉, "단지 살기 위해서 상호 의존한다는 사실이 공적인 의미를 획득하고, 단순한 생존에 관련된 활동이 공적으로 등장하는 곳이 사회다."

시민사회의 사적 영역에 관한 공중(公衆)의 관심사가 더 이상 공권력에 의해 만들어지거나 제한되지 않고, 공중이 그 관심사를 자신의 문제로 여기면서 시민사회의 공적 영역은 더욱 발전했다. 한편으로 이제 국가에 맞서게 된 사회는 사적인 부문을 공권력에서 분명히 분리시켰고, 또 다른 한편으로 경제적 재생산의 문제를 사적인 가정의 범위를 넘어 공중의 이해관계와 직결된 문제로 끌어올렸다. 이에 따라 국가와 시민사회가 행정절차를 통해 지속적으로 접촉하는 지점에서 공중은 자신들의 이성을 사용하여 비판적 판단력을 키웠다.

시민사회의 공론장(公論場)은 개인들이 결집한 공중의 영역으로 파악될 수 있다. 공권력 그 자체에 대항하여 시민사회는 이제 국가에 의해 규제되어 온 공적인 영역을 차지하고자 했다. 그 결과 시민사회는, 기본적으로 사적 영역에 속하지만 공적으로 연관되어 있는 상품교환과 사회적 노동에 관한 관계들을 규제하는 일반적인 규칙을 놓고서 공권력과 논쟁을 벌였다. 정치적 대결의 매개가 시민들이 공적인 용도로 사용한 이성이었다는 점은 매우 특수하고 역사상 유례가 없는 것이었다.

정치적으로 기능하는 공론장은 18세기로 넘어가는 문턱의 영국에서 처음으로 발생했다. 잡지와 신문은 정치적인 문제를 논의하는 공중의 비판적 기구로 가장 먼저 자리 잡게 되었다. 이 시기에 『타임즈』(The Times)와 같은 새로운 거대 일간지와 더불어 정치적인 문제를 논의하는 공중의 다른 제도들도 출현했다. 공적 집회도 그 규모와 횟수가 증가했고 정치적 연합체 역시 많이 생겼다.

본격적으로 분석하기 위해 다시 읽어보니까 어떤가요? 번역글이라는 게 느껴지고, 말들이 조금 어렵게 써졌구나 하는 생각이 들지요. 사실 이 글은 독일 철학자 하버마스가 쓴 거예요.

공적(公的)이란 말이, 읽기 시작하자마자 나왔네요. 정신 바짝 차려야죠? 논제에서 잡아 준 독해 방향이 '공공성'이니까요. 공적이라는 말과 공공성은 유사어니까, 만약 이 두 낱말을 이 글에서 따로 쓰는 게 명확하면 몰라도 그렇지 않으면, 두 단어를 동의어로 봐도 돼요. 여러 글을 비교할 땐, 유사어를 동의어로 여기는 게 특히 중요하다는 것 잊지 마세요.

한편, "좁은 의미에서 '공적'이라는 말"이라고 한 것에서 우리는 무엇을 추측할 수 있죠? 짝으로 되어 있는 말은 짝을 다 드러내주는 게 좋은 글이니까, '넓은 의미에서 공적인 것'을 뒤에서 다루어야 해요. 똑같은 말을 안 썼더라도, 그런 의미의 문장을 찾아야 해요. 그게 독서를 논리적으로 하는 거예요. 그런데, "국가 기구의 권력에 맞서 생겨난 것이 시민 사회다"고 되어 있네요. 이런 문장은 독해에 방향성을 제시하는 거예요. 독해에 필요한 관점에서 이 문장이 여러분에게 알려주는 것은 무엇인가요? 국가 기구와 시민 사회를 대립시키고 있으니, 이 둘이 중요하게 다뤄지겠구나. 그런데 국가 기구의 성격을 권력으로 표현한 것으로 보아 필자는 시민 사회 쪽에 호감이 있고, 그 방향에서 글이 쓰일 것이다. 뭐 이런 정도를 예감할 수 있지요.

몇 줄 안 내려가서 "사적 영역이 공적인 것과 연관성을 가진 그러한 사회의 영역"이라는 글귀가 나오는데, 이 글의 흐름을 감안했을 때 어떤 생각이 들죠? 앞에서 우리가 예감했던, '넓은 의미의 공적'인 말이 쓰일 영역이 드디어 나왔구나. 시민 사회의 성격을 그렇게 특징지었구나. 이런 것들로 봤을 때, 글쓴이도 그렇고 나도 글의 흐름을 잘 타고 있구나. 이런 생각이 들지요?

그렇지 않았더라도 실망하지 마세요. 이 책을 차근차근 해가다 보면, 어느 새 독해를 그렇게 하는 걸 몸에 새기고 있을 테니까요. 하지만, 저절로 습득되는 것은 아니라는 것도 사실이겠죠? 스스로 머리를 써야 얻어지는 능력이니까요. 당부는 이만하고, 가던 길을 다시 갑시다.

'넓은 의미의 공적인 영역'이란 말이 나왔으니까, 글의 논리상 이제 무엇이 나와야 할까요? 넓은 의미에서 공적인 것은 무엇인가가 나와야겠지요. 역시 나와 있네요. 뭐지요? '살기 위해서 상호 의존한다는 사실', '단순한 생존에 관련된 활동'이라 했네요. 그런데, 뒷말은 이해가 쉬운데, 앞말이 이해가 잘 안되지요? 그렇지만 유사한 어휘들이 등장한 것으로 보아 비슷한 내용이 아닐까 하는 짐작이 드네요. 그럴 땐, 같은 말을 다른 식으로 표현한 것으로 여기세요.

그런데, 생존에 관한 것이 공적인 것이라는 소리는 꽤 낯설지 않으세요? 둘째 단락을 읽어보죠. 공중(公衆)이란 말이 나왔네요. 공중은 시민 사회를 형성하고 있는 사람들, 즉 시민을 일컫는 말이겠죠? 만약 공공성의 주체가 (가)글처럼 정부였다면, 공중이라 부른 사람들을, 국민이라고 일컬었을 텐데, 시민 사회이다 보니 그 명칭도 바뀌었네요. 이쯤이면 (나)글에서 공공성의 주체를 누구라 하는지 알겠죠? 공중 또는 시민 사회가 그거네요. 이제 무슨 내용이 나와야 할까요?

공중 즉 시민 사회가 한 일, 즉 새롭게 공공적인 것으로 자리 잡은 것에 대해서 나오겠지요? 구체적으로 무슨 일을 한 거죠? '사적인 부분을 공권력에서 분리시키고, 경제적 재생산의 문제를 공적인 문제로 만들었다'고 하네요. 앞에서 '생존 문제'라 했던 것을 여기서는 '경제적 재생산'이라고 했군요. 아무튼 시민 사회가 이렇게 혁혁한 전과를 올렸을 때, 그에 걸맞은 무기도 있었겠죠? 시민 사회는 무엇을 가지고 국가 권력과 맞섰나요? '이성을 사용한 비판적 판단력'이라 했네요.

글의 논리상, 이제 뭐가 나와야 하나요? '이성' 즉 '비판적 판단력'을 쓰는 모습이 구체적으로 나와야겠지요? 셋째 단락에 나와 있네요. 그것을 한 마디로 '공론장(公論場)'이라 했군요. 이성을 써서 공권력과 논쟁하는 장면, 꽤 익숙하죠? TV·신문 등에서 '상품 교환'과 '사회적 노동' 즉 경제 문제를 가지고 시민 단체 대표와 장관이 토론하는 모습을 보았지요?

그런데, 지금까지 읽은 것을 되돌아 봤을 때 우리가 주목해야 할 게 있네요. "생존에 관련된 활동", "경제적 재생산의 문제", "상품 교환", "사회적 노동" 등 시민 사회의 활동으로 들어진 게 죄다 경제 문제네요. 그러니까, 이 제시문에서 시민 사회가 문제 삼는 공공성은 주로 경제 문제라는 거네요. 반면에 (가)에서 정부의 역할은 주로 뭐였죠? 질서 유지, 보호, 권리를 하나로 통합시키는 역할이었어요. 경제와 정치로 또렷하게 대비되죠? 두 주체 사이의 차이를 또 하나 찾아냈네요.

마지막 단락 역시 '공론장'에 대해서 나왔네요. 공론장의 유래와 그 형태가 나왔군요. 그 형태로, 잡지·신문·공적 집회·정치적 연합체를 들었고요.

간추려 보지요. (가)와 (나)를 대비할 수 있는 것으로, 공공성의 주체, 공공성의 의미, 공공성의 주된 영역, 공공성을 확보하는 힘을 들 수 있겠네요.

3) 제시문 (다)

공리(utility)의 원리는 이해관계가 걸려있는 당사자의 행복을 증가시키거나 감소시키는 (또는 촉진시키거나 억누르는) 경향에 따라 모든 행위를 승인하거나 부인하는 원리를 의미한다. 또한 여기서 말하는 모든 행위란 개인의 사적인 모든 행위뿐 아니라 정부의 모든 정책까지도 포함하는 것이다.

공리는 어떤 것이든 이해관계가 걸린 당사자에게 혜택, 이점, 쾌락, 선, 행복(이 경우에 이 모든 어휘는 동일한 의미를 갖고, 그것은 고통의 경우도 마찬가지다)을 가져다주거나 불운, 고통, 악, 불행이 일어나는 것을 막아주는 그러한 속성을 의미한다. 여기서 당사자가 공동체 전체일 경우 행복은 공동체의 행복을 뜻하며 당사자가 특정 개인인 경우는 그 개인의 행복을 가리킨다.

공동체는 구성원으로 여겨지는 개인들로 이루어진 허구체다. 그렇다면 공동체의 이익이란 무엇인가? 그 이익이란 공동체를 구성하는 여러 개인들이 얻는 이익의 총합이다.

개인의 이익이 무엇인지를 염두에 두지 않고 공동체의 이익에 대해 말하는 것은 무의미하다. 어떤 일이 개인의 이익을 증진시키거나 그것을 위한 일이라고 하는 것은 그것이 그 개인의 쾌락의 합계를 증가시키거나 고통의 합계를 감소시킨다는 것을 의미한다. 마찬가지로 어떤 일이 공동체의 이익을 증진시킨다는 것은 그것이 구성원들의 쾌락의 합계를 증가시키는 것을 의미한다. 그러므로 어떤 행위가 공동체의 행복을 증가시키는 경향이 그것을 감소시키는 경향보다도 큰 경우, 이는 공리의 원리에 상응한다고 할 수 있다.
어떤 행위에 대한 개인의 승인이나 부인이 공동체의 행복을 증가시키거나 감소시키는 경향에 따라 결정되는 경우, 다시 말해 공리의 법칙에 상응하는지 상응하지 않는지에 따라 결정되는 경우, 그 개인은 공리의 원리를 따른다고 할 수 있다.

막바로 '공리(utility)의 원리'를 정의했네요. 그것은 "이해관계가 걸려 있는 당사자의 행복을 증가시키거나 감소시키는 경향에 따라” 판단하는 원리라 했군요. ‘공리’가 공공성이라는 걸까요? 둘째 단락을 읽어보죠. 당사자가 누구인지를 밝혔네요. 공동체일 수도 있고, 개인일 수도 있다고 했군요. 그런데 다음 단락을 보니까, “공동체는 …… 허구체다”, “공동체의 이익이란 …… 공동체를 구성하는 여러 개인들이 얻는 이익의 총합이다”고 했군요. 여기서 뭘 알 수 있죠? 이 글에서의 공공성은 ‘개인의 이익’이라는 것이네요.

넷째 단락도 앞에서 한 얘기를 부연하고 있네요. 개인의 이익을 증가시킨다는 것은 개인의 쾌락의 합계를 증가시킨다는 것이기에, 공동체의 이익을 증가시킨다는 것은 구성원들의 쾌락의 합계를 증가시키는 것이라는 거네요. 그래서 어떤 개인이 이 원리에 따라, 즉 공동체 구성원이 갖게 될 쾌락의 총합이 증가하는 쪽으로 행동하면 그 개인은 공리의 원리를 따른 거라고 말했군요.

정리하면, 이 글에서의 공공성은 ‘개인들이 갖는 쾌락을 증가시키는 것’이고, 공공성의 주체는 개인이 되네요. 공공성의 주된 영역은 한 개인에게 쾌와 불쾌를 가져오는 모든 것이 되겠지요? 그러면 이런 공공성, 즉 공리를 이루어 낼 수 있는 힘은 어디에서 나오지요? 본문에는 명시적으로 안 나왔네요. 하지만 쾌락의 총합이라는 말에서 유추한다면, 개인들의 욕망이라 할 수 있지 않을까요?

4. 얼개 짜기
① 공공성의 실현 주체가 다른 경우
② 실현 주체의 차이
- 정부
- 시민사회, 공중
- 개인

③ 공공성의 개념과 내용의 차이
- 질서유지, 보호, 공공사업 (공적인 것)
- 생존 문제, 정치적 재생산의 문제 (사회적인 것)
- 공동체 구성원이 갖는 쾌락의 총합 (개인적인 것)

④ 공공성을 이루어내는 힘의 차이
- 이성에 따른 법과 제도, 무력에 따른 군대
- 이성에 따른 비판적 판단력
- 명시적으로 나오지 않음

5. 예시 답안 (800자 안팎)
현대 사회의 갈등 양상은 날로 심해지고 다양해지고 있다. 갈등의 주체들마다 자신의 견해가 더 합리적이고 공공적이라고 내세운다. 세 제시문은 각각 공공성의 주체가 누구여야 하는가를 다루고 있다. 그 주체가 다르다 보니, 공공성의 내용과 그 개념 역시 다르다. 또한, 그렇게 파악한 공공성을 실현하는 방식과 힘도 다르다.

공공성의 주체로 먼저 떠오르는 것은 정부다. 제시문 (가)의 필자가 주목한 것이다. 하지만, 정부의 공공성을 좁은 의미의 공공성으로 규정하고, 공공성의 범위를 확대한 세력이 있다. 시민 또는 공중(公衆)이라 불리는 사람들이 그들로, 제시문 (나)에 나와 있다. 제시문 (다)는 공공성 실현의 주체를 정부도, 시민도 아니고 과감히 개인이라고 선언한다.

정부가 생각하는 공공성은 질서유지, 공공사업 그리고 국민들에 대한 보호와 '공적(公的)'이라 말하는 것들이다. 정부에 맞서, 공공성의 주체가 된 시민 사회는 사적인 것, 특히 "경제적 재생산의 문제"를 공공성의 영역으로 확고히 했다. 그래서 '사회적 노동' 등이 공공적인 의미를 띠게 되었다. 하지만, 개인이 공공성의 주체임을 내세우는 목소리는 그 정도에서 멈추지 않는다. 개인에게 쾌락을 주면서, 공동체 구성원의 쾌락 총량을 늘리는 것이, 공공적이라 한다.

세 필자가 주목한 공공성의 의미가 다르기에, 그것을 실현하는 힘도 다르다. 정부는 이성과 무력을 써서 공공성을 실현한다. 법 · 제도 · 군대가 그 구체적인 형태다. 시민 사회는 이성과 비판적 판단력으로 정부에 맞선다. 개인은 그러면 무엇으로 공리(utility)를 이루는가? 명시적으로 나와 있지 않기에, '전체의 쾌락을 키우는 것을 공리적이라 여긴다'는 말에서 짐작할 수 있을 뿐이다.

6. 전략적 글쓰기

이끄는 말 부분을 보세요. "현대 사회의 갈등 양상은 날로 심해지고 다양해지고 있다." 제가 어떻게 생각을 했기에 이런 문장을 쓸 수 있었을까요? 왜 이런 것을 논제로 출제했지? 이렇게, 물었기 때문이에요. '시험관은 현대 사회의 갈등 상황에 문제의식을 느끼고 있구나. 논제 3번을 보고, 내 추측이 확실하다'고 제 스스로 못 박았어요. 시험관이 느끼고는 있지만 겉으로 드러내지 않은 문제의식인데, 그것을 거머쥐고 답안을 쓰고 있는 글을 보면, 점수를 팍팍 주고 싶지 않겠어요? '왜 이런 것을 출제했지?' 잊지 말고 물으세요. 또 하나, 제시문별로 나누지 않고 항목별로 나눠서 논술했는데, 이렇게 하면 제시문을 단순 요약하는 위험에 빠지지 않아서 좋아요. 항목별 논술 자체가 비교이니까요. 하지만 관점을 명확히 하지 않으면 중언부언 하는 약점이 있다는 것도 알아두세요.

논제 2.

　아래에 소개된 공공성의 속성이 제시문 (가), (나) 각각에 제시된 공공성에서 구체적으로 실현될 수 있는가? 자신의 답변을 제시하고 그 근거를 밝히시오. (800자 내외로 쓰시오. 30점)

> 공공성이란 공중에 관련된 모든 것을 누구나 보고 들을 수 있으며
> 누구에게나 공개해야 함을 의미한다.

1. 논제 분석

이번 논제에서 알아야 할 것은 넷이에요. 항목으로 써보지요.

- 아래에 소개된 공공성의 속성
  __공공성이란, 공중에 관련된 모든 것을 누구나 보고 들을 수 있으며, 누구에게나 공개해야 함을 의미한다.
- 이것이, 제시문 (가)에서 제시된 공공성에서 구체적으로 실현될 수 있는가.
  __구체적이 중요해요. 논거를 분명히 하고, 가급적이면 예를 들어보라는 것이지요.
- 이것이, 제시문 (나)에서 제시된 공공성에서 구체적으로 실현될 수 있는가.
- 자신의 답변을 제시하고, 그 근거를 밝혀라.
  __그 근거는 제시문에서 찾을 수도 있고, 제시문의 의미를 추론해서 밝힐 수도 있어요.

2. 새로 소개된 공공성을 제시문 (가)와 관계 짓기.

　새로 소개된 공공성은 한 마디로 '모든 정보를 공개하는 공공성'이지요. 제시문 (가)는 정부가 생각하는 공공성이고요. 정부가 모든 정보를 공개할 수 있을까요? 이것을 판단할 때는 막연히 하지 말고, (가)에서 말한 공공성과 새로운 공공성, 즉 정보 공개가 충돌하지 않을 수 있는가? 충돌할 수밖에 없다면, 어느 지점에서 충돌하는가를 (가)에 있는 항목을 가지고 생각해 봐야 해요. 군사·외교 영역에서 모든 정보를 공개할 수 있을까요? 쉽지 않겠죠? 그렇다면 정부의 공공성은 정보를 전면적으로 공개할 수는 없다는 쪽으로 가닥이 잡히겠죠? 그렇다고, '부분적인 공개는 할 수 있다'란 언급조차 하지 않으면 안 돼요. 너무 단순하다는 느낌이 들기 때문이지요.

3. 새로 소개된 공공성을 제시문 (나)와 관계 짓기.

　제시문 (나)는 시민 사회의 공공성인데, 이에 따르면 공중에 관련된 모든 것을, 누구에게나 공개할 수 있을까요? 여기서 문제 삼을 수 있는 것은 무엇이 공중에 관련된 것이고, 무엇이 공중에 관련되지 않은 것인지가 불분명하다는 점이에요.

4. 얼개 짜기

　① 공개의 원칙이 공공성이 된 까닭
　　• 사람의 본질적인 욕구인 알고자 하는 마음
　　• 공공성을 실현하는 모든 주체가 공개성의 원칙을 지킬 수 있을까
　　• 공익성과 공개성
　② (가) 제시문 : 공공성 실현 주체는 정부
　　• 대외적인 일 : 공개성 원칙 지키기 어려움(외교, 국방)
　　• 대내적인 일 : 공개성 원칙 지키기 쉬움(법치 질서, 공공사업)
　　• 대내적인 일 공개로 인한 어려움 :　토론과 투표로 해결
　③ (나) 제시문 : 공공성 실현 주체는 공중 즉 시민 사회
　　• 시민 사회에서 떠맡은 공공성의 영역
　　• 공공성을 실현하는 힘 : 이성, 비판적 판단력
　　• 공공성을 실현할 수 있는 제도적 장치 : 공론장
　　• 공개성의 원칙을 지키기가 쉽다.

5. 예시 답안 (800자 안팎)

　사람이 추구하는 게 몸의 안락만은 아니다. 마음의 만족도 원한다. 마음은 알고 싶어한다. 자신과 관련된 것에 대해서는 특히 그렇다. 그래서 현대 사회는 '공개성의 원칙'을 공공성의 중요한 내용으로 삼고 있다. 하지만 공공성을 실현하는 모든 주체가 공개성의 원칙을 철저하고 엄밀하게 지킬 수 있는가는 따져봐야 한다. 공공성의 내용엔, 공개성만 아니라 공익성도 있기 때문이다.

　제시문 (가)에서 공공성을 실현하는 주체는 정부다. 정부의 공공성은 크게 둘로 나뉘는데, 법치 질서와 공공사업 같은 대내적인 일과 외교와 국방 같은 대외적인 일이 그것이다. 대외적인 것과 관련된 것을 모조리 공개하기는 쉽지 않다. 군사 기밀을 모두 공개하고, 또 외교적인 전략을 다 드러낸다고 상상해보자. 국가 공동체의 공익성이 크게 위협받을 거라는 게 느껴질 것이다. 지구촌 시대라고는 하지만 아직은, 실제적인 의미에서 국가가 '공동체의 테두리'라는 점을 무시할 수 없다. 하지만, 순전히 대내적인 일에서는 정보 공개의 원칙이 실현될 수 있다. 정보 공개로 어려운 일이 생길 수 있지만, 그것은 토론과 투표 등을 통해 해결해야 한다.

　제시문 (나)에서 공공성의 주체는 시민 사회다. 제시문에서 주로 내세우는 공공성의 영역은 생존, 즉 '경제 재생산'에 관한 것이다. 물론 공중의 공공성은 이 영역보다 넓다. 어떤 영역이라 하더라도, 공중이 공공성을 실현하는 힘은 이성과 비판적 판단력이다. 그것을 잘 활용할 수 있는 TV, 신문, 단체 등 공론장도 활성화되어 있다. 또 공중의 공익성과 공개성은 그리 충돌하지도 않는다. 그러므로 공중은 공개성의 원칙을 비교적 쉽게 지킬 수 있다.

6. 전략적 글쓰기

위의 예시 답안에서 공공성의 내용으로 공익성을 들고 나온 게 특별히 눈에 띄지 않나요? 어떤 사고 과정을 밟았기에 그것을 떠올릴 수 있었을까요? ― 출제자가 새로운 공공성으로 공개성을 들고 나왔는데, 그 이유는 뭘까? 지금껏 분석한 공공성과 그것이 달라서일 것이다. 그렇다면 제시문 (가), (나), (다)에 나온 공공성과 공개성은 대비될 것이다. '공개성'과 대비되는 게 무엇일까? 이런 물음의 연쇄 속에서 찾아진 게 '공익성'이란 낱말이에요.

이것이 찾아지자, 정부의 역할을 대내와 대외로 나눠야겠다는 생각도 떠올랐고요. 제가 한 '헤아림의' 과정을 밝히는 것은, 여러분도 사유할 때 그렇게 해보라는 뜻이에요. 여러분은 '헤아림의 과정'을 배워야 하니까요.

논제 3

제시문 (라)의 마을은 삼림 훼손을 막아 마을 전체의 이익을 높이고자 한다. 이를 위해 가장 적절한 입장을 제시문 (가), (나), (다) 가운데서 선택하여 그 선택의 근거를 설명하고, 어떤 구체적인 방안들을 도입할 수 있는지를 논의하시오. 그 방안들은 제시문 (라)에 나온 세 가지 규칙에 어긋나지 않아야 한다. (1,000자 내외로 쓰시오. 40점)

1. 논제 분석

이 논제에서 눈여겨봐야 할 것은 셋이네요.

- 제시문 (가), (나), (다) 가운데서 가장 적절한 입장은 무엇인가.(제시문에서 찾아야 함)
- 구체적인 방안을 예로 들어야 한다.
- 그 방안들은 (라)에 나온 세 가지 규칙에 어긋나지 않아야 한다.

  규칙 1. 주민들은 각자 나무를 얼마나 벨지를 동시에 선택한다.

  규칙 2. 주민들은 각자가 선택한 후 마을 전체의 벌목량을 알 수 있다.

  규칙 3. 주민들은 이러한 선택을 일주일 간격으로 반복한다.

이런 논제는 상황을 하나하나 나열하는 게 중요해요. 상황에 따라, 어떤 주체가 그 문제를 담당하는 게 좋은지가 바뀌기 때문이지요. 즉 논거도 상황에서 나오고, 반론도 상황에서 나온다고 기억해 두세요. 자, 그러면 상황을 나열해 보죠.

① 작은 마을이다.

② 주민들은 삼림을 공유한다.

③ 거기서 땔감을 마련한다.

④ 개개인이 벨 수 있는 나무의 양은 제한되어 있지 않다.

⑤ 전체 나무의 양은 제한되어 있다. (이것은 제시문에 없더라도 당연히 그렇게 생각해야 한다. 나무가 갑자기 생겨나는 것도 아니고 어느 날 갑자기 자라는 것도 아니기 때문이다.)

⑥ 삼림 훼손 비용은 주민 모두가 치러야 한다.

⑦ 개인의 이익을 추구하는 주민들의 수가 늘어날수록, 개인의 이익에 해가 될 수도 있다. (이것 또한 제시문에 없더라도 이렇게 생각해야 한다. 상황 ⑥번 안에 이 내용이 암시되어 있다고 봐야 하기 때문이다. 그러니, 뒤에 나오는 예시는 안 써도 되는데, 학교에서 학생들을 배려해서 써준 것이다. 그렇지만 배려는 모든 수험생에게 해당한다. 그러므로 꼭 필요한 상황을 더 꼼꼼히 챙겨야 한다.)

⑧ 오랫동안 운영되어 온 마을 자치회가 있다.

⑨ 주민들은 자치회를 통해 마을 전체의 벌목량을 확인한다.

⑩ 행정 조치가 필요하다고 여길 경우, 정부가 행정 조치를 취할 수 있다.

⑪ 나무를 베는 데 규칙 셋이 있다.

  - 규칙1 : 주민들은 각자 나무를 얼마나 벨지를 동시에 선택한다.

  - 규칙2 : 주민들은 각자가 선택한 후, 마을 전체의 벌목량을 알 수 있다.

  - 규칙3 : 주민들은 이러한 선택을 일주일 간격으로 반복한다.

2) 세 담당 주체(국가, 공중, 개인)를 상황에 적용하기.

먼저 상황 ①을 세 담당 주체에 적용해 보죠. 작은 마을에서 나무 베는 것을 정부가 관리하면 어떻게 될까요? 지켜지기가 쉽지 않겠죠? 왜 그럴까요? 행정력과 작은 마을 사이엔 심리적 거리가 너무 멀기 때문이죠. 지키게 하려면 어떻게 해야 할까요? 행정적 조치를 해야겠지요. 즉 강압적 방법을 쓰겠지요. 국가가 이 일을 관리하는 것은 적당할까요? 적당하지 않겠죠. 강압적 방법을 통해서만 겨우 할 수 있는데, 강압적으로 하는 것은 다른 방법이 없을 때 어쩔 수 없이 뽑아드는 패잖아요.

공중이 담당하는 것은 어떤가요? 여기서 공중은 누가 될 수 있을까요? 상황 ⑧을 보니까, 오랫동안 운영되어 온 '마을 자치회'가 있네요. 이것이 공중의 역할을 할 수 있겠네요. 더구나 상황 ⑨까지 곁들여 생각하면, 마을 자치회가 공중이 되는 게 마땅하지 않겠어요? 그러면 '마을 자치회'가 이 일을 감당하는 것은 어떤가요? 크게 무리는 없을 것 같죠? 새로 조직한 것도 아니고 오랫동안 유지되어 온 조직이니까요.

공중, 즉 시민 사회가 이 일을 담당한다는 것에 문제는 없나요? 마을 자치회를 제시문 (나)에서 말하고 있는 시민 사회, 즉 공중이라 할 수 있는가가 논란의 중심이 될 것 같아요. (다)에서는 상당히 큰 범위를 다루고 있지, 자그마한 단위의 공동체 문제를 다루고 있지는 않아요. 그리고 시민 사회의 태생이, 국가 권력과 맞섬을 통해서 시민들의 이익을 지켜내기 위해 생겨났다는 점이예요. 삼림 관리 문제가 국가 권력과 연관 있다고는 할 수 없잖아요.

이제 개인이 이 일을 감당하는 것은 어떤가요? 작은 마을의 일이긴 하지만, 순전히 개인의 자발성에 맡겨둔다면, 문제 상황이 발생할 수 있지 않을까요? 적절한 상태를 잘 유지하다가도 한 사람의 욕심 때문에 갑자기 무너질 수 있기 때문이지요. 역시, 뭔가 논의틀을 가져야 하는데, 마을 자치회가 그것이 될 수 있겠죠? '공리의 원칙'을 따르는 게, 누구와 논의해서도 안 되고 오직 스스로의 판단에만 의지해야 한다는 게 아니라면, 개인과 그 개인들의 자치회에 의해 이 문제를 풀어갈 수 있을 것 같네요.

그렇게 할 때, 힘든 상황은 어떤 게 있을까요? 모두가 자기 이익을 극도로 주장해서, 자치회가 잘 굴러갈 수 없는 상황이 있을 수 있겠지요? 만약, 이런 문제가 생긴다면 어떻게 해결해야 할까요? 문제가 생길 수 있다는 가정을 상황 ③을 가지고 부정하면 될 것 같아요. '모두가 자기 이익을 극도로 주장한다면'이 가정 상황이잖아요. 그런데, 나무를 베는 목적이 상업적인 데 있지 아니하고, 그저 땔감으로 쓰기 위해서라면, 그런 가정이 성립하기는 쉽지 않겠죠? 자치회에서 충분히 조절할 수 있는 게 아닐까요? 단 하나, 땔감으로 쓰기에 나무가 턱없이 부족해서 그 같은 문제가 발생할 수 있는데, 그런 경우는 마을의 문제가 아니고, 국가가 해결해야 할 문제라고 봐야겠지요. 생존권의 문제이니까, 땔감 문제를 해결해달라고 마을 자치회 이름으로 건의해야 할 내용이네요.

한 마을의 나무 베는 것을 어느 주체가 담당하는 게 좋은가를 결정하는 데, 중요한 상황이 또 있나요? 상황 ⑥, ⑦은 어떤가요. 이것은 개인이 무턱대고 자기 이익을 극대화할 수 없다는 소리니까, 개인이 주체가 되었을 때 생길 수 있는 문제를 보완할 수 있는 기능을 하겠지요? 개인들이 마음대로 하지 않고 뭔가 논의를 하게 하는 구실을 상황 ⑥, ⑦이 하잖아요.

3) 구체적 방안 마련하기

마을 자치회를 통해서 논의할 때, 고려해야 할 상황은 뭔가요? 이제 규칙 1, 2, 3을 살피는 게 무엇보다 중요하겠죠? 규칙1의 핵심은, 각자 결정하되 다른 사람의 결정을 참고할 수 없다는 거죠. 하지만 규칙2에서, 사후에는 마을 전체의 벌목량을 '알 수 있다고'만 했으니까, 사후에는 개인들의 벌목량을 공개해도 규칙에 어긋나지 않는다고 할 수 있죠? 한편, 규칙3에서 이런 과정을 일주일 간격으로 반복한다고 한 것은 이것을 자치회에서 논의해 문제를 잘 풀어보라고 하는 소리나 같다고 생각지 않으세요?

이제, 회의에서 결정할 내용만 생각하면 되겠죠? 어떤 게 있을까요? 개인별 벌목 총량제, 삼림이 파괴되었을 때 벌목량에 따라 복구비용 감당, 특별히 땔감이 많이 필요한 사람에겐 나무를 많이 벨 수 있게 해줌, 주기적으로 삼림 훼손 정도 조사, 주 단위로 마을 전체의 벌목량을 정함, 마을 사람들이 원하는 벌목량이 정한 양을 넘으면, 논의 후 다시 조사하여 벌목한 사람이 그 만큼 묘목 심기 등 이 정도 회의 내용이면 충분하겠죠?

3. 얼개 짜기

① 상황 소개
- 먹어야 사는 존재 조건
- 지속 가능한 발전의 가능성
- 이런 상황에서 국가가 그것을 하는 게 적당하지 않음
- 역할이 너무 다름
- 강압적

② 이런 상황에서 시민 사회가 그것을 감당하는 것도 적당하지 않음.
- 국가 공권력에 맞서서 시민들의 권리를 지킴
- 한 사회 전체의 원리와 관련된 문제 담당

③ 개인이 그것을 감당하는 게 적당한 이유
- 공리의 원칙은 개인이 고독하게 결정해야 하는 것은 아니다
- 마을 자치회 이용
- 마을 자치회가 오랫동안 운영되어 옴

④ 자치회에서 결정해야 할 것들

4. 예시 답안 (1000자 안팎)

살아 있는 것은 무엇이나 이기적이다. 다른 생명체를 먹어야 자기를 유지할 수 있기 때문이다. 하지만 지나친 이기심은 부메랑이 되어 자기 자신을 강타한다. 지나친가, 그렇지 않은가의 기준은 단순하다. 지속 가능한가만 물으면 된다. 한 작은 마을의 삼림 문제를 놓고 풀어야 할 숙제도 이것이다. 누구나 맘껏 나무를 베어 땔감으로 쓸 수 있지만, 나무의 수는 일정하기에, 욕심껏 하면 삼림이 파괴된다. 그러면 더 이상 거기에서 이득을 얻지 못한다. 게다가 마을은 복구비용까지 짊어져야 한다. 그러므로 마을의 입장에선 삼림의 관리 문제가 공공성의 영역이 된다. 그 일을 누

가 맡아야 어울릴까?

우선, '정부'가 맡는 것을 생각해 보자. 국가 공권력이 작은 마을의 일까지 처리하자면, 국가 체계가 통제와 감시를 뼈대로 하는 것이 아니면 실효를 거두기 어렵다. 또, 거기에는 지시와 복종이라는 전근대적인 형태가 일상화된다. 또 다른 주체로 '시민 사회'를 떠올릴 수 있다. 시민 사회가 공공성을 실현하는 방식이, 비판적인 판단력이라는 점에서 이것은 상당히 그럴 듯하다. 하지만, 시민 사회는 국가 공권력과 맞서는 데서 생겨났기에, 국가 공동체 전반에 걸쳐서 시행되어야 할 원리를 다루는 일에 더 적합하다. 마을 문제는, 마을의 특수성 속에서 다뤄져야 한다.

상황으로 보아, 제시문 (다)의 '개인'이 떠맡는 게 알맞다. 물론 개인의 이기심이 문제될 수 있다. 하지만 '공리(utility)의 원리'에 따른다고 해서 오로지 혼자서 모든 일을 결정해야 하는 것은 아니다. 이 마을엔 오래 전부터 마을 자치회가 운영되고 있는데 이것을 이용하면 이기심의 문제를 방지할 수 있다. 안건은, 마을 전체의 이익을 위해 지속 가능한 수준에서 벌목하는 방안이 될 것이다. 제시문 규칙에, 개인 벌목량을 확인할 수 없다는 게 없으므로, 삼림이 파괴된 경우 벌목량에 비례해서 책임지는 것을 우선 합의한다. 개인별로 개인 총량을 주되, 특별히 땔감이 많이 필요한 사람에겐 그 만큼 양을 늘려준다. 그리고 지속성을 위해, 벌목한 사람이 벌목한 수만큼 나무를 심기로 하고, 자치회에서 주기적으로 삼림의 훼손 정도를 조사한다. 마을 자치회의 오랜 역사를 감안했을 때, 이 정도 합의가 어려운 것은 아닐 것이다.

제시문 (가)는 유길준이 1895년에 발간한 『서유견문』(西遊見聞)의 일부를 발췌·편집한 것이다. 이 글에서 유길준은 근대 국가에서 정부가 정책이나 법을 통해 구현하는 공공성에 대해 말하고 있다.

제시문 (나)는 독일의 철학자이자 사회학자인 하버마스(Jügen Harbermas)의 『공론장의 구조변동』(Strukturwandel der Öfentlichkeit : Untersuchungen zu einer Kategorie der burgerlich Gesellschaft, 1961)의 일부를 발췌·편집한 것이다. 하버마스는 국가가 구현하는 공공성과는 다른 성격의 공공성이 형성되는 과정을 설명하는데, 이는 (시민)사회의 등장과 관련되어 있다. 자본주의의 발전과 더불어 이전에는 사적인 영역으로 여겨졌던 경제적 영역이 공적인 것, 즉 공동의 문제로 대두하면서 성립된 것이 '(시민)사회'다.

제시문 (다)는 영국의 철학자인 벤담(Jeremy Bentham)의 『도덕과 입법의 원리』(Principles of Morals and Legislation, 1789)에서 발췌·편집한 것이다. 이 글에 따르면, 인간의 삶은 쾌락을 증진하고 고통을 감소키는 것을 목적으로 한다. 제시문 (다)에는 어떤 행위의 옳음이 행복이나 쾌락을 유발하고 불행이나 고통을 막는 경향에 달려 있다는 주장이 담겨 있다. 사람들 각자 자유로이 쾌락을 증진하고 고통을 감소시킬 수 있다면, '최대다수의 최대행복'이 가능하다는 것이다.

　　제시문 (라)는 World Development Vol. 28 (2000): pp. 1719-1733에 실린 Cardenas & Stranlund의 "Local Environmental Control and Institutional Crowding-Out"에서 실행한 삼림자원 보호에 대한 가상의 실험을 문제 의도에 맞게 수정한 것이다. 원문은 개인이 주어진 상황 속에서 어떤 방식으로 자기 이익을 추구하는 개인적 선택을 하며 이것이 공동체의 이익과 어떻게 연관되는가를 검토하는 것인데 반해, 본 제시문은 개인적 선택과 함께 공동체 차원의 선택과 정부라는 공동체 외부자의 선택이 가능하도록 수정되었다.

※ 아래 제시문 (가), (나), (다), (라)를 읽고 문제에 답하시오.

제시문(가)

연민은 우리가 고통받는 자의 입장에 서서 느끼게 되는 감정이다. 이 감정은 미개인에게는 형체가 뚜렷하지는 않지만 강렬하게 나타나고, 문명인에게는 그 윤곽이 선명하지만 미약하게 나타난다. 연민은 고통을 목격하는 동물이 스스로를 고통당하고 있는 동물과 동일시하면 할수록 더욱 강해질 것이다. 그런데 이 동일시하는 성향이 이성이 지배하는 상태보다 자연 상태에서 훨씬 깊었으리라는 것은 분명한 사실이다. 이기심을 낳게 하는 것은 이성이다. 그리고 이성을 반추하는 것은 이기심을 강화시킨다. 이성은 인간으로 하여금 자신의 내면을 돌아보게 하여 자신을 흔들어놓거나 고통스럽게 하는 외부의 모든 것으로부터 격리시켜준다. [……중략……] 미개인에게는 이러한 훌륭한 재능이 없다. 이성적이지도 현명하지도 못한 그는 바보스럽게도 항상 인간 본연의 감정에 따라 움직인다. [……중략……]

연민이 하나의 자연스러운 감정이라는 것은 분명한 사실이다. 연민은 각 개체 안에 있는 자기애의 수위를 조절함으로써 종 전체가 보존될 수 있게 해주는 감정인 것이다. 남이 고통받는 모습을 보고 깊이 생각하지 않고 바로 나서서 도와주게 되는 것은 연민 때문이다. 자연의 상태에서는 연민이 법과 도덕과 미덕을 대신해주며, 이때에 아무도 연민의 부드러운 목소리에 저항할 생각조차 하지 않는다는 이점이 있다. 생존에 필요한 것을 다른 곳에서 발견할 가능성이 있는 한, 건장한 미개인이 약한 어린 아이나 노인이 어렵게 획득한 식량을 강탈하지 않도록 해주는 것이 연민이다. "남이 해주길 바라는대로 남에게 행하라."는 합리적이고 숭고한 정신의 원리 대신에, 그다지 완전하지는 못하지만 더 유용하다고 할만한, 인간은 본래 선하다는 믿음에 기초한 또 다른 원리인 "타인의 불행을 되도록 적게하여 나의 행복을 이룩하라."를 모든 사람의 마음속에 품게 하는 것이 연민이다. 요컨대 인간이 악을 행했을 때 느끼게 되는 혐오간의 근원은 교묘한 논리에서보다는 오히려 자연의 감정 속에서 찾아야 하며, 이는 교육의 여러 원칙과는 별개로 찾아야 하는 것이다. 이성을 통해 덕을 얻는 것이 소크라테스나 그 부류 사람들의 덕택일지는 모르겠지만, 인류의 생존이 개인들의 추론에만 달려 있었다면 종으로서의 인간은 오래 전에 사라졌을 것이다.

제시문(나)

　심리학적-좀 더 엄밀히 말하면 정신분석학적-연구는 인간성의 가장 본질은 원초적 성격을 가진 본능적 충동으로 이루어져 있다는 사실을 보여준다. 인간이 가진 충동은 모두 비슷하며, 그 목적은 기본적 욕구를 충족시키는 것이다. 이 충동 자체는 선하지도 악하지도 않다. 충동이 인간 공동체의 욕구 및 요구와 어떤 관계를 갖고 있느냐에 따라, 우리는 충동과 그 발현을 선과 악으로 구분한다. 사회가 악이라고 비난하는 충동-그 가운데 대표적인 것으로는 이기적인 충동과 잔인한 충동을 들 수 있다-이 모두 이러한 원초적 성격을 갖고 있다는 점을 마땅히 인정해야 한다.

　[……중략……]

　'악한'본능을 변화시키는 것은 같은 방향으로 작용하는 두 가지 요인 -내적 요인과 외적 요인-이다. 내적 요인은 에로티시즘-가장 넓은 의미로 해석하면 사랑에 대한 욕망-이 악한(이기적인) 본능에 행사하는 영향력이다. '에로틱한' 요소가 섞여들면, 이기적인 본능은 '사회적' 본능으로 바뀐다. 우리는 남에게 사랑받는 것을 커다란 이익으로 평가하는 법을 배우고, 사랑받기 위해서라면 다른 이익은 기꺼이 희생해도 좋다고 생각하게 된다. 외적 요인은 가정교육이 행사하는 강박이다. 가정교육은 문화적 환경의 요구를 나타내며, 성장한 뒤에는 그 환경의 직접적인 압력이 계속해서 외적 요인을 이룬다. 문명은 본능의 만족을 포기함으로써 얻어진 것이고 문명 세계에 새로 들어오는 모든 사람에게도 그것을 포기하도록 요구한다. 개인이 평생을 살아가는 동안 외적 강압은 끊임없이 내적 강박으로 대치된다. 문명의 영향은 이기적인 경향에 에로틱한 요소를 첨가하여 그것을 이타적이고 사회적인 경향으로 바꾸고 그런 변화는 계속 늘어난다. 결국 인간이 발달과정에서 느끼는 모든 내적 강박은 원래- 즉 '인류의 역사'에서 보면- 하나의 외적 요인에 불과했다고 가정할 수도 있다. 오늘날 태어난 사람은 이기적 본능을 사회적 본능으로 바꾸는 경향을 어느 정도는 유전적 소질로 갖고 있다. 이러한 소질은 조금만 자극을 주어도 이기적 본능을 사회적 본능으로 바꾼다. 본능을 더 많이 변화시키는 것은 개인이 인생을 살아가면서 이룩해야 하는 일이다. 이처럼 인간은 당면한 문화적 환경의 압력을 받을 뿐만 아니라 조상들의 문화적 역사에도 영향을 받고 있다.

제시문(다)

　코스타리카에서 조사를 하고 1983년 캘리포니아로 돌아온 생물학자 제럴드 윌킨슨은 조금은 섬뜩한 얘기를 보고했다. 그가 코스타리카에서 연구한 흡혈박쥐는 낮에 고목에 매달려 있다가 밤이 되면 짐승들을 찾아가 몰래 살갗에 작은 절개창을 내고 조용히 피를 빨아 먹는다. 그러나 마땅한 대상을 찾지 못하거나 찾았다 해도 상대에게 들켜서 피를 빨지 못하는 경우가 있기 때문에 배를 자주 곯는 불안정한 생활을 한다. 노련한 박쥐는 열흘에 하루 꼴로 이러한 불행을 겪지만 어리고 미숙한 박쥐는 보다 자주 곯게 된다. 박쥐는 60시간 동안 피를 먹지 못하면 아사 위기에 처한다.

　그러나 다행이도 박쥐들은 하루 필요량 이상의 피를 빨아 두었다가 잉여분을 토해내서 다른 박쥐에게 줄 수가 있다. 이런 좋은 해결책이 있지만, 박쥐의 처지에서 본다면 이것은 하나의 딜레마이다. 여분의 피를 서로 나누는 박쥐들은 그렇게 하지 않는 박쥐들보다 이익이다. 그러나 먹이를 얻기만 하고 주지 않는 박쥐가 가장 큰 이익을 얻으며, 주기만 하고 받지 못하는 박쥐는 가장 큰 손해를 본다.

박쥐는 같은 장소에 여러 마리가 함께 서식하는 경향이 있는데, 그들의 수명은 8년 이상으로 제법 길기 때문에 특정 상대와 여러 차례 게임을 반복할 기회가 있다. 통계적으로 볼 때, 한 장소에 사는 박쥐들이 가까운 친족은 아니기 때문에 이들의 아량을 친족애로 설명할 수는 없다. 윌킨슨은 박쥐들이 맞대응 게임을 하는 것이라고 생각했다. 과거에 피를 제공한 박쥐는 그 상대로부터 피를 보답받는다. 남은 피를 주지 않은 박쥐는 다음에 피를 얻지 못한다. 박쥐들은 이 규칙을 성실하게 준수하는 것으로 보이는데, 서로 털을 손질해 주는 행위는 아마도 이 규칙을 강제 이행하기 위한 것으로 짐작된다. 그들은 서로의 깃털을 손질해 줄 때 피를 저장하는 위가 있는 부위에 특별히 주의를 기울인다. 그 때문이라도 포식으로 불룩해진 배를 다른 박쥐에게 들키지 않는다는 것은 어려운 일이다. 속임수를 쓰는 박쥐는 쉽게 적발된다.

제시문 (라)

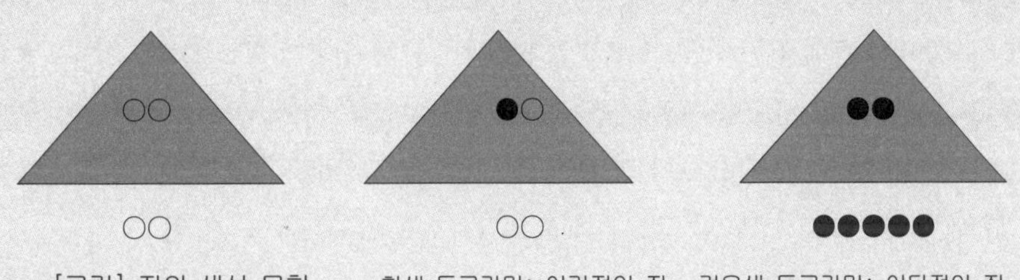

[그림] 쥐의 생식 모형　　흰색 동그라미: 이기적인 쥐, 검은색 동그라미: 이타적인 쥐

어느 가을 들녘을 상상해보라. 한 해 동안 땀 흘려 추수를 하고 나서 볏짚들을 들판에 쌓아 놓았다. 볏짚더미는 들쥐들에게는 더할 나위 없는 보금자리이다. 각 볏짚에 두 마리의 들쥐가 서식을 시작했다고 가정해보자. 쥐들은 두 부류로 나뉜다. 한 부류는 같은 볏짚 내에 살고 있는 다른 쥐들을 돕는 이타적인 쥐들이며, 다른 부류는 남을 도울 줄 모르는 이기적인 쥐들이다.

그림에서 세모는 볏짚을 나타낸다. 그 속에 그려진 조그만 동그라미들은 각각 볏짚 속에 서식하는 쥐들이다. 검은색은 이타적인 쥐를, 흰색은 이기적인 쥐를 각각 나타낸다. 그리고 밑에 그려진 동그라미들은 일정한 시간이 지난 후 볏짚을 제거했을 때 각 볏짚에서 나온 쥐들 중 1세대인 부모 세대를 제외한 번식 결과를 나타낸다.

두 마리의 이기적인 쥐들에 의해 점유되었던 첫 번째 볏짚에서는 두 마리의 이기적인 쥐들이 나왔다. 한 마리의 이기적인 쥐와 한 마리의 이타적인 쥐에 의해 점유되었던 두 번째 볏짚을 제거하자 거기서도 두 마리의 이기적인 쥐들이 나왔다.

　　이 모형은 개인 선택과 집단 선택을 동시에 보여주고 있다. 각 볏짚은 집단을 나타낸다. 볏짚 내부에서는 개인 선택이 진행되었다. 두 번째 볏짚을 보면 이기적인 쥐들과 경쟁하는 과정에서 쥐들 사이의 상호 작용을 통해 이타적인 쥐들이 모두 없어져버리고 말았음을 알 수 있다. 하지만 집단 선택 과정을 통해서는 이타적인 쥐들이 전체적으로 증가할 가능성이 있다. 즉, 이타적인 쥐들이 많은 집단(볏짚), 정확히 말하면 이타적인 쥐들만 사는 볏짚에서는 더 많은 쥐들이 태어날 수 있었고, 그렇지 않은 집단에서는 오직 두 마리의 쥐들만이 태어날 수 있었다. 각 볏짚에 이타적인 쥐들이 얼마나 많이 포함되어 있느냐에 따라 집단이 얼마나 번성하게 되는지가 결정되고, 그 결과 전체적으로 이타적인 쥐의 비율이 증가할지 안 할지도 결정된다. 바로 이것이 집단 선택 과정이다.

문제1) 제시문 (가), (나), (다)는 이타적 행위에 대해 서로 다른 해석을 하고 있다. 그 차이점을 비교 · 분석하시오. (800자 내외. 30점)

문제2) 경제 위기 상황에서는 기업들의 거액 기부가 증가하지 않는 대신 개인들의 소액 기부는 증가하는 경향이 있다. 예컨대 한국에서 구세군 자선납비의 모금액이 경제 위기 상황인 2008년에 사상 최대치에 달했다고 한다.

　이타적 행위에 관한 제시문 (가), (나), (다)의 해석 가운데 가장 타당하다고 생각하는 것 하나를 선택하여 위의 예시에 나타난 기업과 개인의 기부 행태를 설명하시오. (800자 내외. 30점)

문제3) 제시문 (라)에서 "다수의 이타적인 쥐로 구성된 집단만이 종족 번성의 가능성이 높다."는 주장을 이끌어 낼 수 있다. 제시문 (가), (나), (다)의 핵심 논점을 활용하여 이러한 주장을 반박하시오. (1000자 내외. 40점)

※ 시간은 3시간 30분이다.

논제. 1
제시문 (가), (나), (다)는 이타적 행위에 대해 서로 다른 해석을 하고 있다. 그 차이점을 비교 · 분석 하시오.

1. 논제 분석

　연세대 논술 문제의 특징 중 하나는 독해의 방향을 정해준다는 데 있어요. 이번에는 '이타적 행위'가 그것이네요. 이것에 관해서 800자를 써야 하니, 이타적 행위와 긴밀히 이어져 있는 보조 항목을 찾는 게 역시 중요하겠죠? 이것을 찾는 방법은 둘이에요. 이타적 행위를 중심에 놓고 마인드맵을 하는 게 첫 번째 방법이고요, 다른 하나는 제시문 속에서 그 항목을 찾는 거예요.

　마인드맵의 방법을 썼다 하더라도, 거기에서 생각한 항목을 제시문 속에서 찾아야지요? 그런데도 마인드맵 방법을 일러준 것은, 제시문에 이타적 행위에 연관된 항목이 또렷이 나오지 않았을 경우, 마인드맵을 통해 생각해낸 항목을 가지고 역으로 제시문을 독해할 수 있기 때문이에요. '이타적 행위'에 대해 마인드맵을 하면 어떻게 될까요?

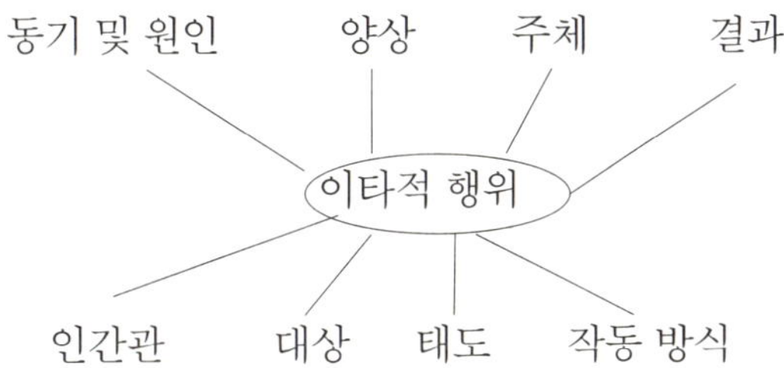

2. 세 제시문을 가볍게 읽고, 글의 분위기 파악하기

　어떤 낱말들이 주요하게 다뤄졌죠? 연민, 이성적 반추, 이기심, 본능적 충동, 에로틱한 요소, 사회적 본능, 가정교육, 주는 것, 받는 것, 반복 등을 눈여겨 봐야 할 것 같네요. 어떤 글을 먼저 분석하는 게, 세 글을 비교하는 데 더 도움이 될까요? 분석의 초점인 이타적 행위와 관련해 조목이 잘 나눠진 제시문이 있으면, 그것을 먼저 하는 게 좋겠죠? 이것이 없으면 세 제시문 중 마음에 드는 것을 고르세요. 제시문 분석을 꼭 순서대로 할 필요는 없으니까요.

3. 제시문 분석

1) 제시문 (다)

　코스타리카에서 조사를 하고 1983년 캘리포니아로 돌아온 생물학자 제럴드 윌킨슨은 조금은 섬뜩한 얘기를 보고했다. 그가 코스타리카에서 연구한 흡혈박쥐는 낮에 고목에 매달려 있다가 밤이 되면 짐승들을 찾아가 몰래 살갗에 작은 절개창을 내고 조용히 피를 빨아 먹는다. 그러나 마땅한 대상을 찾지 못하거나 찾았다 해도 상대에게 들켜서 피를 빨지 못하는 경우가 있기 때문에 배를 자주 곯는 불안정한 생활을 한다. 노련한 박쥐는 열흘에 하루 꼴로 이러한 불행을 겪지만 어리고 미숙한 박쥐는 보다 자주 굶게 된다. 박쥐는 60시간 동안 피를 먹지 못하면 아사 위기에 처한다.

그러나 다행이도 박쥐들은 하루 필요량 이상의 피를 빨아 두었다가 잉여분을 토해내서 다른 박쥐에게 줄 수가 있다. 이런 좋은 해결책이 있지만, 박쥐의 처지에서 본다면 이것은 하나의 딜레마이다. 여분의 피를 서로 나누는 박쥐들은 그렇게 하지 않는 박쥐들보다 이익이다. 그러나 먹이를 얻기만 하고 주지 않는 박쥐가 가장 큰 이익을 얻으며, 주기만 하고 받지 못하는 박쥐는 가장 큰 손해를 본다.

박쥐는 같은 장소에 여러 마리가 함께 서식하는 경향이 있는데, 그들의 수명은 8년 이상으로 제법 길기 때문에 특정 상대와 여러 차례 게임을 반복할 기회가 있다. 통계적으로 볼 때, 한 장소에 사는 박쥐들이 가까운 친족은 아니기 때문에 이들의 아량을 친족애로 설명할 수는 없다. 윌킨슨은 박쥐들이 맞대응 게임을 하는 것이라고 생각했다. 과거에 피를 제공한 박쥐는 그 상대로부터 피를 보답받는다. 남은 피를 주지 않은 박쥐는 다음에 피를 얻지 못한다. 박쥐들은 이 규칙을 성실하게 준수하는 것으로 보이는데, 서로 털을 손질해 주는 행위는 아마도 이 규칙을 강제 이행하기 위한 것으로 짐작된다. 그들은 서로의 깃털을 손질해 줄 때 피를 저장하는 위가 있는 부위에 특별히 주의를 기울인다. 그 때문이라도 포식으로 불룩해진 배를 다른 박쥐에게 들키지 않는다는 것은 어려운 일이다. 속임수를 쓰는 박쥐는 쉽게 적발된다.

독해의 방향을 중심에 놓고, 그것과 연관된 것을 하나하나 찾아보도록 하지요. 먼저, 박쥐들의 '이타적인 행위'가 나온 곳은 어디인가요? 한 박쥐가 다른 박쥐를 위해 어떤 행동을 한다는 게 명시적으로 나온 문장은 없지요? 하지만 문맥상으로 보면, 몸에 보관했던 여분의 먹이를 토해내 배를 곯고 있는 박쥐에게 준다는 것을 알 수 있어요. 이게 박쥐의 이타적인 행위겠죠. 이제 마인드맵을 통해 떠올렸던 항목을 가져와서, 이 행위를 총체적으로 파악해보지요, 박쥐가 이런 행위를 하는 동기는 무엇인가요? 윌킨슨은 '맞대응 게임' 때문이라고 했네요. 맞대응 게임은 어떻게 하는 거죠? 과거에 '잉여 먹이'를 다른 박쥐에게 제공했으면 나중에 먹이를 제공받지만, 그렇지 않았던 박쥐는 먹이를 제공받지 못한다는 거네요.

박쥐들이 이타적인 행위를 하는 근본적인 이유가 나왔군요. 먹이를 섭취하지 못했을 때를 대비해서 그런 행동을 하는 거네요. 박쥐들의 이기성이 역설적으로 이타적인 행동을 하게 만드는 것을 볼 수 있지요? 재미 있네요. 그런데 오랫동안 함께 서식한다는 것, 털을 서로 손질해 주는 것 때문에 여분의 먹이가 있으면서도 없는 체할 수 없다는 것, 유능한 박쥐라도 열흘에 한 번 꼴로 먹이 섭취에 실패한다는 것 등 박쥐의 생태는 왜 소개했을까요? 실험이나 보고서에서 알려주는 것은 다 그 의도가 있다고 봐야 해요. 그러므로 의도를 알아차리는 연습을 하면, 실험을 비판적으로 볼 수 있어요. 이기성이 이타성으로 나타나는 것이 박쥐의 '특별한 생태' 때문이라는 것을 말하고 싶어서겠죠? 만약 박쥐의 이러한 생태가 나오지 않았다면, '박쥐의 이타성은 이기성에 그 뿌리를 두고 있다'는 주장이 서기 힘들잖아요.

2) 제시문 (가)

　　연민은 우리가 고통받는 자의 입장에 서서 느끼게 되는 감정이다. 이 감정은 미개인에게는 형체가 뚜렷하지는 않지만 강렬하게 나타나고, 문명인에게는 그 윤곽이 선명하지만 미약하게 나타난다. 연민은 고통을 목격하는 동물이 스스로를 고통당하고 있는 동물과 동일시하면 할수록 더욱 강해질 것이다. 그런데 이 동일시하는 성향이 이성이 지배하는 상태보다 자연 상태에서 훨씬 깊었으리라는 것은 분명한 사실이다. 이기심을 낳게 하는 것은 이성이다. 그리고 이성을 반추하는 것은 이기심을 강화시킨다. 이성은 인간으로 하여금 자신의 내면을 돌아보게 하여 자신을 흔들어놓거나 고통스럽게 하는 외부의 모든 것으로부터 격리시켜 준다. [……중략……] 미개인에게는 이러한 훌륭한 재능이 없다. 이성적이지도 현명하지도 못한 그는 바보스럽게도 항상 인간 본연의 감정에 따라 움직인다. [……중략……]

　　연민이 하나의 자연스러운 감정이라는 것은 분명한 사실이다. 연민은 각 개체 안에 있는 자기애의 수위를 조절함으로써 종 전체가 보존될 수 있게 해주는 감정인 것이다. 남이 고통받는 모습을 보고 깊이 생각하지 않고 바로 나서서 도와주게 되는 것은 연민 때문이다. 자연의 상태에서는 연민이 법과 도덕과 미덕을 대신해주며, 이때에 아무도 연민의 부드러운 목소리에 저항할 생각조차 하지 않는다는 이점이 있다. 생존에 필요한 것을 다른 곳에서 발견할 가능성이 있는 한, 건장한 미개인이 약한 어린 아이나 노인이 어렵게 획득한 식량을 강탈하지 않도록 해주는 것이 연민이다. "남이 해주길 바라는대로 남에게 행하라."는 합리적이고 숭고한 정신의 원리 대신에, 그다지 완전하지는 못하지만 더 유용하다고 할만한, 인간은 본래 선하다는 믿음에 기초한 또 다른 원리인 "타인의 불행을 되도록 적게하여 나의 행복을 이룩하라."를 모든 사람의 마음속에 품게 하는 것이 연민이다. 요컨대 인간이 악을 행했을 때 느끼게 되는 혐오간의 근원은 교묘한 논리에서보다는 오히려 자연의 감정 속에서 찾아야 하며, 이는 교육의 여러 원칙과는 별개로 찾아야 하는 것이다. 이성을 통해 덕을 얻는 것이 소크라테스나 그 부류 사람들의 덕택일지는 모르겠지만, 인류의 생존이 개인들의 추론에만 달려 있었다면 종으로서의 인간은 오래 전에 사라졌을 것이다.

　　이 제시문을 분석할 때는 '이타적 행위'와 제시문 (다)의 분석 사항을 염두하고서 해야겠지요? 이타적인 행위에 해당하는 '연민'이 바로 나왔네요. 사람이 연민을 갖게 되는 동기는 무엇이죠? '동일시'라고 나와 있네요. 동일시를 하는 까닭은 뭐죠? '종'을 보존하기 위해서라고 하였군요. 동일시는 그러면 어떻게 얻어지나요? 타고나는 거라고 되어 있군요. 이 자연스런 감정을 막는 것도 나와 있네요. 그게 뭐라고 하고 있죠? '이성'이라고 되어 있네요. 그러면 이성은 어떻게 인간이 타고난 동일시를 막지요? "이성은…… 자신의 내면을 돌아보게 하여 자신을 고통스럽게 하는 외부의 모든 것으로부터 격리시켜 준다"고 하는군요.

3) 제시문 (나)

　심리학적-좀 더 엄밀히 말하면 정신분석학적-연구는 인간성의 가장 본질은 원초적 성격을 가진 본능적 충동으로 이루어져 있다는 사실을 보여준다. 인간이 가진 충동은 모두 비슷하며, 그 목적은 기본적 욕구를 충족시키는 것이다. 이 충동 자체는 선하지도 악하지도 않다. 충동이 인간 공동체의 욕구 및 요구와 어떤 관계를 갖고 있느냐에 따라, 우리는 충동과 그 발현을 선과 악으로 구분한다. 사회가 악이라고 비난하는 충동-그 가운데 대표적인 것으로는 이기적인 충동과 잔인한 충동을 들 수 있다-이 모두 이러한 원초적 성격을 갖고 있다는 점을 마땅히 인정해야 한다.

　[……중략……]

　'악한' 본능을 변화시키는 것은 같은 방향으로 작용하는 두 가지 요인 -내적 요인과 외적 요인-이다. 내적 요인은 에로티시즘-가장 넓은 의미로 해석하면 사랑에 대한 욕망-이 악한(이기적인) 본능에 행사하는 영향력이다. '에로틱한' 요소가 섞여들면, 이기적인 본능은 '사회적' 본능으로 바뀐다. 우리는 남에게 사랑받는 것을 커다란 이익으로 평가하는 법을 배우고, 사랑받기 위해서라면 다른 이익은 기꺼이 희생해도 좋다고 생각하게 된다. 외적 요인은 가정교육이 행사하는 강박이다. 가정교육은 문화적 환경의 요구를 나타내며, 성장한 뒤에는 그 환경의 직접적인 압력이 계속해서 외적 요인을 이룬다. 문명은 본능의 만족을 포기함으로써 얻어진 것이고 문명 세계에 새로 들어오는 모든 사람에게도 그것을 포기하도록 요구한다. 개인이 평생을 살아가는 동안 외적 강압은 끊임없이 내적 강박으로 대치된다. 문명의 영향은 이기적인 경향에 에로틱한 요소를 첨가하여 그것을 이타적이고 사회적인 경향으로 바꾸고 그런 변화는 계속 늘어난다. 결국 인간이 발달과정에서 느끼는 모든 내적 강박은 원래-즉 '인류의 역사'에서 보면-하나의 외적 요인에 불과했다고 가정할 수도 있다. 오늘날 태어난 사람은 이기적 본능을 사회적 본능으로 바꾸는 경향을 어느 정도는 유전적 소질로 갖고 있다. 이러한 소질은 조금만 자극을 주어도 이기적 본능을 사회적 본능으로 바꾼다. 본능을 더 많이 변화시키는 것은 개인이 인생을 살아가면서 이룩해야 하는 일이다. 이처럼 인간은 당면한 문화적 환경의 압력을 받을 뿐만 아니라 조상들의 문화적 역사에도 영향을 받고 있다.

　제시문 (나)의 사람에 대한 이해는 제시문 (가)와 (나) 중 어느 것에 더 가까운가요? 제시문 (가)와는 완전히 다르고, 제시문 (다)와 닮았네요. 사람은, 이기적인 충동을 기본 욕구로 가지고 있다는 것과 '종'의 보존을 위해 동일시, 즉 연민을 가지고 있다 사이에 있는 큰 간격이 보이지요. (나) 제시문의 이런 인간관은 독해의 방향인 '이타적 행위'와 거리가 있어요! 이 거리를 어떻게 메울 수 있을까요? 인간이 이기적인 본능을 가짐에도 이타적인 행위를 하는 동기를 찾으면 되겠죠?

　글쓴이는 그 힘을 어디에서 찾았죠? '사랑받고 싶다는 욕망'과 '가정교육의 직접적인 압력'이 그 동기라고 했군요. 이 힘이 작용한 결과는 어떤가요? 이타심이 내면화까지 이르고, "어느 정도는 유전적 소질"에까지 이르게 되었다고 했군요.

4. 제시문 (가), (나), (다)를 분석하는 틀

1) 차이점

글을 쓸 때는 공통점을 먼저 내세워야 하지만, 여러 개의 글을 비교 · 분석하는 과정에는 차이점을 먼저 살피는 게 좋아요. 대부분, 제시문으로 나온 글들의 공통적인 문제의식이 겉으로 떡하니 드러나 있지 않기 때문이에요. 하지만 글들 간의 차이점을 찾다보면, 그것이 어렴풋이 드러나지요. 그래서 공통점에 대해선 나중에 생각하기로 해요. 앞에서 분석한 것을 바탕으로 세 글의 비교 항목을 만들어 보세요.

우선 이타심을 통해 이루려는 '목표'에서 차이가 났어요. (가)는 타인과의 동일시를 통한 종족 보존이었고, (나)는 사랑받고 싶은 욕망이었고, (다)는 자기 목숨 보존이었죠. 다음 항목은 뭐가 있을까요? 이타성의 목표에서 이렇게 차이가 나는 것은 인간 · 동물관이 달라서겠죠? 제시문 (가)가 인간의 본능을 연민 즉 이타성에서 찾은 반면, (나)와 (다)는 현상적으로는 이타적이지만 그 본질은 이기성이라고 보고 있어요. 제시문 (나)와 (다) 사이에는 차이가 없을까요? 이기적인 본능이 오히려 이타적인 현상으로 나타나게 하는 데 작용하는 힘 또는 조건이 다르지 않나요?

(나)는 문명화 과정 속에서 이타성을 내면화하고 심지어는 유전적 소질로까지 이르게 한 데 반해, (다)는 박쥐의 이타적인 행위가 나중에 그 자신에게 이익으로 돌아온다는 것의 반복적인 확인을 통해 이루어지잖아요.

2) 공통점

세 필자가 이타심의 행위에 대해 글을 쓰고 있는데, 그 까닭은 무엇일까요? 비록 '이타심'에 대한 이해에서 세 글쓴이는 각기 다르게 생각하지만, 이타심에 눈길을 준 마음 상태는 같다고 봐야겠지요. 이것은 물론 제시문에 드러나지 않아요. 하지만 세 제시문을 비교 · 분석하기 위해선 반드시 던져야 할 물음이에요. 그래야 다면적인 글이 될 수 있어요. 안 그러면, 서로 생뚱맞은 글을 한 자리에 모아놓은 것밖에 안 돼요.

5. 얼개 짜기

① 세 제시문의 공통적인 출발점과 나아간 방향

② 인간관의 차이

- 본래가 이타적 존재
- 이기적 성향이 이타적으로 나타남

③ 제시문 (나)와 (다) 사이의 차이점

　이타적인 행위 없이 사람이 살아갈 수 있을까? 종족 보존은 둘째 치고 개인의 목숨조차 부지하기 쉽지 않을 것이다. 세 제시문의 필자가 함께 서 있는 지점이다. 그렇다고 이들 모두, 이타심이 인간 존재의 본질에서 나온다고 보는 것은 아니다. 인간관만이 아니라, 이타심의 궁극적인 목적, 이타심을 일으키는 힘에서도 이들이 가리키는 것은 다르다.

　우선, 인간관계에서 (가)가 한쪽에 있고, (나)와 (다)가 다른 편에 있다. (가)가 주목하는 것은 연민, 즉 다른 사람의 고통을 보면 자기가 아파지는 동일시 현상이다. 이것은 인간이 본래 이타적인 존재임을 알려준다. 반면에 (나)는 정신분석학적 연구의 힘을 빌어 인간의 기본적 욕구로 이기적인 충동을 상정한다. (다) 역시 이기성을 그 바탕에 깔고 있는 모습을 보여준다. 박쥐가 보여주는 이타성의 근본 동기는 재난을 대비한 보험 같은 것이다.

　세 제시문의 인간관이 다르기에, 이타심을 일으키는 힘 또한 달리 본다. 연민은 자연적인 감정이기에, 동일시를 깨뜨리는 이성적 반추를 없애면 된다고 (가)는 본다. 이것에 (나)는 맞선다. 이타적일 때 사랑받는다는 것을 배워 인간본성인 이기성을 극복해야 한다고 본다. (다)는 이타성을 실현했을 때 나중에 도움 받는다는 것을 반복적으로 경험하는 것이 이타심을 북돋운다고 본다.

　이타심의 궁극적인 목적에서도 세 필자는 달리 파악한다. (가)는 '종'의 보존이 연민의 목표라고 한다. 동일시 현상은 비록 한 개인을 향하지만, 그것을 통해 이루어내는 것은 종의 보존이다. (나)는 변화된 자기애의 충족, 즉 다른 사람으로부터 사랑받는 것을 그 목표로 한다. (다)가 목표하는 것은 자기 생활의 보존이다.

　이타적인 행위 없이 사람이 살아갈 수 있을까? 종족 보존은 둘째 치고 개인의 목숨조차 부지하기 쉽지 않을 것이다. 이렇듯 이타성은 사람 사는 곳이면 어디에나 있고 또 있어야 하는 특성이다. 세 제시문의 필자가 함께 서 있는 지점 또한 여기다. 그렇다고 이들 모두, 인간의 이타심에서 인간 존재의 본질을 보는 것은 아니다. 인간관만이 아니라, 이타심의 궁극적인 목적, 이타심을 일으키는 힘에서도 이들이 가리키는 것은 다르다.

　제시문 (가)의 필자는 '인간은 본래 이타적인 존재'라고 여긴다. 동일시 현상이 그 증거인데, 이것은 자연적 감정이다. 그래서 사람은 이성의 반추, 즉 고통스런 상황에서 떨어져 있게 하는 활동을 멈추기만 하면 이타성이 잘 드러난다. 그런데, 동일시 현상이 향하고 있는 것은 비록 특정한 개인이지만, 그것이 궁극적으로 겨냥하고 있는 것은 '종'의 보존이다.

　인간관에서 (나)의 필자는 (가)와 정반대에 서 있다. 정신분석학의 힘을 빌어 인간은 본래 이기적인 충동 속에 있다고 말한다. 이기적인 본성을 이타성으로 바꾼 것은, 가정교육을 통한 사회화와 다른 사람으로부터 사랑받는 것이 정말로 큰 이익이라는 것을 깨달은 결과이다. 결국 사람이 이타적인 행위를 하는 배경에는 사회생활을 하고 또 사랑을 받으려는 마음이 깔려 있다.

제시문 (다) 역시 이기적인 본성이 어떻게 이타적으로 드러나게 되는가를 알려준다. 박쥐는 굶고 있는 동료를 보면, 몸에 저장하고 있던 잉여분을 토해내 동료에게 준다. 이런 이타적인 행위의 뒷면을 보면, 자기가 먹이를 섭취하지 못해 죽을 수도 있는 상황을 미리 대비하기 위한 '이기성'의 발현에 지나지 않는다는 것이다. 그러므로 이타성을 기르는 일은, 여유가 있는 데도 안 도우면, 어려울 때 도움을 받을 수 없다는 것을 '반복 경험' 하는 것이다.

8. 예시답안 3

이타적인 행위 없이 사람이 살아갈 수 있을까? 종족 보존은 둘째 치고 개인의 목숨조차 부지하기 쉽지 않을 것이다. 세 제시문의 필자가 함께 서 있는 지점 또한 여기다. 그렇다고 이들 모두, 인간의 이타심에서 인간 존재의 본질을 보는 것은 아니다. 이것만이 아니라, 이타심의 궁극적인 목적, 이타심을 일으키는 힘에서도 이들이 가리키는 것은 다르다.

우선, 인간관에서 (가)가 한쪽에 있고, (나)와 (다)가 다른 편에 있다. (가)가 주목하는 것은 연민, 즉 다른 사람의 고통을 보면 자기가 아파지는 동일시 현상이다. 이것은 인간이 본래 이타적인 존재임을 알려준다. 그런데 궁극적으로 겨냥하고 있는 것은 '종'의 보존이다. 이에 반해, (나)는 정신분석학의 도움을 빌어 인간은 본래 이기적인 충동 속에 있다고 말한다. 이기적인 인간인데, 이타적인 행위를 하는 데는 그만한 까닭이 있다. 사랑받고 싶은 이기적 욕망을 채우려면 남을 돕는 게 유리하기 때문이다. (다) 역시, 이기적인 본성이 어떻게 이타적으로 드러나게 되는가를 말한다. 박쥐의 이타적인 행위의 뒷면을 보면, 이 행동은 굶어 죽을 수도 있는 상황을 대비한 일종의 보험임을 알 수 있다. 즉 이타성의 궁극적인 목표는 자기 목숨 보전인 것이다.

이기성의 발현으로 이타성을 해석한 (나)와 (다) 사이에도 이타성을 키우는 방안에서 차이를 드러낸다. (나)는 가정교육을 통한 사회화와 사랑받는 것이 가지는 큰 이익에 대한 깨달음이, 이기성을 이타성으로 향하게 한다고 본다. 반면에 (다)는 현실적인 경험이 그것을 이루어낸다고 한다. 배를 곯고 있는 동료를 도왔을 때는 나중에 도움받을 수 있지만, 그렇지 않았을 때는 도움받을 수 없다는 것을 반복 경험한 게 그 원인이라고 본다.

9. 전략적인 글쓰기

같은 내용을 가지고 세 개의 예시 답안을 작성했는데, 제가 왜 그렇게 했다고 생각하나요? 비교·분석형 논술에 답안 쓰는 방법이 크게 세 가지라는 것을 실제로 느끼라고 그렇게 했어요. 이 유형은 연세대뿐만 아니라 대부분의 대학이 좋아하는 것이어서 특히 잘 알아 두어야 하거든요.

첫 번째 예시 답안은 항목별로 나열했어요. 이런 방식의 장·단점은 뭔가요? 비교가 한 눈에 확 들어오지만, 말이 반복된다는 흠이 보이지요. 두 번째 것은 완전히 병렬식인데 어떤가요? 말끔하기는 한데, 제시문 간 비교가 조금은 약하다는 느낌이지요. 하지만 이렇게 답안을 작성해도 상관없어요. 다만 단락과 단락을 연결하면서 제시문 간에 비교를 하고 있다는 장치를 하세요. 가령, 두 번째 예시답안 셋째 단락 첫 문장 "인간관에서 (나)의 필자는 (가)와 정반대에 서 있다" 또 마지막 단락 "제시문 (다) 역시……"와 같은 장치가 그것이지요.

세 번째 예시 답안은 이중적 형태를 취했지요? 먼저 세 제시문을 두 편으로 나누었어요. 다음에는 한 편에 있었던 두 제시문 (나)와 (다)의 차이점을 드러냈고요. 이 방법은 입체적이어서 좋기는 한데, 잘못하면 억지로 꿰어 맞춘다든가, 지엽적인 것에 매달릴 수도 있는 단점이 있어요.

비교·분석형 글을 잘 쓰려면, 같은 논제를 가지고 위의 세 가지 방법을 다 사용해서 써 보세요. 글쓰기 실력이 많이 느는 것을 느낄 수 있을 거예요.

논제2

경제 위기 상황에서는 기업들의 거액 기부가 증가하지 않는 대신 개인들의 소액 기부는 증가하는 경향이 있다. 예컨대 한국에서 구세군 자선냄비의 모금액이 경제위기 상황인 2008년에 사상 최대치에 달했다고 한다.

이타적 행위에 관한 (가), (나), (다)의 해석 가운데 가장 타당하다고 생각하는 것 하나를 선택하여 위의 예시에 나타난 기업과 개인의 기부 행태를 설명하시오. (800자 안팎, 30점)

1. 논제 분석

선택 적용형 문제네요. 이 유형에서 제일 중요한 것은 <보기>의 현상을 가장 잘 설명할 수 있는 이론을 제시문 중에서 찾아내는 거예요. 물론 어느 제시문이나 <보기>를 설명할 수 있는 이론의 틀을 제공한다는 게 이론상 맞는 소리일지 모르겠지만, 실제로는 더 적합하고 덜 적합한 이론이 있다고 봐야 해요. 이론상으로도 이게 맞는다고 저는 생각해요. 아무튼 이것을 찾아내려면, <보기>의 현상을 추상적이고 보편적으로 이해하는 게 우선 필요한 일이에요. 그래야 적용 가능한 이론이다, 그렇지 못한 이론이다를 판때릴(판단) 수 있겠잖아요.

2. 예시의 현상에 대해 추상적으로 이해하기

경제 위기 상황에서, 기업들의 거액 기부는 증가하지 않지만, 개인들의 소액 기부는 증가했다. 이런 보기의 현상을 해석하기 위해, 눈길을 줘야 할 것은 뭘까요? 제시문에서 그랬듯이, 먼저 보기를 분석하세요. 분석할 땐 추상적인 용어로 항목을 잡아내야지요. 예시에서 세 개의 추상 항목을 찾을 수 있겠네요. 그게 뭐죠? '경제 위기 상황에서'란 말은, 일반적인 글이나 현상을 이해하는 데 필요한 항목 중 무엇에 해당할까요? '상황'에 해당하죠? 어떤 현상이든 그것을 이해하려면 상황을 알아야 하잖아요. 또 무슨 항목이 나와 있죠? 기업이나 개인 즉 '주체'가 나와 있네요. 마지막으로 기부가 증가했다와 증가하지 않았다. 즉 '결과' 또는 '행위'가 나왔지요?

세 개의 항목을 가지고, 이제 예시를 본격적으로 분석해 보지요. 분석할 때, 아주 좋은 출발점은 대비 관계를 이용하는 거예요. <보기>에도 대비가 있지요? 기부가 증가했다와 하지 않았다가 그거예요. 이성적 인간은 이 현상을 만나면 묻겠죠? 두 주체가 '어떻게 다르기'에, 같은 상황에서 서로 다른 행위를 하지, 라고요.

우리가 밝혀야 할 것이 두 주체, 즉 개인과 기업의 차이라는 게 나왔군요. 이제, 개인과 기업의 다른 점을 표로 작성하면 되겠지요? 이것을 하는 두 가지 방법이 있어요. 먼저, 항목 가령 목적 · 의사 결정할 때 가장 중요한 사항 · 생태적 특성 등을 먼저 떠올린 뒤, 그 내용을 채우는 방법이 그 하나고요. 또 다른 방법은 그냥 개인과 기업의 특성을 쓴 뒤, 옆에 채워 넣는 방법이 있어요. 이 방법을 써 보지요.

먼저, 다음처럼 표를 만드세요. 칸은 널찍널찍하게 만드는 게 좋아요.

항목	개인, 사람	기업

이제, 개인과 기업 하면 떠오르는 내용이나 항목을 빈칸에 메우세요. 기업하면 뭐가 떠오르죠? 이익이 떠올랐다면, 기업 첫 번째 칸에 '기업은 이익을 목표로 한다'라고 쓰세요. 그런 다음 항목 첫 번째 칸에 '목표'를 쓰고, 개인 즉 사람의 목표를 생각해 보세요. 딱 잘라 말할 수 없으면, '사람은 자기 이익을 추구하지만, 그것만을 목표로 하지는 않는다.' 이 정도 쓰세요.

또, 기업 · 개인 · 항목을 가지고 이것저것 떠올려 보세요! 왜 기부할까? 즉 기부의 까닭을 두 번째 항목에 쓸 수 있겠지요. 기업이 기부하는 목적은 뭘까요? 기업의 이미지를 높여 결국은 기업에 이익을 가져오자는 거겠지요. 그러면 개인이 기부하는 까닭은 뭘까요? 함께 살아야 한다는 양심, 남의 일 같지 않은 동일시 즉 연민 때문이겠지요. 개인의 위신 때문에 기부할 수도 있을까요? 그럴 수 있을 거예요. 하지만 논제의 예시엔 해당이 되지 않아요. 예시를 다시 한 번 읽어 보세요. 왜 그렇죠? 구세군 냄비, 소액 기부란 말이 왜 나왔을까요? 기부의 동기가 '개인의 위신' 때문인 것은 빼고 생각하자는 소리를 하고 있는 거지요.

또, 기업·개인·항목에서 뭐가 떠오르죠? 사람은 함께 사는 존재라는 건 어떤가요? 맞는 소리죠. 그러면 기업은 어떨까요? 가능하면 혼자 살아남으려 하지 않나요? 이것은 무슨 항목에 해당할까요? '기업과 개인의 생태' 쯤 되겠네요. 더 할 수 있겠지만 이쯤에서 멈추죠.

3. 예시의 현상을 제시문 (가), (나), (다)에 적용하기

핵심 주장을 살펴보세요. 그리고 우리가 위에서 분석한 개인과 기업의 대비 관계를 경제 위기 상황에서 가장 잘 도드라지게 하는 이론을 갖춘 제시문을 찾으세요. 제시문 각각의 주장을, 예시의 현상에 대입해 보도록 하지요.

제시문 (다)부터 보죠. 이 이론은 <보기>의 현상을 해석하기 어렵겠다는 생각이 드네요. 왜 그러죠? (다)의 핵심 주장은 '맞대응 게임'이었어요. 그리고 이 게임이 성립할 수 있는 주요한 조건 중의 하나가 '숨길 수 없는 것'이었어요. 즉 (다)의 이타적 행위는 다 그대로 드러나는 데 반해, 예시의 개인행동은 익명성 속에 있어요. 이 점에서 (다)는 예시에 맞는 이론이 아니지요. 물론 논의를 복잡하게 이끌어가면, 둘 사이의 차이를 해소할 순 있지만, 썩 바람직한 것은 아니겠지요.

그러면 제시문 (나)는 어떤가요? (나)에서 개인이 이타적인 행위를 하는 까닭은 남들로부터 사랑받기 위해서와 가정교육의 강압 속에서 이루어진 사회화와 내면화였어요. 이 중 '사랑받기 위해서'와 익명으로 '구세군 냄비'에 기부금을 내는 것은 어울리지 않죠? 하지만 내면화는 익명으로 기부하는 것과 꽤 어울리네요. 그러면, 기업의 상황은 어떻게 설명할 수 있을까요? 기업은 도덕을 내면화한 게 아니고, 철저하게 이익에 따라 움직이지요. 기부를 하는 것 역시 간접적인 이익이나 장래의 이익을 바라고 하는 것인데, 경제 위기 상황에선 지금 당장의 이익이 급해지기 때문에 기부를 늘이지 않는다고 하면 되겠지요?

마지막으로 제시문 (가)를 살펴보죠. 개인이 이타적인 까닭은 동일시, 즉 연민 때문이라고 했죠? 이것은 경제가 어려울 때 구세군 냄비에 돈이 더 많이 모이는 것과 딱 맞아 떨어지는 소리네요. 그러면 기업의 경우는 어떻게 설명할 수 있을까요? 기업은 비인격체이므로 연민을 갖지 않는다고 하면 되겠지요. 더구나 제시문 (가)엔 사람으로 하여금 연민을 못 느끼게 하는 사항이 나와 있어요. 그게 뭐였죠? 생각이 안 나면 찾아보세요! "이성은 인간으로 하여금 자신의 내면을 돌아보게 하여 자신을 흔들어 놓거나 고통스럽게 하는 외부의 모든 것으로부터 격리시켜 준다"가 그거예요. 이 문장에서 기업의 모습을 볼 수 있을까요? 기업은 이성을 수단으로 사용하여 목표한 것을 얻는 조직이므로, 위 문장에 딱 들어맞는다고 할 수 있어요. 그러므로 (가) 역시 예시의 현상을 해석할 수 있는 좋은 이론이라 할 수 있네요.

그렇다면 (가)와 (나) 중 어느 것이 더 적합할까요? 사실 (나)의 주장 중에서 '다른 사람으로부터 사랑받기 위해 이타적인 행위를 한다'는 것을 빼면, (가)의 주장과 별로 다르지 않게 돼요. 인간은 본래 이타적이다와 이타적인 마음을 내면화했다 정도의 차이에 지나지 않지요. 그래서 어느 것을 써서 예시를 해석하든 상관없지만, 그래도 (가)가 조금 낫겠지요.

4. 얼개 짜기

    ① 이타적 행위와 구체적 상황
      • 주체의 특성에 따라 다르다
    ② 예시 내용 소개
      • 같은 상황인데, 주체에 따라 행위가 달라짐
    ③ 제시문 (가) 선택
      • (가)의 주장 소개
    ④ (가)의 주장을 가지고 예시 내용 해석

5. 예시 답안 (800자 안팎, 30점)

'경제 위기 때, 기업의 거액 기부는 늘지 않는데, 구세군 냄비 즉 개인의 소액 기부는 는다'는 현상을 예시는 알려준다. 이 현상을 설명하기 위해선 이타적인 행위가 일어나는 근본적인 까닭과 행위 주체, 즉 개인과 기업의 특성이 어떻게 다른가를 알아야 한다.

이타성은 인간 본질에 내재한다고 보는 게 제시문 (가)다. 어려운 상황에 놓인 사람을 보면, 사람은 동일시를 한다. 즉 남의 일 같지 않게 느껴지는 것이다. 이게 이타적인 행위가 일어나는 까닭이다. 그런데, 인간의 본성인 연민을 막는 게 있다. 고통스런 외적 상황으로부터 멀찌감치 떨어져 있게 하는, 이성적인 반추가 그것이다. 이것은 이기심을 강화시킨다. 제시문 (가)가 밝힌 이타심이 생기는 근원과 그것을 막는 까닭은, 예시에서 보여준 현상을 해석하는 데 안성맞춤이다.

연민은 개인의 위신을 위한 데서도, 또 그것으로 인해 자신에게 이익이 돌아오기를 바라는 데서도 생겨나는 감정이 아니다. 그래서 일반적으로 익명성의 성격을 띤 구세군 냄비에 사람들은 기부금을 넣는다. 또한 연민은 사람이 가지는 본성이기에, 다른 사람들이 고통 받는 상황에 비례해서 그만큼 많이 생겨난다.

반면에 기업은 연민을 본질로 하는 것이 아니라, 이익 추구를 그 본질로 한다. 평상시에 하는 기부 행위조차도 기업의 이미지가 높아져 결국엔 이익으로 돌아오기를 바라서 한다. 또한 기업은 이성을 수단으로 하여 목적을 추구하는 비인격적 조직이다. 이런 이성은 (가)의 필자가 말했듯이 연민의 감정을 막는다. 사람들이 몹시 힘들어하는 것을 보고서도, 기업의 기부금이 늘어나지 않는 까닭이 바로 여기에 있다.

논제3

제시문 (라)에서 "다수의 이타적인 쥐로 구성된 집단만이 종족 번성의 가능성이 높다."는 주장을 이끌어 낼 수 있다. 제시문 (가), (나), (다)의 핵심 논점을 활용하여 이러한 주장을 반박하시오. (1000자 안팎. 40점)

1. 논제 분석

제시문 (라)의 핵심 주장을 반박하되, 제시문 (가), (나), (다)의 핵심 논지를 활용하라고 했네요. (가), (나), (다)가 각각 다른 주장을 펼치고 있으므로 병렬식을 쓰는 게 좋겠죠? 그리고 '반박하라'는 말은 굉장히 강렬한 표현이기에, 반증 논거의 표현 또한 강렬할 필요가 있겠네요.

2. 제시문 (라) 분석

어느 가을 들녘을 상상해보라. 한 해 동안 땀 흘려 추수를 하고 나서 볏짚들을 들판에 쌓아 놓았다. 볏짚더미는 들쥐들에게는 더할 나위 없는 보금자리이다. 각 볏짚에 두 마리의 들쥐가 서식을 시작했다고 가정해보자. 쥐들은 두 부류로 나뉜다. 한 부류는 같은 볏짚 내에 살고 있는 다른 쥐들을 돕는 이타적인 쥐들이며, 다른 부류는 남을 도울 줄 모르는 이기적인 쥐들이다.

그림에서 세모는 볏짚을 나타낸다. 그 속에 그려진 조그만 동그라미들은 각각 볏짚 속에 서식하는 쥐들이다. 검은색은 이타적인 쥐를, 흰색은 이기적인 쥐를 각각 나타낸다. 그리고 밑에 그려진 동그라미들은 일정한 시간이 지난 후 볏짚을 제거했을 때 각 볏짚에서 나온 쥐들 중 1세대인 부모 세대를 제외한 번식 결과를 나타낸다.

두 마리의 이기적인 쥐들에 의해 점유되었던 첫 번째 볏짚에서는 두 마리의 이기적인 쥐들이 나왔다. 한 마리의 이기적인 쥐와 한 마리의 이타적인 쥐에 의해 점유되었던 두 번째 볏짚을 제거하자 거기서도 두 마리의 이기적인 쥐들이 나왔다.

이 모형은 개인 선택과 집단 선택을 동시에 보여주고 있다. 각 볏짚은 집단을 나타낸다. 볏짚 내부에서는 개인 선택이 진행되었다. 두 번째 볏짚을 보면 이기적인 쥐들과 경쟁하는 과정에서 쥐들 사이의 상호 작용을 통해 이타적인 쥐들이 모두 없어져버리고 말았음을 알 수 있다. 하지만 집단 선택 과정을 통해서는 이타적인 쥐들이 전체적으로 증가할 가능성이 있다. 즉, 이타적인 쥐들이 많은 집단, 정확히 말하면 이타적인 쥐들만 사는 볏짚에서는 더 많은 쥐들이 태어날 수 있었고, 그렇지 않은 집단에서는 오직 두 마리의 쥐들만이 태어날 수 있었다. 각 볏짚에 이타적인 쥐들이 얼마나 많이 포함되어 있느냐에 따라 집단이 얼마나 번성하게 되는지가 결정되고, 그 결과 전체적으로 이타적인 쥐의 비율이 증가할지 안 할지도 결정된다. 바로 이것이 집단 선택 과정이다.

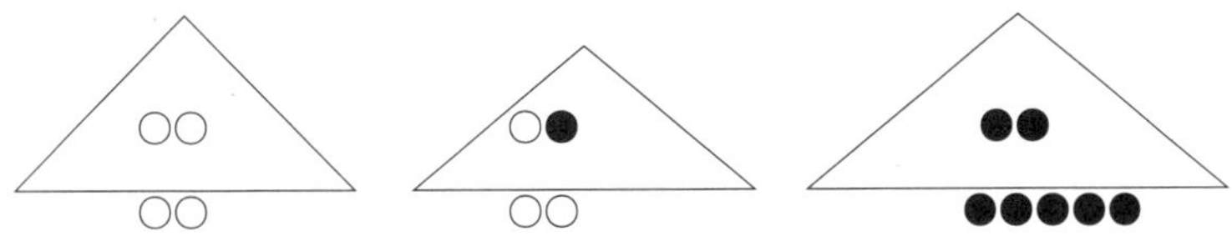

[그림] 쥐의 생식 모형

흰색 동그라미: 이기적인 쥐

검은색 동그라미: 이타적인 쥐

첫 번째 볏짚엔 이기적인 쥐 두 마리가 있었는데, 새로 번식된 쥐가 똑같이 이기적인 쥐 두 마리네요. 윗세대와 똑같은 성향에 똑같은 수가 생겼군요. 두 번째 볏짚엔 이기적인 쥐 한 마리와 이타적인 쥐 한 마리가 있었는데, 새로 번식된 쥐는 이기적인 쥐 두 마리네요. 윗세대와 똑같은 수가 번식되긴 했지만, 성향은 이기적인 쥐로 통일되었군요. 마지막 볏짚엔 이타적인 쥐 두 마리가 있었는데, 2.5배나 많이 번식되었군요. 이런 실험 결과를 보면 논제에서 밝힌 것처럼, "다수의 이타적인 쥐로 구성된 집단만이 종족 번식의 가능성이 높다"고 해석할 수 있겠네요. 그런데 이 주장을 반박하라고 하네요. 반박의 근거는 실험 (라) 자체에서 찾는 것이 아니라, 제시문 (가), (나), (다)에서 찾아야 하고요.

3. 제시문 (가), (나), (다)로 제시문 (라)의 실험 결과 반박하기

1) 제시문 (가)에 의한 반박

이런 경우 두 가지 길이 있어요. 제시문 (가)를 먼저 떠올린 뒤 실험 결과를 반박하는 게 그 하나고, 실험 결과에서 반박할 만한 것을 찾은 뒤, 그것의 논거를 (가)에서 찾는 게 또 다른 길이에요. 나중의 길을 가보도록 하지요.

"다수의 이타적인 쥐로 구성된 집단만이 종족번식의 가능성이 높다"는 주장을 반박하려면 무엇을 논리적으로 밝혀야 할까요? 이타적인 쥐가 마냥 이타적이지 않고 이기심을 드러낼 수 있다는 것을 밝히면 되겠죠? 이것을 논리적으로 뒷받침할 만한 것을 제시문 (가)에서 찾아보세요. (가)에서 이타성과 이기성의 원인을 무엇에 두었죠? '이타성을 낳는 연민'과 '고통을 회피하려는 이기심을 낳는 이성'을 말했어요.

이것을 가지고, 이타적인 쥐가 이기심을 드러낼 수도 있다는 것을 논리적으로 말해 보세요. 우선, 본능이 연민으로만 구성된 것이 아니고, 고통을 회피하려는 이성까지 함께 짜여 있다는 게 눈에 띄네요. 이것은 지금 비록 이타성을 드러내는 쥐라 할지라도 이기성을 잠재적으로 가지고 있다는 말이에요. 그래서 고통스러운 상황이 되면 숨어 있던 이기성이 드러날 수 있는 거고요.

그러면 고통스런 상황은 어떻게 생겨날까요? 사람이 되었건 동물이 되었건 생존을 위해선 어느 정도의 공간이 필요하다는 사실을 떠올리면, 그런 상황이 생기는 까닭도 알 수 있어요. 뭐죠? 볏짚의 크기가 제한되어 있다는 사실이지요. 이타적인 쥐로만 구성된 집단이 처음에는 번성하겠지만, 생존 조건의 임계치에 이르면, 고통스런 상황이 생겨, 숨어 있던 이기성이 드러난다고 정리할 수 있겠네요.

2) 제시문 (나)에 의한 반박

제시문 (나)는 기본적으로 인간은 이기적이라고 했어요. 그런데도 이타적인 행위를 하는 것은, 다른 사람으로부터 사랑받으려는 욕망과 가정교육 등의 압력으로 인한 도덕의 내면화 때문이라고 했지요. 이것을 가지고, "다수의 이타적인 쥐로 구성된 집단만이 종족 번성의 가능성이 높다"를 논박하려면 무엇을 밝혀야 하지요?

사랑받으려는 욕망에 주목해 보세요. (가)에서도 밝히고 있듯이, 이것은 이기적인 마음에 그 뿌리를 두고 있어요. 그런데 사랑은 똑같이 줄 수도 없고, 또 똑같이 받고 있다고 생각하기도 힘들어요. 더 받고 덜 받고가 있는 거죠. 자기가 어떤 사람보다 사랑을 덜 받는다고 느꼈을 때, 처음에는 그 사람보다 사랑을 더 받기 위해 사랑 받을 일을 더 많이 하겠지만, 그것에도 한계가 있어요. 그때, 이기적인 마음이 날것 그대로 드러나게 되지요. 이기적인 행위의 출현과 그것의 증가는, 구성원들의 '위장된 이타성'을 몹시 흔들겠지요. 그래서 이 집단이 다른 집단에 비해 특별히 더 번성하리라는 보장은 없는 것이지요.

3) 제시문 (다)에 의한 반박

제시문 (다)의 핵심 사항은 뭐죠? 박쥐는 본질적으로 이기적이다. 이타성을 행하면 나중에 도움을 받을 수 있지만, 그렇지 않으면 도움을 받을 수 없다. 그래서 이타적인 행위를 한다. 또한 속임수를 쓸 수 없게 하는 장치도 그 집단이 가지고 있다.

이것을 가지고 어떻게 논리를 펼쳐야 (라)의 실험결과를 잘 논박할 수 있을까요? 종족이 번성하려면 구성원들이 계속해서 이타적인 행위를 하는 게 필요해요. 여기서 우리는 물을 수 있어요. 이타적인 쥐로 구성된 집단만이 이타적인 행위를 할까? 제시문 (다)는 그렇지 않다고 했어요. 이타성을 실현하는 게 결국엔 자기 이익이라는 것을 반복 경험하고, 또 속임수를 쓸 수 없게끔 하는 장치를 두면, 이기적인 박쥐가 이타적인 행위를 한다고 했어요. 그러므로 "다수의 이타적인 쥐로 구성된 집단만이 종족 번성의 가능성이 높다"는 주장은, 이타적인 행위의 원인을 너무 단순하게 보았다고 할 수 있어요.

'맞대응 원칙'의 반복 경험과 속임수 방지 장치를 갖추기만 하면, 그 종족의 본성과는 관계없이 이타적 행위를 할 수 있는 거지요. 이런 상태를 구축한 집단이, 순전히 착하기만한 집단보다 외부적 충격과 내적인 변화에 더 잘 적응할 수 있어, 오히려 더 번성할 수도 있지 않겠어요? 이렇게 논박하면 그런대로 논리를 갖추었다는 소리를 들을 수 있겠죠?

4. 얼개 짜기

① 이끄는 글
- 모든 실험은 한계적임
- (라) 실험 결과와 그것 역시 한계가 있음

② 제시문 (가)에 의한 논박
- 본능의 이중성 – 이타심을 낳는 연민과 고통을 회피하려는 이성
- 볏짚 즉 삶의 터전이 제한되어 있음

③ 제시문 (나)에 의한 논박
- 사랑 받으려는 마음의 이기성
- 사랑의 불균등성

④ 제시문 (다)에 의한 논박
- 이타적인 쥐만 이타적인 행위를 하는 것이 아님
- 맞대응 원칙을 반복 경험한 집단이 내·외부의 변화에 더 잘 적응함

5. 예시 답안 (1000자 안팎. 40점)

어떤 실험이 되었건 한계를 갖는다. 모든 조건과 상황 등을 다 고려할 수 없기 때문이다. 예시문 (라)의 실험에서 우리는 "다수의 이타적인 쥐로 구성된 집단만이 종족 번성의 가능성이 높다"는 결론을 이끌어낼 수 있다. 하지만 이 실험 역시 그 한계를 뚜렷이 가지고 있다.

종족이 번성하려면 구성원들이 이타적이어야 한다. 이 점에서 실험 결과는 타당해 보인다. 하지만 지금 이타적이라고 해서 마냥 이타적일 수 있을까? 사람의 본성은 이타성을 불러일으키는 연민뿐만이 아니라, 고통으로부터 회피하려고 하는 이성도 함께 갖추고 있다고 제시문 (가)는 말한다. 다수가 이타적인 쥐들의 집단은 처음에는 번성할 것이다. 하지만 어느 순간 삶의 터전에 비해 공간이 비좁아지는 지점에 이르면, 삶이 고통스러워진다. 이때를 놓치지 않고, 감추어져 있던 이기심은 불쑥 솟아오를 것이다. 이렇게 되면, 이 집단은 이제 여느 집단이나 다름없게 된다.

실험 결과를 논박할 근거는 제시문 (나)에도 있다. 사람은 본래 이기적이다. 그런데 다른 사람의 사랑을 받으려는 마음에서 이타적인 행위를 한다. 착한 일의 궁극적인 뿌리가 이렇게 이기심에 뿌리 박고 있기에, 이타적인 행위가 이기적인 행위로 바뀌는 것은 조금도 이상하지 않다. 사랑을 받고 싶다는 것은 다른 사람보다 사랑을 더 많이 받고 싶다는 소리일 뿐이다. 이 욕망을 대부분의 구성원은 채울 수 없다. 그래서 이들 대부분은 착한 일을 버리고 본성대로, 즉 이기적으로

살아갈 것이다. 이런 집단이 다른 집단보다 더 번성하리라는 보장을 가질 수는 없다.

마지막으로, (라) 실험에 따른 주장은 '이타적인 자만이 이웃에게 잘 할 것'이라는 생각에 빠져 있다. 제시문 (다)에서의 관찰 결과는, "맞대응 게임"을 반복 경험하고 또 속임수를 쓸 수 없게 하는 장치가 마련되면, 이기적 박쥐도 이타적으로 산다는 것을 알려준다. 그렇게 사는 것이 자신에게 더 이익이기 때문이다. 이 집단은 내·외의 변화에, 처음부터 이타적이었던 집단보다 오히려 더 잘 적응할 것이다. 그러므로 "다수의 이타적인 쥐로 구성된 집단만이 종족 번성의 가능성이 높다"는 말은 탄탄한 받침 위에 서 있는 것이 아님을 알 수 있다.

[제시문 출처]

제시문 (가)는 장 자크 루소의 『인간 불평등 기원론』(1754)의 일부이다. 이 제시문에서 루소의 견해에 의하면 인간이 느끼는 정은 '자연의 상태'로 되돌아갈수록 더욱 강하게 나타나게 된다.

제시문 (나)는 정신분석학자인 지그문트 프로이트가 1915년에 쓴 논문 「전쟁과 죽음에 대한 고찰」의 일부분이다. 이 제시문에서 프로이트는 동물성과 인간성 또는 야만과 문명을 대비시키면서 본능적 충동에 따라 움직이는 동물과 달리 인간은 본능적인 충동뿐만이 아니라 교육이나 규범, 문화와 같은 사회적 요소에도 복종하는 존재로 설명하고 있다.

제시문 (다)는 매트 리들리의 『이타적 유전자』(1996)의 일부이다. 이 책에서 말하는 생물의 유전자는 자기 자신의 생존과 만족을 최우선시하는 '이기적'인 성격을 가진다. 생물의 '이기적 유전자' 는 살아남기 위해 다양한 전략과 전술을 구사한다. 여기에서 이기적 유전자가 구사하는 전술은 식물·미생물·개미·꿀벌·원숭이·유인원 등에서 볼 수 있는 자연계의 전술에서부터, 공동체의 생존을 도모하는 인간의 사회적 전략까지 모든 것이 포함된다.

제시문 (라)는 최규정의 『이타적 인간의 출현: 게임 이론으로 푸는 인간 본성의 수수께끼』(2004)의 일부분이며, 출제 의도에 맞추어 그 내용에 일부 수정이 이루어졌다. 이 책의 내용에서 저자는 불확실성으로 가득한 자본주의 시장 경제에서 이타적 인간의 존재는 시장 거래가 정상적이고 원활히 작동할 수 있도록 강제하는 역할을 수행한다고 말하고 있다. 제시문이 인용한 부분은 존 메이나드 스미스의 쥐의 생식 모형으로 이타적 행위를 설명하면서 집단과 사회 내에서 이타성의 중요성을 역설하고 있다.

※ 아래 제시문 (가), (나), (다), (라)를 읽고 질문에 답하시오.

제시문 (가)

　그대들은 내가 생각하는 '세계'가 무엇인지 아는가? 이 세계는 시작도 끝도 없는 거대한 힘이며, 더 커짐도 작아짐도 없이 청동처럼 단단한 고정된 크기의 힘이다. 이 힘은 고갈되지 않고 끊임없이 변화할 뿐이다. 전체로서는 그 크기가 불변하며, 지출도 손실도 없고 증가도 수입도 없는 가계(家計) 운영이며, 자신의 경계인 '무(無)'에 둘러싸여 있고, 흐릿해지거나 허비되어 없어지거나 무한히 확장되는 것이 아니라 일정한 힘으로서 일정한 공간에 자리 잡고 있지만, 이 공간 어디에도 '빈' 곳은 없다. 이 세계는 도처에 가득 차 있는 힘이고 동시에 힘들과 그 파동이 엮어내는 놀이이며, 하나이자 동시 '여럿'이다. 여기서는 쌓이고 저기서는 줄어들며, 스스로 휘몰아쳐 오고 스스로 휘몰아쳐 나가는 힘들의 바다이며, 영원히 변화하고 영원히 되돌아오며, 장구한 회귀(回歸)의 세월 속에서 밀물과 썰물처럼 여러 형태를 취한다. 가장 단순한 것으로부터 가장 복잡한 것으로 움직여 나아가고, 가장 고요하고 딱딱하고 차가운 것을 넘어 가장 뜨겁게 이글거리고 가장 사나우며 자기 자신에 가장 격렬히 저항하는 것이 되었다가, 그 다음엔 충만함으로부터 단순함으로 다시 되돌아온다. 모순의 놀이로부터 다시 조화의 기쁨으로 되돌아오면서, 오랜 세월 동안 똑같은 궤도 위에서 자기 자신을 긍정하고, 영원히 되돌아올 수밖에 없는 것으로서의 자기 자신을, 포만도 권태도 피로도 알지 못하는 변화로서의 자기 자신을 축복하는 세계. 이러한 나의 디오니소스적 세계는 영원한 자기창조와 영원한 자기 파괴의 세계이자 이중적 관능의 비밀스러운 세계이고 선과 악 저편의 세계이며, 순환의 행복 이외에는 아무 목적도 갖지 않으며 원환(圓環)의 고리가 자기 자신에 대해 갖는 선한 의지 이외에는 어떤 의지도 없는 세계이다. 그대들은 이 세계의 이름을 알고 싶은가? 그 모든 수수께끼에 대한 하나의 해답을 얻고 싶은가? 그대들, 가장 깊숙이 숨어있는 자들, 가장 강하고 결코 놀라지 않는 자들, 한밤의 어둠 속에 있는 자들이여, 그대들 자신을 위해서도 한 줄기 빛을 원하는가?

제시문 (나)

　자본주의는 본질상 경제 변화의 한 형태이거나 방법이다. 자본주의는 결코 정체되어 있지 않을 뿐만 아니라 그럴 수도 없다. 이러한 자본주의의 진화적 특성은 단순히 경제적 삶을 둘러싼 사회적, 물리적 환경의 변화에 의해 경제 행위의 내용이 바뀐다는 사실에서 기인하는 것만은 아니다. 이러한 사실은 중요하며, 산업 변화는 종종 이러한 변화들(전쟁, 혁명 등)에 의해 조절되기도 한다. 그렇지만 이 변화들이 산업 변화의 일차적 동인(動因)은 아니다. 자본주의 전개 과정의 진화적 특성은 인구와 자본의 자동적 증가나 금융시스템의 예측치 못한 변동에 기인하는 것도 아니다. 자본주의의 엔진을 작동시키고 이를 계속 움직이게 하는 근본적인 추진력은 새로운 상품, 새로운 생산 방식 또는 수송 수단, 새로운 시장, 자본주의 기업이 창조해 낸 새로운 산업조직의 구성 등으로부터 온다. [……중략……]1760년에서 1940년 사이에 노동자의 수입은 단지 지속적으로 성장한 데 그치지 않고 질적인 변화를 겪었다. 마찬가지로 일찍이 윤작(輪作), 쟁기질, 거름주기와 같은 합리적 농법이 도입되었을 때부터 곡물 창고, 철도 등과 연계된 오늘날의 기계화된 방식에 이르기까지 농업 생산체계의 역사는 잇단 혁명의 역사였다. 대장간 화덕에서 오늘날의 용광로에 이르는 철강 산업 생산체계의 역사도, 물레방아에서 현대적인 발전소에 이르는 전력 산업 생산체계의 역사도, 역마차에서 비행기에 이르는 수송의 역사도 그러하다. 해외 또는 국내에서 새로운 시장의 출현과 철공소에서 U.S. Steel*로의 발전은 —생물학의 용어를 쓴다면 —모두 산업적 돌연변이의 과정이며, 이것은 쉴 새 없이 내부로부터 경제구조의 혁명을 일으키고, 끊임없이 오래된 것을 부수며, 멈추지 않고 새로운 것을 만들어낸다. 이러한 '창조적 파괴'의 과정은 자본주의의 본질적 요소이다. 이것이 바로 모든 자본가가 주목해야 할 자본주의의 요체이다.

* U.S. Steel: 미국의 대표적인 철강회사

제시문 (다)

역사 발전의 초기단계에 있는 사회들은 대부분 일련의 위계적인 신분들 사이에 맺어진 복잡한 관계망으로 구성되어 있었다. 고대 로마에는 가부장, 기사, 평민, 노예가 있었고, 중세에는 봉건영주, 가신(家臣), 장인, 견습공, 농노 등이 있었으며, 각 계급 내부에도 거의 예외 없이 위계질서가 존재했다. 이러한 봉건사회의 붕괴를 통해서 출현한 근대 부르주아 사회 역시 계급 대립을 해소한 것은 아니었고, 다만 과거를 대체할 새로운 종류의 계급, 새로운 억압 조건, 그리고 새로운 투쟁 형태를 선보였을 뿐이다.[……중략……]

부르주아 계급의 발전 단계에는 각각 그에 조응하는 정치적 발전이 수반되었다. 원래 부르주아 계급은 봉건영주의 지배 아래에서 억압을 받던 신분에서 출발하여, 중세 꼬뮌과 같은 자위능력을 갖춘 자치공동체, (독일이나 이탈리아에서처럼) 독립적인 도시공화국, (프랑스에서처럼) 군주의 과세대상인 '제3계급'으로 발전해 왔다. 그 후 가내수공업 시기에는 반(半)봉건적 또는 절대주의적 군주제에서 귀족에 대한 대항 세력이자 군주제의 주춧돌이 되었다. 근대 산업 및 세계시장의 등장과 함께 드디어 부르주아 계급은 근대 대의제 국가를 통해 배타적인 지배권을 쟁취했다. 근대 국가의 행정부란 전체 부르주아 계급의 공동업무를 관리하는 이사회에 다름 아니다.

부르주아 계급은 역사상 가장 혁명적인 역할을 담당해 왔다.

자신의 지배권을 획득한 곳에서 부르주아 계급은 모든 봉건적, 가부장적, 목가적인 사회관계를 해체했다. 태어날 때부터 인간을 상전(上典)에 묶어놓았던 봉건적 속박을 가차없이 찢어버리고 사람들 사이에 벌거벗은 이해관계 내지는 '금전적 수수관계'만 남겨 놓았다. 종교적 열정과 고귀한 열망과 문화적 감수성을 자기 중심적인 차가운 이해타산으로 바꿔놓았다. 인간적인 가치를 교환가치로, 또 오랫동안 인정되어 온 수많은 종류의 자유를 '자유무역'이라는 단 하나의 비인간적인 자유로 대체했다. 한 마디로 종교적, 정치적 베일에 가려있던 착취를 적나라하고 몰염치하며 직접적이고도 노골적인 착취로 바꾸어 놓고 말았다. [……중략……]

관념의 역사는 정신적 생산이 물질적 생산의 변화에 발맞춰 변해왔음을 보여주지 않았던가? 각 시기의 지배적 관념은 항상 지배계급의 관념이었다. 관념이 사회를 혁명적으로 변화시킨다는 말은, 구(舊)체제 내부에서 새로운 사회의 요소들이 만들어지고 낡은 관념의 해체가 낡은 존재 조건의 해체와 보조를 맞춰 진행된다는 점을 표현할 뿐이다. [……중략……]

부르주아 계급의 존재와 지배를 위한 본질적 조건은 자본의 형성과 축적이고, 자본의 조건은 임금노동이다. 임금노동은 노동자 사이의 경쟁에 전적으로 의존한다. 부르주아 계급이 의도하지는 않았지만 산업의 발전은 경쟁으로 인한 노동자들 사이의 분리 상태를 결사(結社)를 통한 혁명적 단결로 바꿔놓는다. 따라서 근대 산업의 발달은 부르주아 계급의 생산과 착취의 기반 자체를 송두리째 붕괴시킨다. 결국 부르주아 계급은 생산 활동을 통해 제 무덤을 파고 있다. 부르주아 계급의 몰락과 프롤레타리아 계급의 승리는 모두 불가피하다. [……중략……]

정치권력이란 것은 한 계급이 다른 계급을 억압하기 위해 조직한 힘에 불과하다. 만약 프롤레타리아 계급이 부르주아 계급과 투쟁하는 과정에서 필연적으로 하나의 계급으로 단결되고 혁명을 통해 지배계급이 되어 낡은 생산조건들을 폭력적으로 지양(止揚)한다면, 이는 곧 계급 대립의 조건들 및 계급 일반, 더 나아가 지배계급으로서 자신의 지위까지 지양하는 결과를 낳게될 것이다. 계급갈등으로 점철된 낡은 부르주아 사회를 대체하여 각자의 자유로운 발전이 곧 만인의 자유로운 발전의 전제조건이 되는 공동체가 등장할 것이다.

제시문 (라)

아래의 그림들은 미국의 실질 가계소득 증가율, 그리고 미국 노동자의 시간당 생산량과 시간당 실질임금 변화를 나타낸 것이다.

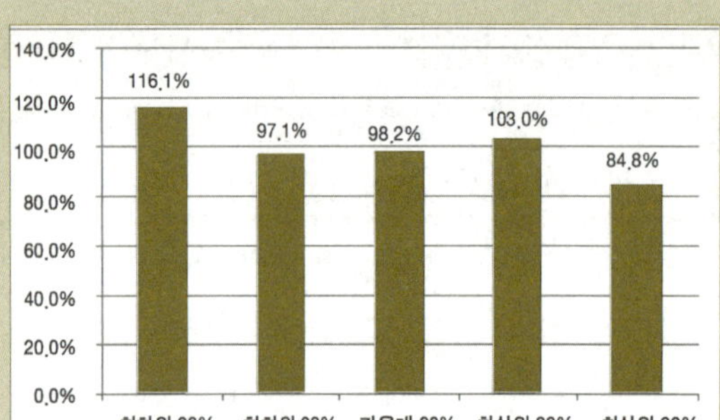

〈그림 1〉 실질 가계소득 증가율 (1947~1973년)

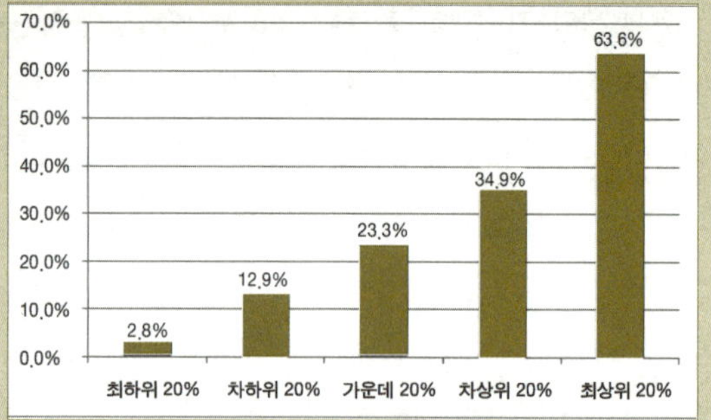

〈그림 2〉 실질 가계소득 증가율 (1974~2004년)

* 세로축: 1947년을 기준으로 한 1947년과 1973년 사이의 실질 가계소득 증가율임.☞ 실질 가계소득 증가율=(1973년 실질 가계소득-1947년 실질 가계소득)÷1947년 실질 가계소득* 가로축: 전체 인구를 소득 순으로 20%씩 구분한 것임.

* 세로축: 1974년을 기준으로 한 1974년과 2004년 사이의 실질 가계소득 증가율임.☞ 실질 가계소득 증가율=(2004년 실질 가계소득-1974년 실질 가계소득)÷1974년 실질 가계소득* 가로축: 전체 인구를 소득 순으로 20%씩 구분한 것임.

〈그림 3〉 시간당 생산량과 시간당 실질임금(1950~2005년)

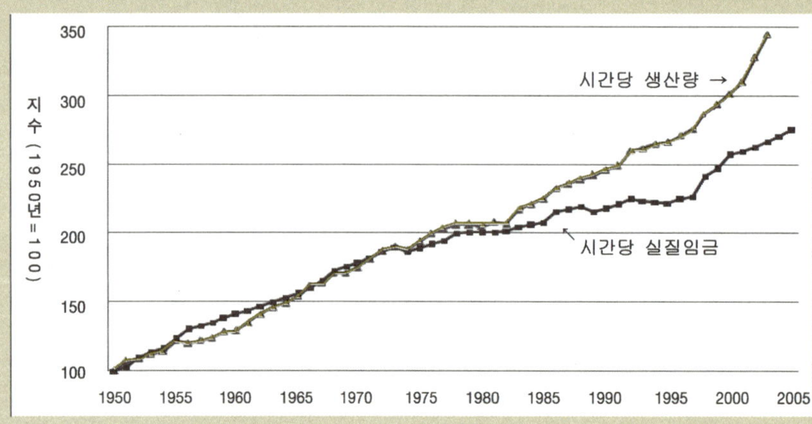

[문제 1] '창조'와 '파괴'의 관점에서 제시문 (가), (나), (다)를 비교하시오. (800자 내외, 30점)

[문제 2] 제시문 (가)와 (나) 가운데 역사 해석의 관점으로 더 적절하다고 생각되는 것 하나를 선택하고, 그 입장에서 다른 제시문의 주장을 비판하시오. 구체적인 사례를 들어 논의하시오. (800자 내외, 30점)

〔문제 3〕 제시문 (나)와 (다)의 주장에 근거하여 제시문 (라)의 그림을 해석하시오. (1,000자 내외, 40점)

논제 1.
'창조'와 '파괴'의 관점에서 제시문 (가),(나),(다)를 비교하시오.(800자 안팎)

1. 논제 분석

특별한 점은 없네요. 우선, 독해의 방향을 창조와 파괴로 잡아야겠죠? 그리고 세 글을 비교하라고 했으니, 세 글이 함께 서 있는 공통 기반, 그들 각각이 나아간 길, 그래서 그들 사이에 생기게 된 거리를 논술하면 되겠네요. (분석은 논제 1만 하지만, 논제 분석 전에 세 논제 다 읽어봐야 한다는 것 잊지 마세요.)

2. 제시문 (가),(나),(다)의 공통 기반과 차이 밝히기

1) 세 제시문을 가볍게 읽기

세 제시문이 다 만만치 않죠? 게다가, 세 글을 비교해야 하므로 비교 항목을 찾는 게 여간해선 쉽지 않을 것 같죠? 이게 이번 논술 시험의 관건이란 생각이 드네요.

2)제시문 (가)

그대들은 내가 생각하는 '세계'가 무엇인지 아는가? 이 세계는 시작도 끝도 없는 거대한 힘이며, 더 커짐도 작아짐도 없이 청동처럼 단단한 고정된 크기의 힘이다. 이 힘은 고갈되지 않고 끊임없이 변화할 뿐이다. 전체로서는 그 크기가 불변하며, 지출도 손실도 없고 증가도 수입도 없는 가계(家計) 운영이며, 자신의 경계인 '무(無)'에 둘러싸여 있고, 흐릿해지거나 허비되어 없어지거나 무한히 확장되는 것이 아니라 일정한 힘으로서 일정한 공간에 자리 잡고 있지만, 이 공간 어디에도 '빈' 곳은 없다. 이 세계는 도처에 가득 차 있는 힘이고 동시에 힘들과 그 파동이 엮어내는 놀이이며, 하나이자 동시에 '여럿'이다. 여기서는 쌓이고 저기서는 줄어들며, 스스로 휘몰아쳐 오고 스스로 휘몰아쳐 나가는 힘들의 바다이며, 영원히 변화하고 영원히 되돌아오며, 장구한 회귀(回歸)의 세월 속에서 밀물과 썰물처럼 여러 형태를 취한다. 가장 단순한 것으로부터 가장 복잡한 것으로 움직여 나아가고, 가장 고요하고 딱딱하고 차가운 것을 넘어 가장 뜨겁게 이글거리고 가장 사나우며 자기 자신에 가장 격렬히 저항하는 것이 되었다가, 그 다음엔 충만함으로부터 단순함으로 다시 되돌아온다. 모순의 놀이로부터 다시 조화의 기쁨으로 되돌아오면서, 오랜 세월 동안 똑같은 궤도 위에서 자기 자신을 긍정하고, 영원히 되돌아올 수밖에 없는 것으로서의 자기 자신을, 포만도 권태도 피로도 알지 못하는 변화로서의 자기 자신을 축복하는 세계. 이러한 나의 디오니소스적 세계는 영원한 자기창조와 영원한 자기 파괴의 세계이자 이중적 관능의 비밀스러운 세계이고 선과 악 저편의 세계이며, 순환의 행복 이외에는 아무 목적도 갖지 않으며 원환(圓環)의 고리가 자기 자신에 대해 갖는 선한 의지 이외에는 어떤 의지도 없는 세계이다. 그대들은 이 세계의 이름을 알고 싶은가? 그 모든 수수께끼에 대한 하나의 해답을 얻고 싶은가? 그대들, 가장 깊숙이 숨어있는 자들, 가장 강하고 결코 놀라지 않는 자들, 한밤의 어둠 속에 있는 자들이여, 그대들 자신을 위해서도 한 줄기 빛을 원하는가?

제시문의 맥락을 살피면서 논리적인 글투로 바꾸는 게 가장 어려운 일이겠네요. 그 길을 가보죠. 논제의 요구에 따라, 우리가 서 있어야 할 곳이 '창조'와 '파괴'니까, 먼저 그 낱말이 나온 곳을 찾아야겠죠? 막바지에 "영원한 자기 창조", "영원한 자기 파괴"가 나오네요. 이 말 뜻을 알면 되겠지요? 영원한 자기 창조, 영원한 자기 파괴란 어구를 지긋이 곱씹어보세요. 무슨 물음이 떠오르죠? 영원하다는 것을 무슨 의미로 썼을까? 또 창조와 파괴의 주체는 누구이고, 대상은 무엇인가? '자기'가 가리키는 것은 누구인가? 이것들을 알면, 우리가 알고 싶어했던 구절의 뜻이 얼추 드러나겠지요?

그런데, 첫 문장이 강렬하군요. "그대들은 내가 생각하는 '세계'가 무엇인지 아는가?" 결국, 이후의 글은 '세계'에 대한 글쓴이의 생각이라는 거네요. 그럼, 영원하다는 것도 세계가 영원하다는 거겠죠?

'영원하다'와 비슷한 말이나, 영원한 까닭을 밝히는 구절을 찾아보지요. 시작도 끝도 없는, 고갈되지 않고 변화할 뿐, 영원히 변화하고 영원히 되돌아옴, 장구한 회귀, 순환, 원한의 고리가 그거네요.

여기서 우리는, '영원함'이 손을 잡고 있는 것은 고정되고 딱딱함이 아니라, '변화'와 '순환'이라는 것을 알 수 있어요. 그러니까 '끝없는 변화', '끝없이 돌고 도는 원 운동' 속에서 글쓴이는 영원함을 본 것이지요. 아, 그래서 세계를 '바다'나 '놀이'처럼 유동적인 것들에 비유했군요.

이제 글쓴이가 생각한 '영원한 자기 창조와 영원한 자기 파괴의 세계'가 얼추 그 윤곽을 드러낸 듯하지요? 그런데, 이렇게 영원히 돌고 도는 세계를 상정할 때, '창조'와 '파괴'의 의미는 뭘까요? 여기서의 '파괴'란 사라지는 것이 아니라 새로운 꼴로 드러나는 것이기에, 파괴가 곧 창조인 셈이죠. 하지만, 어떤 창조도 영원의 관점에서 보면 새로운 것이 아니라 '옛 것의 다시 나타남'일 뿐이지요. 그 어느 것도 영원 속에서는 언젠가 있었던 것에 지나지 않을 테니까요. 그러니까, 이 세계는 사라진다는 의미에서의 파괴는 없고, 완전히 새로운 것이라는 의미에서의 창조도 없지요. 오직 '자기 자신의 탈바꿈'만 있는 겁니다.

세계가 영원히 자기 창조와 자기 파괴 속에 있을 수밖에 없는 본질적인 까닭은 뭘까요? "자신의 경계인 무(無)에 둘려 싸여 있기" 때문이죠. 다시 말해 자기 외에 아무 것도 없기 때문이에요. 자기 아닌 무엇이 있어야 그것과 부딪혀 사라지든, 결합해 새로운 것을 만들어 내든 할 텐데, 그럴 수 없으니 영원히 쳇바퀴를 돌 수밖에 없는 거지요.

3) 제시문 (나)

자본주의는 본질상 경제 변화의 한 형태이거나 방법이다. 자본주의는 결코 정체되어 있지 않을 뿐만 아니라 그럴 수도 없다. 이러한 자본주의의 진화적 특성은 단순히 경제적 삶을 둘러싼 사회적, 물리적 환경의 변화에 의해 경제 행위의 내용이 바뀐다는 사실에서 기인하는 것만은 아니다. 이러한 사실은 중요하며, 산업 변화는 종종 이러한 변화들(전쟁, 혁명 등)에 의해 조절되기도 한다. 그렇지만 이 변화들이 산업 변화의 일차적 동인(動因)은 아니다. 자본주의 전개 과정의 진화적 특성은 인구와 자본의 자동적 증가나 금융시스템의 예측치 못한 변동에 기인하는 것도 아니다. 자본주의의 엔진을 작동시키고 이를 계속 움직이게 하는 근본적인 추진력은 새로운 상품, 새로운 생산 방식 또는 수송 수단, 새로운 시장, 자본주의 기업이 창조해 낸 새로운 산업조직의 구성 등으로부터 온다. [……중략……]1760년에서 1940년 사이에 노동자의 수입은 단지 지속적으로 성장한 데 그치지 않고 질적인 변화를 겪었다. 마찬가지로 일찍이 윤작(輪作), 쟁기질, 거름주기와 같은 합리적 농법이 도입되었을 때부터 곡물 창고, 철도 등과 연계된 오늘날의 기계화된 방식에 이르기까지 농업 생산체계의 역사는 잇단 혁명의 역사였다. 대장간 화덕에서 오늘날의 용광로에 이르는 철강 산업 생산체계의 역사도, 물레방아에서 현대적인 발전소에 이르는 전력 산업 생산체계의 역사도, 역마차에서 비행기에 이르는 수송의 역사도 그러하다. 해외 또는 국내에서 새로운 시장의 출현과 철공소에서 U.S. Steel*로의 발전은 ─ 생물학의 용어를 쓴다면 ─모두 산업적 돌연변이의 과정이며, 이것은 쉴 새 없이 내부로부터 경제구조의 혁명을 일으키고, 끊임없이 오래된 것을 부수며, 멈추지 않고 새로운 것을 만들어낸다. 이러한 '창조적 파괴'의 과정은 자본주의의 본질적 요소이다. 이것이 바로 모든 자본가가 주목해야 할 자본주의의 요체이다.

* U.S. Steel : 미국의 대표적인 철강회사

이 글 역시 '창조'와 '파괴'의 마당에 서서 새김질해 보아야지요. 더불어, 앞글에서 살폈던 '창조'와 '파괴'의 의미를 떠올리면서 이 글을 보는 게 좋아요. 그래야 단순 요약이 아니라, 논제에서 요구한 '비교'를 할 수 있으니까요.

이 글에 창조와 파괴란 낱말이 나온 곳이 어디죠? 마지막에 "창조적 파괴"가 나와 있군요. "창조적 파괴"가 앞글의 "영원한 자기 창조, 영원한 자기 파괴"와 무엇이 같고 무엇이 다른지를 알기 위해서 우리가 물어야 할 것은 무엇인가요? 앞에서 우리가 분석한 항목을 떠올려 보세요. 창조와 파괴의 과정이 영원한가? 창조와 파괴의 힘은 어디서 오는가? 창조와 파괴는 근원적인 의미에서 옛것의 다시 나타남이고 그것의 바뀜에 지나지 않는가? 창조와 파괴 밖, 즉 자기 밖에 아무 것도 없는가?

이런 상황을 살피되, 제시문 (가)에서는 대수롭지 않게 여긴 것이지만, 이 글에서는 애써서 다룬 항목이 있을 수도 있어요. 그것까지 밝히면 되겠지요. '창조적 파괴'가 무엇을 뜻하는지를 알기 위해, 우선 그 앞 뒤 문장을 보는 게 좋아요. 우리의 물음에 대답이 될 만한 게 있나요?

"이것은 쉴 새 없이 내부로부터 경제 구조의 혁명을 일으키고"라고 한 구절에 우리가 묻고 있는 게 들어 있는 것 같지 않으세요? "이것"이 가리키는 게 뭔가요? '돌연변이의 과정'이고, '창조적 파괴의 과정'이지요. 다시 제자리로 돌아왔네요. 어쩔 수 없이 처음부터 차근차근 봐야겠네요.

첫 단락에서 다루고 있는 대상은 뭐죠? '자본주의 진화의 힘'이지요. 이 힘이 어디서 온다고 했죠? 환경의 변화도 아니고, 인구와 자본의 자동적 증가도 아니고 예측치 못한 변동도 아니다. 그것은 오직 "새로운 상품, 새로운 생산 방식 또는 수송 수단, 새로운 시장, 자본주의 기업이 창조해 낸 새로운 산업 조직의 구성 등으로부터 온다"고 했네요. 이 긴 문장 속에 들어 있는 구체적인 것들을 몽땅 추상화해서 아주 짧게 줄여 보세요. '새로움' 즉 창조가, 자본주의 진화의 근본적인 추진력이다. 이렇게 되겠죠? 드디어 '창조적 파괴'의 뜻이 나왔군요. 창조를 통한 옛것의 파괴가 사회를 진화하게 한다. 일반적으로 '혁신'이라고 하는 것을 뜻하네요.

이제, 글 (가)와 다른 점을 지적할 수 있겠지요? 우선, 창조의 과정을 순환으로 보는 입장과 진보로 보는 입장의 차이를 드러냈네요. 따라서, 파괴 또한 잠시 그 형태를 바꾸는 것으로 이해하는 것과 새 것에 밀려나고 사라지는 것으로 이해하는 차이를 드러냈고요. 또한, 두 글 다 창조와 파괴의 과정을 긍정하고 있지요? 물론 그 긍정의 의미는 다르지요. 하나는 '놀이'로서 긍정한 반면, 다른 하나는 '진보'의 과정으로서 긍정했지요.

4) 제시문 (다)

역사 발전의 초기단계에 있는 사회들은 대부분 일련의 위계적인 신분들 사이에 맺어진 복잡한 관계망으로 구성되어 있었다. 고대 로마에는 가부장, 기사, 평민, 노예가 있었고, 중세에는 봉건영주, 가신(家臣), 장인, 견습공, 농노 등이 있었으며, 각 계급 내부에도 거의 예외 없이 위계질서가 존재했다. 이러한 봉건사회의 붕괴를 통해서 출현한 근대 부르주아 사회 역시 계급 대립을 해소한 것은 아니었고, 다만 과거를 대체할 새로운 종류의 계급, 새로운 억압 조건, 그리고 새로운 투쟁 형태를 선보였을 뿐이다.[……중략……]

부르주아 계급의 발전 단계에는 각각 그에 조응하는 정치적 발전이 수반되었다. 원래 부르주아 계급은 봉건영주의 지배 아래에서 억압을 받던 신분에서 출발하여, 중세 꼬뮌과 같은 자위능력을 갖춘 자치공동체, (독일이나 이탈리아에서처럼) 독립적인 도시공화국, (프랑스에서처럼) 군주의 과세대상인 '제3계급'으로 발전해 왔다. 그 후 가내수공업 시기에는 반(半)봉건적 또는 절대주의적 군주제에서 귀족에 대한 대항 세력이자 군주제의 주춧돌이 되었다. 근대 산업 및 세계시장의 등장과 함께 드디어 부르주아 계급은 근대 대의제 국가를 통해 배타적인 지배권을 쟁취했다. 근대 국가의 행정부란 전체 부르주아 계급의 공동업무를 관리하는 이사회에 다름 아니다.

부르주아 계급은 역사상 가장 혁명적인 역할을 담당해 왔다.

자신의 지배권을 획득한 곳에서 부르주아 계급은 모든 봉건적, 가부장적, 목가적인 사회관계를 해체했다. 태어날 때부터 인간을 상전(上典)에 묶어놓았던 봉건적 속박을 가차없이 찢어버리고 사람들 사이에 벌 거벗은 이해관계 내지는 '금전적 수수관계'만 남겨 놓았다. 종교적 열정과 고귀한 열망과 문화적 감수성을 자기 중심적인 차가운 이해타산으로 바꿔놓았다. 인간적인 가치를 교환가치로, 또 오랫동안 인정되어 온 수많은 종류의 자유를 '자유무역'이라는 단 하나의 비인간적인 자유로 대체했다. 한마디로 종교적, 정치적 베일에 가려있던 착취를 적나라하고 몰염치하며 직접적이고도 노골적인 착취로 바꾸어 놓고 말았다.[⋯⋯ 중략⋯⋯]

관념의 역사는 정신적 생산이 물질적 생산의 변화에 발맞춰 변해왔음을 보여주지 않았던가? 각 시기의 지배적 관념은 항상 지배계급의 관념이었다. 관념이 사회를 혁명적으로 변화시킨다는 말은, 구(舊)체제 내 부에서 새로운 사회의 요소들이 만들어지고 낡은 관념의 해체가 낡은 존재 조건의 해체와 보조를 맞춰 진 행된다는 점을 표현할 뿐이다. [⋯⋯중략⋯⋯]

부르주아 계급의 존재와 지배를 위한 본질적 조건은 자본의 형성과 축적이고, 자본의 조건은 임금노동 이다. 임금노동은 노동자 사이의 경쟁에 전적으로 의존한다. 부르주아 계급이 의도하지는 않았지만 산업의 발전은 경쟁으로 인한 노동자들 사이의 분리 상태를 결사(結社)를 통한 혁명적 단결로 바꿔놓는다. 따라서 근대 산업의 발달은 부르주아 계급의 생산과 착취의 기반 자체를 송두리째 붕괴시킨다. 결국 부르주아 계 급은 생산 활동을 통해 제 무덤을 파고 있다. 부르주아 계급의 몰락과 프롤레타리아 계급의 승리는 모두 불가피하다. [⋯⋯중략⋯⋯]

정치권력이란 것은 한 계급이 다른 계급을 억압하기 위해 조직한 힘에 불과하다. 만약 프롤레타리아 계 급이 부르주아 계급과 투쟁하는 과정에서 필연적으로 하나의 계급으로 단결되고 혁명을 통해 지배계급이 되어 낡은 생산조건들을 폭력적으로 지양(止揚)한다면, 이는 곧 계급 대립의 조건들 및 계급 일반, 더 나아 가 지배계급으로서 자신의 지위까지 지양하는 결과를 낳게될 것이다. 계급갈등으로 점철된 낡은 부르주아 사회를 대체하여 각자의 자유로운 발전이 곧 만인의 자유로운 발전의 전제조건이 되는 공동체가 등장할 것 이다.

이 글 역시 앞의 두 글에서 파악한 창조와 파괴의 의미를 염두하고서 분석해야겠지요? 그런데, 이 글엔 창조와 파괴라는 낱말이 직접적으로는 나오지 않네요. 그러니, 같은 의미의 낱말들을 찾 아보세요. 해소·대체·바꿔놓았다·붕괴시킨다·지양하다·공동체 등장. 이것들이 이 글에 나타난 창조와 파괴를 뜻하는 말들이에요.

우리에게 필요한 것은 (가), (나), (다) 필자들의 창조와 파괴에 대한 견해가 서로 어떤 점에서 다르고 또 어떤 점에서 같은가이니까, 그것만 알아보지요.

(다)필자는 창조와 파괴가 순환 속에 있다고 여기나요? 아니면 진보 발전한다고 믿나요? 이것은 이 글의 핵심 주장을 묻는 거예요. 그러므로 그것과 관련된 말은 거의 처음 부분이나 마지막 부분에 나와요. 찾아보세요. (다)는 순환론적 역사관인가요? 발전론적 역사관인가요? 마지막 문장을 보세요. "계급 갈등으로 점철된 낡은 부르주아 사회를 대체하여 각자의 자유로운 발전이 곧 만인의 자유로운 발전의 전제조건이 되는 공동체가 등장할 것이다." 참으로 아름다운 사회가 아닌가요? 지금은 어떤 사회라고 글쓴이는 말하나요? "벌거벗은 이해관계", "노골적인 착취"의 사회라 하지요. 하지만 나중에는 '각자의 발전이 만인의 발전이 되는 공동체'가 이루어진다고 믿고 있으니, 발전론적 역사관이라 해야겠죠?

그러면 파괴에 대한 관점은 어떤가요? 파괴란 낱말 대신에 쓰인 단어가 뭐였죠? 대체했다 · 붕괴 시킨다 · 지양한다면. 이런 것들이에요. 그런데 이 구절들을 뚫어지게 봐 보세요. 놀라운 사실을 발견할 수 있어요. 뭐죠? 우선, 셋 다 뜻이 전혀 다르다는 것이에요. 또 있어요. 문법적인 부분이에요. 찾았나요? 시제가 다 다르죠? 이 글을 이해하는 데, 특히 우리가 알고 싶어하는 (다)필자의 '파괴관'을 아는 고갱이(핵심)여서 찾으라 한 거예요.

왜 중요한지 설명할게요. 이렇게 파괴를 시제를 달리해 표현한 것은 과거에는 대체했고, 지금은 붕괴하고 있고, 미래에는 지양할 것이라는 필자의 역사관 때문이에요. '대체'란 무슨 뜻인가요? 바뀌기는 했지만 본질은 바뀌지 않았다는 거지요. 질적인 면에서 봤을 때 바뀌지 않았다는 것은, 옛날이나 자본주의 사회나 똑같다는 소린데, 뭐가 같다는 것이지요? 여전히 계급사회라는 것이지요.

첫째 단락 끝부분 "~ 역시 계급 대립을 해소한 것은 아니었고, 다만 과거를 대체할 ~", "~ 선보였을 뿐이다." 셋째 단락 마지막 부분에 있는 "비인간적인 자유로 대체했다"와 "노골적인 착취로 바꾸어 놓고 말았다"가 그 증거예요.

지양(止揚)은 그러면 뭔가요? 사실 이 낱말 뜻은 매우 어려워요. 하지만 제시문의 맥락만으로도 그 뜻의 대강은 알 수 있어요. 글 끝부분에 보면, 지양한 결과 어떤 공동체가 도래할 것인가가 나와 있어요. '각자의 자유로운 발전이 곧 만인의 자유로운 발전인 공동체'가 바로 그거예요. 드디어 계급이 사라지고 질적으로 다른 사회로 옮겨가는 것이지요. 질적으로 발전했을 때, '지양'이란 말을 써요. 물론, 다른 곳에서는 중세 봉건제 사회에서 자본주의로 바뀌는 것도 지양이란 말을 쓰기도 하지요. 생산 관계가 바뀌었다는 의미를 강조하고 싶어서, '지양했다'고 한 것이지요. 어쨌든 이 경우에도 질적으로 달라졌잖아요. 그러니까, 지양은 '질적으로 발전'했을 때 쓰는 말이란 것을 알아두세요.

정리하면, (다)에서의 파괴에 대한 견해는 일정치 않아요. 지금까지 즉 자본주의 체제는 파괴를 통해 발전시키기는 했지만, 근본적인 변화를 이끌어내지는 못했다. 즉 여전히 계급 사회라는 것이지요. 불완전한 창조였네요. 하지만 다음에 올 파괴는 철저하게 전혀 새로운 사회를 가져올 것이다. 즉 그때에야 비로소 완전한 의미에서 창조가 이루어지는 것이지요.

이제, (나)와 (다)의 차이점이 드러났지요? 둘 다 발전론적 역사관을 가지고 있다는 점에서는 맞장구를 치지요. 하지만 자본주의 사회가 진정한 의미에서 발전이고 창조냐는 소리에서는 서로 엇나가지요. 왜 이렇게 엇나가게 되었을까요? 독해의 기술을 몸에 새길 수 있는 기회이니 잘 생각해보세요. 왜 그랬을까요? (나)가 끊임없는 변화의 '과정'에 주목한 반면, (다)는 변화에 의해 생겨난 것의 '의미'를 따졌기 때문이에요. 즉 (나)는 진보의 방향성만 설정하는 데 반해, (다)는 뚜렷한 목표가 있기 때문이지요. (나)에는 목표가 없잖아요. 그럼 (가)는 어떤가요? 방향성도 목표도 없지요. 그냥 변화의 '놀이', 탈바꿈의 놀이만 있을 뿐이지요.

한편, (나)는 창조력 그 자체에서 창조적 파괴의 동인을 찾았는데, (다)는 창조와 파괴의 동인을 어디서 찾았죠? 마지막 단락에 나와 있군요. '계급투쟁을 통한 생산 조건의 변화'에서 그 힘을 찾았네요.

5) 비교의 항목

창조와 파괴가 원환 속에서 이루어지는가? 아니면 직선 속에서 이루어지는가를 비교 항목으로 놓을 수 있지요? 즉 창조와 파괴의 '양상'이 어떤가를 설정하면 되겠네요. 또 직선 속에서 이루어지되 목표가 있느냐 없느냐의 차이가 있었죠? 이것은 다른 말로 하면, 창조가 완성될 수 있느냐 즉 끝이 있는 직선인가? 아니면 끝이 없는 직선인가죠. 창조와 파괴에 대한 '의미부여'를 또 다른 비교 항목으로 놓으면 되겠네요. '놀이', '방향성', '목표'가 각각의 제시문에 해당하겠네요.

또 어떤 것이 있을까요. 창조와 파괴에 대한 의미와 전망이 다르지 않았나요? (가)에서는 창조와 파괴의 과정은 끊임이 없지만 근원적으로 봤을 때는 되풀이이고 유희라는 것이고, (나)는 끊임없이 새로운 것이 나와서 옛 것을 사라지게 해 사회를 진보시켰다. 뿐만 아니라 앞으로도 끊임없이 그러할 것이다. (다)는 지금까지 진정한 의미의 창조가 이루어진 적은 없고 대체만 있었을 뿐이다. 하지만 그 대체 속에서 창조의 완성은 잉태되어 커가고 있다는 게 제시문 (다)의 평가잖아요. 세 제시문에서 창조와 파괴의 바탕은 각각 무엇이라고 했죠? (가)는 그 자신이 창조와 파괴의 바탕이고, (나)는 창조력 그 자체라고 봐야 할 것 같고, (다)는 계급투쟁에 의한 생산 수단의 변화에서 그 원천을 찾았지요.

3. 얼개 짜기

① 창조와 파괴의 의미

- 공통적인 생각
- 차이 : 양상, 의미 및 전망

② 창조와 파괴의 양상

- 둥근 원
- 방향만 있는 직선
- 끝이 있는 직선

③ 창조와 파괴에 대한 의미 및 전망

- 유희, 놀이
- 끊임없이 앞으로 나아갔고, 나아갈 것임.
- 지금까지는 불완전한 창조. 지금 진정한 파괴가 이루어지고 있음. 진정한 의미의 창조.

4. 예시 답안(800자 안팎)

사람은 늘 '어떤' 시대에 산다. 세상이 창조와 파괴 속에 있기 때문이다. 세 제시문 모두 이 점에 눈길을 주고 있다. 하지만 그것의 전체적인 모습, 의미, 전망에서 그들은 서로 다르다.

창조와 파괴가 지나온 발자취를 이으면 어떻게 될까? 제시문 (가)는 시작도 끝도 없는 하나의 둥근 원을 본다. 세상은 늘 무너지고 세워진다. 하지만 이 과정 속에서 영원히 사라지는 것은 아무 것도 없다. 영원의 관점에서 봤을 때, 새로 나타난 것은 반드시 옛날에 있었던 것이다. 마찬가지로 지금 허물어지고 있는 것도 때가 되면 다시 솟아오를 것이다. 한편, 제시문 (나)와 (다)는 창조와 파괴가 찍은 발자취를 (가)와 다르게 본다. 둘 다, 직선을 본 것이다. 하지만 둘이 똑같지는 않다. (나)의 글쓴이는 앞으로 나아가기는 하되 끝이 없는 직선을 본 반면, (다)의 글쓴이는 앞으로 나아가되 끝맺음이 있는 직선을 보았다.

세 글쓴이는, 창조와 파괴가 만들어내는 전체의 모습을 이렇게 다르게 보았기에, 그것들의 의미와 전망에서도 제각각이다. 제시문 (가)의 필자에게 창조와 파괴란, 모래성을 쌓았다 허물었다 하는 것과 같은 놀이일 뿐이다. 놀이는 놀이 그 자체를 즐긴다. 여기서 목적이나 전망이 끼어들 자리는 도무지 찾을 수 없다. 이에 반해 (나)의 글쓴이는 끊임없는 창조에 박수를 친다. 기존의 것은 언제나 혁신에 자리를 내주고 조용히 물러난다. 새로운 것의 나타남은 멈추지 않을 것이다. 제시문 (다)의 필자는 지금까지 본 창조와 파괴는 덜떨어진 것이었다고 한다. 계급의 대체만 있었을 뿐, 그것의 사라짐은 없었기 때문이다. 하지만 지금 진정한 의미의 파괴가 이루어지고 있으니, 곧 진정한 의미의 창조, 즉 계급이 사라진 공동체가 태어날 것이라고 믿는다.

5. 전략적인 글쓰기

예시 답안을 쓰면서 제가 가장 애쓰는 것은 늘 첫 문장이에요. 사람을 만날 때도 첫 인상이 중요하듯이 글에 있어서도 그러하기 때문이지요. 강렬하면서도, 다루고자 하는 글들 모두에 뻗어 있는 문장을 써야 하기에, 쉬울 수가 없죠. 하지만 이 헤아림이, 우리를 보편적이면서도 개성적인 인간으로 만든다고 믿어요. 그러면 그 사람이 쓰는 글도 당연히 '보편적인 개성'이 드러나겠지요. 물론, 높은 점수는 필연일 테고요.

비교하는 글에서, 개성적이면서도 보편적인 글을 쓰려면, 제시문들이 함께 서 있는 지점을 밝혀야 해요. 그런데 모든 제시문은 즉 의미 있는 글은, 사람 사는 일을 곰곰이 되새겨본 데서 나와요. 그래서 우리가 생각해야 할 것은 사람과 관계된 것 중, 무엇에 대한 문제의식이 이들로 하여금 이런 글을 쓰게 했는가예요. 이 예시 답안에서도, 창조와 파괴란 논제에서 그것과 연관된 사람살이의 한 양상을 찾아냈어요. 이런 식의 물음을 계속 물어야 답안을 잘 쓸 수 있고, 또 '인문적인 인간'도 될 수 있어요. 힘든 과정이겠지만, '내 자신을 빚어내는 과정'이라 여기고 애쓰길 바라네요.

여담이지만, 애쓰다 · 애 태우다 할 때 애가 뭔지 아세요? 창자에요. 그러니까, 창자를 태울 정도로 마음을 쓴다는 소리죠.

논제. 2
제시문 (가)와 (나) 가운데 역사 해석의 관점으로 더 적절하다고 생각되는 것을 선택하고, 그 입장에서 다른 제시문의 주장을 비판하시오. 구체적인 사례를 들어 논의하시오. (800자 안팎, 30점)

1. 논제 분석

이번 논제에서 새겨야 할 것은 세 가지네요.

① 역사 해석의 관점에서 봤을 때, 제시문 (가), (나) 중 어느 것이 더 적절한가?

② 선택한 제시문의 입장에서 선택하지 않은 제시문의 관점을 비판하라.

③ 그런데, 구체적인 사례를 반드시 들어라.

이른바 '선택 비판형' 문제인데, 대학에서 아주 좋아하는 문제 유형이죠. 그럴 수밖에 없는 게, 이 논제에 잘 논술하기 위해선 두 제시문을 비교할 수 있는 능력을 넘어, 평가할 수 있는 능력까지 갖추어야 하기 때문이지요. 그리고 '구체적인 사례를 꼭 들라고 한 것은, 이 말이 없어도 그것을 포함해서 논술문을 쓰는 게 좋지만, 이번 경우에는 그것이 없으면 감점 대상이라는 것이지요. 그런데 구체적인 사례의 테두리가 어디까지인지를 여러분은 또렷하게 알고 있어야 해요. 구체적인 사례라지만, 그것이 일반성을 획득한 사례여야 해요. 그래서 개인의 경험이나, 잘 알려지지 않은 사례를 가지고는 여기에 맞게 글을 쓰기가 여간 힘든 게 아니에요. 그래서 가급적이면 역사적 사례나 학문적인 성과를 예로 드는 게 좋아요.

2. 역사 해석의 관점에서 (가), (나) 중 하나 고르기

실제로, 답안을 작성한다면 어떤 항목이 들어가야 할까요?

① 제시문 (가)의 관점을 역사에 적용했을 때의 역사관 간략히 소개.

② 제시문 (나)의 관점을 역사에 적용했을 때의 역사관 간략히 소개.

③ 둘 중 더 적당한 역사관을 치켜들고, 그것을 고른 까닭을 구체적 예시를 통해 밝힘.

④ 뽑지 않은 역사관을 비판하되, 구체적으로 특히 제시문에서 논거로 쓰이고 있는 것을 들어 비판함.

이 정도 되겠죠? 이제, 각각의 역사관에 따라 요점 정리로나마 써 보세요. 특히 ④번을 구체적으로 하세요. 이 논제의 고갱이이니까요. 이렇게 하고 나면, 자기 자신은 어떤 역사관의 관점에 설 때, 더 그럴듯하게 쓸 수 있는지를 알 수 있을 거예요.

3. 제시문 (가)를 고른 경우

1) (가)를 고른 까닭과 (나) 비판

제시문 (가)의 세계관을 역사에 적용하면, 어떤 역사관으로 나타날까요? 순환론적 역사관이 될 거라는 것이 금방 떠오르죠. 또, 뭐가 떠오르죠? 사람이 살아가고 있는 그 자체가 의미일 뿐, 그 외에 특별한 목적 같은 것을 놓지 않을 게 보이죠.

'역사는 순환한다'는 것을 뒷받침할 만한 논거가 뭘까요? 역사적인 방향과 심리적인 방향에서 생각해 볼 수 있어요. 그렇게 보는 것이, 이 세상을 더 풍요롭게 할 것이다와 실제 역사가 순환적이었다가 그거예요. 그런데 구체적 사례를 제시하라고 했으니까, 나중 것 중심으로 글을 써야겠지요. 어떤 게 있을까요? 순환하는 것을 찾기 위해, 자잘한 것까지 똑같은 것을 찾아야 한다고 생각할 필요는 없어요. 구체적인 역사를 추상화했을 때, 반복되는 모습을 역사에서 찾으면 되는 거예요. 패턴 같은 게 좋은 예지요. 전통적으로 순환론의 예로 들어진 것으로 일치일란(一治一亂)이 있어요. 질서와 혼란이 번갈아온다는 것이지요. 또 어떤 게 있을까요? 경기 순환 사이클, 모든 역사적인 것들의 발생 · 성장 · 쇠퇴의 똑같은 패턴 등을 들 수 있겠네요.

역사는 순환한다고 보면, 우리의 삶이 더 풍요로워질 수 있다는 논거는 어떤 게 있을까요? 발전, 진보해야 한다는 강박에서 벗어날 수 있는 점을 들 수 있겠지요.

또 발전시켜 준다면서 실제로는 억압하고 수탈했던 역사적 사실을 들 수 있겠네요. 근대의 서양에 의한 침탈과 인디언 문명을 멸종시킨 사례가 거기에 해당하겠지요. 이 점은 진보론적 역사관에 대한 비판 논거로 쓸 수도 있겠군요. 자연스럽게 다음 단계로 넘어왔네요.

그러면 본격적으로 진보론적 역사관을 비판해 보지요. 우선, 역사가 진보한다는 것의 근거가 뭔지 알아야겠죠? 제시문 (나)의 둘째 단락에 나와 있는 것들을 한 마디로 정리해 보세요. 수입이 많아지고, 빨라지고, 대량 생산하게 되었다. 이제, 이것을 두고 진보했다고 말하는 것은 문제가 있다는 식으로 비판해 보세요. 이런 경우, 논거로 내세운 것을 몽땅 한 묶음으로 묶고, 그 옆에 그것과 대비되는 것을 보여주는 방법이 있어요. 진보의 논거로 나온 것을 다 담을 수 있는 낱말은 뭔가요? '양'적인 것이라 할 수 있지 않을까요? 그러면 자연스레 그것에 대비되는 단어 '질'을 떠올릴 수 있고요. 이제 다음처럼 비판할 수 있어요. 논거로 내세운 것은 모두 양적인 관점일 뿐 질적인 것은 아니다. 그런데, 진보란 양적이라기보다는 질적인 개념이라고 해주면 훌륭한 비판이 되겠지요?

2) 제시문 (가)의 입장에서 얼개 짜기

① 두 세계관에 따른 역사관 소개
- 긴 역사와 짧은 생명
- 진화론적 역사관과 순환론적 역사관

② (가)역사관을 고른 까닭
- 거시적 관점 : 일치일란

③ (나)역사관 비판
- (나)역사관이 내세운 근거
- 변화의 두 양상 : 양적인 변화와 질적인 변화
- 제시문 (나)에서 진보의 근거로 든 것은 양적인 변화

3) 제시문 (가)에 따른 예시 답안 (800자 안팎)

역사는 장구하다. 길고 길기에, 짧디 짧은 생명으로 체험할 수 있는 것은 그것의 한 조각에 지나지 않는다. 하지만 사람은 추론하고 해석하여 역사의 전체 모습을 그린다. 원으로 표상되는 순환론적 역사관, 직선으로 표상되는 진화론적 역사관이 그것의 대표적인 그림이다. 그렇다고 두 그림의 값어치가 같은 것은 아니다.

역사의 전체상은 한 단면을 봐선 드러나지 않는다. 최대한 거시적으로 본 사람에게만 그것은 모습을 드러낸다. 세상은 늘 다르다. 하지만 달라지는 세상을 거시적인 관점에서 보면 일정한 패턴을 형성하고 있음을 알 수 있다. 일치일란(一治一亂), 즉 질서 상태와 혼란 상태가 번갈아가며

나타나는 것이다. 역사상에서 수많은 나라들이 나타났다 사라지는 반복적인 현상이 그 좋은 예이다. 이것이 제시문 (가)의 세계관에 따른 순환론적 역사관의 입장에 서야 하는 까닭이다.

제시문 (나)처럼 진화론적 역사관쪽에 선 사람은 수송 수단이 엄청나게 빨라진 점, 대량 생산이 가능하게 된 점, 학문에서 새로운 것을 발견하게 된 점을 들어 역사는 진보한다고 말한다. 인류 역사에서 엄청난 '크기'의 변화가 있었다는 것은 사실이다. 그렇다고 그 바뀜을 진화로 해석하는 것은 문제다. 진화란 양적인 변화에 쓰는 말이 아니라, 원숭이가 사람이 되는 것과 같은 질적인 변화에 쓰는 말이기 때문이다. 설사, 양적인 차이의 중요성을 인정한다 하더라도 그 정도의 차이는 순환론적 역사관이 포괄하고 있는 것이다. 어마어마하게 큰 원의 단면을 자르면 직선이 나타나는 것이 그 증거이다.

4. 제시문 (나)를 고른 경우

1) (나)를 고른 까닭과 (가) 비판

제시문 (나)의 세계관을 역사 해석에 적용하면 어떤 사관이 될까요? 뚜렷한 목표는 없지만 옛날에 비해 지금 더 낫고 앞으로는 더 나을 것이라는 점에서 진보적 역사관이라 할 수 있겠네요.

그러면, 순환론적 역사관을 비판하는 논거를 찾아보지요. 우선, 역사는 진보한다는 것을 뒷받침할 만한 사실 논거는 많아요. 그 중 가장 센 것은 뭘까요? 과학과 기술의 성취가 아닐까요? 이러한 성취는 역사상 처음 있는 일이다. 지금의 컴퓨터를 옛날의 주판 같은 것과 동렬에 놓는 것은 난센스다. 또한, 인류 역사가 발전하고 있음을 보여주는 예로 기대 수명이 옛날에 비해 엄청나게 높아진 것을 들 수 있다. 전쟁, 흑사병 등으로 평균 수명이 일시적으로 후퇴한 경우는 있지만 이것이 지속적으로 높아진 것은 틀림없는 사실이다. 이런 정도 쓸 수 있겠네요.

다음은 순환론적 역사관을 가지면 안 되는 심리적인 측면을 보지요. 순환론의 강점이자 약점은 '목적이 없는 역사'예요. 이것이 좋게 쓰이면 사람에게서 강박을 없애주지만, 나쁘게 쓰이면 사람을 허무로 빠뜨리지요.

2) 제시문 (나)입장에서 얼개 짜기

① 두 세계관에 따른 역사관 소개
- 긴 역사와 짧은 생명
- 진화론적 역사관과 순환론적 역사관

② (나) 역사관을 고른 까닭
- 현대 세계를 보여줌
- 상상한 것의 현실화

③ (가) 역사관 비판

- (가) 역사관의 근거
  - 패턴이 진보의 한 양상임을 밝힘(이론의 세워짐과 무너짐)
 ④ 사람 자신의 변화 · 발전
  - 조선시대 기대 수명과 현재 기대 수명 비교

3)제시문 (나)에 따른 예시 답안 (800자 안팎)

역사는 장구하다. 길고 길기에, 짧디 짧은 생명으로 체험할 수 있는 것은 그것의 한 조각에 지나지 않는다. 하지만 사람은 추론하고 해석하여 역사의 전체 모습을 그린다. 원으로 표상되는 순환론적 역사관, 직선으로 표상되는 진화론적 역사관이 그것의 대표적인 그림이다. 그렇다고 두 그림의 값어치가 같은 것은 아니다.

현대의 과학과 기술이 만들어낸 세계를 보라. 진화론적 역사관에 선 제시문 (나)에 맞장구를 칠 수밖에 없을 것이다. 현대의 과학은 오랫동안 인류가 상상해왔던 것들을 현실화하였다. 마하의 속도로 날아가는 비행기는 축지법의 현실화고, 달나라에 찍힌 발자국은 인간의 잠 속에서 일어났던 것의 현실화이다. 상상이 현실이 되는 세상을 우리는 보고 있는 것이다.

사실이 이러한데도, 순환론적 입장에서 역사를 바라보는 사람들이 있다. 제시문 (가)의 세계관을 가진 사람들이다. 이들은 역사 속에서 보이는 패턴을 보고 역사는 반복된다고 믿는다. 물론 패턴을 보이기도 한다. 그렇지만 그것은 진화의 과정 속에서 나타나는 한 양상이다. 가령 학문적인 이론이 나왔다가 스러지고 또 다른 이론이 나왔다가 스러진다고 해서, 학문이 정체되었다거나 반복된다고 할 수는 없다. 지금 우리가 체험하고 있는 세상이 그 좋은 증거다. '주판'이 진화하여 '컴퓨터'가 된 시대를 우리는 살고 있다.

이런 변화는 사람을 둘러싼 환경에서만 일어난 것이 아니다. 조선시대만 하더라도, 막 태어난 아이가 결혼할 나이에 이를 확률은 50%도 되지 않았다. 그런데, 지금 우리는 평균 수명 80세 안팎을 누리고 있다. 기대 수명이 지속적으로 높아진 것이야말로 역사가 발전하고 있음을 알리는 확실한 증거다.

논제. 3

제시문 (나)와 (다)의 주장에 근거하여 제시문 (라)의 그림을 해석하시오.(1000자 안팎, 40점)

1. 논제 분석

이번 논제는 크게 나누면 두 부분이고, 잘게 나누면 네 부분으로 되어 있네요. 둘로 나누는 것은 쉽죠? 그럼 넷으로 나눠보세요. ① (나)의 주장 제시 ② (다)의 주장 제시 ③ 제시문 (라)의 그림에 나타난 현상 ④ 그림 (라)에 대한 해석으로 나눌 수 있지요?

이렇게 나뉜 네 개의 항목을 논제에 알맞게 다시 짜면 어떻게 될까요? 첫째, 제시문 (나)의 주장과 맞닿아 있는 것을 (라)의 그림에서 찾기. 둘째, 제시문 (다)의 주장과 맞닿아 있는 것을 (라)의 그림에서 찾기. 셋째, 제시문 (나), (다)의 주장에 대한 종합적 해석으로 판을 짜면 되겠지요? 한편, 해석하라는 것은 설명하라와는 달리 논술자의 평가와 비판이 어느 정도 들어가야 한다는 것도 새겨둘 내용이네요.

2. 제시문 (나)의 주장에 따라, 제시문 (라)에 있는 그림 보기

〈그림 1〉 실질 가계소득 증가율 (1947~1973년)

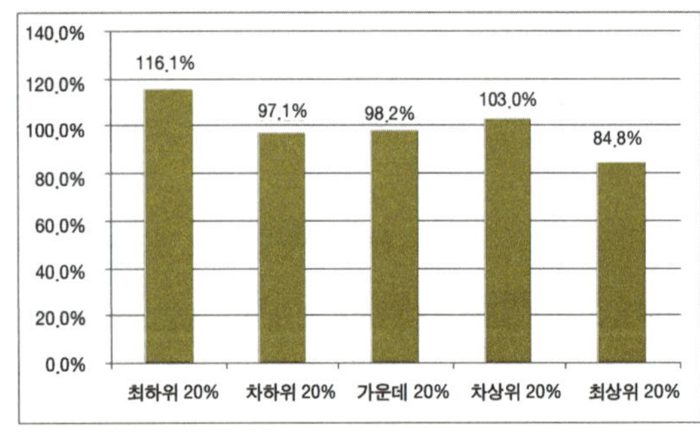

〈그림 2〉 실질 가계소득 증가율 (1974~2004년)

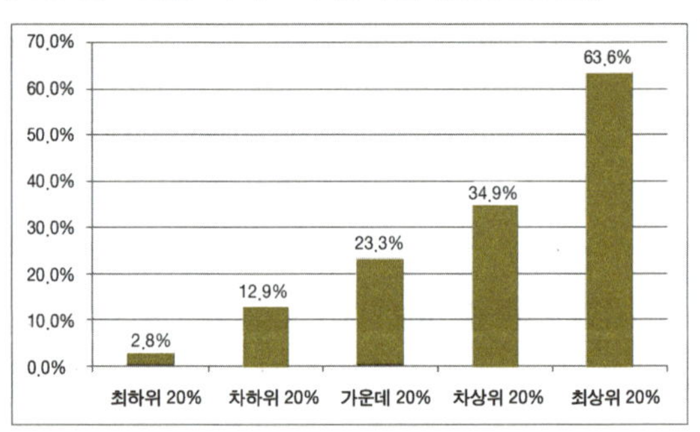

* 세로축: 1947년을 기준으로 한 1947년과 1973년 사이의 실질 가계소득 증가율임.☞ 실질 가계소득 증가율=(1973년 실질 가계소득-1947년 실질 가계소득)÷1947년 실질 가계소득* 가로축: 전체 인구를 소득 순으로 20%씩 구분한 것임.

* 세로축: 1974년을 기준으로 한 1974년과 2004년 사이의 실질 가계소득 증가율임.☞ 실질 가계소득 증가율=(2004년 실질 가계소득-1974년 실질 가계소득)÷1974년 실질 가계소득* 가로축: 전체 인구를 소득 순으로 20%씩 구분한 것임.

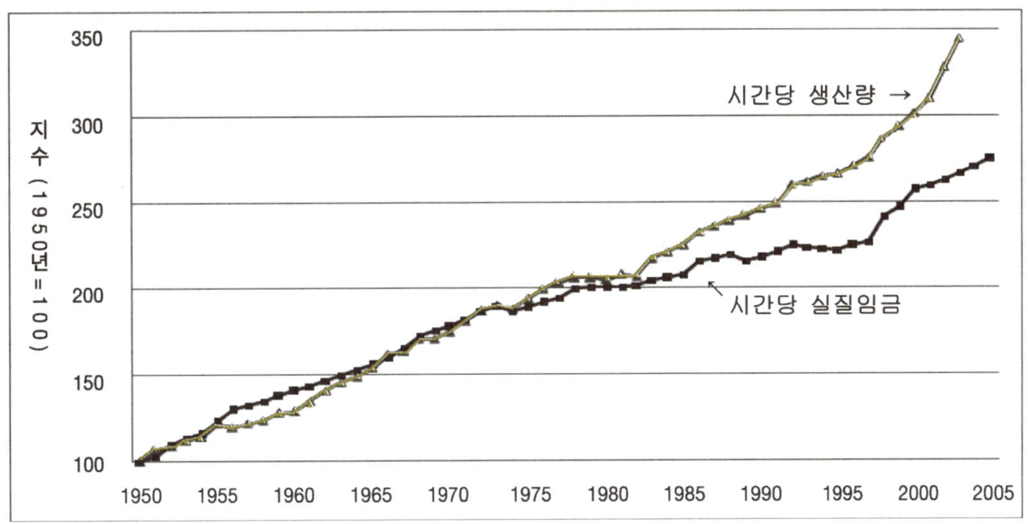

제시문 (나)의 핵심 주장이 뭐였죠? 자본주의 사회는 진화해왔고 앞으로도 진화할 것이다. 그 것의 중요한 힘은 혁신이다. 이게, 제시문 (나)의 논지였어요. 이것을 뒷받침할 수 있는 것, 즉 미 국이 혁신 속에 있음을 나타내는 것을 제시문 (라)에 있는 세 그림 중에서 찾아보세요. '혁신'의 증거로 내세우는 게 생산량이라든가 임금의 확대이므로, 그것을 나타내고 있는 그림을 찾으면 되겠지요? 그림 (3)이 금방 눈에 띄네요. 1950년부터 2005년 사이에 '시간당 생산량'이 3.5배 증가했고, 이것에는 못 미치지만 '시간당 실질임금' 역시 2.8배 이상 증가했군요. 이것은, 산업 현 상뿐만이 아니라 개인들의 삶에서도 "창조적인 파괴", 즉 혁신이 이루어지고 있는 탄탄한 증거라 할 수 있겠죠?

3. 제시문 (다)의 주장에 따라, 제시문 (라)에 있는 그림 보기

제시문 (다)의 핵심주장이 뭐였죠? 지금 다루고 있는 게 '자본주의 사회 내에서의 일'이니까, 거 기에 집중해서 말해 보세요. 자본주의 사회는 착취를 노골적으로 한다. 그 결과 착취 기반 자체가 송두리째 붕괴되어, 프롤레타리아를 단결시킨다. 이게 (다)의 핵심 내용이죠? 그러면, 이 주장을 뒷받침할 만한 것을 제시문 (라)의 그림 중에서 찾아보세요.

(다)의 주장을 탄탄히 하려면, 자본주의 사회에서 착취가 이루어지고 있음을 밝혀야겠죠? 어떤 그림이 이것을 드러내는 데 알맞을까요? 이 경우에도 그림 (3)이 쓸모가 있네요. 1974년 이후부 터 노동자들이 '시간당 생산량'에 못 미치는 '시간당 실질 임금'을 받고 있는데, 그것도 점점 더 그 폭이 크게 벌어지고 있는 현상이 보이지요?

왜, 이런 현상이 발생했을까요? 그 까닭을 알려주는 게 그림 (1)과 (2)네요. '시간당 생산량'과

'시간당 실질 임금'이 차이가 나지 않았을 때(1947-1973년)의 '실질 가계 소득 증가율'을 보면, 모든 계층이 꽤 고르게 증가했음을 알 수 있어요. 하지만 '시간당 생산량'과 '시간당 실질 임금' 사이에 차이가 드러난 시기(1974-2004)의 실질 가계소득 증가율을 보면, 최하위 20%와 최상위 20% 사이에 20배 이상 차이가 나고, 차하위 20%와도 5배 이상 차이가 남을 알 수 있어요. 이제, 우리의 의문이 풀렸죠? 그림 (3)에서 발생한 항목 간에 차이가 난 까닭은, 노동자들이 일한 만큼의 임금을 받지 못하고, 그것이 상층에 있는 사람들에게 들어갔음을 의미하는 것이지요. 즉 착취를 당하고 있는 거죠. 이 정도면 (다)의 주장이 꽤 그럴 듯하다는 게 밝혀졌지요?

4. 제시문 (나), (다)의 주장에 대한 종합적 해석

'해석하라'는 것은 단순히 '적용하라'는 게 아니에요. 어느 정도 평가를 하라는 소리지요. 그러니까 제시문 (나), (다)의 주장을 단순 나열하지 말고 평가의 관점에서 배치하세요. 그래야, 조각 글의 모음이 아니라 한 편의 완성된 글이라는 느낌이 들어요.

그러면, 어떻게 배치하는 게 좋을까요? 제시문 (나)의 주장을 입증하는 글을 먼저 쓰고, 그것을 비판하는 것으로 제시문 (다)의 주장을 들면 되겠죠? 한편, 그림에 나타난 현상에 따르면 제시문 (다)는 전폭적으로 지지를 받을 수 있나요? 제시문 (다)의 주장으로 우리는 두 가지를 들었어요. 그런데 그림 (1), (2), (3)에서 두 주장을 모두 뒷받침하는 현상을 찾아냈나요? 착취가 발생한다는 것은 찾아냈지만, 그것 때문에 "착취의 기반이 송두리째 붕괴된다"는 것은 찾지 못하지 않았나요? 이것조차 그림에서 찾을 수 있으면 찾아야겠지만, 저는 사실 찾을 수 없었어요. 찾을 수 없다면, 이 부분을 비판할 수 있겠지요? 빈부격차가 커지고, 그에 따라 하층 민중들이 상대적으로 박탈감을 느낄 수는 있겠지만, 그렇다고 그들이 붕괴되고 있다고는 볼 수 없다. 왜냐하면 상층에 비해 미약하기는 하지만 하층 역시 '실질 임금'이 커지고 있기 때문이다. 이런 정도로 (다)의 주장이 가진 한계를 지적할 수 있겠네요.

5. 이끄는 글 짓기

두 제시문이 가진 공통적인 문제의식은 뭘까요? 두 제시문이 공통적으로 다루고 있는 대상은 무엇인가요? '자본주의 사회'죠? 그러면 '자본주의 사회'에 대해 어떤 물음이 물어졌기에, (나)와 (다)의 필자가 그렇게 긴 글을 쓴 거죠? (나) 글은 자본주의 사회가 '창조적 파괴'를 통해 계속 발전할 것이라 했고, (다) 글은 자본주의의 발전은 결국 제 무덤 파는 꼴이라고 했어요. 이런 대답이 나오게 된 물음은 뭐였을까요? '자본주의의 미래는 무엇인가?' 이게 두 제시문의 필자가 공통적으로 받은 질문이 아니었을까요?

그러면, 이런 물음이 나오게 된 배경은 뭘까요? 현 체제인 자본주의가 문제가 없다거나, 반대로 영 틀려먹었다면 그것의 미래에 대해 이러쿵저러쿵 하지 않겠죠? 어떤 문제가 있나요? 환경 파괴, 비인간화, 빈부격차 등 많지요. 그렇지만, 자본주의를 함부로 홀대할 수 없는 이유도 있지요. 꽤 오랫동안 체제 문제를 극복해 왔어요. 이게 두 제시문의 필자가 공통적으로 맞닥뜨린 문제의 식이에요. 이것을 잘 응축해서 이끄는 글을 쓰면 되겠지요?

6. 얼개 짜기
　① 자본주의의 모습
　　• 세계를 자본주의화
　　• 그 속에서 문제점 노출
　② 제시문 (나)에 따른 제시문 (라)의 그림 읽기
　　• 제시문 (나)의 주장 간략히 소개
　　• 그림 (3)에 나타난 생산량과 실질 임금 상승
　③ 제시문 (다)에 따른 제시문 (라)의 그림 읽기
　　• 그림 (3)에 나타난 두 항목 간 격차 지적
　　• 제시문 (다) 주장의 적합성 제시
　④ 제시문 (다)의 한계 지적과 결론
　　• 착취의 문제는 잘 봄
　　• 노동자들의 붕괴는 읽을 수 없다
　　• 자본주의의 성과와 한계 지적

7. 예시 답안(1000자 안팎)
　자본주의는 세계를 대부분 자본주의화했다. 그런데 성공 과정에서, 이 체제는 극심한 비인간화, 빈부격차 등 많은 문제점을 드러냈다. 자본주의의 문제점에 눈길을 준 사람은 이 체제의 미래는 없다고 여기는 반면, 그 동안의 성공 과정에 눈길을 준 사람은 자본주의의 앞날은 밝다고 본다.

　제시문 (나)는, 자본주의는 정체되어 있지 않고 진보한다고 말한다. 그것을 가능하게 한 것은 "창조적인 파괴" 즉 혁신이다. 이것을 통해 여러 산업 체계가 비약적으로 발전하고, 그에 따라 생산량과 임금도 그에 걸맞게 높아진다. 제시문 (라)에 있는 그림 (3)은 이 주장이 뜬소리가 아님을 또렷하게 보여준다. 1950년부터 2005년 사이에 '시간당 생산량'은 3.5배나 커졌다. 그 정도에는 못 미치지만 '시간당 실질 임금' 역시 2.8배 이상 많아졌다. 이것은 산업 현장에서만이 아니라 개인의 삶에서도 '창조적인 파괴'가 일어나고 있음을 탄탄하게 뒷받침한다.

　그런데 그림 (3)에 나타난, 1974년 이후 '시간당 생산량'과 '시간당 실질 임금' 사이에 벌어진 큰 폭의 원인은 무엇일까? 그림 (1)과 (2)에서 그 까닭을 알 수 있다. '시간당 생산량'과 '시간당 실질 임금'이 거의 일치했던 시기의 '실질 가계 소득 증가율'을 조사한 그림 (1)은, 상·하층 간에 가계 소득이 고르게 커졌음을 알려 준다. 반면에 두 항목 그러니까 '시간당 생산량'과 '시간당 실질 임금' 사이에 큰 격차가 벌어졌던 시기의 '실질 가계 소득 증가율'을 조사한 그림 (2)는, 최하위 20% 와 최상위 20% 사이에 20배 이상 차이를 보여 주고, 차하위 20%와 최상위 20% 사이에도 5배 이상 차이가 있음을 보여준다. 이것은 생산성이 증가한 만큼 노동자들의 몫으로 돌아가지 않고, 상층에게 집중되었음을 뜻한다.

그림에서 우리는 제시문 (다)가 말한 자본주의의 착취현상을 볼 수 있다. 자본주의 체제는 분명 생산력을 확대하고, 상층에 비해 상대적으로 미약하지만 하층조차도 실질 임금을 높였다. 이 점에서 고무적이다. 하지만 이것만으로 모든 게 풀린 것은 아니다. 빈부 차이의 심각화는 이 체제의 발목을 잡아당긴다.

9. [제시문 출처]

제시문 (가)는 Friedrich Nietzsche가 1885년에 쓴 유고의 일부이다. 여기서 니체는 '힘'의 개념을 내세우면서 세계를 '영원한 자기창조와 영원한 자기파괴'의 운동을 반복하는 힘으로 이해한다.

제시문 (나)는 Joseph Schumpeter의 책 『Capitalism, Socialism, and Democracy』(1943)에서 발췌한 것으로서, '창조적 파괴'라는 매우 유명한 개념을 제시하는 부문이다. 여기서 슘페터는 자본주의 발전의 핵심적 과정을 '창조적 파괴'로 명명하고 이에 바탕을 둔 경쟁과 기술 혁신이 자본주의 경제를 지탱하고 발전시키는 힘이라고 설명하고 있다.

제시문 (다)는 Karl Marx의 『Manifesto of the Communist Party』(1848)에서 발췌한 것으로서, 이 텍스트는 변증법적 유물론의 관점에서 역사의 보편적 발전법칙과 자본주의의 기원 및 동인을 설명하고, 그에 기반하여 프롤레타리아 혁명의 필연성과 당위성을 주장한 사회주의의 고전이다. 그 중 제1장 '부르주아와 프롤레타리아'에서 발췌·편집한 본 제시문은, 역사의 발전과정은 내재적 계급투쟁을 통한 파괴와 창조의 부단한 연속이지만, 프롤레타리아 계급의 헤게모니는 계급투쟁 자체를 종식시킴으로써 그러한 역사의 종결을 가져올 것이라고 전망하는 폐쇄적 역사주의의 관점을 보여주고 있다.

제시문 (라)는 미국의 노동부 장관을 지낸 Robert Reich 교수의 책 『Supercapitalism(슈퍼자본주의』(2007)에서 발췌한 통계자료이다. 저자는 이 책에서 슘페터적인 '창조적 파괴'가 자본주의를 발전시키고 있지만 개인의 삶에 있어서도 '창조적 파괴'가 역시 진행되고 있음을 지적하고 있다.

자유롭고 높은 곳으로 당신은 가려고 한다. 하지만 당신은 아직 젊으며 많은 위험에 노출되어 있기도 하다. 그러나 나는 간절히 원한다. 당신이 사랑과 희망을 결코 버리지 않기를. 당신의 영혼에 깃든 고귀한 영웅을 버리지 않기를. 당신이 희망의 최고봉을 계속 성스러운 것으로 바라보기를.

-차라투스트라는 이렇게 말했다-

나는
논술고수만나
고연전간다

고려대

KOREA UNIVERSITY

- 2013학년도 신입생 모집정원: 4116명 (수시70%+정시30%)

- 2013학년도 수시 일반전형 모집정원: 1351명

- 수시 일반전형

  1) 우선선발(60%)

    – 전형방법: 논술70%+학생부30%

    – 수능 최소 등급 요구: 인문계(경영, 정경, 자유전공 제외)는,
               언어 또는 외국어 1등급, 수리1등급
               경영, 정경, 자유전공은 언어 · 외국어 · 수리 모두 1등급

  2) 일반선발(40%)

    – 전형방법: 논술50%+학생부50%

    – 수능 최소 등급 요구: 수능 2개 영역 2등급 이내

- 수시 모집 원서 접수: 2012. 9. 6 – 9. 8

- 시험날짜: 2012. 11. 18일요일 (인문계)

- 합격자 발표: 2012. 12. 8토요일

고려대 논술의 특징

2013학년도 고려대 수시 논술 경향은 2012학년도에 이어 또 다시 바뀔 것 같다. 고려대에서 지난 6월에 선보인 '2013학년도 모의 논술'을 살펴보면, 2012학년도와 다른 점이 세 가지나 된다. 세 문제에서 두 문제로 줄어든 점, 고려대의 트레이드마크처럼 여겨졌던 '순수 요약' 문제가 없어진 점, 글자 수가 600자에서 900자로 늘어난 점이 그것이다.

수리논술이 출제되고 있는 점, 제시문의 문체와 주제가 그리 까다롭지 않은 점, 시험 시간이 두 시간인 점은 2012학년도와 똑같다.

그런데 고려대는 2012학년도 수시 논술에서도 2011학년도 논술 경향을 비껴 갔었다. 논술시험이 세시간에서 두시간으로 준 것, 네 문제에서 세 문제로 줄어든 것, 그리고 글자 수에 있어서 약간의 변화가 그것이다. 이때의 변화는 교과부에서 논술시험 시간을 줄이라는 요청에 따라 이루어진 것일 뿐, 고려대측의 논술시험에 대한 변화 의지가 반영된 것은 아니다.

하지만 2013학년도 고려대 논술 경향이 바뀌는 것은 학교측의 의지에 의한 것이기에, 바뀐 부분을 중심으로 그 까닭을 세심하게 따져볼 필요가 있다.

이번 변화의 핵심은 순수요약을 없애고, 비교·분석 문항의 글자수를 늘인 것이다. 이것은 '더 길게 쓴 논술문'을 보고 싶다는 학교측의 의지가 아주 강하다는 것을 알려준다. 그 동안 고려대는 순수요약 문제에 꽤 의미를 두었는데, 그 문항을 없애면서까지 다른 문항의 글자수를 600자에서 900자로 늘였기 때문이다.

이것은, 글의 완성도를 더 중시하겠다는 표현일 것이다. 사실 학생들에게 600자만을 가지고, 완성된, 즉 이끄는 부분부터 맺음까지 있는 글을 쓰라고 요구하는 것은 조금 무리다. 하지만 900자가 되면 상황은 달라진다. 이 정도면 '완성된 글'을 쓰기에 충분한 분량이기 때문이다. 2013학년도 고려대 논술에서 특히 마음 써야 할 것은 '한 편의 완성된 글'이라는 점을 명심하자.

2013학년도 고려대 모의 논술 첫 번째 문항을 보면서 분석해보자. "(1)의 내용을 바탕으로 (2)와 (3)에 나타난 '사실'에 대한 관점을 비교하고, 이에 대한 자신의 생각을 논술하시오. (900±50자, 75점)" '(1)의 내용을 바탕으로'라는 논제의 조건을 충족시키려면, 제시문 (1)의 내용을 요약해야 한다. 순수요약 문항이 없어졌다고 하여 '요약'을 소홀히 해선 안 된다는 것을 알 수 있다. 물론 순수요약형 논제를 풀 때와 이런 논제를 풀 때의 요약 방법은 달라야 한다. 하지만 두 경우 모두 요약의 정신은 똑같다. 다음은 (1)에서 파악한 내용을 잣대로 삼아서, (2)와 (3)이 가진 '사실'에 대한 관점을 비교·분석해야 한다. 마지막으로 그에 대한 자신의 견해까지 요구하고 있다.

이 논제를 놓고 보았을 때, 고려대측이 학생들에게서 알고 싶은 것은, 제시문 이해·적용·비교·분석·견해 제시 능력임을 알 수 있다. 한마디로, 학생들의 독해와 논술에서 필요한 거의 모든 능력이 이 한 문항 속에서 드러나게끔 논제를 만든 것이다. 이제 우리가 할 일은 임시방편이 아니라, 독해와 논술의 진정한 실력을 기르는 것이다.

이제 여러분은 고려대 논술에 입문했다. 정진하는 일만이 그대들 앞에 놓여 있다. 남은 시간 동안 정진하여, 내년 고연전에서 신나게 놀 수 있기를 바란다. 그것을 이루는 데, 이 책이 도약대로써 의미 있는 구실을 하리라 믿는다.

고려대 논제유형 분석

2013학년도 모의논술

논제 1. 비교·분석+ 견해 제시형
(1)의 내용을 바탕으로 (2)와 (3)에 나타난 '사실'에 대한 관점을 비교하고, 이에 대한 자신의 생각을 논술하시오.

2012학년도 수시논술(인문계A)

논제 1. 요약형
제시문 (1)을 요약하시오.

논제 2. 비교·분석+ 적용+ 논평형
제시문 (1)과 (2)의 관점을 비교하고, 둘 중 하나의 관점에 입각하여 제시문 (3)에 대한 자신의 견해를 논하시오.

2012학년도 수시논술(인문계B)

논제 1. 요약형
제시문 (1)을 요약하시오.

논제 2. 이해+ 적용+ 비교·분석형
제시문 (1)에 근거하여 제시문 (2)와 (3)을 비교·분석하시오.

2012학년도 모의 논술(인문계)

논제1. 요약형
제시문(1)을 요약하시오.

논제 2. 비교·분석+ 적용+ 논평형
제시문 (2)와 (3)은 사회문제 해결에 대한 서로 다른 관점을 제시하고 있다. 제시문 (2)와 (3)의 관점을 비교하고, 이에 근거하여 제시문 (1)의 사회문제를 해결하기 위한 자신의 견해를 논술하시오.

2011학년도 수시논술(인문A)

논제1. 요약형
제시문(1)을 요약하시오.

논제2. 이해+ 비교 · 분석형
제시문 (가)의 논지를 바탕으로 제시문 (나)와 제시문 (다)를 비교하시오.

논제3. 이해+ 적용형
제시문 (가)와 제시문 (다)의 논의에 근거해서, 제시문 (라)의 '나'가 생각하는 로스엔젤레스 폭동의 원인들에 관해 논하시오.

2011학년도 수시논술(인문B)

논제 1. 요약형
제시문 (1)을 요약하시오.

논제 2. 이해+ 비교·분석형
제시문 (3)의 논지를 밝히고, 제시문 (1)과 제시문 (3)을 비교하시오.

논제 3. 이해+ 비교·분석+ 견해 제시형
제시문(3)에 근거하여 제시문(2)의 테이레시아스와 제시문(4)의 도서의 발언에 관해 논평하시오.

2010학년도 수시논술

논제 1.
(1)을 500자 내외로 요약하시오.

논제 2.
'운의 사회적 의미'라는 관점에서 (2)와 (3)을 비교하고, 이를 참고하여 (4)의 주장을 논평하시오.
그리고 '운'에 대한 자신의 견해를 밝히시오.

2009학년도 수시논술

논제 1.
제시문 (가)를 500자 내외로 요약하시오.

논제 2.
제시문 (나)의 내용을 바탕으로 제시문 (다)에 나타난 '얼룩이'와 '초록이'의 견해를 비교하고, 제
시문 (가) (나) (다)를 참고하여 자유에 관한 자신의 생각을 논술하시오.

또한 그렇게
매웁게.

        -허영자, 「무제1」 전문

돌 틈에서 솟아나는
싸늘한 샘물처럼

눈밭에 고개 드는
새파란 팟종처럼

그렇게
맑게,

또한 그렇게
매웁게.

        -허영자, 「무제1」 전문

정진 – 기출문제 해설 및 예시답안

- 2013학년도 고려대 모의 기출문제
- 2012학년도 고려대 수시 기출문제(인문A)
- 2012학년도 고려대 수시 기출문제(인문B)
- 2012학년도 고려대 모의 기출문제
- 2011학년도 고려대 수시 기출문제(인문B)
- 2010학년도 고려대 수시 기출문제
- 2009학년도 고려대 수시 기출문제

※ 다음 글을 읽고 물음에 답하시오.

(1)

19세기 근대 역사주의를 주창한 랑케(Ranke)는 이전의 자의적인 역사 연구와 서술을 부정하고 엄격한 사료 비판에 근거한 객관적 서술을 지향하여 역사학을 과학의 경지로 끌어올리려고 하였다. 그는 17-18세기를 통해 발전되어 온 사료 비판의 방법을 종합하여 본격적인 역사 연구의 기초를 마련하였다. 그는 고문서 자료 등 1차 사료를 더 신뢰하면서 이를 면밀히 분석하면 그 시대에 살았던 사람들의 눈으로 당시를 바라볼 수 있다고 믿었다. 즉 과거에 '사실(fact)'이 엄연히 존재하였으므로, 역사가는 그것이 기록된 문서를 객관적으로 분석함으로써 당시의 상황을 복원할 수 있다는 것이다. 랑케는 주관과 객관 사이의 간극을 사료 비판과 직관적 이해를 통해 극복할 수 있다고 믿었다. 역사가는 사료의 언어를 감정이입을 통해 이해함으로써 과거를 있는 그대로 재현할 수 있다고 주장하였다.

이에 반해 콜링우드(Collingwood)는 역사적 사실은 순수한 형태로 존재하지 않으며, 또한 존재할 수도 없기 때문에 있는 그대로 복원하는 것이 불가능하다고 주장하였다. 자료를 객관적으로 수집하고 탐구하여 결론에 도달하는 것이 과학이라면 역사는 이러한 과학과 거리가 있다. 왜냐하면 '역사적 사실'이라는 과거는 역사가에 의해 구성되고 그 의미 또한 역사가에 의해 부여되기 때문이다. 과거는 과거의 시점에서 볼 때 실존적이지만 현재의 시점에서는 관념적일 뿐이다. 역사가가 알 수 있는 과거는 사료를 통한 것이 전부이다. 따라서 역사가는 과거에 대해 매개적이고, 추정적이며, 간접적인 인식 이상을 가질 수 없다. 이는 다시 말해 역사적 사실은 항상 오염되어 있어서 과학적 객관성을 획득할 수 없음을 의미한다. 역사적 의미 역시 그 과거에 대해 제한된 인식을 가진 역사가에 의해서 부여된다는 점을 고려하면 역사적 사실이 순수한 형태로 존재할 수 없음은 자명해진다. 명백한 증거를 기초로 진실을 추구하는 과학적 방법으로 파악되는 역사라는 것은 존재하지 않으며 역사는 역사가의 의식 속에서 재구성될 뿐이다.

카(E .H. Carr)에 따르면 역사가는 '가위와 풀의 역사', 다시 말해 단순히 과거 사실을 기계적으로 편집하는 역사를 쓰거나, 현재의 목적을 위해 과거 사실을 주관적으로 왜곡하는 오류를 모두 피해야 한다. 역사가와 역사적 사실 간의 관계에서 역사가들은 외견상 위태로운 상황에 처해 있는 것처럼 보인다. 왜냐하면 역사가는 역사를 사실의 객관적 편집으로 보아 사실이 해석보다 우위에 있다고 보는 이론과, 역사를 역사가의 주관적 마음의 산물이라고 보아 역사적 사실을 확립하고 해석하는 과정을 중시하는 이론 사이에서 아슬아슬한 곡예를 하고 있기 때문이다. 즉 역사가는 무게중심을 과거에 두는 역사관과 현재에 두는 역사관 사이에서 위험하게 항해하고 있는 것이다. 그러나 우리의 상황은 보기보다는 덜 위태롭다. 역사가는 사실 앞에 비천하게 무릎 꿇는 노예도 아니고, 사실을 지배하는 폭군적인 주인도 아니다. 역사가와 사실 사이의 관계는 평등하다. 즉 주고받는 관계이다. 역사란 역사가와 사실의 연속적인 상호작용이고, 현재와 과거의 끊임없는 대화이다.

(2)

문학은 경험 현실을 그대로 재현하기보다는 상상력을 통해 재구성하고 재창조한다. 문학은 신문기사나 보고서, 실록 등과 같은 기록물들과 다르다. 문학은 상상의 산물이므로 거기에 나오는 내용은 사실이 아닌 허구이다. 그럼에도 불구하고 문학의 허구는 독자에게 사실처럼 여겨진다. 소설의 등장인물들이 현실 속에 살아 있을 것처럼 보이고 소설에서 펼쳐지는 사건들이 이 세상 어딘가에서 실제로 벌어질 것 같기도 하다. 디킨스(Dickens)의 소설들은 연재 당시 독자들로부터 열렬한 사랑을 받았다. 독자들은 디킨스 소설의 주인공을 실존 인물로 착각할 정도였고 주인공의 운명을 걱정한 나머지 디킨스에게 그를 불행하게 만들지 말라고 편지를 보내기도 하였다. 특히 <골동품 상점>의 '어린 넬'이 죽는 연재분이 배포되었을 때는 비록 가공의 인물이 죽었음에도 전 영국이 울음바다가 되었다. 가정과 일터와 거리에서 사람들은 해당 호를 손에 든 채 눈물을 흘렸다. 문학의 역사에서 이와 유사한 사례들이 드물지 않다. 그 사례들은 문학의 허구가 현실 세계에 대해 얼마나 큰 사실적 호소력을 지닐 수 있는지를 잘 보여준다. 문학이 경험 현실에서 취한 소재를 두고서 전개하는 상상은 결코 허황되지 않아서 그 상상이 창조한 허구는 우리의 감수성에 구체적으로 작용한다. 그래서 문학은 허구이긴 하지만 그 허구 속에는 사실 이상의 진실이 담겨있고 그 진실의 호소력이 사람들에게 깊은 감동을 자아낸다. 그 감동이 동일한 작품을 읽은 사람들 사이에 공감대를 형성함으로써 문학은 소통의 방법으로 기능한다. 우리는 문학이 전개하는 자유로운 상상을 통해 삶의 의미와 가치를 발견하고 더불어 사는 세상의 아름다움과 대면하게 된다.

(3)

언론 보도의 객관성은 언론 윤리의 가장 중심적인 문제이다. 언론의 객관성은 정확하고 선입견이 배제된 보도를 통해 보장된다. 객관성을 유지하기 위해 기자는 평가와 판단을 유보하고 오로지 일어난 사실 그 자체만을 보도해야 한다.

그러나 보도의 절대적 객관성만을 강조하는 것은 너무 순진한 주장이라고 보는 시각도 있다. 버거(Burger)와 루크만(Luckmann)은 해석 공동체의 존재가 언론의 객관성이라는 개념 혹은 가치보다 우선한다고 주장한다. 그들은 주관적인 의미가 객관적인 사실성을 획득하는 과정을 강조하면서, 한 사회의 독자적이고 독특한 실재에 대한 적절한 이해는 그것이 구성되는 방식에 대한 이해를 필요로 한다고 말한다. 해석 공동체의 존재를 고려하지 않고 객관성의 개념만을 강조할 경우, 언론은 특수한 사회적 실재 혹은 사실을 지나치게 일반화하거나 과장되게 보도하는 오류를 범할 가능성이 있다. 즉 실재의 재현 과정에서 오류가 발생하는 것이다.

예를 들면, 국제결혼을 한 조선족 여성들에 대한 언론 보도의 경우 초기에는 그들을 '우리 농촌을 구할 수 있는 동포 처녀들'로 소개하였다. 그러나 얼마 지나지 않아 그들은 '자신의 경제적 이해 추구에 필요한 법적 지위를 얻기 위해 국제결혼을 이용하는 자들'이라거나 '위장결혼을 알선하는 결혼중개업자들의 공모자들'로 그려졌다. 물론 상당수의 결혼이주 여성들이 경제적인 동기에서 한국 남성들과의 결혼을 선택했을 수도 있다. 하지만 이 여성들에 대해 물질적 이해를 좇는 타산적인 이미지만을 강조하는 보도방식은 그들의 다양한 결혼 동기들을 경제적 신분 상승을 위한 것으로 단순화시킨다. 1997년 한국 남성과 결혼한 외국 여성에게 자동적으로 국적을 부여했던 법이 결혼 후 최소 2년이 경과하는 조건으로 개정되었다. 언론보도가 이러한 법 개정에 영향을 끼쳤을 가능성이 있다.

(4)

가.

신문과 같은 전통적인 미디어와 함께 최근에는 SNS와 같은 새로운 미디어를 통해 정보가 유통되고 있다. 신문과 SNS에 유통되는 거짓 정보의 비율이 같다는 가설을 H, 신문에 비에 SNS에 유통되는 거짓 정보의 비율이 더 높다는 가설을 K라고 한다. H와 K중 하나를 선택하는 의사결정에서 초래되는 손실은 <표 1>과 같다.

<표 1> 손실 구조

	H를 선택	K를 선택
H가 참(true)	0	1
K가 참(true)	1	0

나.

의사결정을 위해 실시한 설문조사에서 신문에 보도된 특정 정보가 거짓이라고 응답한 수를 X라 하고, SNS에 유통된 같은 정보가 거짓이라고 응답한 수를 Y라고 할 때, <표 2>와 같은 확률분포를 가정하자.

<표 2> 확률분포

	X=Y	X>Y	X<Y
H가 참(true)	0.2	0.4	0.4
K가 참(true)	0.1	0.3	0.6

다.

　위와 같은 상황에서 다음과 같은 4가지 의사결정 방법(A1, A2,A3, A4)을 고려하자.

A1: 언제나 H를 선택.

A2: 언제나 K를 선택

A3: X>Y이면 H, X≤Y이면 K를 선택

A4: X≥Y이면 H, X<Y이면 K를 선택

라.

　위의 <표 1>과 같은 손실 구조에서 의사결정을 할 때 발생하는 기대손실은 오류를 범할 확률로 표현된다. 가령 A3을 사용하는 경우, H가 참일 때 K를 선택하는 오류를 범할 확률은 0.60이다.(H가 참일 때, X<Y일 확률 0.4와 X=Y일 확률 0.2의 합)

<논제1>

　(1)의 내용을 바탕으로 (2)와 (3)에 나타난 '사실'에 대한 관점을 비교하고, 이에 대한 자신의 생각을 논술하시오.(900자±50자)(75점)

<논제2>

　(4)를 읽고 다음 논제에 답하시오.(자수제한 없음. 25점)

　1. 만약 K가 참인 경우, 주어진 의사결정 방법들 중 기대손실을 기준으로 선택 순서는 A2, A3, A4, A1이다. 그 이유를 논하시오.

　2. 의사결정 방법 A3과 A4 중에서 기대손실을 기준으로 A4를 선택하는 경우 그 근거를 논하시오.

이번 고대 논술 문제는 예년의 논술과 많이 달라졌네요. 1번 논제로 늘 출제되었던 '순수 요약' 문제가 빠진 게 우선 눈에 띄죠? 그리고 문항 수도 세 개에서 두 개로 줄었고요. 마지막으로, 글자수가 600자에서 900자로 늘어난 게 보이네요. 하지만 수리 논술은 그대로 남아 있군요.

기존의 400자 요약과 600자 논술 쓰기는, 시간이 너무 빠듯하고, 또 글자수가 너무 적어서 학교측에서 수험생의 논술 실력을 파악하는 데 어려움이 많아서 이렇게 바꾼 것 같아요. 이렇게 되면, 수리 논술을 빼곤 고려대와 연세대 논술 유형이 같아졌지요? 그러니, 이제 900~1000자 논술 쓰기를 많이 하여 몸에 새겨야겠네요.

이제, 세 제시문을 가볍게 읽어 볼까요? 내용은 2012학년도와 다름없이 비교적 평이하네요.

논제1.
(1)의 내용을 바탕으로 (2)와 (3)에 나타난 '사실'에 대한 관점을 비교하고, 이에 대한 자신의 생각을 논술하시오. (900자±50자. 75점)

1. 논제 분석

기존 고려대 논술과 이번 모의 논술의 다른 점이 논제에서도 보이네요. 고려대는 그 동안 독해의 방향을 잘 알려주지 않았는데, 이번에는 그것을 알려주었군요. '사실에 대한 관점'이 그거죠? 이렇게 되면, 연세대와 고려대 논술 유형이 똑같다고 해도 지나치지 않겠네요. 물론 고려대의 수리논술과 연세대의 자료 제시형은 빼고요. 이번 논제의 논점은 셋이죠?

① 제시문 (1)의 내용을 바탕으로 할 것

② 제시문 (2)와 (3)에 나타난 '사실'에 대한 관점을 비교할 것

③ 이에 대해 자신의 생각을 논술할 것

2. 제시문 (1) 분석

19세기 근대 역사주의를 주창한 랑케(Ranke)는 이전의 자의적인 역사 연구와 서술을 부정하고 엄격한 사료 비판에 근거한 객관적 서술을 지향하여 역사학을 과학의 경지로 끌어올리려고 하였다. 그는 17-18세기를 통해 발전되어 온 사료 비판의 방법을 종합하여 본격적인 역사 연구의 기초를 마련하였다. 그는 고문서 자료 등 1차 사료를 더 신뢰하면서 이를 면밀히 분석하면 그 시대에 살았던 사람들의 눈으로 당시를 바라볼 수 있다고 믿었다. 즉 과거에 '사실(fact)'이 엄연히 존재하였으므로, 역사가는 그것이 기록된 문서를 객관적으로 분석함으로써 당시의 상황을 복원할 수 있다는 것이다. 랑케는 주관과 객관 사이의 간극을 사료 비판과 직관적 이해를 통해 극복할 수 있다고 믿었다. 역사가는 사료의 언어를 감정이입을 통해 이해함으로

써 과거를 있는 그대로 재현할 수 있다고 주장하였다.

이에 반해 콜링우드(Collingwood)는 역사적 사실은 순수한 형태로 존재하지 않으며, 또한 존재할 수도 없기 때문에 있는 그대로 복원하는 것이 불가능하다고 주장하였다. 자료를 객관적으로 수집하고 탐구하여 결론에 도달하는 것이 과학이라면 역사는 이러한 과학과 거리가 있다. 왜냐하면 '역사적 사실'이라는 과거는 역사가에 의해 구성되고 그 의미 또한 역사가에 의해 부여되기 때문이다. 과거는 과거의 시점에서 볼 때 실존적이지만 현재의 시점에서는 관념적일 뿐이다. 역사가가 알 수 있는 과거는 사료를 통한 것이 전부이다. 따라서 역사가는 과거에 대해 매개적이고, 추정적이며, 간접적인 인식 이상을 가질 수 없다. 이는 다시 말해 역사적 사실은 항상 오염되어 있어서 과학적 객관성을 획득할 수 없음을 의미한다. 역사적 의미 역시 그 과거에 대해 제한된 인식을 가진 역사가에 의해서 부여된다는 점을 고려하면 역사적 사실이 순수한 형태로 존재할 수 없음은 자명해진다. 명백한 증거를 기초로 진실을 추구하는 과학적 방법으로 파악되는 역사라는 것은 존재하지 않으며 역사는 역사가의 의식 속에서 재구성될 뿐이다.

콜링우드는 '사실'에 대해 어떤 생각인가요? 한마디로 역사적 사실을 복원하는 것은 불가능하다고 말했네요. 자, 이런 관점에 있는 사람에게 묻고 싶은 게 있죠? '왜 역사적 사실을 복원하는 게 불가능한가? 그러면 역사라는 것은 뭔가?' 콜링우드는 이에 대해 뭐라고 했죠? '역사란 역사가의 의식 속에서 재구성된 것일 뿐'이라고 했군요. 그렇게 생각한 까닭은 뭐죠? 세 가지가 나왔네요. 첫째, 그땐 실존적이었던 것이 지금은 관념적일 뿐이다. 둘째, 과거는 사료를 통해서만 알 수 있다. 그런데 사료는 매개적이고, 추정적이다. 셋째, 역사는 과거에 대해 제한된 인식을 가질 수밖에 없는 역사가에 의해 의미가 부여된다. 이런 까닭 때문이지요.

위에서 든 세 근거는 어떤 측면에서 다룬 것이지요? 처음 근거, 즉 실존적이니 관념적이니 하는 것은 어디에서 일어나죠? 마음에서 일어나는 감정이죠? 그래서 '심리적'인 측면이라 할 수 있겠네요. 둘째 근거에 나온 '~을 통해서만 알 수 있지, 그 전체는 알 수 없다', 즉 알 수 있다 또는 없다를 다루는 분야는 뭔가요? '인식론'적 측면이지요. 즉 그 측면에서 역사적 사실의 가능성을 부정했다고 할 수 있네지요. 제한된 인식을 가진 자가 의미부여를 하는 경우, 어떤 비판을 받을까요? 제대로 알지도 못하고 의미부여를 했다든가, 자기 멋대로 해석했다는 비판을 받겠지요? 이런 비판을 받는 것은, 무엇이 부족해서지요? 객관성이 부족하다고 하겠지요?

그러니까 콜링우드는 심리적 측면, 인식적 측면, 객관적 측면에서 '역사적 사실'이 성립할 수 없음을 말했다고 할 수 있겠네요. 그런데 왜 제가 콜링우드의 비판을 심리적, 인식적, 객관적이라는 개념어를 써서 파악했을까요? 그래야, 글을 깊이 있게 파악했다고 할 수 있기 때문이에요. 깊이 있는 파악을 한 뒤에야, 빼어난 글이 가능하고요. 빼어난 글에 빼어난 점수는 마땅한 열매겠죠?

카(E .H. Carr)에 따르면 역사가는 '가위와 풀의 역사', 다시 말해 단순히 과거 사실을 기계적으로 편집하는 역사를 쓰거나, 현재의 목적을 위해 과거 사실을 주관적으로 왜곡하는 오류를 모두 피해야 한다. 역사가와 역사적 사실 간의 관계에서 역사가들은 외견상 위태로운 상황에 처해 있는 것처럼 보인다. 왜냐하면 역사가는 역사를 사실의 객관적 편집으로 보아 사실이 해석보다 우위에 있다고 보는 이론과, 역사를 역사가의 주관적 마음의 산물이라고 보아 역사적 사실을 확립하고 해석하는 과정을 중시하는 이론 사이에서 아슬아슬한 곡예를 하고 있기 때문이다. 즉 역사가는 무게중심을 과거에 두는 역사관과 현재에 두는 역사관 사이에서 위험하게 항해하고 있는 것이다. 그러나 우리의 상황은 보기보다는 덜 위태롭다. 역사가는 사실 앞에 비천하게 무릎 꿇는 노예도 아니고, 사실을 지배하는 폭군적인 주인도 아니다. 역사가와 사실 사이의 관계는 평등하다. 즉 주고받는 관계이다. 역사란 역사가와 사실의 연속적인 상호작용이고, 현재와 과거의 끊임없는 대화이다.

이제 마지막 역사가 '카'가 남았군요. 카에 대해선 대충 들어봤죠? 이 사람의 역사관은 한 마디로 뭔가요? 핵심문장은, 보통 처음이나 맨 나중에 나오죠? '역사란 역사가와 사실의 연속적인 상호작용이고, 현재와 과거의 끊임없는 대화다'고 했군요. 한 번쯤 들어봤던 말이죠? 그러면 카는 '사실'에 대해 어떤 태도를 취한다고 할 수 있을까요? '랑케'와 '콜링우드'가 가진 사실에 대한 관점과 견주어서 말해 보세요. 랑케는 사실에 치우쳤고, 콜링우드는 '해석'에 치우쳤다면, 카는 '그 사이'에 있다고 할 수 있겠지요? 랑케가 사실을 절대화한다면, 콜링우드는 사실을 부정하고 있어요. 반면에 카는 역사적 사실을 부정하지도, 그렇다고 절대화하지도 않고 있어요. 이런 것을 무슨 태도라 할 수 있을까요? '혼융적이고 통합적'인 태도라고 할 수 있지 않을까요? '절충적이다'는 말은 안 된다는 것 알고 있죠? 절충은 조각을 붙여놨다는 뜻이기에 부정적으로 쓰이잖아요.

3. 제시문 (2)와 (3)에 나타난 '사실'에 대한 관점 비교

1) 제시문 (3)

언론 보도의 객관성은 언론 윤리의 가장 중심적인 문제이다. 언론의 객관성은 정확하고 선입견이 배제된 보도를 통해 보장된다. 객관성을 유지하기 위해 기자는 평가와 판단을 유보하고 오로지 일어난 사실 그 자체만을 모노해야 한나.

그러나 보도의 절대적 객관성만을 강조하는 것은 너무 순진한 주장이라고 보는 시각도 있다. 버거(Burger)와 루크만(Luckmann)은 해석 공동체의 존재가 언론의 객관성이라는 개념 혹은 가치보다 우선한다고 주장한다. 그들은 주관적인 의미가 객관적인 사실성을 획득하는 과정을 강조하면서, 한 사회의 독자적이고 독특한 실재에 대한 적절한 이해는 그것이 구성되는 방식에 대한 이해를 필요로 한다고 말한다. 해석 공동체의 존재를 고려하지 않고 객관성의 개념만을 강조할 경우, 언론은 특수한 사회적 실재 혹은 사실을 지나치게 일반화하거나 과장되게 보도하는 오류를 범할 가능성이 있다. 즉 실재의 재현 과정에서 오류가 발생하는 것이다.

예를 들면, 국제결혼을 한 조선족 여성들에 대한 언론 보도의 경우 초기에는 그들을 '우리 농촌을 구할 수 있는 동포 처녀들'로 소개하였다. 그러나 얼마 지나지 않아 그들은 '자신의 경제적 이해 추구에 필요한 법적 지위를 얻기 위해 국제결혼을 이용하는 자들'이라거나 '위장결혼을 알선하는 결혼중개업자들의 공모자들'로 그려졌다. 물론 상당수의 결혼이주 여성들이 경제적인 동기에서 한국 남성들과의 결혼을 선택했을 수도 있다. 하지만 이 여성들에 대해 물질적 이해를 좇는 타산적인 이미지만을 강조하는 보도방식은 그들의 다양한 결혼 동기들을 경제적 신분 상승을 위한 것으로 단순화시킨다. 1997년 한국 남성과 결혼한 외국 여성에게 자동적으로 국적을 부여했던 법이 결혼 후 최소 2년이 경과하는 조건으로 개정되었다. 언론보도가 이러한 법 개정에 영향을 끼쳤을 가능성이 있다.

제시문 (2)를 먼저 분석하지 않고, 제시문 (3)을 먼저 분석한 까닭은 뭐라고 생각하세요? 두 글을 견줄 때, 또렷한 글을 잣대로 삼아 그렇지 않은 글을 재면 깔끔하게 견줄 수 있어요. 글은 크게 문학적인 글과 산문적인 글로 나눌 수 있어요. 그런데 문학적인 글은, 또렷하다는 관점에서는 산문을 따라갈 수 없어요. 그래서 제시문 (2)를 먼저 분석하고, 그것을 가지고 제시문 (3)을 해석하려고 그렇게 한 거예요. 여러분도 그렇게 하는 게 좋을 거예요.

제시문 (2)는 '사실'에 대해 어떤 태도를 취하죠? 우선, '사실'이 명시적으로 나온 부분이 어딘가요? 둘째 단락 끝 부분에 "특수한 사회적 실재 또는 사실"이라고 나와 있네요. 그것을 다른 식으로 표현한 게 '언론의 객관성'이고요. 그리고 마지막 단락에서 그것의 구체적인 예로 '국제결혼을 한 조선족 여성들'을 들었지요?

'언론의 객관성'에 대해 글쓴이는 높이 치나요? 그렇지 않지요? 무엇 때문에 그런가요? '해석 공동체'가 '객관적 사실'보다 더 우선한다는 생각 때문에 그러네요. 이런 필자의 사실관을 정리하면 어떻게 될까요? '해석 공동체에 대한 이해에 바탕해서, 구체적인 사실을 바라봐야 한다.' 이 정도 되겠죠?

이런 태도를 제시문 (1)과 견주면 어떻게 되죠? 사실을 절대시하는 태도는 아니네요. 그러면 해석에 치우친 태도인가요? 아니면 사실과 해석 사이에서 융합적인 태도를 취하나요? 판때리기(판단)가 쉽지 않죠? 해석 공동체의 우위를 위에 둔 것에 따르면 해석에 치우쳐 있는 듯하지만, "보도의 절대적 객관성만을 강조하는 것은 너무 순진한 주장이라고 보는 시각도 있다"는 문장을 보면, 필자가 '사실'을 마냥 무시하는 것 같지도 않아, 뭐라 말하기가 어렵네요.

이럴 땐 제시문 (1)의 콜링우드 부분을 다시 한 번 읽으면서 뭔가 색다른 게 없나 살펴보세요. "역사적 사실이 순수한 형태로 존재할 수 없음은 자명해진다.", "명백한 증거를 기초로 진실을 추구하는 과학적 방법으로 파악되는 역사라는 것은 존재하지 않는다." 이 두 문장과 제시문 (3)의 견해를 견주면 어떻게 되나요? 다른 점이 느껴지지 않나요? 콜링우드는 객관적 사실을 거의 인정하지 않는 듯하죠? 그런데 제시문 (3)은 '해석 공동체'를 중시하긴 하지만, 그렇다고 객관적 사실까지 부정하는 건 아니잖아요. 조선족 여성들에 대한 신문보도에 대해서도 '경제적 신분 상승' 때문이라는 사실을 부정한 게 아니고, 그런 식의 보도는 다양한 결혼 동기를 단순화한다고 나무

랄 뿐이고요.

이런 점을 놓고 봤을 때, 제시문 (3)의 필자는 '카'의 사실관에 더 가까이 있는 듯하죠?

2) 제시문 (2)

문학은 경험 현실을 그대로 재현하기보다는 상상력을 통해 재구성하고 재창조한다. 문학은 신문기사나 보고서, 실록 등과 같은 기록물들과 다르다. 문학은 상상의 산물이므로 거기에 나오는 내용은 사실이 아닌 허구이다. 그럼에도 불구하고 문학의 허구는 독자에게 사실처럼 여겨진다. 소설의 등장인물들이 현실 속에 살아 있을 것처럼 보이고 소설에서 펼쳐지는 사건들이 이 세상 어딘가에서 실제로 벌어질 것 같기도 하다. 디킨스(Dickens)의 소설들은 연재 당시 독자들로부터 열렬한 사랑을 받았다. 독자들은 디킨스 소설의 주인공을 실존 인물로 착각할 정도였고 주인공의 운명을 걱정한 나머지 디킨스에게 그를 불행하게 만들지 말라고 편지를 보내기도 하였다. 특히 <골동품 상점>의 '어린 넬'이 죽는 연재분이 배포되었을 때는 비록 가공의 인물이 죽었음에도 전 영국이 울음바다가 되었다. 가정과 일터와 거리에서 사람들은 해당 호를 손에 든 채 눈물을 흘렸다. 문학의 역사에서 이와 유사한 사례들이 드물지 않다. 그 사례들은 문학의 허구가 현실 세계에 대해 얼마나 큰 사실적 호소력을 지닐 수 있는지를 잘 보여준다. 문학이 경험 현실에서 취한 소재를 두고서 전개하는 상상은 결코 허황되지 않아서 그 상상이 창조한 허구는 우리의 감수성에 구체적으로 작용한다. 그래서 문학은 허구이긴 하지만 그 허구 속에는 사실 이상의 진실이 담겨있고 그 진실의 호소력이 사람들에게 깊은 감동을 자아낸다. 그 감동이 동일한 작품을 읽은 사람들 사이에 공감대를 형성함으로써 문학은 소통의 방법으로 기능한다. 우리는 문학이 전개하는 자유로운 상상을 통해 삶의 의미와 가치를 발견하고 더불어 사는 세상의 아름다움과 대면하게 된다.

제시문 (2)에서의 '사실'에 대한 관점은 뭐죠? 그것을 밝힐 수 있는 길이 여럿이겠지만, 제 눈에 띄는 것은 둘이네요. 우선 대비 관계에 있는 게 눈에 띄네요. 무엇이 되었건 다른 것과의 '견줌'에서 그것이 또렷하게 드러나니까, 제시문에 있는 대비 관계를 이용하면 독해의 실마리를 잡기가 쉬워요. 또 다른 하나는 제시분에 나와 있는 '사실'이 들어간 구설을 찾아 표시하고 그것을 자세히 따져보는 것이에요. 물론 이 두 길은 서로 통하니까, 둘 다를 써서 제시문 (2)의 관점을 파악하는 게 좋겠지요.

자, 무슨 대비가 보이죠? '현실을 재현한 것'과 '상상력을 통해 재구성한 것'이 눈에 띄죠? 이것을 다른 말로 바꾸면, '기록물'과 '문학'이 돼요. 그런데 필자는 어느 쪽에 서 있나요? 문학쪽에 서 있다는 게 금방 느껴지지요? 그러면 필자의 '사실'에 대한 입장이 구체적으로 뭔지 보기 위해, 사실이 들어간 구절을 뽑아 보세요. "사실이 아닌 허구", "사실처럼 여겨짐", "사실적 호소력", "사실 이상의 진실."

그리고 문학 작품 <골동품 상점>의 '어린 넬'의 경우에서 어떤 느낌이 들죠? '사실보다 더 사실 같다'고 느껴지지 않으세요. 이 문장에서 저는 사실을 두 번 썼는데, 앞의 것은 기록물 같은 것이고, 뒤의 것은 사람을 움직이는 힘, 즉 진실 같은 것이라고 할 수 있겠죠? 다른 말로 하면 '단순한 사실'과 '재창조된 사실'이라 할 수도 있겠네요. 어떤 의미를 자꾸 다른 말로 바꾸어 보는 데는 까닭이 있어요. 그것을 통해 글의 의미가 또렷해질 뿐만 아니라, 여러분의 헤아리는 깜냥(사유 능력)도 커질 수 있기 때문이에요. 이 정도 분석이 되었으면, 제시문 (3)과 비교를 해보죠.

3) 제시문 (2)와 제시문 (3)에 나타난 공통점과 차이점 찾기

'사실'에 대해 두 제시문이 취한 공통점은 뭔가요? 단순한 사실, 객관적 사실을 뛰어넘는 것에 대해서 눈길을 주었지요? 이 점에서 둘은 장단을 같이 해요. 그러면 그 방법에 있어서는 어떤가요? 하나는 '해석 공동체의 존재'에 대한 깊은 이해를 바탕으로 '사실'을 보라고 했고, 또 하나는 '상상력'을 통해 현실을 '재창조'하는 것에 대해서 말했죠? 이것이 '사실 이상의 진실'에 가 닿을 수 있다고 했고요. 그 때 우리는 서로를 공감하고, 삶의 의미와 가치를 발견할 수 있다고도 했어요.

그러니까, 둘은 현실을 뛰어넘는 연장 즉 수단이 다르네요. 하나는 '해석 공동체에 대한 이해'를, 다른 하나는 '상상력'을 써서 그것을 하고 있네요. 이제, 그 결과에 대해서도 당연히 물어야겠죠? 제시문 (2)가 '공감'과 '삶의 의미 발견'을 가능케 했다면, 제시문 (3)은 상황을 '단순화하는 오류'에서 벗어날 수 있게 한다고 할 수 있겠지요?

4) 자신의 생각

'사실'에 대한 관점이 제시문에 나온 게, 세세하게 나누면 다섯이나 돼요. 그런데 여기에 자신의 견해까지 덧붙이면 여섯이 되는데, 쓸 지면과 시간이 한정되어 있다는 점을 꼭 명심하세요. 이 어려움을 처리하는 두 길이 있어요. 하나는 제시문에 나와 있는 '사실관' 전체를 한통속으로 잡아넣는 방법을 생각해내는 거예요. 이것을 하려면 깊이 있는 사유과정을 거쳐야겠지만, 그것에 성공하면 깔끔하고 심층적인 글쓰기를 할 수 있어요. 예시 답안에서 이것의 실제 모습을 보여줄게요.

이것이 어렵다면, 다섯 중 하나를 선택해서 자기 의견으로 삼는 길이 있어요. 이때 잊어서는 안 되는 것은, 자신이 그 사실관을 지지한다는 것을 명시적으로 밝혀야 한다는 거예요. 두루뭉술해서는 안 돼요. 또한, 랑케의 입장을 고르는 것도 바람직하지 않을 거예요. 논제의 요구에 따라 비교를 해야 하는 제시문 (2)와 (3)이 이 관점과 전혀 다른 쪽에 서 있다는 점 때문이에요. 제시문 (1)이 이 입장만으로 되어 있다면 그래도 괜찮은데, 또 다른 입장이 거기에 둘이나 더 있잖아요. 이것을 다 고려하면서 글을 쓰기에는 글자수와 시간이 너무 부족해요. 하나 더 말한다면, 두 입장을 동시에 존중하는 것도 썩 바람직하지는 않아요. 절충이 되기 쉽거든요.

4. 이끄는 글 구상하기

이끄는 글을 잘 쓰기 위해선, 먼저 논제에서 요구하는 핵심 사항을 한 단계 상위의 관점에서 파악하세요. 그게 논제 출제자의 문제의식에 다가가는 길이기 때문이에요. 그러려면 제시문 전체를 위에서 내려다볼 수 있는 능력과 논제의 핵심어를 '인간 삶'의 문제 안으로 잡아넣는 능력이 필요해요. 이 두 능력을 키울 수 있는 방법을 이 책 여기저기에서 밝혀 놓았으니, 반드시 그것을 익히세요.

여기서는 전체 제시문을 조감하는 것에 대해서 살펴보도록 할게요. 글 전체를 위에서 내려다보면, 당연히 '사실'이란 낱말이 보이겠죠? 이제, 물어야 할 것은 '사실'에 대해서 말한 글들이 많은데, 하필 이 지문을 뽑은 까닭은 무엇일까를 곰곰이 생각해보세요. 생각할 땐 막연히 하면 안 되고, 제시문들의 큰 특징을 찾아야 해요. 제시문들이 다룬 분야가 무엇인가? '사실'에 대해 어떤 관점을 지지하는가? 이 제시문에 또 다른 제시문을 보탠다면 어떤 제시문을 덧보탤 수 있겠는가? 이런 정도를 곱씹어보면 거기에서 번뜩이는 게 떠오를 거예요. 일단 해볼까요.

제시문에서 다룬 분야가 뭐죠? 역사학·문학·언론학이에요. 이것에 '사실'을 넣어서 생각하면, 역사적인 사실, 문학적인 사실, 언론학적인 사실이라 할 수 있겠지요? 여기까지 생각을 굴렸으면, 세 번째 물음 즉 어떤 내용의 제시문을 덧붙일 수 있을까로 자연스럽게 넘어갈 수 있어요. 뭐라고 물으면 될까요? 이 세 분야만 사실을 다루나! 심리학에서 다루는 사실은 뭐지? 종교에서 다루는 사실은 뭐고, 법에서 다루는 사실은 뭔가? 또 수학은 사실을 다루지 않을까? 이런 물음들이 쏟아지겠죠? 시험 볼 때는 이것들에 대해 하나하나 자세하게 다 파볼 필요는 없어요. (물론 평상시에는 이것들에 대해서 깊게 헤아려야겠지요?)

이것들을 덧붙이면, 논제에서 문제 상황으로 설정하고 있는 틀이 깨질까? 아니면 차이가 없을까? 그리고 제시문에 있는 분야에서 말하는 '사실들'은 일치하는가? 이런 정도만 물으면 제시문의 틀 전체를 조감할 수 있어요.

역사학·문학·언론학에서 말하는 사실이 다르다는 것은 금방 알 수 있죠? 그러므로 여기에 심리학·종교학을 덧붙인다고 제시문의 방향에서 벗어날 것 같지는 않지요? 여기서 우리는 결론을 내릴 수 있어요. '사실이라는 게 분야마다 다르게 바라볼 수 있겠구나!' 이게 출제자가 생각하고 있는 사실에 대한 견해이겠죠?

이런 출제자의 의도를 반영해서 이끄는 글을 쓰면, 아주 빼어난 글이라는 평가를 받을 수 있어요. 실제로 이 부분을 어떻게 표현했는가는 예시 답안에서 확인하세요.

5. 얼개 짜기

① 제시문 (1)에 대한 이해

- 사실은 하나가 아님

　　•사실에 대한 세 관점

② 제시문 (2)와 (3) 비교

　　•공통점 - 사실을 단순화하는 것에 대한 비판적 태도

　　•제시문 (3) - 복합적인 사실 강조

　　•제시문 (2) - 사실의 재구성과 창조

③ 나의 견해

　　•또 다른 사실 - 심리적 종교적인 사실

6. 예시 답안 (900±50자)

　역사학은, 언제 무슨 일이 일어났는가를 그 출발점으로 한다는 점에서 물리적인 사실을 기초로 한다. 그런데 가장 단순한 사실에서 출발하는 역사학에서조차, 역사적 사실이 가지는 '사실성'을 문제 삼고 있다. 사실 그대로의 역사를 외치는 랑케에 대해, 비판의 화살을 겨누고 있는 콜링우드가 대표적이다. 역사는 해석일 뿐이라고 그는 말한다. '카'는 사실에 대해, 앞의 두 사람과 또 다른 견해를 제시한다. 그는 역사적 사실에 대한 두 극단적인 관점을 배제한다. 즉 사실에서 절대성도, 그렇다고 해석성만도 읽지 않는다. "역사란 과거와 현재의 끊임없는 대화다"라고 그는 본다.

　제시문 (2), (3) 역시 '사실'을 물리적이고 단순하게 대하는 태도를 문제 삼는다. 이 점에 있어서 두 필자는 장단을 맞춘다. 하지만 '단순 사실'을 넘어가는 대목에 이르면, 둘은 서로 다른 장단을 친다. 제시문 (3)의 필자는 특정한 물리적 사실을 무시하지 않는다. 다만 그것이 무엇이 되었건 간에, 하나의 사실은 복합적이라고 본다는 점에서 랑케와 견해를 달리 한다. 즉 '어떤 사실' 밑바닥에는 '해석 공동체'가 존재하고, 이 공동체에 대한 충분한 이해 속에서 '그 사실'을 바라봐야 한다는 입장이다. 제시문 (2)의 필자는 '사실'에 대한 관점에서 상당히 파격적이다. 그는 현실을 '재구성'하여 창조하는 세계를 주목한다. 허구인데, 사람들의 마음을 사실보다 더 붙들고, 나아가 감동을 주는 세계를 그는 알려준다. 사실보다 더 사실다움, 즉 문학의 사실이 그것이다. 이 점에서 제시문 (3)의 필자와 다르다.

　사실에 대한 관점은 위에서 본 물리적·역사적·문학적인 것만이 있는 게 아니다. 종교적인 사실, 수학 세계의 사실, 개인 심리적인 사실 등 많다. 이런 까닭으로 '사실'에 대한 단 하나의 개념은 존재할 수 없다. 사실은 하나가 아니고 여럿이다.

7. 전략적인 글쓰기

　이번 글쓰기는 여간 까다로운 게 아니었지요? 제시문 (1)의 내용을 바탕으로, 제시문 (2)와 (3)을 비교하라는 논제는 생소한 게 아니지요? 그런데 제시문 (1)에 나온 '사실에 대한 관점'이 하나가 아니라 셋이라는 데 문제가 있지요? 어느 장단에 맞춰, 제시문 (2)와 (3)을 비교해야 할지 막막했을 거예요. 이럴 때는 제시문 (1)을 하나의 흐름 속으로 집어넣을 수 있는 게 무엇인가를 생각하세요.

　세 제시문 전체를 흐르는 게, 사실에 대한 '여러' 관점임으로 제시문 (1)도 이 흐름 속으로 집어넣자는 거죠. 제가 쓴 예시 답안의 첫 단락을 보세요. 세 역사가의 입장을 '역사의 사실성에 대한 논란'이라는 항목으로 몽땅 붙잡아 넣었죠? 이렇게 할 수 있었던 것은 제시문 (2)와 (3) 역시 '이 논란' 속에서 붙잡을 수 있었기 때문이에요. 그런 생각을 둘째 단락 첫 문장에 "제시문 (2), (3) 역시 사실을 물리적이고 단순하게 대하는 태도를 문제 삼는다"로 표현했고요. 이렇게 하니까 글이 매끄럽게 이어졌지요?

　글쓰기 기술을 하나 가르쳐 줬으니 몸에 잘 새겨 두세요. 그리고 지금 제가 한 것처럼 여러분도 제 예시 답안을 파보세요. 그래야 글쓰기에 대한 눈을 뜰 수 있어요. 감히 자부하건대, 제 예시 답안은 분석하고 파볼 만한 가치가 있다고 생각해요. 제 자랑을 하는 팔푼이어서가 아니라, '이 책에 눈길을 준 날, 기쁨이 시작되는 날'을 현실로 만들기를 바라서 그러는 거니까, 이해하세요.

논제2.
　(4)를 읽고 다음 논제에 답하시오.(자수제한 없음. 25점)
　　1. 만약 K가 참인 경우, 주어진 의사결정 방법들 중 기대손실을 기준으로
　　　선택 순서는 A2, A3, A4, A1이다. 그 이유를 논하시오.

예시답안

각각의 경우의 기대손실을, 오류를 범할 확률로 표현하면
A1을 사용하는 경우, K가 참일 때 H를 선택하는 오류를 범할 확률은 1이다
　(K가 참일 때, X=Y일 확률 0.1 X>Y일 확률 0.3과 X<Y일 확률 0.6의 합)

A2를 사용하는 경우, K가 참일 때 H를 선택하는 오류를 범할 확률은 0이다

A3을 사용하는 경우, K가 참일 때 H를 선택하는 오류를 범할 확률은 0.3이다
(K가 참일 때, X>Y일 확률 0.3)

A4를 사용하는 경우, K가 참일 때 H를 선택하는 오류를 범할 확률은 0.4이다
(K가 참일 때, X=Y일 확률 0.1 X>Y일 확률 0.3의 합)
따라서 A2, A3, A4, A1 순서로 기대손실이 높아진다.

2. 의사결정 방법 A3과 A4 중에서 기대손실을 기준으로 A4를 선택하는 경우 그 근거를 논하시오.

예시답안
A3을 사용하는 경우, H가 참일 때 K를 선택하는 오류를 범할 확률은 0.6이고,
A3을 사용하는 경우, K가 참일 때 H를 선택하는 오류를 범할 확률은 0.3이다.

A4를 사용하는 경우, H가 참일 때 K를 선택하는 오류를 범할 확률은 0.4이고,
A4를 사용하는 경우, K가 참일 때 H를 선택하는 오류를 범할 확률은 0.4이다.

가설H, 가설K가 참일 확률이 같다면,
A3을 사용하는 경우 오류를 범할 확률은 0.5(0.6+ 0.3)=0.45이고,
A4를 사용하는 경우 오류를 범할 확률은 0.5(0.4+ 0.4)=0.4이다.
따라서 A4를 선택했을 때 오류를 범할 확률이 적다.

2012학년도 고려대 수시 기출문제 (인문A)

※ 아래 제시문을 읽고 논제 1, 2에 답하시오.

(1)

좀 더 나은 사회를 건설하기 위해서는 어느 정도 개인의 자유를 제한하는 것이 불가피하다는 인식이 만연해 있다. 이는 사회를 규율하는 질서와 원리가 의도적 설계의 산물이라고 보는 사고방식의 결과이다. 이것은 명백한 오류이자 위험천만한 발상으로서 20세기 문명을 전체주의로 빠져들게 한 주범이다. 전지전능한 사람이 존재해서 사회의 모든 구체적 사실과 상황, 결과 및 그 사이의 인과 관계를 완벽하게 알고 있다면 사회가 추구해야 할 가치와 목적을 정하고 그 목적에 따라 사회를 설계할 수 있을 것이다. 그러나 어떤 개인이나 집단도 그런 능력을 갖고 있지는 못하다.

사회의 기본 질서는 누군가 의도적으로 설계한 것이 아니라 무한히 복잡하고 불확실한 상황에 개인들이 적응하는 과정에서 다양한 시행착오를 통해 형성되어 온 것이다. 오늘날 우리가 지키고 있는 관습이나 도덕은 모두 이것을 지키는 것이 좋다는 반복적 경험과 학습을 통해서 나온 것이지 의도적으로 만들어 낸 것이 아니다.

사회가 진보의 방향으로 나아가는 것도 이러한 자율적 성격에 힘입어서이다. 사회를 발전시키는 동력은 정부가 주입하는 사고와 제도가 아니라 사회 구성원들이 새로운 생각과 행동 방식을 끊임없이 시험하는 과정 그 자체이다. 개인들은 각자의 목표를 달성하기 위해 저마다의 지식을 활용해 자유롭게 행동을 결정하며, 이 과정을 통해 사회는 점차 진보해 간다. 이러한 사회 운영의 원리를 지키기 위해서는 구성원 각자에게 개인의 자유와 사적 영역을 보장할 필요가 있다. 개인은 무엇이 자신에게 중요한지, 어떻게 행동해야 하는지 스스로 판단할 능력과 권리가 있으며, 또한 생각과 행동의 자유를 침해받지 않을 자격이 있다. 예외적으로 정부의 개입이 정당화되는 것은 개인의 사적 영역을 타인의 침해로부터 지키기 위해서 필요한 경우에 한한다.

사회 구성원 사이의 자율적 조정에 대비되는 것이 간섭, 즉 의도적 개입이다. 간섭은 명령권자가 의도한 특정 결과를 달성하기 위한 행위로서 그대로 두었더라면 성취되지 않았을 방향이나 속도를 강제하는 것이다. 우리는 시계에 기름을 치거나 태엽을 감는 것처럼 어떤 기계 장치가 적절히 기능하는 데 필요한 일을 하면서 이를 간섭이라고 부르지는 않는다. 시계 바늘을 한 시간 뒤로 돌리는 것과 같이 통상적인 작동 원리와는 부합하지 않는 방식으로 어떤 부분의 위치나 기능을 바꿔 놓았을 경우에만 간섭했다고 말한다. 이처럼 간섭의 목적은 외부 개입 없이 본래의 원리에 따르도록 내버려 두었을 때 발생했을 결과와는 다른 특정 결과를 산출하는 데 있다.

간섭의 극단적 형태는 노예에 대한 주인의 지배 혹은 국민에 대한 독재자의 지배처럼 한쪽의 의지에 다른 한쪽을 강제로 복종시키는 것이다. 정도의 차이는 있지만 현대 사회에서도 간섭의 예를 찾아볼 수 있다. 장발과 짧은 치마 단속, 심야 통행금지, 과외 교습 금지 등이 그것이다. 오늘날에도 정부는 국민의 복리를 증진시킨다는 명목으로 국민 생활의 다양한 부문에 개입하고 있다.

사회의 특정 부문에 간섭함으로써 생겨나는 결과는 자유의 원리와 공존할 수 없다. 의도적 개입은 단기적으로는 목적한 효과를 거두는 것처럼 보일지 모르지만 예상치 못한 부작용을 유발함으로써 결국에는 더 큰 문제를 초래하게 된다. 간섭으로는 바람직한 사회를 이룰 수 없다. 오랜 시간 시행착오를 거쳐 형성된 자생적 질서만이 보편적이고 일관된 원칙들의 체계를 점진적으로 만들어 갈 수 있는 것이다. 간섭은 각자가 처한 상황에 자발적으로 대응할 수 없게 함으로써 개인들 사이의 자율적 조정을 방해한다.

(2)

가.

"우리들이 하구픈 대로 내버려 두면 될 걸 왜 하필 여기 끌어다 가둬 놓구 이러시는 거예요?"

"그게 잘못된 생각야. 너희를 가둬 두다니? 부모 없는 너희를 보호해 주기 위해 이러는걸. 너희 하나하나가 한 사람 구실을 할 때까지 말야."

"가둔 게 아니면 가시철망은 뭣 하러 쳤어요?"

"그건 밖에서 너희를 노리는 사람이 있어서 그러는 거지."

"야경은요? 밤에 우리가 어쩔까 봐 그걸 지키는 게 아녜요?"

"그것 역시 밖에서 너희를 노리는 사람이 있어서 그걸 막자는 거다."

"사실은 야경대가 있기 땜에 더 달아나구 싶은 생각두 들구, 뭣을 훔치구 싶은 생각두 들게 돼요. 어디 누가 견디나 보자 하구요."

"그게 또 무슨 소리야. 야경하는 애는 누구고 너희는 누구야. 이곳은 너희들의 집이야. 너 나 할 것 없이 모두가 지켜야 하는 거야."

종호는 계속해서 이 소년에게 무슨 말이고 한마디 해 줘야 할 걸 느끼며,

"좀 전에 너는 너희들이 하구 싶은 대로 그냥 내버려 달라구 했지? 그러나 세상에는 자기 하구 싶은 대루 해선 안 되는 일이 얼마든지 있어. 가령 여기 어떤 사람이 병원에 입원해 가지구 수술을 했다구 하자. 아니, 내가 이 팔을 짤리었을 때 일을 얘기하지. 마취약 기운이 없어지니까 수술한 자리가 어떻게나 쑤시구 아픈지 모르겠어. 나는 참다못해 의사더러 진통제든지, 아픈 걸 없어지게 하는 약 말이야, 그렇잖으면 잠자는 수면제라두 달라구 졸랐지. 나두 의학을 공부한 일이 있어서 그런 약을 함부루 써서는 안 된다는 것쯤 모르는 바 아니지만 참다못해 그런 거야. 물론 의사는 내 말을 들어줄 리

없지. 내 편에서 보면 꼭 그 약을 썼으면 아픈 걸 잊겠는데 의사는 들어주지 않는단 말야. 그건 의사
가 내 고통을 몰라서 그러는 게 아니거든. 결국 날 위해서 그러는 게지. 만일 그런 약을 내가 달라는
대루 주면 그때그때의 내 고통은 잊어버리겠지만 그것 땜에 내 몸에 딴 이상이 생겨두 그걸 깨달을 수
없게 되니 말야. 그리구 이건 또 배 수술 할 때 얘긴데 배 수술 환자에게는 어느 시간까지 음식물을
안 먹이게 돼 있어. 목이 타 죽을 지경이라두 물 한 방울을 주지 않어. 꼭 물 한 모금만 먹으면 살 것
같은데두 주지 않어. 어떤 사람은 견디다 못해 간호하러 와 있는 집안식구를 졸라대어 물을 먹구서 죽
는 수두 있어.”

종호는 이 수술 환자의 예를 빌린 자기의 이야기 뜻이 얼마큼이나 눈앞의 소년에게 전해졌을까가
의심스러웠다. 좀 더 알아듣기 쉬운 적절한 말이 있을 것 같았다. 그러나 그게 안 되는 것이었다. 종
호는 자기의 부족함을 느껴야만 했다.

나.

현대 국가는 사회 전반을 바람직한 방향으로 이끌어 가고자 하는 목적에서 국민의 자유를 제한하곤
한다. 대표적 예로는 좌석 안전띠의 착용 강제를 들 수 있다. 미국에서는 오래전부터 안전띠를 하지
않은 운전자를 법규로 규제하여 왔는데, 일부 주에서는 운전자뿐만 아니라 자동차의 모든 승객들에게
안전띠의 착용을 강제하고 있다. 자신의 선택에 따라 안전띠 착용 여부를 결정할 수 있도록 해야 한다
는 주장은 받아들여지지 않는 것이다. 우리나라에서도 최근 개정된 도로교통법은 고속도로나 자동차
전용도로를 이용할 경우 전 좌석에서 안전띠를 착용하도록 하고 있으며, 이를 위반할 때에는 과태료를
부과하는 것으로 관련 규정을 강화하였다. 또한 택시나 고속버스 같은 대중교통 이용자가 안전띠를 착
용하지 않을 경우 운전기사가 승차를 거부할 수 있도록 하는 방안도 검토하고 있다. 안전띠 착용 규정
을 강화하고 있는 것은 교통사고로부터 국민의 생명과 신체를 보호하고 교통질서를 유지하며 교통사고
로 인한 사회적 비용을 줄여 사회의 이익을 증진시키기 위함이다.

(3)

독일의 ‘영업시간 제한법’은 일반인을 상대로 하는 소매상점의 영업 개시 및 종료 시간을 규제하는
법률이다. 이 법률은 근로자에게 건강·여가·수면에 대한 권리를 보장하고 다른 사람들과 어울려 사
회적 활동을 할 기회를 주기 위한 목적으로 제정되었다. 그러나 영업의 자유 및 구매의 자유를 제한한
다는 이유로 반대하는 의견도 있다.

영업시간 제한법에 따르면 소매상점은 다음 시간에는 영업을 할 수 없다.

① 월요일부터 토요일까지: 오전 6시 이전, 오후 8시 이후

② 일요일과 공휴일: 하루 종일

이 법률은 점원을 고용하고 있는 소매상점뿐 아니라 소유주가 직접, 혹은 가족 구성원과 함께 운영

하는 상점에 대해서도 동등하게 적용된다. 다만 약국, 주유소, 기차역이나 공항 내 상점은 예외로 한다.

논제 1. 제시문 (1)을 요약하시오. (25점)

논제 2. 제시문 (1)과 (2)의 관점을 비교하고, 둘 중 하나의 관점에 입각하여 제시문 (3)에 대한 자신의 견해를 논하시오. (50점)

* 아래 제시문을 읽고 논제 (3)에 답하시오.

(가) 3×3 행렬 $A = (a_{ij})$와 $B = (b_{ij})$는 A의 (i, j) 성분과 B의 (j, i) 성분이 같고 $AB = BA$를 만족한다.

(나) 10차 다항함수 $p(\chi) = (\chi-1)(\chi-2)\cdots(\chi-10)$의 χ^8의 계수를 c라 한다.

(가)와 (나)에서 소개된 행렬과 함수에 대해 아래의 네 문장이 모두 참이라고 하자.

[문장 1] 홍길동이 노래를 좋아하거나 $-1 \leq \chi \leq 1$에서 $y = (\chi^2 + 3)^2 + (2 - \chi^2)^2$의 최소값이

$$y = 2(\chi^2 + 3)(2 - \chi^2)$$의 최소값과 같다.

[문장 2] 홍길동이 노래와 춤 중 하나만 좋아하고 $a_{12} = a_{13} = a_{23} = 0$이다.

[문장 3] $c = 13200$이면, $3^{1/\pi} > \pi^{1/3}$이거나 홍길동은 재능이 없다.

[문장 4] $b_{12} = b_{13} = b_{23} = 1$이면 홍길동이 연습을 열심히 하지 않고, 홍길동이 연습을 열심히 하지 않으면 $b_{12} = b_{13} = b_{21} = 1$이다

논제 3. (25점)

(a) 홍길동이 춤을 좋아하지 않음을 보이시오.

(b) '홍길동은 재능이 없다.'는 문장의 참 또는 거짓을 유추할 수 있는지 논하시오.

(c) '홍길동이 연습을 열심히 하거나 재능이 있으면, 스타가 된다.'는 문장 또한 참일 때 홍길동이 스타가 된다는 결론을 유추할 수 있는지를 논하시오.

※ 유의 사항

1. 답안에 자신을 드러내는 표현을 쓰지 말 것.

2. 답안에 제목을 달지 말 것.

3. 제시문의 문장을 그대로 옮겨 쓰지 말 것.

4. 분량은 띄어쓰기를 포함하여, 논제 1은 400~450자, 논제 2는 600자(±50자)로 쓸 것. 논제 3은 글자 수에 제한 없이 쓰되 답안지의 테두리 선을 벗어나지 말 것.

이번 논제에는 독해의 방향이 나오지 않았네요. 하지만 (1)과 (2)가 대비된다는 것을 알겠네요. 제시문 (1)만 읽고 바로 요약으로 들어가도 되겠지만, 제시문 (2)를 읽은 뒤에 제시문 (1)을 요약하는 게 좋겠네요. 그와 대비되는 글을 읽으면 요약의 방향이 또렷하고, 또 요약문을 그대로 베끼지 않고 자기표현을 써서 요약하는 데에 도움이 되거든요. 자기표현을 쓴다고 해서, 제시문에 있는 핵심어까지 쓰지 않는 것은 좋지 않다는 것도 알고 있죠?

* 제시문 (1), (2)를 가볍게 읽은 뒤, 독해 방향 정하기

이번 고려대 제시문은 다른 때에 비해 꽤 쉽죠? 그 동안 논술 시험을 3시간 치렀는데 2시간으로 줄이면서, 제시문도 쉬운 것을 고른 것 같네요. 두 글을 읽으면서, 어떤 낱말들이 자주 나오고, 또 눈에 띄었나요? 개인의 자유, 자율, 권리, 침해, 간섭 등이 제시문 (1)에 주로 나왔네요. 제시문 (2)에는 보호, 가둠, 수술, 바람직한 방향, 안전띠 착용, 국민의 생명과 신체 보호, 사회이익 증진 등이네요.

이번 논술 시험 주제가 무엇인지 대강 느껴지지요? '자유'와 '간섭'에 관한 것이구나 하는 생각이 드네요. 이제 요약을 하기 위해 제시문 (1)을 꼼꼼하게 읽도록 하지요.

논제1. 제시문 (1)을 요약하시오.(400~450자)

1. 핵심주장 찾기

곧바로 단락 분석으로 들어가지 말고, 전체를 읽은 뒤 핵심주장이 무엇인지를 먼저 밝히세요. 그러면 지지논거와 반증논거를 찾아내기가 쉽거든요. 드물기는 하지만, 첫 독해에서 핵심주장을 잘못 파악할 수 있어요. 그런 경우는 단락 분석을 하면서 바로잡을 수 있으니까 너무 염려하지 마세요.

이 글의 핵심 주장은 뭔가요? 개인의 자유를 제한해서는 안 된다. 이 정도가 되겠네요. 단락 분석을 하면서, 이 주장을 뒷받침하는 논거를 찾아보지요.

2. 단락분석

좀 더 나은 사회를 건설하기 위해서는 어느 정도 개인의 자유를 제한하는 것이 불가피하다는 인식이 만연해 있다. 이는 사회를 규율하는 질서와 원리가 의도적 설계의 산물이라고 보는 사고방식의 결과이다. 이것은 명백한 오류이자 위험천만한 발상으로서 20세기 문명을 전체주의로 빠져들게 한 주범이다. 전지전능한 사람이 존재해서 사회의 모든 구체적 사실과 상황, 결과 및 그 사이의 인과 관계를 완벽하게 알고 있다면 사회가 추구해야 할 가치와 목적을 정하고 그 목적에 따라 사회를 설계할 수 있을 것이다. 그러나 어떤 개인이나 집단도 그런 능력을 갖고 있지는 못하다.

사회의 기본 질서는 누군가 의도적으로 설계한 것이 아니라 무한히 복잡하고 불확실한 상황에 개인들이 적응하는 과정에서 다양한 시행착오를 통해 형성되어 온 것이다. 오늘날 우리가 지키고 있는 관습이나 도덕은 모두 이것을 지키는 것이 좋다는 반복적 경험과 학습을 통해서 나온 것이지 의도적으로 만들어 낸 것이 아니다.

사회가 진보의 방향으로 나아가는 것도 이러한 자율적 성격에 힘입어서이다. 사회를 발전시키는 동력은 정부가 주입하는 사고와 제도가 아니라 사회 구성원들이 새로운 생각과 행동 방식을 끊임없이 시험하는 과정 그 자체이다. 개인들은 각자의 목표를 달성하기 위해 저마다의 지식을 활용해 자유롭게 행동을 결정하며, 이 과정을 통해 사회는 점차 진보해 간다. 이러한 사회 운영의 원리를 지키기 위해서는 구성원 각자에게 개인의 자유와 사적 영역을 보장할 필요가 있다. 개인은 무엇이 자신에게 중요한지, 어떻게 행동해야 하는지 스스로 판단할 능력과 권리가 있으며, 또한 생각과 행동의 자유를 침해받지 않을 자격이 있다. 예외적으로 정부의 개입이 정당화되는 것은 개인의 사적 영역을 타인의 침해로부터 지키기 위해서 필요한 경우에 한한다.

사회 구성원 사이의 자율적 조정에 대비되는 것이 간섭, 즉 의도적 개입이다. 간섭은 명령권자가 의도한 특정 결과를 달성하기 위한 행위로서 그대로 두었더라면 성취되지 않았을 방향이나 속도를 강제하는 것이다. 우리는 시계에 기름을 치거나 태엽을 감는 것처럼 어떤 기계 장치가 적절히 기능하는 데 필요한 일을 하면서 이를 간섭이라고 부르지는 않는다. 시계 바늘을 한 시간 뒤로 돌리는 것과 같이 통상적인 작동 원리와는 부합하지 않는 방식으로 어떤 부분의 위치나 기능을 바꿔 놓았을 경우에만 간섭했다고 말한다. 이처럼 간섭의 목적은 외부 개입 없이 본래의 원리에 따르도록 내버려 두었을 때 발생했을 결과와는 다른 특정 결과를 산출하는 데 있다.

간섭의 극단적 형태는 노예에 대한 주인의 지배 혹은 국민에 대한 독재자의 지배처럼 한쪽의 의지에 다른 한쪽을 강제로 복종시키는 것이다. 정도의 차이는 있지만 현대 사회에서도 간섭의 예를 찾아볼 수 있다. 장발과 짧은 치마 단속, 심야 통행금지, 과외 교습 금지 등이 그것이다. 오늘날에도 정부는 국민의 복리를 증진시킨다는 명목으로 국민 생활의 다양한 부문에 개입하고 있다.

사회의 특정 부문에 간섭함으로써 생겨나는 결과는 자유의 원리와 공존할 수 없다. 의도적 개입은 단기적으로는 목적한 효과를 거두는 것처럼 보일지 모르지만 예상치 못한 부작용을 유발함으로써 결국에는 더 큰 문제를 초래하게 된다. 간섭으로는 바람직한 사회를 이룰 수 없다. 오랜 시간 시행착오를 거쳐 형성된 자생적 질서만이 보편적이고 일관된 원칙들의 체계를 점진적으로 만들어 갈 수 있는 것이다. 간섭은 각자가 처한 상황에 자발적으로 대응할 수 없게 함으로써 개인들 사이의 자율적 조정을 방해한다.

첫 단락의 핵심 내용은 무엇이죠? 논박부터 하고 들어가네요. 논박의 강도는 어느 정도인가요?

"만연해 있다", "위험천만한 발상", "전체주의로 빠져들게 한 주범"이란 말에서 느껴지듯 매우 격앙되어 있지요? 무슨 주장에 대해 이렇게 격앙되어 있나요? "좀 더 나은 사회를 위해서는 어느 정도 개인의 자유를 제한하는 것이 불가피하다"는 주장이네요. 이 주장을 논박하는 논거가 뭐죠? '전지전능한 사람도 집단도 없다. 그러므로 사회를 설계해선 안 된다.' 이게 이 단락의 주장이자 논거네요. 논리 흐름상 이제 무엇에 대해 써야 할까요?

그렇다면, 사회의 질서는 어떻게 생겨난 거야? 변화는 안 되고 그냥 이 상태로 계속 가야 된단 소린가? 라는 물음이 튀어 나오겠지요? 뛰어난 글쟁이는 독자가 품은직한 물음을 알고, 곧바로 그에 대해 응답해주지요. 그러면, 두 번째 단락에서 다룬 게 뭔가 볼까요? 예상대로, 사회의 기본 질서가 생긴 방법에 대해 말했네요. 사회질서는 시행착오, 반복적 경험과 학습으로 생겨났지, 의도적으로 만든 건 아니라고 했군요.

셋째 단락이 다룬 것은 뭐죠? '진보'가 나왔는데, 글쓴이는 왜 이것에 대해 썼을까요? 앞에서 필자가 사회의 기본 원리는 반복적 경험과 학습으로 생겨난다고 했잖아요. 이에 대해 사람들이 '그렇게 되면, 사회에 진보는 없고 보수와 정체만 있게 된다'는 반론을 펼 것을 예상하고 쓴 거예요. 한 편의 글을 쓴다는 것은 '자기 속에서, 다른 사람의 목소리를 듣고, 그것에 응답하는 것'이에요. 그러니까, 글을 읽으면서도 이 셋을 구분하면서 읽어야 제대로 읽는 거겠죠?

'반복적 경험과 학습만으로는 사회가 정체된다'는 목소리에 대해 필자는 뭐라고 했죠? 아니다. 진보는 정부의 주입에 의해서가 아니라, 자율성에 의한 끊임없는 시도로 이루어내는 것이다. 이게 글쓴이의 대답이네요. 여기서, 필자가 반대하는 것이 무엇인지, 대립 대상이 누구인지가 뚜렷해졌네요. 대립의 지점은, '정부의 개입' 대 '개인의 자율성'이 되네요. 여기까지 말을 들었다면, 논리적 흐름을 감안했을 때 여러분들은 필자에게 뭐라고 묻고 싶으세요?

먼저, 지금까지 이야기된 것을 간추려보죠. 정부는 사회의 기본 질서를 인위적으로 만들어선 안 된다. 전지전능한 능력이 없기 때문이다. 사회의 기본 질서는 개인의 자율적인 경험과 학습에 의해 생겨난 것이다. 진보의 동력도 여기서 나온다.

이쯤에서 물어야 할 게 뭘까요? 개인은 그러면 전지전능한가? 필자는 이에 대해 뭐라고 했죠? 이 물음을 살짝 비켜갔죠? "개인은 무엇이 자신에게 중요한지, 어떻게 행동해야 하는지 스스로 판단할 능력과 권리가 있으며, 또한 생각과 행동의 자유를 침해받지 않을 자격이 있다"고 선언적으로 말했네요. 이게 필자의 주장, 즉 정부는 개인의 자유를 제한해선 안 된다의 주요한 논거가 되겠죠? 이 문장을 비판적으로 읽으면 어떻게 될까요?

우선, 이 주장을 뒷받침하는 논거가 없고 그냥 선언이구나 하는 생각이 들죠? 개인이 무제한적으로 자유를 누린다면, 그것 때문에 오히려 개인이 피해보는 것이 아닌가? 정부가 할 일은 그럼 뭐지? 이런 생각들이 떠오르지요!

물론 이런 식으로 글을 비판적으로 읽은 것을 실제로 '요약 답안'에는 쓰면 안 돼요. 순전히 제시문에 있는 내용만을 수험생의 말로 써야 해요. 그럼에도 여기서 이렇게 비판적 독해를 하는 것은, 여러분이 깊이 있는 독해능력을 키워야 새로운 문제, 즉 '실제 시험' 문제를 잘 풀 수 있기 때문이에요. 다시, 제시문으로 돌아가죠.

이 단락 마지막 부분에 '정부의 역할'과 '자유의 제한'이 나와 있지요? 정부의 개입이 용인되는 예외적인 경우는, 개인의 이익이 다른 사람으로부터 침탈당하는 것을 막기 위한 때라고 하네요.

넷째 단락엔 무슨 내용이 나오나요? 간섭의 정의와 목적이 나오지요. 간섭이란 '통상적인 작동원리와는 맞지 않는 방식을 강제하는 것'이고, 그렇게 하는 목적은 '명령권자가 의도한 특별한 결과를 달성하기 위해서'라고 하네요. 다음 단락엔 간섭의 예가 나와 있군요. 앞에서 간섭의 정의와 목적 그리고 그 예까지 나왔으니까, 이제 무슨 내용이 나와야 할까요? 간섭을 해서는 안 되는 까닭이 나와야 하지 않을까요? 첫 단락에 '전지전능한 사람'이 없기에 의도적으로 설계해선 안 된다는 내용이 나와 있다고요? 그래요. 하지만 그 논거가 그렇게 적합한가는 놔두더라도, 정작 중요한 것은 간섭을 해서는 안 되는 까닭인데, 간섭의 정의와 그 목적을 설명하는 부분과는 너무 떨어져 있어요. 설득력을 위해 간섭의 나쁜 점을 환기시켜 줄 필요가 있겠죠? 이런 것을 양괄식이라고 하지요.

마지막 단락을 보죠. 간섭이 가져올 안 좋은 점은 뭐라고 했죠? 예상치 못한 부작용을 유발한다는 것, 개인들 사이의 자율적 조정을 방해한다는 것, 이 둘을 들었군요.

이 글 전체의 핵심 주장은, 사회질서에 정부가 개입해서는 안 되고 개인의 자발성에 맡겨야 한다가 되겠네요. 이것을 주지 문장으로 하되, 요약 글자수가 400~450자 밖에 안 되므로, 핵심 논거와 그것의 연결을 아주 간결하고도 깔끔하게 처리해야겠죠?

3. 개요 작성하기

① 주지: 사회질서에 정부가 개입해서는 안 되고 개인에게 맡겨야 함

② 정부 개입은 안 된다.

- 구체적 사실과 상황 그리고 여러 관계들을 완벽히 알지 못함
- 그래서 예상치 못한 부작용 초래
- 개인들 사이의 자율적 조정 능력만 방해하는 꼴
- 복종심만 키워 놓음

③ 개인의 자발성에 맡겨야 한다.

- 사회 질서는 반복적 경험과 학습 그리고 시행착오를 통해 형성됨
- 진보 또한 자율적 활동에 힘입어 이루어짐
- 개인에겐 자율적 능력이 있고, 자유를 침해받지 않을 권리가 있다.
- 정부의 개입은 예외적인 경우에 한함.

4. 요약 예시(400~450자)

　　사회의 유지와 발전에 의미 있는 것은 개인의 자율성이다. 정부의 개입은 문제를 일으키기 쉽다. 간섭하기 위해선, 구체적 사실들과 상황 그리고 그것들이 얽힌 관계를 모조리 알아야 한다. 하지만 그런 능력을 가진 정부는 없다. 그래서 정부의 간섭은 예기치 않은 부작용으로 끝나는 경우가 많다. 또, 개인들 사이의 자율적 조정 능력을 망쳐놓기 일쑤며, 대신에 사람들에게 복종심만 심어 놓는다.

　　사실, 사회의 기본 질서는 개개인들의 경험과 학습, 그리고 시행착오에 의해 이루어져 왔다. 사회의 진보 또한 그들의 자율성이 이루어낸 것이다. 사람들은 자신에게 중요한 것이 무엇인지를 안다. 그래서 끊임없이 새로운 것을 도입하여, 사회의 발전을 이끈다. 그러므로 정부는 개인에게 자유와 사적 영역을 보장해야 하고, 개입은 예외적으로만 해야 한다.

5. 전략적인 글쓰기

　　요약 예시문을 보면, 제시문 (1)의 넷째와 다섯째 단락이 몽땅 빠진 게 보일 거예요. "사람들에게 복종심만 심어 놓는다"만 살짝 들어가 있고요. 간섭의 개념은 너무 일반적이어서 굳이 설명하지 않아도 되고, 간섭의 목적은 그것의 진짜 이유 즉 본래의 원리와는 다른 결과를 산출하려는 의도가 나와 있지 않아서 뺐어요. 만약 그 의도가 나와 있었다면 당연히 그것을 넣었을 거예요.

　　이 요약문에서 여러분이 또 하나 눈여겨봐야 할 게 있어요. 제시문의 내용을 '다시 짜서' 요약한 게 그거예요. 요약문의 글자수가 적어야 하는 경우, 거의 반드시 이렇게 하지 않으면 안 돼요. 그렇지 않으면 내용이 왔다 갔다 하기 쉬워요. 저는, 정부가 간섭해서 안 되는 이유를 한쪽으로 모으고, 또 개인의 자발심이 필요한 이유를 다른 쪽으로 모았어요. 글이 깔끔하게 보이기 위해서였죠.

논제2
제시문 (1)과 (2)의 관점을 비교하고, 둘 중 하나의 관점에 입각하여 제시문 (3)에 대한 자신의 견해를 논하시오 (600±50자, 50점)

1. 논제 분석

　　여기서 새겨야 할 것은 넷이네요.

　　① 제시문 (1)과 (2)의 관점을 비교하라.

　　② 둘 중 하나의 관점에 입각해라. (절충이나 제 3의 관점은 안 된다는 소리)

　　③ 제시문 (3)을 분석하라.

　　④ 자신의 견해를 논하라.(글자수가 적으므로 ②, ③번 과정 속에서 이루어져야 하고, 그것이

자신의 견해임을 분명히 해야 한다.)

2. 제시문 (2)의 핵심 주장과 논거 찾기

가.

"우리들이 하구픈 대로 내버려 두면 될 걸 왜 하필 여기 끌어다 가둬 놓구 이러시는 거예요?"

"그게 잘못된 생각야. 너희를 가둬 두다니? 부모 없는 너희를 보호해 주기 위해 이러는걸. 너희 하나하나가 한 사람 구실을 할 때까지 말야."

"가둔 게 아니면 가시철망은 뭣 하러 쳤어요?"

"그건 밖에서 너희를 노리는 사람이 있어서 그러는 거지."

"야경은요? 밤에 우리가 어쩔까 봐 그걸 지키는 게 아녜요?"

"그것 역시 밖에서 너희를 노리는 사람이 있어서 그걸 막자는 거다."

"사실은 야경대가 있기 땜에 더 달아나구 싶은 생각두 들구, 뭣을 훔치구 싶은 생각두 들게 돼요. 어디 누가 견디나 보자 하구요."

"그게 또 무슨 소리야. 야경하는 애는 누구구 너희는 누구야. 이곳은 너희들의 집이야. 너 나 할 것 없이 모두가 지켜야 하는 거야."

종호는 계속해서 이 소년에게 무슨 말이고 한마디 해 줘야 할 걸 느끼며,

"좀 전에 너는 너희들이 하구 싶은 대로 그냥 내버려 달라구 했지? 그러나 세상에는 자기 하구 싶은 대루 해선 안 되는 일이 얼마든지 있어. 가령 여기 어떤 사람이 병원에 입원해 가지구 수술을 했다구 하자. 아니, 내가 이 팔을 짤리었을 때 일을 얘기하지. 마취약 기운이 없어지니까 수술한 자리가 어떻게나 쑤시구 아픈지 모르겠어. 나는 참다못해 의사더러 진통제든지, 아픈 걸 없어지게 하는 약 말이야, 그렇잖으면 잠자는 수면제라두 달라구 졸랐지. 나두 의학을 공부한 일이 있어서 그런 약을 함부루 써서는 안 된다는 것쯤 모르는 바 아니지만 참다못해 그런 거야. 물론 의사는 내 말을 들어줄 리 없지. 내 편에서 보면 꼭 그 약을 썼으면 아픈 걸 잊겠는데 의사는 들어주지 않는단 말야. 그건 의사가 내 고통을 몰라서 그러는 게 아니거든. 결국 날 위해서 그러는 거지. 만일 그런 약을 내가 달라는 대루 주면 그때그때의 내 고통은 잊어버리겠지만 그것 땜에 내 몸에 딴 이상이 생겨두 그걸 깨달을 수 없게 되니 말야. 그리구 이건 또 배 수술 할 때 얘긴데 배 수술 환자에게는 어느 시간까지 음식물을 안 먹이게 돼 있어. 목이 타 죽을 지경이라두 물 한 방울을 주지 않아. 꼭 물 한 모금만 먹으면 살 것 같은데두 주지 않아. 어떤 사람은 견디다 못해 간호하러 와 있는 집안식구를 졸라대어 물을 먹구서 죽는 수두 있어."

종호는 이 수술 환자의 예를 빌린 자기의 이야기 뜻이 얼마큼이나 눈앞의 소년에게 전해졌을까가 의심스러웠다. 좀 더 알아듣기 쉬운 적절한 말이 있을 것 같았다. 그러나 그게 안 되는 것이었다. 종호는 자기의 부족함을 느껴야만 했다.

나.

　현대 국가는 사회 전반을 바람직한 방향으로 이끌어 가고자 하는 목적에서 국민의 자유를 제한하곤 한다. 대표적 예로는 좌석 안전띠의 착용 강제를 들 수 있다. 미국에서는 오래전부터 안전띠를 하지 않은 운전자를 법규로 규제하여 왔는데, 일부 주에서는 운전자뿐만 아니라 자동차의 모든 승객들에게 안전띠의 착용을 강제하고 있다. 자신의 선택에 따라 안전띠 착용 여부를 결정할 수 있도록 해야 한다는 주장은 받아들여지지 않는 것이다. 우리나라에서도 최근 개정된 도로교통법은 고속도로나 자동차 전용도로를 이용할 경우 전 좌석에서 안전띠를 착용하도록 하고 있으며, 이를 위반할 때에는 과태료를 부과하는 것으로 관련 규정을 강화하였다. 또한 택시나 고속버스 같은 대중교통 이용자가 안전띠를 착용하지 않을 경우 운전기사가 승차를 거부할 수 있도록 하는 방안도 검토하고 있다. 안전띠 착용 규정을 강화하고 있는 것은 교통사고로부터 국민의 생명과 신체를 보호하고 교통질서를 유지하며 교통사고로 인한 사회적 비용을 줄여 사회의 이익을 증진시키기 위함이다.

　제시문 (1)은 앞에서 했으니까, 제시문 (2)만 분석할게요. 제시문 (나)는 아주 쉽죠? 사회 전반을 바람직한 방향으로 이끌고자 할 땐, 정부는 국민의 자유를 제한한다. 그 예로 안전띠 강제 착용을 들 수 있다. 이 법은 미국과 한국에서 더욱 더 강화되고 있다. 그 까닭은 국민의 생명과 안전을 도모하고 교통사고로 인한 사회적 비용을 절감하기 위해서다. 이 정도로 정리하면 되겠죠? 문제는 제시문 (가)예요.

　한편에선 '보호'라 하는데, 다른 편에선 가시철망을 쳐서 '가둔 것'이라 하고 있으니, 어느 쪽 장단에 춤을 춰야 할지 난감하죠? 어정쩡하게 있을 필요 없어요. 출제자가 제시문 (2)에 (가)만 싣지 않고 (나)까지 같이 제시한 까닭은 뭘까요? 문제 출제자도, (가)만으로는 자유의 제한에 대해 글쓴이가 어떤 입장인지 또렷하지 않다고 여겼기 때문일 거예요. 자유를 제한하는 것은 보호하기 위해서라고 (나)에서 밝혔으니, (가)의 필자도 그런 입장에 있다고 보아야 해요. 만약 둘이 서로 다른 입장에 있다면, 제시문 (1)을 감안했을 때 분류가 잘못되어 시험 문제로서 이상하게 되는 거죠.

　문제 상황을 분석해봤을 때, (가)는 '보호'의 입장에 있을 수밖에 없어요. 뿐만 아니라, 제시문 (가)의 내용을 꼼꼼하게 살펴본다면, 역시 (가)는 '보호'의 입장에 있음을 느낄 수 있어요. 어떤 점에서 그렇게 느끼죠? 세상엔 자기 하고싶은 대로 해서는 안 되는 일이 있다는 것을 예를 들어가며 길게 설명하고 있는 부분이에요. 작가가 종호에게 기울어져 있기 때문이지요. 마지막 네 문장을 지긋이 맛봐보세요. "~가 (제대로) 전해졌을까 의심스러웠다. 좀 더 알아듣기 쉬운 말이 있을 것 같았다. 그러나 그게 안 되는 것이었다. 종호는 자기의 부족함을 느껴야만 했다." 안타깝게, 종호의 마음을 바라보고 있죠?

　간추리면, 제시문 (나)를 중심으로 하되, (가)의 예시를 살려 논거로 쓰면 좋은 요점 정리가 되겠네요.

3. 제시문 (3) 분석하기.

독일의 '영업시간 제한법'은 일반인을 상대로 하는 소매상점의 영업 개시 및 종료 시간을 규제하는 법률이다. 이 법률은 근로자에게 건강·여가·수면에 대한 권리를 보장하고 다른 사람들과 어울려 사회적 활동을 할 기회를 주기 위한 목적으로 제정되었다. 그러나 영업의 자유 및 구매의 자유를 제한한다는 이유로 반대하는 의견도 있다.

영업시간 제한법에 따르면 소매상점은 다음 시간에는 영업을 할 수 없다.

① 월요일부터 토요일까지: 오전 6시 이전, 오후 8시 이후

② 일요일과 공휴일: 하루 종일

이 법률은 점원을 고용하고 있는 소매상점뿐 아니라 소유주가 직접, 혹은 가족 구성원과 함께 운영하는 상점에 대해서도 동등하게 적용된다. 다만 약국, 주유소, 기차역이나 공항 내 상점은 예외로 한다.

제시문 (1), (2) 중 하나를 고르기 전에 당연히 제시문 (3)을 먼저 분석해야겠지요. 내용이 간단하네요. 독일에 '영업시간 제한법'이 있는데, 건강·여가·수면에 대한 권리를 보장하고, 다른 사람들과 어울릴 수 있는 시간을 주자는 목적에서 지정되었다. 그런데, 영업과 구매의 자유를 제한한다는 이유로 반대하는 의견이 있다. 이게, 논제에 필요한 것이네요.

4.두 제시문 (1), (2) 중 하나 선택하기.

제시문 (1)을 선택한 경우는 독일의 '영업시간 제한법'을 반대하게 되겠네요.

이 법의 문제점으로 무엇을 들 수 있을까요? 문제점을, 추상적인 차원과 구체적인 차원으로 나눠서 생각해보세요. 문제점을 떠올리기가 한결 쉬울 테니까요. 제시문에 나와 있는 '영업과 구매의 자유제한'이 있네요. 이것은 추상적인 차원이죠?

그럼, 구체적인 차원을 생각해 보세요. 가령 이 법이 우리나라에서 실시된다면 안 좋은 점이 무엇일까? 한국의 경우 주로 밤에 친교활동을 하는데, 카페 식당 등이 일찍 문 닫으면 친교활동이 제약된다는 점을 지적할 수 있겠죠? 이 점은, 영업시간 제한법이 내세운 '다른 사람들과 어울릴 기회를 주려는 목표'를 오히려 꺾는 역할을 한다는 반론이 성립하네요. 또 뭐가 있을까요? 영업시간이 줄어들어 일자리가 줄고 실업자가 늘어날 것이다. 이것은 제시문 (1)에서 말한 예상하지 못한 부작용에 해당하겠네요. 구체적인 문제점을 또 떠올려 보세요. 한국의 경우, 식민지 시대와 군사 독재를 거치면서 통제의 문화가 뿌리 깊게 자리 잡고 있는데, 그런 나쁜 문화를 고질적으로 만들 수 있다. 이것은 제시문 (1)의 개인들 사이의 자율적 조정을 방해한다는 항목에 해당하겠고요. 이 정도면 되겠죠?

제시문 (2)를 선택했다면, 독일의 '영업시간 제한법'을 찬성하겠죠? 이번에는 거꾸로, 이 법의 좋

은 점을 생각해야겠네요. 역시 추상적인 차원과 실생활적인 차원을 나눠서 생각해보세요. 사람에겐 행복을 추구할 권리가 있고 국가는 그것을 도와야 한다. 그런데 지나친 경쟁은 스트레스를 가중시켜 사람에게서 행복감을 앗아간다. 이건 추상적인 차원이네요. 이제 구체적으로 실생활에서 좋은 점이 뭘까요? 우리나라는 가족 간의 대화가 매우 부족한데, 가게나 카페 등이 문을 닫으면 집 안에서 휴식을 취하면서 가족 간 대화를 할 시간이 늘어난다. 적당하게 일하고 적절하게 쉬어 줌으로써 국민들로 하여금 건강한 생활을 하게 해, 의료 등 사회적 비용을 줄일 수 있다. 이번에는, 영업시간 제한법이 영업·구매의 자유를 제한한다는 것에 대해 반론을 펴보세요. 이런 경우, 본질과 피상으로 나누면 논박하기 쉬워요. 한 번 해보세요. 밤새도록 영업하고 구매하는 게 자유의 행위처럼 보이지만, 그것은 피상적인 관찰일 뿐이다. 한 껍질만 벗기고 보면, 그것은 자본주의 사회의 무한 경쟁에 의한 강요와 상업적 욕망의 부추김임을 알 수 있다. 이 정도면 되겠지요?

5. 제시문 (2)에 입각한 개요.

① 제시문 (1) 소개
  • 사회 질서를 형성하는 것은 개인의 자발성
② 제시문 (2) 관점
  • 때로, 국가에 의한 간섭 필요
  • 국민보호와 사회 이익을 위해 자유 제한 가능
  • 예시 – 배 수술 환자
③ 제시문 (3)의 내용
  • 영업시간 제한법의 목적
  • 영업시간 제한법에 대한 반대 의견
④ 제시문 (3) 지지 근거와 반론에 대한 재반론
  • 영업과 구매의 자유 제한 – 피상적 관찰
  • 우리나라에서 특히 필요 – 가족 간 대화 부족

6. 제시문 (2)에 입각한 예시 답안 (600±50자)

　논제 1 요약에서 보았듯이, 제시문 (1)은 사회질서를 형성하고 발전시키는 것은, 국가의 간섭이 아니라 개인들의 자발성이라고 본다.

　반면에 제시문 (2)는 국민의 보호와 사회의 이익을 위해, 때로 개인의 권리를 제한할 필요가 있다고 말한다. 좌석 안전띠 착용의 법제화가 그런 경우에 해당한다. 이런 주장의 근거에는 하고 싶은 대로 해서는 안 되는 일이 있다는 것이 깔려 있다. 배 수술을 한 사람이 물을 마시려 할 때, 내버려 두어서는 안 되는 것과 같다. 제시문 (3)에 나온 독일 영업시간 제한법은 이 생각에 근거를 둔 것이다. 영업시간에 한도를 두어 건강·여가·수면의 권리를 보장하고, 다른 사람들과 어울릴 여유를 확보하자는 것이다.

물론 사람의 일이 다 그렇듯이, 이 법은 영업과 구매의 자유를 제한한다는 반대 의견도 있다. 그것은 극히 피상적인 관찰에서 나온 것이다. 한 껍질만 벗기고 보면, 밤새도록 영업하고 구매하는 것이 인간의 존엄한 자유에서 나온 것이 아니라, 무한 경쟁의 부추김에서 나온 것임을 알 수 있다. 이 법은 특히 우리나라에서 필요하다. 우리는 가족 간의 대화가 너무 부족한데, 이 법의 시행은 우리 국민을 보다 일찍 집으로 향하게 하고, 그에 따라 가족 간 대화도 늘려주겠기 때문이다.

7. 제시문 (1)에 입각한 개요.

    ① 제시문 (3)의 독일 영업시간 제한법 소개
- 목적 – 건강, 여가, 수면, 어울림
- 이 생각의 바탕은 제시문 (2)

    ② 제시문 (2)의 관점 소개
- 때로, 국가에 의한 간섭 필요
- 국민의 보호와 사회의 이익을 위해 자유 제한 가능
- 예시 – 배 수술 환자

    ③ 제시문 (1)의 관점 소개와 제시문 (2) 비판
- 사회질서를 형성하는 것은 개인의 자발성
- 여가를 위한 시간과 건강은 일정치 않다.
- 영업시간 제한은 경제 활동 위축

8. 제시문 (1)에 입각한 예시 답안(600±50자)

제시문 (3)에 나온 독일 영업시간 제한법은 영업시간에 한도를 두어 건강·여가·수면의 권리를 보장하고, 다른 사람들과 어울릴 여유를 확보하자는 것이다. 이 법안은 제시문 (2)의 생각을 바탕에 깔고 있다.

제시문 (2)는 국민의 보호와 사회의 이익을 위해, 때로 개인의 권리를 제한할 필요가 있다고 말한다. 좌석 안전띠 착용의 법제화가 그 경우에 해당한다. 이 주장의 근거는, 하고 싶은 대로 해서는 안 되는 게 있다는 것이다. 배수술을 한 사람이 물을 마시려 할 때, 그것을 말려야 하는 것과 같다. 반면에 제시문 (1)은 논제1 요약에서 보았듯이 사회질서를 형성하고 발전시키는 것은, 국가의 간섭이 아니라 개인들의 자발성이라고 본다. 이것은 '영업시간 제한법'을 반대하는 논리를 제공한다.

물론, 건강을 위해 여가시간을 갖는 것은 중요하다. 하지만 사람은 천편일률이 아니기에 여가를 즐기는 시간이 일정치 않다. 상가 여닫이 시간을 자율적으로 해야 하는 이유다. 또한 이 법은 예상치 못한 결과를 가져올 수도 있다. 영업시간이 줄어들면 일자리가 줄고 또 경제 활동도 위축되어 실직자를 낳는 것으로 끝날 가능성이 크다.

9. 전략적인 글쓰기.

제시문 (3)을 먼저 제시하고, 제시문 (1), (2)를 나중에 한 게 눈에 띄지요. 글자수의 한계 때문에, 제시문 (1)과 (2)를 같은 분량으로 비교할 수 없어서 그랬어요. 제시문 (1)과 (2)를 앞세우고 영업시간 제한법에 관한 글을 썼다면, 글의 내용이 정부개입 반대 그리고 찬성, 또 찬성, 마지막엔 다시 반대로 되어 글의 모양이 좋지 않았을 거예요. 찬성과 반대를 한 곳으로 모는 게, 글을 깔끔하게 보이게 하겠다는 생각이어서였지요,

또 하나 세심한 사람 눈엔 보이는 게 있을 거예요. 제시문 (1)을 많이 소개할 수 없어서, 정부 개입을 반대하는 논거의 항목을 제시문 (1)에서 가져온 게 보일 거예요.

논제 3. (25점)

* 아래 제시문을 읽고 논제 3에 답하시오.

(가) 3×3 행렬 $A = (a_{ij})$와 $B = (b_{ij})$는 A의 (i,j) 성분과 B의 (j,i) 성분이 같고 $AB = BA$를 만족한다.

(나) 10차 다항함수 $p(x) = (x^{-1})(x^{-2}) \cdots (x^{-10})$의 x^8의 계수를 c라 한다.

(가)와 (나)에서 소개된 행렬과 함수에 대해 아래의 네 문장이 모두 참이라고 하자.

[문장 1] 홍길동이 노래를 좋아하거나 $-1 \leq x \leq 1$에서 $y = (x^2 + 3)^2 + (2 - x^2)^2$의 최솟값이

$$y = 2(x^2 + 3)(2 - x^2)$$의 최솟값과 같다.

[문장 2] 홍길동이 노래와 춤 중 하나만 좋아하고 $a_{12} = a_{13} = a_{23} = 0$이다.

[문장 3] $c = 1320$이면, $3^{1/\pi} \rangle \pi^{1/3}$이거나 홍길동은 재능이 없다.

[문장 4] $b_{12} = b_{13} = b_{23} = 1$이면 홍길동이 연습을 열심히 하지 않고, 홍길동이 연습을 열심히 하지 않으면 $b_{12} = b_{13} = b_{21} = 1$이다

(a) 홍길동이 춤을 좋아하지 않음을 보이시오.

(b) '홍길동은 재능이 없다.'는 문장의 참 또는 거짓을 유추할 수 있는지 논하시오.

(c) '홍길동이 연습을 열심히 하거나 재능이 있으면, 스타가 된다.'는 문장 또한 참일 때 홍길동이 스타가 된다는 결론을 유추할 수 있는지를 논하시오.

1.논제 해설 (학교 발표 자료)

논제 (3)은 고등학교 수학교과 과정에서 핵심적인 내용을 구성하고 있는 명제와 조건, 함수, 최대와 최소, 지수, 행렬, 수열 등의 기본개념을 제대로 이해하고 논리적이고 합리적인 사고를 할 수 있는지 측정하고자 하였다. 우선 함수의 여러 성질을 알고 있는지 평가하였다. 산술평균이나 기하평균과 관련한 함수의 최대 최소를 이해하고 있는지, 그리고 지수함수의 성질을 올바르게 이해하고 있는지를 평가 대상으로 삼았다. 수열의 합의 개념을 이용하여 다항식의 계수를 찾는 문제도 출제하였다. 또한 행렬의 정의나 곱셈 등 고등학교 과정에서의 행렬과 관련된 기본 개념을 올바르게 이해하고 있는지를 평가하고자 하였다. 명제와 조건과 관련하여 여러 조건이 연결되어 있을 때 각 조건의 상관관계를 논리적으로 이해하고 분석할 수 있는 능력을 가지고 있는지를 측정하는 것에 역점을 두었다.

2. 예시답안

(a) 홍길동이 춤을 좋아하지 않음을 보이시오.

$-1 \leq \chi \leq 1$에서 $(\chi^2 + 3) > 0$, $(2 - \chi^2) > 0$이므로

$(\chi^2 + 3)^2 + (2 - \chi^2)^2 \geq 2(\chi^2 + 3)(2 - \chi^2)$이고 등호가 성립하는 경우는

$\chi^2 + 3 = 2 - \chi^2$

$\chi^2 = -1$이므로 성립하는 경우가 없다.

그러므로 [문장1]에서 '$-1 \leq \chi \leq 1$에서 $y = (\chi^2 + 3)^2 + (2 - \chi^2)^2$의 최소값이 $y = 2(\chi^2 + 3)(2 - \chi^2)$의 최소값과 같다'는 명제는 거짓이며,

[문장1]이 참이므로 '홍길동이 노래를 좋아한다'는 명제는 참이다.

[문장2]가 참이므로 '홍길동이 노래와 춤 중 하나만 좋아한다'는 명제도 참이고

$a_{12} = a_{13} = a_{23} = 0$인 명제도 참이다.

따라서 홍길동은 춤을 좋아하지 않는다.

(b) '홍길동은 재능이 없다.'는 문장의 참 또는 거짓을 유추할 수 있는지 논하시오.

(나)조건에서 10차 다항식 $p(\chi)$의 χ^8의 계수가 c이므로
$c = 1 \cdot 2 + 2 \cdot 3 + 3 \cdot 4 + \cdots + 9 \cdot 10$
$\quad (1 + 2 + 3 + \cdots + 10)^2 = 1^2 + 2^2 + 3^2 + \cdots + 10^2 + 2c$
$c = 1320$이다. 그러므로 참인 명제이고,

[문장3]이 참이므로 '$3^{1/\pi} > \pi^{1/3}$이거나 홍길동은 재능이 없다.'는 참인 명제이다.
그런데 $1 < 3 < \pi$이므로 $3^3 < \pi^\pi$이고 $3^{1/\pi} < \pi^{1/3}$이다.
따라서 $3^{1/\pi} > \pi^{1/3}$은 거짓인 명제이다.

그러므로 '홍길동은 재능이 없다'는 참인 명제이다.

(c) '홍길동이 연습을 열심히 하거나 재능이 있으면, 스타가 된다.'는 문장 또한 참일 때 홍길동이 스타가 된다는 결론을 유추할 수 있는지를 논하시오.

(가) 조건에 의하여 $a_{11} = b_{11}$, $a_{22} = b_{22}$, $a_{33} = b_{33}$이고
$a_{12} = a_{13} = a_{23} = 0$인 명제가 참이므로 $a_{12} = b_{21} = 0$, $a_{13} = b_{31} = 0$, $a_{23} = b_{32} = 0$이고
$a_{21} = b_{12}$, $a_{31} = b_{13}$, $a_{23} = a_{32}$이다.
그리고 $AB = BA$가 성립하기 위해서는 $b_{12} = b_{13} = b_{23} = 1$이므로, $b_{12} = b_{13} = b_{23} = 1$명제는, 거짓 명제이다.

[문장4]는 참인 명제이므로 '홍길동이 연습을 열심히 하지 않는다.' 는 거짓인 명제이다.
따라서 '홍길동이 재능이 없다.'는 명제는 참이고 '홍길동이 연습을 열심히 하지 않는다.'는 거짓인 명제 이므로 재능은 부족하지만 열심히 하고 있기 때문에 스타가 될 수 있다.

[제시문 출처]

　제시문 (1)은 프리드리히 A. 하이에크(Friedrich A. Hayek)의 《법, 입법 그리고 자유(Law,Legislation, and Liberty)》 중 자연적 질서와 간섭에 관한 내용을 출제 의도에 맞춰 재구성한 것이다. 하이에크는 전체주의에 반대해 자유주의와 시장 질서를 옹호한 대표적인 자유주의 사회철학자이다. 《법, 입법 그리고 자유》는 하이에크의 여러 저작 중에서 그의 사상을 가장 포괄적이고 체계적으로 보여주고 있다. 이 책의 내용을 관통하는 기본 사상은 다음과 같은 세 가지로 요약할 수 있다. 첫째, 인간의 이성은 한계가 있어서 사회문제에 대해 제한적 지식만을 갖고 있다. 둘째, 사회제도는 사람들 사이 상호 조정을 통하여 자생적으로 진화해 왔다. 셋째, 자유주의 사회가 바람직한데, 이를 위해서는 정부가 의도적으로 개입해서는 안 되고 대신 타인의 자유 침해를 금지하는 기본적이고 추상적인 법규(예: 살인, 절도 금지 등) 내에서 사람들이 자율적으로 행동하도록 해야 한다.

　제시문 전반부에서는 이 책의 핵심 주장을 요약하였고, 후반부에서는 제2권 10장 '자율적 시장 질서(The Market Order or Catallaxy)' 중 '간섭은 질서를 교란하며 정당화될 수 없다' 편을 재구성하였다.

　제시문 (2)의 가는 황순원이 쓴 장편소설 《인간접목》(1957)에서 따온 부분이다. 이 소설은 한국전쟁 직후 전쟁고아가 사회문제화 되고 있던 상황에서 서울 어느 고아원을 배경으로 전쟁, 가난, 폭력 속에서 멍들었던 어린이들이 주인공의 노력에 의해 서서히 치유되어가는 과정을 그리고 있다.

　제시문 (2)의 나는 개인과 사회의 복리를 위한다는 명목으로 국가가 개인의 자유 및 사적 영역에 간섭하는 가장 대표적인 예로서 좌석 안전띠의 착용 강제를 든 것이다. 이 제시문은 미국과 우리나라의 현행 법률을 수험생들이 이해하기 쉽도록 풀어 쓰고 입법의 배경과 존재 의의를 추가한 것이다. 정당화 사유로는 도로교통법 제 118조의 위헌 여부를 다룬 헌법재판소 2003. 10. 30. 선고 2000헌마518결정을 참조하였다. 이 제시문을 읽음으로써 수험생들은 국가가 후견주의 또는 온정적 간섭주의(paternalism)의 입장에서 개인의 자유를 침해하는 실제 사례를 짐작할 수 있게 된다.

　제시문 (3)은 상점의 영업시간을 제한하는 독일의 법률(Ladenschlussgesetz)을 설명하고 있다. 이 법률은 1956년 11월에 제정되어 2003년 6월 일부 개정된 연방법으로 원칙적으로 독일 내 모든 주(州)에 적용된다. 개정 전 법률에 따르면 평일은 오전 7시 이전과 오후 6시30분 이후, 토요일은 7시 이전과 2시 이후(매달 첫 번째 토요일은 예외), 일요일과 공휴일은 하루 종일 영업을 할 수 없었으나 법률 개정 후에는 토요일도 평일로서 취급하고 평일의 영업 금지 시간을 오전 6시 이전과 오후 8시 이후로 완화함으로써 영업시간이 주당 평균15시간 연장되었다. 일요일과 공휴일의 영업은 여전히 금지되고 있다.

개정 전 법률에 대해 상점 주인의 직업(영업)의 자유와 소비자의 구매의 자유를 침해하므로 위헌이라는 주장이 제기되어 독일 연방헌법재판소에 헌법소원이 청구된 바 있다. 당시 헌법재판관 여덟 명 가운데 네 명은 합헌, 네 명은 위헌 의견을 제시하는 가운데 동수(同數) 판결 시의 규정에 따라 종국적으로 합헌 결정이 내렸다(독일 연방헌법재판소 2004년 6월 9일 결정: BVerfGE 111, 10). 합헌 의견을 제시한 재판관들은 이 법률이 궁극적으로 상점에 고용된 근로자의 근로시간을 보호하여 건강·여가·수면에 관한 권리를 보장할 뿐 아니라 모든 상점에 적용되는 만큼 시장의 공정 경쟁 유지에도 장애가 되지 않는다고 주장하였다. 반면에 위헌 의견을 제시한 재판관들은 근로자의 근로시간은 근로기준법과 같은 법률에 의해 충분히 보호될 수 있는 만큼 별도의 규정이 불필요하고, 영업시간 제한으로 소비자의 구매의 자유가 침해되며 영업시간 제한이 적용되는 상점과 영업시간 제한이 적용되지 않는 일부 상점(공항, 기차역 소재 상점 등) 사이에 차별이 발생한다고 주장하였다.

※ 아래 제시문을 읽고 논제 1, 2에 답하시오.

(1)

　　정통과 이단에 대한 사회적 인식은 시간의 흐름이나 가치관의 변화에 따라 바뀔 수 있으므로 고정불변의 것이 아니다. 어떤 사상이나 역사적 사건, 또는 정치적 인물이 당대에는 정당성을 확보하고 정통으로 평가받으나 후대에는 이단으로 몰리는 경우가 있다. 반대로 당대에는 이단으로 간주되어 탄압과 천대를 받은 사상이나 인물이 후대에 이르러 정당성을 확보하고 사회의 정통으로 인정받기도 한다. 역사적 사건이나 사상, 정치적 인물 등의 정당성 여부를 판단하는 근거는 다양하며, 정당성의 다양한 근거가 차지하는 상대적 중요성은 시대와 사회가 변화함에 따라 바뀌어 왔다.

　　사회 구성원들은 전통과 관습의 관점에서 특정 사상이나 행위의 정당성 여부를 판단한다. 어떤 행위나 사고가 오랜 기간 유지되어 온 전통과 관습의 테두리에서 벗어나지 않는다면 역사의 관성에 의해 정당성을 부여받게 된다. 예를 들어, 오랜 전통을 통해 적장자 계승의 원칙이 관습화된 왕조에서는 새로 등극한 왕이 이전 왕의 적장자일 경우 전례에 따라서 자연스럽게 정당성을 인정받게 된다. 정당성의 근거가 전통이나 관습인 경우에도 그 모호한 부분을 이용해서 새로운 사회운동을 시도할 수 있다. 그러나 이와 같은 사회운동이 역사적으로 누적된 전통과 관습을 심각하게 부정하는 수준에 도달하게 되면 새로운 시도는 사회적 저항에 직면하게 된다.

　　또한 사회운동, 종교, 사상 혹은 정치적 인물의 결정이나 행위가 합리적이라고 인식되는 경우에 대중은 비교적 거부감 없이 주어진 현실을 수용함으로써 합리성에 기초한 정당성을 부여하게 된다. 합리성은 추상적 개념이기에 다양한 의미와 기준을 가지고 있다. 이성에 의한 사고, 객관적 자료에 근거한 판단, 절차의 존중, 목적의 보편적 적합성 등이 합리성의 주요한 요소이다. 예를 들어, 합리성의 원칙이 명확하게 구현된 정치적 현상으로 법치주의나 관료제 등이 있다. 성문화된 법규에 의해 합법과 불법이 명확히 구분되고 법규에 따라 정부의 정책이 결정·집행되는 경우에 정권과 지도자는 법적 체계에 기초한 합리적 정당성을 확보하게 된다. 민주주의 사회에서 정부가 명확히 규정된 법규에 의해 업무를 처리하게 되면 그 구성원들은 이를 정당한 것으로 받아들인다. 그러나 정부가 규정에 위반되는 사업을 비밀리에 혹은 불법적으로 추진하게 되면 이를 부당한 행위로 간주하여 저항하게 된다. 근대 이후 사회가 다양하고 복잡해짐에 따라서 합리성에 기초한 정당성은 시간이 흐를수록 중요해지는 경향이 있다.

정당성의 중요한 근거로 카리스마를 들기도 하는데, 이 경우 카리스마는 일반인에게서는 발견되지 않는 초인적 능력을 말한다. 이러한 카리스마는 교육이나 훈련을 통해 습득되는 것이 아니라 타고나는 것이므로 '신의 선물'이라고 불리기도 한다. 미래를 볼 수 있는 예지력, 전쟁에 나가면 패배를 모르는 영웅적 기세, 손만 대어도 병을 고치는 능력 등이 카리스마의 대표적 사례이다. 어떤 지도자가 초자연적 능력에 기초해서 일반인이 상상하기 어려운 기적을 일으키는 경우에 자신이 주도한 사회운동의 정당성을 확보하여 혁명적 변화를 유발할 수 있다. 카리스마에 근거해 정당성을 확보한 경우는 과거의 관습이나 합리성에 기초하고 있지 않기 때문에 전통의 관점에서 보면 파격적이고 합리성의 관점에서 보면 비이성적으로 보일 수 있다. 또한 카리스마를 지닌 초인적 능력의 소유자가 더 이상 기적을 행할 수 없게 되면 카리스마에 기초한 정당성은 쉽게 무너지는 약점을 가지고 있다. 전쟁의 신으로 불리는 지도자가 적과의 전쟁에서 패하는 경우에 대중은 지도자의 카리스마 효력을 의심하게 되어 정당성에 대한 회의를 가지게 된다. 카리스마는 세습되거나 전수되는 것이 아니므로 카리스마를 소유한 지도자가 사망하면 정당성의 승계에 어려움을 겪는다.

(2)

가.

집현전 부제학 최만리 등이 상소하였다. "우리 조선은 개국 이래 지극한 정성으로 큰 나라를 섬겨 중국의 제도를 한결같이 지켜 왔습니다. 중국과 같은 글을 쓰고 같은 제도를 시행하는 오늘날, 언문을 창제하시니 보고 듣기에 놀랍사옵니다. 언문이 비록 옛 문자의 한 형태를 본떴다 하더라도 소리에 따라 쓰고 낱글자를 합치니, 이는 옛것과 아주 달라 실로 근거가 없습니다. 만약 중국에 흘러들어 가기라도 하면 비난하는 자가 생기리니, 어찌 큰 나라를 섬김에 부끄러움이 없겠습니까? 언문을 유통하면 관리들은 오로지 언문만 익히고 학문과 문자는 돌아보지 않아 하급관리와 고급관원들이 둘로 갈라질 것입니다. 관리들이 언문으로 출세한다면, 후진들이 모두 이것을 보고 '스물일곱 글자언문으로 입신출세할 수 있는데 무엇 하러 고생스럽게 성리학을 공부하랴?'라고 생각할 것입니다. 그렇게 되면 수십 년 후에 문자를 아는 사람이 필시 적어져서 비록 언문으로 관리의 일을 처리할 수 있다 하더라도 성현의 문자를 몰라 불학무식하여 사리의 시비에 어두워질 것이니, 언문에만 뛰어나면 장차 어디에 쓰겠습니까? 전에 썼던 이두는 비록 문자의 범위 안에 있으나 식견이 있는 자는 오히려 그것을 비루하다 여기어 이문(吏文)으로 바꾸려고 하였는데, 언문은 문자와 조금도 관련 없이 오로지 길거리의 속된 말을 쓰는 것이 아닙니까? 설령 언문이 지난 왕조부터 있었다 해도 문명의 나라가 되어 도(道)에 이르려고 한다면 어찌 그대로 답습하겠습니까?"

임금께서 상소를 보시고 최만리 등에게 말씀하셨다. "너희는 소리에 따라 쓰고 낱글자를 합치는 방식이 옛것과 아주 다르다고 하였는데, 설총의 이두도 문자의 음과는 다르지 않더냐? 또 이두를 만든 본뜻도 백성을 편하게 함이 아니었더냐? 만일 백성을 편하게 하고자 함이었다면 지금의 언문 역시 백성을 편하게 함이 아니냐?"

나.

　훈민정음은 그 편리성으로 인하여 여러 계층에서 널리 사용되었다. 조선 중기 이후 한글로 서찰을 쓰는 경우가 늘어났고, 《홍길동전》·《춘향전》·《사씨남정기》 등과 같은 한글 소설이 유행하게 되었다. 그러나 한글 창제 이후에도 공문서 작성이나 역사 기록 등에서는 한문이 주로 사용되었다.

　고종 31년(1894년) 11월 21일 칙령 제1호

　제14조 법률과 칙령은 모두 국문을 기본으로 하고 한문으로 번역을 붙이거나 혹은 국한문을 혼용한다.

(3)

　중세 유럽에서는 천년왕국운동이 유행하였다. 후기 유대교 및 초기 그리스도교와 신비주의 등으로부터 영향을 받은 천년왕국운동은 중세 봉건사회를 혁파하고 현세에서 낙원을 추구하려는 유토피아적 상상력과 결합해 하층민들에게 급속하게 파고들었다.

　한스 뵘(Hans Böhm)은 천년왕국운동을 이끈 지도자 가운데 한 명이다. 그는 새 세상이 도래했음을 선언했다. "서리가 내리는 것을 막아 모든 곡식과 포도나무를 얼어 죽지 않게 한 것은 전적으로 내 기도 덕분이다. 나는 지옥에 빠진 어떤 영혼도 구원해 낼 수 있다. 천년왕국이 세워지면 일체의 세금은 완전히 사라질 것이다. 계급과 신분으로 인한 차별은 더 이상 존재하지 않을 것이며 누구도 다른 사람 위에 군림하는 일은 없을 것이다. 그리하여 모든 사람들이 형제처럼 살 것이며 누구나 동일한 자유를 누리고 똑같이 일하는 세계가 이룩될 것이다."

　뵘의 설교는 호소력을 지녀 독일 전 지역에서 사람들이 그를 찾아 몰려왔다. 기록에 의하면 하루에 3만~4만, 많을 때는 7만 명에 달하는 사람들이 니클라스하우젠으로 모여들었다고 한다. 사람들은 그의 옷자락이라도 잡으려고 몸부림쳤으며, 옷자락 한 올이라도 얻게 되면 그것을 불멸의 가치를 지닌 보물인 것처럼 보관하였다. 그의 손이 닿으면 눈먼 자가 시력을 찾고 죽은 자가 살아나며 바위에서 샘물이 솟아난다는 소문이 돌았다. 니클라스하우젠에서 일어난 놀라운 사건에 관한 소문은 삽시간에 이 마을에서 저 마을로 퍼져 나갔다.

　뵘을 추종하는 사람들이 급속히 늘어나자 주교와 시 위원회는 그가 반란을 기도하고 있다고 판단하여, 1476년 7월 7일 밤에 기병을 보내 뵘을 체포하고 뷔르츠부르크 성으로 압송해 갔다. 수많은 사람들이 무기도 없이 촛대를 들고 밤새워 행진해 새벽녘에 성문 앞에 도착하였다. 군중은 그곳에 도착하면 성벽이 무너져 내리고 성문이 저절로 열리며 그 '거룩한 청년'이 결박을 풀고 승리자의 모습으로 당당하게 나타날 것이라고 확신하였다. 그들은 뵘의 이름을 부르며 그 도시가 파괴되고 새로운 도시가 건설되기를 열망했으나 끝내 기적은 일어나지 않았다. 포병부대가 포격을 가하자 뵘의 추종자들은 혼비백산하여 황급히 도망쳤다. 뵘은 이단을 퍼뜨리고 마술을 행했다는 죄목으로 유죄판결을 받고 처형되었다.

논제 1. 제시문 (1)을 요약하시오. (25점)

논제 2. 제시문 (1)에 근거하여 제시문 (2)와 (3)을 비교·분석하시오. (50점)

※ 아래 제시문을 읽고 논제 3에 답하시오.

자연수 값을 취하는 확률변수 X에 대하여 무한급수 $\sum_{n=1}^{\infty} nP(X=n)$ 이 수렴할 때 이 무한급수의 합을 확률변수 X의 평균이라 한다.

수열 $\{a_n\}$ 은 첫째항이 p이고 공비가 r인 등비수열이고 수열 $\{b_n\}$ 의 일반항은

$$b_n = \frac{k}{n(n+1)(n+2)}$$ 이다. 아래 표는 확률변수 Y와 Z의 확률분포를 나타낸다.

n	1	2	3	...	합계
P(Y = n)	a_1	a_2	a_3	...	$\sum_{n=1}^{\infty} a_n = 1$
P(Z = n)	b_1	b_2	b_3	...	$\sum_{n=1}^{\infty} b_n = 1$

논제 3. 확률변수 Y의 평균과 확률변수 Z의 평균이 같을 때 p, r, k를 구하시오. (25점)

※ 유의 사항

1. 답안에 자신을 드러내는 표현을 쓰지 말 것.

2. 답안에 제목을 달지 말 것.

3. 제시문의 문장을 그대로 옮겨 쓰지 말 것.

4. 분량은 띄어쓰기를 포함하여, 논제 1은 400~450자, 논제 2는 600자(±50자)로 쓸 것. 논제 3은 글자 수에 제한 없이 쓰되 답안지의 테두리 선을 벗어나지 말 것.

1. 전체를 대강 읽기

제시문 (1)을 읽고 어떤 생각이 드세요? 글이 아주 말쑥하다는 생각이 들지요? 잘 다듬어 놓은 한 편의 논술문을 읽는 느낌이 드네요. 주요하게 다루어지는 핵심어들은 어떤 것인가요? 정통과 이단 · 고정 불변이 아님 · 정당성의 근거 · 전통과 관습 · 합리성 · 카리스마 등이 우선 눈에 띄네요. 이런 정도의 이해를 바탕으로 글을 하나하나 분석하지요.

2. 단락 분석

정통과 이단에 대한 사회적 인식은 시간의 흐름이나 가치관의 변화에 따라 바뀔 수 있으므로 고정불변의 것이 아니다. 어떤 사상이나 역사적 사건, 또는 정치적 인물이 당대에는 정당성을 확보하고 정통으로 평가받으나 후대에는 이단으로 몰리는 경우가 있다. 반대로 당대에는 이단으로 간주되어 탄압과 천대를 받은 사상이나 인물이 후대에 이르러 정당성을 확보하고 사회의 정통으로 인정받기도 한다. 역사적 사건이나 사상, 정치적 인물 등의 정당성 여부를 판단하는 근거는 다양하며, 정당성의 다양한 근거가 차지하는 상대적 중요성은 시대와 사회가 변화함에 따라 바뀌어 왔다.

사회 구성원들은 전통과 관습의 관점에서 특정 사상이나 행위의 정당성 여부를 판단한다. 어떤 행위나 사고가 오랜 기간 유지되어 온 전통과 관습의 테두리에서 벗어나지 않는다면 역사의 관성에 의해 정당성을 부여받게 된다. 예를 들어, 오랜 전통을 통해 적장자 계승의 원칙이 관습화된 왕조에서는 새로 등극한 왕이 이전 왕의 적장자일 경우 전례에 따라서 자연스럽게 정당성을 인정받게 된다. 정당성의 근거가 전통이나 관습인 경우에도 그 모호한 부분을 이용해서 새로운 사회운동을 시도할 수 있다. 그러나 이와 같은 사회운동이 역사적으로 누적된 전통과 관습을 심각하게 부정하는 수준에 도달하게 되면 새로운 시도는 사회적 저항에 직면하게 된다.

또한 사회운동, 종교, 사상 혹은 정치적 인물의 결정이나 행위가 합리적이라고 인식되는 경우에 대중은 비교적 거부감 없이 주어진 현실을 수용함으로써 합리성에 기초한 정당성을 부여하게 된다. 합리성은 추상적 개념이기에 다양한 의미와 기준을 가지고 있다. 이성에 의한 사고, 객관적 자료에 근거한 판단, 절차의 존중, 목적의 보편적 적합성 등이 합리성의 주요한 요소이다. 예를 들어, 합리성의 원칙이 명확하게 구현된 정치적 현상으로 법치주의나 관료제 등이 있다. 성문화된 법규에 의해 합법과 불법이 명확히 구분되고 법규에 따라 정부의 정책이 결정 · 집행되는 경우에 정권과 지도자는 법적 체계에 기초한 합리적 정당성을 확보하게 된다. 민주주의 사회에서 정부가 명확히 규정된 법규에 의해 업무를 처리하게 되면 그 구성원들은 이를 정당한 것으로 받아들인다. 그러나 정부가 규정에 위반되는 사업을 비밀리에 혹은 불법적으로 추진하게 되면 이를 부당한 행위로 간주하여 저항하게 된다. 근대 이후 사회가 다양하고 복잡해짐에 따라서 합리성에 기초한 정당성은 시간이 흐를수록 중요해지는 경향이 있다.

정당성의 중요한 근거로 카리스마를 들기도 하는데, 이 경우 카리스마는 일반인에게서는 발견되지 않는 초인적 능력을 말한다. 이러한 카리스마는 교육이나 훈련을 통해 습득되는 것이 아니라 타고나는 것이므로

'신의 선물'이라고 불리기도 한다. 미래를 볼 수 있는 예지력, 전쟁에 나가면 패배를 모르는 영웅적 기세, 손만 대어도 병을 고치는 능력 등이 카리스마의 대표적 사례이다. 어떤 지도자가 초자연적 능력에 기초해서 일반인이 상상하기 어려운 기적을 일으키는 경우에 자신이 주도한 사회운동의 정당성을 확보하여 혁명적 변화를 유발할 수 있다. 카리스마에 근거해 정당성을 확보한 경우는 과거의 관습이나 합리성에 기초하고 있지 않기 때문에 전통의 관점에서 보면 파격적이고 합리성의 관점에서 보면 비이성적으로 보일 수 있다. 또한 카리스마를 지닌 초인적 능력의 소유자가 더 이상 기적을 행할 수 없게 되면 카리스마에 기초한 정당성은 쉽게 무너지는 약점을 가지고 있다. 전쟁의 신으로 불리는 지도자가 적과의 전쟁에서 패하는 경우에 대중은 지도자의 카리스마효력을 의심하게 되어 정당성에 대한 회의를 가지게 된다. 카리스마는 세습되거나 전수되는 것이 아니므로 카리스마를 소유한 지도자가 사망하면 정당성의 승계에 어려움을 겪는다.

1) 첫째 단락

이 제시문에서 다루고 있는 핵심 사항이 이 단락에 다 나온 것 같죠? 첫 문장에서, 정통과 이단에 대한 사회적 인식은 고정불변이 아니라고 딱 못박고 들어간 게 이 글에 힘을 주는군요. 이 명제를 뒷받침하려면 어떤 내용들을 다루어야 할까요? 왜 바뀌는가, 바뀌는 이유는 무엇인가, 정통과 이단은 누가 판단하는가, 정통과 이단을 판때리는(결정하는) 잣대는 무엇인가, 정통과 이단이 바뀐 구체적인 경우는 무엇인가 등이겠죠?

이 중에서 이 글이 다룬 것은 어떤 거죠? 이 단락 끝 부분에 나와 있네요. '정당성 여부를 판단하는 근거는 다양하다.' '어떤 정당성이 더 중요한가는 시대와 상황에 따라 다르다'고 했으니까 앞으로 이것에 대해 다루겠죠?

2) 둘째 단락

정당성의 여부를 판때리는 첫 번째 잣대가 나왔군요. '전통과 관습의 테두리'를 가리키고, 그것이 적용된 예까지 들었네요. 이 말을 듣고서, 사람들이 떠올릴 물음은 뭘까요? 정통과 이단은 바뀐다고 해놓고, 그것의 잣대는 전통과 관습이라고 하면 두 말이 엇나가는 게 아니냐 하는 생각이 들지 않을까요? 글쓴이도 그런 생각이 들었는지 "새로운 사회 운동"이 가능하기는 하지만, 전통과 관습을 심하게 벗어나면 큰 어려움을 맞게 된다고 했군요. 이 정도면 의문이 어느 정도 풀렸죠? 다음에는 무엇이 나올까요?

3) 셋째 단락

정통이냐 이단이냐를 판가름하는 또 다른 잣대, '합리성'이 나왔군요. 그러고는 합리성의 의미를 풀어, 이성적인 사고ㆍ객관적 자료ㆍ판단ㆍ절차 존중ㆍ목적의 보편성을 그 요소로 한다고 했네요. 이것 역시 그 구체적인 예를 들었죠? 법치주의와 관료제가 그것인데, 이것에 대해선 특히 새겨둘 필요가 있어요. 제시문 (1)을 분석하기 전에, 제시문 (2), (3)을 읽었을 때 '한글 법령 공포'가 나왔다는 것을 알고 있기 때문이에요. 한편, 마지막 문장 "근대 이후 사회가 다양하고 복잡해짐에 따라서 합리성에 기초한 정당성은 시간이 흐를수록 중요해지는 경향이 있다"는 지금까지의 맥락에서 살짝 옆으로 빠졌다는 생각이 들죠?

하지만, 꼭 그렇다고 볼 수는 없어요. 왜 그러죠? 첫째 단락에 '어떤 정당성이 더 중요한가는 시대와 상황에 따라 다르다'는 내용이 있었잖아요! 그것을 기억하고 있는 사람은, 우리가 찾던 것이 드디어 나왔다고 오히려 반가워했을 거예요. 이 부분은, 첫째 단락에서 명제로만 제시했던 것을, 구체적으로 예를 든 것이니까 요약할 때 써주는 게 좋겠죠?

4) 넷째 단락

계속해서 정당성의 잣대를 소개하고 있군요. '카리스마'를 그 근거로 들었는데, 이것의 바탕은 뭐죠? 일반인에게는 없는 초인적인 능력에 그 뿌리를 두고 있다고 했네요. 그런데, 이 정당성은 앞에서 든 두 정당성, 즉 전통과 합리성의 관점과 부딪힌다고도 했지요. 이런 특성들 때문에 카리스마에 의한 정당성은 강점과 약점을 다 갖게 되죠. 강점은 혁명적 변화를 유발할 정도의 폭발력을 가지는 것이고, 약점은 어느 날 갑자기 무너질 수 있다는 것이지요. 카리스마의 바탕이 '기적'이다보니, 기적을 행할 수 없다거나, 카리스마를 가진 사람이 죽는 경우 그 정당성이 몹시 흔들리게 되는 거죠.

3. 개요 짜기

① 정통과 이단
- 판정의 요소
- 판정 요소 사이의 중요도

② 합리성에 의한 정당성
- 합리성의 중요한 요소 넷
- 그것의 구현으로서 법치와 관료제

③ 전통과 관습에 의한 정당성
- 새로운 운동의 가능성
- 극심한 저항

④ 카리스마에 의한 정당성
- 기적을 갖춘 특별한 사람
- 폭발력
- 단점: 기적을 행할 수 없을 때, 지도자가 죽었을 때.

4. 요약 답안(400 - 450자)

　정통과 이단은 시대와 가치에 따라 자리바꿈할 수 있다. 그것은 정당성 여부에 따라 판정되는데, 그 근거는 전통과 관습, 합리성 그리고 카리스마이다. 정당성 사이의 중요도는 시대와 사회를 반영한다.

　근대 이후 사회가 복잡해지자 합리성이 정당성의 근거로 더 중요해졌다. 합리성의 중요한 요소는 이성, 객관적 자료, 절차 존중, 목적의 보편성이다. 이 요소가 가장 잘 구현된 것은 법치와 관료제이다. 정당성의 또 다른 바탕은 전통과 관습이다. 전통과 관습의 모호성을 이용해 새로운 운동을 펼칠 수 있지만, 거기에서 많이 벗어나면 저항을 받는다. 카리스마 또한 정당성을 부여하는데, 이것은 기적을 행할 수 있는 특별한 사람에게만 해당된다. 카리스마는 큰 폭발력이 있지만, 기적을 일으킬 수 없게 된 경우 그 정당성이 위협받는다.

5. 전략적 글쓰기

　제시문 (1)을 요약하면서도, 사실은 제시문 (2), (3)을 많이 고려한 게 이번 답안의 특징이에요. 한글과 한문의 정통이 뒤바뀌는 것, 한글이 정통이 될 때 결정적인 역할을 한 게 법률 공포인 점, 기적을 행할 수 없어 정당성을 상실한 점, 한글이 "옛것과 아주 다르다"며 배척한 최만리에 대해, 옛것과 그리 다르지 않다는 세종대왕의 논박을 감안하고, 그것이 반영되도록 요약했어요.

　문제 출제자는 이 점을 고려하고 있는 게 분명하고, 따라서 요약 답안 채점 항목에 이런 것들이 들어 있겠기 때문이지요. 논제 분석을 한 뒤, 수리 논술 제시문을 제외하고 모든 제시문을 먼저 읽은 뒤 요약에 들어가면 유리한 점이 많다는 것 이제 알겠죠?

　그리고 맨 마지막의 '카리스마를 가진 지도자가 죽는 경우'는 글자수에 따라 넣어도 되고 안 넣어도 돼요. 물론 글자수가 허락하면 넣는 게 좋겠죠!

논제2. 제시문(1)에 근거하여 제시문 (2)와 (3)을 비교 분석하시오. (600±50자)

1. 논제 분석

- 제시문 (1)에 근거하라
- 제시문 (2)와 (3)을 비교 분석하라.

　논제가 이 두 항목으로 나뉘는데, 비교 분석에는 두 글 간의 공통점 또는 공통적인 문제의식을 밝히고, 그 속에서 차이를 드러내야 한다는 것 잊지 않고 있죠?

2. 제시문 (1)을 염두하고 제시문 (2)를 분석하기

가.

　집현전 부제학 최만리 등이 상소하였다. "우리 조선은 개국 이래 지극한 정성으로 큰 나라를 섬겨 중국의 제도를 한결같이 지켜 왔습니다. 중국과 같은 글을 쓰고 같은 제도를 시행하는 오늘날, 언문을 창제하시니 보고 듣기에 놀랍사옵니다. 언문이 비록 옛 문자의 한 형태를 본떴다 하더라도 소리에 따라 쓰고 낱글자를 합치니, 이는 옛것과 아주 달라 실로 근거가 없습니다. 만약 중국에 흘러들어 가기라도 하면 비난하는 자가 생기리니, 어찌 큰 나라를 섬김에 부끄러움이 없겠습니까? 언문을 유통하면 관리들은 오로지 언문만 익히고 학문과 문자는 돌아보지 않아 하급관리와 고급관원들이 둘로 갈라질 것입니다. 관리들이 언문으로 출세한다면, 후진들이 모두 이것을 보고 '스물일곱 글자언문으로 입신출세할 수 있는데 무엇 하러 고생스럽게 성리학을 공부하랴?'라고 생각할 것입니다. 그렇게 되면 수십 년 후에 문자를 아는 사람이 필시 적어져서 비록 언문으로 관리의 일을 처리할 수 있다 하더라도 성현의 문자를 몰라 불학무식하여 사리의 시비에 어두워질 것이니, 언문에만 뛰어나면 장차 어디에 쓰겠습니까? 전에 썼던 이두는 비록 문자의 범위 안에 있으나 식견이 있는 자는 오히려 그것을 비루하다 여기어 이문(吏文)으로 바꾸려고 하였는데, 언문은 문자와 조금도 관련 없이 오로지 길거리의 속된 말을 쓰는 것이 아닙니까? 설령 언문이 지난 왕조부터 있었다 해도 문명의 나라가 되어 도(道)에 이르려고 한다면 어찌 그대로 답습하겠습니까?"

　임금께서 상소를 보시고 최만리 등에게 말씀하셨다. "너희는 소리에 따라 쓰고 낱글자를 합치는 방식이 옛것과 아주 다르다고 하였는데, 설총의 이두도 문자의 음과는 다르지 않더냐? 또 이두를 만든 본뜻도 백성을 편하게 함이 아니었더냐? 만일 백성을 편하게 하고자 함이었다면 지금의 언문역시 백성을 편하게 함이 아니냐?"

나.

　훈민정음은 그 편리성으로 인하여 여러 계층에서 널리 사용되었다. 조선 중기 이후 한글로 서찰을 쓰는 경우가 늘어났고, 《홍길동전》·《춘향전》·《사씨남정기》 등과 같은 한글 소설이 유행하게 되었다. 그러나 한글 창제 이후에도 공문서 작성이나 역사 기록 등에서는 한문이 주로 사용되었다.

　고종 31년(1894년) 11월 21일 칙령 제1호

　제14조 법률과 칙령은 모두 국문을 기본으로 하고 한문으로 번역을 붙이거나 혹은 국한문을 혼용한다.

　논제가 제시문 (1)을 근거로 하라고 했으니까, 우리가 지금부터 해야 할 것은 제시문 (2)가 제시문 (1)과 관련될 만한 게 뭔가를 눈 밝혀 찾아야지요? 제시문 (가)를 읽어보니까, 제시문 (1)과 연관되는 게 보이나요? 최만리와 세종대왕 사이에서 벌어지고 있는 논쟁의 주제는 뭐죠? 우리가 잘 알고 있는 한글 창제의 건이죠. 자, 두 사람 사이에서 논란이 되는 지점 또는 각자의 주장을 뒷받침하기 위해 내세우는 논거 중 가장 중요한 것은 무엇이죠? 한글이 "옛것과 아주 다르다"는 게 아닌가요? 세종대왕의 말씀을 보면 이 점이 또렷하네요. 그는 오직 "옛 방식과 다르지 않다"는 부분만을 논쟁의 대상으로 삼았잖아요. 제시문 (1)과 관련시킨다면, 전통과 관습에 의한 정당성의 항목에 들어가겠죠? 한 마디로, 한글이 전통과 관련이 있다 없다를 가지고 논쟁하는 거지요.

제시문 (나)의 핵심은 뭔가요? 한글, 편리성, 널리 사용, 한문 주로 사용, 칙령 발표, 한글이 기본 문자가 됨이네요. 제시문 (가)와 관련했을 때, (나)를 왜 (가)와 함께 실었을까요? 달라진 게 뭐죠? 한글의 운명이죠. 정통으로 인정받지 못하다가 정통이 되었잖아요. 이렇게 정통이 바뀌는 데에는 무엇이 그 구실을 한 거죠? 편리성, 널리 퍼짐, 칙령 발표지요. 이것들을 제시문 (1)에 있는 용어와 연관시켜 보세요. '편리성'은 무엇과 연관되죠? 정당성을 부여하는 세 가지 중 어디에 해당하지요? '합리성'이죠. 편리하다는 것은 합리적이란 소리잖아요. '널리 퍼짐'은 어디에 해당할까요. 세 가지 중에 딱히 들어맞는 게 없는 것 같죠? 칙령 발표는 어디에 해당하나요? 합리성이죠. 성문법에 의한 법치가 합리성이 잘 구현된 것의 예로 나왔잖아요.

간추리면, 제시문 (2)에서 우리는 전통과 관습에 의해 한글이 정당성 획득에 실패했다가, 합리성을 인정받아 법률에 의해 정통성을 획득하는 드라마를 볼 수 있네요.

3. 제시문 (1)을 염두하고 제시문 (3) 분석하기

중세 유럽에서는 천년왕국운동이 유행하였다. 후기 유대교 및 초기 그리스도교와 신비주의 등으로부터 영향을 받은 천년왕국운동은 중세 봉건사회를 혁파하고 현세에서 낙원을 추구하려는 유토피아적 상상력과 결합해 하층민들에게 급속하게 파고들었다.

한스 뵘(Hans Böhm)은 천년왕국운동을 이끈 지도자 가운데 한 명이다. 그는 새 세상이 도래했음을 선언했다. "서리가 내리는 것을 막아 모든 곡식과 포도나무를 얼어 죽지 않게 한 것은 전적으로 내 기도 덕분이다. 나는 지옥에 빠진 어떤 영혼도 구원해 낼 수 있다. 천년왕국이 세워지면 일체의 세금은 완전히 사라질 것이다. 계급과 신분으로 인한 차별은 더 이상 존재하지 않을 것이며 누구도 다른 사람 위에 군림하는 일은 없을 것이다. 그리하여 모든 사람들이 형제처럼 살 것이며 누구나 농일한 사유를 누리고 똑같이 일하는 세계가 이룩될 것이다."

뵘의 설교는 호소력을 지녀 독일 전 지역에서 사람들이 그를 찾아 몰려왔다. 기록에 의하면 하루에 3만~4만, 많을 때는 7만 명에 달하는 사람들이 니클라스하우젠으로 모여들었다고 한다. 사람들은 그의 옷자락이라도 잡으려고 몸부림쳤으며, 옷자락 한 올이라도 얻게 되면 그것을 불멸의 가치를 지닌 보물인 것처럼 보관하였다. 그의 손이 닿으면 눈먼 자가 시력을 찾고 죽은 자가 살아나며 바위에서 샘물이 솟아난다는 소문이 돌았다. 니클라스하우젠에서 일어난 놀라운 사건에 관한 소문은 삽시간에 이 마을에서 저 마을로 퍼져 나갔다.

뵘을 추종하는 사람들이 급속히 늘어나자 주교와 시 위원회는 그가 반란을 기도하고 있다고 판단하여, 1476년 7월 7일 밤에 기병을 보내 뵘을 체포하고 뷔르츠부르크 성으로 압송해 갔다. 수많은 사람들이 무기도 없이 촛대를 들고 밤새워 행진해 새벽녘에 성문 앞에 도착하였다. 군중은 그곳에 도착하면 성벽이 무너져 내리고 성문이 저절로 열리며 그 '거룩한 청년'이 결박을 풀고 승리자의 모습으로 당당하게 나타날 것이라고 확신하였다. 그들은 봄의 이름을 부르며 그 도시가 파괴되고 새로운 도시가 건설되기를 열망했으나 끝내 기적은 일어나지 않았다. 포병부대가 포격을 가하자 봄의 추종자들은 혼비백산하여 황급히 도망쳤다. 봄은 이단을 퍼뜨리고 마술을 행했다는 죄목으로 유죄판결을 받고 처형되었다.

역시 제시문 (3)이 제시문 (1)과 연관되는 것을 찾아야죠? 어렵지 않죠. 카리스마 즉 기적에 의한 정당성 확보가 이야기되고 있네요. 이 글에서 우리가 주목해야 될 것은 뭔가요? 하루에 7만 명이나 몰려들었다는 것에서, 그 폭발력을 볼 수 있어요. 그 폭발력은 어디서 생겼죠? '기적'과 '보편적인 이념'에 관계되어 있지요. 그런데 갑자기 그 많던 지지자들이 다 사라졌어요. 무슨 일이 있었던 거죠? 그래요. 기적을 보여줘야 할 때, 기적을 보여주지 못하자 이 카리스마는 바로 사라졌어요. 한편, 천년왕국 운동이 내세운 것을 보면, 계급차별이 없고 동일한 자유를 누린다는 등 목적의 보편성 즉 합리성에 들어맞아요. 여기서 우리는 카리스마에 의한 정당성은 '기적'이 사라지면, 비록 그 이념이 합리성을 조금 갖고 있더라도 버텨낼 수 없다는 것을 알 수 있어요. '기적'이라는 것은 비합리예요. 그래서 이 운동은 전체적으로 비합리로 여겨진 것이죠.

4. 제시문 (2)와 (3)의 공통점 또는 근거와 차이점 찾기

우선, 공통 근거는 뭐죠? 둘 다, 정통 즉 정당성을 획득하려는 과정을 보여준 점을 들 수 있겠네요. 이제 차이를 봐야죠? 하나는 정당성 획득에 성공했지만 다른 하나는 거의 성공하는 듯하다가 실패한 점, 하나는 합리성에 의존했지만 다른 하나는 카리스마에 의존한 점이 되겠네요.

이 두 제시문을 종합적으로 봤을 때, 제시문 (1)에서 주장한 세 가지 중 어떤 것을 결론으로 이끌어낼 수 있죠? 정통과 이단은 시대가 변함에 따라 달라진다는 것을 결론으로 도출할 수 있겠네요.

5. 개요 작성

① 제시문 (1)을 간략히 제시
- 기준의 다양성
- 공통기반과 차이 가볍게 제시

② 제시문 (2)와 (3) 분석
- 상소의 핵심
- 한글, 편리성과 칙령공포라는 합리성에 의지해 정통성 획득
- 천년왕국 운동과 카리스마

- • 목적의 보편성을 갖고 있음도 제시
  - • 기적을 보여줄 수 없자 실패
- ③ 제시문 (2)와 (3) 비교
  - • 정당화 근거가 다름
  - • 실패와 성공
  - • 이단과 정통 평가의 유동성

6. 예시 답안 (600 ±50자)

이단인가 정통인가를 가름하는 기준은 전통과 관습, 합리성, 카리스마 등 다양하다. 제시문 (2), (3)은 공히 정통성을 얻기 위한 과정을 보여준다. 하지만 이들이 의존하고 있는 정당성의 근거는 다르다.

제시문 (2)에서 상소의 핵심은 한글이 "옛것과 아주 다르다"는 것이다. 즉 전통의 정당성을 문제 삼는다. 이에 세종은 반론을 펴지만 한자가 가진 전통의 힘이 워낙 세서, 한글은 정통을 획득하지 못했다. 시대가 달라지면서, 한글이 가진 편리성과 칙령공포의 합리성에 힘입어 한글은 한자 대신 정통이 되었다. 이와는 달리 제시문 (3)에 나온 천년왕국 운동은 카리스마에 의존해 정당성을 얻으려 하였다. 이 운동은 신분 차별과 동일한 자유 등 목적의 보편성을 갖고 있기는 하였다. 하지만 기적에 의한 카리스마에 의해 시작된 것이기에, 기적을 보여줄 수 없자 이 운동은 실패로 끝났다.

(2)는 합리성으로, 기존의 정통을 물리치고 새로 정통이 되는 것을 보여주었다. 반면 (3)은 카리스마에 의지하여 정통성을 획득하려 하나 실패하여 이단에 머물게 된 것을 보여준다. 두 경우에서 알 수 있는 것은 정통과 이단은 유동한다는 점이다.

논제3

※ 아래 제시문을 읽고 논제 3에 답하시오.

자연수 값을 취하는 확률변수 X에 대하여 무한급수 $\sum_{n=1}^{\infty} nP(X=n)$ 이 수렴할 때 이 무한급수의 합을 확률변수 X의 평균이라 한다.

수열 {an}은 첫째항이 p이고 공비가 r인 등비수열이고 수열 {bn}의 일반항은 $b_n = \dfrac{k}{n(n+1)(n+2)}$ 이다. 아래 표는 확률변수 Y와 Z의 확률분포를 나타낸다.

n	1	2	3	$\cdots$	합계
$P(Y=n)$	a_1	a_2	a_3	$\cdots$	
$P(Z=n)$	b_1	b_2	b_3	$\cdots$	

1. 논제 해설(대학교 발표 자료)

　논제 3은 고등학교 인문계 수학 교과과정에서 다루는 수열, 무한급수, 확률변수, 확률분포, 평균의 기본개념을 잘 이해하고 있는지 측정하고자 하였다. 본 논제에 답하기 위해서는 먼저 확률분포가 만족해야 할 조건, 확률변수의 평균의 정의를 이용하여 미지수들이 만족해야 하는 방정식을 도출해야 한다. 방정식과 관련된 여러 가지 무한급수의 합을 구하는 방법을 찾으면 방정식의 해를 구할 수 있다. 본 논제의 해결을 위해서는 수학 교과과정에서 다루는 여러 가지 개념들을 잘 이해하고 활용할 수 있는 종합적인 능력이 필요하다.

2. 예시 답안

$a_n = pr^{n-1}$ 이 확률이고 $\displaystyle\sum_{n=1}^{\infty} a_n = 1$ 이므로 $0 \leq a_n \leq 1, \quad 0 \leq p \leq 1,$

$0 \leq r < 1$ 이다.

$$\sum_{n=1}^{\infty} a_n = 1$$

$$\sum_{n=1}^{\infty} a_n = \sum_{n=1}^{\infty} pr^{n-1}$$

$$= \frac{p}{1-r} = 1$$

$$\therefore \ p = 1 - r \quad \cdots\cdots\cdots\cdots(\text{ㄱ})$$

$$\sum_{n=1}^{\infty} b_n = 1$$

$$\sum_{n=1}^{\infty} b_n = \sum_{n=1}^{\infty} \frac{k}{n(n+1)(n+2)}$$

$$= \frac{k}{2} \sum_{n=1}^{\infty} \left(\frac{1}{n(n+1)} - \frac{1}{(n+1)(n+2)} \right)$$

$$= \frac{k}{2} \lim_{n\to\infty} \left(\frac{1}{1 \cdot 2} - \frac{1}{(n+1)(n+2)} \right)$$

$$= \frac{k}{4} = 1$$

$$\therefore k = 4 \quad \cdots\cdots\cdots\cdots (\text{ㄴ})$$

$$s_n = \sum_{i=1}^{n} i\, r^{i-1} = 1 + 2r + 3r^2 + 4r^3 + \cdots\cdots + nr^{n-1}$$

$$rs_n = \sum_{i=1}^{n} i\, r^{i} = r + 2r^2 + 3r^3 + 4r^4 + \cdots\cdots + nr^{n}$$

$$(1-r)s_n = 1 + r + r^2 + r^3 + \cdots\cdots + r^{n-1} - nr^n$$

$$s_n = \frac{1-r^n}{(1-r)^2} - \frac{nr^n}{1-r}$$

$$0 \le r < 1 \ \text{이고} \ \lim_{n\to\infty} r^n = 0 \ \text{이므로} \ \lim_{n\to\infty} s_n = \frac{1}{(1-r)^2} \ \text{이다}$$

$$E(Y) = \sum_{n\to 1}^{\infty} n\, a_n$$

$$= \sum_{n\to 1}^{\infty} np\, r^{n-1} = p \sum_{n\to 1}^{\infty} n\, r^{n-1} = p \lim_{n\to\infty} s_n$$

$$= \frac{p}{(1-r)^2}$$

$$E(Z) = \sum_{n=1}^{\infty} nb_n$$

$$= \sum_{n=1}^{\infty} \frac{4}{(n+1)(n+2)}$$

$$= 4 \sum_{n=1}^{\infty} \left(\frac{1}{n+1} - \frac{1}{n+2} \right)$$

$$= 4 \lim_{n\to\infty} \left(\frac{1}{2} - \frac{1}{n+2} \right) = 2$$

$$E(Y) = E(Z) \text{ 이므로 } \quad \frac{p}{(1-r)^2} = 2$$

$$\therefore \; p = 2(1-r)^2 \;\ldots\ldots\ldots\ldots(\text{ㄷ})$$

(ㄱ)과 (ㄴ)과 (ㄷ) 에 의하여

$$p = 1 - r = 2(1-r)^2 \text{이고 } \; r \neq 1 \text{이므로}$$

$$r = \frac{1}{2} \text{이고 } p = \frac{1}{2} \quad k = 4 \;\text{ 이다}$$

[제시문 출처]

제시문 (1)은 막스 베버(Max Weber)의 《정당한 지배의 유형(The Types of Legitimate Domination)》에 근거하여 정당성 확보 여부에 따른 정통과 이단의 구분, 정당성의 근거, 시대와 사회의 변화에 따른 정당성에 대한 평가의 변화 가능성이라는 주제를 도출하여 출제의도에 맞게 재구성한 글이다.

제시문 (2)는 《조선왕조실록(朝鮮王朝實錄)》에 실린 최만리 등의 상소문과 이에 대한 세종의 답을 정리하고, 고종 칙령 중 한글 관련 내용을 추출해 낸 것이다. 제시문 (2)의 내용들은 한글이 역사적 변화에 따라 정통성을 확보하는 과정을 설명하고 있다.

먼저 제시문 (2)의 가는 《조선왕조실록(朝鮮王朝實錄)》 세종 103권(세종 26년 2월 20일) 중 집현전 부제학 최만리 등이 언문 제작의 부당함을 왕에게 아뢴 상소문과 이에 대한 세종의 답을 풀어쓴 것이다.

제시문 (2)의 나는 훈민정음이 창제된 이후 백성들 사이에서 어떻게 사용되었는지를 간단히 제시한 것이다. 훈민정음 창제 이후에도 공문서 작성이나 역사 기록 등에서는 여전히 한문이 공식 문자로 사용되었으나 한글의 사용은 점차 확대되었다. 조선 중기 이후로는 한글로 서찰을 쓰는 경우가 늘었고, 《홍길동전》·《춘향전》·《사씨남정기》 등과 같은 한글소설이 유행하게 되었다.

제시문 (2)의 다는 《조선왕조실록(朝鮮王朝實錄)》에 실린 고종 칙령 중 한글 관련 내용[고종 31년(1894년) 11월 21일 칙령 제1호]이다. 한글은 조선 중기 이후 사용 범위가 확대되었음에도 불구하고 공식문자의 지위를 갖지 못했으나 1894년 11월에 발표된 이 칙령으로 공식 문자로서의 지위를 가지게 되었다.

한글 사용을 규정하는 성문화된 법규가 마련되면서 한글은 합리성에 근거한 정당성을 확고히 가지게 되었다. 이에 따라 과거 중국을 섬기는 전통과 관습에 따라 한자를 존중하던 문자의 정통을 한글이 대신하게 되었다.

제시문 (3)은 노만 콘(Norman Cohn)의 《천년왕국운동사 The Pursuit of Millenium 》(1977)에서 '정통성을 확보하지 못한 이단'의 예로 출제의도에 맞추어 재구성한 글이다.

노만 콘의 《천년왕국운동사》는 11세기에서 16세기까지 유럽의 빈민들 사이에서 일어난 '천년왕국'에 대한 환상과 그 배후의 중세사회를 그리고 있다. 천년왕국사상은 본래 그리스도가 재림한 후 지상에 메시아왕국을 세워 최후의 심판 전에 천년 동안 그곳을 다스린다는 요한묵시록을 근거로 한 하층민의 그리스도인의 신앙을 말한다. 그러나 현재에는 넓은 의미로 해석되어 종말의식을 나타내는 민중의 구원운동 및 사회운동을 의미하게 되었다.

아래의 제시문을 읽고 논제에 답하시오(2시간)

(1)

세계사에는 수많은 전쟁이 있었다. 맨주먹으로 싸운 전쟁, 창으로 싸운 전쟁, 화기와 폭탄을 사용한 전쟁, 방어전과 섬멸전, 내전과 국제전……. 그리고 세대 간 전쟁이 있다.

세대 전쟁은 여타 다른 갈등이나 전쟁과는 근본적으로 다르다. 군대가 등장하지도 않고, 서로 총을 쏘지도 않고, 포로를 잡지도 않는다. 그럼에도 세대 갈등은 전쟁이라 불러도 전혀 손색이 없을 정도로 투철하고 혁명적인 힘을 발동시킨다. 어떤 의미에서는 가장 오래된 전쟁이자 가장 현대적인 전쟁이다. 생물학적으로 프로그래밍 되어 있기에 가장 오래된 전쟁이며, 말과 모욕으로 치러진 심리전이기에 가장 현대적인 전쟁이다.

심리전은 노인들에게서 자신의 아름다움에 대한 믿음, 자신의 오감과 이성에 대한 믿음을 앗아 감으로써 인간의 자의식을 무너뜨린다. 소포클레스의 아들은 법정에서 90세의 아버지가 정신이 온전하지 못하다고 주장하였다. 아버지에게 똑같은 짓을 한 수많은 다른 자식들처럼 그 역시 그런 주장으로써 아버지의 재산을 빼앗으려 하였다.

세대 전쟁의 배후에는 경제적 갈등이 숨어 있다. 젊은이들은 노인들이 자신들의 앞길을 가로막는다고 비난하고, 노인들은 젊은이들이 자신의 재산을 노린다고 생각해 왔다. 그러나 19세기 말 이후 연금보험이 도입되고 연령 피라미드가 유지되어 세대 간 협약이 제 기능을 다하는 동안 세대 전쟁의 야비한 본질은 잊혀졌다. 이와 더불어 노인들을 노동시장에서 퇴출시킬 필요가 없다는 사실마저 잊혀졌다. 누구든 일정 연령에 이르면 퇴직을 하였기 때문에, 노인들이 활동적이고 영향력이 크며 각 분야에서 생산적으로 일할 수 있다는 생각을 하지 못하게 되었다.

그러나 오늘에 이르러 세대 갈등은 다시금 심각한 문제로 대두되었다. 노인 인구가 급증하고 사회·경제적 환경이 급변함에 따라 노인 부양을 위한 사회적 부담이 크게 증가하였기 때문이다. 효 사상을 바탕으로 노인에 대한 공경을 공동체 안에서 실현해 온 한국의 경우도 최근에는 세대 갈등이 사회적 문제가 되고 있다. 60대 이상의 인구가 적었던 시절에는 개인적으로나 사회적으로 노인을 충분히 부양할 수 있었으며 노인은 존경과 우대의 대상이었다. 그러나 상황은 바뀌었다. 1990년에 5.1%를 차지하던 65세 이상의 인구 비율은 2000년에 7.2%, 2010년에 11.0%로 빠르게 증가하였다. 2018년에는

14.3%, 2026년에는 20.8%에 달할 것으로 예측된다. 노인 인구의 증가는 암, 뇌 질환, 치매 등과 같은 만성적 노인성 질환 치료를 위해 사회가 부담해야 하는 의료비용의 증가를 뜻한다. 또한 이들에게 지급해야 하는 연금 규모의 확대를 의미한다.

이런 상황에서 현대의 노인들은 더 이상 공경을 기대할 수 없는 회색 지대에 놓이게 되었다. 평균 수명이 늘어나면서 부모, 조부모, 증조부모 세대가 공존하는 상황도 발생하였다. 이에 따라 젊은 세대의 부양책임도 더욱 커질 것이다. 노인 인구가 증가하는 반면에 출산율은 저하되어 경제활동 인구가 줄어들면서 고령화는 심각한 사회문제가 되었다.

경제활동 인구가 감소하고 퇴직 이후의 삶에 대한 지출 비용이 증가하면서 사회복지 시스템을 둘러싼 세대 간 갈등이 고조되고 있다. 한국에서 1988년부터 시행된 국민연금은 20여 년이 지난 2010년에 연금 수급자가 3백만 명을 넘어섰다. 국책 연구 기관의 예측에 따르면, 2036년에는 적자가 발생하고 2060년에는 연금 기금이 고갈될 것이라고 한다.

중장년층 이하 세대의 연금 부담이 커지면서 이미 보이지 않는 세대 간 전쟁은 시작되었다. 연금을 통해 자신들의 노후를 보장받으려는 노인 세대와 그들의 연금까지 책임져야 하는 젊은 세대 간의 갈등은 갈수록 심화될 것이다. 충분히 생산성이 있는 노인을 힘없고 인지 능력이 떨어지는 사람으로 취급해 퇴직시키는 현상이 이제는 노인 세대에 대한 젊은 세대의 부담을 가중시키고 있다. 조만간 세대 전쟁이 몰고 올 문제는 생명을 위협하는 전염병처럼 매일매일의 뉴스거리가 될 것이다.

(2)

가.

맹자가 말하였다. "내 노인을 섬겨서 남의 노인에게 미치고 내 아이를 사랑하여 남의 아이에게 이른다면, 천하를 손바닥에 놓고 움직일 수가 있다. 『시경』에 이르기를 '처자에게 모범이 되어 형제에 이르고 그럼으로써 집과 나라가 다스려진다.'라고 하였으니, 이 마음을 가져다가 저기에 보탤 뿐임을 말한 것이다. 그러므로 은혜를 확장시키면 천하를 보존하기에 충분하고, 은혜를 확장시키지 못하면 처자도 보호할 수 없다."

나.

어와 저 조카야 밥 없이 어찌할까

어와 저 아저씨야 옷 없이 어찌할까

힘든 일 다 말하려무나. 돌보고자 하노라

오늘도 다 새었다 호미 메고 가자꾸나

내 논 다 매거든 네 논 좀 매어 주마
올 길에 뽕 따다가 누에 먹여 보자꾸나

이고 진 저 늙은이 짐 벗어 나를 주오
나는 젊었으니 돌이라 무거울까
늙기도 서럽다 하겠거늘 짐조차 지실까

다.

사람들은 핵가족으로부터 국가적인 공동체에 이르기까지 점점 더 광범위해지는 연대의 동심원 체계에 속해 있다. 사람들은 자신과 가까운 사람들에게 가장 강한 책임감을 느끼고, 조금 먼 사람들에게는 그러한 사물의 질서를 존중할 책임과 의무를 덜 느끼게 된다. 그러나 '내 것'과 '내 것이 아님' 그리고 '다른 사람 것'과 '다른 사람 것이 아님'을 지나치게 구별하게 되면 공동체에서는 불협화음이 나타날 수 있다.

우리 모두는 특정한 사회적 정체성의 담지자로서 우리의 환경에 다가간다. 나는 어느 누군가의 딸 또는 아들이며, 또 다른 누군가의 삼촌 또는 사촌이다. 나는 또한 이 도시 저 도시의 시민이며, 이러 저러한 집단의 성원이다. 그렇기 때문에 나에게 좋은 것은 같은 공동체에 속한 누구에게나 좋은 것이어야 한다.

개인들은 사회적 지위 때문에 연대를 맺기도 하지만 또한 동의와 상호부조를 통해서 연대 제도에 참여하기도 한다. 공동체의 발전과 연관된 이러한 원리는 19세기 말에 사회보험을 탄생시키는 데 중심적인 역할을 하였다. 우리 모두는 실제로 서로에 대한 책임이 있기 때문에 공동선에 헌신하고자 하는 인식을 확고히 해야 한다.

(3)

오늘날 선진국에서 정부 지출이 가장 많은 분야는 복지이다. 그리고 복지 분야 중에서 대규모 정부 지출이 이루어지는 대표적인 프로그램은 공적 연금이다. 공적 연금은 정부가 노인들에게 매달 정해진 급여를 제공하는 것인데, 이의 재원 마련을 위해 경제 활동에 종사하는 국민들은 매달 소득의 일정액을 연금 보험료로 정부에 납부해야 한다. 이런 면에서 연금은 국가가 국민들에게 요구하는 일종의 강제 저축이다.

공적 연금을 지지하는 사람들은 국민의 노후 생활 보장을 위한 국가 개입은 정당하다고 주장한다. 그러나 자유의 가치를 존중한다면 개인들이 자신에게 해로운 선택을 할 자유도 인정해야 한다. 어떤 사람이 현재를 즐기는 데 자신의 소득을 모두 쓰는 대가로 궁핍한 노년을 감수하기로 결정했다면, 우리가 무슨 권리로 그것을 막을 것인가? 우리는 대화를 통해 그가 잘못 생각하고 있다고 설득할 수는 있다. 그러나 우리에게 그의 결정을 바꾸도록 강제할 권한이 있을까?

공적 연금을 지지하는 사람들은, 만일 이 제도가 없다면 스스로 노후 대비를 하지 않는 사람으로 인해 다른 사람들이 피해를 본다는 주장을 하기도 한다. 현대 사회에서 궁핍한 노인이 고통 받는 것을 그대로 방치할 수는 없기 때문에 정부는 공공 부조 등을 통해 지원한다. 이는 스스로 노후 대비를 하지 않는 사람 때문에 사회가 부담을 떠안게 됨을 의미한다. 따라서 강제적인 연금 가입은 그 사람의 이익이 아닌 다른 사람들의 이익이라는 관점에서 정당화된다는 것이다.

만약 공적 연금이 없는 상태에서 노령 인구의 90%가 사회에 부담이 된다면 이 주장은 매우 설득력이 있다. 그러나 오직 1%만이 공공의 부담이 된다면 전혀 그렇지 못할 것이다. 왜 1%의 사람들이 사회에 초래하는 부담을 막기 위하여 99% 사람들의 자유를 제한해야 하는가? 자발적인 노후 대비가 어려운 소수에게는 어느 정도 국가 지원이 필요할 수 있다. 하지만 나머지 다수에게는 스스로 노후 대비를 하도록 맡겨 두는 것이 연금 가입을 강제하는 것보다 바람직하다.

다수가 자발적으로 노후 대비를 할 수 있다면 공적 연금 제도는 별 이득도 없이 너무 큰 비용을 지불하는 셈이다. 이 제도는 우리의 소득 가운데 상당 부분에 대한 처분권을 박탈했으며 국가 재정의 위기를 초래하였다.

Ⅰ. 제시문 (1)을 요약하시오. (400~450자. 25점)

Ⅱ. 제시문 (2)와 (3)은 사회문제 해결에 대한 서로 다른 관점을 제시하고 있다. 제시문 (2)와 (3)의 관점을 비교하고, 이에 근거하여 제시문 (1)의 사회문제를 해결하기 위한 자신의 견해를 논술하시오. (600±50자. 50점)

Ⅲ. 다음 문제에 답하시오. (자수 제한 없음)

a. 어느 국가에서 n년도에 65세 이상 인구에게 지급해야 하는 연금 총액은 $a_n = n \times 2030^n$이고 의료비 총액은 $b_n = 2031n$이다. 연금 총액에 대한 의료비 총액의 비 $\dfrac{b_n}{a_n}$이 최대가 되는 해는 몇 연도인가? (15점)

b. 노령화 지수는 유소년 인구(14세 이하의 인구)에 대한 65세 이상 인구의 비이다. 그리고 노년부양비는 생산 가능 인구(15세 이상 64세 이하의 인구)에 대한 65세 이상 인구의 비이다. 시점 χ에서의 노년부양비를 $f(\chi)$라고 하자. 여기에서 $f(\chi)$는 실수 전체의 집합 R에서 R로의 함수라고 가정한다. 어느 국가의 노령화 지수가 (노령화지수) = (노년부양비)^{2}를 만족하고, $f(\chi)$는 R에서의 일대일 함수라고 가정하면, (노년부양비-노령화지수)<1/4이 되는 시점 χ가 항상 존재함을 설명하시오. (10점)

논제1. 제시문 (1)을 요약하시오. (400~450자. 25점)

1. 논제 확인

논제 2를 보니까, 이번 논술 시험의 주제는 '사회 문제 해결에 대한 여러 관점'이라는 것을 알겠네요.

2. 제시문 (1)을 가볍게 읽으면서 다루는 대상과 글 분위기 익히기

세대 전쟁이 이야기되고 있고, 노인 인구 급증과 경제 문제 등이 이 문제의 핵심에 놓여 있구나 정도는 간파했죠? 이 정도 분위기를 가지고, 이제 꼼꼼히 읽으면서 글을 분석하도록 하지요. 참, 단락이 많이 나눠져 있지요? 잘게 쪼개져 있다는 점에서 글 분석이 쉬울 수 있지만, 곁가지들에 정신을 빼앗길 수도 있어요. 그래서 이런 글은 형식적인 단락에서, 내용과 논리에 따른 단락을 찾아낼 필요가 있어요. 글의 전체적인 얼개(구조)를 찾아내야 한다는 소리죠. 한편, 이렇게 긴 글을 겨우 400~450자로 줄여야 하니, 이 글의 고갱이(핵심)를 확실하게 거머쥐어야 한다는 생각도 들지요.

3. 형식 단락 주제를 찾으면서 논리적인 매듭(단락) 짓기

세계사에는 수많은 전쟁이 있었다. 맨주먹으로 싸운 전쟁, 창으로 싸운 전쟁, 화기와 폭탄을 사용한 전쟁, 방어전과 섬멸전, 내전과 국제전……. 그리고 세대 간 전쟁이 있다.

세대 전쟁은 여타 다른 갈등이나 전쟁과는 근본적으로 다르다. 군대가 등장하지도 않고, 서로 총을 쏘지도 않고, 포로를 잡지도 않는다. 그럼에도 세대 갈등은 전쟁이라 불러도 전혀 손색이 없을 정도로 투철하고 혁명적인 힘을 발동시킨다. 어떤 의미에서는 가장 오래된 전쟁이자 가장 현대적인 전쟁이다. 생물학적으로 프로그래밍 되어 있기에 가장 오래된 전쟁이며, 말과 모욕으로 치러진 심리전이기에 가장 현대적인 전쟁이다.

첫 단락에선, 세대 간 갈등을 여러 전쟁 중 하나로 표현했군요. 그만큼 갈등의 양상이 심각하다는 것이겠죠. 세대 갈등을 전쟁이라 부르는 게 전혀 무리가 아니라는 것을 밝히기 위해 다음 단락에선 세대 전쟁의 성격을 말했군요. '생물학적이기에 가장 오래된 전쟁이며, 심리전이기에 가장 현대적인 전쟁이다.' 다음엔 무슨 내용이 나올까요? 세대 전쟁의 특징인 생물학적 전쟁과 심리전에 대해 나오는 게 순서겠죠?

심리전은 노인들에게서 자신의 아름다움에 대한 믿음, 자신의 오감과 이성에 대한 믿음을 앗아 감으로써 인간의 자의식을 무너뜨린다. 소포클레스의 아들은 법정에서 90세의 아버지가 정신이 온전하지 못하다고 주장하였다. 아버지에게 똑같은 짓을 한 수많은 다른 자식들처럼 그 역시 그런 주장으로써 아버지의 재산을 빼앗으려 하였다.

세대 전쟁의 배후에는 경제적 갈등이 숨어 있다. 젊은이들은 노인들이 자신들의 앞길을 가로막는다고 비난하고, 노인들은 젊은이들이 자신의 재산을 노린다고 생각해 왔다. 그러나 19세기 말 이후 연금보험이 도입되고 연령 피라미드가 유지되어 세대 간 협약이 제 기능을 다하는 동안 세대 전쟁의 야비한 본질은 잊혀졌다. 이와 더불어 노인들을 노동시장에서 퇴출시킬 필요가 없다는 사실마저 잊혀졌다. 누구든 일정 연령에 이르면 퇴직을 하였기 때문에, 노인들이 활동적이고 영향력이 크며 각 분야에서 생산적으로 일할 수 있다는 생각을 하지 못하게 되었다.

먼저, 심리전에 대해 나왔군요. 심리전은 인간들, 특히 노인들의 자의식을 무너뜨린다고 했네요. 그러면 생물학적 전쟁은 젊은이들에게 타격을 줄까요? 넷째 단락을 시작하자마자 세대 전쟁의 본질은 경제 문제다고 했군요. 생물학적인 것과 경제적인 우열의 문제가 전혀 별개는 아니지만, 너무 억지로 꿰어 맞추지 말고 더 살펴보죠. 19C 이후 연금보험 도입으로 세대전쟁의 본질, 즉 경제적 갈등이 묻혀 있었다고 하네요. 그런데, 이것으로 인해 또 하나 잊힌 게 있는데 "노인들이 …… 각 분야에서 생산적으로 일할 수 있다는 생각은 하지 못하게 되었다"는 게 그거라네요. 이 내용을 필자가 왜 썼을까요? 글쓴이는 논리적으로 봤을 때 쓸 데 없는 것은 절대 글에 집어넣지 않아요. 그러니까, 특이한 게 나오면 왜 이 내용이 나왔지 하며 물어야 해요. 혹시 '잊혀진 것'을 다시 떠올려야 할 상황이 되었다는 소리를 하고 싶어서가 아닐까요? 추측이 맞는다면 다음에, '바뀐 상황'이 나오겠죠?

그러나 오늘에 이르러 세대 갈등은 다시금 심각한 문제로 대두되었다. 노인 인구가 급증하고 사회 · 경제적 환경이 급변함에 따라 노인 부양을 위한 사회적 부담이 크게 증가하였기 때문이다.

효 사상을 바탕으로 노인에 대한 공경을 공동체 안에서 실현해 온 한국의 경우도 최근에는 세대 갈등이 사회적 문제가 되고 있다. 60대 이상의 인구가 적었던 시절에는 개인적으로나 사회적으로 노인을 충분히 부양할 수 있었으며 노인은 존경과 우대이 대상이었다. 그러나 상황은 바뀌었다. 1990년에 5.1%를 차지하던 65세 이상의 인구 비율은 2000년에 7.2%, 2010년에 11.0%로 빠르게 증가하였다. 2018년에는 14.3%, 2026년에는 20.8%에 달할 것으로 예측된다. 노인 인구의 증가는 암, 뇌 질환, 치매 등과 같은 만성적 노인성 질환 치료를 위해 사회가 부담해야 하는 의료비용의 증가를 뜻한다. 또한 이들에게 지급해야 하는 연금 규모의 확대를 의미한다.

이런 상황에서 현대의 노인들은 더 이상 공경을 기대할 수 없는 회색 지대에 놓이게 되었다. 평균 수명이 늘어나면서 부모, 조부모, 증조부모 세대가 공존하는 상황도 발생하였다. 이에 따라 젊은 세대의 부양책임도 더욱 커질 것이다. 노인 인구가 증가하는 반면에 출산율은 저하되어 경제활동 인구가 줄어들면서 고령화는 심각한 사회문제가 되었다.

경제활동 인구가 감소하고 퇴직 이후의 삶에 대한 지출 비용이 증가하면서 사회복지 시스템을 둘러싼 세대 간 갈등이 고조되고 있다. 한국에서 1988년부터 시행된 국민연금은 20여 년이 지난 2010년에 연금 수급자가 3백만 명을 넘어섰다. 국책 연구 기관의 예측에 따르면, 2036년에는 적자가 발생하고 2060년에는 연금 기금이 고갈될 것이라고 한다.

추측대로, 새로 바뀐 상황이 나왔군요. 그 구체적인 것은 뭐죠? 노인 인구 급증과 노인 부양을 위한 부담 증가를 다루고 있네요. 왜 그렇게 노인 인구가 증가했지요? 평균수명 증가와 출산율 저하라고 나와 있네요. 그러면 노인 인구가 급증한 게 문제가 되는 까닭은 무엇이죠? 사회적 부담 증가 때문이지요. 사회적 부담은 구체적으로 무엇을 말하나요? 의료비용 증가, 연금규모 확대가 그것이지요. 이렇게 증가한 사회적 부담은 누가 떠맡게 되나요? 경제 활동 인구, 즉 젊은 세대가 짊어져야 되지요. 이렇게 짐을 떠안게 된 젊은 세대가 늙은 세대를 바라보는 태도는 어떨까요? 더 이상 공경의 대상이 아니게 되겠지요. 이제 마지막 단락을 보지요. 위에서의 내용을 정리하고 있어요. 그런데 색다른 내용은 없나요?

중장년층 이하 세대의 연금 부담이 커지면서 이미 보이지 않는 세대 간 전쟁은 시작되었다. 연금을 통해 자신들의 노후를 보장받으려는 노인 세대와 그들의 연금까지 책임져야 하는 젊은 세대 간의 갈등은 갈수록 심화될 것이다. 충분히 생산성이 있는 노인을 힘없고 인지 능력이 떨어지는 사람으로 취급해 퇴직시키는 현상이 이제는 노인 세대에 대한 젊은 세대의 부담을 가중시키고 있다. 조만간 세대 전쟁이 몰고 올 문제는 생명을 위협하는 전염병처럼 매일매일의 뉴스거리가 될 것이다.

"충분히 생산성이 있는 노인을 힘 없고 인지 능력이 떨어지는 사람으로 취급해 퇴직시키는 현상이 젊은 세대의 부담을 가중시킨다"는 내용은 지금까지 다뤘던 문제와 조금 방향을 달리하고 있지 않나요? 노년 세대가 의도한 것은 아니라고 할지라도, 문제의 원인이 그 분들 때문인 것처럼 말했잖아요. 능력이 있는데도 순전히 나이 때문에 퇴직당한다고 했잖아요. 사실, 이 내용은 앞에서 나왔어요. "노인들이 …… 각 분야에서 생산적으로 일할 수 있다는 생각은 하지 못하게 되었다"고 한 게 그거잖아요. 똑같은 내용이 또 나온 것으로 보아 중요하게 다뤄야 할 것 같죠?

글을 볼 때 이런 부분을 눈여겨봐야 해요. 해결책을 찾을 수 있는 곳이니까요. 문제점이 있는 곳에 해결책도 있는 경우가 많아요. 문제를 다른 각도에서 보거나 뒤집어서 보세요. 이 지문에서 말하는 세대갈등의 원인을 한 마디로 말하면 뭐죠? 나이 드신 분들이 놀고 먹는다는 것 아닌가요? 이 문제를 해결하려면 어떻게 해야 될까요? 놀고 먹지 않게 해주면 되잖아요. 그 분들에게 일거리를 주면 문제가 해결되는 거 아닌가요? 이게 바로 문제점을 다른 각도에서 보는 것이지요. 나이 60, 70 되었다고 일할 능력이 안 되는 건가요? 물론 노인 분들이 직업을 가지면 젊은이들의 일자리를 빼앗는 꼴이 되지 않느냐는 반론이 있을 수 있다는 점도 감안하고 있어야 하지만요. 이게 비판적 사유 능력이지요. 샛길로 샜는데, 이런 내용을 요약에선 쓰면 안 된다는 것 알고 계시죠? 하지만 문제 2번에서 요긴하게 쓸 수 있을 거예요.

위에서 분석한 내용을 정리하면 다음과 같이 돼요.

① 세계사에는 수많은 전쟁이 있었다.

② 세대 전쟁은 생물학적이기에 가장 오래되었고, 심리전이기에 가장 현대적이다.

③ 세대 전쟁의 본질은 경제다. 연령 비율이 적절하고 그에 따라 연금보험이 큰 짐이 아니었을 땐 그 본질은 드러나지 않았다.

④ 현대에 세대 갈등이 표면화되었다.

⑤ 평균 나이가 올라가고, 출산 기피로 인해 노인들의 비율이 가파르게 올라갔다.

⑥ 노인들의 연금이나 의료비 등을 경제 활동 인구인 젊은이가 떠맡아야 하기 때문이다.

⑦ 젊은이들이 노인 세대를 공경하기는 쉽지 않다.

⑧ 일할 능력이 충분한데도 나이 때문에 퇴직시키는 제도는, 퇴직자들의 몫까지 감당해야 하는 젊은 세대의 어깨를 더 짓누르게 한다.

이제 글 전체 주제를 생각하면서, ① ~ ⑧번 중 꼭 필요한 것과 그렇지 않은 것을 나눠보도록 하세요. 400-450자로 요약해야 하기 때문에 꼭 필요한 것만을 쓰고, 그것들의 논리적인 관계를 확인시켜주는 정도로 글을 써야 하기 때문이에요.

①번은 꼭 필요한가요? 썩 중요하지 않은 내용이라 생각하는데, 왜 그렇지요? 세대 갈등을 다른 갈등과 비교하는 글이 아니기 때문이에요.

②번은 중요한가요? 세대 갈등의 위상(생물학적 인간 삶의 근본조건)과 성격(현대적)을 말하고 있기에 이끄는 글로 적당하지 않나요? 더구나 ③번과 ④번에서 말하고 있는 내용과 긴밀하게 맺어져 있기도 하고요. ④번에서 다루고 있는 내용이, 왜 갑자기 현대에 세대 갈등이 심각하게 나타나는가잖아요. 이런 질문이 있으면, 세대 갈등은 현대의 고유한 문제인가를 물어야 하거든요. 그래야 그 문제를 거시적이고 종합적으로 볼 수 있기 때문이에요. 그러니까 ②, ③, ④번 물음은, 질문의 형식적 특성을 고려했을 때 동시에 물었어야 할 것들이란 거죠. 이런 것을 잘 알고 있으면 남의 글을 분석할 때나 스스로 글을 쓸 때 많은 도움을 받을 수 있어요. 물론 글자수를 더 줄여야 한다면 ②번을 빼야 하지만요.

⑤, ⑥번은 세대 갈등이 표면화된 직접적인 원인이니까 절대 빼면 안 되겠죠? ⑦번은 글자수를 봐가면서 결정하면 될 것 같아요. ⑧번은 어떤가요? 이 글에 나온 유일한 해결책이니 빼면 안 되겠지요?

요약을 할 때 잊지 말아야 할 게 있어요. 가급적이면 직접인용을 하지 말고 자기 말로 해야 한다는 거예요. 이것을 위해선 다른 사람의 글을 자기 식으로 표현하는 연습을 하는 수밖에 없어요. 그러니 요약글에 반드시 들어갈 내용을 자기 글로 다시 써보는 게 좋아요. 그리고 개요 짜기엔 자기 글로 바꾼 내용을 쓰거나, 핵심 문구만을 드러내세요. 그래야 제시문을 베끼지 않게 돼요.

4. 개요 짜기

　① 세대전쟁의 본질과 성격
　　• 성격 – 생물학적, 심리적
　　• 본질 – 경제 문제
　　• 갈등이 심각하게 드러나지 않음
　② 현대의 상황
　　• 적정 인구 비율이 깨짐 – 수명연장, 산아기피
　　• 은퇴제도는 그대로 유지
　③ 바뀐 상황의 의미와 전망
　　• 젊은 세대가 떠맡을 짐이 많아짐
　　• 갈등은 갈수록 심화될 것임

5. 요약 예시 답안 (400–450)

　세대 전쟁은 생물학적이기에 오래 되었고, 심리전이기에 현대적이다. 이 전쟁의 본질은 경제 문제이다. 그래서 사회의 연령비율이 조화를 이루고, 그에 따라 연금보험이 경제 활동인에게 큰 짐이 아니었을 땐, 세대 갈등이 심각하게 드러나지 않았다. 현대에 들어와서 이런 기류는 완연히 바뀌었다. 노인들의 수명은 길어지고 젊은이들은 아이 낳는 것을 기피하여, 사회의 적정한 인구 비율이 깨졌기 때문이다. 더구나 능력과 관계 없이 나이가 차면 무조건 은퇴해야 하는 제도는, 변화하는 사회에서도 변하지 않고 있다.

　이런 현상들의 의미는 경제 활동 세대가 사회 변화로 인한 짐, 즉 은퇴한 노인 세대의 의료·연금 등을 전적으로 떠안아야 한다는 것이다. 이런 상황에서 젊은 세대가 노인분들을 공경하는 눈으로 쳐다보기는 쉽지 않다. 시간이 갈수록 이 갈등은 심화될 것이다.

6. 전략적인 글쓰기

　앞에서 핵심 정리한 내용 ②번부터 ⑧번까지를 요약문에서 어떻게 사용했는지 눈여겨 보세요. 핵심 정리를 요약문에 그대로 쓰지 않았지요? 좀 더 자기 글을 만들기 위해서이고, 글의 논리적 흐름을 중시했기 때문이에요. 이것이 가능했던 것은 '개요 짜기'를 논리적으로 하되 항목별로 했기 때문이에요. 마지막으로 여러분이 반드시 해야 할 것이 있어요. 예시 답안을 정성스럽게 베껴 쓰세요. 베껴 쓰기는 숙달을 위해서 꼭 필요한 과정이에요. 손이, 글의 형식을 기억하고 있어야 숙달되었다 할 수 있거든요. 이것을 위해선 논술문을, 물론 빼어난 글이어야겠죠, 여러 편 베껴 쓰는 것만큼 좋은 방법이 없답니다.

논제2

 제시문 (2)와 (3)은 사회문제 해결에 대한 서로 다른 관점을 제시하고 있다. 제시문 (2)와 (3)의 관점을 비교하고, 이에 근거하여 제시문 (1)의 사회문제를 해결하기 위한 자신의 견해를 논술하시오. (600±50자, 50점)

1. 논제 분석

  논제에서 요구한 것을, 글을 쓰기 위해 다시 써 보도록 하지요.

① 사회 문제 해결의 관점이 서로 다른 제시문 2, 3의 관점을 비교하라.

② 제시문 1에는 사회문제가 나와 있다.

③ 제시문 2, 3의 관점을 가지고 제시문 1의 문제를 해결하는 근거로 활용하되 자신의 견해를 분명히 하라.

2. 제시문 (2) 분석

가.

  맹자가 말하였다. "내 노인을 섬겨서 남의 노인에게 미치고 내 아이를 사랑하여 남의 아이에게 이른다면, 천하를 손바닥에 놓고 움직일 수가 있다. 『시경』에 이르기를 '처자에게 모범이 되어 형제에 이르고 그럼으로써 집과 나라가 다스려진다.' 라고 하였으니, 이 마음을 가져다가 저기에 보탤 뿐임을 말한 것이다. 그러므로 은혜를 확장시키면 천하를 보존하기에 충분하고, 은혜를 확장시키지 못하면 처자도 보호할 수 없다."

나.

어와 저 조카야 밥 없이 어찌할까

어와 저 아저씨아 옷 없이 어찌힐까

힘든 일 다 말하려무나. 돌보고자 하노라

오늘도 다 새었다 호미 메고 가자꾸나

내 논 다 매거든 네 논 좀 매어 주마

올 길에 뽕 따다가 누에 먹여 보자꾸나

이고 진 저 늙은이 짐 벗어 나를 주오

나는 젊었으니 돌이라 무거울까

늙기도 서럽다 하겠거늘 짐조차 지실까

다.

사람들은 핵가족으로부터 국가적인 공동체에 이르기까지 점점 더 광범위해지는 연대의 동심원 체계에 속해 있다. 사람들은 자신과 가까운 사람들에게 가장 강한 책임감을 느끼고, 조금 먼 사람들에게는 그러한 사물의 질서를 존중할 책임과 의무를 덜 느끼게 된다. 그러나 '내 것'과 '내 것이 아님' 그리고 '다른 사람 것'과 '다른 사람 것이 아님'을 지나치게 구별하게 되면 공동체에서는 불협화음이 나타날 수 있다.

우리 모두는 특정한 사회적 정체성의 담지자로서 우리의 환경에 다가간다. 나는 어느 누군가의 딸 또는 아들이며, 또 다른 누군가의 삼촌 또는 사촌이다. 나는 또한 이 도시 저 도시의 시민이며, 이러저러한 집단의 성원이다. 그렇기 때문에 나에게 좋은 것은 같은 공동체에 속한 누구에게나 좋은 것이어야 한다.

개인들은 사회적 지위 때문에 연대를 맺기도 하지만 또한 동의와 상호부조를 통해서 연대 제도에 참여하기도 한다. 공동체의 발전과 연관된 이러한 원리는 19세기 말에 사회보험을 탄생시키는 데 중심적인 역할을 하였다. 우리 모두는 실제로 서로에 대한 책임이 있기 때문에 공동선에 헌신하고자 하는 인식을 확고히 해야 한다.

글 <가>의 핵심 주장은 무엇이죠? 은혜를 확장해야 한다고 했네요. 이렇게 주장하는 논거는 무엇인가요? 은혜를 확장하면 천하라도 보존할 수 있지만, 확장하지 않으면 처자식조차 보존할 수 없다고 했군요.

글 <나>의 핵심 내용은 무엇이죠? 돌보아 주고(1연), 함께 일하고(2연), 늙은이의 짐을 내가 지겠다(3연)고 했군요. 이렇게 마음먹은 까닭이 있겠죠? 어찌할까(1연), 늙기도 서럽다 하겠거늘 짐조차 지실까(3연)에 나타나는 깊은 연민 때문이 아닐까요? 협동하는 마음(2연)의 이유는 직접적으로 나타나지 않았지만 공동체적인 삶의 자세 때문이라 할 수 있겠죠?

글 <다>의 핵심 주장은 뭐지요? 마지막 부분에 있네요. "공동선에 헌신하고자 하는 인식을 확고히 해야 한다." 이 주장에 이르기 위해 밟은 길을 따라가 보죠.

첫째 단락에서 다룬 것은 뭐지요? 주변으로 갈수록 관심이 엷어지는 '연대의 동심원 체계'에 속해 있는 사람들의 현실이 나왔어요. 그리고 연대의 동심원 체계가 가지는 문제를 지적했네요. 이제 무슨 내용이 나와야 할까요? 문제 극복 방안이 나오겠지요? 둘째 단락에 그것이 나왔군요. 이 방안을 뭐라고 정리하면 좋을까요? 사람은 동심원 체계로만 있는 것이 아니라 '그물망' 같은 연대로도 있다. 이것은, 이 글의 핵심 주장 "공동선에 헌신하고자 하는 인식을 확고히 해야 한다"를 뒷받침하는 논거도 되네요. 셋째 단락에도 사람들이 공동선에 헌신해야 하는 까닭이 나왔군요. 우리 모두는 서로에 대한 책임이 있다. 공동선은 생소한 주장이 아니라 사회보험의 형태로 실제로 시행되고 있다가 그거네요.

정리하면 <가>, <나>, <다>에 공통적으로 흐르는 정서는 연대의 확장, 깊은 연민, 공동선이 필요하다가 되겠네요.

3. 제시문 (3) 분석

오늘날 선진국에서 정부 지출이 가장 많은 분야는 복지이다. 그리고 복지 분야 중에서 대규모 정부 지출이 이루어지는 대표적인 프로그램은 공적 연금이다. 공적 연금은 정부가 노인들에게 매달 정해진 급여를 제공하는 것인데, 이의 재원 마련을 위해 경제 활동에 종사하는 국민들은 매달 소득의 일정액을 연금 보험료로 정부에 납부해야 한다. 이런 면에서 연금은 국가가 국민들에게 요구하는 일종의 강제 저축이다.

공적 연금을 지지하는 사람들은 국민의 노후 생활 보장을 위한 국가 개입은 정당하다고 주장한다. 그러나 자유의 가치를 존중한다면 개인들이 자신에게 해로운 선택을 할 자유도 인정해야 한다. 어떤 사람이 현재를 즐기는 데 자신의 소득을 모두 쓰는 대가로 궁핍한 노년을 감수하기로 결정했다면, 우리가 무슨 권리로 그것을 막을 것인가? 우리는 대화를 통해 그가 잘못 생각하고 있다고 설득할 수는 있다. 그러나 우리에게 그의 결정을 바꾸도록 강제할 권한이 있을까?

공적 연금을 지지하는 사람들은, 만일 이 제도가 없다면 스스로 노후 대비를 하지 않는 사람으로 인해 다른 사람들이 피해를 본다는 주장을 하기도 한다. 현대 사회에서 궁핍한 노인이 고통 받는 것을 그대로 방치할 수는 없기 때문에 정부는 공공 부조 등을 통해 지원한다. 이는 스스로 노후 대비를 하지 않는 사람 때문에 사회가 부담을 떠안게 됨을 의미한다. 따라서 강제적인 연금 가입은 그 사람의 이익이 아닌 다른 사람들의 이익이라는 관점에서 정당화된다는 것이다.

만약 공적 연금이 없는 상태에서 노령 인구의 90%가 사회에 부담이 된다면 이 주장은 매우 설득력이 있다. 그러나 오직 1%만이 공공의 부담이 된다면 전혀 그렇지 못할 것이다. 왜 1%의 사람들이 사회에 초래하는 부담을 막기 위하여 99% 사람들의 자유를 제한해야 하는가? 자발적인 노후 대비가 어려운 소수에게는 어느 정도 국가 지원이 필요할 수 있다. 하지만 나머지 다수에게는 스스로 노후 대비를 하도록 맡겨 두는 것이 연금 가입을 강제하는 것보다 바람직하다.

다수가 자발적으로 노후 대비를 할 수 있다면 공적 연금 제도는 별 이득도 없이 너무 큰 비용을 지불하는 셈이다. 이 제도는 우리의 소득 가운데 상당 부분에 대한 처분권을 박탈했으며 국가 재정의 위기를 초래하였다.

핵심 주장은 뭐지요? 노인 문제의 해결책으로 시행 중인 공적연금은 문제가 있는 제도이다. 이것을 뒷받침하는 논거는 무엇인가요?

그런데, 제시문 3의 필자는 공적보험을 주장하는 사람들의 논거를 비판하는 방식으로 글을 썼군요? 공적보험을 주장하는 사람들의 논거가 뭐죠? 노후 생활 보장을 위한 국가 개입은 정당하다. 그리고 노후 대비를 하지 않은 사람으로 인해 다른 사람들이 피해를 본다. 이 둘이네요. 여기에 대해 반박으로 든 논거가 뭐죠?

첫째, 자유의 가치를 존중한다면 개인들이 자신에게 해로운 선택을 할 자유도 인정해야 한다. 둘째, 1% 정도의 극히 소수가 사회에 초래하는 부담을 막기 위해 99% 사람들의 자유를 제한해선 안 된다. 셋째, 노후를 준비하지 못한 소수에겐 국가가 지원해야 한다.

완벽하지는 않지만 이렇게 반박 형태를 취했기 때문에 어느 정도는 설득력이 있네요. 시험 답안을 위한 반박으로는 이 정도면 충분하다고 할 수 있어요. 하지만 '비판적인 헤아림'을 위해서는 이 주장들을 재비판 해보는 게 좋아요. 인문, 사회 영역에서 이루어지는 대부분의 논거는 재비판의 가능성에 노출되어 있거든요. 이 글처럼 다른 견해를 비판하면서 내세운 논거조차도 재비판될 수 있어요. 그 구체적인 것은 뒤에서 보여줄게요.

4. 제시문 2와 3 비교

1) 공통점 찾기

비교는 비교 대상 사이의 공통점과 차이점을 드러내야 해요. 그런데 공통점이 글에 분명하게 나오지 않은 경우가 많아요. 이 글 또한 그런 경우인데, 공통점을 찾아내는 방식을 알아보도록 하죠. 차이점을 통해서 공통점을, 즉 더 정확히 말하면 공통기반을 찾는 거예요. 차이점은 꽤 또렷하죠.

제시문 2의 핵심적인 내용은 은혜의 확장, 연민, 공동선이에요. 한편, 제시문 3의 핵심적인 주장은 개별적으로 노후 대비를 하자는 거고요.

제시문 2와 3이 공통으로 서 있는 기반은 무엇이죠? 대립하고 있을 뿐 공통점은 보이지 않죠? 이 문제를 풀기 위해서 뿐만 아니라, 대립되는 두 글의 공통기반을 찾는 것은 매우 중요해요. 그래야 깊이 있는 비교 대조가 되기 때문이에요. 대립한다는 것은 '무엇'에 대해 서로 맞선다는 것이죠. 그러니까, 이 '무엇'을 밝혀주면 되는 거예요. 두 제시문의 공통점은 노인 문제 또는 노후 문제에 대한 입장 제시라고 쉽게 생각하는 학생이 많을 거예요. 완전히 틀렸다고 할 수는 없지만 충분하고 깊이 있는 생각은 아니라고 할 수 있어요. 제시문 2의 핵심 대상이 노인 문제는 아니거든요. 그렇게 느끼는 것은 제시문 1을 읽고 난 뒤의 잔상 효과 때문이에요. 제시문 2의 주제는 '공동체적인 삶이어야 한다'예요. 제시문 3은 '노인 문제를 공적 연금으로 해결하려는 제도에 대해 반대한다. 개별적으로 대비해야 한다'는 거고요. 두 글을 비교하려는 데 공통점, 공통기반이 잘 찾아지지 않는 경우, 두 글을 모두 추상화시키세요. 추상화시키려면, 다루고 있는 것이 무엇이 되었든 간에 그것보다 더 포괄적으로 만들면 돼요.

공동체적인 삶의 필요와 개인적인 노후대비를 다른 말로 바꾸면, 공동체적인 삶의 방식이 더 나은가? 아니면, 개인적인 삶의 방식이 더 나은가잖아요. 이것을 추상화하면, 즉 두 물음을 한통속으로 집어넣으면, '어떤 삶이어야 하는가'가 나오죠? 이게 두 글에 깔려 있는 근본적인 물음이고 또 전제지요. 여기서 공적 연금에 대한 찬반이 갈리는 것이고요. 여기까지 사고력이 확장되어야 깊이 있는 글을 쓸 수 있어요. 이제 이 분석을 토대로 글의 서두를 써보죠.

살아가야 한다. 두 제시문의 필자가 동의하고 있는 말이다. 하지만 어떤 방식으로 살아가야 하느냐에서 둘은 갈린다. 제시문 2는 공동체적인 삶의 방식을, 다른 하나는 개인주의적인 삶을 선호한다.

2) 두 관점 중 하나를 골라잡기

이번 문제는 제 3의 안도 가능하게 되어 있어요. 하지만, 그것을 시험장에서 찾아낸다는 게 쉽지 않을 뿐더러, 잘못하면 이것도 저것도 아닌 글이 되기 쉬워요. 그래서 둘 중 하나를 자기 입장으로 선택하는 게 좋아요. 다만, 어느 쪽을 골랐든 다른 쪽의 입장과 논거도 고려 대상으로 삼아야 하겠죠?

하지만, 막연하게 선택하면 안 돼요. 선택하고 싶은 관점을 견고하게 할 수 있는 논거가 충분한가? 상대의 관점을 무력화시킬 수 있는 카드가 있는가를 따져 보세요. 이 문제는 "자신의 견해를 논술하라"고 했으니 제시문에서 뽑아낼 수 있는 것과 자신이 배경지식으로 알고 있는 것을 모두 동원할 수 있어요. 하지만 "설명하라, 분석하라"였다면 필요한 것을 제시문에서만 취해야 해요.

제시문 2의 견해에 서서 논술한다면, 노인 문제를 공동체적으로 푸는 방안 중 하나로 제시문 <다>에 나온 사회보험을 들 수 있어요. 그런데 이에 대한 비판이 제시문 1과 3에 자세하게 나와 있지요. 이것을 해결할 수 없으면 공동체적인 삶의 방식을 지지하는 논술은 포기해야 해요. 더구나, "제시문 1의 사회문제를 해결하기 위한 자신의 견해를 논술하라"고 논제가 주어졌으니, 그 극복 방안은 필수이지요. 그 극복 방안엔 뭐가 있을까요? 연금 제도에 대한 골자는 '젊은 세대의 부담이 늘어난다'는 거예요. 그러므로 젊은이들이 진 짐을 덜어줄 수 있는 방안을 만들면, 제시문 3에 나와 있는 사회 보험 비판에 대한 재비판이 될 수 있겠지요? 그 방안이 제시문1에 나와 있으니까 찾아보세요!

"충분히 생산성이 있는 노인을 힘없고 인지 능력이 떨어지는 사람으로 취급해 퇴직시키는 현상이 이제는 노인 세대에 대한 젊은 세대의 부담을 가중시키고 있다."

'젊은 세대의 부담을 가중시키고 있는' 현상을, '젊은 세대의 부담이 줄어들 것이다'로 뒤집으려면 어떻게 해야죠? 퇴직시키는 현상을 뒤집으면 되겠죠? 문제가 되는 현상을 뒤집으면 해결책이 나오는 경우가 많아요. 불교에, "넘어진 사람은 넘어진 데서 일어나야 한다"는 말이 있지요. 문제 있는 곳에 해결책도 있다는 소리예요.

제시문 2의 관점에 섰을 때 또 고려해봐야 하는 게 있지요? 상대편 즉 제시문 3의 논거를 비판해서 자기주장을 더 강화시키는 방법이 있잖아요. 그 논거는 다음의 두 가지였어요.

첫째, 자유의 가치를 존중한다면 개인들이 자신에게 해로운 선택을 할 자유도 인정해야 한다. 이 논거를 비판해보세요. '자유의 가치를 존중한다면'이란 전제에서 '해로운 선택의 자유'를 정당화했지요? 이것은 '자유'의 의미를 이상적인 관점에서 본 것이에요. 그것의 현실적인 의미를 지적하면서 다음처럼 비판하면 되지 않을까요? 자유란 어차피 절대적인 의미에서 실행될 수는 없다.

한계를 설정할 수밖에 없다. 다만 그것이 공적이고 보편적인 관점에서인가가 중요하다.

둘째, 1% 정도의 극히 소수가 사회에 초래하는 부담을 막기 위해 99% 사람들의 자유를 제한해선 안 된다. 이제 이 논거를 비판해 보세요. 수치가 나오면, 그것이 제대로 조사된 것인지 아니면 막연히 하는 소린지 살펴볼 필요가 있어요. 제시문에 있는 글로 보아 1%, 99% 수치가 어떤 근거에서 나온 게 아니라는 것을 알 수 있지요? 제시문의 필자는 "연금이 없는 상태에서… 1%만이 공공의 부담이 된다면"이라고 가정하고 있는데, 그 가정이 서 있는 근거가 무엇인지 알 수 없다. 근거 없는 가정에서 나온 논리는 허구일 수밖에 없다. 이렇게 비판하면 되겠지요? 이 정도면, 제시문 2의 관점에 서서 논의를 전개할 내용이 충분히 갖춰졌죠?

제시문 3의 관점에 선다면, 무엇을 생각해봐야 할까요? 연금 문제를 개인에게 맡긴다고 했는데, 그것은 너무 낙관적이라는 비판을 받을 수 있지 않을까요? 이 비판을 깨뜨릴 수 있는 묘안을 떠올려보세요. 사적 연금에 가입한 사람들에게 인센티브를 주는 것은 어떨까요? 개인의 자유권을 침범하지 않으면서도 노후대비의 이점을 구체적으로 제시한다는 점에서, 개인을 방임한다는 비판에서 벗어날 수 있겠지요?

5. 공동체적 관점을 선택한 경우. (600±50자)

1) 개요 짜기

① 두 제시문의 공통점과 차이점
- 공통점 : 살아가야 한다.
- 차이점 : 공동체적 해결과 개인주의적 해결

② 공동체적 해결 방식
- 인간의 존재성이 공동체적
- 구체적인 방법 : 공적 연금, 노인 수당

③ 반론에 대한 재비판
- 자유는 어차피 제한될 운명
- 자유를 제한할 때의 유의 사항
- 젊은 세대가 져야 할 짐
- 은퇴 제도 수정, 보완

2) 예시 답안 (600±50자)

살아가야 한다. 두 제시문의 필자가 동의하는 말이다. 하지만 어떤 방식으로 살아가야 하느냐에서 둘은 갈린다. 제시문 2는 공동체적인 삶의 방식을, 다른 하나는 개인주의적인 삶의 방식을 선호한다. 현대 사회의 노령화는 삶을 힘겹게 한다. 이것을 이겨내기 위한 길 역시 둘로 보인다.

사회보험을 통한 공동체의 길과 개개인이 책임을 지는 개인주의의 길이 그것이다.

사람은 개인으로 존재하지 않는다. 수정될 때부터 무덤에 묻힐 때까지, 외따로 있어본 적이 없다. 인간의 존재 방식은 이렇듯 사회적이고 공동체적이다. 그러므로 인간의 삶에서 생긴 문제 또한 기본적으로 사회적 방식으로 풀어야 한다. 노령화 문제 역시 공동체적인 길을 따라 풀어야 한다. 공적 연금·노인 수당 등이 그 방법이다.

이것에 대해, 개인의 자유권 침해를 지적할 수 있겠지만, 어차피 자유는 제한될 수밖에 없다. 법은 '제한된 자유'의 목록이다. 다만 그것이 충분한 협의 속에서 이루어졌는가, 그리고 보편적인가를 따져볼 필요는 있다. 또 다른 지적은, 젊은 세대가 져야 할 짐이다. 이것은, 나이가 차면 무조건 은퇴시키는 제도를 수정 보완하면 된다. 젊은이의 어깨는 가벼워지고 노인들의 어깨는 활기찰 것이다.

6. 개인주의적 관점을 택한 경우

1) 개요 짜기

① 두 제시문의 공통점과 차이점
- 공통점: 살아가야 한다.
- 차이점: 공동체적 해결과 개인주의적 해결

② 개인주의적 해결 방식
- 자유권의 침해 지적
- 인간의 대비 능력 존중
- 국가는 분위기 조성 : 사적 연금으로 활성화

③ 노후 대비를 못한 소수
- 국가가 떠맡아야 한다.

2) 예시 답안 (600 ± 50자)

살아가야 한다. 두 제시문의 필자가 동의하는 말이다. 하지만 어떤 방식으로 살아가야 하느냐에서 둘은 갈린다. 제시문 2는 공동체적인 삶의 방식을, 다른 하나는 개인주의적인 삶의 방식을 선호한다. 현대 사회의 노령화는 삶을 위협한다. 이것을 이겨내기 위한 길 역시 둘로 보인다. 사회보험을 통한 공동체의 길과 개개인이 책임을 지는 개인주의의 길이 그것이다.

사람은 자유로운 존재다. 물론 사회적 존재이기도 하기에, 어쩔 수 없는 상황에선 어느 정도 자유를 제한할 수 있다. 하지만 노령화 문제를 해결하기 위해 모든 사람에게 연금을 들게 하는 것은 자유권의 침범이다. 해결할 수 있는 길이 있음에도, 모두를 강제하는 방식으로 처리하려 하기 때문이다. 사람은 자기의 미래를 계획하고 또 대비할 수 있는 존재다. 그렇지 않다면 인간의 인간됨이 어디에 있겠는가? 국가는, 사람들의 노후 대비를 자발적으로 하도록 분위기만 조성하면 된다. 사적 연금을 활성화하는 것도 한 방안일 것이다.

　물론, 모든 사람이 노후 대비에 성공할 수 있다는 것은 아니다. 계획을 이루지 못했거나 잘못 생각하여 노후 대비를 못한 사람이 어느 정도는 생겨날 것이다. 이들 소수는 국가에서 떠맡으면 사회 문제가 되지 않는다.

논제3.다음 문제에 답하시오.

　a. 어느 국가에서 n년도에 65세 이상 인구에게 지급해야 하는 연금 총액은 $a_n = n \times 2030^n$이고 의료비 총액은 $b_n = 2031^n$ 이다. 연금 총액에 대한 의료비 총액의 비 $\dfrac{b_n}{a_n}$ 이 최대가 되는 해는 몇 연도인가? (15점)

[풀이]

$a_n > 0,\ b_n > 0$ 이고 $\dfrac{b_n}{a_n} = c_n$ 이라 하면, $c_n > 0$ 이다.

$\dfrac{C_{n+1}}{C_n} = \left(\dfrac{n}{n+1}\right) \times \left(\dfrac{2031}{2030}\right)$ 이므로

$\dfrac{c_{n+1}}{c_n} < 1$ 인 경우는 $n < 2030$ 이고 $\dfrac{c_{n+1}}{c_n} = 1$ 인 경우는 $n = 2030$,

$\dfrac{c_{n+1}}{c_n} > 1$ 인 경우는 $n > 2030$ 이므로

$n \le 2030$ 에서는 c_n이 감소하고, $n \ge 2031$ 에서는 c_n이 증가한다.

$\lim\limits_{n \to \infty} c_n = \infty$ 이고 $c_\infty > c_1$ 이므로 최대가 되는 년도 n은 존재하지 않는다.

　b. 노령화지수는 유소년 인구(14세 이하의 인구)에 대한 65세 이상 인구의 비이다. 그리고 노년부양비는 생산 가능 인구(15세 이상 64세 이하의 인구)에 대한 65세 이상 인구의 비이다. 시점 χ 에서의 노년부양비를 f(χ)라고 하자. 여기에서 f(χ)는 실수 전체의 집합 R에서 R로의 함수라고 가정한다. 어느 국가의 노령화지수가 (노령화지수) = (노년부양비)2을 만족하고, f(χ)는 R에서의 일대일 함수라고 가정하면, (노년부양비−노령화지수)(1/4이 되는 시점 χ 가 항상 존재함을 설명하시오. (10점)

[풀이]

지문에서 주어졌듯이 (노년부양비)$=f(\chi)$이고, 노령화지수는 (노년부양비)^{2}이므로 (노령화지수) $=f(\chi)^2$이고 $f(\chi)-(f(\chi))^2<1/4$이다. 완전제곱식을 만들면 $-(f(\chi)-1/2)^2<0$이다. 여기서 $f(\chi)$ $=1/2$일 경우를 제외하고는 항상 성립하고 모든 χ에 대하여 $f(\chi)$인 경우에는 시점 χ가 존재하지 않는다.

그러나 $f(\chi)$는 일대일함수이므로 $\chi_1 \neq \chi_2$이면 $f(\chi_1) \neq f(\chi_2)$이다. 그러므로 모든 χ에서 $f(\chi)$가 1/2로 동일할 수 없다. 따라서 $f(\chi)-(f(\chi))^2$을 만족하는 시점 χ는 항상 존재한다.

[제시문 출처]

제시문 (1)은 프랑크 쉬르마허의 저서인 『고령사회 2018: 다가올 미래에 대비하라』(2005)와 미국무성(U.S. Department of State)의 보고서인 "고령화가 중요한 이유(Why Population Aging Matter)" (2007)에서 인용을 하여 세대 전쟁의 본질과 그 갈등을 완화시키기 위한 연금제도의 도입, 현대사회의 노령화에 따른 노인문제의 심각성과 연금의 위기라는 주제를 가지고 출제의도에 맞추어 재구성한 글이다.

제시문 (2)는 한문 고전인 《맹자(孟子)》와 송강 정철의 〈훈민가(訓民歌)〉, 그리고 모리스 멀러드(Maurice Mullard)와 폴 스피커(Paul Spicker)의 《사회이론과 사회정책》이라는 책 속에서 공동체 의식과 관련된 내용을 추출해 낸 것이다.

먼저 제시문 (2)의 가는 《맹자》 '양혜왕·상' 제7장의 내용을 쉽게 풀이한 것으로, 여기서 중요한 개념은 은혜를 넓혀 나간다는 추은(推恩)이다. 맹자는 내 노인을 섬기는 마음으로 남의 노인을 섬기고, 내 어린이를 양육하는 마음으로 남의 어린이를 사랑하는 것이 인정(仁政)의 기본이라고 보았다. 그리고 《시경》 대아(大雅)의 '사제(思齊)'편 구절을 인용했다.

《맹자》에서 말하는 추은(推恩)이란 '어버이를 어버이로 섬기는 친친(親親)'으로부터 말미암아 미루어 나가서 '백성을 어질게 대하는 인민(仁民)'에까지 이르는 것이다. 가까운 것으로부터 시작해서 먼 것에 이르기까지 확장해 나가는 것은 동심원적 사고라고 할 수 있다. 이는 바로 사회적 책무의 밑바탕이 되는 것으로서 현대사회의 공동체적 의식과 유사한 내용이 된다.

제시문 (2)의 나는 정철의 〈훈민가〉로 16수 연시조의 일부이다. 전체적인 내용은 송나라 때 진고령(陳古靈)이 백성이 마땅히 지켜야 할 도리를 조목별로 쓴 선거권유문(仙居勸誘文) 13조목에다가 군신(君臣)·장유(長幼)·붕우(朋友) 3조목을 추가하여 각각 한 수씩 읊은 것이다.

이 가운데 이웃 간의 상부상조를 읊은 시조 2수와 경로사상을 읊은 시조 1수를 제시문으로 활용했다. 《맹자》에 나타난 동심원적 사고의 공동체 의식을 <훈민가>의 시조와 연관시켜 볼 수 있는 것이다. 이 시조는 정철이 강원도 관찰사로 있을 때 백성을 계몽하기 위하여 지은 것이나, 이 시조에 나타난 상부상조와 경로사상은 바로 제시문 (1)에 나타난 세대전쟁의 해결책 가운데 하나인 효 사상과 관련이 있다. 또한 이 시조에 나타나는 상부상조 정신은 유학에서 강조하는 공동체적 의식의 발현이다.

제시문 (2)의 다는 모리스 멀러드(Maurice Mullard)와 폴 스피커(Paul Spicker)의 《사회이론과 사회정책》의 〈공동체와 사회〉 가운데 '공동체주의의 사회적 책임'에 대한 내용을 정리한 글이다. 이 글에 나타난 "연대라는 공동체의 원리가 19세기 말에 사회보험을 탄생시키는 데 중심적인 역할을 하였다."는 것은 제시문 (1)에 나오는 연금의 기원과 운영에 대한 공동체적 입장을 잘 보여주고 있다.

제시문 (3)은 밀턴 프리드만(Milton Friedman)의 《자본주의와 자유(Capitalism and Freedom)》 (심준보 · 변동열 역, 청어람미디어)의 일부 내용을 출제 의도에 맞춰 재구성한 것이다.

밀턴 프리드만은 시장을 옹호하고 큰 정부를 반대하는 대표적인 자유주의 경제학자이다. 프리드만은 1962년에 출간된 이 책에서 미국 정부의 화폐, 금융, 무역, 재정, 교육, 사회복지 등의 정책을 자유주의적 관점에서 비판하고 대안을 제시하였다.

제시문의 내용은 사회복지 정책을 다루는 11장의 노령연금 편에서 발췌한 것으로, 정부가 노령 연금의 가입을 강제한다는 점을 비판한 내용이다.

※아래의 제시문을 읽고 논제에 답하시오.(3시간)

(1)

경제학자들은 사용 가능한 생산요소들의 양이 주어져 있다는 가정 하에 그 요소들이 어떻게 사용되는지, 그리고 그것들의 상대가격이 어떻게 결정되는지를 탐구한다. 그들은 대개 관련 사실들이 상당 부분 확실하게 알려져 있는 체계를 분석 대상으로 삼는다. 이는 경제학이 변화의 가능성 혹은 예상이 어긋날 가능성을 완전히 배제한 체계만을 분석 대상으로 삼는다는 의미는 아니다. 경제학자들은 대체로 특정 시기에 사실과 예상이 확정적이고 계산 가능한 형태로 주어지며 위험도 통계적으로 정확히 계산될 수 있다고 가정한다. 또한 그들은 확률의 계산을 통해 불확실성을 확실성과 동일한 지위, 즉 계산 가능한 지위로 바꾸는 것이 가능하다고 암묵적으로 가정한다. 이는 벤담 철학에서고통과 쾌락의 계산 혹은 이익과 불이익의 계산이 가능하고, 그것이 일반적으로 인간의 윤리적 행동에 영향을 미치고 있다고 전제하는 것과 같다.

그런데 우리는 우리 행동의 가장 직접적인 결과 이외에 대해서는 매우 불확실한 지식 밖에 가지고 있지 않다. 예를 들어 3차 세계대전의 발발 가능성, 20년 후 구리 가격 혹은 이자율 수준, 새로운 발명품이 더 이상 쓸모없어질 전망, 장래 사회에서 각자의 경제적 지위 등은 불확실하다. 이러한 문제들에 대해서는 계산 가능한 확률을 구축할 수 있는 어떠한 과학적 기반도 없다. 우리는 그냥모르는 것이다. 그런데도 우리는 실천적 주체로서 어떠한 행동 또는 결정을 해야 한다는 현실적인필요성 때문에 이러한 거북한 사실을 무시한 채 마치 우리가 예상되는 이익들과 불이익들을 열거하고 여기에 각각의 결과들이 일어날 확률을 곱하는 벤담 식 계산을 하고 있는 것처럼 행동하려고 최선을 다한다.

개인적이든, 정치적이든, 혹은 경제적이든 미래에 영향을 미치는 인간의 결정은 그 확률적 기댓값을 수학적으로 엄밀히 계산하기 힘들다. 그런 계산을 가능케 하는 기초가 존재하지 않기 때문이다. 미래는 계산 가능하지 않다. 불확실한 환경에서는 결정의 순간과 결정의 결과가 나타나는 순간 사이에 예측할 수 없는 변화가 일어날 수 있기 때문이다. 다른 모든 조건들이 동일하다면 결정의 시점과 결과의 시점이 서로 떨어져 있을수록 환경은 더 불확실해진다. 결국 인간은 미래 전망에 대해 신뢰할만한 정보가 현재 존재하지 않는다고 생각하는 것이다.

어떤 현상에 근본적인 불확실성이 존재하고 그 예측이 매우 어려운 이유는 무엇인가? 복잡한 현상에는 영향을 미치는 요소가 너무 많다는 점을 들 수 있다. 예컨대 일기예보의 경우 불과 며칠 후의 날씨조차도 예측하는 것이 어려운데, 이는 날씨에 영향을 미치는 변수가 매우 다양하기 때문이다. 예측이 어려운 또 다른 이유는 인간이 충분히 합리적이지 않다는 데에 있다. 경제학 모형에서는 인간이 합리적으로 행동한다고 가정한다. 이러한 합리성 가정에 의하면, 인간은 매우 복잡한 계산을 순식간에 처리할 수 있을 뿐만 아니라 다른 사람들의 예상 등에 대해 많은 정보를 가지고 있으며 행동이나 믿음이 일관적이다. 하지만 인간은 무한한 계산 능력도, 신과 같은 전지력(全知力)도 가지고 있지 못하며, 인간의 결정은 종종 변덕이나 감정 혹은 우연의 영향을 받는다. 합리성 가정에 기초한 모형의 예측이 빗나가는 이유는 바로 이 때문이다.

세상은 불확실하지만 인간은 실천적 주체로서 행동해야만 하며, 세상의 바퀴를 굴러가게 하는 것은 행동하려는 인간의 내재적인 충동이다. 인간의 합리적 자아는 가능한 최선의 방식으로 대안들 중에서 어느 것을 선택하는데, 계산이 가능하다면 계산을 하겠지만, 종종 변덕이나 감정 혹은 우연에 의존한다. 그러면 불확실한 상황에서 인간은 어떤 식으로 행동하는가? 이와 관련하여 인간이 생각해 낸 중요한 기법 중 하나는, 우리가 자신의 판단보다는 더 나은 정보를 가지고 있을 법한 다른 사람들의 판단에 의지해서 행동하는 것이다. 이런 식으로 다른 사람들을 따라하려는 개인들이 내리는 판단을 '관행적 판단'이라고 한다.

예컨대 주식시장에서 일어나는 관행적 판단을 살펴보자. 주식시장에서의 투자는, 100매의 사진 가운데서 얼굴이 가장 아름다운 6인을 선택하되 그 선택이 투표자 대다수의 선호에 가장 가까운 사람에게 상품이 수여되는 인기투표에 비유될 수 있다. 이 경우 각 투표자는 자신이 생각하기에 가장 예쁜 얼굴을 고르는 것이 아니라 대다수 투표자들의 호감을 얻을 가능성이 가장 높은 얼굴을 골라야만 한다. 마찬가지로 주식시장에서 투자자가, 대다수 투자자들이 가격이 오를 것이라고 생각해서 매입할 것으로 예상되는 종목에 투자하는 경우들이 있다. 이런 식으로 내리는 판단이 관행적 판단의 예라 할 수 있다.

관행적 판단에 기초해서 만들어진 미래에 관한 실용적 이론은 그 기반이 취약하기 때문에 갑작스럽고 과격한 변화를 보인다는 특징이 있다. 평온과 부동(不動), 확실과 안전의 관행은 느닷없이 무너지고, 새로운 두려움과 희망이 예고 없이 인간 행동을 지배한다. 이런 상황에서는 돌연 가치 평가의 새로운 관행적 기반이 강요될 수도 있다. 잘 작동하는 시장을 위해 마련된 멋진 기법들조차도 단번에 무용지물이 되고 만다. 애매하고 발작적인 두려움과, 모호하고 불합리한 희망은 진정되지 않은 상태로 표면 아래에 항상 놓여 있다.

(2)

오이디푸스: 어떤 부모 말인가? 사람들 중에 누가 나를 낳았단 말인가?

테이레시아스: 오늘 이 날이 그대를 낳고 그대를 죽이게 될 것이오.

오이디푸스: 온통 수수께끼 같은 모를 소리만 하는구나!

테이레시아스: 수수께끼를 푸는 데는 그대가 가장 능한 사람이 아니던가요?

오이디푸스: 나의 위대함을 보여 주게 될 바로 그 일을 갖고 나를 조롱하는구나!

테이레시아스: 하나 바로 그 행운이 그대를 파멸케 한 것이오.

오이디푸스: 나는 이 도시를 구했으니 그런 것은 아무래도 좋아.

테이레시아스: 그렇다면 나는 가겠소. 얘야, 나를 데려가 다오.

오이디푸스: 그가 그대를 데려가게 하라. 그대가 여기 있으면 방해만 되고 성가시니까. 가고 나면 나를 더 이상 괴롭히지 못하겠지.

테이레시아스: 가기는 가되 내가 온 까닭을 말하고 나서 가겠소. 그대의 얼굴쯤은 두렵지 않소. 그대는 나를 파멸케 할 수 없으니까요. 내 그대에게 이르노니, 그대가 위협적인 말로 라이오스 왕의 살해를 규명하겠다고 공언하며 오래 전부터 찾고 있던 그 사람, 그 사람은 바로 여기 있소. 그는 이곳으로 이주해 온 이방인으로 통하고 있지만 머지않아 토박이 테바이 사람임이 밝혀질 것이오. 하나 그러한 행운을 그는 달가워하지 않을 것이오. 보는 대신 눈이 멀고 부자 대신 거지가 되어 지팡이로 앞을 더듬으며 낯선 땅으로 길을 떠나게 될 테니 말이오. 그리고 그는 같이 살고 있는 그의 자식들의 형제이자 아버지이며, 그를 낳아준 여인의 아들이자 남편이며, 그의 아버지의 침대를 뺏은 자이자 그 아버지의 살해자임이 밝혀질 것이오. 자, 안으로 드시어 그 일에 관하여 잘 생각해보시오. 그러고도 내 말이 잘못되었거든 그때부터는 내가 예언술에 관하여 아무 것도 알지 못한다고 말하시오.(테이레시아스가 소년에게 인도되어 퇴장하고, 이어 오이디푸스는 궁전 안으로 들어간다.)

[중략]

이오카스테: 제발 부탁이니 내게도 말씀해 주세요, 왕이여! 무슨 일로 당신은 그토록 화내셨지요?

오이디푸스: 내 말하리다. 부인, 나는 누구보다 당신을 더 존중하니까요. 그건 크레온 때문이었소. 그가 내게 음모를 꾸몄던 것이오.

이오카스테: 말씀해 주세요. 말다툼이 어떻게 해서 시작되었는지 자세히 말씀해 주실 수 있다면.

오이디푸스: 그의 말인즉 내가 라이오스 왕의 살해자라는 것이오.

이오카스테: 그 자신이 알고서 한 말인가요 아니면 남에게서 듣고 한 말인가요?

오이디푸스: 그게 아니라 그는 사악한 예언자 테이레시아스를 부추겼던 것이오. 그 자신은 비난받을 말을 전혀 입 밖에 내지 않았으니까요.

이오카스테: 그렇다면 당신이 말씀하시는 일들로부터 당신 자신을 자유롭게 하세요. 그리고 내 말을 들으시고 잘 알아 두도록 하세요. 죽음을 피할 수 없는 그 어떤 존재도 예언술을 가질 수 없다는 것을. 거기에 대하여 내 당신에게 간단한 증거를 보여 드리겠어요. 일찍이 라이오스 왕에게 어떤 신탁이

내린 적이 있었지요. 아폴론 자신이 아니라 그 분의 사제들로부터 말예요. 그 신탁이란, 운명이 그를 따라잡아 그와 나 사이에서 태어난 아들의 손에 그가 죽게 되리라는 것이었어요. 그런데 라이오스 왕은 적어도 소문대로라면, 마차가 다닐 수 있는 세 길이 만나는 곳에서 어느 날 다른 나라의 도둑들에 의하여 살해되었다는 거예요. 그리고 아들은 태어난 지 사흘도 안 되어 라이오스 왕이 두 발목을 함께 묶은 뒤 다른 사람들의 손을 빌려 인적 없는 산에 갖다 버렸어요. 그리하여 아폴론께서는 아이가 아버지의 살해자가 되고 라이오스 왕은 아들의 손에 죽는다는, 그가 두려워하던 끔찍한 일이 일어나지 않도록 해 주셨던 거예요. 이렇게 되도록 예언의 말씀들이 미리 정해 놓았던 거죠. 그러니 예언의 말씀들에 관해서는 걱정하지 마세요. 신께서 필요해서 구하시는 것이라면 그분 자신이 쉬이 밝혀주실 테니까요.

오이디푸스: 부인, 방금 당신의 말을 듣고 나니 내 영혼은 갈피를 못 잡고 내 마음은 뒤흔들리는구려.

이오카스테: 어떤 불안이 당신을 깜짝 놀라게 했기에 그런 말씀을 하시는 거죠?

오이디푸스: 나는 당신에게 이런 말을 들은 것 같구려. 라이오스 왕은 마차가 다닐 수 있는 세 길이 만나는 곳에서 살해되었다고 말이오.

이오카스테: 그래요. 그런 말이 떠돌았고 아직도 그치지 않고 있어요.

오이디푸스: 그렇다면 그런 일이 일어난 곳이 대체 어디란 말이오?

이오카스테: 그 나라는 포키스라고 불리며, 갈라진 두 길이 델포이와 다울리아로부터 바로 그곳으로 통하고 있지요.

오이디푸스: 그런데 그런 일이 일어난 뒤로 얼마나 많은 세월이 지났지요?

이오카스테: 당신이 이 땅의 통치권을 장악하기 직전에 그런 소식이 도시에 알려졌어요.

오이디푸스: 오오, 제우스 신이여, 그대는 내게 무엇을 행하기로 결정하셨나이까?

이오카스테: 오이디푸스여, 어째서 그런 일이 당신의 마음을 무겁게 하는 거죠?

오이디푸스: 아직은 내게 묻지 마시오. 라이오스 왕은 어떤 체격을 갖고 있었으며 남자로서 얼마만큼 성숙했었는지 말해 보시오.

이오카스테: 키가 컸고 흰 머리가 갓 나기 시작했으며 외모는 당신과 크게 다르지 않았어요.

오이디푸스: 아아, 나야말로 불행하도다! 방금 나 자신을 무서운 저주 속에 내던져 놓고도 그것을 모르고 있었던 것으로 생각되니 말이오!

이오카스테: 무슨 말씀이세요? 여보, 당신을 보고 있자니 떨려요.

오이디푸스: 그 예언자가 볼 수 있었던 게 아닐까 하고 무서운 예감이 드는구려. 하나 한 가지만 더 말해 준다면 당신은 더 잘 보여 주게 될 것이오.

이오카스테: 정말 떨려요. 하지만 당신이 묻는 말에 아는 대로 대답하겠어요.

오이디푸스: 그가 길을 떠날 때 소수의 수행원들을 데리고 갔소 아니면 왕답게 무장한 호위병들을 많이 거느리고 갔소?

이오카스테: 모두 다섯 명이었는데 그중 한 명은 전령(傳令)이었어요. 그리고 마차는 라이오스 왕을 태운 것 한 대뿐이었어요.

오이디푸스: 아아, 이젠 너무나 분명하구나!

(3)

일반적으로 우리는 행동을 하기 위해 미래에 관해 예상한다. 미래에 관한 전형적인 합리적 예상은 과학적 예측이다. 과학자들은 인간을 포함한 자연 세계에 관한 이해를 추구하며, 과학적 이해를 기반으로 하여 미래 사건에 대해 예측한다. '어떤 일이 왜 일어나는가'라는 질문에 대한 과학자들의 대답이 과학적 설명에 해당한다면, '어떤 일이 일어날 것인가'라는 질문에 대한 과학자들의 대답은 과학적 예측에 해당한다. 과학적 예측이 가능한 것은 세계에 일어나는 일들에 어떤 규칙성이 있기 때문일 것이다. 세계에 일어나는 일들에 아무런 규칙성이 없다면, 과거나 현재의 사건에 의거하여 미래 사건을 예측하는 일은 불가능할 것이다. 이른바 '자연 법칙' 혹은 '법칙'은 세계에 대한 과학적 이해와 예측을 위해 핵심적인 역할을 하는 규칙성에 해당한다.

과학적 예측에 관해 매우 영향력 있는 이론을 제시한 헴펠에 의하면, 설명과 예측은 논리적으로 똑같은 특성을 지닌다. 설명과 예측은 모두, 설명되는 사건 혹은 예측되는 사건이 법칙에 의해 예상될 수 있었던 사건이라는 점을 보이는 논증에 의해 이루어진다. 예컨대 어떤 시점에서의 천체들의 위치와 운동량에 관한 선행조건들과 뉴턴역학의 법칙들로부터 그 이후의 시점 t에서의 천체들의 위치를 추론하는 논증을 시점 s에서 제시했다고 하자. 이 경우 s가 t보다 늦은 시점이면 설명에 해당하고, s가 t보다 이른 시점이면 예측에 해당한다. 설명적 혹은 예측적 논증의 전제들에 해당하는 선행조건들과 법칙들은 '설명항'이라 불리며, 이런 논증의 결론은 '피설명항'이라 불린다. 헴펠의 '설명과 예측의 대칭성 논제'에 의하면, 과학적 설명과 예측은, 피설명항이 선행조건들과 법칙들로 이루어진 설명항에 의해 추론되는 논증이라는 점에서 논리적 구조가 동일하다. 다만 설명과 예측은 피설명항에 기술된 사건이 일어난 시점과 설명적 혹은 예측적 논증이 제시된 시점의 선후(先後)가 다르다는 점에서 실용적 차이를 지닐 뿐이다.

어떤 예측적 논증의 설명항에 포함된 법칙이 예외 없이 성립하는 보편 법칙이고 그 논증이 연역적으로 타당한 경우, 헴펠은 이를 '연역 법칙적 모형'을 따른 예측이라 한다. 한편 어떤 예측적 논증의 설명항에 포함된 법칙이 통계적 혹은 확률적 법칙이고 그 논증이 귀납적 혹은 통계적으로 좋은 논증일 경우, 헴펠은 이를 '귀납 통계적 모형'을 따른 예측이라 한다. '설명과 예측의 대칭성 논제'는 귀납 통계적 모형에도 마찬가지로 적용된다. 연역 법칙적 모형과 귀납 통계적 모형은 개입된 법칙과 추론의 형식만 다를 뿐이고, 두 모형에 적용되는 설명과 예측의 관계는 같다. 예컨대 심리학자들이 순이가 아스피린을 먹은 이유를 설명하기 위해, '대부분의 사람들은 고통을 피하려고 한다'는 것은 통계 법칙이며 순이는 심한 통증을 느꼈고 아스피린이 고통을 완화한다고 믿었기 때문이라고 말한다면, 그들은 귀납 통계적 모형을 따른 설명적 논증을 제시한 것이다. 반면에 심리학자들이 같은 통계 법칙과 같은 선행조건으로부터 순이가 곧 아스피린을 먹을 것이라고 추론한다면, 그들은 귀납 통계적 모형을 따른 예측적 논증을 제시한 것이다.

헴펠은 그의 모형이 자연과학과 사회과학을 포함한 모든 과학적 설명과 예측에 적용될 수 있다고 주장한다. 추가적인 예를 들자면, 경제학자들은 배추 가격이 급등한 사실을 설명하기 위해 수요공급의 법칙과 같은 경제학의 법칙들과 배추 공급이 격감했다는 선행조건으로부터 배추 가격이 급등했다는 결론을 이끌어 낸다. 또한 그들은 유사한 법칙들과 배추 공급이 늘어날 것이라는 선행조건으로부터 배추 가격이 안정될 것이라는 결론을 이끌어 냄으로써 배추 가격이 안정될 것이라고 예측한다.

헴펠에 의하면 과학적 예측은, 그것이 연역 법칙적 모형의 사례이든 귀납 통계적 모형의 사례이든 간에, 법칙에 필수적으로 의존하는 논증이어야 한다. 즉 미래에 관한 예상이 합리적 예측으로 인정받기 위해서는 과학자들이 법칙으로 간주하는 규칙성에 의거해 어떤 일이 일어나기 마련이라거나 일어날 가능성이 높다는 논증을 제시할 수 있어야 한다. 우리는 세계에 일어나는 일들에 규칙성이 있으며 진정한 규칙성은 자연 법칙에 기인한다는 뿌리 깊은 믿음을 지니고 있다. 헴펠의 모형을 따르면, 합리적 예측이 가능하기 위해서는 법칙이 있어야 할 뿐 아니라 법칙에 대한 우리의 믿음이 합리적이어야 한다. 법칙의 후보로 간주될 수 있는 가설을 '법칙적 가설'이라 할 때, 합리적 예측은잘 검증된 법칙적 가설에 의존하는 논증이라고 할 수 있다.

(4)

한 나라가 망하기 전에는 대개 징조가 있기 마련이다. 예컨대 그 나라의 임금이 간언하는 자의의견을 두루 듣지 않고 특정한 사람에게 쏠리거나, 공로에 근거하여 폭넓게 인재를 구하지 않고 권세 있는 자의 추천을 받은 사람만 등용하거나, 궁실과 누각이나 연못을 만드는 것만 좋아하고 수레나 옷이나 그릇과 노리개에만 관심을 기울여 백성들의 삶을 피폐하게 하거나, 왕실 귀족이나 대신들이 공로가 있는 사람에 비해 많은 봉록(俸祿)을 받으며 궁궐에서 지나친 사치를 하는데도 임금이이를 규제하지 못한다면 그런 나라는 망할 가능성이 높다.

진(晉)나라 사람 도서(屠黍)가 주(周)나라로 귀순하자, 주나라 임금 위공(威公)이 그를 접견하고 물었다. "천하의 여러 나라 가운데 어디가 먼저 망할 것 같소?" 도서가 대답했다. "진나라가 먼저 망할 것입니다." 위공이 그 이유를 묻자 도서는 이렇게 대답했다. "제가 최근까지 진나라에 있었는데 바른말을 할 수 없는 상황이었습니다. 진나라 임금에게 자연재해의 발생이 심상치 않다고 했지만, 그는 '그래서 어쨌다는 것이냐'라고 말했고, 나라에서 하는 일들이 대부분 도의에 맞지 않아 백성들이 모두 원망한다고 했지만, 그는 '그게 무슨 문제가 되겠는가'라고 말했으며, 이웃 나라가 복속하지 않고 어질고 선량한 이가 따르지 않는다고 했지만, 그는 '그래서 무슨 말썽이 생기겠느냐'라고 말했습니다. 이는 나라가 망하는 이유를 모르는 것인 까닭에 저는 진나라가 먼저 망할 것이라고 말씀드린 것입니다."3년 뒤에 진나라는 과연 멸망했다.

위공이 다시 그를 접견하고 물었다. "어느 나라가 다음에 망하겠는가?" 도서가 대답했다. "중산국(中山國)이 다음에 망할 것입니다." 위공이 그 이유를 묻자 도서는 이렇게 대답했다. "하늘이 백성을 낳으면서 구별을 두었습니다. 구별은 사람의 도리이고, 금수(禽獸)와 다른 까닭이며, 군신(君臣)과 상하층이 존립하는 기반입니다. 그런데 중산국의 풍속을 보면 낮이나 밤이나 가릴 것 없이 남녀가 서로 뒤섞여 쉴 새 없이 즐기고 애상적인 노래를 좋아합니다. 사정이 이러한데도 중산국의 임금은 이것이 나쁜 줄을 모르니 이는 망국의 조짐입니다. 그래서 저는 중산국이 다음 차례라 한 것입니다." 2년 뒤에 중산국은 과연 멸망했다.

위공이 다시 그를 접견하고 "어느 나라가 다음에 망하겠는가?"라고 물었는데, 이번에는 도서가 대답하지 않았다. 위공이 궁금하여 한사코 묻자 "임금께서 바로 그 다음입니다."라고 했다. 위공은 그 말을 듣고 크게 두려워하면서 나라의 원로들을 예우했고 인재들을 등용했으며 가혹한 법률 39개 조항을 없앴다.

(5)

테바이를 통치하는 오이디푸스 왕은 종종 백성들에게 수수께끼를 낸다. 왕은 그들에게 '수수께끼 1'이나 '수수께끼 2'를 내는데, 같은 사람에게 두 가지 수수께끼를 모두 내는 경우는 없다. 수수께끼를 풀기 위하여 백성들은 '방법 A'와 '방법 B' 중 하나를 사용한다. 그리고 모든 백성은 단 한 번만 수수께끼를 받고, 수수께끼 풀기를 거부할 수 없다. 지난 5년간 왕에게서 수수께끼를 받은 사람들에 대한 통계치는 다음의 표들에 나타나 있다.

<표 1> 수수께끼를 받은 사람들 전체에 관한 통계

	답을 맞힌 사람들의 수	답을 못맞힌 사람들의 수	정답률
방법 A 사용	700	300	0.7
방법 B 사용	600	400	0.6

<표 2> 수수께끼 1을 받은 사람들에 관한 통계

	답을 맞힌 사람들의 수	답을 못맞힌 사람들의 수	정답률
방법 A 사용	600	150	0.7
방법 B 사용	225	25	0.9

<표 3> 수수께끼 2를 받은 사람들에 관한 통계

	답을 맞힌 사람들의 수	답을 못맞힌 사람들의 수	정답률
방법 A 사용	100	150	0.4
방법 B 사용	375	375	0.5

Ⅰ. 제시문 (1)을 요약하시오. (15점)

Ⅱ. 제시문 (3)의 논지를 밝히고, 제시문 (1)과 제시문 (3)을 비교하시오. (30점)

Ⅲ. 제시문 (3)에 근거하여 제시문 (2)의 테이레시아스와 제시문 (4)의 도서의 발언에 관해 논평하시오. (30점)

Ⅳ. 제시문 (5)와 관련하여 다음 문항에 모두 답하시오. (25점)

(가) 이오카스테는 지난 5년 중 어느 시점에 왕에게서 수수께끼 하나를 받았다. 그녀가 '방법 A'를 사용하여 답을 맞혔을 경우, 왕이 그녀에게 '수수께끼 1'과 '수수께끼 2' 중 어느 것을 냈을 가능성이 더 높은지 근거를 제시하여 논하시오.

(나) 전령 1, 전령 2, 메디아는 모두 지난 5년 중 어느 시점에 왕에게서 '수수께끼 1'을 받았다. 왕은 그들이 각각 독립적으로 수수께끼를 풀되, 왕의 백성인 전령 1과 전령 2는 '방법 A'를 사용하여 수수께끼를 풀고, 왕의 백성이 아닌 메디아는 '방법 A', '방법 B' 이외의 방법으로 수수께끼를 풀도록 하였다. 메디아는 수수께끼 풀기를 거부할 수 없다. 메디아가 '수수께끼 1'의 답을 맞힐 확률은 50%이다. 전령 1이 '수수께끼 1'의 답을 맞힐 가능성과 전령 1, 전령 2, 메디아 세 명 중 두 명 이상이 '수수께끼 1'의 답을 맞힐 가능성을 비교하고, 그 근거를 제시하시오.

(다) 크레온은 오이디푸스 왕에게서 수수께끼 하나를 받고 다음과 같은 사실을 발견했다. <표 1>에서는 '방법 A'의 정답률이 '방법 B'의 정답률보다 높지만 <표 2>와 <표 3>에서는 '방법 B'의 정답률이 '방법 A'의 정답률보다 높은 역전 현상이 나타났다. 표들에 나타난 추세가 지속된다면, 그가 답을 맞힐 가능성을 높이기 위해서는 어떤 방법을 사용해야 하는지 표들에 나타난 역전 현상과 연관 지어 설명하시오.

※ 유의 사항

1. 답안에 자신을 드러내는 표현을 쓰지 말 것.

2. 답안에 제목을 달지 말 것.

3. 제시문의 문장을 그대로 옮겨 쓰지 말 것.

4. 분량은 띄어쓰기를 포함하여, Ⅰ은 350~400자, Ⅱ는 600자(±50자), Ⅲ은 600자(±50자)가 되게 할 것.

Ⅳ는 자수에 제한 없이 쓰되 답안지의 테두리선을 벗어나지 말 것.

논제를 보세요. 어떤 제시문이 중심에 놓일 것 같죠? 논제 2, 3을 보니까 제시문 (3)이 이번 논술의 중심에 놓여 있다는 것을 알 수 있겠네요. 이제, 제시문을 가볍게 읽어야죠? 제시문 (2)처럼 문학 지문이면서 긴 글은 빼 놓고 읽는 게 시간이 절약될 거예요. 제시문들을 가볍게 읽는 것은, 독해의 방향과 대강의 분위기를 파악하자는 것이에요. 그런데 긴 문학 지문은 이런 목적에 혼란을 줄 수 있고, 또 시간을 조금이라도 아낄 필요가 있기 때문에 나중에 본격적으로 분석할 때 읽는 게 더 나을 거예요.

제시문을 죽 읽어 봤죠? 이번 논술의 방향은 무엇이죠? '예측'을 바라보는 분위기는 어떤가요? 제시문마다 조금씩 다르다는 생각이 들지요?

논제1. 제시문 (1)을 요약하시오. (350~400자. 15점)

1. 제시문 (1) 분석하기

요약할 때 잊지 말아야 할 원칙이 있어요. 첫째, 겸손하라. 요약글에 자기 의견이나 평가 등이 들어가서는 안 된다는 소리예요. 둘째, 충실하라. 필자가 말한 핵심적인 것을 빼놓지 말아야 해요. 셋째, 그럼에도 자기가 쓴 글이어야 한다. 제시문을 베끼지 말고, 자기의 글투를 살려 쓰라는 것이지요. 그렇다고 핵심어조차 다른 말로 바꾸라는 소리는 아니에요. 넷째, 요약글도 한 편의 완성된 글이어야 한다. 조각조각 붙여놓은 글이라는 느낌이 들게 해서는 안 된다는 소리예요.

이런 원칙들을 살려서, 이 제시문을 350~400자로 요약하려면 어떻게 해야 할까요? 밀도 높은 글로 쓸 수밖에 없겠지요? 밀도 높게 글을 요약하려면, 단락의 핵심 사항을 잘 뽑아내고, 또 그것들을 논리적인 흐름을 갖도록 배치하는 깜냥, 즉 능력이 필요해요. 자, 그 길을 가보지요.

1) 첫째 매듭

경제학자들은 사용 가능한 생산요소들의 양이 주어져 있다는 가정 하에 그 요소들이 어떻게 사용되는지, 그리고 그것들의 상대가격이 어떻게 결정되는지를 탐구한다. 그들은 대개 관련 사실들이 상당 부분 확실하게 알려져 있는 체계를 분석 대상으로 삼는다. 이는 경제학이 변화의 가능성 혹은 예상이 어긋날 가능성을 완전히 배제한 체계만을 분석 대상으로 삼는다는 의미는 아니다. 경제학자들은 대체로 특정 시기에 사실과 예상이 확정적이고 계산 가능한 형태로 주어지며 위험도 통계적으로 정확히 계산될 수 있다고 가정한다. 또한 그들은 확률의 계산을 통해 불확실성을 확실성과 동일한 지위, 즉 계산 가능한 지위로 바꾸는 것이 가능하다고 암묵적으로 가정한다. 이는 벤담 철학에서 고통과 쾌락의 계산 혹은 이익과 불이익의 계산이 가능하고, 그것이 일반적으로 인간의 윤리적 행동에 영향을 미치고 있다고 전제하는 것과 같다.

첫 단락에서 다루고 있는 것은 뭔가요? 그런데 비교적 길게 요약할 때와 지금처럼 짧게 요약할 때, 단락이 다루는 대상을 대하는 마음이 달라야 해요. 짧게 요약할 땐, 그 글 전체의 핵심 대상이나 핵심 주장에 딱 달라붙어 있지 않은 내용은 요약글에 쓸 공간이 없기 때문이에요. 그러니까 그 글 전체의 요지를 염두하고서 단락을 보라는 거지요. 이 제시문 전체를 놓고 봤을 때 핵심 대상은 뭐였죠? '예측'이었어요.

이것을 감안해서 첫째 단락이 다루고 있는 대상을 찾아보세요. 사실, 이 단락에는 많은 내용이 있어요. 경제학자들의 가정, 탐구내용, 분석 대상, 다른 분야 즉 벤담철학의 전제와 닮음을 담고 있어요. 이 중에서 '예측'과 떨어질 수 없는 것은 뭐죠? '경제학자들의 가정'만 거기에 해당하지요? 그런데 그 가정이 하나가 아니에요. 뭐와 뭐죠? "사용 가능한 생산 요소들의 양이 주어져 있다는 가정"과 "확률의 계산을 통해 불확실성을 확실성과 동일한 지위, 즉 계산 가능한 지위로 바꾸는 것이 가능하다고 암묵적으로 가정한다"가 그거예요. 둘 다 '예측'에 붙어 있나요? 나중 것만 필요하지요? 결국 이 단락에서 예측과 관련해서 한 말은 뭔가요? 여러분 자신의 말로 표현해 보세요.

이것을 함에 있어, 꼭 들어가야 할 낱말은 무엇일까요? 경제학자 · 예측 · 확률의 계산 · 확실성 등의 낱말이나 그와 비슷한 것들이 들어가야겠지요? '경제학자들은, 확률의 계산을 통해 세상의 불확실성을 극복할 수 있다고 전제한다.' 이 정도면 되지 않을까요?

2)둘째 매듭

그런데 우리는 우리 행동의 가장 직접적인 결과 이외에 대해서는 매우 불확실한 지식 밖에 가지고 있지 않다. 예를 들어 3차 세계대전의 발발 가능성, 20년 후 구리 가격 혹은 이자율 수준, 새로운 발명품이 더 이상 쓸모없어질 전망, 장래 사회에서 각자의 경제적 지위 등은 불확실하다. 이러한 문제들에 대해서는 계산 가능한 확률을 구축할 수 있는 어떠한 과학적 기반도 없다. 우리는 그냥모르는 것이다. 그런데도 우리는 실천적 주체로서 어떠한 행동 또는 결정을 해야 한다는 현실적인필요성 때문에 이러한 거북한 사실을 무시한 채 마치 우리가 예상되는 이익들과 불이익들을 열거하고 여기에 각각의 결과들이 일어날 확률을 곱하는 벤담 식 계산을 하고 있는 것처럼 행동하려고 최선을 다한다.

개인적이든, 정치적이든, 혹은 경제적이든 미래에 영향을 미치는 인간의 결정은 그 확률적 기댓값을 수학적으로 엄밀히 계산하기 힘들다. 그런 계산을 가능케 하는 기초가 존재하지 않기 때문이다. 미래는 계산 가능하지 않다. 불확실한 환경에서는 결정의 순간과 결정의 결과가 나타나는 순간 사이에 예측할 수 없는 변화가 일어날 수 있기 때문이다. 다른 모든 조건들이 동일하다면 결정의 시점과 결과의 시점이 서로 떨어져 있을수록 환경은 더 불확실해진다. 결국 인간은 미래 전망에 대해 신뢰할만한 정보가 현재 존재하지 않는다고 생각하는 것이다.

어떤 현상에 근본적인 불확실성이 존재하고 그 예측이 매우 어려운 이유는 무엇인가? 복잡한 현상에는 영향을 미치는 요소가 너무 많다는 점을 들 수 있다. 예컨대 일기예보의 경우 불과 며칠 후의 날씨조차도 예측하는 것이 어려운데, 이는 날씨에 영향을 미치는 변수가 매우 다양하기 때문이다. 예측이 어려운 또 다른 이유는 인간이 충분히 합리적이지 않다는 데에 있다. 경제학 모형에서는 인간이 합리적으로 행동한다고 가정한다. 이러한 합리성 가정에 의하면, 인간은 매우 복잡한 계산을순식간에 처리할 수 있을 뿐만 아니라 다른 사람들의 예상 등에 대해 많은 정보를 가지고 있으며 행동이나 믿음이 일관적이다. 하지만 인간은 무한한 계산 능력도, 신과 같은 전지력(全知力)도 가지고 있지 못하며, 인간의 결정은 종종 변덕이나 감정 혹은 우연의 영향을 받는다. 합리성 가정에 기초한 모형의 예측이 빗나가는 이유는 바로 이 때문이다.

이 부분에선 '예측'과 관련해서 뭐라고 말했죠? '예측할 수 없다'와 '그런데도 사람들은 확률을 따져 행동하려 한다'가 그거네요. 이제 이 두 가지 사항에 대해 제시문에 있는 내용으로 덧붙여 보세요. 예측할 수 없다에 덧붙일 것은 뭐죠? 왜 예측할 수 없는가? 당장 물음거리가 되잖아요. 필자는 뭐라고 했죠? 네 가지를 들었네요. '그런 계산을 가능케 하는 기초가 존재하지 않는다'는 것과 '결정의 순간과 그것의 결과가 나타나는 순간 사이에 예측할 수 없는 변화가 일어날 수 있기 때문'이라고 했군요. 또, '영향을 미치는 요소가 너무 많다는 점'과 '인간이 충분히 합리적이지 않은 것'을 그 까닭으로 들었네요.

'그런데도 사람들은 확률을 계산하며 행동하'려는 까닭은 뭐죠? '어떤 것이 되었건 결정하고 행동해야 한다는 현실적인 필요성 때문'이지요.

3)셋째 매듭

세상은 불확실하지만 인간은 실천적 주체로서 행동해야만 하며, 세상의 바퀴를 굴러가게 하는 것은 행동하려는 인간의 내재적인 충동이다. 인간의 합리적 자아는 가능한 최선의 방식으로 대안들중에서 어느 것을 선택하는데, 계산이 가능하다면 계산을 하겠지만, 종종 변덕이나 감정 혹은 우연에 의존한다. 그러면 불확실한 상황에서 인간은 어떤 식으로 행동하는가? 이와 관련하여 인간이 생각해 낸 중요한 기법 중 하나는, 우리가 자신의 판단보다는 더 나은 정보를 가지고 있을 법한 다른 사람들의 판단에 의지해서 행동하는 것이다. 이런 식으로 다른 사람들을 따라하려는 개인들이 내리는 판단을 '관행적 판단'이라고 한다.

예컨대 주식시장에서 일어나는 관행적 판단을 살펴보자. 주식시장에서의 투자는, 100매의 사진가운데서 얼굴이 가장 아름다운 6인을 선택하되 그 선택이 투표자 대다수의 선호에 가장 가까운 사람에게 상품이 수여되는 인기투표에 비유될 수 있다. 이 경우 각 투표자는 자신이 생각하기에 가장 예쁜 얼굴을 고르는 것이 아니라 대다수 투표자들의 호감을 얻을 가능성이 가장 높은 얼굴을 골라야만 한다. 마찬가지로 주식시장에서 투자자가, 대다수 투자자들이 가격이 오를 것이라고 생각해서 매입할 것으로 예상되는 종목에 투자하는 경우들이 있다. 이런 식으로 내리는 판단이 관행적 판단의 예라 할 수 있다.

관행적 판단에 기초해서 만들어진 미래에 관한 실용적 이론은 그 기반이 취약하기 때문에 갑작스럽고 과격한 변화를 보인다는 특징이 있다. 평온과 부동(不動), 확실과 안전의 관행은 느닷없이 무너지고, 새로운 두려움과 희망이 예고 없이 인간 행동을 지배한다. 이런 상황에서는 돌연 가치 평가의 새로운 관행적 기반이 강요될 수도 있다. 잘 작동하는 시장을 위해 마련된 멋진 기법들조차도 단번에 무용지물이 되고 만다. 애매하고 발작적인 두려움과, 모호하고 불합리한 희망은 진정되지 않은 상태로 표면 아래에 항상 놓여 있다.

'예측'을 염두하고서 봤을 때, 이 매듭에서 다루고 있는 것은 뭐죠? '관행적 판단'을 다뤘네요. 이제, '관행적 판단'을 중심에 놓고 그 곁에 가지들을 덧붙여야죠? 어떤 것들을 덧붙일 수 있나요? 찾아보세요. 관행적 판단의 정의, 예시, 약점이 나와 있지요? 무엇을 관행적 판단이라고 하나요? '자기보다 더 나은 정보를 가지고 있을 법한 사람의 판단을 따르는 것'과 '자신이 아니라 대부분의 사람이 선호함직한 것을 고르는 것'을 들었네요. 예시는 주식을 사고 팔 때의 행위를 들었고요. 그럼 이 판단의 약점은 뭐죠? 그 기반이 탄탄하지 못하다고 했군요. 이 약점 때문에 사람들에게 일어날 수 있는 것은 뭐죠? 관행적으로 인정받던 이론이 갑자기 무너져 내려, 뜻하지 않은 두려움과 희망이 사람을 지배할 수 있게 된다고 했네요. 맨 마지막 문장 "애매하고 발작적인 두려움과, 모호하고 불합리한 희망은 진정되지 않은 상태로 표면 아래에 항상 놓여 있다"는 왜 덧붙였을까요? 사람이 행동하며 살아가는 것 밑에 감추어진 실상을 강조하고 싶어서겠죠. 그러니까, 이 부분이 제시문 전체의 맺음말로 알맞겠구나 하는 생각이 들지요?

2. 중요한 항목 나열하기

위에서 중요하게 분석한 것들에 숫자를 매겨 나열해 보세요.

① 경제학자들의 전제 – 불확실한 것을 계산 가능하다고 봄

② 미래를 예측할 수 없음과 그 까닭 – 영향을 미치는 요소가 너무 많음과 인간은 반드시 합리적으로 행동하지는 않음

③ 그럼에도 계산하여 행동하는 까닭 – 행동하지 않을 수 없는 현실성

④ 관행적 판단의 정의 – 다른 사람들이 바랄 것 같은 것에 따라 행동, 권위자를 따름

⑤ 관행적 판단의 예시 – 주식시장

⑥ 관행적 판단의 약점 – 기반이 탄탄하지 않음

⑦ 사람의 행동 밑에 놓여 있는 것 – 두려움과 희망

3. 얼개 짜기

이 글은 따로 얼개를 짤 필요가 없겠네요. 순서대로 쓰기만 해도 논리적 흐름 속에 있겠구나 하는 생각이 들지요? 하지만, 그렇지 않은 글도 있어요. 그럴 땐 글의 순서를 재배치하여 글의 흐름을 만들어 줘야 해요.

경제학자들은 확률을 통해 이 세상의 불확실성을 극복할 수 있다는 것을 전제하고 연구를 한다. 하지만 그것은 불가능하다. 세상은 복잡하여 그것에 영향을 미치는 요소가 너무 많고, 또 사람 자신이 꼭 합리적으로만 행동하는 것은 아니기 때문이다. 그런데도 사람들은 어떤 것을 하든 행동해야 한다. 불확실함에도 행동해야 하기에, 사람은 '관행적 판단' 즉 권위자의 말이나 많은 사람들이 바라는 것을 따라 행한다. 하지만 관행적 판단을 떠받친 밑돌은 허약하다. 어느 날 갑자기 그것이 무너져내릴 수 있다. 이것은, 사람에게 지금까지 행동 근거였던 것을 상실한 두려움과 새로운 것을 향한 희망을 이중적으로 준다. 이래서, 사람이 행동하는 곳 어디에나 "발작적인 두려움"과 "모호한 희망"이 늘 도사리고 있는 것이다.

논제2.
제시문 (3)의 논지를 밝히고, 제시문 (1)과 제시문 (3)을 비교하시오. (600±50자. 30점)

1. 논제 분석

논점이 둘이지요? 제시문 (3)의 논지를 밝힌 다음에 그것을 또 제시문 (1)과 비교해야 하니 글이 중복될 수밖에 없겠는데, 이것을 어떻게 최소화하는가가 이번 논제에서 특별히 어려운 점이겠네요. 물론 내용 파악, 또 비교를 위해 차이점과 공통점을 찾는 것은 기본이고요.

2. 제시문 (3) 분석

일반적으로 우리는 행동을 하기 위해 미래에 관해 예상한다. 미래에 관한 전형적인 합리적 예상은 과학적 예측이다. 과학자들은 인간을 포함한 자연 세계에 관한 이해를 추구하며, 과학적 이해를 기반으로 하여 미래 사건에 대해 예측한다. '어떤 일이 왜 일어나는가'라는 질문에 대한 과학자들의 대답이 과학적 설명에 해당한다면, '어떤 일이 일어날 것인가'라는 질문에 대한 과학자들의 대답은 과학적 예측에 해당한다. 과학적 예측이 가능한 것은 세계에 일어나는 일들에 어떤 규칙성이 있기 때문일 것이다. 세계에 일어나는 일들에 아무런 규칙성이 없다면, 과거나 현재의 사건에 의거하여 미래 사건을 예측하는 일은 불가능할 것이다. 이른바 '자연 법칙' 혹은 '법칙'은 세계에 대한 과학적 이해와 예측을 위해 핵심적인 역할을 하는 규칙성에 해당한다.

과학적 예측에 관해 매우 영향력 있는 이론을 제시한 헴펠에 의하면, 설명과 예측은 논리적으로 똑같은 특성을 지닌다. 설명과 예측은 모두, 설명되는 사건 혹은 예측되는 사건이 법칙에 의해 예상될 수 있었던 사건이라는 점을 보이는 논증에 의해 이루어진다. 예컨대 어떤 시점에서의 천체들의 위치와 운동량에 관한 선행조건들과 뉴턴역학의 법칙들로부터 그 이후의 시점 t에서의 천체들의 위치를 추론하는 논증을 시점 s에서 제시했다고 하자. 이 경우 s가 t보다 늦은 시점이면 설명에 해당하고, s가 t보다 이른 시점이면 예측에 해당한다. 설명적 혹은 예측적 논증의 전제들에 해당하는 선행조건들과 법칙들은 '설명항'이라 불리며, 이런 논증의 결론은 '피설명항'이라 불린다. 헴펠의 '설명과 예측의 대칭성 논제'에 의하면, 과학적 설명과 예측은, 피설명항이 선행조건들과 법칙들로 이루어진 설명항에 의해 추론되는 논증이라는 점에서 논리적 구조가 동일하다. 다만 설명과 예측은 피설명항에 기술된 사건이 일어난 시점과 설명적 혹은 예측적 논증이 제시된 시점의 선후(先後)가 다르다는 점에서 실용적 차이를 지닐 뿐이다.

어떤 예측적 논증의 설명항에 포함된 법칙이 예외 없이 성립하는 보편 법칙이고 그 논증이 연역적으로 타당한 경우, 헴펠은 이를 '연역 법칙적 모형'을 따른 예측이라 한다. 한편 어떤 예측적 논증의 설명항에 포함된 법칙이 통계적 혹은 확률적 법칙이고 그 논증이 귀납적 혹은 통계적으로 좋은 논증일 경우, 헴펠은 이를 '귀납 통계적 모형'을 따른 예측이라 한다. '설명과 예측의 대칭성 논제'는 귀납 통계적 모형에도 마찬가지로 적용된다. 연역 법칙적 모형과 귀납 통계적 모형은 개입된 법칙과 추론의 형식만 다를 뿐이고, 두 모형에 적용되는 설명과 예측의 관계는 같다. 예컨대 심리학자들이 순이가 아스피린을 먹은 이유를 설명하기 위해, '대부분의 사람들은 고통을 피하려고 한다'는 것은 통계 법칙이며 순이는 심한 통증을 느꼈고 아스피린이 고통을 완화한다고 믿었기 때문이라고 말한다면, 그들은 귀납 통계적 모형을 따른 설명적 논증을 제시한 것이다. 반면에 심리학자들이 같은 통계 법칙과 같은 선행조건으로부터 순이가 곧 아스피린을 먹을 것이라고 추론한다면, 그들은 귀납 통계적 모형을 따른 예측적 논증을 제시한 것이다.

헴펠은 그의 모형이 자연과학과 사회과학을 포함한 모든 과학적 설명과 예측에 적용될 수 있다고 주장한다. 추가적인 예를 들자면, 경제학자들은 배추 가격이 급등한 사실을 설명하기 위해 수요공급의 법칙과 같은 경제학의 법칙들과 배추 공급이 격감했다는 선행조건으로부터 배추 가격이 급등했다는 결론을 이끌어 낸다. 또한 그들은 유사한 법칙들과 배추 공급이 늘어날 것이라는 선행조건으로부터 배추 가격이 안정될 것이라는 결론을 이끌어 냄으로써 배추 가격이 안정될 것이라고 예측한다.

헴펠에 의하면 과학적 예측은, 그것이 연역 법칙적 모형의 사례이든 귀납 통계적 모형의 사례이든 간에, 법칙에 필수적으로 의존하는 논증이어야 한다. 즉 미래에 관한 예상이 합리적 예측으로 인정받기 위해서는 과학자들이 법칙으로 간주하는 규칙성에 의거해 어떤 일이 일어나기 마련이라거나 일어날 가능성이 높다는 논증을 제시할 수 있어야 한다. 우리는 세계에 일어나는 일들에 규칙성이 있으며 진정한 규칙성은 자연 법칙에 기인한다는 뿌리 깊은 믿음을 지니고 있다. 헴펠의 모형을 따르면, 합리적 예측이 가능하기 위해서는 법칙이 있어야 할 뿐 아니라 법칙에 대한 우리의 믿음이 합리적이어야 한다. 법칙의 후보로 간주될 수 있는 가설을 '법칙적 가설'이라 할 때, 합리적 예측은잘 검증된 법칙적 가설에 의존하는 논증이라고 할 수 있다.

　이번 제시문 분석은 요약을 하기 위한 것이 아니라, '주지'를 밝히는 것과 또 제시문 (1)과 비교하기 위해서라는 것을 새기고 있어야 해요. 먼저 주지 즉 핵심 주장을 밝혀내야겠죠? 글 전체에서 우선 다루고 있는 게 뭔가요? '과학적 설명과 예측'인가요? 틀렸다고 할 순 없지만, 그렇다고 딱 맞는 소리라고도 할 수 없네요. 다시 찾아보세요.

　과학적 설명과 예측을 글감으로 삼은 까닭은 무엇일까요? 처음 두 문장을 보세요. "일반적으로 우리는 행동을 하기 위해 미래에 관해 예상한다. 미래에 관한 전형적인 합리적 예상은 과학적 예측이다." 이제 감이 왔지요? 그래요. 과학적 예측을 끌어들인 것은 '미래에 관한 예상의 한 방식'으로써 그랬지요. 그러니까 이 제시문 역시 제시문 (1)과 똑같이 '예측'을 다뤘다는 것이 밝혀졌네요. 이 점이 두 제시문 간에 있는 공통점이네요. 제시문 (1)은 예측에 대해 어떤 태도를 취했죠? '예측하며 살 수밖에 없지만, 예측 근거가 그리 튼튼한 것은 아니다'는 거였어요. 그러면 제시문 (3)의 필자는 예측에 대해 어떤 태도를 취하나요? 많고 많은 '예상 방식' 중에 하필 과학적 방식을 고른 것은 무엇 때문이었을까요? 과학적 예측이 가진 '전형적인 합리성' 때문이라고 두 번째 문장에서 말했어요.

　그런데 이 글을 보면 과학적 예측 말고 과학적 설명을 끌어들여, 그 둘을 함께 설명하는데 왜 그럴까요? 아니, 둘은 어떤 관계에 있다고 하나요? 비슷한 점이 많나요? 다른 점이 많나요? 둘째 단락에 보면 설명 방식은 똑같고, "설명적 또는 예측적 논증이 제시된 시점의 선후(先後)가 다를" 뿐이라고 했네요.

　이 글이 다루고 있는 게 '미래에 대한 예측'이고, 그것의 전형적인 것으로 '과학적 예측'을 설명하고 있다면, 예측과는 관계가 없는 '과학적 설명'에 그렇게 많은 지면을 할애한 까닭은 뭘까요? 지금 우리가 문제 삼고 있는 것은 '예측'의 어떤 측면인가요? '예측은 얼마나 신빙성이 있는가?' 이거죠? 제시문 (1)에서는 별로 신빙성이 없다고 했고, 제시문 (3)은 어떤가요? 자, 이 필자가 '과학적 설명'에 그렇게 긴 시간을 들인 까닭이 여기에 있는 듯하죠? 어떤 것을 두고 그것은 과학적이다. 또는 과학적인 이론이라고 하면, 그것에 대해 사람들의 태도는 어떻죠? 그냥 믿지요. 결국 필자는 '과학적 예측' 또한 '과학적 설명'이나 매한가지니까, 신뢰할 수 있다는 소리를 하고 싶었다는 것을 알 수 있겠네요.

　그렇다면, 모든 예측에 대해 글쓴이는 신뢰를 보내나요? 마지막 단락을 보세요. "미래에 관한 예상이 합리적 예측으로 인정받기 위해서는 과학자들이 법칙으로 간주하는 규칙성에 의거해 어떤 일이 일어나기 마련이라거나, 일어날 가능성이 높다는 논증을 제시할 수 있어야 한다." 그러고는 마지막에 "합리적 예측은 잘 검증된 법칙적 가설에 의존하는 논증"이라고 했네요. 즉 과학적 예측만 신뢰하겠다는 거네요.

3. 제시문 (1)과 제시문 (3) 비교하기

두 제시문 간의 공통점 또는 공통적인 문제의식은 뭐였죠? 미래에 대한 예측을 논의 대상으로 하고 있다는 거지요. 그렇지만 예측의 가능성에서 두 제시문은 꽤 달랐어요. 또 어떤 항목을 비교할 수 있을까요? 얼른 떠오르지 않으면 맵 지도를 그려보세요. 예측을 중심에 두고 주변에 어떤 것들이 놓일 수 있죠? 근거·방법·목적·결과·가능성·적용대상·주체 이런 항목들을 '예측' 주변에 배치할 수 있겠네요. 이 중에서 두 제시문에 나타난 것 두셋만 고르세요.

예측의 가능성에 대해선 앞에서 얘기했고, 그것의 방법에 대해서 둘은 차이를 드러내고 있나요. 제시문 (1)은 자기보다 더 잘 판단함직한 사람을 따르거나 다수가 바랄 것 같은 행동을 한다고 했어요. 제시문 (3)은 예측의 방법이 뭐였죠? 법칙에 기반을 둔 과학적 예측을 제시했지요? 예측의 결과에 대해선 어떤가요? 제시문 (1)은 예측의 근거가 근본적으로 무르기에, 갑자기 그 기반이 무너질 수 있다고 보았어요. 그렇게 되면 사람은 아주 낯선 상황에 놓이게 되어 공포와 희망이라는 양가적인 느낌을 갖게 된다고 했지요. 반면에 제시문 (3)은 과학적 예측에 대해 신뢰가 있기에, 배추 가격의 예를 들며 사람의 행동 또한 법칙에 따를 것이라고 했네요.

4. 얼개 짜기

① 제시문 (3)의 주지
- 미래 예측
- 과학적 예측을 해야 함
- 과학적 예측과 과학적 설명의 관계

② 제시문 (1)과 제시문 (3) 비교
- 공통점 – 논의 대상
- 차이점 – 예측의 신뢰, 근거, 가능성

5. 예시 답안 (600자±50자. 30점)

사람은 아무렇게나 행동할 수 없다. 미래를 어떤 식으로든 예측하면서 행동할 수밖에 없다. 제시문 (3)에 따르면, 예측하는 방법 중에서, 과학적 예측은 전형적인 합리성에 의한 것이다. 사실, '과학적 예측'은 '과학적 설명'과 차이가 없다. 둘의 논리적 구조가 똑같다. 과학적 예측도 과학적 설명과 마찬가지로 선행 조건들과 법칙들로 추론되는 논증이라는 점에서 그렇다. 하지만 사람이 예측하며 행동할 때, 과학적 예측만 하는 것은 아니다. 제시문 (1)은 또 다른 예측, 즉 '관행적 판단'에 주목하고 있다. 예측에 눈길을 주고 있다는 점에서 두 제시문은 공통의 문제의식을 가지고 있다. 하지만 두 예측은 예측에 대한 신뢰, 예측의 근거, 예측의 방법에서 서로 다른 쪽을 바라보고 있다.

‘관행적 판단’을 통한 예측의 근거는 그리 튼튼하지 못하다. 겨우 권위자의 판단이나 다른 사람들이 좋아함직한 것을 추측하여 미래를 예측하기 때문이다. 그래서 관행적 판단에 대한 신뢰도 그리 높지 않다. 언제 그것이 무너질지 알 수 없다는 것이다. 하지만 ‘과학적 예측’에 주목한 제시문 (3)은 미래에 대한 예측에 꽤 깊은 신뢰를 보낸다. 예측의 근거가 ‘법칙’에 있고, 더구나 그 예측 방식은 논증의 구조를 갖는데, 과학적 설명 방식과 완전히 일치하기 때문이다.

논제3.
제시문 (3)에 근거하여 제시문 (2)의 테이레시아스와 제시문 (4)의 도서의 발언에 관해 논평하시오. (600자±50. 30점)

1. 논제 분석

우리가 알아야 할 것은 세 가지고 주의할 것까지 치면 네 가지네요. ① 제시문 (3)의 주지를 다시 한 번 떠올려야 하고, ② 테이레시아스의 발언이 뜻하는 것, ③ 도서의 발언이 뜻하는 것, ④ 논평의 의미를 알아내야겠지요? 논평이란, 논리적으로 평가하는 것이니까 수험생의 관점과 의견이 들어갈 수 있어요. 그런데 논제에서 제시문 (3)에 근거해서 논평하라고 했으니까, 수험생 여러분이 제시문 (3)의 필자라고 가정하고서 글을 써야 해요.

2. 제시문 분석
1) 제시문 (2)의 테이레시아스의 발언에 대한 논평

오이디푸스: 이떤 부모 말인기? 사람들 중에 누가 나를 낳았단 말인가?

테이레시아스: 오늘 이 날이 그대를 낳고 그대를 죽이게 될 것이오.

오이디푸스: 온통 수수께끼 같은 모를 소리만 하는구나!

테이레시아스: 수수께끼를 푸는 데는 그대가 가장 능한 사람이 아니던가요?

오이디푸스: 나의 위대함을 보여 주게 될 바로 그 일을 갖고 나를 조롱하는구나!

테이레시아스: 하나 바로 그 행운이 그대를 파멸케 한 것이오.

오이디푸스: 나는 이 도시를 구했으니 그런 것은 아무래도 좋아.

테이레시아스: 그렇다면 나는 가겠소. 얘야, 나를 데려가 다오.

오이디푸스: 그가 그대를 데려가게 하라. 그대가 여기 있으면 방해만 되고 성가시니까. 가고 나면 나를 더 이상 괴롭히지 못하겠지.

테이레시아스: 가기는 가되 내가 온 까닭을 말하고 나서 가겠소. 그대의 얼굴쯤은 두렵지 않소. 그대는 나를 파멸케 할 수 없으니까요. 내 그대에게 이르노니, 그대가 위협적인 말로 라이오스 왕의 살해를 규명하겠다고 공언하며 오래 전부터 찾고 있던 그 사람, 그 사람은 바로 여기 있소. 그는 이곳으로 이주해 온 이방인으로 통하고 있지만 머지않아 토박이 테바이 사람임이 밝혀질 것이오. 하나 그러한 행운을 그는 달가워하지 않을 것이오. 보는 대신 눈이 멀고 부자 대신 거지가 되어 지팡이로 앞을 더듬으며 낯선 땅으로 길을 떠나게 될 테니 말이오. 그리고 그는 같이 살고 있는 그의 자식들의 형제이자 아버지이며, 그를 낳아준 여인의 아들이자 남편이며, 그의 아버지의 침대를 뺏은 자이자 그 아버지의 살해자임이 밝혀질 것이오. 자, 안으로 드시어 그 일에 관하여 잘 생각해보시오. 그러고도 내 말이 잘못되었거든 그때부터는 내가 예언술에 관하여 아무 것도 알지 못한다고 말하시오.(테이레시아스가 소년에게 인도되어 퇴장하고, 이어 오이디푸스는 궁전 안으로 들어간다.)

제시문을 분석할 때, 그냥 무턱대고 하면 안 되겠지요? 지금 우리가 하는 것은 '논제'에서 요구한 것을 풀어야 하니까, 거기에 맞춰서 분석해야지요. '테이레시아스의 발언'을 볼 때 무엇을 중심에 놓고 봐야죠? 제시문 (3)의 중심이 추측, 예상이니까 이것 역시 그것이 중심에 놓여야겠지요. 그렇다면 테이레시아스의 발언을 추측, 예상의 가운데 놓되, 그것의 어떤 면을 우리가 살펴야 하죠? 역시 제시문 (3)이 추측, 예상을 한 방법과 견주어 봐야겠지요? 논제에서 요구한 게, '제시문 (3)에 근거해서 논평하라'고 했으니까요.

제시문 (3)이 추측을 한 방법은 뭐였죠? '과학적인 추측'이었어요. 이것의 핵심어는 뭔가요? 법칙성·통계·선행조건·논증구조가 그거였어요. 테이레시아스가 이것들을 써서 예언 즉 추측을 했는가에 대해 따져보면 그것이 논평이 되겠네요. 그의 말을 다시 읽어보세요. 어땠나요?

여기서 주의할 것은 그의 예언이 실현되었는가, 그렇지 않았는가는 전혀 중요하지 않다는 거예요. 오직 방법을 제대로 썼는가만 따지세요. 법칙성·통계·선행조건·논증구조라 할 만한 게 그의 말 속에 있나요? 눈 씻고 봐도 없지요? 오로지 '~이 일어날 것이다'만 말하고 있네요. 이런 그의 발언은 제시문 (3)의 필자에게 혹독하게 비판받을 수밖에 없겠네요.

2) 제시문 (4)의 도서의 발언에 대한 논평

한 나라가 망하기 전에는 대개 징조가 있기 마련이다. 예컨대 그 나라의 임금이 간언하는 자의의견을 두루 듣지 않고 특정한 사람에게 쏠리거나, 공로에 근거하여 폭넓게 인재를 구하지 않고 권세 있는 자의 추천을 받은 사람만 등용하거나, 궁실과 누각이나 연못을 만드는 것만 좋아하고 수레나 옷이나 그릇과 노리개에만 관심을 기울여 백성들의 삶을 피폐하게 하거나, 왕실 귀족이나 대신들이 공로가 있는 사람에 비해 많은 봉록(俸祿)을 받으며 궁궐에서 지나친 사치를 하는데도 임금이이를 규제하지 못한다면 그런 나라는 망할 가능성이 높다.

진(晉)나라 사람 도서(屠黍)가 주(周)나라로 귀순하자, 주나라 임금 위공(威公)이 그를 접견하고 물었다. "천하의 여러 나라 가운데 어디가 먼저 망할 것 같소?" 도서가 대답했다. "진나라가 먼저 망할 것입니다." 위공이 그 이유를 묻자 도서는 이렇게 대답했다. "제가 최근까지 진나라에 있었는데 바른말을 할 수 없는 상황이었습니다. 진나라 임금에게 자연재해의 발생이 심상치 않다고 했지만, 그는 '그래서 어쨌다는 것이냐'라고 말했고, 나라에서 하는 일들이 대부분 도의에 맞지 않아 백성들이 모두 원망한다고 했지만, 그는 '그게 무슨 문제가 되겠는가'라고 말했으며, 이웃 나라가 복속하지 않고 어질고 선량한 이가 따르지 않는다고 했지만, 그는 '그래서 무슨 말썽이 생기겠느냐'라고 말했습니다. 이는 나라가 망하는 이유를 모르는 것인 까닭에 저는 진나라가 먼저 망할 것이라고 말씀드린 것입니다." 3년 뒤에 진나라는 과연 멸망했다.

위공이 다시 그를 접견하고 물었다. "어느 나라가 다음에 망하겠는가?" 도서가 대답했다. "중산국(中山國)이 다음에 망할 것입니다." 위공이 그 이유를 묻자 도서는 이렇게 대답했다. "하늘이 백성을 낳으면서 구별을 두었습니다. 구별은 사람의 도리이고, 금수(禽獸)와 다른 까닭이며, 군신(君臣)과 상하층이 존립하는 기반입니다. 그런데 중산국의 풍속을 보면 낮이나 밤이나 가릴 것 없이 남녀가 서로 뒤섞여 쉴 새 없이 즐기고 애상적인 노래를 좋아합니다. 사정이 이러한데도 중산국의 임금은 이것이 나쁜 줄을 모르니 이는 망국의 조짐입니다. 그래서 저는 중산국이 다음 차례라 한 것입니다." 2년 뒤에 중산국은 과연 멸망했다.

위공이 다시 그를 접견하고 "어느 나라가 다음에 망하겠는가?"라고 물었는데, 이번에는 도서가 대답하지 않았다. 위공이 궁금하여 한사코 묻자 "임금께서 바로 그 다음입니다.'라고 했다. 위공은 그 말을 듣고 크게 두려워하면서 나라의 원로들을 예우했고 인재들을 등용했으며 가혹한 법률 39개 조항을 없앴다.

앞에서의 방법과 똑같이 '도서'의 발언을 논평하면 되겠네요. 도서의 발언 중에서 법칙성·통계·선행조건·논증구조라고 할 만한 것을 찾아보세요. 있나요? 첫 번째 문장, "한 나라가 망하기 전에는 대개 징조가 있기 마련이다"라는 문장은, 예측을 하는 데 있어 어떤 역할을 하지요? 제시문 (3)에 나오는 말로, 선행조건 구실을 하네요. 즉, 망하는 나라에는 '선행조건'이 있다는 거지요? 이것을 '도서'는 인식하여, 그것이 무엇인지를 밝혔어요. 그리고 그 징조에 비춰봤을 때 진(晉)나라, 중산국이 곧 망할 것이라고 했으니까, 꽤 논증적 구조를 갖췄다고 할 수 있어요.

그런데 도서의 방법이 '연역적 법칙'을 따랐다고 할 수 있을까요? 다시 말해 수학에서 문제를 다루듯 이 문제를 다뤘나요? 그 정도는 아니었지요? 그렇다면 도서가 '통계'를 인용했나요? 그것도 아니었어요. 결국 도서의 발언은, 제시문 (3)의 입장에서 봤을 때 꽤 합리적인 방법을 쓰긴 했지만, 충분하진 않다고 말할 수 있겠네요.

3. 얼개 짜기
① 추측에 대한 제시문 (3)의 견해
- 법칙성, 통계, 선행조건, 논증구조

②테이레시아스의 발언을 위의 네 가지로 평가
- '~할 것이다'만 있음

③도서의 발언
- 징조, 선행조건, 논증구조를 갖춤
- 연역적 법칙, 귀납적 통계는 갖추지 못함

4. 예시 답안 (600자±50, 30점)

　행동할 때, 사람은 어떤 형태로든 미래를 예감하면서 한다. 예측하는 방법이 어떠냐에 따라, 그것이 합리적인가 그렇지 않은가를 판가름할 수 있다. 제시문 (3)이 밝힌 '과학적 예측'의 기준은 넷이다. 법칙성·통계자료·선행조건·논증구조가 그것이다.

　'테이레시아스의 발언'에는, 제시문 (3)이 과학적 예측의 기준으로 여기는 것이 단 하나도 들어 있지 않다. 계속해서 "~이 밝혀질 것이요"만 하고 있지, 그런 일이 일어날 수밖에 없는 필연성이나, 일어남직한 개연성을 전혀 밝히고 있지 않다. 이런 예언술은 설사 그것이 적중한다 하더라도 과학적 추측이라고 할 수 없다. 합리적 정신이 거기에는 없기 때문이다.

　'도서'가 말하는 방법은 테이레시아스의 그것과 다르다. 도서는 "한 나라가 망하기 전에는 대개 징조가 있기 마련이다"고 말했다. 그런 다음 그 징조에 해당하는 것을 죽 나열했다. 이 징조에 따라 진나라와 중산국이 곧 망할 것을 추측했다. 과학적 예측의 요건인 '선행조건'과 나름대로의 '논증구조'를 갖췄음을 알 수 있다. 하지만 연역적 법칙이나 귀납적 통계까지 들어 있는 것은 아니다. 도서는 꽤 합리적으로 미래를 추측하고 있지만 충분하다고 할 수는 없는 이유다.

논제4.

Ⅳ. 제시문 (5)와 관련하여 다음 문항에 모두 답하시오. (25점)

(가) 이오카스테는 지난 5년 중 어느 시점에 왕에게서 수수께끼 하나를 받았다. 그녀가 '방법 A'를 사용하여 답을 맞혔을 경우, 왕이 그녀에게 '수수께끼 1'과 '수수께끼 2' 중 어느 것을 냈을 가능성이 더 높은지 근거를 제시하여 논하시오.

(나) 전령 1, 전령 2, 메디아는 모두 지난 5년 중 어느 시점에 왕에게서 '수수께끼 1'을 받았다. 왕은 그들이 각각 독립적으로 수수께끼를 풀되, 왕의 백성인 전령 1과 전령 2는 '방법 A'를 사용하여 수수께끼를 풀고, 왕의 백성이 아닌 메디아는 '방법 A', '방법 B' 이외의 방법으로 수수께끼를 풀도록 하였다. 메디아는 수수께끼 풀기를 거부할 수 없다. 메디아가 '수수께끼 1'의 답을 맞힐 확률은 50%이다. 전령 1이 '수수께끼

1'의 답을 맞힐 가능성과 전령 1, 전령 2, 메디아 세 명 중 두 명 이상이 '수수께끼 1'의 답을 맞힐 가능성을 비교하고, 그 근거를 제시하시오.

(다) 크레온은 오이디푸스 왕에게서 수수께끼 하나를 받고 다음과 같은 사실을 발견했다. < 표1 >에서는 '방법 A'의 정답률이 '방법 B'의 정답률보다 높지만 < 표2 >와 < 표3 >에서는 '방법 B'의 정답률이 '방법 A'의 정답률보다 높은 역전 현상이 나타났다. 표들에 나타난 추세가 지속된다면, 그가 답을 맞힐 가능성을 높이기 위해서는 어떤 방법을 사용해야 하는지 표들에 나타난 역전 현상과 연관 지어 설명하시오.

1. 예시 답안

(가)

이오카스테가 '방법A'를 사용하여 답을 맞혔다는 것은 전제다. 그러므로 이것에 대해서는 논란의 여지가 없다. 다만 수수께끼1을 풀었을 가능성과 수수께끼2를 풀었을 가능성을 따져, 그 중에서 가능성이 높은 것을 고르면 된다.

수수께끼1이 되었건 수수께끼2가 되었건, '방법A'를 사용해 정답을 맞힌 사람의 수가 700명이다. 이 중 600명이 수수께끼1을 풀어 정답을 맞혔으므로, 임의의 누구라도 방법A를 사용해 수수께끼1의 정답을 맞힐 확률은 600/700 즉 6/7이다. ……①

'방법A'를 사용해 정답을 맞힌 700명 중, 수수께끼2를 푼 사람은 100명이다. 그러므로 임의의 사람이 방법A를 사용해 수수께끼2의 정답을 맞힐 확률은 100/700 즉 1/7이다. ……②

∴①과 ②에 따라, 이오카스테는 수수께끼1을 풀었을 가능성이 훨씬 높다.

(나)

i) 전령1을 X, 전령2를 Y, 메디아를 Z로 표시하겠다. 먼저, X가 수수께끼1의 답을 맞혔을 가능성을 알아보자.

X는 수수께끼1을 받아 방법A로 풀었다고 한다. 이것은 전제다. 표에 나와 있는 수수께끼1을 방법A로 푼 사람의 정답 확률은 임의의 사람이 갖게 될 확률값이므로, X 또한 여기에 해당한다. 그러므로 X가 정답을 맞힐 확률은 0.8이다. ……③

ii) X, Y, Z 중, 두 명 이상이 수수께끼1의 정답을 맞힐 가능성.

X와 Y는 조건이 똑같다. 그러므로 정답을 맞힐 가능성은 둘 다 0.8씩이다. 그리고 Z는 수수께끼1의 답을 맞힐 가능성이 논제에서 밝힌 대로 0.5다.

iii) 세 명 중 둘 이상이 답을 맞힐 가능성은 다음의 네 경우다.

X+ Y+ Z, X+ Y, X+ Z, Y+ Z

X+ Y+ Z=0.8×0.8×0.5=0.32

X+ Y=0.8×0.8×0.5(Z가 틀릴 가능성)=0.32

X+ Z=0.8×0.2(Y가 틀릴 가능성)×0.5=0.08

Y+ Z=0.2(X가 틀릴 가능성)×0.8×0.5=0.08

　이 네 경우를 다 합하면 0.8이 된다. ……④

　③과 ④에 따라, 정답을 맞힐 두 경우의 확률값은 똑같다.

(다)

　문제 상황은 다음과 같다. 수수께끼1이 되었건 수수께끼2가 되었건 방법A로 풀었을 때보다 방법B로 풀었을 때 정답을 맞힐 확률이 더 높았다. 그런데 전체의 경우를 놓고 따져보니, 방법A가 방법B보다 정답을 맞힐 확률이 높게 나왔다. 둘 사이에서 발생한 이율배반을 설명해야 한다.

　방법A와 B의 전체 정답률이 어떻게 나왔는가를 따져보자.

　방법A와 방법B를 각각 1000명씩이 써서, 각각 700명과 600명이 정답을 맞혔다. 그래서 각각의 정답률은 0.7과 0.6이 되었다.

　표1과 표2를 살펴보면, 수수께끼1에서 방법A와 방법B를 쓴 사람의 수가 750 대 250명인데, 수수께끼2의 경우에는 거꾸로 250 대 750명임을 알 수 있다.

　그런데 수수께끼1과 수수께끼2의 난이도를 조사해보면, 수수께끼 1은 825/1000 즉 0.825이고, 수수께끼2는 475/1000 즉 0.475로 수수께끼1이 훨씬 쉬웠음을 알 수 있다.

　여기서 방법A로 푼 사람은 주로 쉬운 문제를 푼 반면, 방법B로 푼 사람은 주로 어려운 문제를 풀었음을 알 수 있다. 그래서 각각의 문제 풀이에서와는 달리, 전체적으로 놓고 봤을 때는, 방법A가 방법B보다 더 적절한 것으로 드러난 것이다. 하지만, 이것은 어려운 문제를 방법B로 푼 사람이 많아서 생긴 현상일 뿐, 방법B가 방법A보다 수수께끼 풀이에 덜 적합해서 생긴 문제는 아니다.

　그러므로 수수께끼1이 되었건 수수께끼2가 되었건, 각각의 수수께끼 풀이에서 더 힘을 발휘하는 '방법B'를 써서 푸는 게 정답을 맞힐 확률이 더 높다.

[제시문 출처]

　제시문 (1)은 현대 거시경제학의 새로운 장을 연 존 메이너드 케인즈(JohnMaynard Keynes)의 저서 『고용, 이자 및 화폐에 관한 일반이론』(The General Theory of Employment, Interest, and Money , 1936)을 출제 의도에 맞게 편집, 재구성한 글이다. 케인즈는 『일반이론』에서 자신이 '고전학파' 경제학이라 불렀던 당대 주류 경제학에 근본적인 의문을 제기한다. 마샬(Alfred Marshall), 피구(Arthur Cecil Pigou) 등이 이끌었던 고전학파 경제학의 가장 큰 문제점은 이론과 현실 사이에 존재하는 괴리의 원인을 현실의 불완전성에서 찾았다는 데에 있다. 반면에 케인즈는 현실을 비난하기보다 자신이 발견한 현실의 본질적 특성에 맞게 이론을 수정, 재구성하고자 했다.

케인즈에 따르면 투자를 결정하는 중요한 요인 중 하나는 투자 수익에 대한 기대이다. 투자자들이 미래 수익에 대해 기대를 형성하는 이유는 경제가 불확실하기 때문이다. 특히 현재부터 수년 간 떨어진 미래에 발생할 것으로 예상되는 수익을 추정할 때 사람들이 사용할 수 있는 지식의 수준은 상당히 초보적이다. 사람들은 예상 수익을 추정할 때 흔히 관행에 의존한다.

인용된 제시문은 케인즈의 『일반이론』 중 장기 기대상태를 논하는 제12장에서 주로 발췌한 것이다.

제시문 (2)는 고대 그리스의 비극 작가인 소포클레스의 「오이디푸스 왕」에서 두 장면을 발췌한 것이다. 텍스트는 천병희의 번역본(단국대 출판부, 2001년 개정판)을 저본으로 삼았다. 이 극은 아이스퀼로스, 에우리피데스와 더불어 고대 그리스의 3대 비극 작가 중 한 명으로 꼽히는 소포클레스의 대표작이라 할 수 있다. 소포클레스는 이 작품에서 신탁에 의해 정해진 운명에 맞서 이를 회피하지 않고 대결하다가 파멸하는 인간의 비극적 운명에 관해 말하고 있다. 그러한 점에서 소포클레스의 비극은 신의 위대한 의지 실현보다도 자신의 운명에 대해 자발적이고 적극적으로 대결하는 인간의 모습에 더 초점이 맞춰져 있다고 볼 수 있다.

제시문 (2)는 「오이디푸스 왕」의 전반부와 중반부에서 각각 한 장면을 발췌하여 하나로 엮은 것이다. 이 희곡은 테바이의 왕 오이디푸스가 테바이를 덮친 역병의 해결책을 찾기 위해 애쓰는 장면에서 시작된다. 오이디푸스의 명을 받고 아폴론에게 신탁을 듣고 돌아온 크레온은 테바이 역병의 해결책은 선왕(先王) 라이오스의 살해범을 찾고 그를 처벌하는 것이라고 말한다. 이에 오이디푸스는 예언자 테이레시아스를 불러 그에게 라이오스의 살해범이 누구인지 알려 달라고 요구한다. 진작부터 모든 사실을 알고 있던 테이레시아스는 진실을 밝히기를 피하다가 오이디푸스의 분노를 불러일으켜 두 사람은 말다툼을 벌이게 된다. 오이디푸스에게서 모욕을 당한 테이레시아스는 마침내 오이디푸스가 라이오스의 살해자임을 암시하면서, 그가 당할 비참한 운명의 결과에 대해 예언하고 궁전을 떠난다. 제시문의 첫 번째 발췌 장면이 바로 이 대목에 해당한다.

테이레시아스의 예언을 듣고 화가 난 오이디푸스는 자신의 처남 크레온을 불러 그가 왕권을 뺏기 위해 테이레시아스와 짜고 자신을 라이오스의 살해범이라고 주장하는 것이 아니냐며 공박하다가 크레온과 말다툼이 벌어진다. 이를 들은 아내 이오카스테는 오이디푸스를 안심시키기 위해 테이레시아스의 예언이 믿을 것이 못 된다고 주장하면서 그 증거로 라이오스가 자기 아들의 손에 의해 죽게 될 것이라는 신탁의 예언이 있었지만 결국 도둑들의 손에 죽었다는 사실을 말한다. 그러나 이오카스테에게서 라이오스가 삼거리에서 살해되었다는 사실, 라이오스의 생김새와 당시 왕이 단 한 대의 마차와 다섯 명의 수행원만을 거느리고 있었다는 사실을 들은 오이디푸스는 점점 테이레시아스의 예언이 진실임을 확인하고 자신의 처참한 운명에 대해 두려워하게 된다. 제시문의 두 번째 발췌 장면이 바로 이 대목이다.

이 두 장면들은 신탁에 의해 정해진 운명 앞에서 인간이 제 아무리 거부하거나 회피하려고 발버둥을 쳐도 어찌할 수 없음을 보여준다. 즉, 이는 신탁에 의해 정해진 인간 운명의 불가피성을 말해준다고 할 수 있다. 오늘날의 관점에서 볼 때 예언은 과학적 법칙성과는 거리가 멀지만, 고대 그리스에서 예언은 신의 계시에 해당하기에 그것은 피할 수 없는 진리이며 진실로 여겨졌다. 고대 그리스인들은 신탁을 인간 삶의 규범적 질서로 인식하고 그것을 수용하며 살았던 것이다.

제시문 (3)은 『과학적 설명의 측면들』(Aspects of Scientific Explanation, 1965)에 나타난 헴펠(Carl G. Hempel)의 과학적 예측에 관한 견해를 설명하고 있다. 헴펠의 모형은 1970년대에 과학적 설명과 예측에 관한 표준적인 이론으로 받아들여졌다. 헴펠은 설명과 예측은 실용적 측면에서 차이가 있을 뿐 논리적 측면에서는 차이가 없다는 '설명과 예측의 대칭성 논제'를 주장하였다. 즉 설명과 예측은 모두 피설명항을 법칙 밑에 포섭시킴으로써 이루어진다는 것이다. 헴펠은 자연과학뿐만 아니라 사회과학에도 자신의 모형이 적용된다고 주장했다. 그리고 제시문에서는 합리적 예측이 과학적 예측과의 관련 하에서 설명되고 있다.

제시문 (4)는 한비(韓非)의 『한비자(韓非子)』와 여불위(呂不韋)의 『여씨춘추(呂氏春秋)』에서 일부를 취해 출제의도에 맞게 재구성한 것이다. 한비(B.C.280-B.C.233)는 중국 전국시대의 사상가이며, 법가(法家) 사상의 집대성자로 널리 알려져 있다. 한(韓)나라의 부국강성을 위해 한왕에게 올린 간언이 받아들여지지 않자 『한비자』를 지어 그 울분을 달래고자 했다. 『한비자』에는 전국시대 말기 신흥 지주와 귀족들의 대립 관계에 대한 예리한 분석과, 중앙집권적인 봉건 국가를 이룩하는 데 필요한 법치(法治) 이론들이 잘 나타나 있다. 여불위(? -B.C.235)는 중국 전국시대의 정치가로, 13년간 진(秦)나라의 재상을 지내면서 천하통일의 기초를 닦는 데 크게 기여했다. 그가 휘하의 재사들을 불러 모아 편찬한 『여씨춘추』는 초기 도가(道家) 사상을 근간으로 여러 제자백가의 학설을 종합한 것이다. 여불위는 진나라의 안정적인 발전과 번영을 위해서는 당시 전횡과 사치를 일삼던 진왕을 적절히 제어할 필요성이 있다고 보고, 그런 견해를 『여씨춘추』에서 펼쳐 보이고자 했다.

『한비자』에서 발췌된 부분은 <망징(亡徵)>편의 일부이며, '망징'은 나라가 망할 징조란 뜻이다. 이 편에서 한비는 나라의 멸망을 예견할 만한 징조로 마흔일곱 가지를 열거했다. 여기에는 봉건 사회 각 방면에 나타나는 망국의 병리 현상들이 폭넓고 심도 있게 개괄되었으며, 한비는 이로써 역사의 경험을 총괄하는 가운데 봉건 왕조의 붕괴 원인을 짚어보려 했다. 한비는 나라가 망할 징조가 있다고 해서 반드시 망하지는 않지만 그럴 가능성이 매우 높으므로, 법가의 통치술을 채택해 그것을 미연에 방지해야 한다고 주장했다. 제시문은 출제 의도에 맞춰 다음의 『여씨춘추』에 보이는 내용과 관련이 깊은 부분을 골라 간추린 것이다.

『여씨춘추』에서 발췌된 부분은 <선식(先識)>편의 일부이며, '선식'은 미리 안다는 뜻이다. 이 편에서는 하(夏)나라의 종고(終古), 은(殷)나라의 상지(向摯), 진(晉)나라의 도서(屠黍) 등의 예를 들어, 현인들은 충언이 받아들여지지 않으면 나라가 망할 징조로 보고 그 나라를 떠난다면서 인재등용의 중요성을 설파하였다. 도서가 망할 것이라고 내다본 진나라, 중산국, 주나라는 모두 『한비자』에서 말한 '망징'을 보이고 있었다. 그 가운데 진나라와 중산국은 예측한 그대로 멸망한 반면, 주나라는 도서의 예측이 적중한 두 나라를 타산지석으로 삼아 적극적으로 병폐를 시정했다.

제시문 (5)는 제시문 (2)에 나타난 오이디푸스 왕의 이야기를 토대로 가상적으로 구성된 것이다. 원래 오이디푸스 왕은 스핑크스의 수수께끼를 풀고 테바이의 왕이 되는데 여기서는 오이디푸스 왕이 백성들에게 수수께끼를 내는 형태로 제시문이 설정되었다.

2010학년도 고려대 수시 기출문제

※아래의 제시문을 읽고 논제에 답하시오. (3시간)

(1)

인간의 모든 행위와 선택은 어떤 좋음을 목표로 하는 것 같다. 그래서 세상 만물이 좋음을 추구한다는 규정은 온당하다. 좋음은 분야에 따라 각기 다른 양상을 띤다. 의술이 추구하는 좋음과 병법이 추구하는 좋음이 다르듯 기술마다 고유한 좋음이 존재한다. 각각의 좋음이란 그것을 위해 행위와 선택이 수행되는 것을 일컫는다. 가령 의술의 좋음은 건강이고 병법의 좋음은 승리이며 건축술의 좋음은 집이다. 분야마다 다른 행위와 선택을 통해 추구되는 목적이 곧 좋음이다. 인간은 그 목적을 이루고자 노력한다. 따라서 좋음은 행위로 성취되는 모든 목적일 것이다. 그런데 목적은 여러 가지이고 그중 어떤 목적은 다른 목적을 위해 선택된다. 따라서 모든 목적이 다 완전할 수 없지만 최상의 좋음은 분명 완전한 그 무엇이다. 만일 어떤 하나만이 완전하다면 그 하나가 우리가 찾는 것이겠다. 여럿이 완전하다면, 그것들 중 가장 완전한 것이 우리가 찾는 것이겠다.

우리는 그 자체로 추구되는 것이 다른 것 때문에 추구되는 것보다 완전하다고 말한다. 따라서 언제나 그 자체로 선택될 뿐 결코 다른 것 때문에 선택되지 않는 것이 완전하다. 그 무엇보다도 행복이 그렇게 완전한 것으로 보인다. 우리는 행복을 언제나 그 자체 때문에 선택하지 다른 무엇 때문에 선택하지 않는다. 인간의 기능을 이성에 따른 영혼의 활동이라고 한다면, 인간적인 좋음은 훌륭함에 따른 영혼의 활동이고, 그 활동 자체가 곧 행복이다.

물론 행복은 외적인 좋음도 필요로 한다. 일정한 뒷받침이 없으면 고귀한 일을 행하기가 아예 불가능하거나 용이하지 않기 때문이다. 이를테면 좋은 태생, 훌륭한 자식, 준수한 용모와 같은 요소가 결핍되면 지극한 복에 흠집이 나기도 한다. 행복에는 그런 요소들이 더해져야 할 것처럼 보인다. 그래서 행운이 행복과 동일시되기도 한다.

행복은 배움, 익힘 등과 같은 인간의 활동을 통해 획득되는가, 아니면 신적인 운명이나 우연에 의해 생겨나는가? 신들이 인간에게 선물을 준다고 한다면, 행복 또한 신들의 선물일 수 있다. 그러나 행복이 신들의 선물이 아니고 모종의 배움이나 익힘을 통해 생긴다 하더라도, 그것은 여전히 인간 안의 신적인 것들 중 으뜸일 것이다. 행복은 훌륭함에 따른 인간 영혼의 활동이므로 인간의 행위로 성취되거나 소유될 수 있는 것이어야 한다. 소나 말은 결코 행복할 수 없다. 동물은 행복을 추구하는 활동에 참여할 수 없기 때문이다. 어린이 또한 행복한 사람이 아니다. 어린이는 나이가 어려서 아직 그러한 활동을 할 수 없기 때문이다. 어린이가 행복하다고 말한다면 그것은 미래의 행복에 대한 희망을 말한 것일 뿐이다.

행복하려면 완전한 훌륭함뿐 아니라 완전한 생애도 갖추어야 한다고 말하는 사람들도 있다. 일생 동안 많은 변화와 갖가지 우연이 생길 수 있다. 예를 들어 트로이아 전쟁의 프리아모스처럼 가장 성공적으로 살던 사람도 노년에 엄청난 불행에 빠진다. 그렇다면 인간들 중 누구도 살아 있는 동안에는 행복하다고 말할 수 없고, 솔론의 말처럼 삶의 끝을 보아야만 하는가? 인간은 죽은 다음에야 행복해질 수 있는가? 물론 솔론이 한 말의 본뜻은 인간은 죽어서야 비로소 온갖 악과 불운에서 벗어날 수 있다는 것이다. 그렇다 해도 논란의 소지가 여전히 남는다. 자손들의 번성과 불운처럼 죽은 사람에게도 좋은 일과 나쁜 일이 생길 수 있다. 어떤 사람이 노년에 이르기까지 지극히 복되게 살고 이치에 맞게 삶을 마감했다 하더라도 그의 자손들과 관련해서는 여전히 많은 우여곡절이 일어날 수 있다. 그 자손들 중 일부가 좋은 사람으로서 가치 있는 삶을 누려도 다른 일부는 그와 반대되는 처지에 놓일 수 있다. 만약 죽은 사람까지 자손들의 이 같은 우여곡절에 함께 휘말려 어떤 때는 행복하다가 어떤 때는 도로 비참하게 된다면, 이는 납득하기 어렵다. 그렇다고 후손들의 일이 조상에게 아무 영향을 미치지 않는다고 해도 이 역시 납득하기 어렵다. 어떤 사람의 주변을 돌고 도는 갖가지 운수 때문에 행복한 사람이 이내 비참한 사람이 되어버린다면, 그는 필경 '기반이 취약한 사람'에 지나지 않을 것이다.

운에 따라 인간의 행복 여부를 판단해도 좋을까? 인간이 운에 의해 잘되고 잘못되는 것이 아니라, 다만 운이 인간적 삶에 더해질 뿐이다. 훌륭함에 따르는 활동이 행복이고, 그 반대의 활동은 분명 불행을 불러온다. 그러나 추가되면 좋을 것이 추가되지 않는다 하여 행복이 흔들리지는 않는다. 인간이 성취할 수 있는 것들 중 훌륭함에 따르는 활동만큼 안정성을 갖는 것은 없다. 그 활동은 학문적 인식보다 더 지속적인 것으로 보인다. 지극히 복된 사람들은 그 활동을 누리며 가장 연속적으로 그들의 삶을 이어간다. 그러한 활동에 대한 망각은 그래서 거의 일어나지 않는다.

사실 많은 일이 우연에 따라 일어나며 일의 크기에도 차이가 있다. 작은 행운은 작은 불운과 마찬가지로 삶의 균형을 깨뜨리지 않는다. 좋은 쪽으로 큰 일이 많이 일어난다면 더 큰 복을 누리는 삶이 될 것이다. 그 일들이 삶을 아름답게 꾸며주기 때문이다. 반면 나쁜 쪽으로 큰 일이 많이 일어난다면 지극한 복을 짓눌러 상하게 한다. 그 일들이 삶에 고통을 불러오고 많은 활동들을 방해하기 때문이다.

그러나 본성이 고귀한 사람은 그러한 불운들을 침착하게 견딘다. 그가 고통에 무뎌서가 아니라 고결하고 의연한 성품의 소유자이기에 그럴 수 있다. 인간의 삶에서 훌륭함을 따라가는 영혼의 활동이 결정적인 것이라면, 지극히 복된 사람들 중 누구도 비참하게 되지는 않을 것이다. 그는 모든 운을 품위 있게 견디고 어떤 상황에서도 할 수 있는 한 가장 훌륭한 행위를 할 것이기 때문이다. 마치 훌륭한 장군이 주어진 부대를 전략적으로 가장 적절하게 꾸려가고, 좋은 제화공이 자기가 가진 가죽으로 가장 훌륭한 구두를 만들어 내는 것처럼 말이다. 그러므로 행복한 사람은, 물론 프리아모스가 당한 것과 같은 비운이 덮친다면야 지극히 복될 수는 없겠지만, 결코 비참하게 되지는 않는다. 행복한 사람은 실로 쉽게 변하지 않는다. 운수는 이리저리 몰아치며 변화무쌍한 얼굴을 드러내지만, 완전한 훌륭함에 따라 활동하는 사람은 늘 그의 삶에서 가장 좋은 것만을 추구하기 때문이다. 그런 사람이 특정한 기간만이 아니라 그의 온 생애에 걸쳐 행복하다.

(2)

추첨은 켄투리아회와 민중의회에서 누가 첫 번째로 투표하는지와 어떤 투표가 먼저 계산되는지를 결정하는 데 쓰였다. 켄투리아회는 5개의 계급에서 뽑힌 193개의 백인대(百人隊, 투표의 단위)로 구성되었다. 기원전 3세기 말, 추첨을 통해 '우선투표 백인대'를 뽑는 관습이 정착되었다. 첫 번째로 투표할 백인대를 의미하는 우선투표 백인대는 상위계급 가운데 하나인 70개의 일급보병 백인대 중에서 추첨으로 뽑혔다. 그 추첨의 결과는 신의 계시로 여겨졌고, 나아가 이 백인대가 투표하는 것 역시 종교적 의미를 가졌다. 우선투표 백인대의 투표는 최종적 결과를 미리 알려 준다는 의미를 가졌을 뿐 아니라, 그 뒤에 투표하는 백인대들의 선택까지도 규정하는 것으로 간주되었다. 결국 추첨은 우선투표 백인대의 투표 행위에 종교적 가치를 부여함과 동시에, 투표 과정에서의 의견 불일치 혹은 경쟁을 피하게 하거나 완화시켰다. 왜냐하면 추첨은 적어도 계시적이고, 중립적이며, 불편부당한 무엇을 따른 것처럼 인정되었기 때문이다.

추첨은 민중의회에서도 사용되었다. 법률 제정이나 재판을 위한 민중의회의 모임에서, 각 부족들은 차례차례 투표했다. 어떤 부족이 가장 먼저 투표할지는 추첨을 통해 결정되었고, 이에 따라 나머지 부족들의 투표 순서도 결정되었다. 제일 먼저 투표하는 부족에게는 '첫 번째'라는 이름이 붙여졌는데, 이는 어떤 점에서는 켄투리아회의 우선투표 백인대에 상응한다. 각 부족의 투표 결과는 그 부족이 투표를 행하자마자 발표되었으며, 그 동안에도 다른 부족들의 투표는 계속되었다. 법안의 통과나 판결을 위한 과반수가 확보되자마자 투표는 종결되었다. 결과적으로 민중의회의 추첨은 켄투리아회의 추첨과 동일한 효과를 가졌다. 추첨의 종교적 성격과 중립성은 표가 첫 번째 투표 쪽으로 결집되도록 도왔으며, 투표를 하지 못한 부족들로 하여금 그 결과를 좀 더 쉽게 받아들일 수 있게 했다.

(3)

운은 선택적 운과 비선택적 운으로 나뉠 수 있다. 선택적 운은 숙고와 계산을 거친 모험의 결과에 관련된다. 가령 주식 투자에서처럼 피할 수 있는 위험을 감수함으로써 수익을 거두거나 손실을 입는 경우가 선택적 운에 해당된다. 비선택적 운은 예측이 불가능하여 피할 수 없는 결과에 관련된다. 불의의 교통사고를 당하거나 맑은 날 길을 걷다가 벼락을 맞는 경우가 비선택적 운에 해당된다.

사람마다 서로 다른 선택적 운 때문에 수입의 차이가 생기고 그로써 재산이 증감한다면 그것을 불공평하다고 할 수 있을까? 어떤 농부가 실패할 위험이 크지만 성공적으로 수확했을 경우 고수익이 보장된 작물을 심었고, 다른 농부는 안전한 수확이 가능한 작물을 심었다고 하자. 그리고 전자의 농부는 나쁜 날씨에 대비해서 보험에 들거나 들지 않을 수 있다고 하자. 그 경우 농부는 자신의 선택에 대한 대가를 지불해야 한다. 안전을 지향하는 선택은 위험을 무릅쓰는 선택보다 더 큰 소득의 가능성을 포기하는 것이다. 따라서 농부가 선택한 작물의 종류와 보험 가입의 여부에 따라 사후적으로 발생하는 소득의 차이를 인정하지 않을 이유는 없다.

그러나 비선택적 운이 초래한 결과는 선택적 운의 결과와 다르게 이해해야 한다. 매우 유사한 조건 속에서 살던 두 사람 중 하나가 갑자기 맹인이 된 경우를 생각해보자. 그 경우 맹인이 된 쪽이 애초에 위험을 감수하는 선택을 했다고 규정하면서 두 사람 사이에 생긴 수입의 차이를 인정하는 것은 온당치 못하다. 왜냐하면 맹인이 되는 것은 그 당사자의 선택과 무관하기 때문이다. 이상적인 상황에서는 보험 가입의 가능성을 통해 비선택적 운을 선택적 운으로 전환시킬 수 있다. 맹인이 될 가능성을 동등하게 지닌 두 사람이 그러한 가능성을 저마다 충분히 인식한다고 전제하고서 그들에게 보험에 가입할 기회가 똑같이 제공된다고 가정해보자. 그러한 가정 하에서 한 사람은 보험에 들고 다른 한 사람은 보험에 들지 않는 경우가 생길 수 있다. 전자는 안전을 보장 받기 위해 비용을 지불한 셈이고 후자는 위험을 기꺼이 감수하는 선택을 한 셈이다. 그 경우 두 사람 모두 눈이 머는 최악의 사태가 발생한다면 그 어떤 온정주의적 관점을 도입하지 않고서는 자원 배분의 공평성을 주장하기 어렵다. 다시 말해 보험 가입자로부터 보험 미가입자에게 소득을 이전시키는 보상 방식을 주장하기 어렵다는 것이다. 비록 두 사람이 비선택적으로 악운을 겪게 되지만, 보험에 가입할 수 있는 상황이 양자 간의 소득 격차를 선택적 운에서 비롯된 것이 되도록 한다. 따라서 선택적 운에서 비롯한 결과를 교란시킬 근거가 없다는 기존의 주장은 여전히 성립한다. 그러한 주장은 앞에서 설정한 가정 하의 모든 경우에 합당하다. 동일한 위험에 당면한 사람들이 보험을 선택할 수 있다는 가정 하에서 선택의 결과는 분배의 공평성에 아무런 문제를 야기하지 않는다.

그러나 현실은 가정과 다르다. 모든 사람이 동일한 재앙의 위험 속에서 사는 것은 아니다. 선천적으로 장애를 갖고 태어나는 사람이 있는가 하면 사회인으로 충분히 성장하기 전에 장애가 온 사람도 있다. 그들은 보험에 들 자금을 마련하기 전에 장애인이 되었다. 게다가 장애가 있는 사람은 보험에 들 수조차 없다. 장애를 가지게 될 가능성이 큰 사람들에게도 보험에 들 기회가 동등하게 주어지지 않는다. 보험 가입을 원하는 사람의 유전적 가족력까지 조사하는 보험회사는 그런 사람들에게 더 높은 보험료를 요구할 것이다. 재앙의 위험이 모두에게 동일하다고 가정한 보험의 상황은 현실에서 제기되는 공평성의 문제에 대해 좋은 지침을 제공한다. 사람들이 동등한 조건에서 보험을 들 경우에 누렸을 혜택을 전제하고 그 조건에 사람들을 위치시키는 복지체계를 통해 공평성은 확보될 수 있다. 사회가 그 구성원들을 진정으로 공평하게 배려하려면 동등하게 조성된 조건 속에서 그들이 할 수 있었을 선택을 고려해야 한다는 것이다.

그렇게 해야 마땅해서 그렇게 하는 것은 의(義)이고, 그렇게 하지 않았는데도 그렇게 되는 것은 명(命)이다. 성인(聖人)은 의를 따르면 명이 자연히 그 가운데 있고, 군자는 의를 행함으로써 명에 순응하며, 보통 이상의 사람은 명이 있음을 앎으로써 의에 따라 행할 것을 결단하고, 보통 이하의 사람은 명이 있음도 모르고 의를 행함도 없다. 그러므로 명을 모르고서 의를 편안하게 행할 수 있는 자는 드물고, 의에 이르지 않고 명을 편안하게 받아들일 수 있는 자는 없다.

명에 대해서는 언급할 것 없을 때가 있으나, 의는 어떤 상황에서든 반드시 행해야 한다. 예컨대 효성스럽게 어버이를 섬겨야 함에 있어서 그 명이 어떤지 물을 것이 없고, 충성을 다해 임금을 섬겨야 함에 있어서 그 명이 어떤지 물을 것이 없으며, 경건하게 자신의 인격을 수양해야 함에 있어서 그 명이 어떤지 물을 것이 없고, 부지런히 덕행을 쌓아야 함에 있어서 그 명이 어떤지 물을 것이 없는 것이다. 이처럼 명에 대해서 언급할 것 없을 때가 있지만, 명을 말하지 않을 수 없을 때도 있다. 예컨대 곤궁함과 영달함은 명에 달려 있으니 자기 뜻대로 구할 수 없고, 죽고 사는 것은 명에 달려 있으니 자기 뜻대로 죽음을 피할 수 없으며, 귀하고 천한 것은 명에 달려 있으니 자기 뜻대로 좌우할 수 없고, 가난하고 부유함 역시 명에 달려 있으니 자기 뜻대로 도모할 수 없는 것이다.

명은 성현의 마음을 흔들리게 할 수 있는 것은 아니지만 보통 사람을 그것으로 격려할 수는 있으며, 일상적인 일을 처리할 수 있는 것은 아니지만 화복(禍福)을 그것으로 단정할 수는 있다. 명이 인위적으로 어떻게 할 수 없는 것임을 안다면 내가 그것에 대해 잔꾀를 부릴 것이 없고, 명이 의도적으로 계획할 수 없는 것임을 안다면 내가 그것에 대해 마음 쓸 것이 없다. 어깨를 움츠리고 아첨하는 웃음을 흘리며 부귀를 취하는 자가 있는가 하면, 의를 견지하고 고난의 길을 걷다가 죽어간 자도 있다. 그러나 부귀해질 때가 이르면 도를 굳게 지키는 자도 영달한 자리에 오르게 되고, 죽을 수밖에 없는 운을 만나면 살기 위해 아무리 수치스러운 짓을 마다하지 않는다고 해서 모두 목숨을 보전할 수 있는 것은 아니다. 명이란 본디 이와 같아서 그것을 뜻대로 바꿀 수 없다. 사람이 참으로 명이 이러함을 분명하게 알고 독실하게 믿는다면, 어느 누가 이익을 구하는 데에만 온 마음을 쏟고 의에 어긋나는 수치스러운 짓을 하면서까지 구차하게 목숨을 부지하려 하겠는가? 그러므로 보통 사람에게 의를 따라 행해야 함을 가르치는 데 있어서, 명이 있다는 것은 크게 도움이 된다.

명이 없다는 주장이 제기되고부터 명이 있음을 믿지 않는 사람이 많아졌다. 그러자 순박함은 사라지고 임기응변의 꾀만 늘어나 하늘의 도리는 허망해지고 사람의 일은 혼탁해져서, 벼슬자리나 구하고 잇속만 차리며 구차하게 목숨을 탐하고 죽음을 두려워하는 무리들이 불어나 천하가 어지러워졌다. 이것이 바로 명이 없다는 주장으로 인해 생긴 폐해이다. 명이 없이도 의를 따르는 삶을 살 수 있는 사람은 오직 군자뿐이다.

　다음 세 가지 요인이 개인의 후생수준을 결정하는 경우를 고려하자. 첫째는 개인적 배경의 차이에서 오는 '배경자원'의 수준(χ)이고, 둘째는 정부로부터 배분되는 '복지자원'의 수준(y)이며, 셋째는 개인의 '노력수준'(z)이다. 최종적인 후생수준(u)은 배경자원과 복지자원의 합에 노력수준을 곱한 값이라고 하자. 즉, $u = (\chi + y)z$

　한 국가의 국민이 다음과 같이 구성되어 있다고 가정하자.

배경자원이 1이고 노력수준이 1인 사람들이 25% (집단1)
배경자원이 1이고 노력수준이 3인 사람들이 25% (집단2)
배경자원이 30이고 노력수준이 1인 사람들이 25% (집단3)
배경자원이 30이고 노력수준이 3인 사람들이 25% (집단4)

　또한 정부는 개개인의 배경자원과 노력수준을 고려하여 복지자원을 배분할 수 있고, 이렇게 배분될 총 복지자원의 크기는 고정되어 있으며, 만약 정부가 복지자원을 모든 국민들에게 균등하게 배분한다면 국민 일인당 4의 복지자원을 받게 된다고 가정하자.

　배경자원은 개인이 선택할 수 없는 것이고 제시문 (3)의 '비선택적 운'에 해당한다. 공평성의 관점에서는 이러한 비선택적 운으로 인한 후생 격차를 없앨 것을 요구하지만, 노력수준과 같이 개인이 선택한 결과로 발생하는 후생 격차의 교정을 요구하지는 않는다. 한편, 공리주의적 관점에서는 복지자원의 배분을 통하여 모든 국민의 후생수준의 총합을 높일 것을 요구한다.

Ⅰ. (1)을 500자 내외로 요약하시오. (20점)

Ⅱ. '운의 사회적 의미'라는 관점에서 (2)와 (3)을 비교하고, 이를 참고하여 (4)의 주장을 논평하시오. 그리고 '운'에 대한 자신의 견해를 밝히시오. (50점)

Ⅲ. (5)에서 정부가 취할 분배정책과 관련하여 아래의 세 제안이 있을 수 있다.

제안 A: 개인이 사용할 배경자원과 복지자원의 합($\chi + y$)이 사람들 사이에 균등하게 되도록 복지자원이 배분되어야 한다.

제안 B: 노력수준이 같은 사람들 사이에 배경자원의 차이로 인한 후생격차가 발생하지 않도록 하되, 노력수준이 다른 사람들 사이에 후생격차가 극대화되도록 복지자원이 배분되어야 한다.

제안 C: 모든 국민의 후생수준의 총합이 극대화되도록 복지자원이 배분되어야 한다.

각 제안 하에서 집단별로 1인당 배분될 복지자원의 크기를 구하고, (5)에 나타난 공평성의 관점과 공리주의적 관점에서 세 제안을 비교하시오. (30점)

※ 유의 사항

1. 답안에 자신을 드러내는 표현을 쓰지 말 것.

2. 답안에 제목을 달지 말 것.

3. 제시문의 문장을 그대로 옮겨 쓰지 말 것.

4. 분량은 띄어쓰기를 포함하여, Ⅰ은 500자(±50자), Ⅱ는 1,400자(±100자)가 되게 할 것. Ⅲ은 제공된 답안지 내에서 자수에 제한 없이 쓸 수 있음.

논제1. (1)을 500자 내외로 요약하시오. (20점)

1. 논제 확인 (1번부터 2번 까지)

논제 2번을 보니까, '운의 사회적 의미'가 이번 논술 시험 주제로 다루어진 것 같죠? '운'을 우리는 지극히 개인적인 것으로 여기는데, 어떻게 거기에서 '사회적 의미'를 읽을까, 자못 궁금하네요.

2. 제시문 (1)을 가볍게 읽으면서 핵심 주장 찾아내기

제시문이 쉽지 않네요. 매끄럽지 못하고 빡빡한 데다, 묵직한 글이라는 느낌이 들죠? 하지만 주눅들 것까진 없어요. 아무리 어렵기로서니, 이해 못할 글이 시험 제시문으로 나오겠어요? 어려운 글이기는 하지만, 그래도 핵심 질문과 그 대답은 얼추 알겠지요?

'온 생애에 걸쳐 행복한 사람은 누구인가?'가 핵심 물음이라면, '운에 관계치 않고 모든 운을 품위 있게 견디고, 주어진 조건 하에서 가장 훌륭한 행위를 하는 사람이다'가 그 대답이자, 이 글의 핵심 주장이 되겠죠? 분량이 꽤 많네요. 이것을 500자로 줄여야 하니 무시해야 할 부분이 많겠구나는 생각도 들죠? 논지를 대충 파악했으면 이제 논지와 관련시키면서 꼼꼼하게 읽으세요.

3. 단락 분석

1) 첫 번째 매듭

인간의 모든 행위와 선택은 어떤 좋음을 목표로 하는 것 같다. 그래서 세상 만물이 좋음을 추구한다는 규정은 온당하다. 좋음은 분야에 따라 각기 다른 양상을 띤다. 의술이 추구하는 좋음과 병법이 추구하는 좋음이 다르듯 기술마다 고유한 좋음이 존재한다. 각각의 좋음이란 그것을 위해 행위와 선택이 수행되는 것을 일컫는다. 가령 의술의 좋음은 건강이고 병법의 좋음은 승리이며 건축술의 좋음은 집이다. 분야마다 다른 행위와 선택을 통해 추구되는 목적이 곧 좋음이다. 인간은 그 목적을 이루고자 노력한다. 따라서 좋음은 행위로 성취되는 모든 목적일 것이다. 그런데 목적은 여러 가지이고 그중 어떤 목적은 다른 목적을 위해 선택된다. 따라서 모든 목적이 다 완전할 수 없지만 최상의 좋음은 분명 완전한 그 무엇이다. 만일 어떤 하나만이 완전하다면 그 하나가 우리가 찾는 것이겠다. 여럿이 완전하다면, 그것들 중 가장 완전한 것이 우리가 찾는 것이겠다.

우리는 그 자체로 추구되는 것이 다른 것 때문에 추구되는 것보다 완전하다고 말한다. 따라서 언제나 그 자체로 선택될 뿐 결코 다른 것 때문에 선택되지 않는 것이 완전하다. 그 무엇보다도 행복이 그렇게 완전한 것으로 보인다. 우리는 행복을 언제나 그 자체 때문에 선택하지 다른 무엇 때문에 선택하지 않는다. 인간의 기능을 이성에 따른 영혼의 활동이라고 한다면, 인간적인 좋음은 훌륭함에 따른 영혼의 활동이고, 그 활동 자체가 곧 행복이다.

첫 문장에서 '사람은 좋음을 목표로 한다'고 했으니까, 논리적으로 보았을 때 다음에는 무엇이 나와야죠? '좋음'이란 무엇인가가 나와야겠죠. '좋음'을 개념 정리해 보세요. '좋음이란 목적을 이루는 것으로 분야에 따라 다르다.'

이제 우리의 사유 앞에 나타날 길은 어떤 것일까요? 목적을 이루기 위해선 어떻게 해야 한다는 것이 나올 수도 있고, '좋음이 여럿'이라고 했으니까 그 중에 '제일 좋음'은 무엇인가?에 관한 것이 나올 수도 있겠죠. 제시문에서는 '최상의 좋음'에 대해 헤아렸군요. '좋음'은 목적을 이루는 것이니까, '최고 좋음'은 '최고의 목적'을 이루는 것이 되겠죠? 그런데, 필자는 '최고의 목적은 완전하다'고 여기고 있네요. 이제, 무엇에 대해 다뤄야 할까요? 무엇이 완전한 것인가가 나와야겠지요?

당연하게도 '완전한 것'에 대해 말했군요. '그 자체로 추구되는 것, 즉 다른 것의 수단이 되지 않는 것'이 완전하다고 했네요. 이제 나올 것은, 그 자체로 추구되는 것이 무엇인가이겠죠? '행복'이 그것이라고 들었네요. 다음에 나와야 할 내용은 뻔하지요? '사람은 언제 행복한가?' 이 물음에 답을 어떻게 하느냐에 따라, 합리론자와 경험론자로 나뉘어요. 합리론자는 인간의 본질을 들먹일 것이고, 경험론자는 구체적인 것을 가지고 나오겠죠.

제시문에선 인간의 본질을 가져와서 그것에 대해 대답했네요. 인간을 "이성에 따른 영혼의 활동"으로 파악했군요. 그러면 인간의 행복은 뭘까요? '이성에 따른 영혼의 활동 그 자체'가 되겠죠. 여기서 '그 자체'가 중요해요. 무엇무엇을 위해 이성을 쓴다면, 이때의 이성에 따른 영혼의 활동은 목적이 아니라 수단이 되니까, 최고의 목적이 될 수 없지요. 그래서 최고의 목적은 반드시 '그 자체'여야 해요. 이 정도 나왔으면 여기서 '논리적인 매듭'을 지어도 괜찮겠죠? 다음 단락에선 어떤 내용을 덧붙여야 할까요.

2) 둘째 매듭

물론 행복은 외적인 좋음도 필요로 한다. 일정한 뒷받침이 없으면 고귀한 일을 행하기가 아예 불가능하거나 용이하지 않기 때문이다. 이를테면 좋은 태생, 훌륭한 자식, 준수한 용모와 같은 요소가 결핍되면 지극한 복에 흠집이 나기도 한다. 행복에는 그런 요소들이 더해져야 할 것처럼 보인다. 그래서 행운이 행복과 동일시되기도 한다.

행복은 배움, 익힘 등과 같은 인간의 활동을 통해 획득되는가, 아니면 신적인 운명이나 우연에 의해 생겨나는가? 신들이 인간에게 선물을 준다고 한다면, 행복 또한 신들의 선물일 수 있다. 그러나 행복이 신들의 선물이 아니고 모종의 배움이나 익힘을 통해 생긴다 하더라도, 그것은 여전히 인간 안의 신적인 것들 중 으뜸일 것이다. 행복은 훌륭함에 따른 인간 영혼의 활동이므로 인간의 행위로 성취되거나 소유될 수 있는 것이어야 한다. 소나 말은 결코 행복할 수 없다. 동물은 행복을 추구하는 활동에 참여할 수 없기 때문이다. 어린이 또한 행복한 사람이 아니다. 어린이는 나이가 어려서 아직 그러한 활동을 할 수 없기 때문이다. 어린이가 행복하다고 말한다면 그것은 미래의 행복에 대한 희망을 말한 것일 뿐이다.

행복하려면 완전한 훌륭함뿐 아니라 완전한 생애도 갖추어야 한다고 말하는 사람들도 있다. 일생 동안 많은 변화와 갖가지 우연이 생길 수 있다. 예를 들어 트로이아 전쟁의 프리아모스처럼 가장 성공적으로 살던 사람도 노년에 엄청난 불행에 빠진다. 그렇다면 인간들 중 누구도 살아 있는 동안에는 행복하다고 말할 수 없고, 솔론의 말처럼 삶의 끝을 보아야만 하는가? 인간은 죽은 다음에야 행복해질 수 있는가? 물론 솔론이 한 말의 본뜻은 인간은 죽어서야 비로소 온갖 악과 불운에서 벗어날 수 있다는 것이다. 그렇다 해도 논란의 소지가 여전히 남는다. 자손들의 번성과 불운처럼 죽은 사람에게도 좋은 일과 나쁜 일이 생길 수 있다. 어떤 사람이 노년에 이르기까지 지극히 복되게 살고 이치에 맞게 삶을 마감했다 하더라도 그의 자손들과 관련해서는 여전히 많은 우여곡절이 일어날 수 있다. 그 자손들 중 일부가 좋은 사람으로서 가치 있는 삶을 누려도 다른 일부는 그와 반대되는 처지에 놓일 수 있다. 만약 죽은 사람까지 자손들의 이 같은 우여곡절에 함께 휘말려 어떤 때는 행복하다가 어떤 때는 도로 비참하게 된다면, 이는 납득하기 어렵다. 그렇다고 후손들의 일이 조상에게 아무 영향을 미치지 않는다고 해도 이 역시 납득하기 어렵다. 어떤 사람의 주변을 돌고 도는 갖가지 운수 때문에 행복한 사람이 이내 비참한 사람이 되어버린다면, 그는 필경 '기반이 취약한 사람'에 지나지 않을 것이다.

운에 따라 인간의 행복 여부를 판단해도 좋을까? 인간이 운에 의해 잘되고 잘못되는 것이 아니라, 다만 운이 인간적 삶에 더해질 뿐이다. 훌륭함에 따르는 활동이 행복이고, 그 반대의 활동은 분명 불행을 불러온다. 그러나 추가되면 좋을 것이 추가되지 않는다 하여 행복이 흔들리지는 않는다. 인간이 성취할 수 있는 것들 중 훌륭함에 따르는 활동만큼 안정성을 갖는 것은 없다. 그 활동은 학문적 인식보다 더 지속적인 것으로 보인다. 지극히 복된 사람들은 그 활동을 누리며 가장 연속적으로 그들의 삶을 이어간다. 그러한 활동에 대한 망각은 그래서 거의 일어나지 않는다.

행복을 위해선 '외적인 좋음'도 필요하다. 그래서 행운이 행복과 동일시되기도 한다고 했네요. 요약을 하면서 핵심적으로 다뤄야 할 단어가 드디어 나왔네요. 무엇이죠? 행운, 즉 운이에요. 사실 논제 2번을 안 읽었으면 그렇게까지 중요하게 다루었을 단어는 아니죠. 문제풀이에 들어가기 전에 논제 전부를 꼭 읽으라고 한 까닭을 이제 알겠죠!

그런데, 필자는 행운이 인간의 행복을 위해서 꼭 필요한 조건이라고 여기고 있을까요, 아니면 있으면 좋은 정도라고 여기고 있을까요? 이 단락을 보면서 추측해 보세요. "~나기도 한다.", "~것처럼 보인다.", "~되기도 한다"는 어구를 보면, 필수적인 조건은 아니라고 여긴다는 생각이 들죠?

다음에 나올 내용은 무엇일까요? 이렇게 유보적으로 말한 것들에 대해 그러니까 행운과 행복의 관계에 대해 상세하게 발언해야 하지 않을까요?

어, 갑자기 다른 내용이 나오는데요! 논리적인 맥락을 봤을 때, 확 다른 데로 튀었는데 이런 경우를 만나면 두 가지를 떠올리세요. 거기에 깊은 의미가 있는데, 독해자가 그 맥락을 놓친 것인가? 아니면, 글쓴이가 논리적 흐름에서 벗어난 것인가? 실제로 어떤 부분이 잠시 논리적 흐름에서 벗어난 글도 논술 제시문에 나와요. 그럴 땐 살짝 건너뛰어도 돼요. 안 그러면 괜히 끙끙대다가 시간만 보낼 수 있어요.

이 단락에서 말하고 있는 것은 뭐죠? 행복의 원천이 무엇이 되었든 간에 인간의 행위로 성취되어야 한다. 그래서 동물이나 어린이는 행복하다고 말할 수 없다. 왜 이 단락이 나왔는지 느낌이 잘 안 오죠? 그러면 그냥 다음 단락으로 가세요.

행복의 요건으로 '완전한 훌륭함'뿐만 아니라 '완전한 생애'도 갖추어야 한다고 여기는 사람들이 있다고, 새로운 내용을 들고 나왔네요. 이 단락을 이해하는 데 그리 중요한 것은 아니지만, '완전한 훌륭함'이 뭐죠? 그 문장을 다시 한 번 읽어보세요. 그것을 설명해주는 내용이 앞에 나왔어야 한다는 것을 알 수 있죠? '완전한 생애도'에 '도' 때문에 그런 느낌이 들지요. 물론 '완전한 생애'는 새로운 내용이라는 느낌이 들고요. '완전한 훌륭함'을 앞에 나온 구절로 표현해 보세요. 이성에 따른 영혼의 활동, 즉 훌륭함에 따른 영혼의 활동이 되겠지요.

그러면, '완전한 생애'는 무엇을 의미하나요? 문맥 속에서의 의미를 찾아내는 훈련을 할 수 있는 좋은 기회네요. '변화', '우연', '프리아모스의 말년' 등을 봤을 때, 그것은 평생 운이 따른 경우를 말하고 있구나 하는 생각이 들지요.

그러면, 행복하기 위해선 완전한 생애, 즉 평생 행운 속에서 살아야 한다고 필자도 생각하나요? 인정하지 않지요? 어떤 구절에서 그것을 알 수 있죠? 처음에 그 내용을 소개할 때부터 "~사람들도 있다"고 했고, 중간에 보면 "그렇다 해도 논란의 소지가 여전히 남는다." 맨 마지막에 "~에 지나지 않을 것이다"고 썼잖아요. 부정적인 어투지요.

왜, 이렇게 부정적으로 봤지요? 마지막 부분에 있어요. "어떤 사람의 주변을 돌고 도는 갖가지 운수 때문”이 그 까닭이지요. 평생을 행운아로 살았다 하더라도 죽은 뒤의 자손 문제 등 행운과 관련된 것은 끝나지 않았다는 것이죠. 한 마디로, 행운은 일정할 수가 없고 변덕쟁이라는 것 때문이에요.

그런데 둘째 매듭 중간 쯤, 즉 세 번째 단락 말미에서 글의 논리적 흐름으로 봤을 때, 이제 '행복과 행운의 관계'에 대해 상세하게 발언할 차례라고 했는데, 이번 단락에서 그것을 했네요. 글이 조금 난삽하고 '완전한 행운'이란 말 대신에 '완전한 생애'란 말을 썼기에, 금방 눈에 띄지 않기는 하지만요.

여섯 번째 단락에선 운이 행복에 영향을 미치는가에 대해 명확하게 말했네요. 행운은 한 마디로 뭐라는 거죠? 인간이 행복하기 위해, 있으면 좋지만 없어도 관계없는 것, 즉 '덤'일 뿐이라고 했네요.

한편 여기서 갑작스레(?), '훌륭함에 따르는 활동'과 '안정성'이 나왔는데 왜 그럴까요? 논리적 관계 속에서 헤아려 보세요. 바로 앞 단락에서 행운은 행복과 직접적인 관련이 없다고 한 까닭이 뭐였죠. '돌고 도는 갖가지 운수 즉 변덕스러움'이었어요. 그러면 가장 안정적인 게 뭐냐?는 물음이 나올 수밖에 없겠지요. 필자는 '훌륭함에 따르는 활동'이라고 했어요. '훌륭함에 따르는 활동'은 뭐였죠? 두 번째 단락에서 말했지요. '이성에 따른 활동'이고 그 활동 자체가 '행복'이라고.

그러니까 행복과 행운을 대조시켰네요. 행복 즉 '이성적인 훌륭함에 따르는 행동 그 자체'는 안정적인 반면, 행운은 왔다갔다 한다고요. 하지만 안정성에도 정도의 문제가 있겠지요. '훌륭함에 따르는 행동 그 자체'는 어느 정도 안정적일까요? '학문적인 인식'보다 더 안정적이어서, 사람의 활동 중 가장 안정적이라고 했네요. 그것이, 일반적으로 진리라고 말하는 학문적 인식보다 더 안정적이라면, 더 이상 안정성에 대해선 말할 필요가 없겠지요.

세 번째 단락부터 지금 단락까지 '운은 행복에 본질적 요소인가'를 다뤘다고 할 수 있겠죠? 이 정도 설명했으면 논리적인 매듭이 지어졌다고 해야겠지요? 이제 남은 내용이 무엇일까요? 무슨 내용을 더 다뤄야, 이 글을 읽는 독자 즉 여러분을 설득할 수 있을까요? 행운은 행복해지는 데 꼭 필요한 것은 아니라는 말을 들었을 때, 반발하고 싶지 않았어요? 행운이 찾아들지 않을 때, 조금 더 극적으로 말하면 불운만이 찾아들 때도 행복하다고 할 수 있을까? 이런 반발심이 떠오르지 않으세요. 주도면밀한 필자라면, 예상되는 반론을 생각해서 미리 그것을 밝히겠지요?

3) 셋째 매듭

사실 많은 일이 우연에 따라 일어나며 일의 크기에도 차이가 있다. 작은 행운은 작은 불운과 마찬가지로 삶의 균형을 깨뜨리지 않는다. 좋은 쪽으로 큰 일이 많이 일어난다면 더 큰 복을 누리는 삶이 될 것이다. 그 일들이 삶을 아름답게 꾸며주기 때문이다. 반면 나쁜 쪽으로 큰 일이 많이 일어난다면 지극한 복을 짓눌러 상하게 한다. 그 일들이 삶에 고통을 불러오고 많은 활동들을 방해하기 때문이다.

그러나 본성이 고귀한 사람은 그러한 불운들을 침착하게 견딘다. 그가 고통에 무뎌서가 아니라 고결하고 의연한 성품의 소유자이기에 그럴 수 있다. 인간의 삶에서 훌륭함을 따라가는 영혼의 활동이 결정적인 것이라면, 지극히 복된 사람들 중 누구도 비참하게 되지는 않을 것이다. 그는 모든 운을 품위 있게 견디고 어떤 상황에서도 할 수 있는 한 가장 훌륭한 행위를 할 것이기 때문이다. 마치 훌륭한 장군이 주어진 부대를 전략적으로 가장 적절하게 꾸려가고, 좋은 제화공이 자기가 가진 가죽으로 가장 훌륭한 구두를 만들어 내는 것처럼 말이다. 그러므로 행복한 사람은, 물론 프리아모스가 당한 것과 같은 비운이 덮친다면야 지극히 복될 수는 없겠지만, 결코 비참하게 되지는 않는다. 행복한 사람은 실로 쉽게 변하지 않는다. 운수는 이리저리 몰아치며 변화무쌍한 얼굴을 드러내지만, 완전한 훌륭함에 따라 활동하는 사람은 늘 그의 삶에서 가장 좋은 것만을 추구하기 때문이다. 그런 사람이 특정한 기간만이 아니라 그의 온 생애에 걸쳐 행복하다.

필자 또한 크나큰 불운이 삶에 가져오는 고통에 대해 인정하고 들어가네요. "〔큰 불운은〕지극한 복을 짓눌러 상하게 한다"고 했잖아요. 이 문제를 필자는 어떻게 처리하는지 눈여겨 보죠!

어떠한 불운에도 불구하고, 완전한 훌륭함 즉 이성에 따라 활동하는 사람은 온 생애에 걸쳐 행복하다. 이게 필자의 결론이네요. 그 논거는 무엇이죠? 훌륭함을 따르는 영혼은 불운을 침착하고 품위 있게 견딘다. 이게 첫 논거로 제시되었군요.

그런데, 어떤 상황을 견딘다고 했을 때, 그저 소극적으로 그 상황을 지켜보는 것과 그런 상황을 바탕으로 최선을 다하는 것이 있어요. 고귀한 영혼은 어느 쪽을 고른다고 글쓴이는 말하고 있죠? "어떤 상황에서도 할 수 있는 한 가장 훌륭한 행위를 한다." 훌륭한 장군은 오합지졸의 군대가 자기에게 맡겨졌다고 해서 자기의 불운을 한탄하지도 절망하지도 않고, 주어진 여건을 인정하고, 그 속에서 최선의 방책을 찾는 자라는 거죠.

어떤 불운이 닥쳐와도, 침착하고 품위 있게 그 상황을 맞이하고, 그 상황에서 가능한 최선을 찾아 행하되, 온 생애에 걸쳐 그렇게 한다면 불행이나 비참이 자리잡을 겨를이 없겠죠? 그러니, 그의 온 생애는 행복했다고 하는 거죠.

이제 (1)번 글의 분석은 끝났네요. 이 글은 아리스토텔레스의 『니코마코스 윤리학』에서 따온 거라 좋음, 최고 좋음, 훌륭함에 따른 영혼의 활동, 완전한 생애 등등 낱말과 구절의 뜻이 낯설어서 제시문이 조금 어려웠을 거예요.

하지만, 그것들이 무엇을 의미하는지 대충 이해했죠? 아무리 어려운 글이라도 그것의 논리적 맥락을 따라가면, 감이 잡히지 않는 글은 거의 없어요. 그러니까 절대 글을 그냥 읽지 말고 논리적 관계를 따져가면서 읽어야 해요. 사실, 시나 소설 같은 문학 작품을 읽을 때도 논리적 글읽기는 필요해요. 물론, 그것만으로 문학작품이 감상되는 것은 아니라는 것도 사실이지만요.

논리적 글읽기를 해야 그 글의 장단점을 알 수 있는 비판적 글읽기가 가능하고, 그 이후에야 창의적 글읽기와 글쓰기가 가능한 거예요.

4. 핵심 문장

  (1) 첫째 매듭

    • 사람은 좋음을 목표로 한다.

    • 좋음이란 목적을 이루는 것으로 분야마다 다르다.

    • 어떤 목적은 다른 목적을 위한 것이지만, 그 자체로 목적인 것이 있다.

    • 최상의 좋음은 완전한 것이다.

    • 그 자체로 추구되는 것이 완전한 것이다.

    • 행복은 그 자체로 추구되는 것이다.

    • 인간이란 '이성에 따른 영혼의 활동'이므로 "인간적인 좋음은 훌륭함에 따른 영혼의 활동
    이고, 활동 그 자체가 행복이다."

  (2) 둘째 매듭

    • 행복을 위해 '외적인 좋음'도 필요하지만 이것은 필수적인 것은 아니다.

    • 평생 동안 행운을 누린다 해도 행복하다고 할 수는 없다. 죽음 이후의 자손 문제 등이 남아
    있고, 행운이란 왔다갔다 하는 변덕을 그 특징으로 하기 때문이다.

    • 행운을 누릴 수 있으면 좋지만 그것은 행복의 필수적인 요소는 아니고 덤일 뿐이다.

    • 이성적인 훌륭함에 따른 행동 그 자체는 학문적인 인식보다 더 안정적이다. 반면 운은 변덕
    이 심하다.

  (3) 셋째 매듭

    • 물론 불운은 삶에 큰 고통을 가져온다.

    • 훌륭함을 따르는 영혼은 온 생애에 걸쳐 행복하다.

    • 그런 사람은 어떤 불운 앞에서도 침착하게 품위를 지킨다.

    • 또한 그 상황을 받아들이고, 그 상황에서 가능한 최선을 찾아 행한다.

    • 그래서 비참함에 빠지지 않고 행복을 지킬 수 있다.

5. 개요 짜기

  ① '좋음'의 정의와 양상

    • 그 자체로 좋은 것, 최상의 좋음, 행복.

  ② 인간의 본질과 행복

    • 행복은 인간의 활동

  ③ 행운과 행복의 관계

•필연과 덤, 불행 속에서도 행복한 이유, 고귀한 영혼은 언제나 행복하다.

6. 요약 예시 (500±50)

'좋음'이란 어떤 것의 목적이 이루어진 상태다. 그래서 좋음은 분야마다 다르다. 그런데 대부분의 목적은 다른 목적의 수단이 된다. 다른 것의 수단이 되지 않고 '그 자체로 목적'인 것이 있다면, '최상의 목적, 좋음'이 될 것이다. 행복이 바로 그러한 것이다.

인간 행위의 최종적인 좋음이 행복이라면, 그것은 '인간의 본질'을 실현하는 것이어야 한다. 인간의 본질은 '이성적인 훌륭함에 따른 영혼의 활동'이다. 즉 활동 그 자체가 바로 행복인 것이다. 그러므로 행복은 인간 스스로의 활동에 의해 성취되는 것이어야 한다.

빼어난 용모, 많은 재산 등 행운에 해당하는 것과 행복은 어떤 관계에 있는가? 필연적이지 않다. 행운이 많으면 좋지만, 그것이 없다고 반드시 불행해지지는 않는다. 행복은 '훌륭한 영혼의 활동 그 자체'이기에 어떤 상황에서도 최고 좋은 것을 찾아 활동할 수 있기 때문이다. 그러므로 고귀한 영혼은 운과 상관 없이 언제나 행복하다.

논제 2

'운의 사회적 의미'라는 관점에서 (2)와 (3)을 비교하고, 이를 참고하여 (4)의 주장을 논평하시오. 그리고 '운'에 대한 자신의 견해를 밝히시오. (1400 ± 100자 50점)

1. 논제 분석

독해 방향이 나왔군요. 운의 사회적 의미가 그것이죠? 이번 논제에서 마음을 써야 될 게 세 가지군요.

•제시문 (2)와 (3)을 비교하라.
•(1)을 참고로 (4)의 주장을 논평하라.
•운에 대한 자신의 견해를 밝히라.
•논평이란 수험생의 생각을 적극적으로 반영해야 하지만 제시문 (2), (3)을 참고하라고 했으므로 그것에 근거해서 평가해야겠네요.

2. '운의 사회적 의미'에 서서, 제시문 (2) (3) (4)를 가볍게 읽고, 대강의 내용 파악하기

핵심적으로 쓰인 단어나 구절을 나열해 보세요.

제시문(1) : 추첨 · 신의 계시로 여겨짐 · 의견 불일치 완화 · 중립성 · 불평부당.

제시문(2) : 선택적 운 · 비선택적 운 · 불공평 · 보험 가입의 가능성 · 당사자의 선택 · 비선택적 운을 선택적으로 전환 · 분배의 공평성 · 현실과 가정 · 동등한 조건 · 복지체계.

제시문(3) : 의와 명을 말해야 할 때 · 인위의 영역이 아님 · 명이 없다는 주장으로 인한 폐해 · 이익과 의.

3. 먼저 제시문 (3)을 분석하는 게 좋겠네요.

운은 선택적 운과 비선택적 운으로 나눌 수 있다. 선택적 운은 숙고와 계산을 거친 모험의 결과에 관련된다. 가령 주식 투자에서처럼 피할 수 있는 위험을 감수함으로써 수익을 거두거나 손실을 입는 경우가 선택적 운에 해당된다. 비선택적 운은 예측이 불가능하여 피할 수 없는 결과에 관련된다. 불의의 교통사고를 당하거나 맑은 날 길을 걷다가 벼락을 맞는 경우가 비선택적 운에 해당된다. 사람마다 서로 다른 선택적 운 때문에 수입의 차이가 생기고 그로써 재산이 증감한다면 그것을 불공평하다고 할 수 있을까? 어떤 농부가 실패할 위험이 크지만 성공적으로 수확했을 경우 고수익이 보장된 작물을 심었고, 다른 농부는 안전한 수확이 가능한 작물을 심었다고 하자. 그리고 전자의 농부는 나쁜 날씨에 대비해서 보험에 들거나 들지 않을 수 있다고 하자. 그 경우 농부는 자신의 선택에 대한 대가를 지불해야 한다. 안전을 지향하는 선택은 위험을 무릅쓰는 선택보다 더 큰 소득의 가능성을 포기하는 것이다. 따라서 농부가 선택한 작물의 종류와 보험 가입의 여부에 따라 사후적으로 발생하는 소득의 차이를 인정하지 않을 이유는 없다.

그러나 비선택적 운이 초래한 결과는 선택적 운의 결과와 다르게 이해해야 한다. 매우 유사한 조건 속에서 살던 두 사람 중 하나가 갑자기 맹인이 된 경우를 생각해보자. 그 경우 맹인이 된 쪽이 애초에 위험을 감수하는 선택을 했다고 규정하면서 두 사람 사이에 생긴 수입의 차이를 인정하는 것은 온당치 못하다. 왜냐하면 맹인이 되는 것은 그 당사자의 선택과 무관하기 때문이다.

이상적인 상황에서는 보험 가입의 가능성을 통해 비선택적 운을 선택적 운으로 전환시킬 수 있다. 맹인이 될 가능성을 동등하게 지닌 두 사람이 그러한 가능성을 저마다 충분히 인식한다고 전제하고서 그들에게 보험에 가입할 기회가 똑같이 제공된다고 가정해보자. 그러한 가정 하에서 한 사람은 보험에 들고 다른 한 사람은 보험에 들지 않는 경우가 생길 수 있다. 전자는 안전을 보장 받기 위해 비용을 지불한 셈이고 후자는 위험을 기꺼이 감수하는 선택을 한 셈이다. 그 경우 두 사람 모두 눈이 머는 최악의 사태가 발생한다면 그 어떤 온정주의적 관점을 도입하지 않고서는 자원 배분의 공평성을 주장하기 어렵다. 다시 말해 보험 가입자로부터 보험 미가입자에게 소득을 이전시키는 보상 방식을 주장하기 어렵다는 것이다. 비록 두 사람이 비선택적으로 악운을 겪게 되지만, 보험에 가입할 수 있는 상황이 양자 간의 소득 격차를 선택적 운에서 비롯된 것이 되도록 한다. 따라서 선택적 운에서 비롯한 결과를 교란시킬 근거가 없다는 기존의 주장은 여전히 성립한다. 그러한 주장은 앞에서 설정한 가정 하의 모든 경우에 합당하다. 동일한 위험에 당면한 사람들이 보험을 선택할 수 있다는 가정 하에서 선택의 결과는 분배의 공평성에 아무런 문제를 야기하지 않는다.

그러나 현실은 가정과 다르다. 모든 사람이 동일한 재앙의 위험 속에서 사는 것은 아니다. 선천적으로 장애를 갖고 태어나는 사람이 있는가 하면 사회인으로 충분히 성장하기 전에 장애가 온 사람도 있다. 그들은 보험에 들 자금을 마련하기 전에 장애인이 되었다. 게다가 장애가 있는 사람은 보험에 들 수조차 없다. 장애를 가지게 될 가능성이 큰 사람들에게도 보험에 들 기회가 동등하게 주어지지 않는다. 보험 가입을 원하는 사람의 유전적 가족력까지 조사하는 보험회사는 그런 사람들에게 더 높은 보험료를 요구할 것이다. 재앙의 위험이 모두에게 동일하다고 가정한 보험의 상황은 현실에서 제기되는 공평성의 문제에 대해 좋은 지침을 제공한다. 사람들이 동등한 조건에서 보험을 들 경우에 누렸을 혜택을 전제하고 그 조건에 사람들을 위치시키는 복지체계를 통해 공평성은 확보될 수 있다. 사회가 그 구성원들을 진정으로 공평하게 배려하려면 동등하게 조성된 조건 속에서 그들이 할 수 있었을 선택을 고려해야 한다는 것이다.

첫 두 단락의 주장은 무엇이지요? 운은 선택적 운과 비선택적 운으로 나뉘는데, 선택적 운에 따라 발생하는 소득의 차이를 인정하지 않을 이유는 없다. 다음에 다룰 내용은 뭘까요? 당연히, '비선택적 운'에 대해 말하겠지요.

예상대로 셋째 단락에 비선택적인 운이 나왔네요. 비선택적 운에 따라 생긴 수입의 차이는 인정할 수 없다고 했네요. 왜 인정할 수 없는가에 대해서도 또렷하게 밝혀져 있지요? 거기에는 당사자의 선택이 끼어 있지 않기 때문이다. 다음엔 무슨 말을 해야 할까요? 비선택적 운에 따라 생긴 수입을 어떻게 처리할 것인가에 대해 말해야겠지요.

눈에 확 띄는 주장이 나왔네요. 보험가입의 가능성은 누구에게나 열려 있다. 이것을 통해 비선택적 운을 선택적 운으로 바꿀 수 있다. 그렇게 해서 발생한 선택의 결과는 공평하다. 그런데, 누구나 보험가입을 할 수 있다고 해서 공평한 것은 아니다. 조건이 갖추어져야 한다. 그게 뭐죠? "동일한 위험에 당면한 사람들이 보험을 선택할 수 있다는 가정"의 성립을 들었네요. 이게 무슨 말이죠? 알쏭달쏭하지요? 친절한 글쓴이라면, 이런 문장을 써 놓고 그냥 넘어가지 않겠지요. 다음 단락에서, '가정'에 대해 요모조모 뜯어보겠지요?

다음 단락을 시작하자마자 "현실은 가정과 다르다"고 했네요. 그러면, 어떻게 되죠? 가정이 성립하지 않게 되네요. 즉 앞 단락에서 다룬 '비선택적 운을 선택적 운으로 바꾸는 경우'에 공평성이 성립하지 않게 된다는 소리네요. 이에 대해 글쓴이는 이제 어떤 태도를 취하나요? 필자가 아주 기발한 아이디어를 떠올렸네요. 뭐죠? '현실이 가정과 다르다면, 현실을 가정처럼 바꾸자. 그러면 공평한 것 아닌가!' 이것을 위해 필자가 들고 나온 것은 뭐죠? '복지 체계'를 통해 조건을 동등하게 만들자.

여기까지 분석하고 보니까, 운을 선택적 운과 비선택적 운으로 나눈 까닭을 알 수 있네요. 복지 체계를 통해, 비선택적 운을 선택적 운으로 바꾸어 공평한 사회를 이루자! 이게 글쓴이가 이 글을 통해 정말로 하고 싶은 내용, 즉 핵심주장이라고 할 수 있겠죠?

4. 제시문 (2)를 분석하기.

추첨은 켄투리아회와 민중의회에서 누가 첫 번째로 투표하는지와 어떤 투표가 먼저 계산되는지를 결정하는 데 쓰였다. 켄투리아회는 5개의 계급에서 뽑힌 193개의 백인대(百人隊, 투표의 단위)로 구성되었다. 기원전 3세기 말, 추첨을 통해 '우선투표 백인대'를 뽑는 관습이 정착되었다. 첫 번째로 투표할 백인대를 의미하는 우선투표 백인대는 상위계급 가운데 하나인 70개의 일급보병 백인대 중에서 추첨으로 뽑혔다. 그 추첨의 결과는 신의 계시로 여겨졌고, 나아가 이 백인대가 투표하는 것 역시 종교적 의미를 가졌다. 우선투표 백인대의 투표는 최종적 결과를 미리 알려 준다는 의미를 가졌을 뿐 아니라, 그 뒤에 투표하는 백인대들의 선택까지도 규정하는 것으로 간주되었다. 결국 추첨은 우선투표 백인대의 투표 행위에 종교적 가치를 부여함과 동시에, 투표 과정에서의 의견 불일치 혹은 경쟁을 피하게 하거나 완화시켰다. 왜냐하면 추첨은 적어도 계시적이고, 중립적이며, 불편부당한 무엇을 따른 것처럼 인정되었기 때문이다.

추첨은 민중의회에서도 사용되었다. 법률 제정이나 재판을 위한 민중의회의 모임에서, 각 부족들은 차례차례 투표했다. 어떤 부족이 가장 먼저 투표할지는 추첨을 통해 결정되었고, 이에 따라 나머지 부족들의 투표 순서도 결정되었다. 제일 먼저 투표하는 부족에게는 '첫 번째'라는 이름이 붙여졌는데, 이는 어떤 점에서는 켄투리아회의 우선투표 백인대에 상응한다. 각 부족의 투표 결과는 그 부족이 투표를 행하자마자 발표되었으며, 그 동안에도 다른 부족들의 투표는 계속되었다. 법안의 통과나 판결을 위한 과반수가 확보되자마자 투표는 종결되었다. 결과적으로 민중의회의 추첨은 켄투리아회의 추첨과 동일한 효과를 가졌다. 추첨의 종교적 성격과 중립성은 표가 첫 번째 투표 쪽으로 결집되도록 도왔으며, 투표를 하지 못한 부족들로 하여금 그 결과를 좀 더 쉽게 받아들일 수 있게 했다.

이 글은 어렵지 않네요. 꼭 짚어야 할 사항 중심으로 보도록 하지요. 다루고 있는 내용은 뭐지요? 추첨 제도지요? 무엇을 위해 추첨제도, 즉 운을 활용하는 거지요? 한 사회를 구성하고 있는 집단들 간의 경쟁이나 의견의 불일치를 완화하려고 추첨을 사회제도로 도입했어요. 그러면 추첨이 이러한 기능을 할 수 있었던 까닭은 어디에 있는 거죠? 추첨에 의한 선택은 신에 의해 계시된 것으로 여겨졌을 뿐 아니라, 철저히 중립적이기 때문이지요.

5. 두 글을 비교할 수 있는 틀 짜기

두 필자가 모두 공유하고 있는 문제의식은 뭔가요? 어떻게 하면 사회 유지 또는 통합을 이룰 수 있을 것인가에 온 마음이 가 있죠? 이것을 위해 '운'의 역할을 살피고 있고요. 이런 바탕을 공유하지만, 구체적으로 들어가면 둘이 달라요. 차이를 드러낼 수 있는 항목을 두세 개 들어보세요. 우선 운에 대한 태도를 들 수 있어요. 하나는 추첨이라는 운을 이용하면 사회 통합을 이룰 수 있다고 본 반면, 다른 하나는 운 즉 비선택적 운(선택적 운은 개인의 선택과 취향에 따라 발생하기에 엄밀하게 말하면 운이라고 할 수 없다.)은 불공정하다. 그러므로 비선택적 운은 개인이 선택할 수 있는 방식으로 바꾸어져야 한다고 말했어요. 다음은 운이 발휘되는 영역이 다르죠. 하나가 정치 과정에서 운을 활용한 반면, 다른 하나는 분배 문제에서 운의 부정적 측면을 바라봤지요. 마지막으로 '운의 기원'에 대한 생각이 달라요. 하나는 운이 초월적인 존재에게서 온 것으로 여긴 반면, 또 다른 하나는 '운'이란 지극히 세속적인 의미만 있을 뿐이라 여기고 있어요.

두 글의 공통 기반이 뭔가를 밝혀야 해요. 그래야 두 글을 한 맥락에서 붙잡아, 조각글에서 벗어난 글을 쓸 수 있기 때문이지요. 그런데, 공통 기반이 무엇인가는 보통 명시적으로 글에 나오지 않아요. 사유력을 통해 파악해야 하는데, '왜 이것을 문제 삼고 있지?' 또는 '각각의 핵심 주장을 포괄할 수 있는 상위 주장은 뭐지?'를 물어보면 보통 그 공통 기반이 드러나요. 일종의 추상화 작업인 것이지요. 두 주장보다 위에 있는 주장은, 각각의 주장이 '목표하는 바'가 무엇인지를 알면 찾기 쉬워요.

제시문 (2)의 핵심 주장은 뭐죠? '운'에 대해 필자가 갖고 있는 태도는 무엇인가요? '추첨, 즉 운은 한 사회를 통합하는 기능을 한다'쯤 되겠지요. 그러면 제시문 (3)의 핵심 주장은 뭔가요? '운'에서 긍정성을 보나요, 부정성을 보나요? 부정적으로 보고 있지요?

제시문 (2)는 운을 긍정적으로 보았고, 제시문 (3)은 운을 부정적으로 보았어요. 이 둘을 뛰어넘는 상위 주장을 찾으려면, 운의 긍정적인 역할이 무엇이고, 또 부정적인 역할은 무엇인가를 알면 돼요. 제시문 (2)가 운을 긍정적으로 본 것은, '사회통합 기능' 때문이었지요. 그러면 제시문 (3)이 운을 부정적으로 본 것은 '운이 사회통합을 해치기 때문'이라고 할 수 있나요? 제시문 (3)에 '공평성', '불공평'이란 단어가 여러 번 나온 것으로 보아, 이렇게 봐도 괜찮을 것 같지요? 이제 두 글의 공통 기반 또는 공통 관심사가 나왔네요. '사회통합'이지요. 즉 두 글을 한 자리에 불러 모을 수 있는 '상위 개념'은 사회통합인 거네요.

6. 두 제시문 (2), (3)의 비교 분석을 바탕으로, (4)의 주장에 대해 논평하기

그렇게 해야 마땅해서 그렇게 하는 것은 의(義)이고, 그렇게 하지 않았는데도 그렇게 되는 것은 명(命)이다. 성인(聖人)은 의를 따르면 명이 자연히 그 가운데 있고, 군자는 의를 행함으로써 명에 순응하며, 보통 이상의 사람은 명이 있음을 앎으로써 의에 따라 행할 것을 결단하고, 보통 이하의 사람은 명이 있음도 모르고 의를 행함도 없다. 그러므로 명을 모르고서 의를 편안하게 행할 수 있는 자는 드물고, 의에 이르지 않고 명을 편안하게 받아들일 수 있는 자는 없다.

명에 대해서는 언급할 것 없을 때가 있으나, 의는 어떤 상황에서든 반드시 행해야 한다. 예컨대 효성스럽게 어버이를 섬겨야 함에 있어서 그 명이 어떤지 물을 것이 없고, 충성을 다해 임금을 섬겨야 함에 있어서 그 명이 어떤지 물을 것이 없으며, 경건하게 자신의 인격을 수양해야 함에 있어서 그 명이 어떤지 물을 것이 없고, 부지런히 덕행을 쌓아야 함에 있어서 그 명이 어떤지 물을 것이 없는 것이다. 이처럼 명에 대해서 언급할 것 없을 때가 있지만, 명을 말하지 않을 수 없을 때도 있다. 예컨대 곤궁함과 영달함은 명에 달려 있으니 자기 뜻대로 구할 수 없고, 죽고 사는 것은 명에 달려 있으니 자기 뜻대로 죽음을 피할 수 없으며, 귀하고 천한 것은 명에 달려 있으니 자기 뜻대로 좌우할 수 없고, 가난하고 부유함 역시 명에 달려 있으니 자기 뜻대로 도모할 수 없는 것이다.

명은 성현의 마음을 흔들리게 할 수 있는 것은 아니지만 보통 사람을 그것으로 격려할 수는 있으며, 일상적인 일을 처리할 수 있는 것은 아니지만 화복(禍福)을 그것으로 단정할 수는 있다. 명이 인위적으로 어떻게 할 수 없는 것임을 안다면 내가 그것에 대해 잔꾀를 부릴 것이 없고, 명이 의도적으로 계획할 수 없는 것임을 안다면 내가 그것에 대해 마음 쓸 것이 없다. 어깨를 움츠리고 아첨하는 웃음을 흘리며 부귀를 취하는 자가 있는가 하면, 의를 견지하고 고난의 길을 걷다가 죽어간 자도 있다. 그러나 부귀해질 때가 이르면 도를 굳게 지키는 자도 영달한 자리에 오르게 되고, 죽을 수밖에 없는 운을 만나면 살기 위해 아무리 수치스러운 짓을 마다하지 않는다고 해서 모두 목숨을 보전할 수 있는 것은 아니다. 명이란 본디 이와 같아서 그것을 뜻대로 바꿀 수 없다. 사람이 참으로 명이 이러함을 분명하게 알고 독실하게 믿는다면, 어느 누가 이익을 구하는 데에만 온 마음을 쏟고 의에 어긋나는 수치스러운 짓을 하면서까지 구차하게 목숨을 부지하려 하겠는가? 그러므로 보통 사람에게 의를 따라 행해야 함을 가르치는 데 있어서, 명이 있다는 것은 크게 도움이 된다.

명이 없다는 주장이 제기되고부터 명이 있음을 믿지 않는 사람이 많아졌다. 그러자 순박함은 사라지고 임기응변의 꾀만 늘어나 하늘의 도리는 허망해지고 사람의 일은 혼탁해져서, 벼슬자리나 구하고 잇속만 차리며 구차하게 목숨을 탐하고 죽음을 두려워하는 무리들이 불어나 천하가 어지러워졌다. 이것이 바로 명이 없다는 주장으로 인해 생긴 폐해이다. 명이 없이도 의를 따르는 삶을 살 수 있는 사람은 오직 군자뿐이다.

제시문에서 (4)를 분석하지요. 먼저 우리가 찾아야 할 것은, 핵심 주장과 그것을 뒷받침하는 논거가 되겠죠? 다루고 있는 대상은 의(義)와 명(命)이에요. 하지만 논제에서 다루는 내용이 운이니까 명(命) 중심으로 살펴야지요? 핵심 주장은 뭔가요? 명(命)을 받아들여야 한다. 이것을 뒷받침하는 논거가 있겠죠? 찾아보세요! 첫째, 빈부·귀천·생사는 마음대로 할 수 없다. 둘째, 보통사람들이 의롭게 살아가는데, 명을 인정하는 것이 도움이 된다. 셋째, 명을 믿지 않아서 천하가 어지러워졌다.

이제, 제시문 (2), (3)을 참고로 하여 제시문 (4)를 논평한다면 어떻게 될까요? 제시문 (2), (3)에서 도출된 운의 사회적 의미는 뭐였죠? 운에는 순기능적 측면과 부정적 측면이 다 있다는 것이었어요. 이에 근거해서 제시문 (4)를 논평한다면, 우선 제시문 (4)는 운의 순기능적 측면만 보고 있다는 게 드러나죠? 또 제시문 (2), (3)은 제도적으로 고민하고 있어요. 즉 운의 순기능은 정치제도 속에서 추첨의 형태를 통해 드러내려 하고, 역기능은 보험이라는 제도를 통해 바로잡으려 해요. 반면에 제시문 (4)는 마음의 문제로만 여길 뿐, 제도적으로 어떻게 해볼 생각은 없지요?

7. '운'에 대한 자신의 견해를 밝히시오.

자신의 견해를 밝히라고 했다고 아무 것이나 들고 나오면 좋은 글을 쓰기가 쉽지 않아요. 지금 까지 분석한 제시문과 관련해서 써야 해요. 그래야, 뚝뚝 끊어지는 글이 되지 않고 한 편의 완성 된 글이 될 수 있기 때문이에요.

제시문에 나타난 운에 대한 태도는 셋이지요. 추첨이라는 운이 가진 절대적인 중립을 이용해서 이견을 완화하는 것. 그리고 비선택적 운이 가진 불공정성을 제도를 통해 시정해 나가야 한다는 것. 마지막으로, 운이란 나에게 주어진 것이기에 그것에 마음을 쓰지 않고 그 순간에 내가 할 수 있는 올바른 일만을 추구하는 것.

이 중 어느 한 입장에 설 수도 있고, 모두를 비판하면서 자기 견해를 드러내도 좋아요. 다만, 자 신의 주장임을 뚜렷이 하고, 그것을 뒷받침하는 논거를 확실히 밝히기만 하면 되지요. 이제 개요 를 작성하고 글을 써볼까요?

8. 개요 짜기

① '운'이 사회적 의미를 띠는 까닭
- 삶의 우연성
- 통합과 반목의 갈림길

② 제시문 (2), (3)글 비교
- 운을 바라보는 태도
- 영역의 차이
- 운의 기원에 대한 차이

③ 제시문 (4)의 견해
- 명은 있다.
- 명을 믿지 않을 때의 폐해

④ 제시문 (2), (3)을 참고로 (4)를 논평하라.
- 순기능만 보는 미흡성
- 마음의 문제로 한정
- 제도 문제를 고민할 필요

⑤ '운'에 대한 자신의 견해

- 현 시대 감안 : 계시, 천명을 믿지 않는다.
- 대통령 선거 예시
- 제도적 방법이 있음

9. 예시 답안 (1400±100자)

어떤 사람의 삶도 그 자신에게 책임이 있는 일만으로 이루어지지는 않는다. 그 사람의 의지와 행동과는 아랑곳없이 몰려와, 한 사람의 삶을 이루는 게 있다. 행운이 그렇고 불운이 그렇다. 그런데, 한 사람의 삶은 파편으로 존재하지 않는다. 공동체의 한 부분으로 있다. 그래서 어떤 사람이 직면한 '운'은 사회적 의미를 띤다. 그것을 어떻게 대하느냐에 따라, 사회의 통합과 반목이 갈린다. 제시문 (2), (3)의 필자들은 모두 어떻게 하면 사회 통합을 이룰 수 있을 것인가에 마음을 쓰고 있다. 하지만 그 구체적인 방향에 있어선 갈린다.

제시문 (2)는 '운의 기원'을 초월적인 존재에게로 돌린다. 운에서 종교적이고 계시적인 의미를 읽는다. 반면에 제시문 (3)은 '운의 초월적인 기원'을 믿지 않는다. 거기서 어떤 종교적인 아우라도 보지 않는다. 이런 이유로, 운의 사회적 구실에 있어서도 둘은 영 다른 쪽을 본다. 전자는 '운'이 사회에서 긍정적인 역할을 할 수 있는 것을 찾아냈다. 절대적으로 우연에 의해 결정되는 추첨에, 종교적인 아우라를 덧입혀 인간들끼리의 갈등이나 이견을 완화시킨 것이다. 반면에 후자는 운에 의해 공동체 구성원 사이에, 특히 경제적 분야에서 차이 나는 것에서 '운의 불공평'을 읽는다. 자신의 선택이 들어가 있지 않는데, 차이가 나는 것은 받아들일 수 없다는 것이다. 그래서 그는 운을 선택적 운과 비선택적 운으로 나누고, 비선택적 운을 선택적 운으로 바꿔야 한다고 주장한다. 이때 놓치지 말아야 할 것은, 선택 이전에 '복지 체계'를 통해 선택자 간의 조건을 동등하게 조성해야 한다는 점이다.

제시문 (4)의 필자는 명(命)은 있고, 또 있다고 믿어야 한다고 말한다. 명(命)은 인위적 영역을 뛰어넘는 것이기에, 그것을 믿으면 빈부·귀천·생사 등 운명에 마음을 빼앗기지 않는다. 대신에 마땅히 해야 할 것, 즉 의(義)에 마음을 쏟게 된다. 반면에, 명이 있음을 믿지 않으면 하늘의 도리가 허망해져 천하가 어지럽게 된다.

제시문 (4)는 명, 즉 운의 순기능은 보았지만 역기능은 보지 못했다. 차이가 날 수밖에 없는 삶에서, 그것에 마음을 쓰지 않고 의로운 것, 즉 자기 초월적인 것에 마음을 쓴다면 사회는 틀림없이 안정적일 것이다. 하지만 '운명'에서 이것만을 본다면, 차이가 차별을 낳고, 차별이 신분을 고착화하게 될 것이다. 또한 제시문 (4)는 운명을 심리적이고 개인적인 차원에서만 접근했다. 제도적으로 그것을 어떻게 이용할 것인가도 없고, 제도를 통해 운명의 힘을 어떻게 최소화할 것인가에 대한 헤아림도 없다.

현 시대를 감안하면, 비선택적 운을 선택적 운으로 바꾸어 가는 게 가장 알맞다. 현대인은 운에서 '계시'도 '천명'도 읽지 않기 때문이다. 이런 시대에 추첨이 사회적 기능을 하기는 쉽지 않다. 대통령 선거를 하는데, 어느 지역이 '우선 투표권'을 뽑았다고 그것을 하늘의 뜻이라고 여길 한국인이 얼마나 되겠는가?

논제3

(5)에서 정부가 취할 분배정책과 관련하여 아래의 세 제안이 있을 수 있다.

제안 A: 개인이 사용할 배경자원과 복지자원의 합($\square$+y)이 사람들 사이에 균등하게 되도록 복지자원이 배분되어야 한다.

제안 B: 노력수준이 같은 사람들 사이에 배경자원의 차이로 인한 후생격차가 발생하지 않도록 하되, 노력수준이 다른 사람들 사이에 후생격차가 극대화되도록 복지자원이 배분되어야 한다.

제안 C: 모든 국민의 후생수준의 총합이 극대화되도록 복지자원이 배분되어야 한다.

각 제안 하에서 집단별로 1인당 배분될 복지자원의 크기를 구하고, (5)에 나타난 공평성의 관점과 공리주의적 관점에서 세 제안을 비교하시오. (30점)

1. 논제 분석

우리가 마음을 써야 할 게 크게는 두 가지이고, 작게는 여섯 가지네요.

① 제안 A에 따랐을 때 1인당 배분될 복지 자원의 크기

② 제안 B에 따랐을 때 1인당 배분될 복지 자원의 크기

③ 제안 C에 따랐을 때 1인당 배분될 복지 자원의 크기

④ 제시문 (5)에 나타난 공평성의 관점

⑤ 제시문 (5)에 나오는 공리주의적 관점

⑥ 공평성의 관점과 공리주의적 관점에 따른 세 제안 비교

①, ②, ③이 한 묶음이고, ④, ⑤, ⑥이 또 다른 묶음이죠? 자, 숨을 크게 들이 쉬고 제시문에 들어 있는 수리적인 원리를 찾아보지요.

2. 제시문 (5) 분석

필요한 항목에, 먼저 숫자를 매겨 보죠.

① 후생수준(u) = (배경자원(χ) + 복지자원(y))노력수준(z)이다.

② 국민 구성은 4집단으로 되어 있다.

- 배경 자원이 1이고 노력 수준이 1인 사람들이 25%(집단1)
- 배경 자원이 1이고 노력 수준이 3인 사람들이 25%(집단2)
- 배경 자원이 3이고 노력 수준이 1인 사람들이 25%(집단3)
- 배경 자원이 3이고 노력 수준이 3인 사람들이 25%(집단4)

③ 총 복지 자원의 크기는 고정되어 있다.

④ 균등하게 배분하면 국민 일인당 4의 복지 자원을 받게 된다.

⑤ 배경 자원은 개인이 선택할 수 없다.

⑥ 공평성의 관점에선 배경 자원으로 인한 후생 격차를 없앨 것을 요구한다. 하지만 공평성의 관점에선 노력 수준으로 인한 후생격차는 교정을 요구하지 않는다.

⑦ 공리주의적 관점에선 국민 후생수준의 총합을 높일 것을 요구한다.

3. 예시 답안

1) 세 제안을 따랐을 때 1인당 배분될 복지 자원(y)의 크기

제시문에 나와 있는 국민 구성을 정리하면 다음과 같다.

	집단 자원	복지 자원	노력 수준
집단1	$\chi_1 = 1$	y_1	$z_1 = 1$
집단2	$\chi_2 = 1$	y_2	$z_2 = 3$
집단3	$\chi_3 = 3$	y_3	$z_3 = 1$
집단4	$\chi_4 = 3$	y_4	$z_4 = 3$

(1) <제안 A>에 따랐을 때

i) 개인이 사용할 배경 자원(χ)과 복지 자원(y)을 합했을 때, 모든 집단이 균등해야 한다. 이것을 식으로 세우면,

$$y_1 + 1 = m$$
$$y_2 + 1 = m$$
$$y_3 + 3 = m$$
$$+\ y_4 + 3 = m$$

$$y_1 + y_2 + y_3 + y_4 + 8 = 4m \quad \cdots\cdots \bigcirc$$

ii) '균등하게 배분하면 국민 일인당 4의 복지 자원을 받게 된다'는 제시문에 따라

$y_1 + y_2 + y_3 + y_4 = 16 \cdots\cdots ⓛ$

㉠을 ⓛ에 대입하면, $16 + 8 = 4m$, $m = 6$

그러므로 $y_1 = 5$, $y_2 = 5$, $y_3 = 3$, $y_4 = 3$

(2) <제안 B>에 따랐을 때

i) 노력 수준이 같은 사람들 사이에 배경 자원의 차이로 인해 후생 격차가 발생하지 않게 복지 자원을 배분해야 한다.

ii) 노력 수준이 다른 사람들 사이에 후생 격차가 극대화되게 복지 자원을 배분해야 한다.

로 제안 B는 되어 있다.

i)에 따르면 $y_1 = y_3$, $y_2 = y_4$다.

$u_1 = (\chi_1 + y_1)z_1$이므로 $\chi_1 = 1$, $z_1 = 1$이어서

$u_1 = (1 + y_1)1 = y_1 + 1$이다.

$u_3 = (\chi_3 + y_3)z_3$이므로 $\chi_3 = 3$, $z_3 = 1$이어서

$u_3 = (3 + y_3)1 = y_3 + 3$이다.

$u_1 = u_3$이므로 $y_1 = y_3 + 2$다. $\cdots\cdots$ ㉢

$u_2 = u_4$ 를 이와 같이 구하면

$\qquad y_2 = y_4 + 2$가 된다. $\cdots\cdots$ ㉣

ii)에 따르면, 집단1, 3을 한 묶음으로 하고, 집단 2,4를 다른 묶음으로 하여, 두 묶음 간에 후생 격차가 극대화되어야 한다.

$\quad u_2 + u_4 \qquad\qquad\qquad u_1 + u_3$

$= 3y_2 + 3 + 3y_4 + 9 \qquad = y_1 + 1 + y_3 + 3$

$= 3y_2 + 3y_4 + 12 \qquad\quad = y_1 + y_3 + 4$

㉣ 즉 $y_2 = y_4$를 $\qquad$ ㉢ 즉 $y_1 = y_3 + 2$를

여기에 대입하면 $\qquad\qquad$ 여기에 대입하면

$\quad 3(y_4 + 2) + 3y_4 + 12 \cdots\cdots$ ㉮ $\qquad y_3 + 2 + y_3 + 4 \cdots\cdots$ ㉡

$= 6y_4 + 18 \qquad\qquad\qquad = 2y_3 + 6$

두 묶음의 차는 $6y_4 + 18 - (2y_3 + 6)$이다.

$\qquad\qquad = 6y_4 - 2y_3 - 12 \cdots\cdots$ ㉯

이 값이 최대값이 되어야 <제안 B>를 만족한다.

한편, $y_1 + y_2 + y_3 + y_4 = 16$ ……㉠에

$\quad y_1 = y_3 + 2$ ……㉡

$\quad y_3 + y_4 + 2$ ……㉣을 대입하면

$\quad y_3 + y_4 = 6$이 된다.

그런데, y_3, y_4 는 음수가 될 수는 없으므로

$y_4 = 6$, $y_3 = 0$일 때

$6y_4 - 2y_3 - 12$가 최대가 된다.

그러므로 $y_1 = 2$, $y_2 = 8$, $y_3 = 0$, $y_4 = 6$일 때, <제안 B>를 만족한다.

(3) <제안 C>를 따랐을 때

<제안 C>는 '국민 후생 수준의 총합이 극대화되도록 복지 자원을 배분하라'는 것이다. 이 제안에 따르면,

$\quad y_1 + y_2 + y_3 + y_4$가 최대가 되어야 한다. 제시문에 따라 정리하면,

$\quad y_1 = (\chi_1 + y_1)z_1 = y_1 + 1$

$\quad y_2 = (\chi_2 + y_2)z_2 = 3y_2 + 3$

$\quad y_3 = (\chi_3 + y_3)z_3 = y_3 + 3$

$\quad y_4 = (\chi_4 + y_4)z_4 = 3y_4 + 9$

$\quad y_1 + y_2 + y_3 + y_4 = y_1 + y_3 + 3(y_2 + y_4) + 16$ ……㉣

그런데, $y_1 + y_2 + y_3 + y_4 = 16$이고, y_1, y_2, y_3, y_4는 음수가 될 수 없으므로

$\quad y_1 + y_3 = 0$, $y_2 + y_4 = 16$일 때, ㉣이 최대가 된다.

그러므로, $y_1 = 0$, $y_3 = 0$, $y_2 + y_4 = 16$을 만족시키는 값을 따를 때, <제안 C>를 만족한다.

 2) 공평성의 관점과 공리주의적 관점에서 세 제안을 비교하기

앞에서 계산한 것을 표로 정리하면 다음과 같다.

구분	배경자원 (χ)	노력 수준 (z)	복지 자원(y)			후생 수준(u)		
			제안A	제안B	제안C	제안A	제안B	제안C
집단1	1	1	5	2	0	6	3	1
집단2	1	3	5	8	y_2	18	27	u_2
집단3	3	1	3	0	0	6	3	3
집단4	3	3	3	6	y_4	18	27	u_4
합	8	8	16	16	0	48	60	$64(u_2 + u_4 = 60)$

단, $y_2 + y_4 = 16$, $0 \le y_2$, $y_4 \le 16$, $u_2 + u_4 = 3(y_2 + y_4) + 12 = 60$이다.

(1) 공리주의적 관점을 따르면, 집단1, 2, 3, 4의 총합이 가장 큰 것이 적절한 제안이다. 후생 수준의 총합이 제안A=48, 제안B=60, 제안C=64이다.

그러므로, 제안C가 공리주의적 관점에 가장 적절하고 그 다음은 제안B이다.

(2) 공평성의 관점에 따르면, 배경 자원의 역할이 없고, 노력만이 역할을 해야 한다. 그러므로, 배경 자원이 다르다 하더라도 후생 수준에서 차이가 가장 안 나는 것이 공평성의 관점을 따른 것이다. 배경 자원이 같은 집단끼리 묶으면, 집단1+ 집단2 / 집단3+ 집단4가 된다.

이 묶음을 제안 A, B, C에 따라 정리하면 다음과 같다.

집단/후생수준(u)	A제안	B제안	C제안
집단1+ 집단2	6+ 18=24	3+ 27=30	$1+ u_2$
집단3+ 집단4	6+ 18=24	3+ 27=30	$3+ u_4$

표에 따르면, <집단1+ 집단2>와 <집단3+ 집단4>는 배경 자원이 다른 집단이지만, 그들 사이에 후생 수준은 <제안A>와 <제안B>의 경우엔 일치했다. 하지만 <제안C>는 하나는 $1+ u_2$고 다른 하나는 $3+ u_4$다.

$1+ u_2 = 3+ u_4$가 되면 <제안C>에 의한 것도 공평성의 관점에서 제안A나 B와 마찬가지로 적절하게 된다. 하지만 그 외의 경우는 제안A나 B보다 공평하지 못하다.

그러므로, 공평성의 관점을 적용하면 제안A와 B가 제안C보다 더 적절하다.

[제시문 출처]

제시문 (1)은 이른바 행복과 좋은 삶에 관한 아리스토텔레스의 저술, 『니코마쿠스 윤리학』의 도입부에서 취한 글이다. 아리스토텔레스 윤리학은 인간이 행하는 모든 활동은 좋음(agathon)을 추구한다는 사실에서 출발한다. 좋음이란 수단이 목적으로 취하는 바의 것이다. 통상 좋음으로서의 목적은 더 좋은 것, 상위의 목적 실현에 봉사하는 수단이기 마련이다. 그러나 좋음 중의 어떤 것은 더 이상 상위의 목적을 갖지 않고 다른 모든 것을 자신의 수단으로 취할 수 있다. 이렇게 목적과 수단의 계열의 정점에 서 있는 것, 다른 어떤 것 때문이 아니라 그 자체로서 좋은 것을 아리스토텔레스는 행복(eudaimonia)이라 부른다. 그러므로 행복은 다른 것에 의해서가 아니라 스스로 충족된 상태를 뜻한다. 물론 행복은 사람마다 각기 다른 주관적 견해에 따라 달리 정의될 수도 있겠지만, 아리스토텔레스가 생각하는 최상의 좋음으로서의 행복은 인간이 인간으로서 자신의 고유한 기능을 최적으로 발휘한 상태이다. 이 같은 상태를 아리스토텔레스는 훌륭함(arete)이라 부른다. 이런 의미에서 행복은 훌륭함에 따른 인간 영혼의 활동으로 규정된다. 바로 여기에 아리스토텔레스가 제시하는 행복과 우리가 통상 운이라 부르는 것의 차이가 있다.

제시문 (2)는 베르나르 마넹(Bernard Manin)의 『대의 정부의 원칙』(Principles of Representative Government, Cambridge University Press, 1997)에서 인용해서 재구성한 글이다. 마넹은 미국 뉴욕대 정치학과 교수이자 프랑스 고등정치학연구소 교수로, 프랑스 근대 정치철학과 대의제도 연구의 세계적인 석학이다.

마넹은 이 책에서 '선출될 가능성의 평등'에 기초한 추첨과 '출마할 기회의 평등'에 기초한 선거가 정치적 대표의 선출 방법으로서 시대와 상황에 따라 어떻게 채택되고 변화되었는지를 고찰한다. 그는 선거가 추첨을 압도한 이유로 근대 이후 정치적 정당성의 근거로 받아들여지게 된 정치권력에 대한 개개인의 동의를 제시한다. 그는 대의제에서 민주적 참여와 대표를 통한 심의라는 두 가지 목적의 조화를 위해 유권자가 선거 이외의 방법을 통해 정치적 대표를 견제할 수 있는 제도를 요구하고 있다.

제시문 (3)은 자유주의적 평등주의자로 잘 알려진 로날드 드워킨(Ronald Dworkin)의 논문 「평등이란 무엇인가? 제2부: 자원의 평등」("What Is Equality? Part2: Equality of Resources", Philosophy and Public Affairs, 1981)을 기초로 재구성된 글이다. 이 글에서 드워킨은 개인의 선택과 책임을 반영하면서도 개인의 선택과 관련 없이 예기치 못한 운이 가져오는 불평등에 대해서는 교정의 기준을 제공하는 공평성의 원칙을 제시하고 있다.

제시문 (4)는 조선후기 문인 홍석주의 「무명변(無命辨)」이라는 글이다. 이 글에서 저자는 '명은 없다'는 주장에 대한 반론으로서 명이 있어야 하는 당위를 논증하였다. 명(命)이란 생사화복처럼 사람의 의지나 계획과는 무관하게 주어지는 것이다. 이상적인 삶의 자세는, 의(義)를 행하는 일에 자신이 할 수 있는 최선을 다하되, 인위와 무관하게 일어나는 생사화복 등의 현상에 대해서는 그것이 명임을 알고 그대로 순응하는 것이다.

제시문 (5)는 마르크 플뢰르배이(Marc Fleurbaey)와 프랑수아 마니케(François Maniquet)의 논문 「보상과 책임」("Compensation and Responsibility", 2005)의 일부를 재구성한 것이다. 제시문에서는 개인 선택과 그 결과에 대한 책임, 그리고 선택되지 않은 운의 결과에 대한 사회적 보상을 같이 생각해 볼 수 있는 단순한 모형이 주어진다. 이어서 그 모형의 틀 속에서 공평성의 기준과 공리주의가 어떻게 정의될 수 있을지를 보여주고 있다.

아래의 제시문을 읽고 논제에 답하시오. (3시간)

(가)

계몽이란 인간이 의타적 상태로부터 벗어나는 것이다. 의타적 상태에 처한 인간은 남이 이끌어 주지 않으면 자신의 지성을 사용하지 못한다. 그러한 상태는 그가 스스로 초래한 것이다. 의타적 상태는 지성의 결핍이 아니라 남의 도움 없이 지성을 사용하려는 결단과 용기의 결핍에서 비롯한다. "과감히 알려고 하라!" "지성을 사용할 용기를 가져라!"가 바로 계몽의 구호이다.

대부분의 사람들은 일생토록 의타적인 상태에 머물고 다른 사람이 그들의 후견인 노릇을 한다. 그러한 상태는 나태와 비겁에서 기인한다. 의타적 상태에 머무는 것은 매우 편안하다. 책이 내 대신 지적인 활동을 하고, 성직자가 내 양심을 지키고, 의사가 내 건강을 위해 식단을 짜준다면, 나는 굳이 수고할 필요가 없다. 돈만 낼 수 있다면 나는 생각하지 않아도 된다. 다른 사람들이 나를 위해 번거로운 일들을 기꺼이 떠맡을 것이다. 후견인들은 사람들이 성숙으로의 과정을 힘겨워할 뿐 아니라 매우 위험하게 여기도록 하고서는 그들의 감독자 역을 자청한다. 후견인들은 우선 피보호인을 입 다물게 한 후 잠자코 있는 그 피보호인에게 그가 보행기 없이는 한 걸음도 감히 떼어 놓을 수 없다고 분명하게 주지시킨다. 그러고 나서 후견인들은 피보호인이 혼자 걸으려고 시도할 때 당면하게 될 위험들을 알려 준다. 그렇지만 후견인들의 강조와 달리 그 위험은 실제로 크지 않다. 몇 번 넘어지고 나면 혼자 걷는 법을 끝내 익힐 수 있다. 그러나 실패의 사례들이 제시되면 피보호인은 겁을 먹어서 더 이상의 시도를 하지 않게 된다.

개인이 의타적인 상태에서 벗어나는 것은 매우 어렵다. 그는 자신에게 거의 천성이 되어버린 의타적인 상태를 선호하게 되어 당장은 그의 지성을 정말로 사용하지 못한다. 그동안 아무도 그에게 지성을 사용하도록 하지 않았던 것이다. 법령과 규칙들, 개인의 타고난 재능을 합리적으로 사용하거나 잘못 사용하는 저 기계적 작용들은 의타적 상태를 영속화시키는 족쇄들이다. 누군가 그 족쇄들을 벗어던진다 하더라도 그는 단지 좁은 도랑을 겨우 건넌 데 불과하다. 그는 아직 그런 유의 움직임에 익숙하지 않다. 무능력에서 벗어나 꾸준히 전진할 수 있도록 자신의 마음을 단련하는 데 성공하는 사람은 매우 드물다.

자유 이외에 계몽을 위해 필요한 것은 없다. 자유라는 이름으로 부를 수 있는 그 모든 것들 중에서 이성을 공적으로 사용하는 자유가 가장 중요하다. 그러나 사방에서 "따지지 말라"는 소리가 들린다. 장교는 "따지지 말고 그저 훈련하라"고, 세무원은 "따지지 말고 그저 세금을 내라"고, 성직자는 "따지지 말고 그저 믿으라"고 말한다. 도처에서 자유는 제한된다. 그렇다면 어떠한 제한이 계몽을 방해하고 어떠한 제한이 계몽을 촉진하는가? 나는 이성의 공적인 사용은 언제나 자유로워야 하며 그것만이 인간들에게 계몽을 가져온다고 대답하고자 한다. 그에 반해 이성의 사적인 사용은, 계몽의 진전이 방해되지 않고도, 크게 제한될 수 있다. 이성의 공적 사용이란 가령 개인이 한 사람의 학자로서 독서 대중에게 이성을 사용하는 경우를 일컫는다. 이성의 사적 사용은 그 개인이 자신에게 주어진 시민적 지위나 공직에서 이성을 사용하는 경우이다. 공공 조직에서 수행되는 많은 일들은 어떤 메커니즘을 필요로 한다. 조직의 구성원 들은 그 메커니즘을 일방적으로 따라야 하므로, 정부는 그들이 공공의 목적을 지향하도록 하거나 그렇지 않다면 적어도 그들이 공공의 목적을 망치지 못하도록 할 수 있다. 여기에는 다만 복종이 있을 뿐 논란의 여지는 없다. 그러나 개인은 공적 조직의 구성원이면서 세계 시민 사회와 전체 공동체의 일원이기도 하다. 그는 한 사람의 학자로서 저술을 통해 독서 대중에게 진술하기도 한다. 그 경우 그는 공적 조직원으로서 그가 맡은 책무를 침해하지 않으면서 논의를 펼칠 수 있다. 장교가 근무 중에 상관의 명령을 받고서 그 명령의 적합성이나 유용성 여부에 대해 따지는 것은 터무니없는 짓일 것이다. 그는 명령에 복종해야만 한다. 그러나 그가 학자로서 독서 대중에게 병역의 의무가 지닌 문제점들을 지적하고 설명하는 것을 막을 수는 없다. 시민은 납세의 의무를 거부하지 못한다. 할당된 세금에 대해 염치없이 불평을 늘어놓는다면 징벌의 수치를 피하지 못한다. 그러나 바로 그 사람이 학자로서 과세의 부당성에 대한 자신의 견해를 독서 대중에게 발표한다 하더라도 그는 시민적 의무에 반하는 행동을 한 것이 아니다.

누군가 "우리는 지금 계몽된 시대에 살고 있는가"라고 질문한다면 아니라고 대답해야 한다. 우리는 지금 계몽 중인 시대에 살고 있다. 사람들이 여러 면에서 외부의 도움 없이 자신들의 이성을 확고하고 자유롭게 사용할 수 있도록 하는 여건이 현재로서는 갖추어지지 않았다. 그러나 사람들이 자유롭게 활동할 수 있는 장이 열리고 있다는 명백한 조짐들을 우리는 본다. 계몽을 가로막고 의타적인 상태로부터의 해방을 가로막는 장애들이 조금씩 제거되고 있다. 이 시대는 계몽 중인 시대이다.

(나)

벌린은 자유를 적극적 자유와 소극적 자유로 구분한다. 그의 설명에 따르면 적극적 자유는 자율이 실현된 상태를 의미하고 소극적 자유는 타인의 간섭이 부재한 상태를 의미한다. 그러나 '지배 없는 자유'는 벌린의 분류에 포섭되지 않는다. 지배 없는 자유는 간섭의 실재 여부에 의해 규정되지 않는다. 지배 없는 자유를 파악하자면 간섭의 자의성과 행위자가 처한 예속의 정도가 마땅히 고려되어야 한다. 피지배 상태에 있는 행위자도 간섭 없이 선택을 하는 경우가 있다. 간섭한다고 반드시 지배하는 것은 아니며 지배 받는다고 반드시 간섭 당하는 것은 아니다. 간섭과 지배는 그처럼 별개의 개념들이다.

따라서 간섭의 부재에 초점을 두는 자유와 지배의 부재에 초점을 두는 자유는 서로 다르다. '간섭 없는 지배'와 '지배 없는 간섭'이 각각 가능하다는 사실은 양자의 차이를 더욱 뚜렷하게 보여준다. 간섭 없는 지배를 잘 보여주는 예로 주인과 노예의 관계를 들 수 있다. 일반적으로 주인은 노예에 대해 자의적으로 간섭할 수 있는 입장에 선다. 그러나 주인이 너그러운 사람이어서 노예에 대해 간섭하지 않을 수 있으며, 노예가 간사하거나 아첨에 능한 사람이어서 자기 마음대로 행동하면서 주인의 처벌을 피할 수도 있다. 그 경우 노예는 주인에게 지배되면서도 주인의 간섭을 받지 않는 자유를 누린다.

지배 없는 간섭을 잘 보여주는 예로는 선거를 통해 뽑힌 시장과 유권자인 시민들의 관계를 들 수 있다. 시장은 시민들이 동의하는 사안과 관련하여 시민들을 간섭할 수 있다. 시장의 간섭에 대한 시민들의 동의는 강제나 선동이 없는 상태에서 이루어져야 한다. 그러한 조건 하에 서 시민들은 자신들의 이익을 증진하기 위해 자발적으로 시장의 간섭을 받아들일 수 있고, 자신들이 동의한 사안에서 발생하는 불이익을 감수할 수 있다. 그 경우 시민들에 대한 시장의 간섭은 지배가 아니다. 시장은 자의적으로 시민들을 간섭할 수 없으며 시민들도 시장에게 무조건 복종할 필요가 없다.

결국 간섭 없는 자유와 지배 없는 자유는 서로 다른 이상이다. 간섭 없는 자유가 이상으로 설정될 경우 간섭을 받는 시민은 진정한 자유를 누리는 것이 아니다. 시민들이 시장의 간섭에 동의했다 하더라도 그 간섭은 간섭 없는 자유의 이상과 상충된다. 지배 없는 자유가 이상으로 설정될 경우 간섭 받지 않는 노예라 하더라도 그는 피지배 상태에 있으므로 진정한 자유를 누리는 것이 아니다. 홉스의 견해에 따르면 자유란 법의 간섭을 받지 않는 상태이며, 전제 군주정이건 민주 공화정이건 자유의 향유라는 면에서는 서로 다를 바 없다. 그러나 그러한 견해는 지배 없는 간섭의 이상에 의거한다면 비판받을 수 있다. 전제 군주정에서는 아무리 높은 지위에 있는 사람이라 할지라도 군주의 의지에 따라야 하는 노예일 뿐이다. 그 반면 민주 공화정에서는 아무리 지위가 낮은 사람이라할지라도 자유로운 시민이다.

인간 사회에서 간섭은 늘 있기 마련이다. 자의적인 간섭은 지배와 예속의 상태를 초래할 가능성이 농후하다. 지배 없는 자유의 이상은 그러한 가능성을 축소시킬 것을 요구한다. 한편으로는 강자가 약자를 자의적으로 간섭할 수 없도록 하면서 다른 한편으로는 약자가 강자의 자의적인 간섭에 저항할 수 있도록 하는 제도가 마련되어야 한다.

(다)

"얘들아, 너희들도 아까 보았지만, 날짐승들은 한 지도자 밑에 얼마나 질서정연하고 위풍이 당당하냐? 우리들 개구리도 한번 이런 사회를 건설하는 것이 어떠냐."

바로 턱 밑에 쭈그리고 앉은 멍텅구리 파랑이가 또 주책없이 물었다.

"얼룩아, 지도자가 무에니?"

"지도자란 건 왕이라구두 하구 임금이라구두 하는데, 아까 본 독수리는 이를테면 새들의 지도자요 왕이요 임금이란다."

저쪽에서, 역시 파랑이에 못지않은 멍텅구리 검둥이가 바보 같은 소리로 물었다.

"얼룩아아, 왕이란 건 그렇게 막 잡아먹는 거니이? 아이구 무시라아."

얼룩이는 한번 픽 웃고 좌중을 훑어보았다. 지도자의 참뜻을 아는 것은 자기만이라는 것이 분명하였다.

"잘못하는 놈은 잡아먹지, 아니 잡아먹어야지."

"얼룩아아, 어떻게 하는 게 잘못하는 거니이"

파랑이다.

"지도자의 말을 잘 안 듣고 게으른 짓만 하는 게 잘못하는 거지."

"얼룩아아, 그런 낮잠 자는 것두 잘못하는 거니이? 어쩐지 무시무시하구나아."

검둥이다.

"얘들아, 내 말 좀 들어라. 새들이 저렇게 훌륭한 지도자 밑에 일사불란의 질서를 유지하고 단결하였는데, 만약 저마다 멋대로 날뛰는 우리 개구리 사회를 들여다본다면 무어라고 하겠느냐 말이다. 그러기에 나는 우리도 당당한 지도자를 받들고 이 무질서를 질서로 정돈하기를 제 의하는 것이다."

"듣고 보니께 그렇기두 하구나아."

파랑이다. 모두들 그럴싸하게 구미가 도는 모양이었다.

"여기 반대하는 개구리는 앞발을 들어라."

발을 드는 놈은 하나도 없었다. 유독 맨 뒤에 자빠져 있던 초록이가 반쯤 머리를 들고 반박하였다.

"얼룩아, 보기두 싫다. 높은 데서 뽐내지 말구 내려와. 네나 내나 마찬가지야. 지도자구 질서구, 되지 못하게스리. 나는 이대루 자뿌라질 자유, 낮잠 잘 자유, 제멋대루 거꾸로 설 자유가 좋다."

뱃속에서는 화가 치밀었으나 눈앞에 있는 군중은 그것이 무슨 소린지 알아듣지 못하는 것만이 다행이었다. 얼룩이는 초록의 발언을 묵살하기로 하였다. 그는 다시 한 번 따졌다.

"얘들아, 지도자를 선출하는 데 이의가 없지? 있으면 앞발을 들어라."

역시 드는 놈은 없었다.

이때 파랑이가 부스스 일어섰다.

"모두 좋은 모양이구나아. 얼룩아 그럼 니가 그 지도잔가 한 걸 하려무나아. 그리구 내가 좀 낮잠 자두 잡아먹진 말아라아, 증말이야."

이에 폭소가 터졌다. 모두들 배를 거머안고 웃어댔다. 특히 초록이는 배를 안고 뱅뱅 돌아가면서 허리를 꺾었다.

"얼룩이는 안 된다. 저번에 검둥이한테두 씨름에 졌지 않아? 게다가 목소리두 가느다란 것이 어디 돼먹었어"

야무지게 생긴 놈의 반박이었다.

“……그뿐이 아니다, 아까 날짐승 떼가 오자 제일 먼저 물속으로 내뺀 것이 바로 얼룩이가 아냐? 그 따위 헝겊막대 같은 지도자가 무슨 소용이란 말이냐? 적어두 독수리보다 몇 배 나은 놈을 골라야 할 거 아냐”

“옳소!”

우레 같은 박수가 터졌다.

(라)

어떤 사람에게 자유의지가 있다면 그가 제약이 없는 상태에서 행하는 선택을 타인이 정확하게 예측하는 것은 불가능하다. 예를 들어 내가 당신에게 당신의 의지대로 오른손 또는 왼손을 들라고 한다고 하자. 당신이 자유의지를 가지고 있다면 나는 당신이 오른손을 들지 왼손을 들지를 정확하게 예측할 수 없다.

당신 앞에 두 개의 상자가 있는데 하나는 투명하고 다른 하나는 불투명하다. 투명한 상자 안에는 일백만 원이 들어 있다. 불투명한 상자 안에는 일억 원이 있을 수도 있고 아무것도 없을 수도 있는데 당신은 그 안을 들여다 볼 수 없다.

당신은 다음의 두 가지 중 하나를 선택하여 가능한 한 많은 금전적 이득을 얻고자 한다.

(1) 불투명한 상자 하나만을 취한다.

(2) 두 개의 상자를 모두 취한다.

그런데 당신에게는 다음과 같은 정보가 있다. ‘상당히 뛰어난 예측력을 지닌 어떤 존재가 당신이 할 선택을 미리 예측하고 그 예측의 내용에 따라 불투명한 상자에 일억 원을 넣어둘지 말지를 결정한다. 만약 그 존재가 당신이 (1)을 선택할 것이라고 예측한다면 그는 불투명한 상자에 일억 원을 넣는다. 만약 그 존재가 당신이 (2)를 선택할 것이라고 예측한다면 그는 불투명한 상자에 아무것도 넣지 않는다.’

Ⅰ. 제시문 (가)를 500자 내외로 요약하시오. (30점)

Ⅱ. 제시문 (나)의 내용을 바탕으로 제시문 (다)에 나타난 ‘얼룩이’와 ‘초록이’의 견해를 비교하고, 제시문 (가) (나) (다)를 참고하여 자유에 관한 자신의 생각을 논술하시오. (50점)

Ⅲ. 제시문 (라)의 상황을 두고, 어떤 사람들은 당신이 (1)을 선택해야 한다고 주장하고 다른 사람들은 당신이 (2)를 선택해야 한다고 주장한다. 자유의지의 문제와 관련하여 두 주장을 각각 뒷받침하는 논리적 근거를 추론하시오. (서술을 위주로 답안을 전개하되 수식이나 표를 사용할 수 있음.) (20점)

※ 유의 사항

1. 답안에 자신을 드러내는 표현을 쓰지 말 것 .

1. 논제 확인 (1번부터 3번까지 모두)

이번 논술의 주제는 '자유' 또는 '자유 의지'라는 것을 알겠네요. 자유에 대해서는 여기저기서 많이 들어 봤기 때문에, 낯선 주제는 아니죠? 하지만 제시문에서 말하는 자유가 중요하니까, 차근차근 읽으면서 자유에 관한 여러 관점을 분석해보죠.

논제1.

제시문 (가)를 500자 내외로 요약하시오. (30점)

2. 제시문 (가)를 가볍게 읽으면서 핵심주장 찾아내기

제시문이 만만치 않죠? 우선 분량이 꽤 많고 내용도 호락호락하지 않네요. 하지만 계몽이란 의타성에서 벗어나는 것이다. 그리고 한 명의 학자가 대중에게 이성을 사용하는 것과 같은 방식으로 이성을 써서 계몽을 이루어내자. 이 정도의 주장을 하고 있구나 하는 생각은 들죠? 이것을 바탕으로 삼아 단락을 파악하도록 하지요.

3. 단락 분석하기

계몽이란 인간이 의타적 상태로부터 벗어나는 것이다. 의타적 상태에 처한 인간은 남이 이끌어 주지 않으면 자신의 지성을 사용하지 못한다. 그러한 상태는 그가 스스로 초래한 것이다. 의타적 상태는 지성의 결핍이 아니라 남의 도움 없이 지성을 사용하려는 결단과 용기의 결핍에서 비롯한다. "과감히 알려고 하라!", "지성을 사용할 용기를 가져라!"가 바로 계몽의 구호이다.

대부분의 사람들은 일생토록 의타적인 상태에 머물고 다른 사람이 그들의 후견인 노릇을 한다. 그러한 상태는 나태와 비겁에서 기인한다. 의타적 상태에 머무는 것은 매우 편안하다. 책이 내 대신 지적인 활동을 하고, 성직자가 내 양심을 지키고, 의사가 내 건강을 위해 식단을 짜준다면, 나는 굳이 수고할 필요가 없다. 돈만 낼 수 있다면 나는 생각하지 않아도 된다. 다른 사람들이 나를 위해 번거로운 일들을 기꺼이 떠맡을 것이다. 후견인들은 사람들이 성숙으로의 과정을 힘겨워할 뿐 아니라 매우 위험하게 여기도록 하고서는 그들의 감독자 역을 자청한다. 후견인들은 우선 피보호인을 입 다물게 한 후 잠자코 있는 그 피보호인에게 그가 보행기 없이는 한 걸음도 감히 떼어 놓을 수 없다고 분명하게 주지시킨다. 그러고 나서 후견인들은 피보호인이 혼자 걸으려고 시도할 때 당면하게 될 위험들을 알려준다. 그렇지만 후견인들의 강조와 달리 그 위험은 실제로 크지 않다. 몇 번 넘어지고 나면 혼자 걷는 법을 끝내 익힐 수 있다. 그러나 실패의 사례들이 제시되면 피보호인은 겁을 먹어서 더 이상의 시도를 하지 않게 된다.

개인이 의타적인 상태에서 벗어나는 것은 매우 어렵다. 그는 자신에게 거의 천성이 되어버린 의타적인 상태를 선호하게 되어 당장은 그의 지성을 정말로 사용하지 못한다. 그동안 아무도 그에게 지성을 사용하도록 하지 않았던 것이다. 법령과 규칙들, 개인의 타고난 재능을 합리적으로 사용하거나 잘못 사용하는 저 기계적 작용들은 의타적 상태를 영속화시키는 족쇄들이다. 누군가 그 족쇄들을 벗어던진다 하더라도 그는 단지 좁은 도랑을 겨우 건넌 데 불과하다. 그는 아직 그런 유의 움직임에 익숙하지 않다. 무능력에서 벗어나 꾸준히 전진할 수 있도록 자신의 마음을 단련하는 데 성공하는 사람은 매우 드물다.

자유 이외에 계몽을 위해 필요한 것은 없다. 자유라는 이름으로 부를 수 있는 그 모든 것들 중에서 이성을 공적으로 사용하는 자유가 가장 중요하다. 그러나 사방에서 "따지지 말라"는 소리가 들린다. 장교는 "따지지 말고 그저 훈련하라"고, 세무원은 "따지지 말고 그저 세금을 내라"고, 성직자는 "따지지 말고 그저 믿으라"고 말한다. 도처에서 자유는 제한된다. 그렇다면 어떠한 제한이 계몽을 방해하고 어떠한 제한이 계몽을 촉진하는가? 나는 이성의 공적인 사용은 언제나 자유로워야 하며 그것만이 인간들에게 계몽을 가져온다고 대답하고자 한다. 그에 반해 이성의 사적인 사용은, 계몽의 진전이 방해되지 않고도, 크게 제한될 수 있다. 이성의 공적 사용이란 가령 개인이 한 사람의 학자로서 독서 대중에게 이성을 사용하는 경우를 일컫는다. 이성의 사적사용은 그 개인이 자신에게 주어진 시민적 지위나 공직에서 이성을 사용하는 경우이다. 공공 조직에서 수행되는 많은 일들은 어떤 메커니즘을 필요로 한다. 조직의 구성원들은 그 메커니즘을 일방적으로 따라야 하므로, 정부는 그들이 공공의 목적을 지향하도록 하거나 그렇지 않다면 적어도 그들이 공공의 목적을 망치지 못하도록 할 수 있다. 여기에는 다만 복종이 있을 뿐 논란의 여지는 없다. 그러나 개인은 공적 조직의 구성원이면서 세계 시민 사회와 전체 공동체의 일원이기도 하다. 그는 한 사람의 학자로서 저술을 통해 독서 대중에게 진술하기도 한다. 그 경우 그는 공적 조직원으로서 그가 맡은 책무를 침해하지 않으면서 논의를 펼칠 수 있다. 장교가 근무 중에 상관의 명령을 받고서 그 명령의 적합성이나 유용성 여부에 대해 따지는 것은 터무니없는 짓일 것이다. 그는 명령에 복종해야만 한다. 그러나 그가 학자로서 독서 대중에게 병역의 의무가 지닌 문제점들을 지적하고 설명하는 것을 막을 수는 없다. 시민은 납세의 의무를 거부하지 못한다. 할당된 세금에 대해 염치없이 불평을 늘어놓는다면 징벌의 수치를 피하지 못한다. 그러나 바로 그 사람이 학자로서 과세의 부당성에 대한 자신의 견해를 독서 대중에게 발표한다 하더라도 그는 시민적 의무에 반하는 행동을 한 것이 아니다.

누군가 "우리는 지금 계몽된 시대에 살고 있는가"라고 질문한다면 아니라고 대답해야 한다. 우리는 지금 계몽 중인 시대에 살고 있다. 사람들이 여러 면에서 외부의 도움 없이 자신들의 이성을 확고하고 자유롭게 사용할 수 있도록 하는 여건이 현재로서는 갖추어지지 않았다. 그러나 사람들이 자유롭게 활동할 수 있는 장이 열리고 있다는 명백한 조짐들을 우리는 본다. 계몽을 가로막고 의타적인 상태로부터의 해방을 가로막는 장애들이 조금씩 제거되고 있다. 이 시대는 계몽 중인 시대이다.

1) 첫 번째 단락

글을 시작하자마자 계몽에 관해 정의했네요. "계몽이란 인간이 의타적 상태로부터 벗어나는 것이다." 계몽은, 보통 모르는 것을 알게 된다는 의미로 쓰이는데, 이 글의 지은이는 다른 뜻으로 사용하고 있다는 게 보이죠? <논제1, 2, 3>에서 이번 시험의 주제는 '자유에 관한 것'이라는 것을 확인했는데, 계몽조차 자유의 관점에서 이해하고 있네요. 의타적 상태에서 벗어나는 게 계몽이라면, 이제 무슨 내용을 다뤄야 논리적일까요? 다른 사람에게 매여 있는 상태로부터 벗어나지 못하는 까닭은 무엇일까? 이것을 다뤄야겠지요.

2) 두 번째 단락

예상대로, 사람들이 의타적 상태에 있는 까닭이 나왔네요. 그 탓을 둘로 나눠 들었는데, 찾아보세요! 하나는 자기 자신의 나태와 비겁함이고, 또 하나는 이른바 후견인의 문제를 지적했지요? 후견인에 관해 꽤 길게 서술했는데, 이것을 짧게 정리하면 어떻게 될까요. 후견인의 '과잉보호'라고 하면 얼추 맞겠죠? 딱 들어맞는 표현을 찾기 힘들 땐, 얼추 맞는 말을 찾으면 충분해요. 여러 문장을 한 마디로 정리하는 것은 글을 분석하고 요약할 때 꼭 필요한 능력이니까, 이런 연습을 많이 하세요. 의타적 상태에 있는 까닭을 말했으니까, 이번에는 무슨 내용을 다뤄야 할까요?

3) 세 번째 단락

의타적인 상태에서 벗어나는 것의 어려움이 나와 있네요. 의타성이 거의 천성이 된 것, 지성을 사용한 적이 거의 없는 것, 주변은 온통 의타성을 키우는 것들로 꽉 차 있음을 그 이유로 들었고요. 그리고 맨 마지막에 "무능력에서 벗어나 꾸준히 전진할 수 있도록 자신의 마음을 단련하는 데 성공하는 사람은 매우 드물다"고 나와 있네요.

자, 글의 논리적인 흐름을 감안했을 때, 이 문장을 보고 물음이 생기지 않나요? 물음을 만들어 보세요! '자신의 마음을 단련한다는 것은 무엇이고, 어떻게 해야 그것이 성공할 수 있을까?'

논리적인 사람이라면 반드시 이 질문을 했을 거예요. 그러니 제시문 <가>의 필자도 당연히 이것을 고려했겠지요. 그러므로 우리는 다음에 이어지는 내용을 예상할 수 있어요. 이제, '자신의 마음을 단련하는 것'에 대해 나오겠구나. 다음에 나올 내용을 예상하면서 글을 읽는 것은 기본이에요. 이것을 통해 논리적인 분석력을 기를 수 있고, 비판적 독해의 밑거름이 된다는 사실을 꼭 새겨두세요.

앞에서 봤던 "~자신의 마음을 단련하는 데 성공하는 사람은 드물다"는 문장에서 우리는 또 하나 알 수 있어요. 그 문장까지가 하나의 의미 단위, 즉 내용 단락이 되겠구나 하는 생각이지요. 여태 '사람이 의타성에 매여 있는 상태'에 대해 말했으니, 이제는 '의타성에서 벗어나는 길'이 제시되겠구나 하며 논리적인 추론을 할 수 있잖아요. 물론, 뒤에 다른 내용이 나올 수도 있어요. 그런 경우는, 내가 미처 생각하지 못한 것이 있거나, 아니면 필자가 글을 논리적으로 쓰는 사람이 아니거나 둘 중 하나겠죠. 어느 경우가 되었건 간에 비판적인 읽기에 성공한 것이죠. 이렇게 함으로써 나의 한계뿐 아니라 저자의 한계도 콕 집어낼 수 있게 된답니다.

4) 네 번째 단락

이 단락은 길지요. 의미 단락을 형식 단락으로 쓴 게 아닌가 싶네요. 그런데 이 단락을 끝까지 다 읽었는데도, 앞에서 우리가 예상했던 '마음의 단련' 어구가 나오지 않네요. 왜 그렇지요? 앞에서 말한 것처럼 내 생각이 짧아서일 수도 있고, 필자가 글을 논리적으로 쓰지 못해서일 수도 있어요. 둘 중 어느 경우인가를 찾기 전에, 이 단락에 정말로 '마음의 단련'에 관한 게 없는가? 따져 보세요. 여러분의 글 분석 능력을 한 단계 올릴 수 있는 열쇠를 하나 드릴게요. 새로운 단락의 핵심 어구가, 자신이 예상하고 있던 어구 즉 '마음의 단련'과 관계가 있는가, 또는 그것을 다른 방식으로 표현했는가를 헤아려 보세요. 이 단락에서 핵심적으로 다루고 있는 것은 무엇이죠? "이성을 공적으로 사용하는 자유"죠? '마음을 단련하는 것'과 '이성을 공적으로 사용하는 자유' 사이에 관련이 없나요? 앞의 것을 하는 주요한 방법으로 뒤의 것을 둔 게 아닌가요? 그러니까, 마음을 단련하기 위해선 이성을 공적으로 활용하는 자유를 사용해야 한다고 말한 것은 아닌가요? 사실 필자는 주요한 방법이 아니라 유일한 방법이라 하고 있네요. "자유 이외에 계몽을 위해 필요한 것은 없다"고 했잖아요. 그리고 '마음을 단련하는 것'은 다른 게 아니라, 무능력에서 벗어나는 것 즉 계몽하는 것이라 했잖아요.

이제 이성을 공적으로 사용하는 게 뭐고, 그렇지 않은 게 뭔지를 분별해야겠지요? 우리의 이해를 돕기 위해, 이성의 공적 사용과 사적 사용을 예까지 들어가면서 설명했군요. "이성의 사적 사용은 자신에게 주어진 시민적 지위나 공직에서 사용하는 경우"이고, "이성의 공적 사용이란, 가령 개인이 한 사람의 학자로서 독서 대중에게 이성을 사용하는 경우"라고 하네요.

이성의 사용을 이렇게 나누는 까닭은 무엇일까요? 주제 즉 '의타성에서 벗어나자'는 것을 감안하고서 답해 보세요. 이성의 공적 사용은 그것을 가능케 하지만, 이성의 사적 사용은 그것을 불가능케 하기 때문이지요.

또, 물어봐야지요? 왜 그런 일이 일어나지? "조직의 구성원들은 그 메커니즘을 일방적으로 따라야 하고", 또 "복종이 있을 뿐"이기에 그렇다고 또렷하게 나와 있네요. 그런데 이성을 공적으로 쓰면 의타성에서 벗어날 수 있는 이유는, 글귀로 똑 떨어져 나와 있나요? 없지요. 한 사람의 학자로서 이성을 사용한다는 의미를 알면 이것이 의타성에서 벗어나게 하는 이유를 알 수 있지 않을까요? 그것의 의미는 무엇이죠? "세계 시민 사회와 전체 공동체의 일원으로서 …… 저술을 통해 독서 대중에게 진술한다"고 했네요.

여기서 필자가 생각하는, 의타성에서 벗어난다는 게 구체적으로 무엇을 가리키는지, 즉 계몽된 상태에 있다는 게 뭔지가 밝혀졌네요.

"세계 시민 사회와 전체 공동체의 일원으로서 …… 저술을 통해 독서 대중에게 진술한다"는 문장을 꼼꼼히 봐보죠. 여기에선 눈여겨 봐야 할 게 둘 있네요. '세계 시민 사회의 일원으로서'와 '진술한다'가 그것인데, 이것들이 뜻하는 게 무엇일까요? 이것들이 의미하는 바를 잘 모를 땐, 그것과 대립하거나 그것과 맞세워져 있는 것을 떠올려 보세요. 사고력을 키우는 또 하나의 비법이니까 잊지 마세요.

우선 "진술한다"부터 보죠. 제시문에 나와 있는 말 중에서 이것과 반대되는 게 무엇일까요? 직접 찾아야 해요. "메커니즘을 일방적으로 따른다"가 그것이겠죠? 그러니까, '진술한다'는 것은 무엇에 따르지 않고 즉 매이지 않고, '스스로 판단한다'는 게 되겠네요. 물론, 이게 '진술한다'의 사전적 의미는 아니에요. 모든 낱말의 뜻은 문맥 속에서 찾아야 한다는 것을 여기서 알 수 있네요.

다음은 "세계 시민 사회의 일원으로서"와 맞서 있는 게 뭔가요? 앞뒤 문장을 보세요. 약간 당혹스럽지만 "공적 조직의 구성원"으로서가 그에 맞서 있네요. 왜 우리는 여기서 당혹감을 느꼈을까요? "공적 조직의 구성원"으로서의 일을 통해서는 계몽된 인간이 될 수 없을 뿐 아니라, 이것은 이성을 사적으로 사용하는 것에 지나지 않는다는 필자의 생각이 우리의 상식과 충돌하기 때문이지요. 이런 곳을 만나면 반드시 곰곰이 헤아려 봐야 해요. 우리의 사유 능력이 한 단계 깊어질 수 있는 기회이니까요.

왜 필자 즉 임마누엘 칸트는 이렇게 여겼을까? 제대로 된 이성과 자유가 서 있는 토대는 무엇인가? 글쓴이는 그 토대를 세계에 두었는데, 그 토대를 국가에 두면 왜 안 되는가? 필자가 강조하고 싶은 것은 아마 이 부분일 겁니다. 한 나라의 국민으로서 사유하는 것과 계몽은 무관하다. 어쩌면 해롭기까지 하다. 여기서 우리는 글쓴이의 세계관을 알 수 있네요. 그는 결코 민족주의자도 국가주의자도 아니었던 거지요. 그래서 학자의 관점에 서는 것을 가지고, 이성을 공적으로 쓰는 예로 삼은 거지요. 사실 학자란 세계 시민적이고 인류보편적인 관점에 서서 발언하는 사람을 일컫는 거잖아요.

그런데 우리는 보통 한 가족의 일원으로서, 정말 많이 나가면 한 국민으로서 생각하죠? 그래서 필자의 생각과 충돌이 일어난 거지요. 그러고 보면, 칸트로부터 300여 년이 지났지만 지금도 계몽이 안 되었다고 해야겠네요. 한편, 필자는 공적 조직의 구성원으로서 살지 말라고 했나요? 그렇지 않았어요. 그런 사람으로 살면서도 세계 시민의 일원으로 살라고 했지요. 그렇지만 이것은

잠정적인 것일 뿐 온전한 형태는 아니라고 생각되지 않나요? 필자도 그래서 다음 단락에서 "계
몽을 가로막고 의타적인 상태로부터의 해방을 가로막는 장애들이 조금씩 제거되고 있다"고 했
을 겁니다.

5) 다섯 번째 단락

전망과 희망을 피력하고 있지요. 그냥 덧붙인 글이라고 파악한 분들도 있던데, 그건 글의 분위
기를 잘못 느껴서 그런 거예요. 지금은 비록 미약하지만 전망은 밝다는 표현은 새 시대, 즉 계몽
된 시대를 염원하는 힘찬 소리예요. 그렇기 때문에 요약할 때도 이 부분에 힘을 주어서 표현해야
겠지요.

4. 개요 작성하기

① 계몽의 정의 - 의타성, 지성의 사용.
② 의타성에서 벗어날 수 없는 원인
  • 자기 자신의 책임 - 편안, 비겁
  • 이른바 후견인의 책임 - 과잉보호
③ 의타성에서 벗어나기 위한 방안
  • 마음을 단련하는 일 - 이성의 공적 사용
④ 이성의 사적 사용과 이성의 공적 사용과의 관계
⑤ 전망과 희망

요약을 위한 개요에선 일부러 문장으로 하지 않았어요. 핵심 단어들만 가지고 글을 쓸 때, 제시
문을 그대로 베끼지 않고 자기의 글을 쓸 수 있게 되거든요. 물론, 개요를 문장으로 작성해도 괜
찮아요. 하지만 베끼면 안 되고 자기화된 문장으로 써야 해요.

5. 요약 예시 (500±50자)

계몽은 지성의 결핍 때문에 필요한 게 아니다. 자기 지성을 사용하려는 용기를 내지 못해 타인
에 의지하는 상태를 벗어나는 게 계몽이다. 의타성을 못 버리는 데는 자기 자신의 탓도 있고, 이
른바 후견인의 탓도 있다. 후견인은 말한다. '그 어느 것도 혼자는 할 수 없으니 대신 감당해 주겠
다.' 그의 말을 받아들이면, 우리 몸은 너무 편안해진다. 그래서 의타성을 못 벗어난다. 어쩌다 용
기를 내, 스스로 했다가 실패하면, 그때 우리는 '의타성의 안전' 속으로 깊게 파묻힌다.

이 상태에서 벗어나려면 자유의 힘을 빌어 마음을 단련해야 한다. 자유 중에서도 "이성을 공적
으로 사용하는 자유"만이 계몽을 가져온다. 이것은 세계 시민적인 관점에서, 즉 학자적인 관점에

서 이성을 사용하고 발언하는 것이다. 그런 점에서 국가 공직의 위치에서 그 조직의 요구에 따르기만 하는 '이성의 사적 사용'과는 대비된다.

아직도 우리는 의존성 속에 있다. 하지만 그 굴레를 벗어던지는 소리가 점점 커지고 있음을 느낀다.

논제2

제시문 (나)의 내용을 바탕으로 제시문 (다)에 나타난 '얼룩이' 와 '초록이' 의 견해를 비교하고, 제시문 (가) (나) (다)를 참고하여 자유에 관한 자신의 생각을 논술하시오. (50점)

1.논제 분석

1) 제시문 〈나〉의 내용을 바탕으로,

2) 제시문 〈다〉에 나타난 얼룩이와 초록이의 견해를 비교하고,

3) 제시문 〈가〉〈나〉〈다〉를 참고하여 자유에 관한,

4) 자신의 생각을 논술하시오.

논제 분석은 아무리 강조해도 지나치지 않아요. 논제 속에 핵심 문제도 있고 대강의 개요도 있어요. 또한 논제가 독해의 방향도 제시하고 있어요. 이 논제는, 모든 글을 '자유'를 중심으로 읽되, 얼룩이와 초록이의 자유에 대한 견해가 맞서니, 그것에 주목하라고 알려주는 셈이에요.

그리고 제시문 〈나〉의 내용을 바탕으로 제시문 〈다〉의 두 견해를 비교하라는 것은, 〈다〉에 적용할 수 있는 이론을 〈나〉에서 찾으라는 소리지요.

2. 제시문 〈나〉, 〈다〉를 모두 가볍게 읽으면서 대강의 내용 파악하기

중요하게 쓰인 낱말이나 구절들을 나열해 보세요.

〈나〉: 지배 없는 자유, 간섭 없는 자유, 자의적인 간섭.

〈다〉: 질서정연, 잡아먹음, 잘못, 무질서, 제멋대로 거꾸로 설 자유, 지도자, 용기, 힘.

3. 〈다〉의 두 견해 사이의 공통점과 차이점을 또렷이 하기

"얘들아, 너희들도 아까 보았지만, 날짐승들은 한 지도자 밑에 얼마나 질서정연하고 위풍이 당당하냐? 우리들 개구리도 한번 이런 사회를 건설하는 것이 어떠냐"

바로 턱 밑에 쭈그리고 앉은 멍텅구리 파랑이가 또 주책없이 물었다.

"얼룩아, 지도자가 무에니"

"지도자란 건 왕이라구두 하구 임금이라구두 하는데, 아까 본 독수리는 이를테면 새들의 지도자요 왕이요

임금이란다.”

저쪽에서, 역시 파랑이에 못지않은 멍텅구리 검둥이가 바보 같은 소리로 물었다.

“얼룩아아, 왕이란 건 그렇게 막 잡아먹는 거니이? 아이구 무시라아.”

얼룩이는 한번 픽 웃고 좌중을 훑어보았다. 지도자의 참뜻을 아는 것은 자기만이라는 것이 분명하였다.

“잘못하는 놈은 잡아먹지, 아니 잡아먹어야지.”

“얼룩아아, 어떻게 하는 게 잘못하는 거니이”

파랑이다.

“지도자의 말을 잘 안 듣고 게으른 짓만 하는 게 잘못하는 거지.”

“얼룩아아, 그런 낮잠 자는 것두 잘못하는 거니이? 어쩐지 무시무시하구나아.”

검둥이다.

“얘들아, 내 말 좀 들어라. 새들이 저렇게 훌륭한 지도자 밑에 일사불란의 질서를 유지하고 단결하였는데, 만약 저마다 멋대로 날뛰는 우리 개구리 사회를 들여다본다면 무어라고 하겠느냐 말이다. 그러기에 나는 우리도 당당한 지도자를 받들고 이 무질서를 질서로 정돈하기를 제의하는 것이다.”

“듣고 보니께 그렇기두 하구나아.”

파랑이다. 모두들 그럴싸하게 구미가 도는 모양이었다.

“여기 반대하는 개구리는 앞발을 들어라.”

발을 드는 놈은 하나도 없었다. 유독 맨 뒤에 자빠져 있던 초록이가 반쯤 머리를 들고 반박하였다.

“얼룩아, 보기두 싫다. 높은 데서 뽐내지 말구 내려와. 네나 내나 마찬가지야. 지도자구 질서구, 되지 못하게스리. 나는 이대루 자뿌라질 자유, 낮잠 잘 자유, 제멋대로 거꾸로 설 자유가 좋다.”

뱃속에서는 화가 치밀었으나 눈앞에 있는 군중은 그것이 무슨 소린지 알아듣지 못하는 것만이 다행이었다. 얼룩이는 초록의 발언을 묵살하기로 하였다. 그는 다시 한 번 따졌다.

“얘들아, 지도자를 선출하는 데 이의가 없지? 있으면 앞발을 들어라.”

역시 드는 놈은 없었다.

이때 파랑이가 부스스 일어섰다.

“모두 좋은 모양이구나아. 얼룩아 그럼 니가 그 지도잔가 한 걸 하려므나아. 그리구 내가 좀 낮잠 자두 잡아먹진 말아라아, 증말이야.”

이에 폭소가 터졌다. 모두들 배를 거머안고 웃어 댔다. 특히 초록이는 배를 안고 뱅뱅 돌아가면서 허리를 꺾었다.

“얼룩이는 안 된다. 저번에 검둥이한테두 씨름에 졌지 않아? 게다가 목소리두 가느다란 것이 어디 돼먹었어”

야무지게 생긴 놈의 반박이었다.

"……그뿐이 아니다, 아까 날짐승 떼가 오자 제일 먼저 물속으로 내뺀 것이 바로 얼룩이가 아냐? 그 따위 헝겊막대 같은 지도자가 무슨 소용이란 말이냐? 적어두 독수리보다 몇 배 나은 놈을 골라야 할 거 아냐"

"옳소!"

우레 같은 박수가 터졌다.

얼룩이와 초록이가 맞서 있죠? 이 둘의 견해를 평가할 수 있는 이론이 제시문 〈나〉에서 찾아질 듯하나요. 우선, 얼룩이와 초록이의 견해를 대강이나마 써 보세요. 잘 안 되면 다시 한 번 〈다〉를 읽으세요.

얼룩이가 내세우는 것은 무엇이죠? 질서정연, 지도자, 잡아먹을 수 있음이죠. 그러면 초록이는 무얼 내세우죠? 제멋대로 거꾸로 설 자유, 지도자고 질서고 되먹지 못한 것이다.

이제 얼룩이와 초록이가 바라는 게 뭔지 대강 감이 오죠? 자, 여기서 우리는 한 발 더 나가야 해요. 논술에서는, 구체적인 것은 그것이 무엇이든지 간에 일반화하고 추상화하세요. 출제자가 의도하고 있는 것은 구체적인 것을 어떻게 추상화해서 사유하는가를 보자는 거거든요.

얼룩이의 생각을 추상화하면 그는 어떤 인간(개구리)이 되죠? 추상화란 일반적이고 포괄적인 개념으로 표현하는 것이고, 여기서 다루고 있는 게 이념이니까, 얼룩이를 무슨 주의자라 할 수 있죠? 질서를 위해서라면 지도자가 잡아먹을 수도 있다. 즉 생사여탈권을 가질 수도 있다고 생각하고 있어요. 이런 이념을 뭐라고 하죠? 전체주의가 아닌가요?

초록이의 생각을 추상화해서 그에게 '~주의자'라는 명칭을 붙여 보세요. 자유주의자? 아니에요. 초록이가 "네나 나나 마찬가지야, 지도자구 질서구, 되지 못하게스리"라고 했어요. 자유주의는 지도자와 질서를 부정하지는 않아요. 지도자와 질서를 탐탁지 않게 여겨 그것들을 다 부정하는 이념을 뭐라 하죠? 무정부주의라 하지요? 물론 이렇게 명칭을 붙일 수 없다 하더라도, 어느 정도 좋은 논술문을 쓸 수 있어요. 하지만 이렇게 추상화할 수 있어야, 거시적이고 깊이 있는 글을 쓸 수 있다는 것은 확실해요.

그러면, 둘이 지금 논란하고 있는 것을 추상적인 단어를 써서 말하면 무엇에 대해 논쟁하고 있다고 해야 하나요? 전체주의, 무정부주의, 자유주의 등을 묶을 수 있는 상위어는 무엇이죠? 정치체제죠!

그러니까, 지금 이들은 정치체제에 대해서 심하게 부닥치고 있는 거예요. 이렇게 둘이 영 딴판이지만, 시험관이 이 둘을 비교하라고 했으니까 공통점 또는 공통 기반을 찾아야죠. 뭐를 들 수 있을까요?

대립하는 사람 사이에서 공통점이나 공통 기반을 찾을 때, 역시 그들의 주장을 한 번 더 추상화하면 돼요. 전체주의, 무정부주의를 한꺼번에 묶는 개념어가 뭐라고 했죠? 정치체제. 이들은 자유니 질서니 하는 것에 대한 인식이 있어서 체제 논쟁의 마당에 함께 서 있는 거예요. 그 마당에 서 있지 않은 사람이 없어도 상관없지만, 이 글에서는 그런 사람들이 있네요. 이들을 제외하고서는 아무도 체제에 대해 관심도 지식도 없잖아요? 그래서 초록이와 얼룩이가 한 마당에 서 있음을 더욱 더 분명히 해주고 있죠?

정리해보죠. 이 둘은 자유와 질서 등의 관계를 알아 정치체제를 가지고 논의할 수 있지만, 구체적인 방향에선 다르다. 하나는 전체주의를 하나는 무정부주의를 선호한다.

이제 이것을 염두에 두고서 제시문 <나>를 분석하고 거기에서 이론의 틀을 가져오도록 하지요.

4. 제시문 <나>를 분석하되, 자유 · 질서 · 정치 체제를 중심으로 이해하기

벌린은 자유를 적극적 자유와 소극적 자유로 구분한다. 그의 설명에 따르면 적극적 자유는 자율이 실현된 상태를 의미하고 소극적 자유는 타인의 간섭이 부재한 상태를 의미한다. 그러나 '지배 없는 자유'는 벌린의 분류에 포섭되지 않는다. 지배 없는 자유는 간섭의 실재 여부에 의해 규정되지 않는다. 지배 없는 자유를 파악하자면 간섭의 자의성과 행위자가 처한 예속의 정도가 마땅히 고려되어야 한다. 피지배 상태에 있는 행위자도 간섭 없이 선택을 하는 경우가 있다. 간섭한다고 반드시 지배하는 것은 아니며 지배 받는다고 반드시 간섭 당하는 것은 아니 다. 간섭과 지배는 그처럼 별개의 개념들이다.

따라서 간섭의 부재에 초점을 두는 자유와 지배의 부재에 초점을 두는 자유는 서로 다르다. '간섭 없는 지배'와 '지배 없는 간섭'이 각각 가능하다는 사실은 양자의 차이를 더욱 뚜렷하게 보여준다. 간섭 없는 지배를 잘 보여주는 예로 주인과 노예의 관계를 들 수 있다. 일반적으로 주인은 노예에 대해 자의적으로 간섭할 수 있는 입장에 선다. 그러나 주인이 너그러운 사람이어서 노예에 대해 간섭하지 않을 수 있으며, 노예가 간사하거나 아첨에 능한 사람이어서 자기 마음대로 행동하면서 주인의 처벌을 피할 수도 있다. 그 경우 노예는 주인에게 지배되면서도 주인의 간섭을 받지 않는 자유를 누린다.

지배 없는 간섭을 잘 보여주는 예로는 선거를 통해 뽑힌 시장과 유권자인 시민들의 관계를 들 수 있다. 시장은 시민들이 동의하는 사안과 관련하여 시민들을 간섭할 수 있다. 시장의 간섭에 대한 시민들의 동의는 강제나 선동이 없는 상태에서 이루어져야 한다. 그러한 조건하에서 시민들은 자신들의 이익을 증진하기 위해 자발적으로 시장의 간섭을 받아들일 수 있고, 자신들이 동의한 사안에서 발생하는 불이익을 감수할 수 있다. 그 경우 시민들에 대한 시장의 간섭은 지배가 아니다. 시장은 자의적으로 시민들을 간섭할 수 없으며 시민들도 시장에게 무조건 복종할 필요가 없다.

결국 간섭 없는 자유와 지배 없는 자유는 서로 다른 이상이다. 간섭 없는 자유가 이상으로 설정될 경우 간섭을 받는 시민은 진정한 자유를 누리는 것이 아니다. 시민들이 시장의 간섭에 동의했다 하더라도 그 간섭은 간섭 없는 자유의 이상과 상충된다. 지배 없는 자유가 이상으로 설정될 경우 간섭 받지 않는 노예라 하더라도 그는 피지배 상태에 있으므로 진정한 자유를 누리는 것이 아니다. 홉스의 견해에 따르면 자유란 법의 간섭을 받지 않는 상태이며, 전제 군주정이건 민주 공화정이건 자유의 향유라는 면에서는 서로 다를 바 없다. 그러나 그러한 견해는 지배 없는 간섭의 이상에 의거한다면 비판받을 수 있다. 전제 군주정에서는 아무리 높은 지위에 있는 사람이라 할지라도 군주의 의지에 따라야 하는 노예일 뿐이다. 그 반면 민주 공화정에서는 아무리 지위가 낮은 사람이라 할지라도 자유로운 시민이다.

인간 사회에서 간섭은 늘 있기 마련이다. 자의적인 간섭은 지배와 예속의 상태를 초래할 가능성이 농후하다. 지배 없는 자유의 이상은 그러한 가능성을 축소시킬 것을 요구한다. 한편으로는 강자가 약자를 자의적으로 간섭할 수 없도록 하면서 다른 한편으로는 약자가 강자의 자의적인 간섭에 저항할 수 있도록 하는 제도가 마련되어야 한다.

문제가 "제시문 <나>를 바탕으로"라고 되어 있으니까 제시문 <나>도 분석되고 요약되어야 해요. 하지만 문제 1번을 하듯이 요약하면 안 되고, <다>의 두 견해를 평가하고 분석할 수 있는 방향성을 가져야 해요. 그래야, <나>부분과 <다>부분이 따로 놀지 않아요.

다시 한 번 말하지만, 방향성을 가지면서 <나>글을 요약해야 해요. 제시문 <나>를 분석하려면, 그것의 핵심 주장이 무엇인지부터 알아야지요? 제시문 <나>는 "간섭 없는 자유"와 "지배 없는 자유" 중 어느 쪽을 이상으로 삼아야 한다고 하나요? 마지막 단락에 "간섭은 늘 있기 마련이다"고 하는 것으로 보아 "지배 없는 자유"를 이상으로 삼은 듯하지요. 글을 의미 단락별로 분석하면서 확인하도록 하지요.

첫 번째 단락에서 중요한 것은 무엇인가요? 벌린이란 학자를 비판한 것이지요. 비판의 내용은 무엇이죠? "지배 없는 자유"는 벌린의 분류에 포섭되지 않는다. "간섭과 지배는 그처럼 별개의 개념들이다"가 그것이죠. 즉 자유를 충분하게 헤아리지 못했다는 소리죠? '지배 없는 자유'를 숙고하지 않았다는 거네요. 이제, 무슨 내용이 다음 단락에서 이어질 것이라는 걸 우리는 충분히 추측할 수 있지요? 필자가 '지배'와 '간섭'에 대해 생각을 펼치겠지요?

두 번째 단락의 내용이 우리가 예상한 대로네요. '간섭의 부재에 초점을 두는 자유'에 대해 예를 들어 설명했군요. '주인과 노예의 관계'가 여기에 해당한다는 거죠. 주인은 노예에게 자의적으로 간섭할 수 있지만, 안 할 수도 있다는 겁니다. 물론 주인은 노예를 지배하지요. 그러니까, 지배는 당하면서도 간섭은 받지 않는 상태가 있다는 거네요. 그러면 다음 단락엔 무슨 내용이 나와야 할까요?

'지배의 부재에 초점을 두는 자유'에 대해 역시 예를 들어 설명했네요. '시장과 유권자인 시민의 관계'가 여기에 해당한다는 거죠. 여기서도 역시 간섭이 나왔네요. '유권자는 간섭을 자발적으로 받아들인다.' 그리고 '시장은 유권자에게 자의적으로 간섭할 수 없다.'

네 번째 단락은 무엇에 대해 다뤘나요? '간섭 없는 자유'가 이상으로 설정될 경우와 '지배 없는 자유'가 이상으로 설정될 경우는 다르다는 점을 설명했다고 하면, 틀리다고는 할 수 없어요. 하지만 딱 들어맞는다고도 할 수 없어요. 왜 그럴까요? 이 단락을 다시 차근차근 봐보세요. 또 한 번 여러분의 독해 능력이 커질 수 있는 기회니까 잘 생각해 보세요. 잘 모르겠으면 첫 단락을 제가 어떻게 분석했는가를 다시 보세요. 벌린을 비판한 거라고 했죠.

다시 돌아와 보세요. 두 경우가 병렬적으로 나열되었나요? 아니면 하나를 비판했나요? '간섭 없는 자유를 이상으로 설정하는 경우'를 비판한 거지요. '그러나' 이후가 더 중요하다는 것 알고 있잖아요. 독해 때, 꼭 필요한 기술이니까 새겨두세요. 그러고 보니, 이 단락과 첫 단락이 같은 패턴이네요. 마지막 단락에서 "인간 사회에서 간섭은 늘 있기 마련이다"는 말을 봐도, 글쓴이는 '간섭 없는 자유'를 이상으로 설정하는 것은 문제가 있다고 여긴다는 것을 알 수 있네요. 제시문 <나>를 분석하면서 가졌던, 필자는 '지배 없는 자유'를 이상으로 삼기를 바란다는 생각이 맞았네요.

이제 마지막 단락은 무엇을 다루고 있다고 분석해야 하나요? 또 '자의적 간섭'이 나왔네요. 이렇게 자의적 간섭을 자주 언급하는 것은 그게 중요해서겠죠? 자신의 견해를 확고히 하기 위해선 '자의적 간섭'에 대해 어떤 식으로든 처리하지 않으면 안 되겠다는 생각 때문이겠죠. 왜 그렇게 생각했을까요?

필자는 '간섭'은 허용해야 한다는 입장이에요. 여기에 대해 '간섭과 억압은 그리 멀지 않다'며 비판하는 사람이 있을 수 있겠죠? 그래서 필자는, 자의적 간섭은 안 된다. 뿐만 아니라, 강제나 선동조차 배재된 상태에서의 동의에 의한 간섭만을 간섭으로 인정하겠다. 더 나아가서 '자의적 간섭'을 방지할 수 있는 제도적 장치까지 마련해야 한다고 말한 거예요. 간섭을 허용했을 때 생길 수 있는 문제점에 대해 잘 알고 있기에, 그것에 미리 한계를 설정한 것이지요. 비판거리를 없애는 놀라운 헤아림, 철저한 헤아림이라 할 수 있겠네요.

<나> 글에 대한 분석은 이쯤 하면 된 것 같은데, 이것을 가지고 초록이와 얼룩이의 견해를 평가하고 분석할 수 있겠나요? 이번 문제의 거멀못(핵심)이니까, 차근차근 헤아려 보죠. 질서를 위해서는 지도자가 생사여탈권까지 가질 수 있다. 즉 전체주의가 얼룩이의 정치적 견해예요. 반면에 초록이는 지도자고 질서고 다 쓸데없는 것이다. 잠을 자든, 물구나무를 서든 냅둬. 즉 무정부주의를 주장했어요.

<나>에서 자유를 바라보는 두 견해를 그렇게 열심히 분석하고 그 중 하나를 비판한 까닭은, 혹시 얼룩이나 초록이가 비판받을 자유관을 가졌기 때문이 아닐까요? 얼룩이와 초록이가 가진 자유관은 무엇이죠? 얼룩이는 자유에 대해 별로 관심이 없고, 질서에만 관심이 있는 듯하지요. 그러면 초록이는 '지배 없는 자유'를 바라나요, 아니면 '간섭 없는 자유'를 바라나요? 분명히 그는 '간섭 없는 자유'를 이상으로 하고 있어요. 그의 생각을 한 마디로 하면 '잠을 자든, 물구나무를 서든 간섭하지 마.' 그리고 '지도자고 질서고 다 필요 없어'잖아요.

이런 초록이의 자유관은 어떤 점에서 문제일까요? 질서의 필요성을 도외시한다는 것이지요. 그러면 '간섭은 있더라도 지배는 없는 사회' 즉 이런 자유관을 가지면, 자유와 함께 질서도 같이 자리할 수 있나요? 충분히 가능하지요? 이런 정치 체제를 무엇이라 하죠? 민주 공화정! 그런데,

민주 공화정이나 전제 군주정이나 마찬가지라고 홉즈가 말했다고 하는데 그 까닭은 뭐죠? '간섭 없는 자유'를 이상으로 삼았기 때문이에요.

얼룩이는 어떤 점에서 비판 받아야 하나요? 자유를 도외시한다는 거죠. 어떤 식으로 그의 생각을 바꾸면 자유와 질서를 다 포괄할 수 있을까요? 초록이의 경우보다 조금 더 어렵지요. 제시문 〈나〉에서 '질서'에 대한 분석을 전제하지 않아서 그럴 거예요. 헤아림의 능력을 기를 수 있는 길이 또 하나 나타났네요. '자유'의 자리에 '질서'를 넣어보세요. '지배 없는 질서'와 '간섭 없는 질서'가 되죠? 여기서 한 번 더 나가세요. '없는'을 '있는'으로 바꿔보세요. 이렇게 하는 것은 자유의 개념은 '~이 없는'인 반면, 질서의 개념은 '~을 유지한 상태에 있는'이란 뜻을 가지고 있기 때문이에요. '지배 있는 질서' '간섭 있는 질서'가 되지요. 얼룩이는 어느 쪽인가요? 어느 쪽도 상관없다고 여기겠죠? 이렇게 놓고 보니까, 얼룩이는 '질서'만 생각했지, 지배와 간섭에 대해선 전혀 생각하지 않았다는 것을 알 수 있네요. 자유에 대해 헤아려 보지 않았기 때문이지요. 자유와 질서를 다 포괄하는 것이려면, 얼룩이가 어떤 것을 골라잡으면 되죠? '간섭은 있더라도 지배는 없는 질서.'

이제 초록이와 얼룩이가 만나게 되었죠? '지배 없는 자유', '지배 없는 질서' 그리고 '간섭 있는 자유', '간섭 있는 질서' 즉 간섭은 있더라도 지배는 없는 사회에서 만났잖아요. 이런 걸 어려운 말로 '변증법적 통합' 또는 '초월적인 경지'라고 해요. 용어야 어찌 되었든 이런 식으로 깊이 헤아리면, 영 만날 수 없을 것 같은 사람 사이에서도 만날 지점을 찾아낼 수 있어요. 사람 사는 세상에, 헤아림의 힘이 왜 필요한지 이제 알겠지요?

마지막으로 한 마디만 더 할게요. 초록이와 얼룩이의 견해를 분석하면서 그들의 견해를 추상화시키지 못했더라면, 즉 하나는 전체주의고 또 하나는 무정부주의라고 해석하지 못했더라면, 변증법적 통합에 이르기는 힘들었을 거예요. 문제 2번을, 얼룩이든 초록이든 둘 중 하나를 지지하는 글로 쓰면 별로 좋은 답안이라 할 수 없어요. 그것은 독해 능력에 문제가 있다고 여겨지기 때문이지요. 물론 이렇게까지 분석하는 것은 고등학생에겐 조금 어려워요. 하지만, 이 정도 분석 능력이 있어야 독창적인 답안을 쓸 수 있어요.

5. 개요 짜기

　① 자유의 두 개념

　　• 간섭이 없는 상태 – 주인과 노예의 관계

　　• 지배가 없는 상태 – 시장과 시민의 관계

　② 얼룩이와 초록이의 공통점과 차이점

　　• 공통점 – 자유, 질서, 정치 체제에 대한 이해. 다른 개구리는 그런 개념이 없다.

　　• 차이점 – 얼룩이 | 질서, 지도자, 생사여탈권, 전체주의

      – 초록이 | 자유, 냅둬, 질서니 지도자니 다 필요 없다, 무정부주의

  ③ 〈가〉의 분석을 바탕으로 초록이와 얼룩이 분석 평가
    • 초록이 – 간섭 없는 자유관, 질서의 문제가 남는다, 자유의 개념 수정
    • 얼룩이 – 무조건적인 질서주의자, 자유의 문제가 남는다, 질서에 두 종류가 있
            다는 인식 필요
    • 변증법적 통합 – 간섭은 허용하되 지배는 배제하는 체제 수립.
  ④ 간섭을 허용한 사회가 자유를 잃지 않기 위해 필요한 것.
    • 간섭이 자의적으로 되어 지배, 예속 관계가 되는 것.
    • 자의적 간섭에 저항권(제도적)
    • 〈가〉 글에서 계몽을 위해 필수적이라고 한 '이성의 공적 사용' (개인적)

6. 예시답안 (1000±100자)

  자유에 대해 두 견해가 있다. 벌린의 '간섭 없는 자유'와 제시문 〈나〉 필자의 '지배 없는 자유'가 그것이다. 앞의 것은 주인이 노예를 지배하기는 하되 간섭하지 않는 상황에서 나타나고, 뒤의 것은 시민의 자발적인 동의에 따라서 시장이 간섭하는 것에서 나타난다. 어느 쪽을 자유의 이상으로 하느냐에 따라 정치 체제와 질서에 대한 태도가 달라진다. 얼룩이와 초록이는 자유와 질서에 대한 나름대로의 생각이 있다는 점에서 다른 개구리들과 구별된다. 하지만 얼룩이는 질서를, 초록이는 자유를 절대시한다는 점에서 둘은 서로 영 딴판이다.

  초록이의 자유관은 '간섭이 없는 자유'다. 그 어떤 간섭도 체제도 싫어한다. "지도자구 질서구, 되지 못하게스리"라고 하는 데서 알 수 있다. 무정부주의자의 소리이다. 마냥 좋게 들린다. 하지만 사람은 자유만으로 살 수 있는 게 아니다. 질서 또한 없을 수 없다. 이런 점에서 초록이의 자유관은, 간섭은 있더라도 '지배는 없는 자유'로 수정되어야 한다. 얼룩이는 자유엔 관심이 없다. 질서를 위해서라면 생사여탈권을 갖는 왕이라도 뽑아야 한다고 생각한다. 전체주의자의 모습이다. 물론 질서 없는 사회는 없다. 하지만 자유가 없는 사회는 온전한 사회가 아니다. 얼룩이는, 지배권이 있어야 질서를 이룰 수 있다고 생각하는 듯하다. 그렇지 않다. 지배가 아닌 간섭만으로도 질서 있는 사회를 이룰 수 있다. 물론 거기에는 구성원들의 자발적인 동의가 있어야 한다.

  간섭은 있지만 지배가 없는 자유, 그래서 자유가 질서조차 포괄하는 지점에서 초록이는 얼룩이를 설득할 수 있다. 하지만 자의적인 간섭을 허용한 자유가 잊어서는 안 되는 게 있다. 동의에 의한 간섭이, 자의적인 간섭으로, 급기야는 지배로 타락하는 길은 그리 멀지 않다.

  그러므로 자의적인 간섭을 막을 방지책을 세워야 한다. 방지책은 시민 개개인의 측면과 제도적인 측면에서 다 세워야 한다. 우선, 자의적인 간섭이 있는 곳엔 어떤 경우에도 무제한적으로 저항할 수 있는 권리가 제도적으로 보장되어야 한다. 시민 개개인의 측면에선, 제시문 〈가〉에서 말한

'이성의 공적 사용'이 좋은 방안이 된다. 조직의 메커니즘이 요구하는 것에만 따르지 않고, 세계 시민적 관점에 서서 사태를 바라본다면, 자의적인 간섭이 자리 잡기는 쉽지 않을 것이다.

논제3

Ⅲ. 제시문 (라)의 상황을 두고, 어떤 사람들은 당신이 (1)을 선택해야 한다고 주장하고 다른 사람들은 당신이 (2)를 선택해야 한다고 주장한다. 자유의지의 문제와 관련하여 두 주장을 각각 뒷받침하는 논리적 근거를 추론하시오. (서술을 위주로 답안을 전개하되 수식이나 표를 사용할 수 있음.) (20점)

1. 문제 분석

- 자유의지의 문제와 관련시켜라.
- 두 주장을 각각 뒷받침하는 논리적 근거를 추론하라.

어느 한쪽이 아니라, 두 주장의 근거가 무엇일지를 따로따로 추론하라고 한 게 좀 특이하죠.

2. 예시답안.

두 선택지 중 하나를 선택해야 하는 이번 경우는, 자유의지에 대한 믿음의 여부와 '상당히 뛰어난 예측력'에 대해 어느 정도 신뢰할 수 있는가가 관건이다.

어떤 사람들이 (2)를 선택하라고 주장할까? 인간의 의지는 자유롭다고 믿는 사람일 것이다. 인간의지가 자유롭다면, 어떤 사람의 예측력이 그 동안의 실험 결과에서 아무리 뛰어났다 하더라도 그것은 우연일 뿐, 필연이 아니다. 그래서 지금의 선택 상황은 기존의 결과로부터는 아무런 영향도 받지 않는다. 그러니까 예측력이 있다고 알려진 사람이라 하더라도, 지금 내가 두 선택지 중 어떤 것을 선택할지를 알 수 있는 가능성은 50%다. 그러므로 두 선택지의 기대값을 따져서 높은 쪽을 고르면 된다.

(1)번을 선택한 경우는 0원이 될 수도 있고 1억원이 될 수도 있으므로 기대값이 5000만원이다. (2)번을 선택하면 100만원이 될 수도 있고 1억 100만원이 될 수도 있으므로 기댓값이 5500만원이다. 그래서 자유 의지를 믿는 사람들은 (2)번을 고르라고 권했을 것이다.

하지만, 자유의지에 대한 믿음이 없는 사람들은, 또 하나의 조건인 "상당히 뛰어난 예측력"을 지닌 사람의 행위를 무시할 수 없다. 그들은 예정설을 믿기에, 예측력을 지닌 사람이 그것을 알아맞힐 수 있는 능력이 어느 정도인가를 계산했을 것이다.

두 경우를 계산해 보아야 한다.

① 한 상자를 고르는 게, 두 상자를 고르는 것보다 기대값이 더 커지게 되는, 예측능력의 정도를 알아야 한다.

② 예측력을 감안해서 한 상자를 고른 기대값이, 예측력을 무시하고서 골랐을 때의 기대값 5500만원(앞에서 계산한 결과 참조)보다 커야 한다.

먼저 ①의 경우를 보자.

예측력을 a라 하면

$(1억\times a)+(0\times(1-a)) > (1억1백\times(1-a)+ 1백\times a)$를 만족해야 한다.

$$1억a > 1억1백 - 1억a - 1백a + 1백a$$
$$2억a > 1억1백$$
$$a > 101/200$$
$$a > 0.505$$

다음 ②의 경우를 보자. 역시 예측력을 a라 하면

$(1억\times a)+(0\times(1-a)) > 5500만$을 만족해야 한다.

$$1억a > 5500만$$
$$a > 55/100$$
$$a > 0.55$$

∴ 그러므로 (1)번 즉 불투명한 상자 하나만을 고르라고 주장한 사람은 '상당한 예측력'이 0.55% 이상임을 확인했기 때문일 것이다.

[제시문 출처]

제시문 (가)는 임마누엘 칸트(Immanuel Kant)가 1784년에 발표한 <"계몽이란 무엇인가"라는 물음에 대한 답변>이라는 글에서 취한 것이다. 칸트의 계몽사상은 계몽을 인류가 역사의 특정 단계에서 실제로 도달하고 향유할 수 있는 상태로 간주하는 낙관주의적 계몽주의의 소박함을 넘어선다. 칸트는 계몽을 무한한 과제로 보기 때문이다. 이 같은 계몽의 이상에 나타난 자율로서의 자유가 지닌 심오한 의미에 대한 반성의 기회를 제공하는 것이 이 제시문을 채택한 이유 중의 하나였다. 물론 제시문은 출제 의도에 맞추어 편집되었다.

제시문 (나)는 필립 페팃(Philip Pettit)의 『공화주의』(Republicanism: A Theory of Freedom and Government , Oxford University Press, 1997)에서 인용해서 재구성한 글이다. 페팃은 미국

프린스턴대학 정치학과 교수로, 90년대 말부터 영미뿐만 아니라 전 세계 정치이론 및 정치사상 학계의 최대의 화두로 떠오른 신로마 공화주의(Neo-Roman Republicanism)의 가장 정교한 이론 가로 손꼽히는 석학이다.

페팃은 이 책에서 고전적 의미의 자유를 '지배 없는 자유', 즉 타인의 자의적 의지로부터의 자유 라고 규정하고, 이 개념이 개인의 자율성과 사회의 공공선을 동시에 보장할 수 있는 정치적 원칙 을 제공해 줄 수 있으며, '지배 없는 자유'를 보장해 줄 수 있는 정치사회적 조건으로서 법의 지배 와 시민의 견제력이 자유주의와 공동체주의의 논쟁에서 부각된 각각의 약점들을 보완할 수 있다 고 주장한다.

제시문 (다)는 전후 신세대 대표작가 중의 한 사람인 김성한의 단편소설 <개구리>의 전반부에 서 인용한 글이다. 1955년 『사상계』에 <제우스의 自殺>이라는 제목으로 발표되었던 이 소설에 서 작가는 우화적 형식을 통해 인간의 '노예근성'을 통렬하게 풍자하고 있다.

제시문 (라)에서 설명하고 있는 선택 상황은 "뉴콤의 문제(Newcomb's problem)"로 알려져 있 으며 많은 철학자, 사회과학자, 수학자들에 의해서 다루어졌다. 제시문 (라)는 먼저 자유의지를 선택의 예측불가능성이라는 관점에서 정의한다. 즉, 인간이 자유의지를 지녔다고 하는 것은 그 의 선택이 완벽하게 예측될 수 없다는 것을 의미한다. 역으로 말해서 완벽하게 예측 가능한 선택 은 이미 사전에 결정되어 있는 것이며, 따라서 진정한 의미에서의 자유의지의 산물은 아니다. 물 론 이러한 정의는 자유의지에 대한 여러 정의들 중의 하나에 불과한 것이지만, 제시문 (라)가 서 술하는 선택상황에 대해 특정 관점을 제시한다.